EDIÇÕES BESTBOLSO

As areias do tempo

O escritor norte-americano Sidney Sheldon (1917-2007) era um adolescente pobre na Chicago dos anos 1930 quando decidiu participar de um programa de calouros que acabou conduzindo-o a Hollywood, onde passou a revisar roteiros. Depois de prestar serviço militar durante a Segunda Guerra Mundial, Sheldon começou a escrever musicais para a Broadway e roteiros cinematográficos. O sucesso das peças possibilitou o acesso aos estúdios de cinema e o aproximou de astros como Frank Sinatra, Marilyn Monroe e Cary Grant. Na TV, os seriados *Nancy*, *Casal 20* e *Jeannie é um gênio* levaram a sua assinatura. Em 1969, Sidney Sheldon publicou seu primeiro romance, *A outra face*, e a partir de então seu nome se tornou sinônimo de best-seller. Foi o único escritor que recebeu três dos mais cobiçados prêmios da indústria cultural norte-americana: o Oscar, do cinema, o Tony, do teatro, e o Edgar Allan Poe, da literatura de suspense.

SIDNEY SHELDON

AS AREIAS DO TEMPO

LIVRO VIRA-VIRA 1

Tradução de
A. B. PINHEIRO DE LEMOS

10ª edição

EDIÇÕES
BestBolso
RIO DE JANEIRO – 2018

CIP-BRASIL. CATALOGAÇÃO NA FONTE
SINDICATO NACIONAL DOS EDITORES DE LIVROS, RJ

Sheldon, Sidney, 1917-2007
S548a As areias do tempo – Livro vira-vira 1/ Sidney Sheldon; tradução
10ª ed. de A. B. Pinheiro de Lemos. – 10ª edição. – Rio de Janeiro: BestBolso, 2018.

Tradução de: The Sands Of Time
Obras publicadas juntas em sentido contrário
Com: Juízo final / Sidney Sheldon; tradução de A. B. Pinheiro de Lemos.
ISBN 978-85-7799-574-5

1. Romance norte-americano. I. Lemos, A. B. Pinheiro de (Alfredo Barcellos Pinheiro de), 1938 – 2008. II. Título. III. Título: Juízo final.

CDD: 813
10-4953 CDU: 821.111(73)-3

As areias do tempo, de autoria de Sidney Sheldon.
Título número 203 das Edições BestBolso.
Décima edição vira-vira impressa em agosto de 2018.
Texto revisado conforme o Acordo Ortográfico da Língua Portuguesa.

Título original norte-americano:
THE SANDS OF TIME

www.edicoesbestbolso.com.br

Impresso no Brasil

ISBN 978-85-7799-574-5

Para Frances Gordon, com amor

Meus agradecimentos especiais a Alice Fisher, cuja ajuda na pesquisa para este romance foi inestimável.

"As vidas de todos os grandes homens lembram
Que podemos tornar nossas vidas sublimes,
E, ao partirmos, deixar para trás
Pegadas nas Areias do Tempo."

Henry Wadsworth Longfellow
Um salmo da vida

"Os mortos não precisam levantar.
São uma parte da terra agora, e a terra nunca pode ser conquistada, sobreviverá a todos os sistemas de tirania. Aqueles que nela entraram de maneira honrada – e não houve homens que entraram mais honrosamente do que os que morreram na Espanha – já alcançaram a imortalidade."

Ernest Hemingway

Nota do Autor

Esta é uma obra de ficção. E, no entanto...

A terra romântica do flamenco e de Dom Quixote, de *señoritas* de aparências exóticas, com travessas de casco de tartaruga nos cabelos, é também a terra de Torquemada, da Inquisição espanhola e de uma das mais sangrentas guerras civis da História. Mais de meio milhão de pessoas morreram nas batalhas pelo poder entre os republicanos e os rebeldes nacionalistas na Espanha. Em 1936, entre fevereiro e junho, foram cometidos 269 assassinatos políticos, e os nacionalistas executaram, em média, mil republicanos por mês, sem permissão para o lamento. Foram incendiadas e destruídas 160 igrejas, e freiras foram arrancadas à força de conventos, "como se fossem prostitutas num bordel", escreveu o duque de Saint-Simon, a respeito de um conflito anterior entre o governo espanhol e a Igreja. Sedes de jornais foram saqueadas, e greves e motins tornaram-se endêmicos por todo o país. A guerra civil terminou com a vitória dos nacionalistas, sob o comando de Franco; depois de sua morte, a Espanha tornou-se uma monarquia.

A guerra civil, que se prolongou de 1936 a 1939, pode estar oficialmente encerrada, mas as duas Espanhas que lutaram nunca se reconciliaram. Hoje, outra guerra continua a assolar a Espanha, a guerra de guerrilha travada pelos bascos para recuperarem a autonomia que tinham sob a República e perderam com o regime de Franco. A guerra está sendo travada com atentados a bomba, assaltos a banco para financiá-los, assassinatos e distúrbios.

Quando um membro do ETA, grupo separatista basco clandestino, morreu num hospital de Madri após ser torturado pela polícia, os distúrbios subsequentes em todo o país levaram à demissão do diretor-geral da polícia espanhola, de cinco chefes de segurança e duzentos altos funcionários policiais.

Em 1986, em Barcelona, os bascos queimaram a bandeira espanhola em público; em Pamplona, milhares de pessoas fugiram apavoradas quando nacionalistas bascos entraram em conflito com a polícia, numa sucessão de motins que se espalharam por todo o país e ameaçaram a estabilidade do governo. A polícia paramilitar retaliou com a maior violência, disparando a esmo contra casas e lojas de bascos. O terrorismo continua, e é mais violento que nunca.

Esta é uma obra de ficção. E, no entanto...

1

Pamplona, Espanha, 1976

Se o plano falhar, todos nós morreremos. Ele repassou-o mentalmente pela última vez, sondando, avaliando, à procura de defeitos. Não encontrou nenhum. O plano era ousado e exigia um cálculo de tempo cuidadoso. Se desse certo, seria um feito espetacular, digno do grande El Cid. Se falhasse...

Bom, o tempo de se preocupar já passou, pensou Jaime Miró. *É tempo de ação.*

Jaime Miró era um mito, um herói para o povo basco, e anátema para o governo espanhol. Tinha mais de 1,80 metro de altura, rosto forte e inteligente, corpo musculoso e olhos escuros taciturnos. Testemunhas tendiam a descrevê-lo como mais alto do que era, mais moreno do que era, mais impetuoso do que era. Tratava-se de um homem complexo, um realista que compreendia as enormes desigualdades entre os homens, um romântico disposto a morrer por aquilo em que acreditava.

A cidade de Pamplona estava tensa. Era a última manhã da corrida dos touros, a Fiesta de San Fermín, a celebração anual realizada de 7 a 14 de julho. Trinta mil visitantes andavam pela cidade, vindos do mundo inteiro. Alguns estavam ali apenas para observar o perigoso espetáculo da corrida dos touros, outros queriam provar sua coragem, correndo na frente dos animais em disparada. Os hotéis estavam todos ocupados, e universitários de Navarra dormiam em vãos de portas, saguões de bancos, automóveis, na praça central, e até mesmo nas ruas e calçadas da cidade.

Os turistas lotavam os cafés e hotéis, assistindo aos ruidosos e pitorescos desfiles de gigantes de *papier-mâché* e escutando a música das bandas que desfilavam. Os participantes do desfile usavam mantos violeta, com capuzes verdes, vermelhos ou dourados. Fluindo pelas ruas, as procissões pareciam rios de arco-íris. A explosão de fogos de artifício pelos postes e fios dos bondes aumentava o barulho e a confusão geral.

A multidão comparecia à tourada no final da tarde, mas o evento mais espetacular era o *encierro* – a corrida matutina dos touros que lutariam mais tarde, naquele mesmo dia.

Dez minutos antes da meia-noite, na véspera, os touros eram levados dos *corrales de gas*, pelas ruas escuras da parte inferior da cidade, atravessando o rio por uma ponte, até o curral na base da *calle* Santo Domingo, onde permaneceriam durante o resto da noite. De manhã seriam soltos para correrem pela estreita *calle* Santo Domingo, fechada por barricadas de madeira em cada esquina, até alcançarem os currais na *plaza* de Hemingway, onde ficariam até a tourada à tarde.

De meia-noite às 6 horas os visitantes permaneciam acordados, bebendo, cantando e fazendo amor, animados demais para dormirem. Os que participariam da corrida de touros usavam o lenço vermelho de San Fermín em volta do pescoço.

Às 5h45 as bandas começavam a circular pelas ruas, tocando a música vibrante de Navarra. Às 7 horas em ponto um rojão voava pelo ar, anunciando a abertura dos portões do curral. A multidão era dominada por uma expectativa febril. Momentos depois um segundo rojão era disparado, um aviso à cidade de que os touros já estavam correndo.

O que se seguia era um espetáculo inesquecível. Primeiro vinha o som. Começava como um tênue e distante sussurro no vento, quase imperceptível, depois ficava cada vez mais alto, até se transformar numa explosão de cascos batendo, e subitamente seis bois e seis touros apareciam. Cada um pesando cerca de 700 quilos, avançavam pela *calle* Santo Domingo como expressos mortíferos. Por dentro das barricadas de madeira instaladas em cada esquina, para manter os touros confinados a uma única rua, havia centenas de jovens ansiosos e nervosos, decididos a provar sua bravura enfrentando os animais enfurecidos.

Os touros corriam da extremidade da rua, passavam pela *calle* Laestrafeta e a *calle* de Javier, passavam por farmácias e lojas de roupas, pelo mercado de frutas, a caminho da *plaza* de Hemingway, e soavam gritos de *olé* da multidão frenética. Com a chegada dos animais, começava uma debandada desesperada para escapar dos chifres afiados e cascos letais. A repentina realidade da morte se aproximando fazia com que alguns participantes corressem para a segurança dos vãos de portas e saídas de incêndio. Eram acompanhados por escárnios de *cobardon*. Os poucos que tropeçavam e caíam no caminho dos touros eram logo puxados para um lugar seguro.

Um menino e o avô escondiam-se atrás de uma barricada, ofegantes com a emoção do espetáculo que acontecia tão perto dali.

– Olhe só para eles! – exclamou o velho. – Magnífico!

O menino estremeceu.

– *Tengo miedo, abuelo.*

O velho passou o braço por seus ombros.

– *Sí*, Manuelo. É assustador, mas também maravilhoso. Já corri com os touros uma vez. Não há nada igual. Você testa a si mesmo contra a morte, e isso faz com que se sinta um homem.

Em geral, levava dois minutos para os animais galoparem pelos 900 metros da *calle* Santo Domingo até a arena; no momento em que os touros entravam no curral, um terceiro rojão devia surgir no céu. Naquele dia, o terceiro rojão não explodiu, pois houve um incidente que nunca antes, nos quatrocentos anos de história da corrida de touros de Pamplona, ocorrera.

Enquanto os animais avançavam pela rua estreita, meia dúzia de homens, vestidos nos trajes pitorescos da *feria*, mudaram as posições das barricadas. Os touros foram obrigados a deixar a rua exclusiva e ficaram à solta no coração da cidade. O que, um momento antes, fora uma comemoração feliz se transformou no mesmo instante num pesadelo. Os animais frenéticos atacaram os espectadores atordoados. O menino e o avô foram os primeiros a morrer, derrubados e pisoteados pelos touros. Violentas chifradas atingiram um carrinho de bebê e mataram a criança indefesa, derrubando a mãe para ser esmagada. A morte pairava no ar por toda parte. Os animais colidiam com espectadores desprotegidos, derrubando mulheres e crianças, enfiando os chifres compridos e fatais nas pessoas, barracas de comida e estátuas, arrasando tudo o que tinha o azar de estar em seu caminho. Todos gritavam desesperados, na tentativa de escapar da frente dos animais enfurecidos.

Um furgão vermelho brilhante apareceu de repente à frente dos touros, que se viraram para atacá-lo, seguindo pela *calle* de Estrella, a rua que levava ao *cárcel*, a prisão de Pamplona.

O *CÁRCEL* É UM PRÉDIO de pedra, de dois andares, janelas gradeadas, aparência assustadora. Há guaritas nos quatro cantos, e a bandeira espanhola, vermelha e amarela, tremula acima da porta. Um portão se abre para um pequeno pátio. O segundo andar do prédio consiste de celas, em que estão os presos condenados à morte.

No interior da prisão, um corpulento guarda, com o uniforme da Polícia Armada, conduzia um sacerdote de hábito preto pelo corredor do segundo andar. O guarda carregava uma submetralhadora. Ao perceber a expressão inquisitiva nos olhos do sacerdote à visão da arma, o guarda explicou:

– O cuidado nunca é demais aqui, padre. Temos a escória da Terra neste andar.

O guarda pediu ao padre que passasse por um detector de metais, muito parecido com os usados nos aeroportos.

– Desculpe, padre, mas os regulamentos...

– Não tem problema, meu filho.

No momento em que o padre passou, uma sirene estridente soou no corredor. Instintivamente, o guarda contraiu a mão que empunhava a submetralhadora.

O padre virou-se e sorriu para o guarda, murmurando:

– A culpa é minha. – Removeu uma pesada cruz de metal que pendia do pescoço numa corrente de prata e entregou-a ao guarda. Quando tornou a passar, o detector permaneceu em silêncio. O guarda devolveu a cruz e os dois continuaram a jornada pelas profundezas da prisão.

O mau cheiro no corredor, perto das celas, era opressivo.

– Está perdendo seu tempo aqui, padre. Estes animais não têm almas para serem salvas.

– Ainda assim, meu filho, devemos tentar.

O guarda balançou a cabeça.

– Posso lhe garantir que os portões do inferno estão à espera para acolher os dois.

O padre olhou surpreso para o guarda.

– Dois? Fui informado de que havia três que precisavam de confissão.

O guarda deu de ombros.

– Poupamos um pouco do seu tempo. Zamora morreu na enfermaria essa manhã. Infarto.

Eles alcançaram as celas mais distantes.

– Chegamos, padre.

O guarda destrancou a porta de uma cela, depois recuou, cauteloso, enquanto o padre entrava. Tornou a trancar a porta e ficou parado no corredor, alerta a qualquer sinal de problema.

O padre aproximou-se do vulto estendido no imundo catre da prisão.

– Seu nome, meu filho?

– Ricardo Mellado.

O padre fitou-o atentamente. Era difícil dizer com o que o homem parecia. O rosto estava inchado e esfolado, os olhos quase fechados.

– Fico contente que tenha podido vir, padre.

– Sua salvação é o dever da Igreja, meu filho.

– Eles vão me enforcar esta manhã?

O padre afagou-lhe o ombro, gentilmente.

– Foi condenado a morrer pelo garrote.

Ricardo Mellado levantou os olhos, atordoado.

– Não!

– Lamento muito. As ordens foram dadas pelo primeiro-ministro em pessoa. – O padre pôs a mão na cabeça do preso e entoou: – *Dime tus pecados...*

– Pequei muito em pensamento, palavra e ação, padre, e arrependo-me de todos os pecados com toda a força do coração.

– *Ruego a nuestro Padre celestial para la salvación de tu alma. En el nombre del Padre, del Hijo y del Espiritu Santo...*

O guarda, escutando do lado de fora da cela, pensou: *Uma perda de tempo estúpida. Deus cuspirá no olho desse aí.*

O padre acabou.

– *Adiós,* meu filho. Que Deus receba sua alma em paz.

Encaminhou-se para a porta da cela. O guarda abriu-a, depois recuou, a arma apontada para o preso. Depois de trancar a porta, o guarda deslocou-se para a cela seguinte. Abriu a grade e disse:

– Ele é todo seu, padre.

O sacerdote entrou na segunda cela. O homem também fora brutalmente espancado. O padre fitou-o em silêncio por um longo momento.

– Qual é o seu nome, meu filho?

– Felix Carpio. – Era um homem corpulento e barbudo, com uma cicatriz recente e lívida na face, que a barba não conseguia esconder. – Não tenho medo de morrer, padre.

– Isso é ótimo, meu filho. Ao final, nenhum de nós é poupado.

Enquanto o padre ouvia a confissão de Carpio, ondas de som distante, a princípio abafadas, depois se tornando mais altas, começaram a reverberar pelo prédio. Era a trovoada de cascos e os gritos da multidão em fuga. O guarda prestou atenção ao barulho, sobressaltado. Os sons aproximavam-se depressa.

– É melhor se apressar, padre. Alguma coisa estranha está acontecendo lá fora.

– Já acabei.

O guarda abriu a porta da cela, o padre saiu para o corredor. A porta foi trancada de novo. Havia um estrépito rumoroso na frente da prisão. O guarda virou-se para espiar pela janela estreita e gradeada:

– Que barulho será esse?

– Parece que alguém deseja uma audiência conosco – disse o padre. – Pode me emprestar isso?

– Emprestar o quê?

– Sua arma, por favor.

Enquanto falava, o padre aproximou-se do guarda. Em silêncio, removeu o topo da cruz que pendia do pescoço, revelando um estilete comprido. Num movimento rápido, mergulhou o estilete no peito do guarda.

– Saiba, meu filho – murmurou, enquanto tirava a submetralhadora das mãos do guarda agonizante –, que Deus e eu decidimos que você não precisa mais desta arma. – Fazendo devotamente o sinal da cruz, Jaime Miró acrescentou: – *In Nomine Patris...*

O guarda caiu no chão de cimento. Jaime Miró tirou-lhe as chaves e abriu rapidamente as portas das duas celas. Os sons na rua tornavam-se mais intensos.

– Vamos embora – ordenou Jaime.

Ricardo Mellado pegou a submetralhadora.

– Você dá um padre e tanto. Quase me convenceu.

Ele tentou sorrir, com a boca inchada.

– Eles pegaram vocês de jeito, não é mesmo? Mas não se preocupe. Todos pagarão por isso. O que aconteceu com Zamora? – Jaime Miró passou os braços pelos dois homens e ajudou-os a avançar pelo corredor.

– Os guardas espancaram-no até a morte. Pudemos ouvir os gritos. Levaram-no depois para a enfermaria e disseram que morreu de infarto.

Havia uma porta de ferro trancada à frente.

– Esperem aqui – disse Jaime Miró. Aproximou-se da porta e informou ao guarda no outro lado: – Já acabei aqui.

O guarda abriu a porta.

– É melhor se apressar, padre. Há algum distúrbio ocorrendo lá fora... – Não concluiu a frase.

Enquanto o estilete de Jaime penetrava no corpo do guarda, o sangue esguichava pela boca. Jaime fez sinal para os dois homens.

– Vamos.

Felix Carpio pegou a arma do guarda e começaram a descer. A cena lá fora era um caos. A polícia corria de um lado para outro, freneticamente, na tentativa de descobrir o que acontecia e controlar as pessoas que, aos berros, no pátio, debatiam-se para fugir dos touros enfurecidos. Um dos animais investira contra o prédio, esmagando a entrada de pedra. Outro dilacerava o corpo de um guarda uniformizado no chão.

O furgão vermelho encontrava-se no pátio, o motor ligado. Na confusão, os três homens passaram quase despercebidos e aqueles que os viram escapar estavam ocupados demais em salvar as próprias vidas para tomar alguma providência. Em silêncio, Jaime e seus companheiros embarcaram na traseira do furgão, que logo partiu acelerado, dispersando os pedestres desesperados pelas ruas apinhadas.

A guarda civil, a polícia rural paramilitar, em uniforme verde e quepe preto de couro envernizado, tentava em vão controlar a multidão histérica. A Policía Armada, guarnecendo as capitais provinciais, também era impotente diante da confusão generalizada. As pessoas procuravam fugir em todas as direções, numa tentativa desesperada de escapar dos touros enfurecidos. Os animais representavam menos perigo que as próprias pessoas, que se pisoteavam e eram derrubadas no meio da multidão desabalada.

Jaime olhou consternado para o espetáculo atordoante.

– Não foi planejado para acontecer assim! O furgão deveria estar à espera nas barricadas para controlar os touros! – Olhava desolado para a carnificina, mas não podia fazer nada para detê-la. Fechou os olhos para não ver.

O FURGÃO CHEGOU AOS ARREDORES de Pamplona e seguiu para o sul, deixando para trás o clamor e a confusão da multidão em pânico.

– Para onde estamos indo, Jaime? – perguntou Ricardo Mellado.

– Há uma casa segura perto de Torre. Ficaremos lá até escurecer e depois seguiremos em frente.

Felix Carpio estremecia de dor.

Jaime Miró observou-o, com uma expressão compadecida.

– Chegaremos num instante, amigo – murmurou, gentilmente.

Não conseguia tirar da cabeça a terrível cena de Pamplona.

MEIA HORA DEPOIS, eles se aproximaram da pequena aldeia de Torre e contornaram-na, seguindo para uma casa isolada nas montanhas. Jaime ajudou os dois homens a saltar da traseira do furgão.

– Vocês serão apanhados à meia-noite – informou o motorista.

– Avise a eles para trazerem um médico – disse Jaime. – E livre-se desse furgão.

Os três entraram na casa. Era uma casa de fazenda, simples e confortável, com uma lareira na sala de estar e vigas no teto. Havia um bilhete na mesa. Jaime Miró leu-o e sorriu para a frase de recepção: *Mi casa es su casa.* Encontrou garrafas de vinho no bar e serviu bebida para os três.

– Não há palavras para agradecer-lhe, amigo. A você – brindou Ricardo Mellado.

Jaime levantou o copo.

– À liberdade.

Um canário cantou de repente numa gaiola. Jaime foi até lá e observou sua agitação por um momento. Depois, abriu a gaiola, tirou o passarinho gentilmente e levou-o para uma janela aberta.

– Voe para longe, *pajarito* – murmurou. – Todas as criaturas vivas devem ser livres.

2

Madri

O primeiro-ministro Leopoldo Martínez estava possesso. Era um homem pequeno, de óculos, todo o corpo tremia enquanto falava.

– Jaime Miró deve ser detido! – gritou, a voz alta e estridente. – Estão me entendendo? – Olhou furioso para a meia dúzia de homens reunidos na sala. – Estamos à procura de um único terrorista, e todo o exército e a polícia são incapazes de encontrá-lo.

A reunião estava ocorrendo no Palácio Moncloa, residência e local de trabalho do primeiro-ministro, a cinco quilômetros do centro de Madri, na Carretera de Galicia, uma estrada sem placas de identificação. O prédio era de alvenaria, verde, com sacadas de ferro batido, janelas verdes e guaritas em cada canto.

Era um dia quente e seco, e através das janelas, até onde a vista podia alcançar, colunas de ondas de calor elevavam-se como batalhões de soldados fantasmas.

– Ontem Miró converteu Pamplona num campo de batalha. – Martínez bateu com o punho na mesa. – Assassinou dois guardas e tirou dois dos seus assassinos da prisão. Muitos inocentes foram mortos pelos touros que ele soltou nas ruas.

Por um momento, ninguém disse nada. Ao assumir o cargo, o primeiro-ministro declarara, presunçoso:

"Meu primeiro ato será acabar com esses grupos separatistas. Madri é a grande unificadora. Transforma andaluzes, bascos, catalães e galegos em espanhóis."

Fora excessivamente otimista. Os bascos, fervorosos em sua independência, tinham outras ideias, e a onda de atentados a bomba, assaltos a bancos e manifestações de terroristas do ETA continuara sem cessar.

O homem à direita de Martínez na reunião disse calmamente:

– Eu o encontrarei.

Era o coronel Ramón Acoca, o chefe do GOE, Grupo de Operaciones Especiales, criado para perseguir os terroristas bascos. Acoca era um gigante, de 60 e poucos anos, rosto marcado por cicatriz, olhos frios e implacáveis. Fora um jovem oficial sob o comando de Francisco Franco durante a guerra civil e ainda era fanaticamente devotado à filosofia de Franco: "Somos responsáveis apenas perante Deus e a história."

Agora era um oficial brilhante e fora um dos assessores em que Franco mais confiara. O coronel sentia saudade da disciplina de punho de ferro, a punição rápida daqueles que questionavam ou desobedeciam à lei. Passara pelo turbilhão da guerra civil, com sua aliança nacionalista de monarquistas, generais rebeldes, latifundiários, a alta hierarquia da Igreja e os falangistas fascistas de um lado, e as forças do governo republicano, incluindo socialistas, comunistas, liberais e separatistas bascos e catalães, do outro. Fora um terrível período de destruição e morte, uma loucura que atraíra homens e material bélico de uma dúzia de países, deixando um saldo de mortos assustador. E agora os bascos voltavam a lutar e matar.

O coronel Acoca comandava um grupo eficiente e implacável de antiterroristas. Seus homens trabalhavam em operações clandestinas, usavam disfarces e não eram divulgados ou fotografados, por medo de retaliação.

Se alguém pode deter Jaime Miró, é o coronel Acoca, pensou o primeiro-ministro. Mas havia um problema: *Quem vai deter o coronel Acoca?*

A entrega do comando ao coronel não fora ideia do primeiro-ministro. Ele recebera um telefonema no meio da noite em sua linha particular. Reconhecera a voz no mesmo instante.

– Estamos muito preocupados com as atividades de Jaime Miró e seus terroristas. Sugerimos que ponha o coronel Ramón Acoca no comando do GOE. Entendido?

– Entendido, senhor. Será imediatamente providenciado.

A ligação fora cortada.

A voz pertencia a um membro do OPUS MUNDO. A organização era uma cabala secreta que incluía banqueiros, advogados, dirigentes de poderosas corporações e ministros do governo. Corriam rumores de que tinha enormes recursos à sua disposição, mas a origem do dinheiro ou como era usado e manipulado eram um mistério. Não era considerado saudável fazer muitas perguntas sobre isso.

O primeiro-ministro pusera o coronel Acoca no comando, de acordo com as instruções, mas o gigante mostrara-se um fanático incontrolável. Seu GOE criara um reinado de terror. O primeiro-ministro pensou nos terroristas bascos que os homens de Acoca haviam capturado perto de Pamplona. Foram julgados culpados e condenados à morte. O coronel Acoca insistira que fossem executados pelo bárbaro garrote, a gargantilha de ferro com um espigão que era apertada aos poucos, até que partia a vértebra e cortava a medula espinhal das vítimas.

Jaime Miró tornara-se uma obsessão para o coronel Acoca.

– Quero sua cabeça – disse o coronel Acoca. – Cortamos sua cabeça, e o movimento basco morre.

Um exagero, refletiu o primeiro-ministro, embora devesse admitir que havia um fundo de verdade. Jaime Miró era um líder carismático, fanático em relação à sua causa, e, por isso, perigoso.

Mas à sua maneira, concluiu o primeiro-ministro, *o coronel Acoca é igualmente perigoso.*

Primo Casado, o diretor-geral de Segurança Pública, estava falando:

– Excelência, ninguém podia prever o que aconteceu em Pamplona. Jaime Miró é...

– *Sei* o que ele é – interrompeu o primeiro-ministro, bruscamente. – Quero saber *onde* ele está. – Virou-se para o coronel Acoca.

– Estou em seu rastro – disse o coronel Acoca, a voz provocando um calafrio pela sala. – Gostaria de lembrar a Vossa Excelência que não estamos lutando contra um homem apenas, mas contra todo o povo basco. Eles fornecem alimentos, armas e abrigo a Jaime Miró e a seus terroristas. O homem é um herói para eles. Mas não se preocupe. Muito em breve ele será um herói enforcado. Depois que eu lhe oferecer um julgamento justo, é claro.

Não nós. Eu. O primeiro-ministro especulou se os outros haviam notado. *Sem dúvida,* pensou nervosamente, *alguma coisa precisará ser feita em relação ao coronel muito em breve.*

O primeiro-ministro levantou-se.

– Isso é tudo por enquanto, senhores.

Todos levantaram-se para sair. À exceção do coronel Acoca, que ficou. Leopoldo Martínez começou a andar de um lado para outro.

– Malditos bascos. Por que não podem ficar satisfeitos em ser apenas espanhóis? O que mais querem?

– São ávidos por poder – disse Acoca. – Querem autonomia, sua própria língua e bandeira...

– Não enquanto eu ocupar este cargo. Não permitirei que destruam a Espanha. O governo lhes dirá o que podem e o que não podem fazer. Não passam de uma ralé que...

Um assessor entrou na sala.

– Com licença, Excelência. O bispo Ibáñez chegou.

– Mande-o entrar.

Os olhos do coronel contraíram-se.

– Pode estar certo de que a Igreja se encontra por trás de tudo isso. É tempo de lhes darmos uma lição.

A Igreja é uma das grandes ironias de nossa história, pensou o coronel Acoca, amargurado.

No começo da guerra civil, a Igreja Católica ficara do lado das forças nacionalistas. O papa apoiara o generalíssimo Franco, e com isso lhe permitira proclamar que lutava no lado de Deus. Mas quando as igrejas, mosteiros e padres bascos foram atacados, a Igreja retirara seu apoio.

"Deve conceder mais liberdade aos bascos e catalães", exigira a Igreja. "E deve suspender as execuções de padres bascos."

O generalíssimo Franco ficara furioso. Como a Igreja ousava fazer exigências ao governo?

Iniciara-se então uma guerra de atritos. Mais igrejas e mosteiros foram atacados pelas forças de Franco. Freiras e padres foram assassinados. Bispos foram postos sob prisão domiciliar, e sacerdotes por toda a Espanha foram multados por fazerem sermões que o governo considerava sediciosos. Só quando a Igreja o ameaçou de excomunhão é que Franco interrompeu os ataques.

A maldita Igreja!, pensou Acoca. Voltara a interferir após a morte de Franco. Ele virou-se para o primeiro-ministro.

– É tempo de o bispo ser informado sobre quem manda na Espanha.

O bispo Calvo Ibáñez era magro, de aparência frágil, uma nuvem de cabelos brancos turbilhonando em torno da cabeça. Olhou os dois homens através do pincenê..

– *Buenas tardes.*

O coronel Acoca sentiu a bílis subir pela garganta. A mera visão de clérigos deixava-o doente. Eram traidores levando seus estúpidos cordeiros para o matadouro.

O bispo ficou parado, à espera de um convite para se sentar. O que não aconteceu. E também não foi apresentado ao coronel. Era uma desfeita deliberada.

O primeiro-ministro olhou para Acoca, em busca de orientação.

O coronel disse, bruscamente:

– Recebemos algumas informações desagradáveis. Dizem que rebeldes bascos estão realizando reuniões em mosteiros católicos. Também há informações de que a Igreja está permitindo que mosteiros e conventos guardem armas para os rebeldes. – Havia ódio em sua voz. – Ao ajudarem os inimigos da Espanha, vocês também se tornam inimigos da Espanha.

O bispo Ibáñez fitou-o em silêncio por um momento, depois virou-se para o primeiro-ministro Martínez.

– Com todo respeito, Excelência, somos todos filhos da Espanha. Os bascos não são seus inimigos. Tudo o que pedem é liberdade para...

– Eles não pedem! – bradou Acoca. – Exigem! Circulam pelo país saqueando, assaltando bancos e matando policiais... e ainda ousa dizer que não são nossos inimigos?

– Reconheço que houve excessos imperdoáveis. Mas às vezes, quando se luta por aquilo em que se acredita...

– Eles não acreditam em coisa alguma, a não ser em si mesmos. Não se importam com a Espanha. É como disse um dos nossos grandes escritores: "Ninguém na Espanha se preocupa com o bem comum. Cada grupo se interessa apenas por si mesmo. A Igreja, os bascos, os catalães. Cada um diz que se fodam os outros."

O bispo sabia que o coronel Acoca citara errado Ortega y Gasset. A citação inteira incluía o Exército e o governo; mas, sabiamente, não disse nada. Tornou a se virar para o primeiro-ministro, à espera de uma discussão mais racional.

– Excelência, a Igreja Católica...

O primeiro-ministro achou que Acoca já fora longe demais.

– Não nos interprete mal, bispo. Em princípio, é claro, este governo está dando total apoio à Igreja Católica.

O coronel Acoca interveio outra vez:

– Mas não podemos admitir que suas igrejas, mosteiros e conventos sejam usados contra nós. Se continuarem a permitir que os bascos guardem armas e realizem reuniões neles, terão de arcar com as consequências.

– Tenho certeza de que as informações que recebeu estão equivocadas – declarou o bispo, suavemente. – Mas pode estar certo de que ordenarei uma investigação imediata.

O primeiro-ministro murmurou:

– Obrigado, bispo. Isso é tudo que pedimos.

Martínez e Acoca ficaram observando o bispo se retirar. Depois o primeiro-ministro perguntou:

– O que acha?

– Ele sabe o que está acontecendo.

O primeiro-ministro suspirou. *Já tenho problemas suficientes neste momento sem criar uma crise com a Igreja.*

– Se a Igreja é a favor dos bascos, então está contra nós.

– A voz do coronel Acoca era mais enérgica agora. – Eu gostaria que me desse permissão para dar uma lição ao bispo.

O primeiro-ministro foi contido pela expressão de fanatismo nos olhos do coronel. Tornou-se cauteloso.

– Tem mesmo informações de que as igrejas estão ajudando os rebeldes?

– Claro, Excelência.

Não havia como determinar se o homem falava mesmo a verdade. O primeiro-ministro sabia o quanto Acoca odiava a Igreja. Mas talvez fosse bom deixar que a Igreja sentisse o gosto do açoite, desde que o coronel Acoca não fosse longe demais. O primeiro-ministro Martínez ficou imóvel por um instante, pensativo.

Foi Acoca quem rompeu o silêncio:

– Se as igrejas estão abrigando terroristas, então devem ser punidas.

Relutante, o primeiro-ministro concordou com a cabeça.

– Por onde vai começar?

– Jaime Miró e seus homens foram vistos em Ávila ontem. Provavelmente estão escondidos no convento local.

O primeiro-ministro se decidiu.

– Reviste-o.

Essa decisão desencadeou uma sucessão de acontecimentos que sacudiu toda a Espanha e abalou o mundo.

3

Ávila

O silêncio era como uma nevasca amena, suave e aconchegante, tão tranquilizante quanto o sussurro de um vento de verão. O convento Cisterciense da Estrita Observância ficava nos arredores da cidade murada de Ávila, a mais alta cidade da Espanha, 112 quilômetros a noroeste de Madri. O convento fora construído para o silêncio. As regras haviam sido adotadas em 1601, e permaneceram inalteradas ao longo dos séculos: liturgia, exercício espiritual, reclusão rigorosa, penitência e silêncio. Sempre o silêncio.

O convento era um conjunto simples de prédios de pedra, em torno de um claustro, dominado pela igreja. Ao redor do pátio central as arcadas abertas permitiam que a claridade se espalhasse pelos largos blocos de pedra do chão, onde as freiras deslizavam sem fazer barulho. Havia quarenta freiras no convento, rezando na igreja e vivendo no claustro. O convento de Ávila era um dos sete que restavam na Espanha, um sobrevivente das centenas que haviam sido destruídos na guerra civil, num dos periódicos movimentos anti-Igreja que dominaram o país ao longo dos séculos.

O convento Cisterciense da Estrita Observância era devotado exclusivamente a uma vida de orações. Era um lugar sem estações ou tempo, e aquelas que ali ingressavam se tornavam para sempre isoladas do mundo exterior. A vida cisterciense era contemplativa e penitencial; o ofício divino era recitado todos os dias, e a clausura era completa e permanente.

Todas as irmãs vestiam-se de forma idêntica, e seus trajes, como tudo o mais no convento, eram caracterizados pelo simbolismo de séculos. O *capuche,* o manto e capuz, simbolizava inocência e simplicidade, a túnica de linho representava a renúncia às coisas do mundo e mortificação; o escapulário, pequenos quadrados de lã usados sobre os ombros, indicava a disposição para o trabalho árduo. Uma touca, uma cobertura de linho disposta em dobras por cima da cabeça e em volta do queixo, lados do rosto e pescoço, completava o uniforme.

Dentro dos muros do convento havia um sistema de escadas e passagens internas ligando o refeitório, sala comunitária, celas e a capela, predominando por toda parte um ambiente de amplitude fria e limpa. Janelas de treliça com um vidro grosso davam para um jardim murado. Cada janela era guarnecida com barras de ferro e ficava acima da linha de visão, a fim de que não houvesse distrações externas. O refeitório era amplo e austero, as janelas tinham persianas e cortinas. As velas nos castiçais antigos projetavam sombras evocativas nos tetos e paredes.

Em quatrocentos anos, nada mudara dentro dos muros do convento, exceto os rostos. As irmãs não tinham pertences pessoais, pois desejavam ser pobres, emulando a pobreza de Cristo. A própria igreja era desprovida de ornamentos, salvo por uma cruz de ouro maciço, de valor inestimável, antigo presente de uma rica postulante. Por estar tão em desacordo com a austeridade da ordem, era mantida num armário no refeitório. Uma cruz de madeira simples pendia no altar.

As mulheres que partilhavam suas vidas com o Senhor viviam juntas, trabalhavam juntas, comiam juntas e rezavam juntas, mas nunca se tocavam ou se falavam. As únicas exceções permitidas eram quando ouviam a missa ou quando a reverenda madre superiora Betina lhes falava na privacidade de sua sala. Mesmo então, uma antiga linguagem de sinais era usada o máximo possível.

A reverenda madre era uma religiosa com cerca de 70 anos, expressão inteligente, jovial e dinâmica, glorificada na paz e alegria da vida no convento, uma vida consagrada a Deus. Protetora irredutível de suas freiras, sentia muita angústia quando era necessário impor a disciplina.

As freiras circulavam pelos claustros e corredores de olhos baixos, mãos cruzadas dentro das mangas, na altura do peito, passando e repassando por suas irmãs sem qualquer palavra ou sinal de reconhecimento. A única voz do convento era a dos sinos – os sinos que Victor Hugo chamou de "A Ópera dos Campanários".

As irmãs vinham de antecedentes díspares e de muitos países diferentes. Pertenciam a famílias de aristocratas, camponeses, soldados... Chegaram ao convento como ricas e pobres, instruídas e ignorantes, miseráveis e exaltadas, mas ali eram todas iguais aos olhos de Deus, unidas em seu desejo de casamento eterno com Jesus.

As condições de vida no convento eram espartanas. No inverno o frio era cortante, e uma luz pálida filtrava-se pelas janelas gradeadas. As freiras dormiam plenamente vestidas em enxergas de palha, cobertas por mantas ásperas de lã, cada uma em sua pequena cela, mobiliada apenas com uma cadeira de pau, de encosto reto. Não havia lavatório. Um pequeno jarro de barro e uma bacia ficavam no chão, no canto da cela. Nenhuma freira tinha permissão para entrar na cela da outra, à exceção da reverenda madre Betina. Não havia nenhum tipo de recreação, apenas trabalho e orações. Havia áreas de trabalho para tricotar, encadernar livros, fiar e fazer pão. Havia oito horas de oração diárias: matinas, laudes, primas, terças, sextas, nonas, vésperas e completas. Havia ainda outras devoções: bênçãos, hinos e litanias.

Matinas era a oração que se fazia quando metade do mundo estava dormindo e a outra metade absorvida no pecado.

Laudes, o ofício do amanhecer, seguia-se ao nascer do sol, aclamado como a figura de Cristo, triunfante e glorificado.

Primas era a oração matutina da igreja, pedindo as bênçãos para as obras do dia.

Terças acontecia às 9 horas, consagrada por santo Agostinho ao Espírito Santo.

Sextas era às 11h30, evocada para extinguir o calor das paixões humanas.

Nonas era recitada em silêncio às 15 horas, a hora da morte de Cristo.

Vésperas era o serviço vespertino da igreja, como laudes fora a oração do amanhecer.

Completas eram as últimas horas canônicas dos ofícios divinos. Uma forma de orações noturnas, um preparativo para a morte e também para o sono, encerrando o dia com uma declaração de submissão amorosa: *Manus tuas, domine, commendo spiritum meum. Redemisti nos, domine, deus, veritatis.*

Em alguma das outras ordens a flagelação fora abolida, mas sobrevivia nos conventos e mosteiros Cistercienses de clausura. Pelo menos uma vez por semana, e às vezes todos os dias, as freiras puniam seus corpos com a Disciplina, um açoite de 30 centímetros de comprimento, de corda fina, encerado, com seis pontas no dosas que provocavam uma dor angustiante; era usado para espancar as costas, pernas e nádegas. Bernard de Clairvaux, o ascético abade dos Cistercienses, advertira: "O corpo de Cristo está aniquilado... nossos corpos devem se conformar à semelhança do corpo ferido de Nosso Senhor."

Era uma vida mais austera do que em qualquer prisão, mas as irmãs viviam em êxtase, como jamais ocorrera no mundo exterior. Haviam renunciado ao amor físico, aos bens pessoais e à liberdade de opção, mas, ao abrirem mão dessas coisas, também renunciaram à ganância e à competição, ao ódio e à inveja, a todas as pressões e tentações que o mundo exterior impunha. No interior do convento reinava uma paz absoluta e o inefável sentimento de alegria pela união com Deus. Havia uma serenidade indescritível dentro dos muros e nos corações das mulheres que ali viviam. Se o convento era uma prisão, tratava-se de uma prisão no Éden de Deus, com o conhecimento de uma eternidade feliz para as que escolheram livremente ingressar e permanecer ali.

IRMÃ LUCIA FOI DESPERTADA pelo repicar do sino do convento. Abriu os olhos, surpresa e desorientada por um momento. A pequena cela em que dormia ainda estava escura, uma escuridão desoladora. O som do sino avisava-lhe que eram 3 horas da manhã, quando o ofício das vigílias começava, enquanto o mundo ainda se encontrava mergulhado nas trevas.

Droga! Esta rotina vai me matar, pensou irmã Lucia.

Recostou-se no catre pequeno e desconfortável, desesperada por um cigarro. Relutante, saiu da cama. O pesado hábito que usava até para dormir roçava como lixa contra sua pele sensível. Pensou em todas as lindas roupas de estilistas penduradas em seu apartamento em Roma e no chalé em Gstaad.

Irmã Lucia podia ouvir o movimento suave e farfalhante das freiras, reunindo-se no corredor. Negligente, arrumou a cama e também saiu para o extenso corredor, onde as freiras entravam em fila, olhos abaixados. Lentamente, todas começaram a se encaminhar para a capela.

Parecem um bando de pinguins idiotas, pensou irmã Lucia. Não conseguia entender por que aquelas mulheres haviam deliberadamente renunciado às suas vidas, desistindo de sexo, belas roupas e boa comida. *Sem essas coisas, que motivo existe para continuar a viver? E as malditas regras!*

Quando irmã Lucia entrara no convento, a reverenda madre avisara-lhe:

– Deve andar com a cabeça baixa. Mantenha as mãos cruzadas por dentro do hábito. Dê passos curtos. Ande devagar.

Nunca deve fazer contato visual com qualquer uma das outras irmãs ou sequer olhar para elas. Não pode falar. Seus ouvidos são para escutar apenas as palavras de Deus.

– Está bem, reverenda madre.

Durante o mês seguinte Lucia recebera as instruções.

– As que vieram para cá não tinham a intenção de se juntarem às outras, mas sim habitar a sós com Deus. A solidão do espírito é essencial para uma união com Deus. É salvaguardada pelas regras do silêncio.

– Está bem, reverenda madre.

– Deve sempre obedecer ao silêncio dos olhos. Fitar as outras nos olhos a distrairia com imagens inúteis.

– Está bem, reverenda madre.

– A primeira lição que aprenderá aqui será retificar o passado, expurgar os velhos hábitos e inclinações seculares, apagar todas as imagens do passado. Fará penitência de purificação e mortificação para se despojar da vontade e amor próprios. Não basta se arrepender das ofensas passadas. Quando se descobre a beleza infinita e a santidade de Deus, quer se compensar não apenas por seus pecados, mas também por todos os pecados que já foram cometidos.

– Está bem, santa madre.

– Deve lutar contra a sensualidade, o que João da Cruz chamou de "a noite dos sentidos".

– Está bem, santa madre.

– Cada freira vive em silêncio e solidão, como se já estivesse no céu. Nesse silêncio puro e precioso, pelo qual tanto anseia, ela é capaz de escutar o silêncio infinito e possuir Deus.

No fim do primeiro mês, Lucia recebera os votos iniciais. Tivera de cortar os cabelos no dia da cerimônia. Fora uma experiência traumática. A reverenda madre cuidara disso pessoalmente. Convocara Lucia à sua sala e fizera um sinal para que ela se sentasse. Postara-se às suas costas e, antes que Lucia percebesse o que estava acontecendo, ouvira o barulho da tesoura e sentira alguma coisa puxando-lhe os cabelos. Começara a protestar, mas compreendera subitamente que aquilo só podia melhorar o seu disfarce. *Poderei deixá-lo crescer de novo mais tarde,* pensara. *Enquanto isso, ficarei parecendo uma galinha depenada.*

Ao voltar para o cubículo lúgubre que lhe fora designado, Lucia pensara: *Este lugar é um ninho de serpentes.* O chão consistia de tábuas soltas. A enxerga e a cadeira de encosto reto ocupavam a maior parte do espaço. Sentira-se ansiosa por ler um jornal. *Não há a menor possibilidade,* refletira. Naquele lugar nunca tomavam conhecimento dos jornais, muito menos escutavam rádio ou viam televisão. Não havia ligação alguma com o mundo exterior.

Contudo, o que mais incomodava Lucia era o silêncio desolador. A única comunicação era feita através de sinais com as mãos, e aprendê-los a levara à loucura. Quando precisava de uma vassoura, devia deslocar a mão direita estendida da direita para a esquerda, como se estivesse varrendo. Quando a reverenda madre estava insatisfeita, unia os dedos mínimos três vezes, na frente do corpo, os outros dedos comprimidos contra as palmas. Quando Lucia se mostrava lenta na execução do seu trabalho, a reverenda madre comprimia a palma da mão direita contra o ombro esquerdo. Para censurar Lucia, ela coçava a própria face, perto do ouvido direito, com todos os dedos da mão direita, num movimento para baixo.

Pelo amor de Deus, pensava Lucia, *parece que ela está coçando uma mordida de pulga.*

Elas chegaram à capela. As freiras rezaram silenciosamente; contudo, os pensamentos de irmã Lucia se concentravam em coisas mais importantes do que Deus.

Mais um ou dois meses, quando a polícia parar de me procurar, sairei deste hospício.

Depois das orações matutinas, irmã Lucia marchou com as outras para o refeitório, violando furtivamente os regulamentos, como fazia todos os dias, ao estudar os rostos das companheiras. Era sua única diversão. Ela achava incrível pensar que nenhuma das irmãs sabia como as outras pareciam.

Sentia-se fascinada pelos rostos das freiras. Algumas eram jovens, outras velhas, algumas bonitas, outras feias. Não podia compreender por que todas pareciam tão felizes. Havia três rostos que Lucia achava particularmente interessantes. Um era o da irmã Teresa, que parecia ter cerca de 60 anos. Estava longe de ser bonita, mas possuía uma espiritualidade que lhe proporcionava um encanto quase sublime. Parecia estar sempre sorrindo interiormente, como se conhecesse algum segredo maravilhoso.

Outra freira que Lucia considerava fascinante era a irmã Graciela, uma mulher de beleza extraordinária, com 30 e poucos anos. Tinha a pele azeitonada, feições refinadas, olhos que pareciam poços negros luminosos.

Ela poderia ter sido uma estrela de cinema, pensou Lucia. *Qual é a sua história? Por que se enterraria num lugar como este?*

A terceira freira que lhe atraía o interesse era irmã Megan. Olhos azuis, sobrancelhas e pestanas louras. Tinha 20 e poucos anos, rosto viçoso e franco.

O que ela está fazendo aqui? O que todas essas mulheres estão fazendo aqui? Ficam trancafiadas por trás desses muros, dormindo numa cela mínima, uma comida horrível, oito horas de orações, trabalho árduo e muito pouco sono. Devem ser loucas... todas elas.

Estava em situação melhor do que as outras, porque teriam de ficar ali pelo resto de suas vidas, enquanto ela sairia em um ou dois meses. *Talvez três,* pensou. *Este é um esconderijo perfeito. Eu seria uma tola se fosse embora de forma precipitada. Em poucos meses a polícia vai pensar que morri. Quando sair daqui e pegar meu dinheiro na Suíça, talvez escreva um livro a respeito deste hospício.*

Poucos dias antes, a reverenda madre pedira à irmã Lucia que fosse ao escritório para buscar um papel; enquanto estava ali, ela aproveitara para começar a revistar os arquivos. Infelizmente, fora surpreendida no ato de bisbilhotar.

– Fará penitência com a Disciplina – decidira a reverenda madre Betina.

Irmã Lucia baixara a cabeça humildemente e sinalizara:

– Sim, reverenda madre.

Lucia voltara à sua cela, e minutos depois as freiras passando pelo corredor puderam ouvir o som terrível do açoite assoviando pelo ar e caindo várias vezes. O que não podiam saber era que irmã Lucia estava açoitando a cama.

Essas malucas podem ser sadomasoquistas, mas eu não vou entrar nessa.

Elas estavam sentadas no refeitório, quarenta freiras, em duas mesas compridas. A dieta Cisterciense era rigorosamente vegetariana. Como o corpo ansiava por carne, o seu consumo era proibido. Muito antes do amanhecer, era servida uma xícara de chá ou café e um pedaço de pão seco. A refeição principal era feita às 11 horas e consistia de uma sopa rala, uns poucos legumes, e de vez em quando um pedaço de fruta.

A reverenda madre tinha instruído Lucia:

– Não estamos aqui para agradar a nossos corpos, mas sim para agradar a Deus.

Eu não serviria este desjejum a meu gato, pensou irmã Lucia. *Estou aqui há dois meses, e aposto que já perdi uns 4 ou 5 quilos. É a versão divina de uma dieta rigorosa.*

Quando o desjejum terminou, duas freiras levaram bacias de lavar louça para as extremidades das mesas. As irmãs em cada mesa levaram seus pratos para a irmã com a bacia, que lavou cada um, enxugou com uma toalha e devolveu à outra irmã. A água foi ficando cada vez mais escura e gordurosa.

E elas vão viver assim pelo resto de suas vidas, pensou irmã Lucia, repugnada. *Mas não posso me queixar. Ainda é melhor do que uma sentença de prisão perpétua...*

Ela seria capaz de trocar sua alma imortal por um cigarro.

A MEIO QUILÔMETRO DALI, pela estrada, o coronel Ramón Acoca e duas dezenas de homens cuidadosamente escolhidos do GOE, o Grupo de Operaciones Especiales, preparavam-se para atacar o convento.

4

O coronel Ramón Acoca possuía instintos de caçador. Adorava a perseguição, mas era o ato de matar que lhe proporcionava uma satisfação visceral. Confidenciara certa vez a um amigo: "Tenho um orgasmo quando mato. Não faz diferença se é um cervo, um coelho ou um homem... há alguma coisa em tirar uma vida que faz com que a pessoa se sinta como Deus."

Acoca trabalhara no serviço de informações militar e alcançara uma excelente reputação rapidamente. Era destemido, implacável e inteligente, uma combinação que atraíra a atenção de um dos auxiliares diretos do general Franco.

Ingressara no Estado-Maior de Franco como tenente, e em menos de três anos alcançara o posto de coronel, uma façanha sem precedentes. Recebera o comando dos falangistas, o grupo especial usado para aterrorizar os opositores a Franco.

Fora durante a guerra que Acoca recebera a visita de um emissário do OPUS MUNDO.

– Quero que compreenda que estamos lhe falando com a permissão do general Franco.

– Claro, senhor.

– Estamos observando-o há algum tempo, coronel. E estamos satisfeitos com o que vemos.

– Obrigado, senhor.

– De vez em quando, temos certas missões que são... digamos assim... confidenciais. E muito perigosas.

– Eu compreendo, senhor.

– Temos muitos inimigos. Pessoas que não compreendem a importância do trabalho que realizamos.

– Posso imaginar, senhor.

– Às vezes elas interferem em nossos planos. Não podemos permitir que isso aconteça.

– Claro que não, senhor.

– Creio que poderíamos usar um homem como você, coronel. Acho que nos entendemos.

– Claro, senhor. Eu me sentiria honrado em prestar qualquer serviço.

– Gostaríamos que permanecesse no Exército. Isso será valioso para nós. Mas de vez em quando vamos designá-lo para atuar em nossos projetos especiais.

– Obrigado, senhor.

– Nunca deve falar sobre isso com ninguém.

– Nunca, senhor.

O homem deixara Acoca nervoso. Havia alguma coisa nele que era extremamente assustadora.

COM O TEMPO, O CORONEL Acoca fora convocado a realizar algumas missões para o OPUS MUNDO. Como fora avisado, todas eram perigosas. E absolutamente confidenciais.

Numa dessas missoes, Acoca conhecera uma linda moça, de excelente família. Até aquele momento, todas as suas mulheres haviam sido prostitutas ou vivandeiras. Acoca sempre as tratara com um desdém brutal. Algumas chegaram a se apaixonar por ele, atraídas por sua força. Essas recebiam o pior tratamento.

Mas Susana Cerredilla pertencia a um mundo diferente. O pai era professor na Universidade de Madri, e a mãe, uma advogada. Susana tinha 17 anos, corpo de mulher e o rosto angelical de uma Madona. Ramón Acoca jamais conhecera ninguém como aquela menina-mulher. Sua vulnerabilidade despertara-lhe uma ternura que jamais imaginara ser capaz de sentir. Apaixonara-se loucamente por ela, e o sentimento fora recíproco, por razões que nem os pais dela nem Acoca compreendiam.

A lua de mel fora como se Acoca jamais tivesse conhecido outra mulher. Conhecera o desejo, mas a combinação de amor e paixão era algo que nunca experimentara antes.

Três meses depois do casamento, Susana informara-lhe que estava grávida. Acoca sentira a maior emoção. Para aumentar sua alegria, fora destacado para um posto na linda aldeia de Castilblanco, no País Basco. Era o outono de 1936, quando a luta entre republicanos e nacionalistas se tornava mais ferrenha.

Numa tranquila manhã de domingo, Ramón Acoca e a esposa tomavam café na *plaza* da aldeia quando subitamente surgiram vários manifestantes bascos.

– Quero que vá para casa – dissera Acoca à esposa. – Vai haver problemas.

– E você?

– Vá logo, por favor. Ficarei bem.

Os manifestantes estavam começando a escapar ao controle.

Com alívio, Ramón Acoca observara Susana afastar-se da multidão, a caminho de um convento na outra extremidade da praça. E no momento em que ela chegava, a porta do convento se abrira de repente e bascos armados, escondidos lá dentro, saíram com as armas disparando. Acoca vira, impotente, a esposa cair sob uma saraivada de balas. Fora nesse dia que jurara vingança contra os bascos. A Igreja também fora responsável.

E agora ele estava em Ávila, diante de outro convento. *Dessa vez eles morrerão.*

Dentro do convento, na escuridão antes do amanhecer, irmã Teresa segurava a Disciplina com a mão direita e açoitava o próprio corpo com violência, sentindo as pontas nodosas cortarem-na, enquanto recitava em silêncio o *Miserere*. Quase soltou um grito alto, mas o barulho não era permitido, e por isso ela reprimiu os gritos. *Perdoa-me, Jesus, por meus pecados. Sê testemunha que puni a mim mesma, como tu foste punido,* e *que me infligi ferimentos, como ferimentos te foram infligidos. Deixa-me sofrer, como tu sofreste.*

Ela estava quase desmaiando de dor. Flagelou-se por mais três vezes e depois arriou, agoniada, sobre o catre. Não arrancara sangue. Isso era proibido. Estremecendo contra a agonia que cada movimento provocava, irmã Teresa guardou o açoite na caixa preta e largou-a num canto. Estava sempre ali, uma lembrança constante de que o menor pecado devia ser pago com a dor.

A transgressão de irmã Teresa ocorrera naquela manhã, quando virava uma esquina do corredor, olhos baixos, e esbarrara em irmã Graciela. Sobressaltada, fitara o rosto da irmã Graciela. Irmã Teresa imediatamente comunicara a infração, e a reverenda madre Betina franzira o rosto em desaprovação, fizera o sinal da Disciplina, deslocando a mão direita de ombro para ombro, três vezes, a mão fechada, como se empunhasse o açoite, o polegar sob o indicador.

Deitada em seu catre, irmã Teresa não conseguira tirar da cabeça o rosto de extraordinária beleza da jovem que contemplara. Ela sabia que, enquanto vivesse, nunca se falariam e nunca mais tornaria a fitá-la, pois o menor indício de intimidade entre as freiras era punido com rigor. Num clima de rígida austeridade moral e física, não era permitido qualquer tipo de relacionamento. Se duas irmãs trabalhavam lado a lado e pareciam desfrutar da companhia silenciosa uma da outra, a reverenda madre logo as separava. As irmãs também não tinham permissão para sentar ao lado da mesma pessoa à mesa por duas vezes consecutivas. A Igreja delicadamente chamava a atração de uma freira por outra de "uma amizade particular", e a penalidade era rápida e severa. Irmã Teresa assumira a punição por violar a regra.

Agora o repique do sino chegou aos ouvidos de irmã Teresa como se soasse muito longe. Era a voz de Deus, repreendendo-a.

NA CELA DO LADO O SOM do sino ressoou pelos corredores dos sonhos de irmã Graciela, misturando-se com os rangidos lúbricos das molas da cama. O mouro avançava em sua direção, nu, a virilidade intumescida, as mãos se estendendo para agarrá-la. Irmã Graciela abriu os olhos, instantaneamente desperta, o coração disparado num frenesi. Olhou à volta, apavorada, mas estava sozinha na pequena cela e ouvia-se apenas o repicar tranquilizador do sino.

Irmã Graciela ajoelhou-se ao lado da cama. *Jesus, agradeço por me livrar do passado. Agradeço pela alegria que sinto por estar aqui, à Sua luz. Deixe-me experimentar apenas a felicidade do Seu ser. Ajude-me, meu Amado, a ser sincera ao Seu chamado. Ajude-me a aliviar o pesar do Seu sagrado coração.*

Ela levantou-se e arrumou a cama com cuidado, depois juntou-se à procissão de freiras que se encaminhavam em silêncio para as matinas na capela. Podia sentir o cheiro familiar de velas acesas e as pedras gastas sob os pés metidos em sandálias.

No início, assim que entrara para o convento, irmã Graciela não compreendera quando a reverenda madre lhe dissera que uma freira era uma mulher que renunciava a tudo, a fim de possuir tudo. Tinha 14 anos na ocasião. Agora, 17 anos depois, aquilo era evidente para ela. Na contemplação, possuía tudo, pois a contemplação era a mente respondendo à alma, as águas que corriam em silêncio. Seus dias eram preenchidos por uma paz maravilhosa.

Obrigada por me deixares esquecer, Pai. Obrigada por ficares ao meu lado. Eu não poderia enfrentar o terrível passado sem Ti. Obrigada... Obrigada... Obrigada...

Quando as matinas acabaram, as freiras voltaram às suas celas para dormir até os laudes, o nascer do sol.

Lá fora, o coronel Ramón Acoca e seus homens avançaram rapidamente pela escuridão. Ao chegarem ao convento, o coronel disse:

– Jaime Miró e seus homens estarão armados. Não corram riscos. – Olhou para a fachada do convento, e por um instante viu o outro convento, com os guerrilheiros bascos saindo, e Susana tombando sob uma saraivada de balas. E acrescentou: – Não se preocupem em capturar Miró vivo.

Irmã Megan foi despertada pelo silêncio. Era um silêncio diferente, comovente, um ímpeto apressado de ar, um sussurro de corpos. Havia sons que ela nunca ouvira antes, em seus 15 anos no convento. Foi subitamente invadida por uma premonição de que havia algo muito errado.

Levantou-se sem fazer barulho na escuridão e abriu a porta de sua cela. Era inacreditável, mas o longo corredor de pedra estava cheio de homens. Um gigante com uma cicatriz no rosto saía da cela da reverenda madre, puxando-a pelo braço. Megan ficou chocada. *Estou tendo um pesadelo,* pensou. *Estes homens não podem estar aqui.*

– Onde o estão escondendo? – perguntou o coronel Acoca.

A reverenda madre Betina tinha uma expressão de horror atordoado.

– Silêncio! Este é um templo de Deus. Está profanando-o. – Sua voz era trêmula. – Devem se retirar já.

O coronel apertou-lhe o braço com mais força e sacudiu-a.

– Quero Miró, irmã.

O pesadelo era real.

Outras portas de celas começaram a ser abertas e mais freiras apareceram, com expressões de total confusão. Nunca houvera coisa alguma em sua experiência que as preparasse para aquele acontecimento extraordinário.

O coronel Acoca empurrou a reverenda madre para longe e virou-se para Patrício Arrieta, um dos seus ajudantes principais:

– Revistem tudo. De alto a baixo.

Os homens de Acoca começaram a se espalhar, invadindo a capela, o refeitório e as celas, acordando as freiras que ainda dormiam e forçando-as rudemente a se levantarem e seguirem pelos corredores até a capela. As freiras obedeciam sem dizer nada, mantendo mesmo nessa hora o voto de silêncio. Para Megan, a cena era como um filme sem som.

Os homens de Acoca estavam imbuídos de um senso de vingança. Todos eram falangistas e lembravam muito bem que a Igreja se virara contra eles durante a guerra civil e apoiara os legalistas contra seu amado líder, o generalíssimo Franco. Aquela era a oportunidade de uma desforra. A força e o silêncio das freiras deixavam os homens ainda mais furiosos.

Ao passar por uma das celas, Acoca ouviu um grito lá dentro. Olhou e viu um dos seus homens arrancando o hábito de uma freira. Ele seguiu em frente.

Irmã Lucia foi despertada por gritos de homens. Sentou-se em pânico. *A polícia me descobriu,* foi seu primeiro pensamento. *Preciso sair daqui imediatamente.* Mas não havia meio de sair do convento, a não ser pela porta da frente.

Levantou-se apressada e espiou pelo corredor. A visão com que seus olhos se defrontaram era espantosa. O corredor não estava cheio de guardas, mas sim de homens em trajes civis, armas em punho, destruindo lampiões e mesas. A confusão era total, enquanto eles corriam de um lado para outro.

A reverenda madre Betina estava parada no centro do caos rezando em silêncio, enquanto contemplava a profanação de seu amado convento. Irmã Megan foi para seu lado e Lucia se apressou em ir para junto das duas.

– O que está acontecendo? – perguntou Lucia. – Quem são eles? – Eram as primeiras palavras que pronunciava em voz alta desde que ingressara no convento.

A reverenda madre pôs a mão direita sob sua axila esquerda, três vezes, o sinal para *esconder.* Lucia fitou-a, incrédula.

– Pode falar agora! Vamos sair daqui, pelo amor de Deus! E é mesmo pelo amor de Deus!

Patrício Arrieta aproximou-se de Acoca.

– Já procuramos por toda parte, coronel. Não há sinal de Jaime Miró ou de seus homens.

– Procurem de novo – insistiu Acoca, obstinado.

Foi nesse momento que a reverenda madre lembrou-se do único tesouro que o convento possuía. Dirigiu-se à irmã Teresa e sussurrou:

– Tenho uma missão para você. Pegue a cruz de ouro na capela e leve-a para o convento em Mendavia. Precisa tirá-la daqui. Depressa!

Irmã Teresa tremia tanto que sua touca adejava em ondas. Olhava fixamente para a reverenda madre, paralisada. Passara os últimos trinta anos de sua vida no convento. A perspectiva de sair dali estava além da imaginação e fez o sinal de *não posso.* A reverenda madre estava frenética.

– A cruz não deve cair nas mãos desses homens de Satã. Faça isso por Jesus.

Uma luz surgiu nos olhos de irmã Teresa. Ela empertigou-se, fez o sinal de *por Jesus.* Virou-se e seguiu apressada para a capela.

Irmã Graciela aproximou-se do grupo, olhando atordoada para a confusão desvairada do lugar.

Os homens estavam se tornando cada vez mais violentos, quebrando tudo pela frente. O coronel Acoca observava-os com uma expressão de aprovação. Lucia virou-se para Megan e Graciela.

– Não sei o que vocês duas estão pensando, mas eu vou sair daqui. Vocês vêm comigo?

Elas fitaram-na, aturdidas demais para responderem. Irmã Teresa aproximou-se delas, apressada, carregando alguma coisa envolta por uma lona. Alguns homens conduziam mais freiras para o refeitório.

– Vamos logo – insistiu Lucia.

As irmãs Teresa, Megan e Graciela hesitaram por um momento, depois seguiram Lucia para a porta da frente. Ao virarem a extremidade do comprido corredor, perceberam que a enorme porta fora arrombada. Um homem surgiu de repente na frente delas.

– Estão indo a algum lugar? Podem voltar. Meus amigos têm planos para vocês.

Lucia disse:

– Temos um presente para você.

Ela pegou um dos pesados castiçais de metal que ficavam nas mesas do vestíbulo e sorriu. O homem ficou perplexo.

– O que pode fazer com esse castiçal?

– Isto! – Lucia bateu o castiçal na cabeça do homem, que caiu no chão, inconsciente.

As três freiras ficaram horrorizadas.

– Depressa! – disse Lucia.

Um instante depois, Lucia, Megan, Graciela e Teresa estavam no pátio da frente, correndo para o portão, sob a noite estrelada. Lucia parou.

– Vou me separar de vocês. Eles vão procurá-las, e por isso é melhor saírem daqui o mais depressa possível. – Virou-se e começou a seguir para as montanhas, que se elevavam ao longe, muito acima do convento. *Eu me esconderei lá em cima até a busca esfriar e depois irei para a Suíça. É muito azar. Aqueles filhos da mãe destruíram um disfarce perfeito.*

Enquanto subia pela encosta, Lucia olhou para baixo. Lá de cima, podia avistar as três irmãs. Por mais incrível que pudesse parecer, continuavam paradas na frente do portão do convento, como três estátuas vestidas de preto. *Pelo amor de Deus!*, pensou. *Saiam logo daí, antes que eles as peguem! Depressa!*

Elas não podiam se mexer. Era como se todos os seus sentidos tivessem permanecido paralisados por tanto tempo que agora se encontravam incapazes de absorver o que lhes acontecia. As freiras olhavam para os pés. Tão atordoadas que não podiam pensar. Haviam passado tanto tempo enclausuradas por trás dos portões de Deus, apartadas do mundo, que agora, fora dos portões protetores, viam-se dominadas por sentimentos de confusão e pânico. Não tinham a menor ideia de que rumo seguir ou o que fazer. Lá dentro, a vida toda era organizada para elas. Haviam sido alimentadas, vestidas, instruídas sobre o que fazer e quando. Viviam de acordo com as regras. Agora, subitamente, não havia mais regras. O que Deus queria delas? Qual seria o Seu plano? Ficaram paradas, juntas, com medo de falar, com medo de olhar uma para a outra.

Hesitante, irmã Teresa apontou para as luzes de Ávila, ao longe, e fez sinal de *por ali*. Indecisas, elas começaram a se dirigir à cidade.

Observando-as do alto da colina, Lucia pensou: *Não, suas idiotas! Este será o primeiro lugar em que eles vão procurá-las. Ora, o problema é de vocês. Já tenho os meus.* Ficou parada por um instante, observando as freiras se encaminharem para a perdição, direto para o matadouro. *Merda.*

Lucia desceu a encosta, tropeçando em pedras soltas, correu atrás das irmãs, o hábito incômodo diminuindo a velocidade.

– Esperem um instante! – gritou. – Parem!

As irmãs pararam e se viraram. Lucia aproximou-se correndo, a respiração ofegante.

– Estão indo pelo caminho errado. O primeiro lugar em que irão procurar vocês será na cidade. Devem se esconder em algum outro lugar.

As três irmãs fitaram-na em silêncio. Lucia acrescentou, impaciente:

– As montanhas. Subam para as montanhas. Sigam-me. – Virou-se e começou a voltar para as montanhas. As outras ficaram olhando e depois de um momento partiram em seu encalço, uma a uma.

De vez em quando Lucia olhava para trás, a fim de se certificar de que as outras a seguiam. *Por que não posso cuidar apenas da minha própria vida?*, pensou. *Elas não são uma responsabilidade minha. E é mais perigoso se ficarmos juntas.* Continuou a subir, cuidando para que as outras não a perdessem de vista.

As irmãs encontravam maior dificuldade na escalada, e cada vez que ficavam mais lentas, Lucia parava e esperava. *Vou me livrar delas amanhã.*

– Precisamos andar mais depressa – exortou Lucia.

NO CONVENTO, A BATIDA chegara ao fim. As freiras atordoadas, os hábitos amarrotados e manchados de sangue, estavam sendo embarcadas em caminhões fechados, anônimos.

– Leve-as de volta para o quartel-general em Madri – exortou o coronel Acoca. – E mantenha todas no isolamento.

– Sob que acusação?

– Esconder terroristas.

– Pois não, coronel. – Patrício Arrieta hesitou por um instante. – Quatro freiras estão desaparecidas.

Os olhos do coronel Acoca tornaram-se frios.

– Encontre-as.

O CORONEL ACOCA RETORNOU a Madri e foi se reportar ao primeiro-ministro.

– Jaime Miró escapou antes de chegarmos ao convento.

Martínez balançou a cabeça.

– Eu já soube. – Não pôde deixar de especular se Jaime Miró alguma vez estivera no convento. De uma coisa estava certo. O coronel Acoca estava perigosamente escapando ao controle. Houvera violentos protestos pelo brutal ataque ao convento. O primeiro-ministro escolheu as palavras com todo cuidado: – Os jornais estão me criticando pelo acontecido.

– Os jornais estão transformando esse terrorista num herói – retrucou Acoca, impassível. – Não podemos permitir que nos pressionem.

– Ele está causando muito embaraço ao governo, coronel. E aquelas quatro freiras... se elas falarem...

– Não se preocupe. Não podem ir longe. Eu as pegarei, e encontrarei Miró.

O primeiro-ministro já decidira que não podia mais correr riscos.

– Coronel, quero que providencie para que as 36 freiras sejam bem tratadas, e estou ordenando que o Exército participe da busca a Miró e aos outros. Vai trabalhar com o coronel Sostelo.

Houve uma pausa longa e perigosa.

Qual de nós estará no comando da operação?

Os olhos de Acoca eram frios. O primeiro-ministro engoliu em seco.

– Você, é claro.

LUCIA E AS TRÊS IRMÃS viajaram pelo início da manhã, seguindo para o norte, na direção das montanhas, afastando-se de Ávila e do convento. As freiras, acostumadas a se movimentarem em silêncio, quase não faziam barulho. Os únicos sons eram o farfalhar dos hábitos, o retinir dos rosários, o estalido ocasional de um graveto quebrado e as respirações ofegantes, enquanto subiam cada vez mais.

Chegaram a um platô na montanha Guadarrama e avançaram por uma estrada esburacada, margeada por muretas de pedra. Passaram por campos com ovelhas e cabras. Ao nascer do sol, já haviam percorrido vários quilômetros e se encontravam num bosque, nos arredores da pequena aldeia de Villacastín.

Vou deixá-las aqui, decidiu Lucia. *Seu Deus pode cuidar delas agora. Sem dúvida, Ele cuidou muito bem de mim,* pensou, amargurada. *A Suíça está mais longe do que nunca. Não tenho dinheiro nem passaporte, estou vestida como um agente funerário. A essa altura, aqueles homens já sabem que escapamos. Ficarão à nossa procura até nos encontrarem. Quanto mais cedo eu sair daqui sozinha, melhor.*

Mas nesse instante aconteceu uma coisa que a levou a mudar os planos.

Irmã Teresa avançava entre as árvores quando tropeçou e o embrulho que guardava com tanto cuidado caiu na terra. A lona se abriu, e Lucia se viu diante de uma cruz de ouro, grande, lavrada com requinte, faiscando aos raios do sol nascente.

É ouro de verdade, pensou. *Alguém lá em cima está mesmo cuidando de mim. Aquela cruz é um maná. Um autêntico maná. A minha passagem para a Suíça.*

Lucia observou irmã Teresa pegar a cruz e tornar a enrolar a lona, com todo o cuidado. Sorriu satisfeita. Seria fácil tomá-la. As freiras fariam qualquer coisa que ela mandasse.

A CIDADE DE ÁVILA estava em alvoroço. As notícias do ataque ao convento haviam se espalhado depressa, e o padre Berrendo foi escolhido para uma confrontação com o coronel Acoca. O padre tinha mais de 70 anos, com uma fragilidade exterior que não condizia com a força interior. Era um pastor afetuoso e compreensivo para com seus paroquianos. Naquele momento, porém, sentia uma fúria incontrolável.

O coronel Acoca deixou-o à espera por uma hora, depois permitiu que o levassem até sua sala.

Padre Berrendo foi logo dizendo, sem qualquer preâmbulo:

– Você e seus homens atacaram um convento sem a menor provocação. Foi um ato de loucura.

– Procurávamos apenas cumprir o nosso dever – retrucou o coronel, em tom ríspido. – O convento abrigava Jaime Miró e seu bando de assassinos. Com isso, as próprias irmãs foram responsáveis pelo que aconteceu. Estão detidas para interrogatório.

– O senhor encontrou Jaime Miró no convento? – perguntou o padre, irritado.

O coronel Acoca respondeu suavemente:

– Não. Ele e seus homens escaparam antes da nossa chegada. Mas vamos encontrá-lo, e se fará justiça.

A minha justiça, pensou o coronel Acoca, selvagemente.

5

As freiras avançavam devagar, com seus trajes inadequados para o terreno acidentado. As sandálias eram finas demais para proteger-lhes os pés contra o terreno pedregoso, e os hábitos ficavam presos em tudo. Irmã Teresa descobriu que não podia sequer recitar seu rosário. Precisava das duas mãos para evitar que os galhos batessem em seu rosto.

À luz do dia, a liberdade parecia ainda mais aterradora do que antes. Deus expulsara as irmãs do Éden para um mundo estranho e assustador, retirando Sua orientação, em que elas haviam se apoiado por tanto tempo. Descobriram-se num território inexplorado, sem mapa e sem bússola. Os muros que as protegeram do mal por tantos anos haviam desaparecido, e sentiam-se desprotegidas e expostas. O perigo rondava por toda parte, e não mais dispunham de um refúgio. Eram alienígenas. As vistas e sons eram fascinantes. Havia o zumbido dos insetos e o canto dos pássaros, o céu muito azul, tudo investindo contra seus sentidos. E havia algo mais que era desconcertante.

Ao fugirem do convento, Teresa, Graciela e Megan evitaram com todo cuidado olhar uma para a outra, atendo-se instintivamente às regras. Agora, no entanto, cada uma se descobria a estudar avidamente os rostos das outras. Além disso, após tantos anos de silêncio, encontravam dificuldade para falar; e, quando falavam, as palavras eram hesitantes, como se isso lhes fosse novo e desconhecido. Suas vozes soavam estranhas aos próprios ouvidos. Apenas Lucia parecia desinibida e segura, e as outras se submeteram automaticamente à sua liderança.

– É melhor nos apresentarmos. Sou a irmã Lucia – disse.

Houve uma pausa constrangida, e depois Graciela disse, timidamente:

– Sou a irma Graciela.

A de cabelos escuros, beleza excepcional.

– Sou a irma Megan.

A jovem loura, com olhos azuis deslumbrantes.

– Sou a irmã Teresa.

A mais velha do grupo. Cinquenta anos? Sessenta?

Enquanto paravam no bosque para descansar, perto da aldeia, Lucia pensou: *Elas são como aves recém-nascidas, caídas dos ninhos. Não durariam cinco minutos sozinhas. Ora, azar delas. Vou partir para a Suíça com a cruz.*

Lucia foi até a beira da clareira em que se encontravam e olhou através das árvores para a pequena aldeia lá embaixo. Poucas pessoas andavam pela rua, mas não havia sinal dos homens que invadiram o convento. *Agora,* pensou Lucia. *Esta é a minha oportunidade.* Ela virou-se para as outras.

– Vou descer até a aldeia para tentar arrumar comida. Esperem aqui. – Acenou com a cabeça para irmã Teresa. – Venha comigo.

Irmã Teresa ficou confusa. Durante trinta anos obedecera apenas às ordens da reverenda madre Betina, e agora, subitamente, aquela irmã assumira o comando. *Mas o que está acontecendo é a vontade de Deus,* pensou. *Ele escolheu-a para nos guiar e, assim, ela fala com Sua voz.*

– Devo levar esta cruz para o convento em Mendavia o mais depressa possível.

– Está bem. Quando chegarmos lá embaixo, pediremos para nos informarem o caminho.

As duas começaram a descer a encosta para a aldeia, Lucia atenta a qualquer perspectiva de problema. Não havia nenhuma.

Vai ser muito fácil, pensou.

Chegaram aos arredores da aldeia. Uma placa informava: VILLACASTÍN. À frente ficava a rua principal. À esquerda, uma rua pequena e deserta.

Ótimo, pensou Lucia. Nao haveria ninguém para testemunhar o que estava prestes a acontecer. Ela entrou pela rua secundária.

– Vamos por aqui. Haverá menos possibilidade de alguém nos ver.

Irmã Teresa balançou a cabeça e seguiu-a, obediente. A questão agora era como lhe tirar a cruz.

Eu poderia agarrar a cruz e correr, pensou Lucia, *mas ela provavelmente gritaria e chamaria muita atenção. É melhor dar um jeito para que fique quieta.*

Um pequeno galho de uma árvore estava caído no chão, à sua frente. Lucia parou, inclinou-se para pegá-lo. Era pesado. *Perfeito.* Esperou que irmã Teresa a alcançasse.

– Irmã Teresa...

A freira virou-se para fitá-la. No momento em que Lucia começava a levantar o porrete, uma voz de homem disse, surgindo do nada:

– Deus esteja com vocês, irmãs.

Lucia virou-se, pronta para correr. Um homem se encontrava parado ali, usando o hábito marrom comprido e capuz de frade. Era alto e magro, rosto aquilino, a expressão mais santa que Lucia já vira. Os olhos pareciam luzir com uma quente luz interior, a voz era suave e gentil.

– Sou o frei Miguel Carrillo.

A mente de Lucia estava em disparada. Seu primeiro plano fora interrompido. Mas agora, subitamente, tinha outro melhor.

– Graças a Deus que nos encontrou – murmurou. Aquele homem seria a sua garantia de fuga. Saberia o meio mais fácil de deixar a Espanha. – Viemos do convento Cisterciense perto de Ávila. Ontem à noite ele foi invadido por alguns homens. As freiras foram levadas. Mas nós e outras duas conseguimos escapar.

Quando o frade respondeu, a voz estava impregnada de raiva:

– Venho do mosteiro em San Generro, onde estive durante os últimos vinte anos. Fomos atacados anteontem – suspirou. – Sei que Deus tem algum desígnio para todos os seus filhos, mas devo confessar que no momento não compreendo qual possa ser.

– Esses homens estão à nossa procura – disse Lucia. – É importante que saiamos da Espanha tão depressa quanto possível. Sabe como fazer isso?

Frei Carrillo sorriu gentilmente.

– Acho que posso ajudá-las, irmã. Deus nos reuniu. Leve-me para o lugar em que estão as outras.

Em poucos minutos Lucia levou o frade para o bosque e anunciou:

– Este é frei Carrillo. Ele passou os últimos vinte anos num mosteiro. Veio para nos ajudar.

As reações ao frade foram diferentes. Graciela não ousou fitá-lo diretamente. Megan estudou-o com olhares rápidos e interessados, e irmã Teresa considerou-o como um mensageiro enviado por Deus para levá-las ao convento em Mendavia.

Frei Carrillo disse:

– Os homens que atacaram o convento estão sem dúvida à procura de vocês. Ficarão atentos a quatro freiras. A primeira coisa que devem fazer é trocar de roupa.

– Não temos outras roupas – lembrou Megan.

Frei Carrillo deu-lhe um sorriso beatífico.

– Nosso Senhor tem um vasto guarda-roupa. Não se preocupe, minha criança. Ele nos proverá. Vamos para a aldeia.

ERAM 14 HORAS, o momento da *siesta*, e frei Carrillo e as quatro freiras desceram pela rua principal da aldeia, alertas a qualquer sinal dos perseguidores. As lojas estavam fechadas, mas os restaurantes e bares se encontravam abertos, e deles saía uma música estranha, estridente e dissonante. Frei Carrillo percebeu a expressão espantada no rosto de irmã Teresa e explicou:

– Isso é *rock and roll*! Uma música bem popular entre os jovens hoje em dia.

Duas moças estavam paradas na frente de um bar e ficaram olhando para as freiras, que também olharam, aturdidas com suas estranhas roupas. Uma delas usava uma saia tão curta que mal cobria as coxas, a outra estava com uma saia mais comprida, só que aberta nos lados. As duas usavam blusas de tricô muito justas sem mangas.

É como se estivessem quase nuas, pensou irmã Teresa, horrorizada.

Um homem estava na porta, com um suéter de gola rulê, um casaco de aparência estranha, sem gola, e um pendente de brilhante no pescoço.

Cheiros estranhos receberam as freiras quando passaram por uma *bodega*. Nicotina e uísque.

Megan olhava fixamente para alguma coisa no outro lado da rua. Ela parou.

– O que houve? Qual é o problema? – perguntou frei Carrillo.

Ele virou-se para olhar. Megan observava uma mulher carregando um bebê. Quantos anos haviam passado desde a última vez em que vira um bebê ou mesmo uma criança pequena? Desde o orfanato, há 14 anos. O choque súbito fez com que Megan compreendesse o quanto sua vida estivera distante do mundo exterior.

Irmã Teresa também olhava para o bebê, mas pensava em outra coisa. *É o bebê de Monique.* A criança no outro lado da rua começou a gritar. *Está chorando porque eu o abandonei. Mas não, isso é impossível. Aconteceu há trinta anos.* Irmã Teresa virou-se, os gritos do bebê ressoando-lhe nos ouvidos. Eles seguiram em frente.

Passaram por um cinema. O cartaz na marquise anunciava: *Três amantes,* e as fotografias mostravam mulheres sumariamente vestidas, abraçando um homem com o peito nu.

– Ora, elas estão... estão quase nuas! – exclamou irmã Teresa.

Frei Carrillo franziu o rosto.

– Tem razão. É vergonhoso o que o cinema tem permissão para mostrar hoje em dia. Esse filme é pura pornografia. Os atos mais pessoais e íntimos são apresentados, para todos verem. Transformam os filhos de Deus em animais.

Passaram por uma loja de ferragens, um salão de beleza, uma floricultura e uma loja de doces, todas fechadas para a *siesta.* As irmãs pararam diante de cada loja e olharam aturdidas as vitrines, cheias de objetos outrora familiares, agora mera recordação.

Ao se aproximarem de uma loja de roupas femininas, frei Carrillo disse:

– Parem.

As cortinas nas vitrines estavam arriadas, e um cartaz na porta avisava· FECHADA.

– Esperem aqui, por favor.

As quatro mulheres observaram, enquanto ele dobrava a esquina e desaparecia. Trocaram olhares, aturdidas. O que ele ia fazer? E se não voltasse?

Poucos minutos depois elas ouviram o barulho da porta da frente sendo aberta. Frei Carrillo ali estava, com uma expressão radiante. Gesticulou para que entrassem.

– Depressa!

Depois que todas estavam dentro da loja, ele trancara a porta, Lucia perguntou:

– Como pôde...?

– Deus provê uma porta dos fundos, assim como a porta da frente – respondeu, solenemente.

Mas havia uma insinuação maliciosa em sua voz que fez Megan sorrir.

As irmãs correram os olhos pela loja, assustadas. Era uma cornucópia multicolorida de vestidos e suéteres, sutiãs e meias, sapatos de saltos altos e chapéus. Artigos que não viam havia anos. E os estilos pareciam muito estranhos. Havia bolsas e echarpes, estojos de maquilagem e blusas. Era coisa demais para absorver. As freiras ficaram imóveis, atordoadas.

– Devemos nos apressar antes que a *siesta* acabe e a loja seja reaberta – advertiu frei Carrillo. – Sirvam-se. Escolham o que acharem melhor.

Lucia pensou: *Graças a Deus posso me vestir como uma mulher outra vez.* Ela encaminhou-se para um cabideiro com vestidos e começou a examiná-los. Encontrou uma saia bege com uma blusa de seda castanho-amarelada para acompanhá-la. *Não é Balenciaga, mas servirá por enquanto.* Apanhou também uma calcinha, um sutiã e um par de botas confortáveis. Foi para trás de um cabideiro, despiu-se e em poucos minutos estava pronta para partir.

As outras demoraram a escolher suas roupas.

Graciela pegou um vestido branco de algodão que ressaltava os cabelos escuros e a pele morena, além de um par de sandálias.

Megan pegou um vestido de algodão estampado que descia abaixo dos joelhos e sandálias de saltos baixos.

Irmã Teresa teve a maior dificuldade para escolher um traje. A variedade de opções era desconcertante. Havia sedas e flanelas, tweeds e couro... algodão, sarja e veludo... vestidos axadrezados e listrados de todas as cores. E todos pareciam... *sumários,* foi a palavra que lhe veio à mente. Durante os últimos trinta anos cobrira-se decentemente com os hábitos pesados de sua vocação. E agora lhe pediam que os removesse e pusesse aquelas criações indecentes. Acabou escolhendo a saia mais comprida que pôde encontrar e uma blusa de algodão, de mangas compridas e gola alta.

Frei Carrillo exortou-as:

– Depressa, irmãs. Troquem logo de roupa.

Elas se entreolharam, embaraçadas. Ele sorriu.

– Ficarei à espera de vocês no escritório, é claro. – Foi para os fundos da loja e entrou no escritório. As irmãs começaram a se despir, terrivelmente inibidas pela presença das outras.

No escritório, frei Carrillo puxara uma cadeira para a porta, subira nela, e olhava pela bandeira da porta, enquanto as irmãs se despiam. Estava pensando: *Qual delas vou comer primeiro?*

Miguel Carrillo iniciara sua carreira como ladrão quando tinha apenas 10 anos. Nascera com cabelos louros encaracolados e um rosto angelical, o que se tornou de valor inestimável na carreira que escolheu. Começou de baixo, furtando bolsas e pequenos objetos em lojas. À medida que se tornou mais velho, expandiu sua carreira e começou a roubar bêbados e a explorar mulheres ricas. Como era muito atraente, teve um enorme sucesso. Inventou vários golpes originais, cada um mais engenhoso do que o anterior. Infelizmente, o último golpe foi sua desgraça.

Apresentando-se como frei de um mosteiro distante, Carrillo viajou de igreja em igreja, solicitando abrigo para a noite. Era sempre atendido e, pela manhã, quando abria a porta da igreja, o padre descobria que todos os artefatos valiosos haviam desaparecido, junto com o bom frei.

Infelizmente, o destino o traíra. Duas noites antes, em Béjar, uma pequena cidade perto de Ávila, o padre voltou inesperadamente, e Miguel Carrillo foi surpreendido no ato de roubar o tesouro da igreja. O padre era corpulento e forte, derrubou Carrillo no chão e anunciou que ia entregá-lo à polícia. Um pesado cálice de prata caíra no chão, Carrillo pegou-o e golpeou o padre. Ou o cálice era muito pesado ou o crânio do padre muito frágil, pois o homem morreu. Miguel Carrillo fugiu em pânico, ansioso por ficar o mais longe possível do local do crime. Passou por Ávila e soube do ataque ao convento, desfechado pelo coronel Acoca e os agentes secretos do GOE. E o destino quis que Carrillo se descobrisse no caminho das quatro freiras fugitivas.

Agora, ansioso, estudou os corpos nus e pensou: *Há outra possibilidade interessante. Como o coronel Acoca e seus homens estão à procura das irmãs, deve haver uma boa recompensa por suas cabeças. Vou comê-las primeiro e depois entregá-las a Acoca.*

As mulheres, à exceção de Lucia, que já terminara de se vestir, estavam totalmente nuas. Carrillo observou-as vestirem desajeitadas as novas roupas de baixo. Mas logo se arrumaram, abotoando com alguma dificuldade os botões a que não estavam acostumadas, puxando os zíperes, querendo sair dali depressa, antes de serem descobertas.

Está na hora de entrar em ação, pensou Carrillo, feliz. Desceu da cadeira e voltou à loja. Aproximou-se das mulheres, estudou-as com aprovação e disse:

– Excelente. Ninguém nesse mundo pensaria que vocês são freiras. Gostaria de sugerir lenços para a cabeça.

Escolheu um lenço para cada uma e observou-as ajeitarem em suas cabeças.

Miguel Carrillo tomou sua decisão. Graciela seria a primeira. Era sem dúvida uma das mulheres mais bonitas que já vira. E que corpo! *Como ela pôde desperdiçar tudo isto com Deus? Eu lhe ensinarei o que fazer com seus atributos.* Disse a Lucia, Teresa e Megan:

– Vocês devem estar com fome. Podem ir até o café por onde passamos e nos esperar ali. Irei à igreja e pedirei algum dinheiro emprestado ao padre, a fim de podermos comer. – Virou-se para Graciela. – Quero que venha comigo, irmã, para explicar ao padre o que aconteceu no convento.

– Eu... eu... está bem.

Carrillo acrescentou para as outras:

– Estaremos com vocês de novo dentro de pouco tempo. Sugiro que saiam pela porta dos fundos. – Observou Lucia, Teresa e Megan saírem. Depois que ouviu a porta dos fundos fechar, virou-se para Graciela. *Ela é fantástica...* pensou. *Talvez eu a mantenha comigo, usando-a em alguns golpes. Ela pode se tornar uma grande ajuda.* Graciela olhava para ele.

– Estou pronta.

– Ainda não. – Carrillo fingiu estudá-la por um momento. – Não, acho que não vai dar. Essa roupa está errada para você. Tire-a.

– Mas... por quê?

– Não combina com você. As pessoas ficarão olhando, e não vai querer atrair muita atenção.

Ela hesitou, depois foi para trás de um cabideiro.

– Ande depressa. Não dispomos de muito tempo.

Contrafeita, Graciela tirou o vestido pela cabeça. Estava de calcinha e sutiã quando Carrillo surgiu subitamente.

– Tire tudo. – A voz dele era rouca.

Graciela fitou-o, atordoada.

– Como? Não! – Ela estava gritando. – Eu... eu... não posso... Por favor...

Carrillo chegou mais perto.

– Eu a ajudarei, irmã. – Estendeu as mãos, arrancou o sutiã, rasgou a calcinha.

– Não! – berrou Graciela. – Não deve fazer isso! Pare!

Carrillo sorriu.

– *Carita,* estamos apenas no começo. Garanto que vai adorar. – Seus braços fortes envolveram-na. Forçou-a para o chão e levantou o hábito.

Foi como se uma cortina na mente de Graciela se abrisse de repente. Era o mouro tentando entrar nela, dilacerando suas profundezas, os gritos estridentes da mãe. E Graciela pensou, apavorada: *Não, não outra vez. Não, por favor... não outra vez...*

Ela se debatia agora, desesperada, lutando contra Carrillo, na tentativa de se levantar.

– Mas que droga! – exclamou Carrillo.

Bateu com o punho no rosto de Graciela, e ela caiu para trás, atordoada, tonta.

Viu-se retrocedendo no tempo.

De volta... de volta...

6

Las Navas Del Marqués, Espanha,1950

Graciela tinha 5 anos de idade. Suas lembranças mais antigas eram de uma procissão de homens nus entrando e saindo da cama de sua mãe. A mãe explicou:

– Eles são seus tios. Deve mostrar respeito.

Os homens eram rudes e grosseiros, careciam de afeição. Ficavam por uma noite, uma semana, um mês, depois desapareciam. Quando partiam, Dolores Piñero procurava imediatamente um novo homem.

Na juventude, Dolores Piñero fora uma beldade, e Graciela herdara a aparência da mãe. Mesmo quando criança, Graciela era fascinante, com malares salientes, pele azeitonada, cabelos pretos lustrosos, pestanas densas e compridas. O corpo jovem encerrava muitas promessas.

Com a passagem dos anos, o corpo de Dolores Piñero fora dominado pela gordura, e o rosto maravilhoso marcado pelos golpes amargos do tempo. Embora não fosse mais bonita, ela era acessível e possuía a reputação de ser uma ardorosa parceira na cama. Fazer amor era seu único talento, e ela o empregava para tentar agradar aos homens, na esperança de mantê-los, de tentar comprar o amor com seu corpo. Ganhava a vida muito mal como costureira, porque era indiferente a seu ofício e só contratada pelas mulheres da aldeia que não tinham condições de pagar as melhores.

Dolores Piñero desprezava a filha, pois era uma lembrança constante do único homem que ela amara. O pai de Graciela era um mecânico jovem e bonito, que cortejara a bela e jovem Dolores. Ansiosa, ela se deixara seduzir. Quando anunciara que estava grávida, ele desaparecera, deixando Dolores com a maldição de sua semente.

Dolores tinha um temperamento explosivo e desforrou-se na criança. Sempre que Graciela fazia alguma coisa que a desagradava, a mãe a espancava e gritava:

– Você é tão estúpida quanto seu pai!

Não havia a menor possibilidade de a criança escapar à sucessão de golpes ou gritos constantes. Graciela rezava todas as manhãs, ao despertar: *Por favor, Deus, não deixe que mamãe me bata hoje.* Ou: *Por favor, Deus, faça mamãe feliz hoje.* Ou: *Por favor, Deus, faça com que mamãe diga que me ama hoje.*

Quando não estava atacando Graciela, a mãe a ignorava. Graciela preparava as próprias refeições e cuidava de suas roupas. Fazia o lanche que levava para a escola e dizia à professora:

– Minha mãe fez *empanadas* hoje. Ela sabe que eu gosto muito de *empanadas*.

– Rasguei o vestido, mas minha mãe costurou para mim. Ela adora fazer as coisas para mim.

Ou:

– Minha mãe e eu vamos ao cinema amanhã.

E isso partia o coração da professora. Las Navas del Marqués é uma pequena aldeia, a uma hora de Ávila. Como em todas as aldeias, por toda parte, todo mundo sabia da vida de todo mundo. O estilo de vida de Dolores Piñero era uma desgraça e refletia-se sobre Graciela. As outras mães não deixavam que suas filhas brincassem com a menina, a fim de que sua moral não fosse abalada. Graciela frequentava a escola na Plazoleta del Cristo, mas não tinha amigas, nem companheiras de brincadeiras. Era uma das alunas mais inteligentes da escola, mas as notas eram péssimas. Não conseguia se concentrar, pois estava sempre cansada.

A professora a advertia:

– Deve deitar mais cedo, Graciela, a fim de estar bem descansada para fazer seus deveres direito.

Mas a exaustão nada tinha a ver com dormir tarde. Graciela e a mãe partilhavam uma casa pequena, de dois cômodos. A menina dormia num sofá na sala mínima, com apenas uma cortina fina e surrada a separá-la do quarto. Como Graciela podia falar à professora sobre os sons obscenos que a despertavam à noite e a mantinham acordada, enquanto a mãe fazia amor com qualquer estranho que por acaso estivesse em sua cama?

Quando Graciela levava o boletim para casa, a mãe sempre gritava:

– Estas são as notas que eu já esperava! E sabe por que tira essas notas péssimas? Porque você é estúpida! Muito estúpida!

E Graciela acreditava, fazia o maior esforço para não chorar.

À tarde, depois das aulas, Graciela vagava sozinha, andando pelas ruas estreitas e sinuosas, com acácias e plátanos, passando por casas de pedra caiadas de branco, em que pais amorosos viviam com suas famílias. Graciela tinha muitos colegas, mas todos apenas em sua mente. Eram lindas meninas e garotos simpáticos, convidavam-na a todas as suas festas, serviam bolo e sorvete. Os amigos imaginários eram gentis e afetuosos, todos consideravam-na muito inteligente. Quando a mãe não estava por perto, Graciela mantinha longas conversas com os amigos imaginários.

Quer me ajudar com os deveres de casa, Graciela? Não sei somar, e você é muito boa nisso.

O *que vamos fazer esta noite, Graciela? Podemos ir ao cinema ou passear pela cidade e tomar uma Coca-Cola.*

Será que sua mãe a deixaria vir jantar conosco esta noite, Graciela? Vamos ter paella.

Acho que não vai dar. Mamãe se sente muito sozinha quando não estou em casa. Afinal, sou tudo o que ela tem.

Aos domingos, Graciela levantava cedo e vestia-se sem fazer barulho, tomando cuidado para não acordar a mãe e qualquer que fosse o tio que estivesse na cama. Depois, ia para a igreja de San Juan Bautista, onde o padre Pérez falava sobre as alegrias da vida após a morte, uma vida de conto de fadas, com Jesus; e Graciela sentia-se ansiosa em morrer e se encontrar com Jesus.

Padre Pérez era um homem atraente, de 40 e poucos anos. Assistia os ricos e pobres, doentes e saudáveis, desde que viera para Las Navas del Marqués, vários anos antes. Não havia segredos na pequena aldeia que ele não conhecesse. Padre Pérez conhecia Graciela como uma frequentadora assídua da igreja e também estava a par das histórias sobre o constante fluxo de estranhos que partilhavam a cama de Dolores Piñero. Não era um lar apropriado para uma criança, mas não havia nada que ele pudesse fazer a respeito. Admirava-se por Graciela se sair tão bem. Era uma menina boa e gentil, nunca se queixava ou falava sobre a vida doméstica.

Graciela aparecia na igreja todas as manhãs de domingo com uma roupa limpa e arrumada, que ele sabia ter sido lavada por ela. Padre Pérez sabia que ela era escorraçada pelas outras crianças da aldeia, e seu coração se confrangia. Fazia questão de passar alguns momentos com Graciela depois da missa, todos os domingos; e quando dispunha de tempo, levava-a a um café para tomar um sorvete.

No inverno a vida de Graciela era uma paisagem desolada, monótona e sombria. Las Navas del Marqués ficava num vale, cercado de montanhas; por causa disso, os invernos duravam seis meses. Os verões eram mais fáceis de suportar, pois os turistas chegavam e enchiam a aldeia com risos e danças, as ruas fervilhavam. Os turistas reuniam-se na *plaza* de Manuel Delgado Barredo, com seu pequeno coreto de pedra, escutavam a orquestra e observavam os nativos dançarem a sardana, a dança folclórica tradicional de muitos séculos, sempre descalços, as mãos dadas, dando voltas graciosas, num círculo colorido. Graciela gostava de observar os visitantes, sentados em cafés de beira de calçada com seus aperitivos ou envolvidos nas compras no mercado de peixe. À uma hora da tarde a *bodega* estava sempre repleta de turistas, bebendo *chateo* e comendo pedaços de carne, frutos do mar, azeitonas e batata frita.

O mais excitante para Graciela era assistir ao *paseo,* todos os dias, ao final da tarde. Rapazes e moças andavam de um lado para outro da Plaza Mayor, em grupos segregados, os rapazes olhando para as moças, enquanto pais, avós e amigos vigiavam atentos dos cafés na calçada. Era o tradicional ritual de acasalamento, mantido havia séculos. Graciela ansiava participar, mas a mãe proibia.

– Quer ser uma puta? – gritava para a filha. – Fique longe dos rapazes. Eles só querem uma coisa de você. – Uma pausa e ela acrescentava, amargurada: – Sei por experiência própria.

Se os dias eram suportáveis, as noites eram uma agonia. Através da cortina que separava as camas, Graciela podia ouvir os sons dos gemidos, estertores e respiração ofegante, e sempre as obscenidades.

– Mais depressa... com mais força!

– *Cógeme!*

– *Mámame el verga!*

– *Mételo en el culo!*

Antes dos 10 anos de idade, Graciela já ouvira todas as palavras obscenas do vocabulário espanhol. Eram sussurradas e gritadas, balbuciadas e gemidas. Os gritos de paixão repugnavam Graciela e ao mesmo tempo lhe despertavam estranhos desejos.

Quando Graciela estava com 14 anos, o mouro entrou em cena. Era o maior homem que Graciela já vira. A pele era de um preto lustroso e a cabeça raspada. Tinha ombros enormes, peito estufado e braços musculosos. O mouro chegou durante a noite, quando Graciela dormia. Ela só o viu pela manhã, quando ele empurrou a cortina para o lado e passou por sua cama, completamente nu, a caminho da privada nos fundos. Graciela fitou-o e quase soltou um grito de espanto. Ele era enorme, em todas as partes. *Isso vai matar minha mãe,* pensou Graciela. O mouro a viu.

– Ora, ora... o que temos aqui?

Dolores Piñero deixou a cama apressada e veio se postar ao seu lado.

– Minha filha – disse, bruscamente.

Uma onda de embaraço envolveu Graciela ao ver o corpo nu da mãe junto do homem. O mouro sorriu, exibindo dentes bonitos, brancos e regulares.

– Qual é o seu nome, *guapa*?

Graciela estava envergonhada demais com a nudez do homem para falar.

– Ela se chama Graciela e é retardada.

– Ela é linda. Aposto que você era assim quando jovem.

– Ainda sou jovem – respondeu Dolores em tom áspero, virando-se para a filha e acrescentando: – Vista-se ou vai chegar atrasada na escola.

– Está bem, mamãe.

O mouro ficou parado ali, contemplando-a. A mãe pegou-lhe o braço e murmurou, insinuante:

– Vamos voltar para a cama, querido. Ainda não acabamos.

– Mais tarde – respondeu o mouro, ainda olhando para Graciela.

O MOURO FICOU. Todos os dias, ao voltar da escola, Graciela rezava para que ele tivesse ido embora. Por motivos que não compreendia, aquele homem a deixava apavorada. Sempre era polido com ela, e nunca tentava coisa alguma, mas Graciela sentia calafrios só de pensar nele.

O tratamento que ele dispensava à mãe era diferente. Passava a maior parte do dia na pequena casa, bebendo sem parar. Tomava qualquer dinheiro que Dolores ganhava. Às vezes, à noite, no meio do ato de amor, Graciela o ouvia espancar a mãe. Pela manhã, Dolores Piñero aparecia com um olho roxo ou um lábio partido.

– Por que atura esse homem, mamãe?

– Você não compreenderia. Ele é um homem de verdade, não um anão como os outros. Sabe como satisfazer uma mulher. – Dolores passou a mão pelos cabelos, num gesto coquete. – Além do mais, ele está perdidamente apaixonado por mim.

Graciela nao acreditava nisso. Sabia que o mouro apenas usava sua mãe, mas não ousou protestar de novo. Tinha pavor de seu temperamento explosivo, pois Dolores Piñero parecia dominada por uma espécie de insanidade quando ficava furiosa. Uma ocasião perseguira Graciela com uma faca de cozinha, porque ela se atrevera a fazer um chá para um dos "tios".

No início de uma manhã de domingo, Graciela levantou-se para ir à igreja. A mãe saíra cedo para entregar alguns vestidos. No momento em que Graciela tirou a camisola, a cortina foi puxada, e o mouro apareceu. Estava nu.

– Onde está sua mãe, *guapa*?

– Mamãe saiu cedo. Tinha de entregar alguns vestidos.

O mouro, contemplando o corpo nu de Graciela, murmurou:

– Você é mesmo uma beleza.

Graciela sentiu-se corar. Sabia o que devia fazer: cobrir a nudez, pôr uma saia e uma blusa, sair dali. Em vez disso, ficou parada, incapaz de se mexer. Observou o membro do mouro começar a inchar e subir diante de seus olhos. Podia ouvir as vozes ressoando em seus ouvidos: "Mais depressa... Com mais força!" Sentiu que estava prestes a desfalecer.

– Você é uma criança. Ponha logo suas roupas e saia daqui – disse o mouro, a voz rouca.

E Graciela descobriu-se em movimento. Aproximando-se do mouro. Passou os braços pela cintura dele, sentiu o membro duro comprimindo-se contra seu corpo.

– Não... – balbuciou. – Não sou uma criança.

A dor que se seguiu foi diferente de tudo o que Graciela já conhecera antes. Foi terrível, insuportável. Foi maravilhosa, inebriante, linda. Ela apertava o mouro com os braços, gritando em êxtase. Ele a levou a um orgasmo depois de outro, e

Graciela pensou: *Então todo o mistério é isso.* E era maravilhoso finalmente conhecer o segredo de toda a criação. Ser uma parte da vida, saber o que era a alegria, agora e para sempre.

– *Que porra vocês estão fazendo?*

Era Dolores Piñero, aos gritos. Por um instante, tudo parou, ficou paralisado no tempo. Dolores Piñero estava de pé ao lado da cama, olhando para a filha e o mouro.

Graciela fitou a mãe, apavorada demais para falar. Os olhos de Dolores Piñero faiscavam com uma raiva insana.

– Sua puta! – berrou. – Sua puta nojenta!

– Mamãe... por favor...

Dolores Piñero pegou um pesado cinzeiro de ferro na mesinha de cabeceira e bateu com toda força na cabeça da filha.

Foi a última coisa de que Graciela se lembraria.

Ela acordou numa enfermaria de hospital, grande e branca, com duas dezenas de camas, todas ocupadas. Enfermeiras corriam apressadas de um lado para outro, tentando atender às necessidades das pacientes.

A cabeça de Graciela latejava com uma dor lancinante. Cada vez que se mexia, rios de fogo corriam por ela. Ficou deitada ali, escutando os gritos e gemidos das outras pacientes.

Ao final da tarde um jovem interno parou ao lado de sua cama. Tinha 30 e poucos anos, mas parecia velho e cansado.

– Finalmente acordou – disse.

– Onde estou? – Graciela descobriu que doía muito falar.

– Na enfermaria de caridade do Hospital Provincial de Ávila. Foi trazida ontem, em péssimo estado. Tivemos de dar vários pontos na sua testa. – O interno fez uma pausa. O cirurgião-chefe decidiu cuidar de você pessoalmente. Disse que era bonita demais para ficar marcada por cicatrizes.

Ele está enganado, pensou Graciela. *Ficarei marcada pelo resto da vida.*

No segundo dia, padre Pérez foi visitar Graciela. Uma enfermeira arrastou uma cadeira para o lado da cama. O padre contemplou a moça linda e pálida deitada ali, e seu coração se enterneceu. A coisa terrível que acontecera com ela era o escândalo de Las Navas del Marqués, mas não havia nada que alguém pudesse fazer a respeito. Dolores Piñero contara à polícia que a filha machucara a cabeça ao cair. Padre Pérez perguntou então a Graciela:

– Está se sentindo melhor, criança?

Graciela assentiu, e o movimento fez com que sua cabeça doesse ainda mais.

– A polícia tem feito perguntas. Tem alguma coisa que gostaria que eu dissesse a eles?

Houve um silêncio prolongado, antes que ela balbuciasse:

– Foi um acidente.

O padre não pôde suportar a expressão nos olhos de Graciela.

– Entendo... – O que Graciela tinha a dizer era doloroso demais. – Conversei com sua mãe...

E Graciela soube de tudo no mesmo instante.

– Eu... não posso mais voltar para casa, não é mesmo?

– Infelizmente, não. Vamos conversar sobre isso. – Segurou-lhe a mão.

– Voltarei para visitá-la amanhã.

– Obrigada, padre.

Depois que ele foi embora, Graciela rezou: *Querido Deus, deixe-me morrer, por favor. Não quero mais viver.*

Não tinha para onde ir e ninguém a quem procurar. Nunca mais veria sua casa. Nunca mais queria ir à escola ou contemplar os rostos familiares das professoras. Não lhe restava coisa alguma no mundo. Uma enfermeira parou ao pé da cama.

– Precisa de alguma coisa?

Graciela fitou-a em desespero. O que havia para dizer?

NO DIA SEGUINTE, o interno tornou a aparecer.

– Tenho boas notícias – disse, constrangido. – Já está em condições de ter alta. – Era uma mentira, mas o resto do discurso foi verdadeiro. – Precisamos do leito.

Ela estava livre para sair... mas sair para onde?

QUANDO O PADRE PÉREZ chegou, uma hora depois, estava acompanhado por outro sacerdote.

– Este é o padre Berrendo, um velho amigo meu.

Graciela olhou para o padre de aparência frágil.

– Padre...

Ele tinha razão, pensou o padre Berrendo. *Ela é mesmo linda.*

Padre Pérez contara o que acontecera com Graciela. Berrendo esperava encontrar sinais visíveis do tipo de ambiente em que a criança vivera, uma dureza, desafio, autocompaixão. Mas não havia nada disso no rosto da moça.

– Lamento que tenha passado por momentos tão terríveis disse-lhe padre Berrendo.

A frase insinuava um significado mais profundo.

Padre Pérez acrescentou:

– Graciela, preciso voltar a Las Navas del Marqués. Vou deixá-la aos cuidados de padre Berrendo.

Graciela foi dominada por um súbito sentimento de pânico. Sentiu que o último vínculo com sua casa estava sendo cortado.

– Não vá! – suplicou.

Padre Pérez pegou-lhe a mão e disse, gentilmente:

– Sei que se sente só, mas não está. Acredite em mim, criança, não está só.

Uma enfermeira aproximou-se da cama, carregando um fardo. Entregou-o a Graciela.

– Aqui estão suas roupas. Lamento, mas terá de ir embora agora.

Um pânico ainda maior dominou Graciela.

– *Agora?*

Os dois padres trocaram um olhar.

– Por que não se veste e vem comigo? – sugeriu padre Berrendo. – Poderemos conversar.

Quinze minutos depois padre Berrendo ajudava Graciela a sair pela porta do hospital para o sol quente. Havia um jardim na frente do hospital com flores de cores fortes, mas Graciela estava atordoada demais para notá-las.

Quando estavam sentados em seu escritório, padre Berrendo disse:

– Padre Pérez me contou que você não tem para onde ir.

Graciela acenou com a cabeça.

– Não tem parentes?

– Só... – Era difícil dizer. – Só... minha mãe.

– Padre Pérez disse que frequentava regularmente a igreja em sua aldeia.

Uma aldeia que nunca mais tornaria a ver.

– É verdade.

Graciela pensou naquelas manhãs de domingo, a beleza dos serviços na igreja, o quanto ansiava estar com Jesus, escapando da angústia da vida que levava.

– Graciela, alguma vez pensou em entrar para um convento?

– Não. – Estava aturdida com a ideia.

– Há um convento aqui em Ávila... o convento Cisterciense. Elas a aceitariam ali.

– Eu... eu não sei...

A ideia era assustadora.

– Não é para todas – disse padre Berrendo. – E devo avisá-la de que é a mais rigorosa de todas as ordens. Depois de passar pelos portões e tomar os votos, faz uma promessa a Deus de nunca mais sair.

Graciela ficou em silêncio, a mente povoada por pensamentos conflitantes, olhando pela janela. A perspectiva de se isolar do mundo era terrível. *Seria como ir para a prisão.* Mas, por outro lado, o que o mundo tinha a lhe oferecer? Dor e desespero além de sua capacidade de suportar. Pensara muitas vezes em suicídio. Aquilo podia representar uma saída para sua angústia.

Padre Berrendo acrescentou:

– Depende de você, minha criança. Se quiser, eu a levarei para conhecer a reverenda madre superiora.

Graciela assentiu.

– Está bem.

A REVERENDA MADRE ESTUDOU o rosto da moça à sua frente. Na noite passada, pela primeira vez em muitos e muitos anos, ela ouvira a voz. *Uma jovem virá ao seu encontro. Proteja-a.*

– Quantos anos tem, minha filha?

– Quatorze.

Ela já tem idade suficiente. No século IV, o papa determinara que as jovens tinham permissão para se tornarem freiras aos 12 anos.

– Tenho medo – murmurou Graciela para a reverenda madre Betina.

Tenho medo. As palavras ressoaram na mente de Betina. *Tenho medo...*

ACONTECERA HAVIA MUITOS anos. Ela estava falando com o padre.

Não sei se tenho vocação para isso, padre. Tenho medo.

– O primeiro contato com Deus, Betina, pode ser bastante desconcertante, e a decisão de consagrar sua vida a Ele é das mais difíceis.

Como descobri minha vocação?, especulara Betina.

Nunca fora sequer ligeiramente interessada por religião. Quando pequena, evitava a igreja e as aulas de catecismo. Na adolescência, estava mais interessada em festas, roupas e rapazes. Se perguntassem às amigas em Madri para indicarem possíveis candidatas a freiras, Betina ficaria no final da lista. Ou, mais acuradamente, nem entraria nela. Mas, aos 19 anos, começaram a ocorrer eventos que mudaram sua vida. Estava na cama, dormindo, quando uma voz disse:

– Betina, levante-se e saia.

Abriu os olhos e sentou na cama, assustada. Acendeu o abajur na mesinha de cabeceira. Estava só. *Que sonho estranho!*

Mas a voz fora bastante real. Tornou a deitar, mas foi impossível voltar a dormir.

– Betina, levante-se e saia.

É o meu subconsciente, pensou. *Por que eu haveria de querer sair no meio da noite?*

Apagou o abajur, mas tornou a acendê-lo um momento depois. *Isto é loucura.*

Mas acabou pondo um chambre e chinelas e desceu. Todos na casa dormiam.

Abriu a porta da cozinha e, nesse instante, foi envolta por uma onda de medo, porque de alguma forma sabia que deveria sair para o pátio. Correu os olhos pela escuridão e divisou um brilho de luar numa velha geladeira abandonada, agora usada para guardar ferramentas.

Betina compreendeu subitamente por que estava ali. Encaminhou-se para a geladeira, como se estivesse hipnotizada, e abriu-a. Seu irmão de três anos estava lá dentro, inconsciente.

ESSE FOI O PRIMEIRO incidente. Com o tempo, Betina racionalizou isso como uma experiência perfeitamente normal. *Devo ter ouvido meu irmão levantar e sair para* o *pátio, lembrei que a geladeira estava ali, fiquei preocupada com ele, e por isso saí para verificar.*

A experiência seguinte não foi tão fácil de explicar. Aconteceu um mês depois. No sono, Betina ouviu uma voz dizer:

– Você deve apagar o fogo.

Sentou-se na cama, completamente desperta, o coração disparado. Outra vez, foi impossível voltar a dormir. Pôs o chambre e chinelas, saiu para o corredor. Não havia fumaça. Não havia fogo. Abriu a porta do quarto dos pais. Tudo estava normal ali. Também não havia fogo no quarto do irmão. Desceu e verificou todos os cômodos. Não havia o menor indício de fogo.

Sou uma idiota, pensou. *Foi apenas um sonho.*

Voltava para a cama no momento em que a casa foi sacudida por uma explosão. Ela e a família escaparam, os bombeiros conseguiram extinguir o incêndio.

– Começou no porão – explicou um bombeiro. – E uma caldeira explodiu.

O incidente seguinte ocorreu três semanas depois. E dessa vez não foi sonho.

Betina estava no pátio, lendo, quando avistou um estranho atravessando-o. Ele fitou-a, e nesse instante ela sentiu uma malevolência irradiando-se do homem, quase palpável. Ele virou-se e foi embora.

Betina não conseguiu tirá-lo da mente.

Três dias depois, ela estava num prédio de escritórios, à espera do elevador. A porta se abriu, e ela já ia entrar quando reparou no ascensorista. Era o homem que vira no pátio. Betina recuou, assustada. A porta fechou e o elevador subiu. Momentos depois caiu, matando todas as pessoas que estavam lá dentro.

No domingo seguinte Betina foi à igreja.

Santo Deus, não sei o que está acontecendo, e me sinto assustada. Por favor, oriente-me e diga o que devo fazer.

A resposta veio naquela noite, enquanto Betina dormia. A voz disse uma única palavra. *Devoção.*

Pensou a respeito durante o resto da noite, e pela manhã foi conversar com o padre.

Ele escutou atentamente o que Betina tinha a dizer.

– Ah, você é uma das afortunadas! Foi escolhida.

– Escolhida para quê?

– Está disposta a devotar toda a sua vida a Deus, minha criança?

– Eu... eu não sei...

Mas, ao final, ela acabou ingressando no convento. *Escolhi o caminho certo,* pensou a reverenda madre Betina, *porque jamais conheci tanta felicidade...*

E AGORA ALI ESTAVA aquela criança maltratada a murmurar:

– Tenho medo.

A reverenda madre pegou a mão de Graciela.

– Leve o tempo que precisar para decidir, Graciela. Deus não irá embora. Pense a respeito, volte e poderemos conversar.

Mas o que havia para pensar? *Não tenho outro lugar para onde ir,* refletiu Graciela. E o silêncio seria bem-vindo. *Já ouvi sons terríveis demais.* Fitou a reverenda madre e disse:

– Terei prazer com o silêncio.

ISSO ACONTECERA 17 ANOS antes, e nesse período Graciela encontrara paz pela primeira vez. E toda a sua vida era dedicada a Deus. O passado não mais lhe pertencia. Estava perdoada pelos horrores com que fora criada. Era a esposa de Cristo, e ao final de sua vida iria se juntar a Ele.

À medida que os anos se passaram, em profundo silêncio, apesar dos pesadelos ocasionais, os sons terríveis em sua mente pouco a pouco se desvaneceram.

IRMÃ GRACIELA FOI DESIGNADA para trabalhar no jardim, cuidando dos pequenos arcos-íris do milagre de Deus, jamais se cansando de seu esplendor. Os muros do convento erguiam-se acima dela, por todos os lados, como uma montanha de pedra, mas Graciela nunca se sentia aprisionada; em vez disso, sentia-se isolada do terrível mundo exterior, um mundo que jamais queria rever.

A VIDA NO CONVENTO FORA serena e pacífica. Agora, porém, os pesadelos assustadores convertiam-se em realidade. Seu mundo fora invadido por bárbaros. Expulsaram-na de seu santuário, para o mundo a que renunciara para sempre. E seus pecados ressurgiam, enchendo-a de horror. O mouro voltara. Podia sentir seu bafo quente no rosto. Enquanto lutava com ele, Graciela abriu os olhos, e era o frade quem estava por cima dela, tentando penetrá-la. E ele dizia:

– Pare de resistir, irmã. Vai gostar disso.

– Mamãe! – gritou Graciela. – Mamãe! Socorro!

7

Lucia Carmine sentia-se muito bem enquanto descia pela rua, acompanhada por Megan e Teresa. Era maravilhoso usar de novo roupas femininas, e ouvir o sussurro de seda contra a pele. Olhou para as outras. As duas andavam nervosamente, desacostumadas às roupas novas, parecendo inibidas nas saias e meias. *Parece que vieram de outro planeta*, pensou Lucia. *Certamente não pertencem a este. É como se estivessem usando cartazes que dizem: PEGUEM-ME.*

Irmã Teresa era a mais contrafeita. Trinta anos no convento incutiram-lhe um profundo senso de recato, que estava sendo violado pelos eventos que não podia controlar. Aquele mundo a que outrora pertencera agora parecia irreal. O convento, sim, que era real, e ela ansiava em voltar ao santuário de seus muros protetores.

Megan estava consciente de que os homens a contemplavam enquanto descia pela rua e corou. Vivera num mundo de mulheres por tanto tempo que esquecera como era ver um homem, muito menos observar um sorrindo para ela. Era embaraçoso, indecente... excitante. Os homens despertavam sensações que Megan sepultara havia muito tempo. Pela primeira vez em anos, estava consciente de sua feminilidade.

Estavam passando pelo bar que tinham visto na ida, e a música saía estrondosa para a rua. Como fora mesmo que frei Carrillo chamara? *Rock and roll. Muito popular entre os jovens.* Alguma coisa a incomodava. E, subitamente, Megan compreendeu o que era. Ao passarem pelo cinema, o frade dissera: *É vergonhoso o que o cinema tem permissão para mostrar hoje em dia. Esse filme é pura pornografia. Os atos mais pessoais e íntimos são apresentados para todos verem.*

O coração de Megan começou a bater mais depressa. Se frei Carrillo passara os últimos vinte anos encerrado num mosteiro, como podia saber sobre a música de *rock* ou o que o cinema exibia? Alguma coisa estava terrivelmente errada. Virou-se para Lucia e Teresa e disse, em tom de urgência:

– Precisamos voltar à loja.

Elas observaram enquanto Megan se virava e voltava correndo, depois a seguiram.

GRACIELA ESTAVA NO CHÃO, lutando desesperadamente para se desvencilhar, arranhando e empurrando Carrillo.

– Mas que droga! Fique quieta!

Estava ficando sem fôlego. Ouviu um som e levantou os olhos. Viu o salto de um sapato avançando para sua cabeça e foi a última coisa de que se lembrou depois. Megan levantou a trêmula Graciela e abraçou-a.

– Calma, calma... Está tudo bem. Ele não vai mais incomodá-la.

Alguns minutos se passaram antes que Graciela pudesse falar, balbuciando, suplicante:

– Ele... ele... não foi culpa minha dessa vez.

Lucia e Teresa entraram na loja. Lucia percebeu toda a situação com um rápido olhar.

– O filho da mãe!

Olhou para o vulto inconsciente e seminu no chão. Enquanto as outras observavam, Lucia pegou alguns cintos num balcão e amarrou as mãos de Carrillo nas costas.

– Amarre os pés – disse a Megan.

Megan pôs-se a trabalhar. Lucia finalmente levantou-se, satisfeita.

– Pronto. Quando abrirem a loja esta tarde, ele terá de explicar o que está fazendo aqui. – Estudou Graciela atentamente. – Você está bem?

– Eu... eu... estou. – Graciela tentou sorrir.

– É melhor sairmos logo daqui – disse Megan. – Vista-se. Depressa.

Quando estavam prontas para sair, Lucia disse:

– Esperem um instante.

Foi até a caixa registradora e apertou uma tecla. Havia algumas notas de 100 pesetas ali. Lucia tirou-as, pegou uma bolsa no balcão e guardou as notas dentro. Viu a expressão desaprovadora no rosto de Teresa.

– Pense da seguinte maneira – disse Lucia. – Se Deus não quisesse que ficássemos com este dinheiro, irmã, não o poria aqui para nós.

Elas estavam sentadas no café, reunidas. Irmã Teresa estava dizendo:

– Devemos levar a cruz ao convento em Mendavia o mais depressa possível. Haverá segurança ali para todas nós.

Não para mim, pensou Lucia. *Minha segurança é aquele banco suíço. Mas uma coisa de cada vez. Preciso antes me apoderar da cruz.*

– O convento em Mendavia não fica ao norte daqui?

– Fica.

– Os homens estarão à nossa procura em cada cidade. Por isso, devemos dormir nas montanhas esta noite. – *Ninguém ouvirá, mesmo que ela grite.*

Uma garçonete trouxe cardápios para a mesa e distribuiu-os. As irmãs olharam, com expressões confusas. Subitamente, Lucia compreendeu. Há muitos anos que elas não tinham opção de qualquer tipo. No convento, comiam automaticamente a comida simples que lhes era servida. Agora, defrontavam-se com uma variedade de iguarias desconhecidas. Irmã Teresa foi a primeira a se manifestar:

– Eu... eu quero um café e pão, por favor.

Irmã Graciela acrescentou:

– E eu também.

Megan declarou:

– Temos uma jornada longa e árdua pela frente. Sugiro que peçamos alguma coisa mais nutritiva, como ovos.

Lucia fitou-a com uma nova atenção. *É nela que devo ficar de olho,* pensou Lucia. Em voz alta, declarou:

– Irmã Megan tem razão. Deixem que eu peça por vocês, irmãs. – Pediu laranjas em fatias, *tortillas*, bacon, pão, geleia e café. – Estamos com pressa – avisou à garçonete.

A *siesta* terminava às 16h30, e toda a cidade despertaria. Ela queria estar bem longe antes que isso acontecesse, antes que descobrissem Miguel Carrillo na loja de roupas.

Quando a comida chegou, as irmãs ficaram imóveis, olhando, aturdidas.

– Sirvam-se – exortou Lucia.

Elas começaram a comer, cautelosas a princípio, depois com a maior satisfação, superando os sentimentos de culpa.

Irmã Teresa era a única que estava com um problema. Levou um pouco de comida à boca e balbuciou:

– Eu... eu... não posso... é renunciar...

Megan disse:

– Não quer chegar ao convento, irmã? Então precisa comer para manter as forças.

– Está bem, vou comer. Mas prometo que não vou gostar – declarou irmã Teresa, empertigada.

Lucia precisou fazer um grande esforço para manter a expressão compenetrada.

– Está certo, irmã. Mas coma tudo.

Depois que acabaram, Lucia pagou a conta com uma parte do dinheiro que tirara da caixa registradora. Elas saíram para o sol quente. As ruas começavam a se encher, as lojas já estavam abrindo. *A esta altura, provavelmente, já encontraram Miguel Carrillo,* pensou Lucia.

Ela e Teresa estavam impacientes em deixar a cidade, mas Graciela e Megan andavam devagar, fascinadas pelas vistas, sons e cheiros do lugar.

Só quando saíram para os arredores e se encaminharam para as montanhas é que Lucia começou a relaxar. Seguiram para o norte, subindo sempre, bem devagar devido ao terreno acidentado. Lucia sentiu-se tentada a perguntar a irmã Teresa se não gostaria que ela carregasse a cruz, mas achou melhor não dizer nada que pudesse despertar suspeitas na mulher mais velha.

Ao chegarem a uma pequena clareira no alto, cercada por árvores, Lucia disse:

– Podemos passar a noite aqui. Pela manhã seguiremos para o convento em Mendavia.

As outras concordaram, acreditando nela.

O SOL DESLOCAVA-SE devagar pelo céu azul. A clareira estava em silêncio, exceto pelos sons confortantes do verão. A noite finalmente caiu.

Uma a uma, as mulheres deitaram-se na relva verde.

Lucia ficou imóvel, a respiração leve, atenta a um silêncio mais profundo, à espera de que as outras adormecessem, a fim de poder entrar em ação.

Irmã Teresa estava com dificuldade para dormir. Era uma experiência estranha dormir sob as estrelas, cercada por outras irmãs. Elas tinham nomes agora, rostos e vozes, e Teresa receava que Deus a punisse por esse conhecimento proibido. Sentia-se terrivelmente perdida.

Irmã Megan também não conseguia dormir. Sentia-se agitada pelos acontecimentos do dia. *Como descobri que o frade era uma fraude?*, especulou. *E onde encontrei coragem para salvar irmã Graciela?* Sorriu, incapaz de evitar alguma satisfação consigo mesma, estando ciente de que tal sentimento era um pecado.

Graciela dormia, emocionalmente esgotada pelo que passara. Remexia-se no sono, atormentada por sonhos em que era perseguida por corredores escuros e intermináveis.

Lucia Carmine mantinha-se imóvel, à espera. Assim ficou por quase duas horas, depois se sentou e deslocou-se pela escuridão, sem fazer barulho, na direção de irmã Teresa. Pegaria o embrulho e desapareceria.

Ao se aproximar de irmã Teresa, Lucia descobriu que ela estava acordada, ajoelhada, rezando. *Merda!* Lucia recuou apressada.

Tornou a se deitar, forçando-se a ser paciente. Irmã Teresa não poderia rezar durante a noite inteira. Precisava dormir um pouco.

Lucia planejou seus movimentos. O dinheiro tirado da caixa registradora seria suficiente para que pegasse um ônibus ou trem até Madri. Ao chegar lá, seria fácil arrumar um penhorista. Viu-se entregando-lhe a cruz de ouro. O homem desconfiaria de que era roubada, mas isso não faria a menor diferença. Ele teria muitos clientes ansiosos para comprá-la.

Eu lhe darei 100 mil pesetas pela cruz.

Ela a pegaria no balcão. *Prefiro vender meu corpo primeiro.*

Cento e cinquenta mil pesetas.

Prefiro derretê-la e deixar o ouro escoar pelo bueiro. Duzentas mil pesetas. Esta é a minha última oferta. Está me roubando vergonhosamente, mas vou aceitar. O homem estenderia as mãos para a cruz, na maior ansiedade.

Sob uma condição.

Uma condição?

Isso mesmo. Perdi meu passaporte. Conhece alguém que possa me providenciar outro? Suas mãos ainda estariam na cruz de ouro.

Ele hesitaria, mas acabaria dizendo: *Por acaso tenho um amigo que arruma essas coisas.*

E o negócio seria fechado. Ela estaria a caminho da Suíça e da liberdade. Lembrou-se das palavras do pai: *Há mais dinheiro lá do que poderia gastar em dez vidas.*

Seus olhos começaram a fechar. Fora um longo dia.

Em seu meio sono, Lucia ouviu o repicar de um sino na aldeia distante. Provocou-lhe lembranças, de outro lugar, outro tempo...

8

Taormina, Sicília, 1968

Ela era despertada todas as manhãs pelos sinos da igreja de San Domenico, no alto das montanhas Peloritani, ao redor de Taormina. Gostava de acordar devagar, espreguiçando-se languidamente, como uma gata. Mantinha os olhos fechados, ciente de que havia alguma coisa maravilhosa para lembrar. O *que era?* A questão provocava-lhe a mente, e ela a reprimia, sem querer saber por enquanto, preferindo saborear a surpresa. E de repente sua mente era envolvida pela recordação, na mais intensa alegria. Era Lucia Maria Carmine, a filha de Angelo Carmine, o que despertava suficiente para tornar feliz qualquer pessoa no mundo.

Moravam numa *villa* grande, com mais criados do que Lucia, então com 15 anos, podia contar. Um guarda-costas levava-a para a escola todas as manhãs, numa limusine blindada. Cresceu com os mais lindos vestidos e os brinquedos mais caros em toda a Sicília, despertava a inveja das colegas de escola.

Mas era em torno do pai que a vida de Lucia girava. A seus olhos, ele era o homem mais bonito do mundo. Era baixo e corpulento, com um rosto forte e olhos castanhos tempestuosos, que irradiavam poder. Tinha dois filhos, Arnaldo e Victor, mas era a filha que Angelo Carmine adorava. E Lucia o idolatrava. Na igreja, quando o padre falava em Deus, Lucia sempre pensava no pai. Ele ia à cabeceira de sua cama pela manhã e dizia:

– Hora de levantar para a escola, *faccia d'angelo*.

Cara de anjo. Não era verdade, é claro. Lucia sabia que não era realmente bonita. *Sou atraente,* pensava, estudando-se objetivamente no espelho. Isso mesmo. Fascinante, em vez de bela. O reflexo mostrava uma moça com rosto oval, pele cremosa, lisa, dentes brancos, um queixo forte – forte demais? –, lábios sensuais e cheios – cheios demais? –, olhos escuros e espertos. Mas se o rosto ficava aquém da beleza, o corpo mais do que compensava. Aos 15 anos, Lucia possuía o corpo de uma mulher, seios arredondados e firmes, cintura fina e quadris que se mexiam com uma promessa sensual.

– Precisaremos casá-la muito cedo – costumava zombar o pai. – Muito em breve estará levando os rapazes à loucura, minha pequena virgem.

– Quero casar com alguém como você, papai, só que não há ninguém como você.

Ele riu.

– Não se preocupe. Encontraremos um príncipe para você. Nasceu sob uma estrela de sorte, e um dia saberá como é ser abraçada por um homem que lhe fará amor.

Lucia corou.

– Sim, papai.

Era verdade que ninguém lhe fizera amor... não nas últimas 12 horas. Benito Patas, um dos guarda-costas, sempre ia para sua cama quando o pai não estava na cidade. Fazer amor com Benito dentro da casa aumentava a emoção, porque Lucia sabia que o pai mataria os dois se algum dia descobrisse.

Benito tinha 30 e poucos anos, e sentia-se lisonjeado porque a linda e jovem filha virgem do grande Angelo Carmine o escolhera para deflorá-la.

– Foi o que você esperava? – perguntou ele, na primeira vez em que deitaram juntos.

– Foi, sim – balbuciou Lucia. – Melhor até. – Ela pensou: *Ele não é tão bom quanto Mario, Tony ou Enrico, mas é melhor do que Roberto e Leo.* Ela não conseguia lembrar o nome dos outros.

AOS 13 ANOS, LUCIA concluíra que já fora virgem por tempo suficiente. Olhara ao redor e decidira que o afortunado seria Paolo Costello, o filho do médico de Angelo Carmine. Paolo tinha 17 anos, alto e corpulento, o astro do time de futebol da escola. Lucia apaixonara-se perdidamente por Paolo na primeira vez em que o vira. Dava um jeito de esbarrar com ele tantas vezes quanto possível. Nunca ocorreu a Paolo que os constantes encontros eram planejados com o maior cuidado. Considerava a jovem e atraente filha de Angelo Carmine uma criança. Mas num dia quente de verão, em agosto, Lucia resolveu que não podia mais esperar.

Telefonou para Paolo.

– Paolo... aqui é Lucia Carmine. Meu pai gostaria de falar com você e quer saber se pode encontrá-lo esta tarde na sala de sinuca.

Paolo ficou surpreso e lisonjeado. Sentia o maior respeito por Angelo Carmine, mas não imaginava que o poderoso mafioso soubesse de sua existência.

– Terei o maior prazer. A que horas ele gostaria que eu estivesse aí?

– Às 15 horas.

Hora da sesta, quando o mundo estaria dormindo. O salão de sinuca era isolado, num canto da ampla propriedade, o pai estava fora da cidade. Não havia a menor possibilidade de serem interrompidos.

Paolo chegou pontualmente na hora marcada. O portão do jardim estava aberto, e ele seguiu direto para o salão de sinuca. Parou diante da porta fechada e bateu.

– *Signore* Carmine? Posso entrar?

Não houve resposta. Paolo conferiu o relógio. Cauteloso, abriu a porta e entrou. Estava escuro lá dentro.

– *Signore* Carmine?

Um vulto aproximou-se.

– Paolo...

Ele reconheceu a voz de Lucia.

– Estou à procura de seu pai, Lucia. Ele está aqui?

Ela estava bem perto agora, o suficiente para que Paolo descobrisse que se encontrava completamente nua.

– Santo Deus! – balbuciou Paolo. – O que...?

– Quero que você faça amor comigo.

– Está louca? É apenas uma criança. Vou embora. – Encaminhou-se para a porta.

– Pode ir. Direi a papai que você me estuprou.

– Não faria isso.

Saia daqui e descobrirá.

Ele parou. Se Lucia cumprisse a ameaça, não havia a menor dúvida na mente de Paolo sobre o destino que o aguardava. A castração seria apenas o início. Voltou para junto de Lucia, a fim de tentar argumentar.

– Lucia, querida...

– Gosto quando você me chama de querida.

– Não... preste atenção, Lucia. O caso é muito sério. Seu pai me matará se disser que eu a estuprei.

– Sei disso.

Ele fez outra tentativa.

– Meu pai cairia em desgraça. Toda a minha família seria desgraçada.

– Sei disso.

Era inútil.

– O que você quer de mim?

– Quero que faça tudo comigo.

– Não. É impossível. Seu pai me matará se descobrir.

– E se sair daqui, ele o matará. Não tem muita opção, não é mesmo?

Ele estava em pânico.

– Por que eu, Lucia?

– Porque estou apaixonada por você, Paolo! – Segurou-lhe as mãos e comprimiu-as gentilmente entre suas pernas. – Sou uma mulher. Faça-me sentir como tal.

Na semiescuridão, Paolo podia ver os seios arredondados, os mamilos duros, os pelos escuros entre as pernas.

Meu Deus!, pensou Paolo. *O que um homem pode fazer?*

Ela levou-o para um sofá, ajudou-o a tirar a calça e a cueca. Ajoelhou-se e pôs o membro duro na boca, chupando gentilmente. Paolo pensou: *Ela já fez isso antes.* E quando estava por cima dela, penetrando fundo, as mãos de Lucia em suas costas, apertando, os quadris se comprimindo contra ele na maior ansiedade, Paolo pensou: *Por Deus, ela é maravilhosa!*

Lucia estava no paraíso. Era como se tivesse nascido para aquilo. Instintivamente, sabia com precisão o que fazer para agradar a ele e agradar a si mesma. Todo o seu corpo pegava fogo. Sentiu que se aproximava do orgasmo, mais e mais; quando finalmente aconteceu, ela gritou de pura alegria. Os dois ficaram imóveis depois, exaustos, a respiração difícil. Passou-se algum tempo antes que Lucia murmurasse:

– À mesma hora amanhã.

Quando Lucia estava com 16 anos, Angelo Carmine decidiu que estava na hora da filha conhecer alguma coisa do mundo. Com a idosa tia Rosa como acompanhante, Lucia passou as férias escolares em Capri e Ischia, Veneza e Roma e inúmeros outros lugares.

– Deve ser refinada... não uma camponesa, como seu papai. Viajar vai melhorar sua educação. Em Capri, tia Rosa a levará para conhecer o Mosteiro Cartusiano de São Tiago, a Villa de San Michele e o Palazzo a Mare...

– Claro, papai.

– Em Veneza tem a Basílica de São Marcos, o Palácio Ducal, a Igreja de São Jorge e o Museu Academia.

– Sim, papai.

– Roma é o tesouro do mundo. Deve visitar a Cidade do Vaticano, a Basílica de Santa Maria Maggiore e a Galeria Borghese, é claro.

– Claro.

– E Milão! Deve ir ao Conservatório para um concerto. Providenciarei ingressos no Scala para você e tia Rosa. Em Florença conhecerá o Museu Municipal de Arte, o Museu Uffizi... e ainda há dezenas de igrejas e museus.

– Claro, papai.

Com um planejamento cuidadoso, Lucia conseguiu não ver nenhum desses lugares. Tia Rosa insistia em tirar uma sesta todas as tardes e dormir cedo à noite.

– Deve descansar também, criança.

– Claro, tia Rosa.

E assim, enquanto tia Rosa dormia, Lucia dançou no Quisisana em Capri, passeou numa *carrozza* puxada por um cavalo de chapéu e plumas, juntou-se a um grupo de estudantes na Marina Piccola, foi a piqueniques em Bagni di Tiberio, tomou o *funicolare* para Anacapri, onde se juntou a um grupo de universitários franceses para drinques na *piazza* Umberto I.

Em Veneza, um belo gondoleiro levou-a a uma discoteca, e um pescador levou-a para uma pescaria em Chioggia. E tia Rosa dormia.

Em Roma, Lucia tomou vinho da Apúlia e descobriu todos os restaurantes agitados da moda, como o Marte, Ranieri e Giggi Fazi.

Aonde quer que fosse, Lucia descobria pequenos bares e boates, homens românticos e atraentes, pensando sempre: *O querido papai estava certo. Viajar melhorou minha educação.*

Na cama, ela aprendeu a falar diversas línguas diferentes e pensou: *Isso é muito mais divertido do que as aulas de língua estrangeira na escola.*

Ao voltar para casa, em Taormina, Lucia confidenciou para as amigas mais íntimas:

– Fiquei nua em Nápoles, drogada em Salerno, bêbada em Florença e fodida em Lucca.

A PRÓPRIA SICÍLIA ERA uma maravilha a explorar, uma ilha de templos gregos, anfiteatros romanos bizantinos, capelas, banhos árabes e castelos suábios.

Lucia achava Palermo atraente e animada, gostava de vaguear pelo Kalsa, o velho distrito árabe, e visitar a Opera del Pupi, o teatro de marionetes. Mas Taormina, onde nascera, era sua cidade predileta. Era um lugar de cartão-postal, no mar

Jônio, numa montanha pairando sobre o mundo. Era uma cidade de butiques e joalherias, bares e lindas praças antigas, *trattorias* e hotéis pitorescos, como o Excelsior Palace e o San Domenico.

A estrada que sobe do porto de Naxos é íngreme, estreita e perigosa. Quando Lucia Carmine ganhou um carro, ao completar 15 anos, violou todas as leis de trânsito, mas nunca foi detida pelos *carabinieri*. Afinal, era a filha de Angelo Carmine.

PARA OS CONSIDERADOS BASTANTE corajosos ou estúpidos para perguntarem, Angelo Carmine estava no negócio imobiliário. E em parte era verdade, pois a família Carmine possuía a *villa* em Taormina, uma casa no lago Como, em Cernobbio, um chalé em Gstaad, um apartamento e uma imensa fazenda nos arredores de Roma. Mas Carmine também operava em negócios diferentes. Possuía vários bordéis, dois cassinos, seis navios que traziam cocaína de suas plantações na Colômbia e uma variedade de outros empreendimentos lucrativos, inclusive agiotagem. Angelo Carmine era o *capo* dos mafiosos sicilianos e, assim, era apropriado que vivesse bem. Sua vida era uma inspiração para os outros, a prova animadora de que um pobre camponês italiano que fosse ambicioso e trabalhasse duro poderia se tornar rico e bem-sucedido.

Carmine começara como um mensageiro para os mafiosos quando tinha 12 anos. Aos 15, tornara-se cobrador dos empréstimos de agiotagem; aos 16, matara o primeiro homem e estabelecera sua reputação. Pouco depois disso, casara com a mãe de Lucia, Anna. Nos anos subsequentes, Angelo Carmine subira pela traiçoeira escada corporativa até o topo, deixando em sua esteira uma sucessão de inimigos mortos. Ele crescera, mas Anna permanecera a camponesa simples com quem casara. Deu-lhe três lindos filhos, mas depois disso sua contribuição à vida de Angelo cessou. Como se soubesse que não tinha mais um lugar na vida de sua família, Anna atenciosamente morreu, sendo bastante deferente para fazê-lo com um mínimo de rebuliço.

Arnaldo e Victor estavam no negócio com o pai. Desde pequena, Lucia sempre ouvira as conversas excitantes entre o pai e os irmãos, escutava as histórias de como haviam enganado ou dominado seus inimigos. Para Lucia, o pai era como um cavaleiro numa armadura reluzente. Nada via de errado no que o pai e os irmãos faziam. Ao contrário, eles ajudavam as pessoas. Se as pessoas queriam jogar, por que deixar que leis estúpidas impedissem? Se os homens encontravam prazer em comprar sexo, por que não ajudá-los? E como o pai e os irmãos eram generosos ao emprestarem dinheiro às pessoas que eram repelidas pelos banqueiros de coração duro. Para Lucia, o pai e os irmãos eram cidadãos exemplares. A prova disso estava nos amigos do pai. Uma vez por semana, Angelo Carmine oferecia um grande jantar na *villa* e... ah, as pessoas que sentavam à sua mesa! O prefeito comparecia, assim como alguns vereadores e juízes, artistas de cinema e cantores de ópera, muitas vezes o próprio chefe de polícia e um monsenhor. Várias vezes por ano o próprio governador visitava a casa.

Lucia levava uma vida idílica, com muitas festas, roupas e joias, carros e criados, amigos poderosos. E de repente, num mês de fevereiro, quando tinha 23 anos, tudo terminou abruptamente.

Começou de forma bastante inócua. Dois homens foram à *villa* para falar com seu pai. Um deles era um amigo, o chefe de polícia, o outro seu tenente.

– Perdoe-me, *padrone* – disse o chefe de polícia –, mas esta é uma formalidade estúpida a que o comissário está me obrigando. Mil perdões, *padrone*, mas, se fizer a gentileza de me acompanhar à delegacia, providenciarei para que esteja em casa a tempo de desfrutar a festa de aniversário de sua filha.

– Não há problema. Um homem deve cumprir seu dever. – Angelo Carmine falou jovialmente e sorriu. – Esse novo comissário que foi designado pelo presidente é... para usar uma expressão típica... um "cu-de-ferro", não é mesmo?

– Infelizmente, é isso mesmo. – O chefe de polícia suspirou. – Mas não se preocupe. Já vimos muitos homens assim chegarem e partirem depressa, não é mesmo, *padrone?*

Os dois riram e seguiram para a delegacia.

Angelo Carmine não voltou para a festa naquele dia e também não apareceu no dia seguinte. Na verdade, nunca mais tornou a ver qualquer de suas casas. O Estado apresentou um indiciamento com uma centena de acusações contra ele, incluindo homicídio, tráfico de drogas, prostituição, incêndio criminoso e dezenas de outros crimes. A fiança foi negada. A polícia lançou uma rede em que prendeu toda a organização criminosa de Carmine. Ele contava com suas ligações poderosas na Sicília para que as acusações contra ele fossem arquivadas, mas acabou sendo levado para Roma, às escondidas, e internado na Regina Coeli, a mais notória prisão italiana. Foi metido numa cela pequena, com janela gradeada, um aquecedor, uma cama e um vaso sem tampa. Era uma afronta! Uma indignidade além da imaginação!

No começo, Carmine tinha certeza que Tommaso Contorno, seu advogado, haveria de soltá-lo imediatamente. Quando Contorno encontrou-o na sala de visitas da prisão, Carmine estava furioso.

– Eles fecharam meus bordéis e a operação de tráfico de tóxicos, sabem de tudo sobre a lavagem do dinheiro. Alguém está falando. Descubra quem é, e me traga sua língua.

– Não se preocupe, *padrone* – assegurou Contorno. – Vamos descobri-lo. – Seu otimismo era infundado.

A fim de proteger suas testemunhas, o Estado se recusava intransigentemente a revelar os nomes, até o início do julgamento.

Dois dias antes do julgamento, Angelo Carmine e os outros mafiosos acusados foram transferidos para a Prigione Rebibbia, a 20 quilômetros de Roma. Um tribunal próximo fora fortificado como uma casamata. Os 160 mafiosos acusados foram levados por um túnel subterrâneo, com algemas e correntes, metidos em trinta celas feitas de aço e vidro à prova de balas. Guardas armados cercaram o interior e exterior do tribunal, os espectadores foram revistados antes de poderem entrar.

Ao entrar no tribunal, Angelo Carmine sentiu o coração pular de alegria, pois o juiz que presidia o julgamento era Giovanni Buscetta, um homem que estivera na sua folha de pagamentos durante os últimos 15 anos, um hóspede frequente de sua casa. Carmine sabia que finalmente haveria justiça.

O JULGAMENTO COMEÇOU. Angelo Carmine contava com a *omertà*, código de silêncio siciliano, para protegê-lo. Para seu espanto, no entanto, descobriu que a principal testemunha do Estado era nada menos do que Benito Patas, o guarda-costas. Benito Patas estava com a família Carmine havia tanto tempo, e merecia tanta confiança que tinha permissão para estar presente na sala em reuniões em que se discutiam questões confidenciais de negócios; e como os negócios consistiam de todas as atividades ilegais nos estatutos criminais, Patas tinha estado a par de muitas informações. Quando prendera Patas minutos depois de ele ter mutilado e assassinado a sangue-frio o novo namorado de sua amante, a polícia ameaçara-o com prisão perpétua. Embora relutante, Patas concordara em ajudar a polícia a condenar Carmine, em troca de uma sentença mais leve. Agora, numa incredulidade horrorizada, Angelo Carmine sentou no tribunal e escutou Patas revelar os segredos mais íntimos da família.

Lucia também comparecia ao tribunal todos os dias, ouvindo o homem que fora seu amante destruir o pai e os irmãos.

O testemunho de Benito Patas abriu as comportas. Depois que a investigação do comissário começou, inúmeras vítimas apresentaram-se para contar as histórias do que Angelo Carmine e seus capangas lhes haviam feito. A Máfia controlara seus negócios à força, chantageara, forçara à prostituição, assassinara ou mutilara pessoas amadas, vendera drogas a seus filhos. A lista de atrocidades era interminável.

Ainda mais perniciosos foram os testemunhos dos *pentiti*, os membros arrependidos da Máfia que resolveram falar.

Lucia teve permissão para visitar o pai na prisão.

Ele recebeu-a jovialmente. Abraçou-a e sussurrou:

– Não se *preocupe, faccia d'angelo.* O juiz Giovanni Buscetta é meu ás secreto na manga. Ele conhece todos os truques da lei. Vai usá-los para que eu e seus irmãos sejamos absolvidos.

Angelo Carmine provou ser um péssimo profeta.

O público estava indignado com os excessos da Máfia, e quando o julgamento finalmente terminou, o juiz Giovanni Buscetta, um astuto animal político, condenou os mafiosos a longas sentenças de prisão. Angelo Carmine e seus dois filhos receberam a pena máxima na lei italiana, a prisão perpétua, com um mínimo obrigatório de 28 anos.

Para Angelo Carmine, era uma sentença de morte.

Toda a Itália aclamou. A justiça triunfara por fim. Para Lucia, porém, era um pesadelo além da imaginação. Os três homens que mais amava no mundo estavam sendo enviados para o inferno.

Mais uma vez, Lucia teve permissão para visitar o pai na cela. A mudança em Angelo Carmine, da noite para o dia, era angustiante. Em pouco tempo ele se tornara um velho. O corpo estava murcho, e a pele corada e saudável se tornara amarelada.

– Eles me traíram – lamentou-se Angelo Carmine. Todos me traíram. O juiz Giovanni Buscetta... eu o possuía, Lucia! Tornei-o um homem rico, e ele fez essa coisa terrível comigo. E Patas! Fui como um pai para ele. O que aconteceu com o mundo? O que aconteceu com a honra? Eles são sicilianos, como eu.

Lucia pegou a mão do pai e disse em voz baixa:

– Também sou siciliana, papai. Terá sua vingança. Juro que terá, por minha vida.

– Minha vida acabou – retrucou Angelo Carmine. Mas a sua ainda está pela frente. Tenho uma conta numerada em Zurique. O Banco Leu. Há mais dinheiro do que você poderia gastar em dez vidas. – Sussurrou um número em seu ouvido. – Deixe a maldita Itália. Pegue o dinheiro e divirta-se.

Lucia abraçou-o.

– Papai...

– Se algum dia precisar de um amigo, pode confiar em Dominic Durell. Somos como irmãos. Ele tem uma casa na França, em Béziers, perto da fronteira espanhola.

– Não esquecerei.

– Prometa que deixará a Itália.

– Prometo, papai. Mas há uma coisa que preciso fazer primeiro.

Ter um desejo ardente de vingança era uma coisa, encontrar um meio de consumá-lo era outra. Estava sozinha, e não seria fácil. Lucia pensou na expressão italiana *Rubare il mestiere*. Roubar a profissão deles. *Preciso pensar na maneira como eles fazem.*

POUCAS SEMANAS DEPOIS de o pai e os irmãos começarem a cumprir suas penas, Lucia Carmine apareceu na casa do juiz Giovanni Buscetta. O próprio juiz abriu a porta.

Fitou Lucia surpreso. Vira-a muitas vezes quando era hóspede na casa de Carmine, mas quase nunca haviam se falado.

– Lucia Carmine! O que está fazendo aqui? Não deveria...

– Vim lhe agradecer, Meritíssimo.

Ele estudou-a desconfiado.

– Agradecer o quê?

Lucia fitou-o nos olhos.

– Por denunciar meu pai e irmãos pelo que eles eram. Eu não passava de uma inocente, vivendo naquela casa de horrores. Não tinha a menor ideia de que monstros... – Perdeu o controle e começou a chorar.

O juiz ficou indeciso, depois afagou-lhe o ombro.

– Calma, calma... Entre e tome um chá.

– O-obrigada.

Quando estavam sentados na sala de estar, o juiz Buscetta disse:

– Não sabia que se sentia assim em relação a seu pai. Tinha a impressão de que eram muito ligados.

– Só porque eu ignorava como ele e meus irmãos eram. Quando descobri... – Lucia estremeceu. – Não pode imaginar como é. Eu queria sair, mas não havia escapatória para mim.

– Eu não sabia. – Ele afagou-lhe a mão. – Receio tê-la julgado mal, minha cara.

– Eu tinha pavor dele. – A voz de Lucia era veemente.

O juiz Buscetta notou, não pela primeira vez, que linda jovem Lucia era. Usava um vestido preto simples, que revelava os contornos do corpo sensual. Ele contemplou os seios arredondados e não pôde deixar de observar como ela crescera.

Seria sensacional dormir com a filha de Angelo Carmine, pensou Buscetta. *Ele está impotente agora para me fazer qualquer coisa. O velho filho da puta pensava que me possuía, mas eu era esperto demais para ele. Lucia provavelmente é virgem. Eu poderia lhe ensinar algumas coisas na cama.*

Uma empregada idosa trouxe uma bandeja com chá e uma travessa de biscoitos. Pôs na mesa.

– Devo servir o chá?

– Pode deixar que eu sirvo – murmurou Lucia.

Sua voz era quente, cheia de promessa. O juiz Buscetta sorriu para Lucia.

– Pode ir – disse ele à empregada.

– Pois não, senhor.

O juiz observou Lucia encaminhar-se para a mesinha em que estava a bandeja e servir o chá com todo cuidado.

– Tenho a impressão de que você e eu podemos nos tornar bons amigos – comentou o juiz Buscetta, sondando.

Lucia ofereceu-lhe um sorriso sedutor.

– Eu gostaria muito que isso acontecesse, Meritíssimo.

– Por favor... Giovanni.

– Giovanni. – Lucia entregou-lhe o chá. Ergueu sua xícara, num brinde. – À morte dos vilões.

Sorrindo, Buscetta também levantou sua xícara.

– À morte dos vilões. – Ele tomou um gole e fez uma careta. O chá estava com um gosto amargo.

– Está muito...?

– Não, não. Está ótimo, minha cara.

Lucia tornou a levantar sua xícara.

– À nossa amizade. – Tomou outro gole.

Buscetta acompanhou-a.

– À... – Não terminou o brinde. Foi dominado por um súbito espasmo, sentiu que um ferro em brasa lhe espetava o coração. Levou a mão ao peito. – Oh, Deus! Chame um médico...

Lucia continuou sentada, tomando o chá calmamente, observando-o levantar, cambalear e cair no chão. O corpo de Buscetta teve alguns estertores e depois ficou imóvel.

– Esse é o primeiro, papai – murmurou Lucia.

BENITO PATAS ESTAVA em sua cela, jogando paciência, quando o guarda anunciou:

– Tem uma visita conjugal.

Benito ficou radiante. Desfrutava de uma situação especial, como informante, com muitos privilégios, entre os quais as visitas conjugais. Patas tinha algumas namoradas, que alternavam as visitas. Especulou qual delas fora visitá-lo.

Contemplou-se no pequeno espelho pendurado na parede da cela, passou um pouco de creme nos cabelos, alisou-os para trás, depois seguiu o guarda pelo corredor da prisão, até a área em que ficavam as salas reservadas.

O guarda gesticulou para que ele entrasse. Patas avançou, na maior expectativa. Estacou abruptamente, espantado.

– Lucia! Santo Deus, o que está fazendo aqui? Como conseguiu entrar?

Ela respondeu suavemente:

– Informei a eles que estávamos noivos, Benito. – Usava um vestido de seda vermelho que aderia às curvas do corpo, com um decote ousado.

Benito Patas recuou.

– Saia!

– Como quiser. Mas há uma coisa que deve ouvir primeiro. Quando o vi sentar no banco de testemunhas e falar contra meu pai e irmãos, eu o odiei. Queria matá-lo. – Ela chegou mais perto. – Mas depois compreendi que sua atitude era um ato de bravura. Ousou se levantar e dizer a verdade. Meu pai e meus irmãos não eram maus, mas fizeram coisas horríveis, e você foi o único forte o suficiente para enfrentá-los.

– Acredite em mim, Lucia, a polícia me forçou...

– Não precisa explicar. Não para mim. Lembra-se da primeira vez em que fizemos amor? Compreendi então que estava apaixonada por você, e sempre estaria.

– Lucia, eu nunca teria feito o que...

– Querido, acho que nós dois devemos esquecer o que aconteceu. Está feito. Agora, o que importa somos eu e você. – Lucia estava bem perto agora.

Ela estava agora bem próxima, e ele podia sentir seu perfume inebriante. Sua mente se encontrava na maior confusão.

– Você... fala sério?

– Mais sério do que qualquer outra coisa que já fiz na vida. Por isso vim aqui hoje, para provar a você. Para mostrar que sou sua. E não apenas com palavras. – Seus dedos subiram para as alças do vestido, que um instante depois estava no chão. Lucia se encontrava nua por baixo.

– Acredita em mim agora?

Por Deus, ela era linda!

– Acredito. – A voz de Benito era rouca.

Lucia adiantou-se, seu corpo roçou contra ele.

– Dispa-se – sussurrou ela. – Depressa! – Observou enquanto Patas tirava as roupas. Quando ficou nu, ele pegou sua mão e levou-a para a cama no canto da sala. Não perdeu tempo com preliminares. Num instante estava em cima dela, abrindo-lhe as pernas e penetrando-a, com um sorriso arrogante.

– É como nos velhos tempos – disse, presunçoso. – Não pôde me esquecer, não é mesmo?

– Não – sussurrou Lucia em seu ouvido. – E quer saber por que não pude esquecer você?

– Quero, sim, *mi amore*.

– Porque sou uma siciliana, como meu pai.

Estendeu a mão para trás e tirou o alfinete comprido que lhe prendia os cabelos.

Benito Patas sentiu alguma coisa espetá-lo por baixo das costelas e a dor súbita fê-lo abrir a boca para gritar; mas a boca de Lucia grudava na sua, beijando-o Enquanto o corpo de Benito estrebuchava por cima dela, Lucia teve um orgasmo.

Poucos minutos depois estava vestida, o alfinete de volta nos cabelos. Benito se encontrava sob o cobertor, os olhos fechados. Lucia bateu na porta e sorriu para o guarda que a abriu, a fim de deixá-la sair.

– Ele está dormindo – sussurrou.

O guarda contemplou a bela moça e sorriu.

– Provavelmente esgotou-o.

– Espero que sim – disse Lucia.

A OUSADIA DOS DOIS assassinatos teve a maior repercussão na Itália. A linda filha de um mafioso vingara o pai e os irmãos, e o público italiano aclamou-a, torcendo por sua fuga. A polícia, como não podia deixar de ser, assumiu uma posição diferente. Lucia Carmine assassinara um respeitável juiz e depois cometera um segundo homicídio, dentro dos muros de uma prisão. A seus olhos, igual aos crimes era o fato de Lucia tê-los feito de idiotas. Os jornais estavam se divertindo à sua custa.

– Quero a cabeça dela! – bradou o comissário de polícia para o vice-comissário. – E quero hoje!

A caçada aumentou. O alvo de toda essa atenção se escondia na casa de Salvatore Giuseppe, um dos homens de seu pai que conseguira escapar à tempestade.

No começo, o único pensamento de Lucia fora o de vingar a honra do pai e dos irmãos. Esperava ser capturada e se preparara para o sacrifício. Quando conseguiu sair da prisão, no entanto, seus pensamentos passaram da vingança para a sobrevivência. Agora que consumara o que planejara, a vida voltava subitamente a ser preciosa. *Não deixarei que me peguem*, jurou a si mesma. *Nunca*.

SALVATORE GIUSEPPE E A ESPOSA fizeram o que podiam para disfarçar Lucia. Clarearam-lhe os cabelos, mancharam-lhe os dentes, compraram óculos e algumas roupas folgadas.

Salvatore estudou o resultado com olhos críticos.

– Não está mau – disse ele. – Mas também não é o suficiente. Precisamos tirá-la da Itália. Deve ir para algum lugar em que sua fotografia não esteja na primeira página de todos os jornais. Um lugar em que possa se esconder por alguns meses.

E Lucia lembrou.

Se algum dia precisar de um amigo, pode confiar em Dominic Durell. Ele tem uma casa na França, em Béziers, perto da fronteira espanhola.

– Sei de um lugar para onde posso ir – anunciou ela. – Precisarei de um passaporte.

– Eu providenciarei.

Vinte e quatro horas depois, ela olhava para um passaporte com o nome de Lucia Roma, com uma fotografia em sua nova aparência.

– Para onde vai?

– Meu pai tem um amigo na França que me ajudará.

– Se quiser que eu a acompanhe até a fronteira... – ofereceu-se Salvatore.

Os dois sabiam como seria perigoso.

– Não, Salvatore. Já fez o suficiente por mim. Devo continuar sozinha.

NA MANHÃ SEGUINTE, Salvatore Giuseppe alugou um Fiat em nome de Lucia Roma e entregou-lhe as chaves.

– Tome cuidado – recomendou.

– Não se preocupe. Nasci sob uma estrela de sorte.

O pai não lhe dissera isso?

Na fronteira italiana-francesa os carros à espera para entrar na França avançavam devagar, numa fila comprida. Ao se aproximar da barreira da imigração, Lucia começou a ficar cada vez mais nervosa. Estariam à sua procura em todos os pontos de saída do país. Se a pegassem, sabia que seria condenada à prisão perpétua. *Eu me matarei primeiro,* pensou.

Chegou ao inspetor da imigração.

– Passaporte, *signorina.*

Lucia entregou o passaporte preto pela janela do carro.

Enquanto o pegava, o inspetor fitou-a, e Lucia reparou que uma expressão de perplexidade surgia em seus olhos. O homem olhou do passaporte para seu rosto, novamente para o passaporte. Lucia sentiu que o corpo se contraía.

– Você é Lucia Carmine – disse ele.

9

— Não! – gritou Lucia. O sangue esvaiu-lhe do rosto. Ela olhou ao redor, à procura de um meio de escapar. Não havia nenhum. E, subitamente, para sua incredulidade, o guarda sorria. Inclinou-se para ela e sussurrou:

– Seu pai foi bom para minha família, *signorina*. Pode passar. Boa sorte.

Lucia sentiu-se tonta de alívio.

– *Grazie*. – Pisou no acelerador e percorreu os 25 metros até a fronteira francesa.

O inspetor de imigração francês orgulhava-se de ser um conhecedor de belas mulheres, e aquela à sua frente não era certamente uma beldade. Tinha cabelos cor de rato, óculos de lentes grossas, dentes manchados, e vestia-se com desmazelo.

Por que as italianas não podem parecer tão bonitas quanto as francesas?, pensou, repugnado. Carimbou o passaporte de Lucia e acenou para que ela passasse.

Lucia chegou a Béziers seis horas depois.

O telefone foi atendido ao primeiro toque, e surgiu uma voz suave de homem.

– Alô?

– Dominic Durell, por favor.

– Dominic Durell sou eu. Quem está falando?

– Lucia Carmine. Meu pai disse...

– Lucia! – A voz transbordava de boas-vindas. – Eu esperava por notícias suas.

– Preciso de ajuda.

– Pode contar comigo.

Lucia sentiu-se reanimada. Era a primeira boa notícia que ouvia em muito tempo, e percebeu de repente como se sentia esgotada.

– Preciso de um lugar onde possa me esconder da polícia.

– Não tem problema. Minha esposa e eu temos um lugar perfeito que poderá usar, enquanto quiser.

Era quase bom demais para ser verdade.

– Obrigada.

– Onde você está, Lucia?

– Estou...

Nesse instante o estrondo de um rádio de ondas curtas da polícia entrou na linha, e foi desligado no momento seguinte.

– Lucia...

Um alarme alto ressoou na cabeça de Lucia.

– Lucia... onde você está? Irei buscá-la.

Por que ele teria um rádio da policia em sua casa? E atendera ao primeiro toque da campainha. Quase como se estivesse à espera de sua ligação.

– Lucia... pode me ouvir?

Ela sabia, com absoluta certeza, que o homem no outro lado da linha era um policial. Estavam à sua procura ali também. E investigavam o ponto de origem daquele telefonema.

– Lucia...

Ela desligou e afastou-se rapidamente da cabine telefônica. *Preciso sair da França*, pensou.

Voltou ao carro e pegou um mapa no porta-luvas. A fronteira espanhola ficava a poucas horas dali. Guardou o mapa e partiu na direção sudeste, rumo a San Sebastián.

Foi na fronteira espanhola que as coisas começaram a dar errado.

– Passaporte, por favor.

Lucia entregou o passaporte ao inspetor de imigração espanhol. Ele deu uma olhada rápida e começou a devolvê-lo, mas alguma coisa fez com que hesitasse. Estudou Lucia mais atentamente e sua expressão mudou.

– Espere um momento, por favor. Preciso carimbar o passaporte lá dentro.

Ele me reconheceu, pensou Lucia, desesperada. Observou o homem entrar no pequeno escritório e mostrar o passaporte a um colega. Os dois puseram-se a falar, tensos. Tinha de escapar. Ela abriu a porta e saiu. Um grupo de turistas alemães, que acabara de passar pela barreira da fronteira, embarcava ruidosamente num ônibus de excursão, perto do carro de Lucia. O cartaz na frente do ônibus dizia MADRI.

– *Achtung!* – o guia estava chamando. – *Schnell.* Lucia olhou para o escritório. O guarda que pegara seu passaporte estava gritando pelo telefone.

– Todos a bordo, *bitte.*

Sem pensar duas vezes, Lucia encaminhou-se para o grupo sorridente e falando sem parar, entrou no ônibus, virando o rosto ao passar pelo guia. Sentou no fundo do ônibus, mantendo a cabeça abaixada. *Vamos logo!,* rezou. *Depressa!*

Pela janela, Lucia viu que outro guarda se juntara aos dois primeiros e todos examinavam seu passaporte. Como se em resposta à oração de Lucia, a porta do ônibus foi fechada e o motor ligado. Um momento depois o ônibus partia de San Sebastián para Madri. O que aconteceria quando os guardas da fronteira descobrissem que ela deixara o carro? O primeiro pensamento seria o de que fora ao banheiro. Esperariam e finalmente mandariam alguém procurá-la. A providência seguinte seria a de revistar a área, a fim de verificar se ela se escondera em algum lugar. A essa altura, dezenas de carros e ônibus já teriam passado. A polícia não teria a menor ideia do rumo que ela seguira, ou em que direção viajava.

O grupo no ônibus estava obviamente desfrutando umas férias felizes. *Por que não?*, pensou Lucia, amargurada. *Não têm a polícia em seus calcanhares. Valeu a pena arriscar o resto da minha vida?*, pensou a respeito, reconstituindo mentalmente as cenas com o juiz Buscetta e Benito.

Tenho a impressão de que você e eu podemos nos tornar bons amigos, Lucia... À morte dos vilões.

E Benito Patas: *É como nos velhos tempos. Não pôde me esquecer, não é mesmo?*

E ela fizera com que os dois traidores pagassem pelos pecados contra sua família. *Valeu a pena?* Eles estavam mortos, mas o pai e os irmãos sofreriam pelo resto de suas vidas. *Claro que valeu!*, concluiu Lucia.

Alguém no ônibus pôs-se a entoar uma velha canção alemã e os outros acompanharam-no:

– *In München ist ein Hofbrau Haus, ein, zwei, sufa...*

Estarei segura por algum tempo com este grupo, pensou Lucia. *Decidirei o que fazer em seguida, quando chegar a Madri.*

Ela nunca chegou a Madri.

O ÔNIBUS FEZ UMA PARADA prevista na cidade murada de Ávila, para refrescos, e o que o guia chamou delicadamente de um momento de conforto.

– *Alle raus vom Bus* – gritou ele.

Lucia continuou sentada, observando os passageiros levantarem e se atropelarem a caminho da porta do ônibus. *Estarei mais segura se ficar aqui.* Mas o guia notou-a.

– Saia, *Fräulein* – disse. – Só temos 15 minutos.

Lucia hesitou, depois se levantou relutante e avançou para a porta.

Ao passar pelo guia, ele disse:

– *Warten sie bitte!* Você não é desta excursão.

Lucia presenteou-o com um sorriso exuberante e disse:

– Não sou, nao. Acontece que meu carro enguiçou em San Sebastián, e é muito importante que eu chegue logo a Madri. Por isso...

– *Nein!* – berrou o guia. – Isso não é possível. A excursão é particular.

– Sei disso. Mas preciso...

– Deve falar primeiro com a sede da agência em Munique.

– Não posso. Estou com muita pressa e...

– *Nein, nein.* Poderia me meter numa encrenca. Saia logo ou chamarei a polícia.

– Mas...

Nada que ela dissesse poderia demovê-lo. Vinte minutos depois Lucia observou o ônibus partir pela estrada na direção de Madri. Estava encalhada ali, sem passaporte e quase sem dinheiro; àquela altura as polícias de alguns países a procuravam para prendê-la por homicídio.

Virou-se para examinar o lugar. O ônibus parara na frente de um prédio circular, com uma placa na frente que dizia ESTACIÓN DE AUTOBÚSES.

Posso pegar outro ônibus aqui, pensou.

Ela entrou na estação. Era um prédio grande, com paredes de mármore, alguns guichês espalhados, com uma placa por cima de cada um: SEGÓVIA... MUNOGALINDO... VALLADOLID... SALAMANCA... MADRI. Uma escada-rolante e escadas comuns levavam ao subsolo, de onde os ônibus partiam. Havia uma *pastelería* onde vendiam biscoitos, bolos, balas e sanduíches envoltos em papel encerado. De repente Lucia descobriu que estava faminta.

É melhor não comprar nada até descobrir quanto custa uma passagem de ônibus, pensou.

Quando se encaminhava para o guichê com a placa de MADRI, dois guardas uniformizados entraram apressados na estação. Um deles levava uma fotografia. Foram de guichê em guichê, mostrando a fotografia aos bilheteiros.

Estão à minha procura. Aquele guia miserável me denunciou.

Uma família de passageiros recém-chegados subia pela escada-rolante. Ao se encaminharem para a porta, Lucia foi andando ao lado, misturou-se, saiu da estação.

Caminhou pelas ruas de calçamento de pedras de Ávila, fazendo um esforço para não correr, com medo de atrair atenção. Entrou na *calle* de la Madre Soledad, com seus prédios de granito e sacadas de ferro batido preto. Chegou à *plaza* de la Santa e sentou num banco do parque, tentando imaginar o que deveria fazer agora. A cem metros dali havia várias mulheres e alguns casais sentados no parque, desfrutando o sol da tarde.

Assim que Lucia sentou, um carro da polícia apareceu. Parou na outra extremidade da praça e dois guardas saltaram. Aproximaram-se de uma das mulheres sentadas sozinhas e começaram a interrogá-la. O coração de Lucia disparou.

Forçou-se a levantar devagar, mesmo com o coração batendo forte, virou-se e começou a andar na direção oposta aos guardas. A rua seguinte tinha um nome incrível: rua da Vida e Morte. *Será um presságio?*

Havia leões de pedra reais na praça, com as línguas de fora, e, em sua imaginação febril, Lucia sentiu que tentavam abocanhá-la. À sua frente havia uma enorme catedral, tendo na fachada um medalhão esculpido de uma moça e uma caveira sorridente. O próprio ar parecia impregnado pela morte.

Lucia ouviu um sino de igreja e olhou através do portão aberto da cidade. A distância, no alto de uma colina, erguiam-se os muros de um convento. Ela parou, ficou olhando.

– Por que veio a nós, minha filha? – perguntou a reverenda madre Betina, suavemente.

– Preciso de um refúgio.

– E decidiu procurar o refúgio em Deus?

Exatamente.

– Isso mesmo. – Lucia começou a improvisar. – É o que sempre quis... devotar-me à vida do Espírito.

– Em nossas almas, não é o que todos desejamos, filha?

Meu Deus, ela está mesmo engolindo a minha história, pensou Lucia, feliz.

A reverenda madre continuou:

– Deve compreender que a Ordem Cisterciense é a mais rigorosa de todas, minha criança. Estamos completamente isoladas do mundo exterior.

As palavras soavam como música aos ouvidos de Lucia.

– As que passam por estes muros devem fazer votos de nunca mais saírem.

– Nunca mais vou querer ir embora – garantiu Lucia.

Ou pelo menos não durante os próximos meses.

A reverenda madre levantou-se.

– É uma decisão importante. Sugiro que volte agora e pense a respeito com todo cuidado, antes da decisão final.

– Já pensei a respeito – apressou-se Lucia em dizer. – Acredite, reverenda madre, não tenho pensado em outra coisa. – Fitou a madre superiora nos olhos. – Quero ficar aqui mais do que qualquer outra coisa no mundo. – A voz de Lucia ressoava com sinceridade.

A reverenda madre ficou perplexa. Havia alguma coisa inquietante e frenética naquela mulher que era perturbadora. E, no entanto, que melhor motivo havia para alguém vir para o convento, onde o seu espírito poderia ser tranquilizado pela meditação e oração?

– Você é católica?

– Sou.

A reverenda madre pegou uma antiquada pena de escrever.

– Diga-me seu nome, criança.

– Meu nome é Lucia Car... *Roma*

– Seus pais são vivos?

– Só meu pai.

– O que ele faz?

– Era um homem de negócios. Está aposentado. – Lucia pensou no pai, pálido e consumido na última vez em que o vira, e sentiu uma pontada de angústia.

– Tem irmãos ou irmãs?

– Dois irmãos.

– E o que eles fazem?

Lucia decidiu que precisava de toda a ajuda que pudesse obter.

– São padres.

– Maravilhoso.

A catequese prolongou-se por três horas. Ao final, a reverenda madre Betina disse:

– Providenciarei um leito para a noite. Pela manhã, começará a receber as instruções e, quando acabarem, se ainda tiver o desejo, poderá ingressar na Ordem. Mas devo avisar-lhe que é um caminho difícil o que escolheu.

– Pode estar certa de que não tenho alternativa – declarou Lucia, solenemente.

A BRISA NOTURNA ERA suave e quente, sussurrando pela clareira no bosque. Lucia dormia. Estava numa festa, em uma linda *villa*, o pai e os irmãos também se achavam presentes. Todos se divertiam, até que um estranho entrou na sala e indagou:

– Quem são essas pessoas?

Então as luzes se apagaram, o facho forte de uma lanterna incidiu em seu rosto, ela despertou e sentou, ofuscada.

Havia alguns homens na clareira, à volta das freiras. Com a luz em seus olhos, Lucia mal podia divisar seus contornos.

– Quem são vocês? – perguntou o homem outra vez, a voz rude e profunda.

Lucia encontrava-se instantaneamente desperta, a mente alerta. Estava acuada. Mas, se aqueles homens fossem a polícia, saberiam quem eram as freiras. E o que faziam no bosque à noite? Lucia resolveu correr o risco e disse:

– Somos irmãs do convento em Ávila. Alguns homens do governo apareceram e...

– Já ouvimos falar a respeito – interrompeu o homem.

As outras irmãs estavam todas sentadas agora, despertas e apavoradas.

– Quem... quem são vocês? – indagou Megan.

– Meu nome é Jaime Miró.

Eles eram seis, vestindo calças grossas, blusões de couro, suéteres de gola rulê e sapatos de lona com solas de corda, e as tradicionais boinas bascas. Estavam fortemente armados e, ao luar fraco, tinham uma aura demoníaca. Dois homens davam a impressão de terem sido brutalmente espancados.

O homem que se apresentara como Jaime Miró era alto e magro, com olhos pretos penetrantes.

– Eles podem estar por perto. – Ele virou-se para um dos membros do bando. – Dê uma olhada.

– *Sí*.

Lucia identificara a voz que respondera como feminina. Observou-a afastar-se entre as árvores, em silêncio.

– O que vamos fazer com elas? – perguntou Ricardo Mellado.

– *Nada* – respondeu Jaime Miró. – Vamos deixá-las aqui e seguir em frente.

Um dos homens protestou:

– Jaime... essas são as irmãzinhas de Jesus.

– Então deixe que Jesus cuide delas – retrucou Jaime Miró bruscamente. – Temos um trabalho a fazer.

As freiras ficaram de pé, à espera da decisão deles. Os homens concentravam-se em torno de Jaime, argumentando.

– Não podemos deixar que sejam apanhadas. Acoca e seus homens estão à procura delas.

– Também estão à nossa procura, *amigo*.

– As irmãs jamais conseguirão escapar sem nossa ajuda.

– Não – insistiu Jaime Miró, decidido. – Não arriscaremos nossas vidas por elas. Já temos nossos próprios problemas.

Felix Carpio, um dos seus tenentes, interveio:

– Podemos escoltá-las por parte do caminho, Jaime. Só até elas saírem daqui. – Olhou para as freiras. – Para onde estão indo, irmãs?

Teresa respondeu, com a luz de Deus em seus olhos:

– Tenho uma missão sagrada. Há um convento em Mendavia que nos abrigará.

Felix Carpio disse a Jaime Miró:

– Podemos acompanhá-las até lá. Mendavia fica em nosso caminho para San Sebastián.

Jaime Miró virou-se para ele, furioso.

– Seu idiota! Por que não põe uma placa no caminho avisando para onde estamos indo?

– Eu só queria...

– *Mierda!* – A voz estava cheia de raiva. – Agora não temos alternativa. Teremos de levá-las conosco. Se Acoca as descobrisse, faria com que falassem. Elas vão nos retardar e tornar muito mais fácil para Acoca e seus carniceiros encontrarem a nossa trilha.

Lucia não prestava muita atenção. A cruz de ouro estava a seu alcance, tentadora. *Mas esses miseráveis! Você escolhe os piores momentos, Deus, e tem um estranho senso de humor.*

– Está bem – dizia Jaime Miró. – Tentaremos resolver o problema da melhor forma possível. Vamos levá-las ao convento e as deixaremos lá. Mas não podemos viajar todos juntos, como um circo. – Virou-se para as freiras. Não era capaz de evitar a irritação na voz. – Alguma de vocês ao menos sabe onde fica Mendavia?

As irmãs se entreolharam.

– Não exatamente – respondeu Graciela.

– Então, como esperam chegar lá?

– Deus nos guiará – respondeu irmã Teresa, resoluta.

Um dos homens, Rubio Arzano, sorriu.

– Estão com sorte. – Acenou com a cabeça na direção de Jaime. – Ele desceu para guiá-las em pessoa, irmã.

Jaime silenciou-o com um olhar.

– Vamos nos separar. Seguiremos por três caminhos diferentes. – Tirou um mapa da mochila.

Os homens se agacharam ao redor, apontando os fachos das lanternas para o mapa.

– O convento em Mendavia fica aqui, a sudeste de Logroño. Seguirei para o norte, passando por Valladolid, depois subirei para Burgos. – Jaime passou os dedos pelo mapa e virou-se para Rubio, um homem alto, com aparência de camponês. – Você vai pelo caminho de Olmedo, Peñafiel e Aranda de Duero.

– Certo, *amigo*.

Jaime Miró concentrava-se outra vez no mapa. Olhou para Ricardo Mellado, um dos homens com os rostos machucados.

– Ricardo, siga para Segóvia, depois pegue o caminho da montanha para Cerezo de Abajo, e depois Soria. Voltaremos a nos encontrar em Logroño. – Guardou o mapa. Logroño fica a 210 quilômetros daqui. – Jaime calculou mentalmente. – Vamos nos encontrar lá daqui a sete dias. Mantenham-se longe das estradas principais.

– Em que lugar de Logroño vamos nos encontrar? – perguntou Felix.

– O Cirque Japon estará se apresentando em Logroño na próxima semana – lembrou Ricardo.

– Ótimo. Vamos nos encontrar lá. Na matinê.

– Com quem as freiras vão viajar? – indagou Felix Carpio.

– Vamos dividi-las.

Estava na hora de acabar com aquilo, decidiu Lucia.

– Se os soldados estão à procura de vocês, *señor,* estaríamos mais seguras se viajássemos sozinhas.

– Mas *nós* não estaríamos, irmã – retrucou Jaime. – Sabem demais sobre os nossos planos agora.

– Além do mais – acrescentou Rubio –, vocês não teriam a menor chance. Conhecemos o território. Somos bascos, e os habitantes lá do norte são nossos amigos. Vão nos ajudar e nos esconder dos soldados Nacionalistas. Nunca chegariam a Mendavia sozinhas.

Não quero ir para Mendavia, seu idiota.

– Muito bem, vamos embora logo – falou Jaime Miró, relutante. – Quero estar longe daqui antes do amanhecer.

Irmã Megan escutava em silêncio o homem que dava as ordens.

Era rude e arrogante, mas parecia irradiar um tranquilizador senso de poder. Jaime Miró olhou para Teresa e apontou para Tomás Sanjuro e Rubio Arzano.

- Eles serão responsáveis por você.

– Deus é responsável por mim – retrucou irmã Teresa.

– Claro – respondeu Jaime, secamente. – Deve ter sido por isso que veio parar aqui.

Rubio aproximou-se de Teresa.

– Rubio Arzano a seu serviço, irmã. Como se chama?

– Sou irmã Teresa.

Lucia interveio no mesmo instante:

– Viajarei com irmã Teresa.

Não permitiria de jeito nenhum que a separassem da cruz de ouro. Jaime assentiu.

– Está bem. – Ele apontou para Graciela. – Ricardo, você vai com esta.

Ricardo Mellado balançou a cabeça.

Bueno

A mulher que Jaime enviara para fazer um reconhecimento voltou ao grupo e anunciou:

– Está tudo em ordem.

– Ótimo. – Jaime olhou para Megan. – Você vem conosco, irmã.

Megan assentiu. Jaime Miró fascinava-a. E havia alguma coisa intrigante na mulher. Era morena, aparência ameaçadora, as feições aquilinas de um predador. A boca era um talho vermelho. Havia nela alguma coisa intensamente sexual. A mulher aproximou-se de Megan.

– Sou Amparo Jirón. Fique de boca fechada, irmã. Não haverá problemas.

– Vamos partir – avisou Jaime aos demais. – Logroño. Não percam as irmãs de vista.

Irmã Teresa e Rubio Arzano já começavam a descer pela trilha. Lucia seguiu apressada no encalço deles. Vira o mapa que Rubio Arzano guardara na mochila. *Vou tirá-lo quando ele estiver dormindo,* decidiu Lucia.

A fuga através da Espanha começara.

10

Miguel Carrillo estava nervoso. Mais do que isso, Miguel Carrillo estava *muito* nervoso. Não fora um dia maravilhoso para ele. O que começara tão bem pela manhã, quando encontrara as quatro freiras e as convencera de que era um frade, terminara com ele derrubado e inconsciente, mãos e pés amarrados, deixado no chão da loja de roupas.

Fora a mulher do proprietário quem o encontrara. Era uma mulher idosa e corpulenta, de bigode e estourada. Fitara-o, todo amarrado no chão, e dissera:

– *Madre de Diós!* Quem é você? O que está fazendo aqui?

Carrillo recorrera a todo seu charme.

– Graças aos céus que apareceu, *señorita.* – Jamais vira alguém que fosse mais obviamente uma *señora.* – Estava tentando me livrar dessas correias para poder usar seu telefone e chamar a polícia.

– Não respondeu à minha pergunta.

Ele tentara se ajeitar numa posição mais confortável.

– A explicação é simples, *señorita.* Sou frei Gonzales. Venho de um mosteiro perto de Madri. Passava por sua linda loja quando vi dois homens arrombando-a. Achei que era meu dever, como mensageiro de Deus, impedi-los. Entrei atrás, na esperança de persuadi-los a desistirem de seus pecados, mas eles me dominaram e me amarraram. Agora, se fizer a gentileza de me soltar...

– *Mierda!*

Carrillo fitara-a aturdido.

– O que disse?

– Quem é você?

– Já disse. Sou...

– Você é o maior mentiroso que já conheci.

Ela fora até os hábitos que as freiras haviam descartado.

– O que é isto?

– Ah, isso... os dois jovens estavam usando esses hábitos como disfarce e...

– Há trajes aqui de quatro pessoas. Disse que eram dois homens.

– É isso mesmo. Os outros dois apareceram depois e...

Ela se encaminhara para o telefone.

– O que vai fazer?

– Chamar a polícia.

– Posso lhe garantir que isso não é necessário. Assim que me soltar, irei direto para a polícia e farei um relato completo.

A mulher fitara-o com desdém.

– Seu hábito está aberto, frei.

A POLÍCIA FOI AINDA MENOS compreensiva do que a mulher. Carrillo estava sendo interrogado por quatro homens da guarda civil. Os uniformes verdes e quepes de verniz preto do século XVIII eram suficientes para inspirar terror por toda a Espanha, e efetuaram sua magia em Carrillo.

– Sabia que corresponde exatamente à descrição de um homem que assassinou um padre lá no norte?

Carrillo suspirou.

– Não estou surpreso. Tenho um irmão gêmeo, que os céus possam puni-lo. Foi por sua causa que ingressei no mosteiro. Nossa pobre mãe...

– Esqueça.

Um gigante com uma cicatriz no rosto entrou na sala.

– Boa tarde, coronel Acoca.

– É esse o homem?

– Isso mesmo, coronel. Por causa dos hábitos de freiras que encontramos com ele na loja, achamos que poderia estar interessado em interrogá-lo pessoalmente.

O coronel Ramón Acoca aproximou-se do infeliz Carrillo.

– Claro que estou interessado... e muito.

Carrillo ofereceu ao coronel seu sorriso mais insinuante.

– Fico contente que esteja aqui, coronel. Estou numa missão para minha igreja, e é importante que chegue a Barcelona o mais depressa possível. Como já tentei explicar a esses simpáticos cavalheiros, sou uma vítima das circunstâncias, apenas porque tentei ser um bom samaritano.

O coronel Acoca acenou com a cabeça amavelmente.

– Como está com pressa, tentarei não desperdiçar seu tempo.

Carrillo ficou radiante.

– Obrigado, coronel.

– Vou lhe fazer algumas perguntas simples. Se responder com a verdade, estará tudo bem. Se mentir para mim, será bastante doloroso para você. – Enfiou alguma coisa na mão.

Carrillo protestou, indignado:

– Os homens de Deus não mentem.

– Fico feliz em saber disso. Fale-me a respeito das quatro freiras.

– Não sei coisa alguma sobre quatro, frei...

O punho que o atingiu na boca tinha uma soqueira de latão, e o sangue esguichou pela sala.

– Santo Deus! – balbuciou Carrillo. – O que está fazendo?

O coronel Acoca repetiu:

– Fale-me a respeito das quatro freiras.

– Eu não...

O punho tornou a acertar na boca de Carrillo, quebrando dentes. Carrillo estava sufocando com o próprio sangue.

– Não! Eu...

– Fale-me a respeito das quatro freiras. – A voz de Acoca era suave e afável.

– Eu... – Carrillo viu o punho levantar. – Está bem! Eu... Eu... – As palavras saíram atabalhoadas. – Elas estavam em Villacastín, fugindo do convento. Por favor, não me bata de novo.

– Continue.

– Eu... prometi ajudá-las. Precisavam trocar de roupas.

– Então arrombou a loja...

– Não. Eu... é verdade... elas roubaram algumas roupas, depois me derrubaram e foram embora.

– Comentaram para onde iam?

Um estranho senso de dignidade prevaleceu subitamente em Carrillo.

– Não.

O fato de não mencionar Mendavia nada tinha a ver com um desejo de proteção das freiras. Carrillo não estava preocupado com elas. Era apenas porque o coronel lhe desfigurara o rosto. Seria muito difícil ganhar a vida depois que saísse da prisão.

O coronel Acoca virou-se para os homens da guarda civil.

– Estão vendo o que um pouco de persuasão amigável pode fazer? Mandem-no para Madri, sob a acusação de assassinato.

Lucia, irmã Teresa, Rubio Arzano e Tomás Sanjuro caminhavam para noroeste, seguindo na direção de Olmedo, permanecendo longe das estradas principais e atravessando plantações de cereais. Passaram por rebanhos de ovelhas e cabras; a inocência da paisagem pastoral era um irônico contraste com o grande perigo em que todos estavam. Andaram durante toda a noite, e ao amanhecer se encaminharam para um ponto isolado nas colinas.

– A cidade de Olmedo fica logo adiante – avisou Rubio Arzano. – Pararemos aqui até o anoitecer. Vocês duas precisam dormir um pouco.

Irmã Teresa estava fisicamente exausta. Mas alguma coisa lhe acontecia, em termos emocionais, que era muito mais desconcertante. Sentia que perdia o contato com a realidade. Começara com o desaparecimento de seu precioso rosário. Perdera-o... ou alguém o roubara? Não sabia. Fora seu conforto por mais anos do que podia se lembrar. Quantos milhares de ave-marias, padres-nossos e salve-rainhas? Tornara-se parte dela, sua segurança, e agora sumira.

Perdera-o no convento durante o ataque? E houvera mesmo um ataque? Parecia tão irreal agora... Não distinguia mais o real do imaginário. O bebê, ela vira. Seria o bebê de Monique? Ou Deus estava lhe pregando peças? Era tudo muito confuso. Quando jovem, tudo parecia mais simples. Quando era jovem...

11

Èze, França, 1924

Quando tinha apenas 8 anos, a maior parte da felicidade na vida de Teresa De Fosse vinha da igreja. Era como uma chama sagrada que a atraía para seu calor. Visitava a Chapelle des Pénitents Blancs, rezava na catedral em Mônaco e em Notre Dame Bon Voyage, em Cannes, mas comparecia cada vez mais aos serviços na igreja em Èze.

Teresa vivia num *château* numa montanha, por cima da aldeia medieval de Èze, perto de Monte Carlo, dando para a Côte d'Azur. A aldeia ficava no alto de um penhasco, e parecia a Teresa que lá de cima podia contemplar o mundo inteiro. Havia um mosteiro no topo, com fileiras de casas descendo pela encosta da montanha, até o azul do Mediterrâneo.

Monique, um ano mais nova do que Teresa, era a beldade da família. Mesmo quando criança, já se podia perceber que cresceria para se tornar uma bela mulher. Tinha feições delica das, olhos azuis faiscantes e uma segurança tranquila, que se ajustava à aparência.

Teresa era o patinho feio. E os De Fosse sentiam-se envergonhados com a filha mais velha. Se Teresa fosse convencionalmente feia, poderiam enviá-la a um cirurgião plástico para diminuir o nariz, aumentar o queixo ou endireitar os olhos. Mas o problema estava no fato de todas as feições de Teresa serem um pouco tortas. Tudo parecia deslocado, como se ela fosse uma comediante que maquilara o rosto para provocar risadas.

Mas se Deus a lesara na questão da aparência, compensara ao abençoá-la com um dom extraordinário. Teresa possuía a voz de um anjo. Fora notada na primeira vez em que cantara no coro da igreja. Os paroquianos escutaram aturdidos os tons puros e precisos que saíam da criança. À medida que Teresa crescia, a voz tornou-se ainda mais bela. Cantava todos os solos na igreja. Ali, sentia que encontrara seu lugar. Fora da igreja, no entanto, Teresa era extremamente tímida, angustiantemente consciente de sua aparência.

Na escola, era Monique quem vivia cercada de amigos. Tanto meninos como meninas afluíam para o seu lado. Queriam brincar com ela, serem vistos com ela. Monique era convidada para todas as festas. Ela também era convidada, mas no seu caso era uma lembrança posterior, o cumprimento de uma obrigação social. Teresa sabia disso, e se sentia angustiada.

– Ora, Renée, não pode convidar uma das meninas De Fosse sem chamar a outra. Seria falta de educação.

Monique sentia-se envergonhada devido à feiura da irmã. Achava que isso, de alguma forma, refletia-se sobre ela.

Seus pais comportavam-se de maneira adequada em relação à filha mais velha. Cumpriam o dever parental de maneira escrupulosa, mas Monique era obviamente a filha que adoravam. O único ingrediente pelo qual Teresa ansiava estava faltando: amor.

Era uma criança obediente, sempre disposta a agradar, uma boa aluna que adorava música, história e línguas estrangeiras, esforçava-se ao máximo na escola. As professoras, as criadas e os habitantes da cidade sentiam pena dela. Como um comerciante disse um dia, quando Teresa deixou sua loja:

– Deus não estava atento quando a criou.

Onde Teresa encontrava amor era na igreja. O padre a amava, e Jesus a amava. Ela ia à missa todas as manhãs e fazia as 14 estações da cruz. Ajoelhando-se na igreja fria e abobadada, sentia a presença de Deus. Quando cantava ali, Teresa experimentava um senso de esperança e de expectativa. Sentia que alguma coisa maravilhosa estava prestes a lhe acontecer. Era a única coisa que tornava a vida suportável.

Teresa jamais confidenciou sua infelicidade aos pais ou à sua irmã, pois não queria incomodá-los, e guardava para si o segredo de quanto Deus a amava e quanto ela amava Deus.

Teresa adorava a irmã. Brincavam juntas no terreno que cercava o *château*, e ela deixava Monique vencer os jogos. Combinavam fazer explorações juntas, desciam pelos íngremes degraus de pedra escavados na montanha até a aldeia de Èze lá embaixo, vagueavam pelas ruas estreitas em que ficavam as lojas dos artesãos, observando os venderem suas mercadorias.

Quando as meninas atingiram a adolescência, as predições dos aldeãos se confirmaram. Monique tornou-se ainda mais bela, e os rapazes cercavam-na, enquanto Teresa tinha pouquíssimos amigos e permanecia em casa costurando ou lendo ou indo à aldeia fazer compras.

Um dia, ao passar pela sala de estar, Teresa ouviu o pai e a mãe discutindo sobre ela.

– Ela será uma velha solteirona. Ficará com a gente por toda a nossa vida.

Teresa encontrará alguém. Tem um temperamento muito amável.

Não é isso que os rapazes de hoje procuram. Querem alguém que possam desfrutar na cama.

Teresa fugiu.

Teresa ainda cantava na igreja aos domingos, e por causa disso ocorreu um evento que quase lhe mudou a vida. Havia na congregação uma certa madame Neff, tia de um diretor de emissora de rádio em Nice. Ela foi falar com Teresa numa manhã de domingo.

– Está desperdiçando sua vida aqui, minha filha. Possui uma voz extraordinária. Deveria usá-la.

– Mas estou usando. Eu...

– Não me refiro a... – madame Neff correu os olhos pela igreja – ...*isso.* Falo de usar sua voz de forma profissional. Orgulho-me de reconhecer o talento quando o escuto. Quero que cante para meu sobrinho. Ele pode levá-la para o rádio. Está interessada?

– Eu... eu não sei...

O simples pensamento apavorava Teresa.

– Converse com sua família.

– É UMA IDEIA maravilhosa – comentou a mãe de Teresa.

– Pode ser uma boa coisa para você – acrescentou o pai.

Apenas Monique apresentou restrições:

– Você não é uma profissional. Pode se expor ao ridículo.

O que nada tinha a ver com os motivos de Monique para tentar desencorajar a irmã. Na realidade, Monique temia que Teresa obtivesse *sucesso.* Monique é que sempre ocupara o centro das atenções. *Não é justo,* pensou. *Deus não deveria ter dado a Teresa uma excelente voz. E se ela se tornar famosa? Eu ficaria em segundo plano, ignorada.*

E, assim, Monique tentou persuadir a irmã a não aceitar o convite.

Mas no domingo seguinte, na igreja, madame Neff avisou a Teresa:

– Falei com meu sobrinho. Ele está disposto a lhe conceder uma audição. Espera-a na quarta-feira, às 15 horas.

Na quarta-feira seguinte, Teresa apareceu muito nervosa na emissora de rádio em Nice e procurou o diretor.

– Sou Louis Bonnet – apresentou-se ele, bruscamente. – Posso lhe conceder cinco minutos.

A aparência física de Teresa confirmava seus piores receios. A tia já lhe enviara alguns talentos antes.

Eu deveria dizer a ela para não sair da cozinha. Mas sabia que não faria isso. A tia era muito rica, e ele, seu único herdeiro.

Teresa seguiu Louis Bonnet por um corredor estreito, até um pequeno estúdio.

– Já cantou profissionalmente alguma vez?

– Não, senhor. – Teresa estava com a blusa encharcada de suor. *Por que deixei que me convencessem a vir aqui?*, pensou. Estava em pânico, com vontade de fugir.

Bonnet colocou-a na frente de um microfone.

– Não tenho um pianista disponível hoje, e por isso terá de cantar uma *capella*. Sabe o que significa a *capella?*

– Sei, sim, senhor.

– Maravilhoso.

Ele questionou, não pela primeira vez, se a tia seria rica o suficiente para fazer com que todas aquelas audições valessem a pena.

– Ficarei na cabine de controle. Terá tempo para uma canção.

– Senhor... o que devo...?

Ele se fora. Teresa ficara sozinha no estúdio, diante do microfone. Não tinha a menor ideia do que iria cantar.

– Basta procurá-lo – dissera a tia. – A emissora tem um programa musical todas as noites de sábado e...

Preciso sair daqui.

– Não tenho o dia inteiro – soou a voz de Louis de repente.

– Desculpe, mas não posso...

O diretor, no entanto, estava determinado a puni-la por desperdiçar seu tempo.

– Só algumas notas – insistiu.

O suficiente para que pudesse dizer à tia como a garota fora uma tola. Talvez isso a persuadisse a parar de lhe enviar seus *protégés*.

– Estou esperando – acrescentou.

Bonnet recostou-se na cadeira e acendeu um Gitane. Mais quatro horas de trabalho. Yvette estaria à sua espera. Teria tempo de passar por seu apartamento, antes de ir para casa e a esposa. Talvez até houvesse tempo para...

Foi nesse instante que ele ouviu e não pôde acreditar. Era uma voz tão pura e tão suave que provocou calafrios por sua espinha. Uma voz impregnada de anseio e desejo, que cantava a solidão e o desespero, amores perdidos e sonhos mortos, uma voz que lhe trouxe lágrimas aos olhos. Avivou nele emoções que julgava estarem há muito mortas. *Meu Deus! Onde ela estava?*

Um técnico de som passava pela cabine de controle e parou, ao ouvir aquela voz, fascinado. A porta estava aberta, e outros começaram a chegar, atraídos pela voz. Ficaram parados em silêncio, ouvindo o som pungente de um coração clamando desesperadamente por amor. Não havia qualquer outro som na cabine. Quando a canção terminou, houve um silêncio prolongado, até que uma mulher murmurou:

– Quem quer que seja ela, não a deixe escapar.

Louis Bonnet passou apressado para o estúdio. Teresa preparava-se para sair.

– Desculpe por ter demorado tanto. É que eu nunca...

– Sente-se, Maria.

– Teresa.

– Desculpe. – Ele respirou fundo. – Temos um programa musical nas noites de sábado.

– Eu sei. Sempre o escuto.

– Gostaria de participar?

Teresa fitou-o aturdida, incapaz de acreditar no que ouvia.

– Está querendo dizer... quer me *contratar*?

– A partir desta semana. No início, pagaremos o mínimo, mas será uma excelente promoção para você.

Era quase bom demais para ser verdade. *Eles vão me pagar para cantar.*

– Pagar? – exclamou Monique. – Quanto?

– Não sei. E não me importo.

O *importante é que alguém me quer*, quase acrescentou, mas se conteve a tempo.

– É uma notícia maravilhosa. Então você vai se apresentar no rádio! – comentou o pai.

A mãe já começava a fazer planos.

– Pediremos a todos os nossos amigos para escutarem e mandarem cartas com elogios à sua voz.

Teresa olhou para Monique, à espera de que a irmã dissesse: *Não precisam fazer isso. Teresa é muito boa.*

Mas Monique não disse nada. *Isso passará depressa*, era o que estava pensando.

Estava enganada.

Na noite de sábado na emissora de rádio, Teresa estava em pânico.

– Fique tranquila, pois isso é perfeitamente natural – garantiu Louis Bonnet. – Todos os artistas passam por esse momento.

Estavam sentados na pequena sala verde usada pelos artistas.

– Você será uma sensação.

– Acho que vou vomitar.

– Não há tempo. Entrará no ar dentro de dois minutos.

Teresa ensaiara naquela tarde com a pequena orquestra que a acompanharia. O ensaio fora extraordinário. O estúdio em que foi realizado estava lotado pelo pessoal da emissora que ouvira falar da moça com a voz incrível. Todos escutaram em silêncio enquanto Teresa ensaiava as canções que iria cantar no ar. Ninguém duvidava de que estavam testemunhando o nascimento de uma estrela importante.

– É uma pena que ela não seja bonita – comentou um contrarregra. – Mas, pelo rádio, quem pode saber a diferença?

O DESEMPENHO DE TERESA naquela noite foi magnífico. Ela sabia que nunca cantara melhor. E quem sabia até onde aquilo poderia levá-la? Talvez, se se tornasse famosa, tivesse homens a seus pés, suplicando para que casasse com eles. Como acontecia com Monique.

Monique comentou, como se lesse seus pensamentos:

– Estou muito feliz por você, mana, mas não fique muito entusiasmada. Essas coisas nunca duram para sempre.

Isso vai durar, pensou Teresa, na maior felicidade. *Sou finalmente uma pessoa. Sou alguém.*

NA MANHÃ DE SEGUNDA-FEIRA houve um telefonema interurbano para Teresa.

– Provavelmente é uma brincadeira – advertiu o pai.

– A pessoa se apresentou como Jacques Raimu.

O *mais importante diretor artístico da França.* Teresa atendeu, cautelosa.

– Alô?

– Srta. De Fosse?

– Sou eu.

– Teresa De Fosse?

– Isso mesmo.

– Sou Jacques Raimu. Ouvi seu programa de rádio na noite de sábado. É exatamente o que estou procurando.

– Eu... eu não compreendo...

– Estou encenando uma peça na Comédie Française, um musical. Começo os ensaios na próxima semana, e estava à procura de alguém com uma voz como a sua. Para ser franco, não há ninguém com uma voz como a sua. Quem é seu agente?

– Agente? Eu... eu não tenho agente.

– Pois então irei até aí pessoalmente e faremos um contrato.

– *Monsieur* Raimu... eu... não sou muito bonita. – Era angustiante dizer as palavras, mas Teresa sabia que era necessário. *Ele não deve ter falsas expectativas.*

Raimu riu.

– Espere até depois de eu a produzir. O teatro é faz-de-conta. A maquiagem pode fazer as mágicas mais incríveis.

– Mas...

– Estarei aí amanhã.

TUDO PARECIA UM SONHO. Estrelar uma peça de Raimu!

– Acertarei o contrato com ele – declarou o pai de Teresa. – É preciso tomar muito cuidado quando se lida com essa gente de teatro.

– Precisamos comprar um vestido novo para você – sugeriu a mãe. – E eu o convidarei para jantar.

Monique não comentou nada. Considerava aquela situação insuportável. Não podia aceitar que a irmã se tornasse uma estrela. Talvez houvesse uma maneira...

MONIQUE DEU UM JEITO para ser a primeira a descer quando Jacques Raimu chegou à residência dos De Fosse naquela tarde. Ele foi recebido por uma jovem tão bonita que seu coração exultou. Ela vestia um traje branco simples que ressaltava seu corpo à perfeição.

Por Deus!, pensou ele. *Esta aparência e a voz! Ela é perfeita. Será uma estrela de sucesso.*

– Não tenho palavras para expressar como me sinto feliz por conhecê-la – disse Raimu.

Monique sorriu efusivamente.

– Também me sinto muito feliz por conhecê-lo. Sou uma grande admiradora sua, *monsieur* Raimu.

– Ótimo. Já vi que trabalharemos juntos muito bem. Trouxe um roteiro comigo. É uma linda história de amor e eu acho...

Nesse momento Teresa entrou na sala. Usava um vestido novo, mas mesmo assim parecia desajeitada. Parou ao deparar com Jacques Raimu.

– Ahn... como vai? Não sabia que estava aqui... chegou mais cedo.

Ele olhou para Monique, inquisitivo.

– Esta é minha irmã – disse Monique. – Teresa. As duas notaram a mudança de expressão de Raimu. Passou do choque ao desapontamento e repulsa.

– Você é a cantora?

– Isso mesmo.

Ele virou-se para Monique.

– E você...

Monique sorriu, com um ar de inocência.

– Sou a irmã de Teresa.

Raimu virou-se para examinar Teresa outra vez, depois sacudiu a cabeça.

– Sinto muito. Você é... – Ele hesitou, à procura da palavra apropriada. – ... jovem demais. E agora, se me dão licença, preciso voltar a Paris.

As irmãs ficaram paradas ali, observando Raimu encaminhar-se para a porta.

Deu certo, pensou Monique, exultante. *Deu certo.*

Foi o último programa de rádio de Teresa. Louis Bonnet suplicou que voltasse, mas ela sentia-se muito magoada.

Depois de olhar para minha irmã, pensou, *como alguém pode me querer? Sou muito feia.*

Enquanto vivesse, jamais esqueceria a expressão de Jacques Raimu.

A culpa é minha, por ter acalentado sonhos absurdos. Essa é a maneira de Deus me punir.

Depois disso, Teresa cantaria apenas na igreja e se tornaria ainda mais reclusa.

Durante os dez anos seguintes, a bela Monique recusou mais de uma dezena de pedidos de casamento. Foi cortejada pelos filhos do prefeito, banqueiro, médico e comerciantes da aldeia. Os pretendentes variavam de jovens recém-saídos da escola a homens maduros, bem-sucedidos, na casa dos 40 e 50 anos. Eram ricos e pobres, bonitos e feios, instruídos e ignorantes. E a todos Monique dizia *non*.

– O que está procurando? – perguntou-lhe o pai, desconcertado.

– Todos aqui são muito chatos, papai. Èze é um lugar sem a menor sofisticação. Meu príncipe encantado está em Paris.

E, assim, submisso, o pai mandou-a para Paris. E também enviou Teresa. As duas moças ficaram num pequeno hotel no Bois de Boulogne.

Cada irmã viu uma Paris diferente. Monique frequentava bailes de caridade e jantares elegantes, tomava chá com rapazes da nobreza. Teresa visitava Les Invalides e o Louvre. Monique ia às corridas em Longchamp e às festas de gala em Malmaison. Teresa ia à Catedral de Notre Dame para rezar, passeava pelo caminho arborizado do canal St. Martin. Monique ia ao Maxim's e ao Moulin Rouge, enquanto Teresa andava pelos Quays, parando nas livrarias e floristas, entrando na Basílica de St. Denis. Teresa gostou de Paris, mas para Monique a viagem foi um fracasso.

Ao voltarem para casa, Monique disse:

– Não encontrei qualquer homem com quem quisesse casar.

– Não conheceu ninguém que a interessasse? – perguntou o pai.

– Não. Houve um rapaz que me levou para jantar no Maxim's. O pai é dono de minas de carvão.

– Como ele era? – indagou a mãe, ansiosa.

– Era rico, bonito, educado e me adorava.

– Ele pediu-a em casamento?

– A cada dez minutos. Finalmente me recusei a vê-lo de novo.

A mãe ficou espantada.

– Por quê?

– Porque ele só sabia falar sobre carvão: carvão betuminoso, carvão de pedra, carvão preto, carvão cinzento. Muito chato.

No ano seguinte, Monique decidiu que queria voltar a Paris.

– Vou arrumar minhas malas – disse Teresa.

Monique balançou a cabeça.

– Não. Desta vez acho que irei sozinha.

Assim, enquanto Monique ia a Paris, Teresa ficava em casa e frequentava a igreja todas as manhãs, rezando para que a irmã encontrasse um belo príncipe. E um dia o milagre aconteceu. Um milagre porque foi com Teresa que aconteceu. Seu nome era Raoul Giradot.

Ele foi à igreja de Teresa num domingo e ouviu-a cantar. Nunca antes escutara nada parecido. *Preciso conhecê-la*, pensou.

No início da manhã de segunda-feira, Teresa foi ao armazém-geral da aldeia, a fim de comprar tecido para um vestido que queria fazer. Raoul Giradot trabalhava por trás do balcão. Levantou os olhos quando Teresa entrou e seu rosto se iluminou.

– A voz!

Ela ficou sem graça.

– Como... o que disse?

– Ouvi você cantar na igreja ontem. É magnífica.

Ele era alto e bonito, olhos escuros inteligentes e faiscantes, lábios atraentes e sensuais. Tinha 30 e poucos anos, um ou dois a mais do que Teresa.

Ela ficou tão atordoada por sua aparência que pôde apenas balbuciar. Fitou-o fixamente, o coração disparado.

– O-obrigada... eu... eu queria 3 metros de musselina, por favor.

Raoul sorriu.

– Terei o maior prazer em atendê-la. Por aqui.

Subitamente, era difícil para Teresa concentrar-se na compra. Estava consciente demais da presença do rapaz, quase sufocando, consciente de sua beleza e charme, da aura viril que o cercava.

Depois que Teresa escolheu, enquanto Raoul embrulhava o tecido, ela tomou coragem para perguntar:

– Você... é novo aqui, não é mesmo?

Ele olhou para ela e sorriu, e calafrios a percorreram.

– *Oui.* Cheguei em Èze há poucos dias. Minha tia é dona desta loja e precisava de ajuda, por isso resolvi passar algum tempo aqui.

Quanto será algum tempo?, Teresa pegou-se especulando.

– Deveria cantar profissionalmente – comentou Raoul.

Ela lembrou a expressão de Raimu ao vê-la. Não, não se arriscaria a se expor em público outra vez.

– Obrigada – murmurou Teresa.

Ele ficou enternecido com o embaraço e timidez de Teresa e tentou puxar conversa.

– Nunca estive em Èze antes. É uma linda cidadezinha.

– É, sim.

– Nasceu aqui?

– Nasci.

– Gosta do lugar?

– Gosto.

Teresa pegou o embrulho e fugiu.

No dia seguinte ela arrumou um pretexto para voltar à loja. Passara metade da noite acordada, pensando no que diria a Raoul.

Estou contente que goste de Èze...

Sabia que o mosteiro foi construído no século XIV...

Já visitou Saint-Paul-de-Vence? Há uma linda capela ali...

Gosto de Monte Carlo... e você? É maravilhoso saber que está tão perto daqui. Às vezes minha irmã e eu vamos de carro ao Grand Corniche e ao Teatro Fort Antoine. Por acaso, você conhece? É um teatro grande, ao ar livre...

Sabia que Nice já se chamou Nikaia? Oh, não sabia? Pois é verdade. Os gregos estiveram lá há muito tempo. Há um museu em Nice com as relíquias de homens das cavernas que lá viveram há milhares de anos. Não é interessante?

Teresa estava preparada, com tudo que ia dizer guardado na cabeça. Infelizmente, no momento em que entrou na loja e avistou Raoul, tudo fugiu-lhe da mente. Limitou-se a fitá-lo fixamente, incapaz de falar.

– *Bonjour* – disse Raoul, jovialmente. – É um prazer tornar a vê-la, *mademoiselle* De Fosse.

– *Me-merci.* – Teresa sentiu-se como uma idiota. *Estou com 30 anos. E me comporto como uma colegial. Pare com isso.*

Mas ela não podia parar.

– Em que posso servi-la?

– Eu... preciso de mais musselina.

O que era a última coisa de que ela precisava.

Ela observou Raoul pegar a peça de tecido. Ele colocou a no balcão e começou a medir.

– Quantos metros vai querer?

Teresa começou a responder 2 metros, mas o que saiu foi outra coisa:

– Você é casado?

Ele fitou-a com um sorriso afetuoso.

– Não. Ainda não tive essa sorte.

Pois vai ter, pensou Teresa. *Assim que Monique voltar de Paris.*

Monique adoraria aquele homem. Eram perfeitos um para o outro. O pensamento da reação de Monique ao conhecer Raoul encheu Teresa de felicidade. Seria maravilhoso ter Raoul Giradot como cunhado.

No dia seguinte, quando Teresa passava pela loja, Raoul avistou-a e saiu apressado.

– Boa tarde, *mademoiselle.* Eu ia tirar uma folga. Se estiver livre, não gostaria de tomar um chá comigo?

– Eu... eu... está bem, obrigada.

Sentia-se com a língua presa em sua presença, embora Raoul não pudesse ser mais simpático. Fez tudo o que podia para deixá-la à vontade, e logo Teresa se viu contando àquele estranho coisas que nunca dissera a ninguém antes. Falaram de solidão.

– As multidões me deixam solitária – comentou Teresa. – Sempre me sinto como uma ilha num mar de pessoas. Ele sorriu.

– Eu compreendo.

– Mas deve ter muitos amigos...

– Conhecidos. Afinal, será que alguém tem realmente amigos?

Era como se ela estivesse falando para uma imagem no espelho. O tempo passou muito depressa, e logo estava na hora de Raoul voltar ao trabalho. Quando se levantaram, ele perguntou:

– Não quer almoçar comigo amanhã?

Ele estava apenas sendo gentil, é claro. Teresa sabia que nenhum homem poderia se sentir atraído por ela. Especialmente alguém tão maravilhoso como Raoul Giradot. Tinha certeza que ele era gentil com todo mundo.

– Eu gostaria muito – respondeu Teresa.

Ao se encontrarem no dia seguinte, Raoul disse, com um entusiasmo infantil:

– Consegui ficar de folga a tarde toda. Se não estiver muito ocupada, por que não vamos até Nice?

Seguiram pela Moyenne Corniche no carro de Raoul, com a capota arriada, a cidade estendendo-se abaixo deles como um tapete mágico. Teresa recostou-se no assento e pensou: *Nunca me senti tão feliz.* E depois, com um sentimento de culpa: *Estou feliz por Monique.*

A irmã estava para voltar de Paris no dia seguinte. Raoul seria o presente de Teresa para ela. Era bastante realista para saber que os Raouls do mundo não eram para ela. Já sofrera demais na vida, e há muito aprendera a distinguir o que era real ou não. O homem bonito ao seu lado, guiando o carro, era um sonho impossível que ela nem sequer podia se permitir.

Almoçaram em Le Chantecler, no Hotel Negresco, em Nice. Foi uma refeição magnífica, mas depois Teresa não se lembrou do que comeu. Parecia-lhe que ela e Raoul não pararam de falar. Tinham muita coisa a dizer um para o outro. Ele era espirituoso e encantador, parecia achar Teresa interessante... realmente interessante. Perguntou sua opinião sobre muitas coisas e escutou com atenção as respostas.

Concordaram sobre quase tudo. Era como se fossem almas gêmeas. Se Teresa tinha algum pesar pelo que estava prestes a acontecer, tratou de expulsá-la da mente, determinada.

– Gostaria de jantar no *château* amanhã? Minha irmã está voltando de Paris. Gostaria que a conhecesse.

– Eu teria o maior prazer, Teresa.

Quando Monique chegou em casa, no dia seguinte, Teresa apressou-se em recebê-la na porta. Apesar de sua determinação, não pôde deixar de perguntar:

– Conheceu alguém interessante em Paris? – Prendeu a respiração, à espera da resposta da irmã.

– Os mesmos homens chatos de sempre – anunciou Monique.

Então Deus tomara a decisão final.

– Convidei alguém para jantar esta noite – anunciou Teresa. – Acho que vai gostar dele.

Não devo nunca deixar que alguém saiba o quanto gosto dele, pensou Teresa.

Naquela noite, às 19h30 em ponto, o mordomo levou Raoul Giradot até a sala de estar, onde Teresa, Monique e os pais esperavam.

– Minha mãe e meu pai. *Monsieur* Raoul Giradot.

– Muito prazer.

Teresa respirou fundo.

– E minha irmã, Monique.

– Como vai?

A expressão de Monique era educada, nada mais. Teresa olhou para Raoul, esperando vê-lo atordoado pela beleza de Monique.

– Muito prazer.

Apenas cortês.

Teresa continuou imóvel, a respiração presa, à espera das faíscas que surgiriam entre os dois. Mas Raoul fitou-a e disse:

– Você está muito bonita esta noite, Teresa.

Ela corou e balbuciou:

– O-obrigada...

Tudo naquela noite foi confuso. O plano de Teresa de aproximar Monique de Raoul, vê-los casar, ter Raoul como cunhado... nada disso sequer começou a acontecer. Por mais incrível que pudesse parecer, a atenção de Raoul concentrou-se toda em Teresa. Era como um sonho impossível que se tornava realidade. Sentia-se como Cinderela, só que era a irmã feia, e o príncipe a escolhera. Era irreal, mas estava acontecendo. Teresa descobriu-se fazendo um esforço para resistir a Raoul e seu charme, porque sabia que era bom demais para ser verdade, e temia ser magoada outra vez. Durante todos aqueles anos escondera suas emoções, protegendo-se contra o sofrimento que acompanhava a rejeição. Agora, instintivamente, tentou mais uma vez fazer a mesma coisa. Mas Raoul era irresistível.

– Ouvi sua filha cantar – disse Raoul. – Ela é um milagre!

Teresa corou.

– Todo mundo adora a voz de Teresa – comentou Monique, suavemente.

Foi uma noite inebriante. Mas a melhor coisa ainda estava para acontecer.

Ao terminar o jantar, Raoul disse para os pais de Teresa:

– Seus jardins parecem adoráveis. – Então olhou para Teresa. – Você me levaria para vê-los?

Teresa olhou para Monique, tentando decifrar as emoções da irmã. Mas Monique parecia completamente indiferente.

Ela deve estar cega, surda e muda, pensou Teresa.

E depois recordou todas as ocasiões em que Monique fora a Paris, Cannes e St. Tropez, à procura de seu príncipe encantado, sem jamais encontrá-lo.

Então a culpa não é dos homens. É de minha irmã. Monique não tem a menor ideia do que quer.

Teresa virou-se para Raoul.

– Terei o maior prazer.

Lá fora, ela não pôde abandonar o assunto.

– Gostou de Monique?

– Parece muito simpática – respondeu Raoul. – Pergunte o quanto gosto da irmã dela.

E ele a abraçou e beijou.

Foi diferente de tudo o que Teresa já experimentara antes. Ela tremeu nos braços de Raoul e pensou: *Obrigada, Deus. Oh, muito obrigada!*

– Quer jantar comigo amanhã? – perguntou Raoul.

– Quero, sim – balbuciou Teresa.

Quando as duas irmãs ficaram a sós, Monique comentou:

– Ele parece gostar mesmo de você.

– Acho que sim – murmurou Teresa, timidamente.

– Gosta dele?

– Gosto.

– Tome cuidado, mana. – Monique soltou uma risada. – Não deixe que lhe suba à cabeça.

Tarde demais, pensou Teresa, desamparada. *Tarde demais.*

Teresa e Raoul passaram a se encontrar todos os dias. Em geral, Monique os acompanhava. Os três passeavam juntos pelas praias em Nice, riam diante dos hotéis com aparência de bolos de casamento. Almoçaram no Hôtel du Cap, em Cap d'Antibes, visitaram a Capela Matisse, em Vence. Jantaram no Château de la Chèvre d'Or e na fabulosa La Ferme St. Michel. Uma manhã, às 5 horas, os três foram ao mercado do produtor, que se espalhava pelas ruas de Monte Carlo, compraram pão fresco, legumes e frutas.

Aos domingos, quando Teresa cantava na igreja, Raoul e Monique ali estavam para ouvir.

Depois, Raoul abraçava Teresa e murmurava:

– Você é mesmo um milagre. Eu poderia ouvi-la cantar pelo resto da minha vida.

Quatro semanas depois de se conhecerem, Raoul pediu-a em casamento.

– Tenho certeza de que poderia conquistar qualquer homem que quisesse, Teresa, mas eu ficaria honrado se me escolhesse.

Por um momento terrível, Teresa pensou que ele estava zombando dela, mas Raoul acrescentou, antes que ela pudesse dizer qualquer coisa:

– Minha querida, devo lhe dizer que já conheci muitas mulheres, mas você é a mais sensível, a mais talentosa, a mais afetuosa...

Cada palavra soava como música aos ouvidos de Teresa. Queria rir; queria chorar. *Como sou abençoada por amar e ser amada,* pensou.

– Quer casar comigo?

A expressão de Teresa respondia por ela.

DEPOIS QUE RAOUL FOI EMBORA, Teresa correu para a biblioteca, onde a irmã, o pai e a mãe tomavam café.

– Raoul me pediu em casamento! – Seu rosto estava radiante e quase tinha beleza.

Os pais ficaram aturdidos.

Foi Monique quem perguntou.

– Tem certeza de que ele não está atrás do dinheiro da família, Teresa?

Aquilo soava como um tapa na cara.

– Não quis ser grosseira – acrescentou Monique –, mas tudo parece estar acontecendo depressa demais.

Teresa estava determinada a não permitir que coisa alguma destruísse sua felicidade.

– Sei que quer me proteger, mas Raoul tem dinheiro. O pai deixou-lhe uma pequena herança, e ele não tem medo de trabalhar para ganhar a vida. – Teresa pegou a mão da irmã e suplicou: – Por favor, Monique, fique contente por mim. Nunca pensei que conheceria esse sentimento. Sinto-me tão feliz, eu poderia morrer.

Os três abraçaram-na e disseram como estavam felizes por ela, começaram a discorrer animados sobre os planos para o casamento.

Na manhã seguinte, bem cedo, Teresa foi à igreja e ajoelhou-se para rezar.

– Obrigada, Pai. Obrigada por me conceder tanta felicidade. Farei tudo para me mostrar à altura do Seu amor e do amor de Raoul. Amém.

TERESA ENTROU NO armazém-geral, sentindo-se nas nuvens, e disse:

– Se não se incomoda, meu caro senhor, eu gostaria de encomendar um tecido para um vestido de noiva.

Raoul riu e abraçou a.

– Você será uma noiva maravilhosa.

E Teresa sabia que ele falava sério. Era esse o milagre.

O CASAMENTO FOI MARCADO para o mês seguinte, na igreja da aldeia. Monique, é claro, seria a madrinha.

Às 17 horas de sexta-feira, Teresa falou com Raoul pela última vez. Ao meio-dia e meia de sábado, à espera de Raoul na sacristia da igreja, já com um atraso de meia hora, Teresa foi procurada pelo padre. Ele pegou-a pelo braço e levou-a para um canto, Teresa ficou espantada com sua agitação. O coração começou a bater forte.

– Qual é o problema? Aconteceu alguma coisa com Raoul?

– Oh, minha cara... – murmurou o padre. – Minha pobre e querida Teresa...

Ela começava a entrar em pânico.

– O que houve, padre? Conte logo!

– Eu... eu acabei de receber uma notícia. Raoul...

– Foi um acidente? Ele está ferido?

– Giradot deixou a cidade no início desta manhã.

– *Ele o quê?* Deve ter acontecido uma emergência que o fez...

– Ele partiu com sua irmã. Foram vistos quando pegavam o trem para Paris.

A sala começou a girar. *Não,* pensou Teresa. *Não devo desmaiar. Não devo fraquejar perante Deus.*

Anos mais tarde, ela só tinha uma lembrança nebulosa dos acontecimentos subsequentes. A distância, ouviu o padre fazer um comunicado aos convidados para o casamento, mal percebeu o tumulto na igreja. A mãe abraçou-a e murmurou:

– Minha pobre Teresa... É demais que sua própria irmã tenha sido tão cruel. Sinto muito.

Mas Teresa mostrava-se subitamente calma. Sabia como endireitar tudo.

– Não se preocupe, mamãe. Não culpo Raoul por se apaixonar por Monique. Aconteceria a qualquer homem. Eu deveria saber que nenhum homem jamais poderia me amar.

– Está enganada – protestou o pai. – Você vale dez Moniques.

Mas a compaixão dele chegara tarde demais.

– Eu gostaria de ir para casa agora, por favor.

Eles atravessaram a multidão. Os convidados recuaram para deixá-los passar, observando-os em silêncio.

AO CHEGAREM AO *CHÂTEAU*, Teresa disse calmamente:

– Por favor, não se preocupem comigo. Prometo que tudo vai acabar bem.

Subiu para o quarto do pai, pegou sua navalha e cortou os pulsos.

12

Quando Teresa abriu os olhos, o médico da família e o padre da aldeia estavam de pé ao lado da cama.

– Não! – gritou ela. – Não quero voltar! Deixem-me morrer! Deixem-me morrer!

– O suicídio é um pecado mortal – avisou o padre. – Deus deu-lhe a vida, Teresa. Só Ele pode decidir quando deve acabar. Você é jovem. Tem toda uma vida pela frente.

– Para fazer o quê? – soluçou Teresa. – Sofrer mais? Não suporto a angústia em que estou vivendo! Não aguento mais!

– Jesus suportou a dor e morreu por todos nós – disse o padre, gentilmente. – Não vire as costas a Ele.

– Precisa repousar – disse o médico, após examinar Teresa. – Já falei com sua mãe para lhe fazer uma dieta leve.

Na manhã seguinte, Teresa saiu da cama. Quando entrou na sala de estar, a mãe disse, alarmada:

– O que está fazendo de pé? O médico mandou...

– Preciso ir à igreja. Preciso falar com Deus – falou Teresa, com a voz rouca.

A mãe hesitou.

– Irei com você.

– Não. Devo ir sozinha.

– Mas...

– Deixe-a ir – interveio o pai.

Eles observaram a filha desolada sair de casa.

– O que acontecerá com ela? – murmurou a mãe de Teresa.

– Só Deus sabe.

Ela entrou naquela igreja tão familiar, foi até o altar e ajoelhou-se.

– Vim à Sua casa para lhe dizer uma coisa, Deus. Eu O desprezo. Desprezo-O por me deixar nascer tão feia. Desprezo-O por deixar minha irmã nascer tão bonita. Desprezo-O por deixá-la tomar o único homem que já amei. Cuspo em Você.

As últimas palavras soaram tão altas que as outras pessoas se viraram para fitá-la, enquanto ela se levantava e saía da igreja cambaleando.

Teresa nunca imaginara que pudesse haver tanta dor. Era insuportável. Era-lhe impossível pensar em qualquer outra coisa. Descobriu-se incapaz de comer ou dormir. O mundo parecia abafado e distante. As lembranças explodiam-lhe na mente, incessantemente, como cenas de um filme.

Recordou o dia em que ela, Raoul e Monique passeavam pela praia em Nice.

– Está um lindo dia para um mergulho – sugeriu Raoul.

– Eu adoraria, mas não podemos. Teresa não sabe nadar.

– Não me importo se vocês dois forem nadar. Ficarei à espera no hotel.

E se sentira muito satisfeita porque Raoul e Monique estavam se dando tão bem.

Almoçavam numa pequena estalagem, perto de Cannes.

– A lagosta está ótima hoje. – Sugeriu o *maître*.

– Eu vou querer – disse Monique. – A pobre Teresa não pode. Os crustáceos a deixam cheia de urticárias.

– Sinto saudade de andar a cavalo – comentou Raoul quando estavam em St. Tropez. – Costumava montar todas as manhãs quando estava em casa. Quer ir comigo, Teresa?

– Eu... eu não sei montar, Raoul.

– Eu não me importaria de ir com você, Raoul – interveio Monique. – Adoro montar.

E os dois passaram a manhã inteira passeando a cavalo.

Houvera centenas de pistas, e ela não percebera nenhuma. Fora cega porque quis ser cega. Os olhares que Raoul e Monique trocavam, os inocentes contatos das mãos, os sussurros e risos.

Como pude ser tão estúpida?

À NOITE, QUANDO TERESA conseguia finalmente cochilar, havia sonhos. Era sempre um sonho diferente, mas era sempre o mesmo sonho.

Raoul e Monique encontravam-se no trem, nus, fazendo amor, o trem passava por uma ponte sobre um desfiladeiro, que ruía, e todos no trem mergulhavam para a morte.

Raoul e Monique encontravam-se num quarto de hotel, nus, na cama. Raoul largava um cigarro, e o quarto explodia em chamas, os dois eram queimados até a morte, seus gritos despertavam Teresa.

Raoul e Monique caíam de uma montanha, afogavam-se num rio, morriam num desastre de avião.

Era sempre um sonho diferente.

Era sempre o mesmo sonho.

A MÃE E O PAI DE TERESA estavam desesperados. Viam a filha definhar, e não havia nada que pudessem fazer para ajudá-la. De repente, Teresa começou a comer. E comia sem parar. Parecia que a comida nunca era suficiente. Recuperou o peso e continuou a engordar e engordar, ficou imensa. Quando o pai e a mãe tentavam lhe falar de seu sofrimento, ela declarava:

– Sinto-me bem agora. Não se preocupem comigo.

Teresa levava a vida como se nada houvesse de errado. Continuava a ir à aldeia e fazia compras, como sempre. Jantava com a mãe e o pai todos as noites, lia ou costurava. Construíra uma fortaleza emocional ao seu redor, e estava determinada a não permitir que ninguém a rompesse. *Nenhum homem jamais vai querer olhar para mim. Nunca mais.*

Exteriormente, Teresa parecia muito bem. Por dentro, afundara num abismo de desesperada solidão. Mesmo quando se encontrava cercada por pessoas, sentava numa cadeira solitária, numa sala solitária, numa casa solitária, num mundo solitário.

POUCO MAIS DE UM ANO depois de Raoul abandonar Teresa, o pai fez as malas para uma viagem a Ávila.

– Tenho alguns negócios para tratar lá – disse a Teresa. – Depois disso, porém, estarei livre. Por que não vem comigo? Ávila é uma cidade fascinante. E será bom para você sair daqui por algum tempo.

– Não, obrigada, papai.

Ele olhou para a esposa e suspirou.

– Está bem.

O mordomo entrou na sala de estar.

– Com licença, senhorita De Fosse. Acaba de chegar esta carta.

Antes mesmo de abri-la, Teresa foi dominada pela premonição de algo terrível assomando à sua frente.

A carta dizia:

MINHA QUERIDA TERESA:

Deus sabe que não tenho o direito de chamá-la de querida, depois da coisa terrível que lhe fiz, mas prometo compensá-la, nem que leve uma vida inteira para isso. Não sei por onde começar.

Monique fugiu e deixou-me com nossa filhinha de dois meses. Para ser sincero, sinto-me aliviado. Devo confessar que tenho vivido no inferno desde o dia em que a deixei. Jamais compreenderei por que agi daquela maneira. Parece que fui apanhado por algum encantamento mágico de Monique, mas sabia desde o início que meu casamento com ela era um erro lamentável. Você sempre foi o amor de minha vida. Sei agora que o único lugar onde posso encontrar a felicidade é ao seu lado. Quando receber esta carta, já estarei de volta para você.

Amo você, e sempre amei, Teresa. Pelo bem do resto de nossas vidas juntos, eu lhe peço perdão. Quero...

ELA NÃO CONSEGUIU terminar de ler a carta. O pensamento de tornar a ver Raoul e a filha dele e de Monique era inconcebível, obsceno.

Teresa jogou a carta no chão, histérica.

– Preciso sair daqui! Esta noite! Agora! Por favor... por favor!

Foi impossível acalmá-la.

– Se Raoul está vindo para cá – disse o pai –, você deve pelo menos falar com ele.

– Não! Se me encontrar com ele, vou matá-lo! – Teresa segurou os braços do pai, as lágrimas escorriam-lhe pelo rosto. – Leve-me com você! – implorou.

Estava disposta a ir para qualquer parte, contanto que fugisse dali.

E, assim, naquela noite, Teresa e o pai partiram para Ávila.

O PAI DE TERESA ESTAVA angustiado com a infelicidade da filha. Não era por natureza um homem compassivo, mas no último ano Teresa conquistara sua admiração com seu comportamento corajoso. Enfrentara os moradores da cidade de cabeça erguida, e nunca se queixara. Ele sentia-se impotente, incapaz de confortá-la.

Lembrou quanto consolo ela encontrara outrora na igreja e disse a Teresa, quando chegaram a Ávila:

– O padre Berrendo, o sacerdote daqui, é um velho amigo meu. Talvez possa ajudá-la. Gostaria de falar com ele?

– Não.

Teresa não queria mais nada com Deus. Permaneceu sozinha no quarto do hotel, enquanto o pai cuidava dos negócios. Quando ele voltou, Teresa continuava sentada na mesma cadeira, olhando para a parede.

– Por favor, Teresa, fale com o padre Berrendo.

– Não.

O pai ficou desorientado. Ela recusava-se a deixar o quarto do hotel e não queria voltar a Èze.

Como último recurso, o padre foi procurá-la.

– Seu pai me disse que houve um tempo em que você ia à igreja regularmente.

Teresa fitou o padre de aparência frágil nos olhos e disse friamente:

– Não estou mais interessada. A Igreja não tem nada a me oferecer.

Padre Berrendo sorriu.

– A Igreja tem alguma coisa a oferecer a todas as pessoas, minha criança. A Igreja nos dá esperança e sonhos...

– Já tive minha cota de sonhos. Agora, nunca mais.

Ele pegou-lhe as mãos e viu as cicatrizes brancas nos pulsos, tão tênues quanto uma memória antiga.

– Deus não acredita nisso. Fale com Ele e Ele lhe dirá.

Teresa continuou sentada, o olhar fixo na parede, e quando o padre finalmente saiu, ela nem sequer percebeu.

NA MANHÃ SEGUINTE, Teresa entrou na igreja fria e abobadada, e quase no mesmo instante foi envolvida pelo antigo e familiar sentimento de paz. A última vez em que entrara numa igreja fora para insultar Deus. Sentiu-se muito envergonhada. Fora a sua própria fraqueza que a traíra, não Deus.

– Perdoe-me – murmurou –, pois eu pequei. Tenho vivido no ódio. Ajude-me. Por favor, ajude-me. – Teresa levantou os olhos, e padre Berrendo estava sentado ali.

Quando ela terminou, o padre levou-a para seu escritório, além da sacristia.

– Não sei o que fazer, padre. Não acredito mais em coisa alguma. Perdi a fé. – Sua voz estava impregnada de desespero.

– Tinha fé quando era jovem?

– Tinha, sim. E muita.

– Então ainda a tem, minha criança. Apenas a fé é real e permanente. Tudo o mais é transitório.

Conversaram por horas naquele dia.

Quando Teresa voltou ao hotel, ao final da tarde, o pai disse:

– Preciso retornar a Èze. Está pronta para partir?

– Não, papai. Deixe-me ficar aqui mais algum tempo.

Ele hesitou.

– Ficará bem?

– Ficarei, papai. Prometo.

TERESA E PADRE BERRENDO passaram a se encontrar todos os dias. O coração do padre confrangeu-se por Teresa. Via nela não uma mulher gorda e desgraciosa, mas um espírito belo e infeliz. Conversavam sobre Deus, a criação e o sentido da vida. Pouco a pouco, quase contra a vontade, Teresa recomeçou a encontrar conforto. Uma coisa que padre Berrendo disse um dia desencadeou nela uma reação profunda.

– Se não acredita neste mundo, minha criança, então acredite no próximo. Acredite no mundo em que Jesus espera para recebê-la.

E pela primeira vez desde o dia que deveria ser o de seu casamento, Teresa começou a sentir-se em paz outra vez. A igreja tornara-se seu refúgio, como antes. Mas precisava pensar em seu futuro.

– Não tenho para onde ir.

– Pode voltar para casa.

– Não. Jamais poderia voltar para lá. Nunca poderia encarar Raoul outra vez. Não sei o que fazer. Quero me esconder, mas não tenho onde.

Padre Berrendo ficou em silêncio por um longo tempo, até que finalmente murmurou:

– Poderia ficar aqui.

Ela correu os olhos pela sala, aturdida.

– Aqui?

– O convento Cisterciense fica próximo. – Ele inclinou-se para a frente. – Deixe-me falar um pouco a respeito. É um mundo dentro de um mundo, onde todas as pessoas dedicam-se a Deus. É um lugar de paz e serenidade.

O coração de Teresa começou a se animar.

– Parece maravilhoso.

– Devo adverti-la. É uma das ordens mais rigorosas do mundo. Quem entra ali faz um voto de castidade, silêncio e obediência. E nunca mais sai.

As palavras provocaram uma emoção em Teresa.

– Não vou querer sair nunca mais. É o que tenho procurado, padre. Desprezo o mundo em que vivo.

Mas padre Berrendo ainda estava preocupado. Sabia que Teresa enfrentaria uma vida totalmente diferente de tudo o que já experimentara até aquele momento.

– Não pode haver retorno.

– Não mudarei de ideia.

No dia seguinte, bem cedo, padre Berrendo levou Teresa ao convento para conhecer a reverenda madre Betina. Deixou-as conversarem.

Assim que entrou no convento, Teresa teve certeza. *Finalmente,* pensou, exultante. *Finalmente.*

Depois do encontro, telefonou, ansiosa, para os pais.

– Eu estava muito preocupada. Quando voltará para casa? – indagou a mãe.

– Estou em casa.

O bispo de Ávila cumpriu o rito:

– Criador, Senhor, envie sua bênção a esta serva, a fim de que ela seja fortalecida com a virtude celestial e possa manter uma fé total e fidelidade ininterrupta.

– Renunciei ao reino deste mundo e a todos os adornos seculares, pelo amor de Nosso Senhor, Jesus Cristo – respondeu Teresa.

O bispo fez o sinal da cruz por cima dela.

– *De largitatis tuae fonte defluxit ut cum honorem nuptiarum nulla interdicta minuissent ac super sanctum conjugium nuptialis benedictio permaneret existerent conubium, concupiscerent sacramentum, nec imitarentur quod nuptiis agitur, sed diligerent quod nuptiis praenotatur.* Amém.

– Amém.

– Eu te esposo com Jesus Cristo, o filho do Pai Supremo. Assim, recebe o selo do Espírito Santo, a fim de que possas ser chamada de esposa de Deus, e serás coroada pela eternidade se o servires fielmente. – O bispo levantou-se. Deus, o Pai Todo-Poderoso, Criador do céu e da terra, que concedeu recebê-la em núpcias, como a abençoada Maria, mãe de Nosso Senhor, Jesus Cristo... *ad beatae Mariae, matris Domini nostri, Jesu Christi, consortium...* a recebe, que na presença de Deus e Seus anjos possas perseverar, pura e imaculada, mantendo teu propósito de amor e castidade, com a paciência que possas merecer para receber a coroa de sua bênção, através do mesmo Cristo, Nosso Senhor. Deus te torna forte quando frágil, fortalece quando fraca, alivia e governa tua mente com compaixão, e orienta teus caminhos. Amém.

AGORA, TRINTA ANOS DEPOIS, deitada no bosque, observando o sol se elevar por cima do horizonte, irmã Teresa pensou: *Fui para o convento por todos os motivos errados. Não estava correndo para Deus, mas fugindo do mundo. Mas Deus leu meu coração.*

Estava com 70 anos, e os últimos trinta de sua vida haviam sido os mais felizes que conhecera. E agora, abruptamente, fora lançada de volta ao mundo do qual fugira. E sua mente lhe pregava estranhas peças.

O que Deus planejou para mim?

13

Para a irmã Megan, a viagem era uma aventura. Acostumara-se às novas vistas e sons que a cercavam e sentia-se surpresa com a rapidez da adaptação.

Considerava os companheiros de jornada fascinantes. Amparo Jirón era uma mulher vigorosa, capaz de acompanhar o ritmo dos dois homens com a maior facilidade, ao mesmo tempo em que era bem feminina.

Felix Carpio, o homem corpulento de barba avermelhada e cicatriz, parecia amável e simpático.

Para Megan, no entanto, o mais irresistível do grupo era Jaime Miró. Havia nele uma força implacável, uma fé inabalável em suas convicções que fazia Megan lembrar-se das freiras no convento.

Ao iniciarem a jornada, Jaime, Amparo e Felix carregavam sacos de dormir e rifles nos ombros.

– Deixem-me carregar um dos sacos de dormir – sugeriu Megan.

Jaime Miró fitou-a surpreso e depois deu de ombros.

– Está certo, irmã. – Entregou-lhe o saco.

Era mais pesado do que Megan esperava, mas não se queixou. *Enquanto estiver com eles, farei minha parte.*

Megan tinha a impressão de que estavam andando por toda a eternidade, tropeçando pela escuridão, atingidos por galhos, arranhados pela vegetação baixa, atacados por insetos, guiados apenas pela luz da lua.

Quem são essas pessoas?, especulou. *E por que estão sendo caçadas?* Como Megan e as outras freiras também estavam sendo perseguidas, ela começou a sentir uma forte ligação com os novos companheiros.

Quase não conversavam, mas de vez em quando trocavam frases enigmáticas.

– Está tudo acertado em Valladolid?

– Tudo, Jaime. Rubio e Tomás se encontrarão conosco no banco, durante a tourada.

– Ótimo. Mande o aviso para Largo Cortez nos esperar. Mas não marque uma data.

– Certo.

Quem são Largo Cortez, Rubio e Tomás?, especulou Megan. E o que aconteceria na tourada e no banco? Quase chegou a perguntar, mas achou melhor não fazê-lo. *Tenho a impressão de que não gostariam de muitas perguntas.*

Perto do amanhecer, sentiram cheiro de fumaça no vale lá embaixo.

– Esperem aqui – sussurrou Jaime. – E fiquem quietos.

Os outros ficaram observando enquanto ele se encaminhava para a beira da floresta e desaparecia.

Megan disse:

– O que foi?

– Cale-se! – sibilou Amparo Jirón.

Jaime Miró voltou 15 minutos depois.

– Soldados. Vamos contorná-los.

Voltaram por quase um quilômetro, depois avançaram cautelosos pelo bosque, até alcançarem uma pequena estrada secundária. Os campos espalhavam-se pela frente, recendendo a feno moído e frutas maduras.

A curiosidade de Megan prevaleceu, levando-a a perguntar:

– Por que os soldados estão atrás de vocês?

– Digamos que não pensamos da mesma maneira – respondeu Jaime.

Megan tinha de se satisfazer com isso. *Por enquanto,* pensou. Estava determinada a saber mais sobre aquele homem.

Meia hora depois, quando chegaram a uma clareira resguardada, Jaime disse:

– O sol está subindo. Ficaremos aqui até o anoitecer. – Olhou para Megan – Esta noite teremos de andar mais depressa.

Ela acenou com a cabeça.

– Tudo bem.

Jaime pegou os sacos de dormir e desenrolou-os.

Felix Carpio disse a Megan:

– Fique com o meu, irmã. Estou acostumado a dormir no chão.

– É seu – protestou Megan. – Eu não poderia...

– Pelo amor de Deus! – interveio Amparo, bruscamente. – Entre logo no saco. Não queremos que comece a gritar por causa das malditas aranhas.

Havia uma hostilidade em seu tom que Megan não podia entender. *O que a está incomodando?*, especulou Megan.

Ela observou Jaime ajeitar o saco de dormir perto do lugar em que ela se encontrava e depois se acomodar. Amparo Jirón deitou ao seu lado. *Já entendi,* pensou Megan.

Jaime olhou para a freira e disse:

– É melhor dormir um pouco. Temos um longo caminho pela frente.

MEGAN FOI DESPERTADA no meio da noite por um gemido. Alguém parecia sentir uma dor terrível. Sentou-se. Os sons vinham do saco de Jaime. *Ele deve estar passando muito mal,* foi seu primeiro pensamento.

O gemido foi se tornando cada vez mais alto, e depois Megan ouviu a voz de Amparo Jirón balbuciando:

– Oh, mais, mais! Dê tudo para mim, *querido!* Com mais força! Sim! Agora! Agora!

Megan corou. Tentou fechar os ouvidos aos sons, mas era impossível. Pensou como seria fazer amor com Jaime Miró.

Fez o sinal da cruz no mesmo instante e começou a rezar: *Perdoe-me, Pai. Faça com que meus pensamentos se ocupem apenas com Você. Faça com que meu espírito O procure, a fim de encontrar a fonte e o bem em Você.*

E os sons continuaram. Finalmente, quando Megan já começava a pensar que não seria capaz de aguentar mais um instante sequer, eles pararam. Mas havia outros ruídos que a mantinham acordada. Os sons da floresta reverberavam ao seu redor. Havia uma cacofonia de acasalamento de aves, grilos, a conversa dos pequenos animais e os grunhidos dos animais maiores. Megan esquecera como o mundo exterior podia ser barulhento. Sentia falta do silêncio maravilhoso do convento. Para seu espanto, sentia saudade até do orfanato. O terrível, maravilhoso orfanato...

14

Ávila, 1957

Eles a chamavam de "Megan, o Terror".

Eles a chamavam de "Megan, o Demônio de Olhos Azuis".

Eles a chamavam de "Megan, a Impossível".

Ela estava com 10 anos.

Fora levada ao orfanato ainda bebê, deixada na porta por um camponês e sua mulher que não tinham condições de criá-la.

O orfanato era um prédio austero, dois andares, caiado de branco, nos arredores de Ávila, na parte mais pobre da cidade, perto da *plaza* de Santo Vicente, dirigido por Mercedes Angeles, uma autêntica amazona, com um comportamento arrebatado, que não condizia com a ternura que nutria por seus pupilos.

Megan era diferente das outras crianças, uma estranha de cabelos louros e olhos azuis brilhantes, sobressaindo no contraste com as morenas, de olhos e cabelos escuros. Desde o início, porém, Megan fora diferente também sob outros aspectos. Era uma criança independente, líder, promotora de travessuras. Sempre que havia problemas no orfanato, Mercedes Angeles podia estar certa de que Megan estava envolvida.

Ao longo dos anos, Megan comandou protestos contra a comida, tentou organizar as crianças num sindicato, encontrava maneiras inventivas de atormentar as supervisoras, inclusive algumas tentativas de fuga. É desnecessário dizer que Megan era extremamente popular entre as outras crianças. Era mais jovem do que muitas, mas todas recorriam à sua orientação. Era uma líder nata. E as crianças menores adoravam quando Megan lhes contava histórias. Possuía uma imaginação delirante.

– Quem foram meus pais, Megan?

– Seu pai era um esperto ladrão de joias. Subiu no telhado de um hotel no meio da noite para roubar um diamante que pertencia a uma atriz famosa. No momento em que metia o diamante no bolso, a atriz acordou. Ela acendeu a luz e o viu.

– E mandou prendê-lo?

– Não. Ele era muito bonito.

– O que aconteceu então?

– Eles se apaixonaram e casaram. Depois, você nasceu.

– Mas por que me mandaram para um orfanato? Eles não me amavam?

Essa era sempre a parte difícil.

– Claro que amavam. Mas... morreram numa terrível avalanche quando esquiavam na Suíça.

– O que é uma terrível avalanche?

– É quando uma porção de neve desce ao mesmo tempo e enterra a pessoa.

– E papai e mamãe morreram ao mesmo tempo?

– Isso mesmo. E suas últimas palavras foram para dizer que amavam você. Mas não havia ninguém para cuidar de você, e por isso veio para cá.

Megan sentia-se tão ansiosa quanto as outras crianças em saber quem eram seus pais. À noite, acalentava-se até o sono, inventando histórias para si mesma: *Meu pai foi um soldado na guerra civil. Era um capitão muito corajoso. Foi ferido em combate, e minha mãe foi a enfermeira que cuidou dele. Casaram, ele voltou à frente e foi morto. Mamãe era pobre demais para me sustentar, e por isso precisou me deixar na fazenda, o que lhe partiu o coração.* E ela chorava de compaixão pelo pai bravo e morto e pela mãe desconsolada.

Ou: *Meu pai era um toureiro. Foi um dos maiores matadores. Era o favorito da Espanha. Todos o adoravam. Mamãe era uma linda dançarina de flamenco. Casaram, mas um dia ele foi morto por um enorme e perigoso touro. Mamãe foi obrigada a renunciar a mim.*

Ou: *Papai era um esperto espião de outro país...*

As fantasias eram intermináveis.

Havia trinta crianças no orfanato, variando de recém-nascidos abandonados até os de 14 anos. Quase todas eram espanholas, mas havia também crianças de outros países. Megan tornou-se fluente em várias línguas. Dormia junto com uma dezena de outras meninas. Havia conversas sussurradas tarde da noite sobre bonecas e roupas, depois sobre sexo, à medida que as meninas se tornavam mais velhas. Isso logo virou o principal tema das conversas.

– Ouvi dizer que dói muito.

– Não me importo. Mal posso esperar para saber como é.

– Vou casar, mas nunca deixarei que meu marido faça isso comigo. Acho que é obsceno.

Uma noite, quando todos dormiam, Primo Condé, um dos meninos no orfanato, entrou no dormitório das meninas. Foi até a cama de Megan.

– Megan... – Sua voz era um sussurro.

Ela despertou no mesmo instante.

– Primo? O que aconteceu?

Ele soluçava, assustado.

– Posso ficar na sua cama?

– Pode, sim. Mas fique quieto.

Primo tinha 13 anos, a mesma idade que Megan, mas pouco desenvolvido, e fora uma criança maltratada. Sofria pesadelos terríveis e acordava aos gritos no meio da noite. As outras crianças atormentavam-no, mas Megan sempre o protegia.

Primo deitou na cama ao seu lado.

Megan sentiu as lágrimas escorrerem pelas faces do menino. Abraçou-o e murmurou:

– Está tudo bem, está tudo bem... – Ninou-o gentilmente, e os soluços cessaram.

O corpo de Primo comprimiu-se contra o de Megan, e ela pôde sentir o crescente excitamento dele.

– Primo...

– Desculpe. Eu... eu não pude evitar.

Sua ereção se comprimia contra ela.

– Eu amo você, Megan. É a única pessoa de quem eu gosto no mundo inteiro.

– Ainda não esteve no mundo lá fora.

– Não ria de mim, por favor.

– Não estou rindo.

– Não tenho mais ninguém, só você.

– Sei disso.

– Eu amo você.

– Também amo você, Primo.

– Megan... você... me deixaria fazer amor com você? Por favor.

– Não.

Houve silêncio.

– Desculpe ter incomodado você. Voltarei para minha cama. – A voz de Primo estava impregnada de angústia. Ele começou a se afastar.

– Espere. – Megan deteve-o, querendo atenuar seu sofrimento, sentindo-se também excitada. – Primo, eu... eu não posso deixar que faça amor comigo, mas posso fazer uma coisa que o levará a se sentir melhor. Está bom assim?

– Está. – A voz de Primo era um murmúrio. Ele estava de pijama.

Megan puxou o cordão que prendia a calça e enfiou a mão por dentro. *Ele é um homem*, pensou ela. Segurou-o gentilmente e começou a acariciá-lo.

Primo gemeu e sussurrou:

– Ai, isso é maravilhoso – e, um momento depois: – Meu Deus, eu amo você, Megan.

Ela estava com o corpo em chamas, e se naquele momento Primo dissesse "Quero fazer amor com você", teria respondido sim.

Mas ele permaneceu imóvel, em silêncio; minutos depois voltou à sua cama.

Não houve sono para Megan naquela noite. E nunca mais permitiu que Primo voltasse à sua cama.

A tentação era muito grande.

De vez em quando, uma criança era chamada à sala da supervisora para conhecer os pais que pretendiam adotá-la. Era sempre um momento de grande emoção para as crianças, pois representava uma oportunidade de escapar da terrível rotina do orfanato, e ter um lar de verdade, pertencer a alguém.

Ao longo dos anos, Megan observou outros órfãos serem escolhidos. Iam para as casas de comerciantes, fazendeiros, banqueiros. Mas eram sempre as outras crianças, nunca ela. A reputação de Megan a precedia. Ouvia seus pais em potencial conversarem.

– É uma criança muito bonita, mas ouvi dizer que tem um temperamento muito difícil.

– Não é a menina que levou 12 cachorros para o orfanato no mês passado?

– Dizem que é uma líder. Acho que não se daria bem com nossos filhos.

Eles não tinham a menor ideia do quanto as outras crianças adoravam Megan.

Padre Berrendo visitava o orfanato uma vez por semana. Megan aguardava ansiosa essas visitas. Era uma leitora voraz, e o padre e Mercedes Angeles providenciavam para que sempre tivesse livros à sua disposição. Podia discutir coisas com o padre que não ousava falar com qualquer outra pessoa. Fora ao padre Berrendo que o casal de camponeses entregara Megan quando bebê.

– Por que eles não quiseram ficar comigo? – perguntou Megan.

O velho sacerdote respondeu gentilmente:

– Desejavam muito, Megan, mas eram velhos e doentes.

– Por que acha que meus pais verdadeiros me abandonaram naquela fazenda?

– Tenho certeza de que foi porque eram pobres e não tinham condições de sustentá-la.

À MEDIDA QUE CRESCIA, Megan tornava-se cada vez mais devota. Sentia-se atraída pelos aspectos culturais da Igreja Católica. Leu as *Confissões* de Santo Agostinho, as obras de São Francisco de Assis, Thomas More, Thomas Merton e vários outros. Ia à igreja regularmente e gostava dos ritos solenes, missa, receber comunhão, a Bênção. Talvez, acima de tudo, adorasse o sentimento maravilhoso de serenidade que sempre a envolvia na igreja.

– Quero ser uma católica – disse ela um dia a padre Berrendo.

Ele pegou-lhe a mão e disse, piscando o olho

– Talvez você já seja, Megan, mas vamos nos certificar se é isso que realmente deseja. Crês em Deus, o Pai Todo-Poderoso, criador do céu e da terra?

– Sim, creio!

– Crês em Jesus Cristo, Seu único filho, que nasceu e sofreu?

– Sim, creio!

– Crês no Espírito Santo, na Santa Igreja Católica, na comunhão dos santos, na remissão dos pecados, na ressurreição do corpo e na vida eterna?

– Sim, creio!

O padre soprou gentilmente em seu rosto.

– *Exi ab ea spiritus immunde.* Afasta-te dela, espírito impuro, e dá lugar ao Espírito Santo, o Paracleto. – Ele tornou a soprar em seu rosto. – Megan, recebas o bom Espírito através deste sopro e recebas a bênção de Deus. A paz esteja contigo.

Aos 15 anos, Megan tornou-se uma linda mulher, com cabelos louros compridos e uma pele leitosa, que a destacava ainda mais da maioria das companheiras.

Um dia ela foi chamada ao gabinete de Mercedes Angeles. Padre Berrendo aguardava-a.

– Olá, padre.

– Olá, cara Megan.

– Infelizmente, Megan, estamos com um problema – comentou Mercedes Angeles.

– É mesmo? – Ela vasculhou o cérebro, na tentativa de lembrar de sua última travessura.

A diretora continuou:

– Há um limite de idade para permanecer aqui, de 15 anos... e você já fez 15 anos.

Megan há muito que conhecia o regulamento, é claro. Mas relegara-o para o fundo da mente, porque não queria enfrentar o fato de que não tinha nenhum lugar no mundo para onde ir, que ninguém a queria, e seria abandonada outra vez.

– Eu... eu tenho de ir embora?

A generosa amazona estava transtornada, mas não tinha alternativa.

– Lamento profundamente, mas devemos respeitar os regulamentos. Podemos encontrar uma posição para você como criada.

Megan não sabia o que dizer.

Padre Berrendo interveio:

– Para onde gostaria de ir?

Enquanto pensava a respeito, Megan teve uma ideia. Havia um lugar para onde podia ir.

Desde os 12 anos de idade que Megan ajudava na manutenção no orfanato fazendo entregas na cidade, muitas delas ao convento Cisterciense. As entregas eram sempre feitas à reverenda madre Betina. Megan lançara olhares furtivos para as freiras rezando ou andando pelos corredores e percebera nelas um sentimento quase irresistível de serenidade. Invejava a alegria que as freiras pareciam irradiar. Para Megan, o convento era como uma casa de amor.

A reverenda madre gostava da garota exuberante, e ao longo dos anos tiveram várias conversas demoradas.

– Por que as pessoas entram para os conventos? – perguntou Megan uma vez.

– As pessoas recorrem a nós por muitos motivos. A maioria vem para se dedicar a Deus. Mas algumas porque não têm esperança. Nós lhes damos esperança. Outras porque se sentem desiludidas com a vida. Nós lhes mostramos que Deus é a razão. Algumas vêm porque estão fugindo. Outras porque se sentem alienadas e querem pertencer a alguma coisa.

Foi isso que lhe provocou uma reação. *Nunca pertenci realmente a ninguém,* pensou Megan. *Esta é a minha oportunidade.*

– Acho que eu gostaria de entrar para o convento.

Seis semanas depois ela tomou os votos.

E, finalmente, Megan encontrou o que procurava há tanto tempo. Não se sentia mais só. Aquelas eram suas irmãs, a família que nunca tivera, eram todas uma só sob o domínio do Pai.

MEGAN TRABALHAVA NO convento como guarda-livros. Sentia-se fascinada pela antiga linguagem de sinais que as irmãs usavam quando precisavam se comunicar com a reverenda madre. Havia 472 sinais, o suficiente para transmitirem tudo o que precisavam expressar.

Quando era a vez de uma irmã varrer os corredores compridos, a reverenda madre Betina levantava a mão direita com a palma para a frente e soprava no dorso. Se uma freira estava com febre, procurava a reverenda madre e comprimia as pontas do indicador direito e do dedo médio contra o lado exterior do pulso esquerdo. Se um pedido devia ser protelado, a reverenda madre suspendia o punho direito na frente do ombro direito e depois estendia um pouco para a frente e para baixo. *Amanhã*.

Numa manhã de novembro, Megan foi introduzida nos ritos da morte. Uma freira estava à beira da morte, e um chocalho de madeira ressoou pelo claustro, o sinal para o início de um ritual inalterado desde 1030. Todas aquelas que podiam atender ao chamado foram no mesmo instante se ajoelhar na enfermaria, para a unção dos enfermos e os salmos. Rezaram em silêncio para que os santos intercedessem pela alma da irmã de partida. Para indicar que estava na hora dos últimos sacramentos, a reverenda madre estendeu a mão esquerda, com a palma para cima, desenhou uma cruz com a ponta do polegar direito.

E, finalmente, houve o sinal da própria morte, uma irmã pondo a ponta do polegar direito sob o queixo e levantando-o ligeiramente.

Depois que as últimas orações foram ditas, o corpo ficou sozinho por cerca de uma hora, a fim de que a alma pudesse partir em paz. Ao pé da cama estava o grande círio pascal, o símbolo cristão da luz eterna, ardendo em seu castiçal de madeira.

A enfermeira lavou o corpo e vestiu a freira morta com o hábito, escapulário preto sobre a touca branca, meias grossas e sandálias feitas à mão. Uma freira trouxe flores frescas do jardim, e fez uma coroa. Após vestirem a morta, seis freiras levaram-na em procissão para a igreja e colocaram-na no catafalco, coberto com um lençol branco, diante do altar. Não seria deixada sozinha na presença de Deus; duas freiras permaneceram ali pelo resto do dia e da noite, rezando, enquanto o círio pascal bruxuleava ao lado.

Na tarde seguinte, depois da missa do Réquiem, as freiras levaram-na através do claustro até o cemitério particular, murado, onde mantinham seu isolamento mesmo depois de mortas. As irmãs, três de cada lado, baixaram o corpo para a sepultura, sustentado por tiras de linho branco. Era o costume cisterciense que suas mortas ficassem descobertas na terra, sepultadas sem um caixão. Como último serviço prestado à irmã, duas freiras jogaram terra sobre o corpo imóvel, antes que todas voltassem à igreja para os salmos da penitência. Por três vezes, elas suplicaram que Deus tivesse misericórdia de sua alma:

Domine miserere super peccatrice.
Domine miserere super peccatrice.
Domine miserere super peccatrice.

Houve muitas ocasiões em que a jovem Megan foi dominada pela melancolia. O convento proporcionava-lhe serenidade, mas ela não se sentia totalmente em paz. Era como se uma parte sua estivesse faltando. Sentia anseios que havia muito deveria ter esquecido. Descobria-se a pensar nos amigos que deixara para trás no orfanato, especulando sobre o que lhes acontecera. E se perguntava o que estaria ocorrendo no mundo exterior, o mundo a que renunciara, um mundo em que havia música, dança e riso.

Megan procurou a irmã Betina.

– Acontece com todas nós de vez em quando – garantiu a reverenda madre a Megan. – A Igreja chama de *acedia*. É uma doença espiritual, um instrumento de Satã. Não se preocupe com isso, criança. Vai passar.

E passou.

Mas o que não passou foi o anseio profundo de saber quem eram seus pais. *Nunca saberei,* pensava Megan, desesperada. *Não enquanto eu viver.*

15

Nova York, 1976

Os repórteres reunidos diante da fachada cinzenta do Waldorf-Astoria Hotel, em Nova York, observavam o desfile de celebridades em trajes a rigor que desembarcavam das limusines, passavam pelas portas giratórias e seguiam para o Grande Salão de Baile, no terceiro andar. Os convidados vinham de todas as partes do mundo.

Câmaras espocavam, enquanto os fotógrafos gritavam:

– Senhor vice-presidente, quer olhar para cá, por favor?

– Governador Adams, posso tirar mais uma foto, por favor?

Havia senadores e representantes de vários países, magnatas do mundo dos negócios e artistas famosos. E todos estavam ali para celebrar o 60º aniversário de Ellen Scott.

Na verdade, não era tanto ela que homenageavam, mas sim a filantropia da Scott Industries, um dos mais poderosos conglomerados do mundo. O vasto império incluía empresas petrolíferas e usinas siderúrgicas, sistemas de comunicações e bancos. Todo o dinheiro arrecadado naquela noite iria para obras de caridade internacionais.

A Scott Industries tinha interesses em todas as partes do mundo. Há 27 anos, seu presidente, Milo Scott, morrera inesperadamente de um ataque cardíaco, e sua esposa, Ellen, assumira o comando do gigantesco conglomerado. Nos anos subsequentes, ela demonstrara ser uma brilhante executiva, por ter mais que triplicado o patrimônio da empresa.

O Grande Salão de Baile do Waldorf-Astoria era um enorme salão decorado em bege e dourado, com um palco acarpetado em vermelho em destaque. Um balcão com 33 camarotes, com um candelabro sobre cada um, estendia-se em curva em todo o ambiente.

No centro do balcão sentava a convidada de honra. Havia pelo menos seiscentos homens e mulheres presentes, jantando em mesas reluzentes pela prataria.

Terminado o jantar, o governador de Nova York subiu ao palco.

– Senhor vice-presidente, senhoras e senhores, honrosos convidados, estamos todos aqui esta noite com um único propósito: prestar um tributo a uma mulher extraordinária e à sua generosidade altruísta ao longo dos anos. Ellen Scott é o tipo de pessoa que poderia ter alcançado o sucesso em qualquer área. Poderia ter sido uma grande cientista ou médica. Também seria uma grande política, e devo dizer que, se Ellen Scott decidir se candidatar à presidência dos Estados Unidos, serei o primeiro a votar nela. Não na próxima eleição, é claro, mas na seguinte.

Houve risos e aplausos.

– Mas Ellen Scott é muito mais do que apenas uma mulher brilhante. É um ser humano caridoso e compassivo que nunca hesita em se envolver nos problemas com que se defronta o mundo atual...

O discurso prolongou-se por mais dez minutos, mas Ellen Scott não prestava mais atenção. *Como ele está enganado*, pensou, amargurada. *Como todos estão enganados. A Scott Industries nem mesmo é minha. Milo e eu a roubamos. E sou culpada de um crime ainda maior do que esse. Não importa mais. Não agora. Porque em breve estarei morta.*

Ela recordou as palavras exatas do médico ao ler os resultados dos exames que representavam a sua sentença de morte:

– Lamento profundamente, Sra. Scott, mas receio que não haja maneira de lhe dar a notícia gentilmente. O câncer espalhou-se por todo o sistema linfático. É inoperável.

Ela sentira um súbito peso no estômago.

– Quanto tempo ainda me resta?

O médico hesitara.

– Um ano... talvez.

Não é tempo suficiente. Não com tanta coisa ainda por fazer.

– Não dirá coisa alguma a ninguém, é claro. – Sua voz era firme.

– Claro que não.

– Obrigada, doutor.

Não tinha lembrança da saída do Centro Médico Presbiteriano Colúmbia ou da viagem para o centro da cidade. Tinha apenas um pensamento: *Devo encontrá-la antes de morrer.*

O discurso do governador terminara.

– Senhoras e senhores, é minha honra e privilégio apresentar a Sra. Ellen Scott.

Ela levantou-se, ovacionada de pé, e encaminhou-se para o palco, uma mulher magra, cabelos grisalhos, empertigada, vestida com elegância e irradiando uma falsa vitalidade. *Olhar para mim é como ver a luz distante de uma estrela há muito morta*, pensou, amargurada. *Na verdade, não estou mais aqui.*

No palco, ela esperou que os aplausos cessassem. *Estão aplaudindo um monstro. O que fariam se soubessem?* Quando começou a falar, a voz estava firme:

– Senhor vice-presidente, senadores, governador Adams...

Um ano, pensava ela. *Eu me pergunto onde ela está, se continua viva. Preciso encontrá-la.*

Ela continuou a falar, dizendo automaticamente todas as coisas que a audiência esperava ouvir.

– Aceito com satisfação esse tributo, não para mim, mas para todos que tanto têm trabalhado a fim de aliviar o fardo dos menos afortunados do que nós...

Sua mente retrocedeu no tempo, por 42 anos, até Gary, Indiana...

Aos 18 anos, Ellen Dudash era empregada na fábrica de peças automotrizes da Scott Industries, em Gary, Indiana. Era uma jovem atraente e expansiva, muito popular entre os colegas de trabalho. No dia em que Milo Scott foi inspecionar a fábrica, Ellen foi escolhida para escoltá-lo.

– Já pensou nisso, Ellie? Talvez acabe casando com o irmão do patrão, e todos nós estaremos trabalhando para você.

Ellen Dudash riu.

– É bem possível... e vai acontecer quando as galinhas criarem dentes.

Milo Scott não era absolutamente o que Ellen esperara. Tinha 30 e poucos anos, era alto e esbelto. *Não é nada feio*, pensou Ellen. Ele era tímido, quase deferente.

– É muita gentileza de sua parte tomar seu tempo para me mostrar as instalações. Espero não estar afastando-a do seu trabalho.

Ela sorriu.

– Espero que esteja.

Era um homem fácil de conversar.

Não posso acreditar que estou paquerando o irmão do patrão. Espere só até contar tudo à mamãe e papai.

Milo Scott parecia verdadeiramente interessado pelos operários e seus problemas. Ellen conduziu-o pelo departamento em que eram fabricadas as peças de transmissão. Mostrou a sala de têmpera, onde as engrenagens eram submetidas a um processo de endurecimento, a seção de acondicionamento e o departamento de expedição. Ele parecia realmente impressionado.

– Sem dúvida é uma grande operação, não é mesmo, Srta. Dudash?

Ele possui tudo isso e se comporta como um menino deslumbrado. Há gente de todos os tipos.

Foi na seção de montagem que o acidente ocorreu. O cabo de um carro suspenso, levando barras de ferro para a oficina, partiu de repente. A carga de ferro despencou. Milo Scott encontrava-se diretamente embaixo. Ellen viu o que estava para acontecer uma fração de segundo antes e, sem pensar, empurrou-o para o lado. Duas barras de ferro atingiram-na antes que pudesse escapar. Ela caiu, inconsciente.

Despertou numa suíte particular de um hospital. O quarto estava repleto de flores. Quando abriu os olhos e viu tudo, Ellen pensou: *Morri e fui para o céu.*

Havia orquídeas, rosas, lírios, crisântemos e flores raras que não podia identificar.

O braço direito estava engessado, as costelas enfaixadas. Uma enfermeira entrou.

– Ah, já acordou, Srta. Dudash. Vou chamar o médico.

– Onde... onde estou?

– No Blake Center Hospital...

Ellen correu os olhos pela ampla suíte. *Nunca poderei pagar tudo isso.*

Estamos interceptando as ligações para você.

– Que ligações?

– A imprensa vem tentando entrevistá-la. Seus amigos têm telefonado. O Sr. Scott ligou várias vezes...

Milo Scott!

– Ele está bem?

– Como?

– Ele ficou machucado no acidente?

– Não. Esteve aqui no início da manhã, mas você ainda dormia.

– Ele veio *me* visitar?

– Isso mesmo. – A enfermeira correu os olhos à sua volta. – A maioria destas flores foi enviada por ele.

Incrível!

– Seus pais estão na sala de espera. Sente-se em condições para recebê-los agora?

– Claro.

– Vou chamá-los.

Puxa, nunca fui tratada assim num hospital antes, pensou Ellen.

Seus pais entraram e se aproximaram da cama. Eles haviam nascido na Polônia, e tinham apenas noções de inglês. O pai era mecânico, corpulento e rude, na casa dos 50 anos, a mãe era uma camponesa simples do norte da Europa.

– Trouxe-lhe uma sopa, Ellen.

– Mamãe... eles dão comida às pessoas nos hospitais.

– Não a minha sopa. Não vão alimentar você direito no hospital. Coma tudo e ficará boa mais depressa.

– Já viu o jornal? Eu trouxe para você – comentou o pai.

Entregou o jornal a Ellen. A manchete dizia: OPERÁRIA ARRISCA A VIDA PARA SALVAR PATRÃO.

Ellen leu a matéria duas vezes.

– Foi muita coragem sua salvar ele.

Coragem? Foi uma estupidez. Se eu tivesse tempo para pensar, teria me salvado. Foi a coisa mais imbecil que já fiz. Ora, eu poderia ter morrido!

Milo Scott foi visitar Ellen mais tarde, ainda naquela manhã. Trazia outro buquê de flores.

– São para você – disse, contrafeito. – O médico garantiu que ficará boa. Eu... eu não tenho palavras para expressar como me sinto grato.

– Não foi nada.

– Foi o ato mais corajoso que já vi. Salvou minha vida.

Ellen tentou se mexer, mas o movimento provocou uma aguda dor no braço.

– Você está bem?

– Claro. – Ela sentiu o corpo começar a latejar. – O que o médico disse que estava errado comigo?

– Quebrou o braço e está com três costelas fraturadas.

Ele não poderia dar uma notícia pior. Os olhos de Ellen encheram-se de lágrimas.

– Qual é o problema?

Como ela podia lhe contar? Riria dela. Vinha economizando para umas férias há muito sonhadas em Nova York com algumas colegas da fábrica. Era seu sonho. *Agora, ficarei sem trabalhar por um mês ou mais. Lá se vai Manhattan.*

Ellen trabalhava desde os 15 anos. Sempre fora independente e autossuficiente, mas agora pensou: *Se ele está mesmo tão grato, talvez concorde em pagar parte das contas do hospital. Mas não posso pedir.* Começava a se sentir sonolenta. *Deve ser a medicação.* E disse, a voz meio engrolada:

– Obrigada por todas as flores, Sr. Scott. E foi um prazer conhecê-lo.

Eu me preocuparei com as contas do hospital mais tarde.

Ellen Dudash adormeceu.

Na manhã seguinte, um homem alto e de aparência distinta entrou na suíte de Ellen.

– Bom dia, Srta. Dudash. Como está se sentindo esta manhã?

– Muito melhor, obrigada.

– Sou Sam Norton, diretor de relações públicas da Scott Industries.

– Ahn... – Ela nunca o vira antes. – Mora aqui?

– Não. Vim de avião de Washington.

– Para me ver?

– Para ajudá-la.

– Ajudar-me em *quê?*

– A imprensa está lá fora, Srta. Dudash. Como não creio que já tenha dado uma entrevista coletiva alguma vez, pensei que talvez pudesse querer alguma ajuda.

– O que eles querem?

– Basicamente, vão perguntar como e por que salvou o Sr. Scott.

– Isso é fácil. Se eu parasse para pensar, teria fugido de lá como se fosse do inferno.

Norton fitou-a aturdido.

– Srta. Dudash... acho que eu não diria isso, se estivesse no seu lugar.

– Por que não? É a verdade.

Não era absolutamente o que ele esperava. A moça parecia não ter a menor ideia de sua situação. Alguma coisa a preocupava, e resolveu falar.

– Vai se encontrar com o Sr. Scott?

– Vou, sim.

– Poderia me fazer um favor?

– Se eu puder, claro.

– Sei que o acidente não foi culpa dele, e não me pediu para empurrá-lo para o lado, mas... – O veio forte e independente em Ellen levou-a a hesitar. – Ora, não importa.

É agora, pensou Norton. Quanto ela tentará extorquir? Seria dinheiro? Um cargo melhor? O quê?

– Continue, por favor, Srta. Dudash.

Ela falou impulsivamente:

- A verdade é que não tenho muito dinheiro, vou perder algum pagamento por causa disso e acho que não tenho condições de pagar todas as contas do hospital. Não quero incomodar o Sr. Scott, mas, se ele pudesse me arrumar um empréstimo, juro que eu pagaria tudo. - Ellen percebeu a expressão de Norton e interpretou-a de maneira errada. - Desculpe. Talvez esteja parecendo mercenária. Acontece que eu estava economizando para uma viagem e... isso arruinou meus planos. - Respirou fundo. - Mas não é problema dele Darei um jeito.

Sam Norton quase beijou-a. *Há quanto tempo não deparo com a inocência autêntica? É suficiente para restaurar minha fé no sexo feminino.*

Sentou-se no lado da cama e sua atitude profissional desapareceu. Pegou-lhe a mão.

- Ellen, tenho o pressentimento de que você e eu vamos ser grandes amigos. Prometo que não precisará se preocupar com dinheiro. Nossa primeira providência será levá-la para essa entrevista coletiva. Queremos que saia disso tudo com uma boa imagem e... - Ele parou. - Serei franco. Minha função é cuidar para que a Scott Industries saia disso tudo com a melhor imagem. Está me entendendo?

- Acho que sim. Está querendo dizer que não pareceria certo se eu dissesse que não estava realmente interessada em salvar Milo Scott? Ficaria muito melhor se eu dissesse algo como "Gosto tanto de trabalhar para a Scott Industries que quando vi o Sr. Milo Scott em perigo compreendi que devia tentar salvá-lo, mesmo com o risco da minha própria vida"?

- Isso mesmo.

Ellen riu.

- Muito bem, se isso vai ajudá-lo. Mas não quero enganá-lo, Sr. Norton. Não sei o que me levou a agir daquela forma.

Ele sorriu.

– Esse será nosso segredo. E, agora, vou deixar as feras entrarem.

Havia um grande número de repórteres e fotógrafos, de emissoras de rádio, jornais e revistas. A imprensa pretendia tirar o máximo proveito da situação. Não era todo dia que uma linda empregada arriscava a vida para salvar o irmão do patrão. E o fato de o patrão ser Milo Scott não prejudicava a história em nada.

– Srta. Dudash... quando viu todo aquele ferro caindo, qual foi o seu primeiro pensamento?

Ellen olhou para Sam Norton com uma expressão de inocência e respondeu:

– Pensei: "Preciso salvar o Sr. Scott. Eu nunca me perdoaria se o deixasse morrer."

A entrevista coletiva prosseguiu sem maiores dificuldades.

Quando percebeu que Ellen começava a se cansar, Sam Norton apressou-se em encerrá-la:

– Já chega, senhoras e senhores. Muito obrigado a todos.

Depois que os jornalistas se retiraram, Ellen perguntou:

– Eu me saí bem?

– Foi maravilhosa. E agora durma um pouco.

Ela teve um sono irrequieto. Sonhou que se encontrava no saguão do Empire State, mas os guardas não a deixavam subir até o alto porque não tinha dinheiro suficiente para comprar um ingresso.

Milo Scott foi visitar Ellen naquela tarde. Ela ficou surpresa ao vê-lo. Fora informada que ele morava em Nova York.

– Me contaram que você se saiu muito bem na entrevista coletiva. Você é uma heroína.

– Sr. Scott... preciso lhe contar uma coisa. Não sou uma heroína. Não parei para pensar em salvá-lo. Eu... eu apenas fiz.

Sei disso. Sam Norton me contou.

– Então...

– Há vários tipos de heroísmo, Ellen. Não pensou em me salvar, mas agiu instintivamente, em vez de se salvar.

– Eu... eu apenas queria que soubesse.

– Sam também me contou que estava preocupada com as contas do hospital.

– Bem...

– Já cuidei de tudo. E quanto à possibilidade de perder uma pai te do salário... – ele sorriu: – Srta. Dudash... acho que não sabe o quanto lhe devo.

– Não me deve nada.

– O médico me informou que você receberá alta amanhã. Poderei levá-la para jantar?

Ele não compreende, pensou Ellen. *Não quero sua caridade. Nem sua compaixão.*

– Falei sério quando disse que não me deve nada. Obrigada por se encarregar das contas do hospital. Estamos quites.

– Ótimo. E agora posso convidá-la para jantar?

Foi assim que começou. Milo Scott permaneceu em Gary por uma semana, e viu Ellen todas as noites.

Os pais de Ellen advertiram-na:

– Tome cuidado. Os patrões não saem com operárias, a menos que queiram alguma coisa.

Essa foi a atitude de Ellen Dudash no início, mas Milo a fez mudar de ideia. Foi um perfeito cavalheiro em todos os momentos, e a verdade finalmente aflorou em Ellen: *Ele gosta mesmo da minha companhia.*

Enquanto Milo se mostrava tímido e reservado, Ellen era franca e expansiva. Durante toda a sua vida, Milo estivera cercado por mulheres com a ambição ardente de entrar para a poderosa dinastia Scott. E se empenhavam em jogos calculistas. Ellen Dudash era a primeira mulher totalmente honesta que Milo já conhecera. Dizia exatamente o que pensava. Era inteligente, atraente e, acima de tudo, uma companhia divertida. Ao final da semana, os dois estavam apaixonados.

– Quero casar com você – disse Milo. – Não consigo pensar em qualquer outra coisa. Vai casar comigo?

– Não.

Ellen também não fora capaz de pensar em outra coisa. A verdade era que estava apavorada. Os Scott encontravam-se tão próximos da realeza quanto era possível nos Estados Unidos. Eram famosos, ricos e poderosos. *Não pertenço ao círculo deles. Só poderia bancar a tola. E o mesmo aconteceria com Milo.* Mas ela sabia que travava uma batalha perdida.

Foram casados por um juiz de paz em Greenwich, Connecticut, e viajaram até Manhattan para que Ellen Dudash fosse apresentada à família do marido.

BYRON SCOTT RECEBEU o irmão bruscamente:

– Mas que loucura foi essa... casar com uma vigarista polonesa? Ficou maluco?

Susan Scott foi igualmente implacável.

– Claro que ela casou com Milo pelo dinheiro. Quando descobrir que ele não tem nada, arrumaremos uma anulação. Esse casamento não vai durar muito.

Mas eles subestimaram Ellen Dudash.

– Seu irmão e sua cunhada me odeiam, mas não me casei com eles. Casei-me com você. Não quero me interpor entre você e Byron. Se isso o deixa muito infeliz, Milo, basta dizer, e irei embora.

Ele abraçou a esposa e sussurrou:

– Adoro você... e quando Byron e Susan a conhecerem direito, também vão adorá-la.

Ellen apertou-o e pensou: *Como ele é ingênuo. E como eu o amo.*

Byron e Susan não eram grosseiros com a nova cunhada. Mostravam-se condescendentes. Para eles, Ellen seria sempre a garota polonesa que trabalhara numa das fábricas da Scott Industries.

Ellen observava e lia sobre como as esposas dos amigos de Milo se vestiam, e tratava de imitá-las. Estava determinada a se tornar uma esposa apropriada para Milo Scott, e conseguiu. Mas não aos olhos de Byron e Susan. E, pouco a pouco, sua ingenuidade transformou-se em cinismo. *Os ricos e poderosos não são tão maravilhosos assim*, pensou. *Tudo o que querem é se tornar mais ricos e mais poderosos.*

Ellen era muito protetora em relação a Milo, mas havia pouco que pudesse fazer para ajudá-lo. A Scott Industries era um dos poucos conglomerados de capital fechado do mundo, e todas as ações pertenciam a Byron. O irmão caçula era um empregado assalariado, e Byron nunca o deixava se esquecer disso. Tratava-o de maneira vergonhosa. Milo era encarregado de todos os trabalhos sujos, e nunca recebia qualquer crédito pelo que fazia.

– Por que atura isso, Milo? Não precisa dele. Podemos ir embora. E você pode montar seu próprio negócio.

– Eu não poderia deixar a Scott Industries. Byron precisa de mim.

Com o passar do tempo, porém, Ellen veio a compreender o verdadeiro motivo: Milo era fraco. Precisava de alguém forte em quem se apoiar. Ela sabia que ele nunca teria coragem suficiente para largar a companhia.

Muito bem, pensou, irritada. *Um dia a companhia lhe pertencerá. Byron não pode viver para sempre. E Milo é o único herdeiro.*

Foi um golpe para Ellen quando Susan Scott anunciou que estava grávida. *O bebê vai herdar tudo.*

Quando a criança nasceu, Byron Scott declarou:

– É uma menina, mas eu lhe ensinarei como administrar a companhia.

Miserável, pensou Ellen, o coração doído por Milo. O único comentário de Milo foi:

– Não é uma criança linda?

16

O piloto do Lockheed Lodestar estava preocupado.

– Uma frente de tempestade se aproxima. A situação não me agrada. – Acenou com a cabeça para o copiloto. – Assuma o comando. – Então deixou a carlinga e foi para a cabine de passageiros.

Havia cinco passageiros a bordo, além do piloto e copiloto: Byron Scott, o brilhante e dinâmico fundador, e principal executivo da Scott Industries; sua atraente esposa, Susan; a filha de 1 ano, Patricia; Milo Scott, o irmão caçula de Byron; e a esposa de Milo, Ellen. Voavam num dos aviões da companhia, de Paris rumo a Madri. Levar a criança fora um impulso de último minuto de Susan.

– Detesto ficar longe da minha filha por tanto tempo – dissera a Byron.

– Tem medo de que ela nos esqueça? – zombou ele. – Está bem, vamos levá-la conosco.

Com o término da Segunda Guerra Mundial, a Scott Industries expandia-se rapidamente no mercado europeu. Em Madri, Byron Scott analisaria as possibilidades de construir uma nova usina siderúrgica.

O piloto aproximou-se de Byron.

– Com licença, senhor. Estamos nos aproximando de nuvens tempestuosas. A situação pela frente não parece muito boa. Devemos voltar?

Byron Scott olhou pela pequena janela. Voavam por uma massa de nuvens cinzentas, riscadas, a intervalos de poucos segundos, por relâmpagos.

– Tenho uma reunião em Madri esta noite. Pode contornar a tempestade?

– Vou tentar. Se não for possível, então teremos de voltar.

Byron assentiu.

– Está certo.

– Podem apertar os cintos de segurança, por favor?

O piloto voltou apressado para a carlinga.

Susan ouvira a conversa. Pegou a criança no colo, arrependida, subitamente, por tê-la trazido. *Preciso dizer a Byron para mandar* o *piloto voltar,* pensou.

– Byron...

Foram apanhados de repente pela tempestade, e o avião começou a se sacudir, à mercê das rajadas de vento. Os movimentos se tornaram mais violentos. A chuva batia nas janelas. A tempestade acabara com toda visibilidade. Os passageiros tinham a sensação de que viajavam num mar de algodão revolto.

Byron acionou o sistema de intercomunicação.

– Onde estamos, Blake?

– Oitenta quilômetros a noroeste de Madri, sobre a cidade de Ávila.

Byron tornou a olhar pela janela.

– Esqueceremos Madri por esta noite. Vamos voltar e sair logo daqui.

– Entendido.

A decisão veio uma fração de segundo tardia. Enquanto o piloto começava a fazer a volta, o pico de uma montanha surgiu abruptamente à sua frente. Não houve tempo para evitar a colisão. Houve um estrondo e o céu explodiu, enquanto o avião deslizava pela encosta da montanha, espatifando-se, fragmentos da fuselagem e asas espalhando-se por um elevado platô.

Depois da colisão houve um completo silêncio, que durou pelo que parecia uma eternidade. Foi rompido pelo crepitar das chamas, que começaram a envolver o trem de aterrissagem do avião.

– Ellen...

Ellen Scott abriu os olhos. Estava deitada sob uma árvore. O marido inclinava-se por cima dela, batendo de leve em seu rosto.

Ao ver que estava viva, Milo Scott exclamou:

– Graças a Deus!

Ellen sentou, tonta, a cabeça latejando, cada músculo no corpo dolorido. Olhou ao redor, contemplando os destroços do que fora outrora um avião, repleto de corpos humanos. Estremeceu.

– E os outros? – balbuciou Ellen, a voz rouca.

– Estão mortos.

Fitou o marido, aturdida.

– Oh, Deus, não!

Ele assentiu, o rosto contraído em dor.

– Byron, Susan, a criança, os tripulantes... todos.

Ellen Scott tornou a fechar os olhos e disse uma oração silenciosa. *Por que Milo e eu fomos poupados?* Era difícil pensar com nitidez. *Precisamos descer à procura de socorro. Mas é tarde demais. Estão todos mortos.* Era impossível acreditar.

Estavam cheios de vida apenas poucos minutos antes.

– Pode se levantar?

– Eu... eu creio que sim.

Milo ajudou a esposa a ficar de pé. Houve uma vertigem terrível, e ela ficou parada, à espera de que passasse. Milo virou-se e olhou para o avião. As chamas se tornavam mais intensas.

– Vamos sair daqui, Ellen. O avião vai explodir a qualquer momento.

Afastaram-se depressa e ficaram observando os destroços arderem. Um instante depois houve uma explosão dos tanques de combustível, as chamas envolveram o avião por completo.

– É um milagre estarmos vivos – murmurou Milo.

Ellen olhou para o avião em chamas. Alguma coisa pressionava-lhe a mente, mas não conseguia pensar com nitidez. Algo sobre a Scott Industries. E de repente ela soube.

– Milo?

– O que é? – perguntou ele, com o pensamento distante

– É o destino. – O fervor em sua voz fez com que ele se virasse.

– Como?

– A Scott Industries... pertence a você agora.

– Eu não...

– Milo, Deus a deixou para você – falava Ellen com veemência. – Você viveu a vida toda à sombra do seu irmão mais velho. – Ela conseguia coordenar as ideias agora, sem se preocupar com a dor de cabeça.

As palavras saíam numa enxurrada que lhe sacudia todo o corpo.

– Você trabalhou para Byron durante vinte anos na construção da companhia. É tão responsável pelo sucesso quanto ele, mas Byron... alguma vez lhe deu crédito por isso? Não. Foi sempre a companhia *dele*, o sucesso, os lucros dele. Pois agora você... você finalmente tem a oportunidade de fazer as coisas sozinho.

Milo ficou horrorizado.

– Ellen... os corpos estão... como pode pensar nisso?

– Nós não os matamos. É a nossa vez, Milo. Podemos finalmente agir. Não há ninguém vivo para reivindicar a companhia, só nós. A companhia é nossa! Sua!

De repente os dois ouviram o choro de uma criança. Ellen e Milo Scott se entreolharam, incrédulos.

– É Patricia! Ela está *viva!* Oh, Deus!

Encontraram a criança perto de alguns arbustos. Por algum milagre, nada sofrera.

Milo pegou-a e aninhou-a no colo, com carinho.

– Calma, calma, está tudo bem, querida – sussurrou. – Vai acabar tudo bem.

Ellen estava a seu lado, com uma expressão chocada.

– Você... você disse que ela havia morrido.

– Deve ter sido lançada para fora do avião e ficou inconsciente.

Ellen olhou em silêncio para a criança por um longo tempo, e depois disse, numa voz abafada:

– Ela deveria ter morrido com os outros.

Foi a vez de Milo ficar chocado.

– O que está dizendo?

– O testamento de Byron deixa tudo para Patricia. Você passará os próximos vinte anos como seu tutor, a fim de que ela possa, quando crescer, humilhá-lo tanto quanto o pai. É isso o que você quer?

Milo ficou quieto.

– Jamais teremos outra oportunidade como essa. – Ela olhava fixamente para a criança e havia uma expressão desvairada em seus olhos que Milo nunca vira antes. Ela parecia querer... *Ela está fora de si. Sofrendo de uma concussão.*

– Pelo amor de Deus, Ellen, o que está pensando?

Ela fitou-o em silêncio por um longo momento, e o brilho desvairado desapareceu de seus olhos.

– Não sei – respondeu Ellen, calmamente. Após uma pausa, acrescentou: – Há uma coisa que podemos fazer: deixá-la em algum lugar, Milo. Segundo o piloto, estamos perto de Ávila. Deve haver muitos turistas por lá. Não há motivo para que alguém associe a criança com o desastre de avião.

Ele balançou a cabeça.

– Os amigos sabem que Byron e Susan trouxeram Patricia.

Ellen Scott olhou para o avião em chamas.

– Isso não é problema. Todos morreram queimados no avião. Faremos uma cerimônia particular aqui.

– Não podemos fazer isso, Ellen. Jamais poderíamos escapar impunes.

– Deus fez por nós. Conseguimos escapar.

Milo contemplou a criança.

– Mas ela é tão...

– Ela ficará muito bem. Vamos largá-la numa bela casa de fazenda, nos arredores da cidade. Alguém irá adotá-la, e ela crescerá para levar uma vida feliz aqui.

Milo balançou a cabeça.

– Não posso fazer isso. De jeito nenhum.

– Se me ama, fará isso por nós. Precisa escolher, Milo. Pode ter a mim ou passar o resto da vida trabalhando para a filha de seu irmão.

– Por favor, eu...

– Você me ama?

– Mais do que a minha própria vida.

– Pois então prove.

Os dois desceram pela encosta da montanha, no escuro, com todo cuidado, fustigados pelo vento. Como o avião caíra numa área de muitas árvores, o estrondo fora abafado, e por isso os habitantes locais ainda não sabiam do acidente.

Três horas depois, nos arredores de Ávila, encontraram uma pequena casa de fazenda. Ainda não amanhecera.

– Vamos deixá-la aqui – sussurrou Ellen.

Milo fez uma última tentativa.

– Ellen, não poderíamos...?

– Faça o que estou mandando!

Sem dizer mais nada, ele levou a criança para a porta da casa. A menina usava apenas uma camisola rosa rasgada, enrolada numa manta.

Milo contemplou Patricia por um longo momento, os olhos marejados de lágrimas, depois ajeitou-a no chão, com delicadeza. E sussurrou:

– Seja feliz, querida.

O CHORO DESPERTOU Asunción Moras. Por um momento sonolento, ela pensou que fosse o balido de uma cabra ou de uma ovelha. *Como escapara do cercado?*

Resmungando, Asunción levantou-se da cama quente, pôs um velho xale desbotado e encaminhou-se para a porta. Ao ver a criança aos gritos e esperneando, ela exclamou:

– *Madre de Díos!* – e chamou o marido.

Recolheram a criança, que não parava de chorar, e parecia estar ficando azul.

– Temos de levá-la para o hospital.

Envolveram a criança com outra manta, pegaram a caminhonete e foram para o hospital. Sentaram-se num banco no corredor comprido, à espera de atendimento. Meia hora depois apareceu um médico, que levou a criança para exame.

– Ela está com pneumonia – avisou ele.

– Vai sobreviver?

O médico deu de ombros.

MILO E ELLEN SCOTT entraram cambaleando na delegacia de polícia em Ávila.

O sargento de plantão fitou os dois turistas enlameados.

– *Buenos días*. Em que posso ajudá-los?

– Houve um terrível acidente – avisou Milo. – Nosso avião caiu na montanha e...

Uma hora depois, uma expedição de socorro estava a caminho da montanha. Quando lá chegou, não havia nada a fazer, a não ser ver os restos carbonizados e fumegantes de um avião e seus passageiros.

O INQUÉRITO SOBRE O ACIDENTE foi conduzido de maneira superficial pelas autoridades espanholas.

– O piloto não deveria tentar voar numa tempestade tão intensa. Devemos atribuir o acidente a erro do piloto.

Não havia motivo para que alguém em Ávila associasse o desastre de avião com uma criança pequena deixada na porta de uma casa de fazenda.

Estava acabado.

Estava apenas começando.

MILO E ELLEN REALIZARAM uma cerimônia particular por Byron, a esposa, Susan, e a filha, Patricia. Ao voltarem a Nova York, realizaram o enterro com a presença dos chocados amigos dos Scott.

– Que tragédia terrível! E a pobre Patricia...

– É verdade – murmurou Ellen, tristemente. – A única bênção é que aconteceu tão depressa que nenhum deles sofreu.

A comunidade financeira ficou abalada com a morte de Byron Scott. A cotação da ação da Scott Industries caiu. Mas Ellen Scott não se preocupou. Tranquilizou o marido:

– Não há problema. Tornará a subir. Você é melhor do que Byron jamais foi. Ele conteve a companhia, Milo. Agora, vamos fazê-la avançar.

Milo abraçou-a.

– Não sei o que faria sem você.

Ellen sorriu.

– Não haverá necessidade. Daqui por diante, teremos tudo no mundo com que sempre sonhamos.

Ela apertou-o firme e pensou: *Quem poderia acreditar que Ellen Dudash, de uma pobre família polonesa de Gary, Indiana, diria um dia "Daqui por diante teremos tudo no mundo com que sempre sonhamos"?*

E ela falava sério.

A CRIANÇA PERMANECEU no hospital por dez dias, lutando por sua vida. Depois que a crise passou, o padre Berrendo procurou o camponês e a esposa.

– Tenho boas notícias para vocês – disse, feliz. – A criança vai ficar boa.

Os Morase trocaram um olhar contrafeito.

– Fico contente por ela – murmurou o camponês, evasivo

Padre Berrendo estava radiante

– Ela é uma dádiva de Deus.

- Claro, padre. Mas minha esposa e eu conversamos e chegamos à conclusão de que Deus é generoso demais conosco. Sua dádiva exige alimentação, e não temos condições de sustentá-la.

– Mas ela é uma criança muito bonita – ressaltou padre Berrendo. – Além disso...

– Concordo. Mas minha esposa e eu somos velhos e doentes, não podemos assumir a responsabilidade de criar uma criança. Deus terá de aceitar sua dádiva de volta.

E assim, sem ter outro lugar para onde ir, a criança foi enviada para o orfanato em Ávila.

MILO E ELLEN ESTAVAM sentados no escritório do advogado de Byron Scott para a leitura do testamento. Os três eram as únicas pessoas presentes. Ellen sentia um ansiedade quase insuportável. Umas poucas palavras num pedaço de papel fariam com que ela e Milo se tornassem ricos para sempre.

Compraremos obras dos velhos mestres, uma propriedade em Southampton, um castelo na França. E isso é apenas o começo

O advogado começou a falar, e Ellen concentrou-se nele. Meses antes, ela vira uma cópia do testamento de Byron, e sabia exatamente o que dizia:

"No caso de minha esposa e eu falecermos, deixo todas as minhas ações na Scott Industries para minha única filha, Patricia, e designo meu irmão Milo como executor testamentário, até que ela alcance a idade legal e possa assumir..."

Pois tudo isso está mudado agora, pensou Ellen, na maior emoção.

O advogado, Lawrence Oray, disse solenemente:

– Foi um terrível choque para todos nós. Sei o quanto você amava seu irmão, Milo, e aquela linda criança... – Ele balançou a cabeça. – Mas a vida precisa continuar. Talvez não saiba que seu irmão havia alterado o testamento. Não vou incomodá-lo com os aspectos jurídicos. Lerei apenas a parte essencial. – Folheou o testamento e encontrou o parágrafo que procurava. – Corrijo este testamento para que minha filha, Patricia, receba a quantia de 5 milhões de dólares e mais a distribuição de 1 milhão de dólares por ano, pelo resto de sua vida. Todas as ações na Scott Industries em meu nome ficarão para meu irmão, Milo, como uma recompensa pelos fiéis e valiosos serviços que prestou à companhia ao longo dos anos.

Milo Scott sentiu que a sala começava abalançar. O advogado levantou os olhos.

– Está se sentindo bem?

Milo tinha dificuldade para respirar. *Santo Deus, o que fizemos? Nós a privamos de sua herança e não era absolutamente necessário. Mas agora podemos lhe devolver tudo.*

Virou-se para dizer alguma coisa a Ellen, mas a expressão nos olhos da esposa o deteve.

– DEVE HAVER ALGUMA coisa que possamos fazer, Ellen. Não podemos simplesmente deixar Patricia lá. Não agora.

Estavam no apartamento na Quinta Avenida, vestindo-se para um jantar de caridade.

– É exatamente o que vamos fazer – declarou Ellen. – A menos que você prefira trazê-la de volta e tentar explicar por que falamos que morreu queimada no desastre de avião.

Milo não tinha resposta para isso. Depois de pensar por um momento, ele disse:

– Muito bem. Mas vamos enviar dinheiro todos os meses, a fim de que ela...

– Não seja tolo, Milo – falou Ellen bruscamente.

– Mandar dinheiro? E fazer com que a polícia comece a investigar por que alguém está enviando dinheiro para a criança, até nos descobrir? Não é possível. Se a consciência o incomoda, teremos o dinheiro da companhia para dar a obras de caridade. Esqueça a criança, Milo. Ela está morta. Lembra?

Lembra... lembra... lembra...

As palavras ecoaram na mente de Ellen Scott, enquanto contemplava a audiência no salão de baile do Waldorf-Astoria e concluía seu discurso. Mais uma vez foi ovacionada de pé.

Vocês estão aclamando uma morta, pensou.

OS FANTASMAS VOLTARAM naquela noite. Ellen julgara tê-los exorcizado há muito tempo. No começo, depois da cerimônia para Byron, Susan e Patricia, os visitantes noturnos apareciam com frequência. Neblinas tênues pairavam por cima de sua cama, e vozes sussurravam-lhe no ouvido. Despertava, o coração disparado, mas não via nada. Não contou a Milo. Ele era fraco, poderia ficar apavorado e ser levado a cometer alguma loucura, algo que arriscaria a companhia. Se a verdade fosse revelada, o escândalo arruinaria a Scott Industries, e Ellen estava determinada a impedir que isso acontecesse. Por isso ela sofria com os fantasmas em silêncio, até que finalmente desapareceram, deixando-a em paz.

AGORA, NA NOITE DO BANQUETE, eles voltaram. Ellen acordou e sentou-se na cama, olhando ao redor. O quarto estava vazio e quieto, mas ela sabia que os fantasmas estavam ali. O que tentavam lhe dizer? Sabiam que ela os encontraria em breve?

Ellen levantou-se e foi para a ampla sala de estar, decorada com antiguidades, da bela casa na cidade que comprara depois da morte de Milo. Correu os olhos pela aprazível sala e pensou: *Pobre Milo.* Não tivera muito tempo para desfrutar os benefícios da morte do irmão. Morrera de um ataque cardíaco um ano depois do desastre de avião, e Ellen Scott assumira a companhia, dirigindo-a com tanta eficiência e habilidade que projetara a Scott Industries no âmbito internacional.

A companhia pertence à família Scott, pensou. *Não vou entregá-la a estranhos anônimos.*

E isso levou seus pensamentos à filha de Byron e Susan. A legítima herdeira do trono que lhe fora roubado. Havia medo em seus pensamentos? Havia um desejo de fazer uma expiação antes de sua própria morte?

Ellen Scott passou a noite inteira sentada na sala de estar, os olhos voltados para o nada, pensando e planejando. Há quanto tempo fora? Vinte e oito anos. Patricia seria agora uma mulher adulta, se estivesse viva. O que se tornara sua vida? Casara com um camponês ou um comerciante da aldeia? Tinha filhos? Ainda vivia em Ávila ou fora para algum outro lugar?

Devo encontrá-la, pensou Ellen Scott. *E depressa. Se Patricia continua viva, preciso vê-la, conversar com ela. Devo finalmente acertar as contas. O dinheiro pode converter mentiras em verdade. Encontrarei um meio de resolver o problema sem que ela descubra o que realmente aconteceu.*

Na manhã seguinte, Ellen chamou Alan Tucker, chefe da segurança da Scott Industries. Era um ex-detetive, com cerca de 40 anos, magro, calvo, pálido, trabalhador e inteligente.

– Quero que faça uma investigação para mim.

– Pois não, Sra. Scott.

Ellen estudou-o por um momento, especulando sobre o quanto poderia lhe contar. *Não posso lhe dizer nada,* concluiu. *Enquanto estiver viva, recuso-me a pôr a companhia em risco. Deixarei que ele descubra Patricia primeiro e depois decidirei como cuidar da situação.*

Inclinou-se para a frente:

– Há 28 anos uma órfã foi deixada na porta de uma casa de fazenda, nos arredores de Ávila, Espanha. Quero que descubra onde ela está hoje e a traga para mim o mais depressa possível.

O rosto de Alan Tucker permaneceu impassível. A Sra. Scott não gostava que seus empregados demonstrassem emoção.

– Está certo, senhora. Partirei amanhã.

17

O coronel Ramón Acoca encontrava-se bem-humorado. Todas as peças finalmente começavam a se encaixar. Um ordenança entrou na sala.

– O coronel Sostelo chegou.

– Mande-o entrar.

Não precisarei mais dele, pensou Acoca. *Pode voltar para seus soldadinhos de chumbo.*

O coronel Fal Sostelo entrou na sala.

– Coronel.

– Coronel.

É irônico, pensou Sostelo. *Temos o mesmo posto, mas o gigante de cicatriz possui o poder para me liquidar. Ele deve estar ligado à maldita OPUS MUNDO.*

Sostelo ficava indignado por ser obrigado a responder ao chamado de Acoca, como se fosse algum inexpressivo subordinado. Mas fez um esforço para não deixar transparecer seus sentimentos.

– Queria falar comigo?

– Queria, sim. – Acoca apontou para uma cadeira. – Sente-se. Tenho algumas notícias para você. Jaime Miró está com as freiras.

– *O quê?*

– Isso mesmo. Elas estão viajando com Miró e seus homens. Ele dividiu o bando em três grupos.

– Como... como sabe disso?

Ramón Acoca recostou-se na cadeira.

– Joga xadrez?

– Não.

– É uma pena. Trata-se de um jogo muito instrutivo. Para ser um bom jogador, é necessário penetrar na mente do adversário. Jaime Miró e eu jogamos xadrez um com o outro.

Fal Sostelo ficou surpreso.

– Não compreendo como...

– Não literalmente, coronel. Não usamos um tabuleiro de xadrez. Usamos nossas mentes. Provavelmente compreendo Jaime Miró melhor do que qualquer outra pessoa no mundo. Sei como sua mente funciona. Tinha certeza que ele tentaria explodir a represa em Puenta la Reina. Capturamos dois de seus homens ali e foi apenas por sorte que o próprio Miró escapou. Eu sabia que ele tentaria salvá-los, e Miró sabia que eu estava ciente disso. – Acoca deu de ombros. – Não previ que ele usaria os touros para promover a fuga. – Havia um tom de admiração em sua voz.

– Dá a impressão de que...

– De que o admiro? Admiro sua mente. Desprezo o homem.

– Sabe para onde Miró está indo?

– Viaja para o norte. Eu o pegarei nos próximos três dias.

O coronel Sostelo estava mais aturdido do que nunca.

– Finalmente será dado o xeque-mate.

Era verdade que o coronel Acoca compreendia Jaime Miró e a maneira como sua mente funcionava, mas não era suficiente para ele. O coronel queria uma vantagem, para garantir a vitória, e a encontrara.

– Como...?

– Um dos terroristas de Miró é um informante – explicou o coronel Acoca.

RUBIO, TOMÁS E AS DUAS IRMÃS evitavam as cidades maiores e seguiam por estradas secundárias, passando por velhas aldeias de pedra, com ovelhas e cabras pastando, os pastores escutando música e partidas de futebol pelos rádios transistorizados. Era uma pitoresca justaposição do passado e do presente, mas Lucia tinha outras coisas na mente.

Permanecia perto de irmã Teresa, esperando pela primeira oportunidade de se apoderar da cruz e fugir. Os dois homens estavam sempre ao lado delas. Rubio Arzano era o mais cortês, um homem alto, simpático, jovial. *Um camponês de mentalidade simples,* concluiu Lucia. Tomás Sanjuro era franzino e calvo. *Parece mais um vendedor de sapatos do que um terrorista. Será fácil enganar os dois.*

Atravessaram as planícies ao norte de Ávila à noite, esfriada pelos ventos que sopravam das montanhas Guadarrama. Havia um vazio assustador nas planícies ao luar. Passavam por granjas de trigo, olivais, vinhedos e milharais e pegavam batatas e alface, frutas das árvores, e ovos e galinhas nos galinheiros.

– Toda a região rural da Espanha é um vasto mercado – comentou Rubio Arzano.

Tomás Sanjuro sorriu.

– E tudo de graça.

Irmã Teresa mantinha-se totalmente indiferente à conversa. Seu único pensamento era alcançar o convento em Mendavia. A cruz parecia cada vez mais pesada, mas estava determinada a não permitir que lhe saísse das mãos. *Muito em breve,* pensou.

Daqui a pouco estaremos lá. Fugimos de Getsémane e de nossos inimigos para a nova mansão que Ele preparou para nós.

– O que disse? – indagou Lucia.

Irmã Teresa não percebera que falara em voz alta.

– Eu... nada.

Lucia examinou-a mais atentamente. A mulher mais velha parecia transtornada, e um pouco desorientada, sem saber o que acontecia ao seu redor. Acenou com a cabeça para o saco de aniagem que irmã Teresa carregava.

– Deve estar pesado – disse em tom de simpatia. – Não gostaria que eu carregasse um pouco?

Irmã Teresa comprimiu a cruz contra o corpo.

– Jesus carregou um fardo mais pesado. Posso carregar este por Ele. "Se algum homem for atrás de mim, que negue a si mesmo, assuma a sua cruz diária e me acompanhe." Eu a levarei – acrescentou ela, obstinada.

Havia algo estranho em seu tom de voz.

– Está se sentindo bem, irmã?

– Claro.

IRMÃ TERESA SE ACHAVA longe de estar bem. Não conseguira dormir. Sentia-se tonta e febril. A mente escapava ao controle outra vez. *Não posso ficar doente,* pensou. *Irmã Betina me repreenderia.* Mas irmã Betina não estava ali. Era tudo muito confuso. E quem eram aqueles homens? *Não confio neles. O que querem comigo?*

Rubio Arzano tentara puxar conversa com irmã Teresa, procurando deixá-la à vontade.

– Deve lhe parecer estranho, irmã, estar de volta ao mundo. Quanto tempo passou no convento?

Por que ele queria saber?

– Trinta anos.

– Puxa, é um bocado de tempo. De onde veio?

Era angustiante para ela até mesmo pronunciar a palavra.

– Èze.

O rosto de Arzano iluminou-se.

– Èze? Passei um verão lá, em férias. É uma cidadezinha maravilhosa. Conheço bem. Lembro...

Conheço bem. Até que ponto? Será que ele conhece Raoul? Fora Raoul que o mandara? E a verdade atingiu-a como um relâmpago. Aqueles estranhos haviam sido enviados para levá-la de volta a Èze, a Raoul Giradot. Estavam-na sequestrando. Deus a punia por abandonar o bebê de Monique. Ela tinha certeza agora de que a criança que vira na praça de Villacastín era de sua irmã. *Mas não podia ser, não é mesmo? Isso acontecera há trinta anos,* Teresa murmurou para si mesma. *Estão mentindo para mim.*

Rubio Arzano observava-a, escutando seus murmúrios.

– Algum problema, irmã?

Irmã Teresa afastou-se.

– Não.

Ela entendera tudo agora. Não permitiria que a levassem de volta para Raoul e o bebê. Precisava chegar ao convento em Mendavia e entregar a cruz de ouro, Deus então a perdoaria pelo terrível pecado que cometera. *Devo ser esperta. Não posso deixar que percebam que sei de seu segredo.* Olhou para Rubio e acrescentou:

– Estou bem.

Seguindo em frente, através de planícies secas, crestadas pelo sol, chegaram a uma pequena aldeia em que camponesas vestidas de preto lavavam roupa numa fonte, sob um telhado, apoiado em quatro vigas antigas. A água passava por uma comprida calha de madeira, de forma que estava sempre fresca. As mulheres esfregavam as roupas em blocos de pedra e enxaguavam na água corrente.

Uma cena muito pacífica, pensou Rubio. Lembrava-o da fazenda que deixara para trás. *É assim que a Espanha era. Sem bombas, sem matanças. Algum dia voltaremos a ter paz?*

– *Buenos días.*

– *Buenos días.*

– Poderíamos beber um pouco? Viajar deixa as pessoas com muita sede.

– Claro. Sirvam-se, por favor.

A água estava fresca e revigorante.

– *Gracias. Adiós.*

– *Adiós.*

Rubio detestava partir.

As duas mulheres e seus acompanhantes seguiram em frente, passando por oliveiras e sobreiros, o ar do verão impregnado com a fragrância de uvas e laranjas maduras. Passaram por pomares de macieiras, cerejeiras e ameixeiras, fazendas ruidosas, com o barulho de galinhas, porcos e cabras·

Rubio e Tomás iam na frente, conversando em voz baixa.

Estão falando de mim. Pensam que não conheço seu plano. Irmã Teresa chegou mais perto, a fim de poder escutar o que diziam.

– ...uma recompensa de 500 mil pesetas por nossas cabeças. Claro que o coronel Acoca pagaria mais por Jaime, mas não quer a sua cabeça. Quer seus *cojones.*

Os homens riram.

Enquanto escutava a conversa, a convicção de irmã Teresa foi se tornando cada vez mais forte. *Esses homens são assassinos executando o trabalho de Satã, mensageiros do mal enviados para me condenarem ao inferno eterno. Mas Deus é mais forte do que eles. Ele não permitirá que me levem de volta para casa.*

Raoul Giradot estava ao seu lado, exibindo o sorriso que ela conhecia tão bem.

A voz!

Como?

Ouvi você cantar ontem. É magnífica.

Em que posso servi-la?

Preciso de 3 metros de musselina, por favor.

Pois não. Por aqui... Minha tia é dona desta loja e precisava de ajuda, por isso resolvi trabalhar para ela por algum tempo.

Tenho certeza que poderia conquistar qualquer homem que quisesse, Teresa, mas espero que me escolha.

Ele era tão bonito...

Nunca conheci ninguém como você, minha querida.

Raoul abraçava-a e beijava-a.

Vai ser uma linda noiva.

Mas agora sou esposa de Cristo. Não posso voltar para Raoul.

Lucia observava irmã Teresa atentamente. Ela falava sozinha, mas Lucia não conseguia distinguir as palavras.

Ela está desabando, pensou Lucia. *Não vai aguentar muito tempo. Preciso me apoderar daquela cruz o mais depressa possível.*

O crepúsculo já caíra quando avistaram a cidade de Olmedo ao longe.

Rubio parou.

– Haverá soldados por lá. Vamos subir pelas colinas e contornar a cidade.

Saíram da estrada e deixaram as planícies, rumo às colinas, por cima de Olmedo. O sol deslizava pelos picos da serra, e o céu começava a escurecer.

– Precisamos percorrer apenas mais alguns quilômetros – garantiu Rubio Arzano, tranquilizador. – E depois poderemos descansar.

Alcançaram o topo de uma alta colina quando Tomás Sanjuro levantou a mão subitamente e sussurrou:

– Esperem!

Rubio adiantou-se para o seu lado, foram juntos até a beira da colina e olharam para o vale lá embaixo. Havia um acampamento de soldados.

– *Mierda!* – murmurou Rubio. – Deve haver um pelotão inteiro. Ficaremos aqui em cima pelo resto da noite. Provavelmente eles levantarão acampamento ao amanhecer, e então poderemos seguir em frente. – Virou-se para Lucia e irmã Teresa, tentando não deixar transparecer sua preocupação. – Passaremos a noite aqui, irmãs. Não podemos fazer qualquer barulho. Há soldados lá embaixo, e não queremos que nos descubram.

Era a melhor notícia que Lucia poderia ouvir. *É perfeito,* pensou. *Desaparecerei com a cruz durante a noite. Não ousarão tentar me seguir, por causa dos soldados.*

Para irmã Teresa, a notícia teve um significado diferente. Ouvira os homens comentarem que alguém chamado coronel Acoca estava à procura deles. *Chamaram o coronel Acoca de inimigo. Mas esses homens são o inimigo; portanto, o coronel Acoca deve ser meu amigo. Obrigada, Deus, por me enviar o coronel Acoca.*

O homem alto chamado Rubio estava falando com ela:

– Entendeu, irmã? Todos devemos ficar muito quietos.

– Entendi. – *E entendi mais do que você imagina. Eles não sabiam que Deus lhe permitira ver em seus corações malignos.*

Tomás Sanjuro disse, gentilmente:

– Sei como isso deve ser difícil para as duas, mas não se preocupem. Daremos um jeito para que cheguem sãs e salvas ao convento.

Para Èze, é o que ele está querendo dizer. Ah, mas como ele é astuto. Fala as palavras de mel do diabo. Mas Deus está em mim, e Ele me guia. Ela sabia o que devia fazer. Mas precisava ser muito cautelosa.

Os dois homens arrumaram os sacos de dormir para as freiras, um ao lado do outro.

– Vocês duas devem dormir um pouco.

As mulheres enfiaram-se nos sacos de dormir nada familiares. A noite estava excepcionalmente clara, e o céu salpicado de estrelas cintilantes. Lucia contemplou-as e pensou, feliz: *Dentro de mais algumas horas estarei a caminho da liberdade. Assim que os outros adormecerem.* Ela bocejou. Não percebera como estava cansada. A viagem longa e árdua e a tensão emocional deixaram-na exausta. Sentia os olhos pesados. *Vou descansar só um pouco,* pensou Lucia.

Ela dormiu.

Irmã Teresa, deitada ao seu lado, permaneceu acordada, em sua luta contra os demônios que tentavam possuí-la, a fim de mandar sua alma para o inferno. *Devo ser forte. O Senhor está me testando. Fui exilada a fim de poder encontrar o caminho de volta para Ele. E esses homens fazem de tudo para me deter. Não posso permitir.*

Às 4 horas da manhã, irmã Teresa sentou-se sem fazer barulho e olhou à sua volta. Tomás Sanjuro dormia a poucos passos dela. O homem alto e moreno chamado Rubio estava de vigia na beira da clareira, de costas para ela. Podia ver sua silhueta contra as árvores.

Em silêncio, irmã Teresa levantou-se. Hesitou, pensando na cruz. *Devo levá-la? Mas estarei voltando para cá muito em breve. Preciso encontrar um lugar em que fique segura até eu voltar.* Olhou para o lugar em que irmã Lucia dormia. *Isso mesmo. Estará segura com minha irmã em Deus,* decidiu irmã Teresa.

Aproximou-se do outro saco de dormir, sem fazer barulho, e enfiou a cruz lá dentro. Lucia não se mexeu. Irmã Teresa virou-se e afastou-se pelo bosque, fora da vista de Rubio Arzano. Começou a descer a encosta, com todo cuidado, na direção do acampamento dos soldados. A encosta era íngreme e escorregadia com o orvalho, mas Deus lhe deu asas, e ela desceu depressa, sem tropeçar ou cair, ao encontro da salvação.

O vulto de um homem surgiu de repente na escuridão à sua frente. Uma voz indagou:

– Quem está aí?

– Irmã Teresa.

Ela aproximou-se do sentinela, que usava um uniforme militar e apontava um rifle para ela.

– De onde veio, velha?

Irmã Teresa fitou-o com olhos brilhantes.

– Deus me enviou.

O sentinela arregalou os olhos.

– É mesmo?

– É, sim. Ele me mandou para falar com o coronel Acoca.

O soldado balançou a cabeça.

– É melhor dizer a Ele que você não é o tipo do coronel. *Adiós, señora.*

– Não compreende. Sou a irmã Teresa, do convento Cisterciense. Fui capturada por Jaime Miró e seus homens. – Observou uma expressão de espanto estampar-se no rosto do homem.

– Você... é do convento?

– Isso mesmo.

– O de Ávila?

– Exatamente. – Teresa estava impaciente. O que havia com o soldado? Será que não compreendia como era importante que fosse salva daqueles homens maus?

– O coronel não se encontra aqui no momento, irmã... – Era um golpe inesperado.– ...mas o coronel Sostelo está no comando. Posso levá-la a ele.

– E ele poderá me ajudar?

– Claro. Acompanhe-me, por favor.

O sentinela mal podia acreditar em sua sorte. O coronel Fal Sostelo despachara pelotões para vasculharem toda a região à procura das quatro freiras, sem o menor sucesso. Agora, uma das irmãs aparecia no acampamento e se entregava. O coronel ficaria muito satisfeito.

Chegaram à barraca em que o coronel Fal Sostelo e seu subcomandante examinavam um mapa. Os homens levantaram os olhos quando a sentinela e uma mulher entraram.

– Com licença, coronel. Esta é a irma Teresa, do convento Cisterciense.

O coronel Sostelo ficou incrédulo. Nos últimos três dias, todas as suas energias haviam-se concentrado na descoberta de Jaime Miró e as freiras, e agora, ali na sua frente, estava uma delas. *Havia* mesmo um Deus.

– Sente-se, irmã.

Não há tempo para isso, pensou irmã Teresa. Precisava fazê-lo compreender como a situação era urgente.

– Devemos nos apressar. Eles estão tentando me levar de volta para Èze.

O coronel ficou perplexo.

– Quem está tentando levá-la de volta para Èze?

– Os homens de Jaime Miró.

Ele se levantou.

– Irmã... por acaso sabe onde esses homens se encontram?

Irmã Teresa respondeu impaciente:

– Claro. – Ela virou-se e apontou. – Estão lá em cima, nas colinas, se escondendo de vocês.

18

Alan Tucker chegou a Ávila no dia seguinte à conversa com Ellen Scott. Fora um longo voo, e Tucker devia estar exausto, mas se sentia estimulado. Ellen Scott não era uma mulher propensa a caprichos. *Há alguma coisa estranha por trás de tudo isso, e se eu jogar minhas cartas direito, tenho a impressão de que poderá ser bastante proveitoso para mim,* pensou Alan Tucker. Registrou-se no Cuatro Postes Hotel e perguntou ao recepcionista:

– Há algum jornal por aqui?

– Nesta mesma rua, *señor.* No lado esquerdo, a dois quarteirões. Não pode errar.

– Obrigado.

– *De nada.*

Enquanto descia pela rua principal, observando a cidade ressuscitar depois da *siesta* da tarde, Tucker pensava na garota misteriosa que viera buscar. Só podia ser uma coisa importante. Mas importante *por quê?* Podia ouvir a voz de Ellen Scott.

Se ela estiver viva, traga-a para mim. Não deve falar sobre isso com ninguém.

Está certo, madame. O que devo dizer a ela?

Diga apenas que uma amiga de seu pai deseja conhecê-la. Ela virá.

Tucker encontrou a redação do jornal. Entrou e aproximou-se de algumas pessoas que trabalhavam por trás de mesas.

– *Perdone,* eu gostaria de falar com o editor.

O homem apontou para uma sala.

– Ali, *señor.*

– *Gracias.* – Tucker caminhou até a porta aberta e olhou para dentro. Um homem de 30 e poucos anos estava sentado por trás de uma mesa, ocupado com seus textos. Com licença – disse Tucker. – Posso lhe falar por um momento?

O homem fitou-o.

– Em que posso ajudá-lo?

– Estou à procura de uma *señorita.*

O editor sorriu.

– Não estamos todos, *señor?*

– Foi deixada numa casa de fazenda por aqui quando era bebê.

O sorriso se desvaneceu.

– Ah... Ela foi abandonada?

– Isso mesmo.

– E está tentando descobri-la?

– Estou.

– Há quantos anos isso aconteceu, *señor?*

– Há 28 anos.

O homem deu de ombros.

– Foi antes do meu tempo.

Talvez não seja tão fácil assim.

– O senhor poderia sugerir alguém que seja capaz de me ajudar?

O editor recostou-se na cadeira, pensativo.

– Acho que sim. Sugiro que converse com o padre Berrendo.

PADRE BERRENDO ESTAVA sentado à sua escrivaninha, uma manta cobria-lhe as pernas finas, escutando o estranho.

Quando Alan Tucker terminou de explicar sua presença ali, padre Berrendo disse:

– Por que deseja saber sobre isso, *señor?* Aconteceu há muito tempo. Qual é seu interesse nisso?

Tucker hesitou, escolhendo as palavras com todo cuidado.

– Não estou autorizado a revelar. Só posso lhe garantir que não tenho a intenção de fazer qualquer mal à mulher. Se pudesse me informar onde fica a casa de fazenda em que foi deixada...

A casa de fazenda. Afloraram as lembranças do dia em que os Morase o procuraram, após levarem a criança ao hospital.

Acho que ela está morrendo, padre. O que vamos fazer?

Padre Berrendo telefonara para seu amigo, Don Morago, o chefe de polícia.

– Acho que a criança foi abandonada por turistas em visita a Ávila. Poderia verificar nos hotéis e pousadas, descobrir se alguém chegou com um bebê e partiu só?

A polícia examinara as fichas de registros que todos os hotéis eram obrigados a preencher, mas nada encontrara.

– É como se a criança tivesse caído do céu – comentara Don Morago.

Não tinha a menor ideia de quanto estava próximo da solução do mistério.

Quando padre Berrendo levara a criança para o orfanato, Mercedes Angeles perguntara:

– Ela tem um nome?

– Não sei.

– Não havia uma manta ou qualquer coisa com o nome?

– Não.

Mercedes Angeles olhara para a criança nos braços do padre.

– Então teremos de lhe dar um nome, não é mesmo?

Ela acabara de ler um romance fascinante e gostara muito do nome da heroína.

– Megan... vamos chamá-la de Megan.

E 14 anos depois, padre Berrendo levara Megan para o convento Cisterciense.

AGORA, APÓS TANTOS ANOS, aquele estrangeiro estava à procura de Megan. *A vida sempre dá voltas completas,* pensou padre Berrendo. *De alguma forma misteriosa, deu um círculo completo para Megan. Não, não para Megan. Esse era o nome que lhe fora dado pelo orfanato.*

– Sente-se, *señor*. Há muita coisa para contar.

E ele contou.

Quando o padre terminou, Alan Tucker ficou em silêncio, a mente em disparada. Devia haver um motivo muito forte para o interesse de Ellen Scott por uma criança abandonada numa casa de fazenda na Espanha há 28 anos. Uma mulher agora chamada Megan, segundo o padre.

Diga a ela que uma amiga de seu pai deseja conhecê-la. Se sua memória não falhava, Byron Scott, a esposa e a filha haviam morrido num desastre de avião, há muitos anos, em algum lugar da Espanha. Poderia haver uma ligação? Alan Tucker sentia uma crescente agitação interna.

– Padre... eu gostaria de ir ao convento para falar com ela. É muito importante.

O padre sacudiu a cabeça.

– Infelizmente, chegou tarde demais. O convento foi atacado há dois dias por agentes do governo.

Alan Tucker ficou aturdido.

– Atacado? O que aconteceu com as freiras?

– Foram presas e transferidas para Madri.

Alan Tucker levantou-se.

– Obrigado, padre. – Pegaria o primeiro avião para Madri.

Padre Berrendo acrescentou:

– Quatro das freiras escaparam. A irmã Megan foi uma delas.

As coisas estavam se complicando.

– Onde ela está agora?

– Ninguém sabe. A polícia e o Exército estão à procura delas e das outras irmãs.

– Ahn...

Em circunstâncias normais, Alan Tucker telefonaria para Ellen Scott e informaria que chegara a um beco sem saída. Mas todos os seus instintos de detetive lhe diziam que havia alguma coisa naquele caso que justificava a continuação da investigação.

Ele fez uma ligação para Ellen Scott.

– Surgiu um problema, Sra. Scott. – Alan Tucker relatou a conversa com o padre. Houve um silêncio prolongado.

– Ninguém sabe onde ela está?

– Ela e as outras fugiram, mas nao podem se esconder por muito mais tempo. A polícia e metade do Exército espanhol estão à sua procura. Quando forem encontradas, estarei lá.

Outro silêncio.

– Isso é muito importante para mim, Tucker.

– Sei disso, Sra. Scott.

Alan Tucker voltou ao jornal. Estava com sorte. O escritório ainda não fechara. Ele disse ao editor:

– Gostaria de dar uma olhada nos arquivos, se possível.

– Está à procura de alguma coisa em particular?

– Estou, sim. Houve um acidente de avião aqui.

– Há quanto tempo, *señor*?

Se estou certo...

– Há 28 anos. Foi em 1948.

Alan Tucker levou 15 minutos para encontrar a notícia que procurava. A manchete saltou-lhe diante dos olhos.

ACIDENTE DE AVIÃO MATA EXECUTIVO E FAMÍLIA

1º de outubro de 1948. Byron Scott, presidente da Scott Industries, sua esposa Susan e a filha de um ano, Patricia, morreram carbonizados num desastre de avião...

Tirei a sorte grande! Alan Tucker sentiu o pulso começar a disparar. *Se isso é o que estou pensando, então serei um homem rico... um homem* muito *rico.*

19

Ela estava nua na cama e podia sentir o membro duro de Benito Patas se comprimindo contra sua virilha. O corpo dele era maravilhoso, e ela apertou-a ainda mais, sentindo o calor aumentar em seu próprio corpo. Começou a acariciá-lo, excitá-lo. Mas alguma coisa estava errada. *Eu matei Patas*, pensou. *Ele está morto.*

Lucia abriu os olhos e sentou, tremendo, olhando ansiosa ao redor. Benito não se encontrava ali. Ela estava na floresta, num saco de dormir. Alguma coisa se comprimia contra sua coxa. Estendeu a mão por dentro do saco de dormir e tirou a cruz envolta pela lona. Fitou-a, incrédula. *Deus acaba de fazer um milagre para mim*, pensou.

Não tinha a menor ideia de como a cruz fora parar ali, e também não se importava. Finalmente conseguira-a. Tudo o que precisava fazer agora era fugir dali.

Saiu do saco de dormir e olhou para onde irmã Teresa devia estar dormindo. Ela se fora. Lucia olhou à sua volta, pela escuridão, mal pôde divisar o vulto de Tomás Sanjuro na beira da clareira, virado para o outro lado. Não sabia onde Rubio estava. *E não tem importância. É hora de sair daqui*, pensou Lucia.

Lucia encaminhou-se para a beira da clareira oposta àquela em que se encontrava Sanjuro, abaixando-se para não ser vista.

E foi nesse instante que o pandemônio se desencadeou.

O CORONEL FAL SOSTELO tinha uma decisão de comando a tomar. Recebera ordens do primeiro-ministro em pessoa para trabalhar em estreita ligação com o coronel Ramón Acoca, ajudando-o a capturar Jaime Miró e as freiras. Mas o destino o abençoara, entregando uma das freiras em suas mãos. Por que partilhar o crédito com o coronel Acoca, quando podia pegar os terroristas e ficar com toda a glória? *Foda-se o coronel Acoca*, pensou Fal Sostelo. *Este caso é meu. Talvez a OPUS MUNDO passe a me usar, em vez de Acoca, com todas as suas besteiras sobre partidas de xadrez e se meter nas mentes dos outros. Está na hora de dar uma lição ao gigante da cicatriz.*

O coronel Sostelo deu ordens expressas a seus homens.

– Não façam prisioneiros. Estão enfrentando terroristas. Atirem para matar.

O major Ponte hesitou.

– Coronel, há freiras com os homens de Miró. Não deveríamos...?

– Estaremos prestando um favor a elas, ajudando-as a se encontrarem com seu Deus.

Sostelo selecionou uma dezena de homens para acompanhá-lo na operação e determinou que fossem fortemente armados. Subiram pela encosta sem fazer barulho, no escuro. A lua desaparecera por trás das nuvens. Quase não havia visibilidade. *Ótimo. Eles não poderão perceber nossa aproximação.* Depois que seus homens assumiram as posições, o coronel Sostelo gritou, apenas como uma formalidade:

– Larguem as armas! Vocês estão cercados! – E no mesmo instante, acrescentou: – Fogo! Não parem de atirar!

Uma dezena de armas automáticas começou a disparar uma saraivada de balas pela clareira.

Tomás Sanjuro não teve a menor chance. Uma rajada de metralhadora acertou-o no peito, e ele morreu antes mesmo de o corpo bater no chão. Rubio Arzano encontrava-se do outro lado da clareira quando o tiroteio começou. Viu Sanjuro cair, virou-se e começou a levantar a arma para responder ao fogo, mas conteve-se. A escuridão na clareira era total, e os soldados disparavam a esmo. Se respondesse ao fogo, revelaria sua posição. Para seu espanto, divisou Lucia agachada a menos de um metro.

– Onde está irmã Teresa? – sussurrou ele.

– Ela... ela sumiu.

– Fique abaixada.

Rubio pegou a mão de Lucia e ziguezagueou para a floresta, afastando-se do fogo inimigo. Os tiros zumbiam perigosamente próximos enquanto corriam, mas momentos depois Lucia e Rubio já se encontravam entre as árvores. Continuaram a correr.

– Segure em mim, irmã.

Podiam ouvir os soldados atrás, mas aos poucos o barulho foi diminuindo. Era impossível perseguir alguém na escuridão total da floresta.

Rubio parou para deixar Lucia recuperar o fôlego.

– Nós os despistamos por enquanto – disse-lhe ele. – Mas precisamos continuar a fugir.

Lucia respirava com dificuldade.

– Se quiser descansar um pouco, irmã...

– Não. – Ela estava exausta, mas não tinha a menor intenção de deixar que a apanhassem. Logo agora, que estava com a cruz. – Estou bem. Vamos sair daqui.

O CORONEL FAL SOSTELO defrontava-se com o desastre. Um terrorista estava morto, mas só Deus sabia quantos haviam escapado. Não tinha Jaime Miró, e só pegara uma das freiras. Sabia que teria de comunicar ao coronel Acoca o acontecido, e não se sentia ansioso pelo encontro.

A SEGUNDA LIGAÇÃO de Alan Tucker para Ellen Scott foi ainda mais perturbadora do que a primeira.

– Descobri uma informação muito interessante, Sra. Scott – disse, cauteloso.

– O que é?

– Verifiquei os arquivos de um jornal daqui, a fim de obter mais informações sobre a menina.

– E o que encontrou? – Ellen preparou-se para o que sabia ser inevitável.

Alan Tucker manteve a voz casual.

– Parece que ela foi abandonada por volta da ocasião do seu desastre de avião.

Silêncio.

Ele continuou:

– O que matou seu cunhado, a esposa e a filha Patricia.

Chantagem. Não havia outra explicação. Portanto, ele descobrira tudo.

– É isso mesmo – disse Ellen Scott, calmamente. – Eu deveria ter falado tudo. Explicarei quando voltar. Tem mais alguma notícia da menina?

– Não, mas ela não pode se esconder por muito mais tempo. O país inteiro está à sua procura.

– Avise-me assim que for encontrada.

A ligação foi cortada.

Alan Tucker continuou sentado, o olhar voltado para o fone mudo na mão. *Ela é uma mulher fria,* pensou, com admiração. *Como será que vai aceitar a ideia de ter um sócio?*

Cometi um erro ao mandá-lo, pensou Ellen Scott. *Agora terei de detê-lo.* E o que faria com a menina? *Uma freira! Mas não vou julgá-la até conhecê-la.*

A secretária avisou pelo interfone:

– Estão todos à sua espera na sala de reunião, Sra. Scott.

– Já estou indo.

Lucia e Rubio continuaram a avançar pelo bosque, aos escorregões e tropeções, lutando com galhos de árvores, moitas e insetos, mas cada passo os levava para mais longe dos perseguidores.

Rubio finalmente anunciou:

– Podemos parar aqui. Não vão mais nos encontrar.

Estavam bem alto nas montanhas, no meio de uma densa floresta. Lucia deitou, fazendo um grande esforço para recuperar o fôlego. Em sua mente, reconstituiu as cenas terríveis que testemunhara. Tomás fuzilado sem qualquer aviso. *E os filhos da puta queriam assassinar a todos nós,* pensou Lucia. Só continuava viva graças ao homem sentado ao seu lado.

Ela observou Rubio, enquanto ele se levantava e fazia um reconhecimento da área ao redor.

– Podemos passar o resto da noite aqui, irmã.

– Está bem. – Ela estava impaciente para continuar, mas sabia que precisava descansar.

Como se lesse seus pensamentos. Rubio acrescentou.

– Partiremos ao amanhecer.

Lucia sentiu uma pontada no estômago.

– Deve estar faminta. Vou à procura de comida. Ficará bem aqui sozinha?

– Claro. Não se preocupe comigo.

Rubio agachou-se ao seu lado.

– Por favor, tente não ficar assustada. Sei como deve ser difícil para você se encontrar outra vez no mundo, após tantos anos no convento. Tudo deve lhe parecer muito estranho.

Lucia fitou-o e disse, sem qualquer inflexão na voz:

– Farei um esforço para me acostumar.

– É muito corajosa, irmã. – Ele levantou-se. – Voltarei logo.

Lucia observou-o desaparecer entre as árvores. Era hora de tomar uma decisão, e havia duas opções: podia escapar agora, tentar alcançar alguma cidadezinha próxima, trocar a cruz por um passaporte e dinheiro suficiente para chegar à Suíça; ou podia continuar com Rubio até se distanciarem ainda mais dos soldados. *A segunda opção é mais segura,* decidiu Lucia.

Ouviu um barulho entre as árvores e virou-se. Era Rubio. Ele aproximou-se, sorrindo. Trazia a boina na mão, estofada com tomates, uvas e maçãs.

Sentou-se no chão, ao lado de Lucia.

– Café da manhã. Havia uma galinha gorda e bonita disponível, mas o fogo que precisaríamos para cozinhá-la poderia denunciar nossa presença. Há uma fazenda aqui perto.

Lucia olhou para o conteúdo da boina.

– Parece ótimo. Estou faminta.

Ele deu-lhe uma maçã.

– Prove esta.

Terminaram de comer, e Rubio estava falando, mas Lucia, absorta em seus pensamentos, não prestava atenção.

– Disse que estava havia dez anos no convento, irmã?

Lucia foi arrancada de seu devaneio.

– Como?

– Passou dez anos no convento?

– Passei.

Ele balançou a cabeça.

– Então não tem a menor ideia do que aconteceu durante todo esse tempo.

– Ahn... não.

– Muita coisa mudou nos últimos dez anos, irmã.

– É mesmo?

– *Sí.* Franco morreu – disse Rubio gravemente.

– Não!

– É verdade. No ano passado.

E indicou Juan Carlos seu herdeiro.

– Pode achar muito difícil acreditar, mas um homem andou na Lua pela primeira vez. É a pura verdade.

– É mesmo?

Na verdade, dois homens, pensou Lucia. *Como eram os seus nomes? Neil Armstrong e Buzz alguma coisa.*

– É, sim. Norte-americanos. E há agora um avião de passageiros que voa mais rápido do que o som.

– Incrível!

Mal posso esperar para viajar no Concorde, pensou Lucia.

Rubio era como uma criança, ansioso em pô-la a par dos últimos acontecimentos no mundo.

– Houve uma revolução em Portugal, e nos Estados Unidos da América o presidente Nixon esteve envolvido num grande escândalo e foi obrigado a renunciar.

Rubio é sem dúvida muito simpático, refletiu Lucia.

Ele tirou do bolso um maço de cigarros Ducados, o forte tabaco preto da Espanha.

– Não vou ofendê-la se fumar, irmã?

– Claro que não. Por favor, fume.

Observou-o acender o cigarro, e no momento em que a fumaça alcançou suas narinas sentiu-se desesperada para fumar.

– Importa-se se eu experimentar um?

Ele ficou espantado.

– Quer experimentar um cigarro?

– Só para ver como é – apressou-se Lucia em explicar.

– Ah... claro. – Rubio estendeu-lhe o maço.

Ela pegou um e pôs entre os lábios, ele acendeu-o. Lucia inalou fundo e sentiu-se maravilhosa quando a fumaça encheu-lhe os pulmões.

Rubio observava-a, perplexo.

Lucia tossiu.

– Então é esse o gosto de um cigarro...

– Acha bom?

– Não muito, mas...

Deu outra tragada, profunda, satisfatória. Só Deus sabia o quanto sentira falta de um cigarro. Mas precisava ser cautelosa. Não queria deixá-lo desconfiado. Por isso apagou o cigarro que segurara desajeitadamente entre os dedos. Passara apenas uns poucos meses no convento, mas Rubio estava certo. Parecia mesmo estranho se encontrar outra vez no mundo. Especulou como Megan e Graciela estariam se saindo. E o que acontecera com irmã Teresa? Teria sido capturada pelos soldados?

Os olhos de Lucia começaram a arder. Fora uma noite longa, de muita tensão.

– Acho que vou dormir um pouco.

– Não se preocupe. Ficarei de vigia, irmã.

– Obrigada – disse ela com um sorriso. Momentos depois estava dormindo.

Rubio Arzano contemplou-a e pensou: *Jamais conheci uma mulher assim.* Era tão espiritual que dedicara sua vida a Deus, mas ao mesmo tempo era prática e objetiva. E se comportara naquela noite tão bravamente quanto qualquer homem.

Você é uma mulher muito especial, pensou Rubio Arzano, enquanto a observava dormir. *Irmãzinha de Jesus.*

20

O coronel Fal Sostelo estava em seu décimo cigarro. *Não posso adiar por mais tempo,* decidiu. *É sempre melhor despachar as más notícias rapidamente.* Respirou fundo várias vezes para se acalmar e depois discou um número. E disse, assim que Ramón Acoca atendeu:

– Coronel, atacamos um acampamento terrorista ontem à noite. Fui informado de que Jaime Miró estava lá. Achei que deveria ser informado.

Houve um silêncio perigoso.

– Pegou-o?

– Não.

– Realizou essa operação sem me consultar?

– Não havia tempo para...

– Mas houve tempo para deixar Miró escapar. – A voz de Acoca estava impregnada de fúria. – O que o levou a empreender essa operação executada com tanta competência?

O coronel Sostelo engoliu em seco.

– Pegamos uma das freiras do convento. Ela nos levou a Miró e seus homens. Matamos um deles no ataque.

– Mas todos os outros escaparam?

– Isso mesmo, coronel.

– Onde está a freira agora? Ou será que a deixou escapar também? – O tom era sarcástico.

– Claro que não, coronel. Ela está aqui, no acampamento. Começamos a interrogá-la e...

– Não faça isso. Pode deixar que a interrogarei pessoalmente. Estarei aí dentro de uma hora. Veja se consegue mantê-la até a minha chegada. – Ele bateu o fone.

Exatamente uma hora depois, o coronel Ramón Acoca chegou ao acampamento em que irmã Teresa se encontrava. Estava acompanhado por uma dezena de homens do GOE.

– Tragam-me a freira – ordenou Acoca.

Irmã Teresa foi conduzida à barraca do comando, onde o coronel Acoca a aguardava.

Ele levantou-se polidamente quando ela entrou e sorriu.

– Sou o coronel Acoca.

Finalmente!

– Sabia que você viria. Deus me disse.

Ele acenou com a cabeça, amavelmente.

– É mesmo? Ótimo. Sente-se, por favor, irmã.

Irmã Teresa sentia-se nervosa demais para sentar.

– Precisa me ajudar.

– Vamos ajudar um ao outro – assegurou o coronel. – Escapou do convento Cisterciense em Ávila, não é mesmo?

– É, sim. Foi terrível. Todos aqueles homens... Eles fizeram coisas horríveis e... – Sua voz hesitou.

E coisas estúpidas. Deixamos que você e as outras escapassem.

– Como chegou aqui, irmã?

– Deus me trouxe. Está me testando, como outrora testou...

– Junto com Deus, alguns homens também a trouxeram para cá, irmã? – perguntou o coronel Acoca, paciente.

– Isso mesmo. Eles me sequestraram. E eu tinha de fugir deles.

Disse ao coronel Sostelo onde poderia encontrar esses homens?

– Disse, sim. Os maus. Raoul está por trás de tudo isso. Ele me enviou uma carta e disse...

– Irmã, o homem que procuramos em particular é Jaime Miró. Por acaso o viu?

Ela estremeceu.

– Vi, sim. Ele...

O coronel inclinou-se para a frente.

– Isso é ótimo. Agora me diga onde posso encontrá-lo.

– Ele e os outros estão a caminho de Èze.

Acoca franziu o rosto, perplexo.

– Para Èze? Na França?

Suas palavras eram um murmúrio desvairado.

– Isso mesmo. Monique abandonou Raoul e ele enviou os homens para me sequestrarem por causa do bebê, para que eu...

O coronel tentou controlar sua crescente impaciência.

– Miró e seus homens estão seguindo para o norte. Èze fica para leste.

– ...Não deve deixar que me levem de volta para Raoul. Não quero vê-lo nunca mais. Não poderia encará-lo...

O coronel Acoca interveio bruscamente:

– Não estou interessado nesse tal de Raoul. Quero saber onde posso encontrar Jaime Miró.

– Já lhe disse. Ele está em Èze, à minha espera. Quer...

– Está mentindo. Acho que tenta proteger Miró. Não quero machucá-la, por isso vou perguntar mais uma vez. Onde está Jaime Miró?

Irmã Teresa fitou-o, desamparada.

– Não sei – murmurou ela, olhando ao redor, desvairada. – Não sei.

– Disse um momento atrás que ele se encontrava em Èze.

A voz do coronel era como um chicote estalando.

– É verdade. Deus me contou.

O coronel Acoca já aguentara demais. A mulher era demente ou uma atriz brilhante. De qualquer forma, ela o enojava com toda aquela conversa de Deus. Ele virou-se para Patrício Arrieta, seu ajudante de ordens.

– A memória da irmã precisa de algum estímulo. Leve-a para a barraca do intendente. Talvez você e seus homens possam ajudá-la a lembrar onde está Jaime Miró.

– Está bem, coronel.

Patrício Arrieta e os homens que o acompanhavam haviam participado do ataque ao convento em Ávila. Sentiam-se responsáveis por deixarem as quatro freiras escaparem. *Pois compensaremos isso agora,* pensou Arrieta. Ele virou-se para irmã Teresa.

– Venha comigo, irmã.

– Está certo. – *Abençoado Jesus, obrigada.* – Não vão deixar que eles me levem para Èze, não é mesmo?

– Não, não vai para Èze – assegurou Arrieta.

O *coronel tem razão,* ele pensou. *Ela está se divertindo conosco. Mas vamos lhe ensinar outras diversões. Será que ficará deitada quietinha ou gritará?*

Ao chegarem à barraca da intendência, Arrieta disse:

– Irmã, vamos lhe dar uma última oportunidade. Onde está Jaime Miró?

Já não me perguntaram isso antes? Ou foi outra pessoa? Foi aqui ou... tudo está confuso demais.

– Ele me sequestrou a mando de Raoul, porque Monique abandonou-o, e ele pensou...

– *Bueno,* se é assim que você prefere... – murmurou Arrieta. – Veremos se não conseguimos lhe refrescar a memória.

– Eu gostaria muito, por favor. Tudo é muito confuso.

Meia dúzia de homens de Acoca entraram na barraca, junto com alguns soldados uniformizados de Sostelo. Irmã Teresa fitou-os, piscou os olhos, aturdida.

– Esses homens vão me levar para o convento agora?

– Farão melhor do que isso. – Patrício Arrieta sorriu.

– Vão levá-la para o paraíso, irmã.

Os homens adiantaram-se, cercando-a.

– É muito bonito o vestido que está usando – disse um soldado. – Tem certeza de que é freira, querida?

– Sou, sim. – Raoul a chamara de querida. Aquele era Raoul? – Tivemos de trocar de roupas para escapar dos soldados.

Mas aqueles homens eram soldados. Estava tudo confuso demais. Um dos homens empurrou Teresa para o catre.

– Não é nenhuma beleza, mas vamos ver como se parece por baixo de todas essas roupas.

– O que está fazendo?

Ele estendeu a mão e arrancou a parte superior do vestido, enquanto outro homem rasgava a saia.

– Até que não é um corpo dos piores para uma velha, não é mesmo, pessoal?

Teresa gritou. Olhou para os homens à sua volta. *Deus vai fulminar todos eles. Não permitirá que me toquem, pois sou seu receptáculo. Estou com o Senhor, bebendo de Sua fonte de pureza.*

Um dos soldados abriu o cinto. Um instante depois, irmã Teresa sentiu mãos rudes abrirem-lhe as pernas. Enquanto o soldado se esparramava por cima dela, sentiu sua carne dura penetrá-la e tornou a gritar.

– Agora, Deus! Castigue-os agora! – Esperou pela trovoada e o relâmpago brilhante que destruiriam todos aqueles homens.

Outro soldado subiu em cima dela. Um nevoeiro vermelho assentou-lhe sobre os olhos. Teresa ficou à espera que Deus os fulminasse, quase inconsciente dos homens que a estupravam. Não sentia mais a dor.

Arrieta estava de pé ao lado do catre. Depois que cada homem terminava com Teresa, ele perguntava:

– Já é suficiente, irmã? Pode acabar com isso a qualquer momento. Tudo o que precisa fazer é me contar onde está Jaime Miró.

Irmã Teresa não ouvia. Gritava em sua mente: *Fulmine-os com Seu poder, Senhor. Extermine-os como exterminou os outros iníquos em Sodoma e Gomorra.*

Por mais incrível que pudesse parecer, Ele não respondeu. Não era possível, pois Deus se encontrava em toda parte. E quando o sexto homem penetrou em seu corpo, a epifania ocorreu-lhe subitamente. Deus não estava escutando porque não havia Deus. Ela enganara a si mesma durante todos aqueles anos, idolatrando um poder supremo e servindo-o fielmente. Mas não havia nenhum poder supremo. *Se Deus existisse, Ele teria me salvado.*

O nevoeiro vermelho dissipou-se da frente dos olhos de irmã Teresa, e ela teve uma visão nítida do que acontecia pela primeira vez. Havia pelo menos uma dezena de soldados na barraca esperando a vez de estuprá-la. Os soldados na fila estavam de uniforme, não se dando o trabalho de tirá-lo. Enquanto um soldado saía de cima dela, o seguinte agachou-se por cima dela e penetrou-a logo depois.

Não há Deus, mas existe um Satã, e esses são seus ajudantes, pensou irmã Teresa. *E eles devem morrer. Todos eles.*

Enquanto o soldado afundava nela, irmã Teresa tirou-lhe a pistola do coldre. Antes que alguém pudesse reagir, ela apontou-a para Arrieta. A bala acertou-o na garganta. Apontou então a arma para os outros soldados e continuou a disparar. Quatro deles caíram ao chão antes que os outros recuperassem o controle e começassem a atirar nela. Por causa do soldado em cima dela, tiveram dificuldade para mirar.

Irmã Teresa e seu último estuprador morreram ao mesmo tempo.

21

Jaime Miró acordou instantaneamente, despertado por um movimento na beira da clareira. Saiu do saco de dormir e levantou-se, com a arma na mão. Quando se aproximou, viu Megan ajoelhada, rezando. Ficou imóvel, estudando-a. Havia uma extraordinária beleza na imagem daquela linda mulher concentrada em suas orações na floresta, no meio da noite. Jaime descobriu-se ressentido. *Se Felix Carpio não dissesse que estávamos a caminho de San Sebastián, eu não estaria com o fardo da irmã, para começar.*

Era indispensável que ele chegasse a San Sebastián o mais depressa possível. O coronel Acoca e seus homens fechavam o cerco. Mesmo sozinho, já seria muito difícil escapar da rede. Com o fardo adicional daquela mulher para retardá-lo, o perigo era dez vezes maior.

Aproximou-se de Megan, irritado, a voz soou mais ríspida do que pretendia.

– Já lhe disse para dormir um pouco. Não quero que nos retarde amanhã.

Megan fitou-o e disse calmamente:

– Desculpe se o deixei zangado.

– Irmã, guardo minha raiva para coisas mais importantes. Seu tipo apenas me cansa. Passam suas vidas escondidas por trás de muros de pedra, à espera de uma viagem gratuita para o outro mundo. Deixam meu estômago embrulhado, todas vocês.

– Porque acreditamos no outro mundo?

– Não, irmã. Porque não acreditam neste. E fogem dele.

– Para rezar por homens como você. Dedicamos nossas vidas a preces por vocês.

– E acha que isso resolverá os problemas do mundo?

– Com o tempo, sim.

– Não há tempo. Seu Deus não pode ouvir as orações por causa do barulho dos canhões e dos gritos das crianças sendo dilaceradas pelas bombas.

– Quando se tem fé...

– Ora, irmã, tenho muita fé. Tenho fé naquilo por que estou lutando. Tenho fé em meus homens e nas minhas armas. Só não tenho fé nas pessoas que andam sobre a água. Se acha que seu Deus está nos escutando agora, diga a ele para nos levar ao convento em Mendavia, a fim de que eu possa me livrar de você.

Estava furioso consigo mesmo por perder a calma. Não era culpa dela que a Igreja tivesse se posto de lado, sem fazer nada, enquanto os falangistas de Franco torturavam, estupravam e assassinavam bascos e catalães. *Não foi culpa dela que minha família estivesse entre as vítimas.*

Ele era criança na ocasião, mas aquela lembrança ficaria gravada em sua memória para sempre...

FOI DESPERTADO NO MEIO da noite pelo barulho das bombas caindo. Desciam do céu como mortíferas flores de som, plantando suas sementes de destruição por toda parte.

– Levante, Jaime! Depressa!

O medo na voz do pai era mais assustador para o menino do que o estrondo terrível do bombardeio aéreo.

Guernica era um baluarte dos bascos, e o general Franco decidira convertê-la numa lição: "Destruam-na."

A temida Legião Condor nazista e alguns aviões italianos desfecharam um ataque concentrado sem misericórdia. Os moradores da pequena cidade tentaram fugir da chuva de morte que caía do céu, mas não havia escapatória.

Jaime, a mãe, o pai e duas irmãs mais velhas fugiram junto com os outros.

– Para a igreja! – gritou o pai de Jaime. – Eles não vão bombardear a igreja.

Ele estava certo. Todos sabiam que a Igreja se postara do lado do caudilho, ignorando o tratamento brutal dispensado a seus inimigos.

A família Miró encaminhou-se para a igreja, fazendo força para abrir caminho pela multidão em pânico que tentava fugir.

O menino segurava com toda força a mão do pai e procurava não ouvir o barulho terrível à sua volta. Lembrou um tempo em que o pai não estava assustado, nem fugindo.

– Vamos ter uma guerra? – perguntou ele ao pai uma vez.

– Não, Jaime. É apenas boato de jornal. Tudo o que pedimos é que o governo nos dê um mínimo de independência. Os bascos e catalães têm direito à sua própria língua, bandeira e feriados. Ainda somos uma nação. E espanhóis nunca lutarão contra espanhóis.

Jaime era muito pequeno na ocasião para compreender, mas claro que havia mais em jogo do que a questão dos catalães e bascos. Era um profundo conflito ideológico entre o governo republicano e os nacionalistas da direita, e o que começara como uma faísca de dissidência logo se transformou numa conflagração incontrolável, que atraiu outras potências estrangeiras.

Quando as forças superiores de Franco derrotaram os republicanos e os nacionalistas já mantinham um firme controle da Espanha, o ditador concentrara sua atenção nos intransigentes bascos: "Punam-nos."

E o sangue continuara a jorrar.

Um grupo de líderes bascos criara o ETA, um movimento por um Estado Basco Livre, e o pai de Jaime fora convidado a aderir.

– Não. Está errado. Devemos obter o que é nosso por direito por meios pacíficos. A guerra nada realiza.

Mas os gaviões demonstraram ser mais fortes do que as pombas, e o ETA logo se tornara uma força poderosa.

Jaime tinha amigos cujos pais eram membros do ETA e escutava as histórias de seus feitos heroicos.

– Meu pai e um grupo de amigos atacaram a bomba o quartel-general da guarda civil – lhe diria um colega.

Ou:

– Já soube do assalto ao banco em Barcelona? Foi meu pai. Agora eles podem comprar armas para combater os fascistas.

E o pai de Jaime insistia:

– A violência é um erro. Devemos negociar.

– Explodimos uma das fábricas deles em Madri. Por que seu pai não está do nosso lado? Ele é um covarde?

O pai dizia a Jaime:

– Não dê atenção a seus amigos, Jaime. A atitude deles é criminosa.

– Franco ordenou que uma dezena de bascos fossem executados sem um julgamento sequer. Vamos promover uma retaliação em escala nacional. Seu pai vai se juntar a nós?

– Papai...?

– Somos todos espanhóis, Jaime. Não devemos permitir que ninguém nos divida.

E o menino estava dividido. *Meus amigos estão certos? Papai é um covarde?* Jaime acreditava no pai.

E agora... Armagedom. O mundo desmoronava ao seu redor. As ruas da Guernica estavam apinhadas por uma multidão que gritava e tentava escapar das bombas vindas do céu. Prédios, estátuas e calçadas explodiam em chuvas de concreto e sangue.

Jaime, a mãe, o pai e as irmãs chegaram à enorme igreja, o único prédio na praça que ainda se encontrava de pé. Outras pessoas batiam à porta.

– Deixem-nos entrar! Em nome de Jesus, abram a porta!

– O que está acontecendo? – gritou o pai de Jaime.

– Os padres trancaram a igreja. Não querem nos deixar entrar.

– Vamos arrombar a porta!

– Não!

Jaime olhou para o pai, surpreso.

– Não arrombamos a casa de Deus – declarou o pai.

– Ele nos protegerá onde quer que estejamos.

Tarde demais, eles viram o esquadrão de falangistas aparecer vindo da esquina e abrir fogo de metralhadora, varrendo a multidão desarmada de homens, mulheres e crianças na praça. Mesmo enquanto sentia as balas se cravando em seu corpo, o pai de Jaime segurou o filho e puxou-o para baixo, para a segurança, seu próprio corpo protegendo Jaime da saraivada mortífera.

Um silêncio fantástico parecia envolver o mundo depois do ataque. O som de armas, de pessoas às carreiras e gritos desapareceu, como num passe de mágica. Jaime abriu os olhos e ficou imóvel por um longo tempo, sentindo o peso do corpo do pai por cima, como um cobertor de amor. O pai, a mãe e as irmãs estavam mortos, junto com centenas de outros. E na frente dos cadáveres estavam as portas trancadas da igreja.

TARDE DA NOITE JAIME deixou a cidade, e dois dias depois, ao chegar a Bilbao, ingressou na ETA.

O oficial de recrutamento encarou-o e disse:

– Você é jovem demais para se juntar a nós, filho. Devia estar na escola.

– Vocês serão minha escola – respondeu Jaime Miró, calmamente. – Vão me ensinar a lutar, a fim de que eu possa vingar o assassinato de minha família.

Ele nunca olhou para trás. Lutava por si mesmo e pela família, seus feitos se tornaram lendários. Jaime planejava e executava ataques audaciosos a fábricas e bancos, comandava as execuções de opressores. Quando algum dos seus homens era capturado, ele conduzia missões temerárias para salvá-lo.

Ao ser informado da criação do GOE para perseguir os bascos, Jaime sorriu e comentou:

– Ótimo. Eles nos notaram.

Nunca se perguntou se os riscos que assumia se relacionavam de alguma forma com os gritos de "Seu pai é um covarde" ou se tentava provar alguma coisa a si mesmo e aos outros. Era suficiente que provasse sempre sua coragem e que não tivesse medo de arriscar a vida pelo que acreditava.

Agora, porque um dos seus homens falara demais, Jaime se descobria sobrecarregado com uma freira.

É irônico que sua Igreja esteja agora do nosso lado. Mas é tarde demais, a menos que eles possam promover um Segundo Advento e incluam minha mãe, pai e irmãs, pensou, amargurado.

Eles andavam pela floresta à noite, o luar branco salpicava a paisagem ao redor. Evitavam as cidades e estradas principais, alertas a qualquer sinal de perigo. Jaime ignorava Megan. Ia junto de Felix, conversando sobre aventuras passadas. Megan descobriu-se intrigada. Jamais conhecera alguém como Jaime Miró. Era um homem seguro e confiante.

Se alguém pode me levar a Mendavia, pensou Megan, *é esse homem.*

Havia momentos em que Jaime sentia pena da irmã, até mesmo uma admiração relutante pela maneira como ela se comportava na árdua jornada. Especulava como seus outros homens estariam se saindo com as pupilas de Deus.

Pelo menos ele tinha Amparo Jirón. À noite, encontrava nela um grande conforto.

Ela é tão dedicada quanto eu, pensou Jaime. *E tem ainda mais motivos do que eu para odiar o governo.*

Toda a família de Amparo fora exterminada pelo Exército Nacionalista. Ela era profundamente independente e dominada por uma paixão intensa.

Ao amanhecer, estavam se aproximando de Salamanca, à margem do rio Tormes.

– Estudantes de toda a Espanha vêm cursar a universidade aqui – Felix explicou para Megan. – Provavelmente é a melhor do país.

Jaime não prestava atenção. Concentrava-se em seu próximo movimento. *Se eu fosse o caçador, onde poria minha armadilha?* Ele virou-se para Felix.

– Não vamos parar em Salamanca. Há uma estalagem fora da cidade. Ficaremos lá até o anoitecer.

A estalagem era pequena, afastada do fluxo principal de turistas. Alguns degraus levavam ao saguão, guardado por uma antiga armadura de cavaleiro.

Ao se aproximarem da entrada, Jaime disse às duas mulheres:

– Esperem aqui. – Ele acenou com a cabeça para Felix Carpio e os dois desapareceram.

– Para onde eles vão? – perguntou Megan.

Amparo Jirón lançou-lhe um olhar desdenhoso.

– Talvez estejam à procura do seu Deus.

– Espero que O encontrem – respondeu Megan, suavemente.

Os homens voltaram dez minutos depois.

– Tudo calmo – informou Jaime a Amparo. – Você e a irmã dividirão um quarto. Felix ficará comigo. – Ele entregou-lhe uma chave.

Amparo protestou.

– *Querido,* quero ficar com você, não...

– Faça o que estou dizendo. E fique de olho nela.

Amparo virou-se para Megan.

– *Bueno.* Vamos embora, irmã.

Megan entrou na estalagem e subiu os degraus atrás de Amparo.

O quarto era um dos 12 localizados no segundo andar, ao longo de um corredor cinzento. Amparo abriu a porta, e as duas entraram. Era pequeno e desolado, escassamente mobiliado, o chão de tábuas, paredes de estuque, uma cama, um pequeno catre, uma cômoda escalavrada e duas cadeiras.

Megan olhou ao redor e exclamou:

– É lindo!

Amparo Jirón virou-se com raiva, pensando que Megan estava sendo sarcástica.

– Quem é você para se queixar...?

– É tão grande... – acrescentou Megan.

Amparo fitou-a em silêncio por um momento, depois riu. Claro que devia parecer enorme, em comparação com as celas em que as irmãs viviam.

Amparo começou a despir-se.

Megan não pôde deixar de contemplá-la. Era a primeira vez em que realmente olhava para Amparo Jirón, à luz do dia. A mulher era muito bonita, de uma maneira simples. Tinha cabelos ruivos, pele branca, seios fartos, cintura fina e quadris que ondeavam a cada movimento.

Amparo percebeu que ela a observava.

– Irmã... poderia me dizer uma coisa? Por que alguém ingressaria num convento?

Era uma pergunta fácil de responder.

– O que pode ser mais maravilhoso do que se devotar à glória de Deus?

– De imediato, posso pensar em mil coisas. – Amparo foi até a cama e sentou-se. – Pode dormir no catre. Pelo que me contaram, seu Deus não quer que fiquem muito confortáveis.

Megan sorriu.

– Não tem importância. Eu me sinto confortável por dentro.

Em seu quarto, no outro lado do corredor, Jaime Miró acomodou-se na cama. Felix Carpio tentava se ajeitar no pequeno catre. Os dois permaneciam vestidos. A arma de Jaime encontrava-se debaixo do travesseiro, a de Felix na mesinha escalavrada ao seu lado.

– O que será que as leva a fazerem isso? – especulou Felix, em voz alta.

– Fazer o quê, *amigo?*

– Ficarem trancafiadas num convento a vida inteira, como prisioneiras.

Jaime Miró deu de ombros.

– Pergunte à irmã. Eu gostaria muito que estivéssemos viajando sozinhos. Estou com um terrível pressentimento.

– Jaime, Deus nos agradecerá por esta boa ação.

– Acredita mesmo nisso? Não me faça rir.

Felix não insistiu no assunto. Não era conveniente discutir sobre a Igreja Católica com Jaime. Os dois ficaram em silêncio, cada um absorto em seus pensamentos.

Felix Carpio estava pensando: *Deus pôs as irmãs em nossas mãos. Precisamos levá-las a salvo a um convento.*

Jaime pensava em Amparo. Queria-a desesperadamente naquele momento. *Aquela maldita freira.* Começou a puxar as cobertas quando se lembrou de que ainda havia uma coisa a ser feita.

No saguão pequeno e escuro lá embaixo, o recepcionista estava sentado em silêncio, à espera até ter certeza que os novos hóspedes dormiam. Seu coração batia forte quando pegou o telefone e discou.

Uma voz indolente atendeu.

– Delegacia de polícia.

O recepcionista sussurrou ao telefone para o sobrinho:

– Florian, Jaime Miró e mais três terroristas estão aqui. Não gostaria de ter a honra de prendê-los?

22

Cento e cinquenta quilômetros para o leste, numa área de bosque no caminho para Peñafiel, Lucia Carmine dormia.

Rubio Arzano estava sentado, observando-a, relutante em acordá-la. *Ela dorme como um anjo*, pensou.

Mas já era quase de manhã, hora de seguir viagem. Rubio inclinou-se e sussurrou gentilmente em seu ouvido:

– Irmã Lucia...

Ela abriu os olhos.

– Está na hora de partirmos.

Lucia bocejou e espreguiçou-se. A blusa desabotoara e parte de um seio apareceu. Rubio logo desviou os olhos.

Devo me precaver contra os meus pensamentos. Ela é a esposa de Jesus.

– Irmã...

– O que é?

– Eu... eu gostaria de lhe pedir um favor.

– Ele estava quase corando.

– Pode pedir.

– Eu... já faz muito tempo que rezei pela última vez, mas fui criado como católico. Importa-se de dizer uma oração? – Era a última coisa que Lucia esperava.

Há quanto tempo eu não faço uma oração?, indagou-se Lucia. O convento não contava. Enquanto as outras rezavam, sua mente estava ocupada com os planos de fuga.

– Eu... eu não...

– Tenho certeza de que isso faria com que nos sentíssemos melhor.

Como ela podia explicar que não se lembrava de nenhuma oração?

– Eu... ahn...

Ei! Havia uma de que se lembrava agora. Era pequena, ajoelhada junto da cama, o pai de pé ao seu lado, pronto para ajeitá-la na cama. Lentamente, as palavras do Salmo 23 começaram a lhe aflorar.

– O Senhor é o meu pastor. Nada me faltará. Ele me faz repousar em pastos verdejantes: leva-me para junto das águas de descanso. Refrigera-me a alma: guia-me pelas veredas da justiça, por amor do Seu nome...

As lembranças jorravam.

Lucia e o pai possuíam o mundo. E ele sentia o maior orgulho da filha.

Você nasceu sob uma estrela da sorte, faccia d'angelo.

E, ouvindo isso, Lucia sentira-se afortunada e bela. Não era a linda filha do grande Angelo Carmine?

– ...Ainda que eu ande pelo vale da sombra da morte, não temerei o mal..

O mal era representado pelos inimigos de seu pai e irmãos. E ela os fizera pagar.

– Porque estás comigo; Tua vara e cajado me sustentam...

Onde estava Deus quando precisei de conforto e apoio?

– Preparas-me uma mesa na presença de meus inimigos, unges-me a cabeça com óleo, minha taça transborda...

Ela falava mais devagar agora, a voz um mero sussurro. O que acontecera, especulou, com a menininha no vestido branco da primeira comunhão? O futuro parecia maravilhoso. De alguma forma, tudo saíra errado. Tudo. *Perdi meu pai e meus irmãos, e a mim mesma.*

No convento, ela não pensava em Deus. Mas agora, aqui fora, com aquele camponês tão simples...

Importa-se de dizer uma oração por nós?

Lucia continuou.

– Bondade e misericórdia me acompanharão com certeza por todos os dias de minha vida, e habitarei para sempre na casa do Senhor.

Rubio observava-a, comovido.

– Obrigado, irmã.

Lucia acenou com a cabeça, incapaz de falar. *O que está acontecendo comigo?*, perguntou-se.

– Está pronta, irmã?

Ela olhou para Rubio Arzano.

– Estou, sim.

Cinco minutos depois os dois recomeçaram a caminhada.

Foram apanhados por um súbito temporal e se abrigaram numa cabana abandonada. A chuva caía com violência contra o telhado e os lados da cabana.

– Acha que a tempestade vai passar algum dia?

Rubio sorriu.

– Não é uma tempestade de verdade, irmã. É o que nós, os bascos, chamamos de *sirimiri*. Vai passar tão depressa quanto começou. A terra está muita seca. Precisa desta chuva.

– É mesmo?

– Conheço essas coisas. Sou um lavrador.

Dá para perceber, pensou Lucia.

– Perdoe-me por dizer isso, irmã, mas nós dois temos muita coisa em comum.

Lucia contemplou o empavonado camponês e pensou: *Esse dia nunca vai chegar.*

– Acha mesmo?

– Acho. Acredito sinceramente que, em muitas coisas, viver numa fazenda é como estar num convento.

Ela não percebeu a ligação.

– Não entendi.

– Ora, irmã, num convento se pensa muito sobre Deus e Seus milagres. Não é verdade?

– Isso mesmo.

– De certa forma, uma fazenda é Deus. Vive-se cercado pela criação. Todas as coisas que crescem da terra de Deus, quer seja trigo, azeitonas ou uvas... tudo vem de Deus, não é mesmo? São milagres e acontecem todos os dias... e como você ajuda as coisas a crescerem, é parte do milagre.

Lucia não pôde deixar de sorrir pelo entusiasmo em sua voz.

A chuva parou de repente.

– Podemos continuar agora, irmã. Chegaremos ao rio Duero daqui a pouco – disse Rubio. – As cataratas Peñafiel ficam logo à frente. Continuaremos por Aranda de Duero e depois seguiremos para Logroño, onde nos encontraremos com os outros.

Você estará indo para esses lugares, pensou Lucia. *E boa sorte. Eu estarei na Suíça, meu amigo.*

Ouviram o barulho das cataratas meia hora antes de alcançarem-nas. As cataratas Peñafiel eram um espetáculo deslumbrante, as águas caindo abruptamente no rio veloz. Seu estrondo era quase ensurdecedor.

– Quero tomar um banho – disse Lucia.

Parecia que já se passara anos desde a última vez em que tomara um banho.

Rubio ficou surpreso.

– Aqui?

Não, seu idiota, em Roma.

– Isso mesmo.

– Tome cuidado. O rio está cheio por causa da chuva.

– Não se preocupe.

– Ah... vou me afastar enquanto se despe.

– Não vá muito longe – pediu Lucia.

– Provavelmente há animais selvagens no bosque.

Enquanto Lucia começava a tirar as roupas, Rubio afastou-se alguns passos, apressado, e ficou de costas.

– Não vá muito longe, irmã. O rio é traiçoeiro.

Lucia deixou a cruz embrulhada num lugar em que poderia vigiá-la. O ar frio da manhã era maravilhoso em seu corpo nu. Despiu-se completamente e entrou na água. Estava fria e revigorante. Virou-se e constatou que Rubio continuava com os olhos voltados para o outro lado, de costas para ela. Sorriu para si mesma. Todos os outros homens que conhecera estariam regalando os olhos.

Ela avançou mais um pouco, evitando as pedras à sua volta. Jogou água na cabeça, sentindo o rio impetuoso empurrar-lhe as pernas com força.

Perto dali uma pequena árvore estava sendo arrastada pela correnteza. Ao se virar para observá-la, Lucia perdeu subitamente o equilíbrio e escorregou, gritando. Bateu com a cabeça numa pedra ao cair.

Rubio virou-se e observou horrorizado, enquanto Lucia desaparecia nas águas tumultuosas.

23

Quando o sargento Florian Santiago desligou o telefone na delegacia de polícia em Salamanca, suas mãos tremiam.

Jaime Miró e mais três terroristas estão aqui. Não gostaria de ter a honra de prendê-los?

O governo prometera uma grande recompensa pela cabeça de Jaime Miró, e agora o bandido basco se encontrava em suas mãos. O dinheiro da recompensa mudaria sua vida por completo. Poderia mandar os filhos para uma escola melhor, comprar uma máquina de lavar roupa para a esposa e joias para a amante. Claro que teria de partilhar uma parte da recompensa com o tio. *Darei vinte por cento a ele*, pensou Santiago. *Ou talvez dez por cento.*

Ele estava bem a par da reputação de Jaime Miró e não tinha a menor intenção de arriscar a vida na tentativa de capturar o terrorista. *Que os outros enfrentem o perigo e me entreguem a recompensa.*

Continuou sentado à mesa, à procura da melhor maneira de cuidar da situação. O nome do coronel Acoca veio-lhe à mente no mesmo instante. Todo mundo sabia que havia uma vendeta de sangue entre o coronel e o terrorista. Além do mais, o coronel tinha todo o GOE sob o seu comando. Essa era a melhor maneira de agir.

Santiago pegou o telefone, e dez minutos depois falava pessoalmente com o coronel.

– Aqui é o sargento Florian Santiago, da delegacia de polícia em Salamanca. Descobri o paradeiro de Jaime Miró.

O coronel Ramón Acoca fez um esforço para manter a voz calma.

– Tem certeza?

– Tenho sim, coronel. Ele está no Parador Nacional Raimundo de Borgón, nos arredores da cidade. Passará a noite ali. Meu tio é o recepcionista. Acaba de me telefonar. Há outro homem e duas mulheres com Miró.

– Seu tio tem certeza absoluta de que é mesmo Miró?

– Absoluta, coronel. Ele e os outros estão dormindo nos dois quartos dos fundos, no segundo andar da estalagem.

– Preste muita atenção no que vou dizer, sargento. Quero que vá imediatamente para a estalagem e fique de vigia do lado de fora, a fim de impedir a saída de qualquer um. Deverei chegar aí em três horas. Não deixe que ninguém o veja. Entendido?

– Entendido, senhor. Partirei agora mesmo. – Santiago hesitou. – Coronel, sobre a recompensa...

– Quando pegarmos Miró será toda sua.

– Obrigado, coronel. Estou muito...

– Vá logo.

– Está bem, senhor.

Florian Santiago desligou. Sentiu-se tentado a ligar para a amante e lhe dar a notícia sensacional, mas isso podia esperar. Deixaria a surpresa para depois. Antes disso, tinha uma missão a cumprir. Chamou um dos guardas de plantão:

– Assuma o comando aqui. Tenho uma missão. Voltarei dentro de algumas horas.

E voltarei como um homem rico, pensou. *A primeira coisa que farei será comprar um carro novo – um Seat. Azul. Não, talvez branco seja melhor.*

O coronel Ramón Acoca desligou e ficou imóvel, deixando o cérebro trabalhar. Desta vez não haveria erro algum. Era o movimento final na partida de xadrez entre os dois, embora soubesse que Miró teria sentinelas alertas para o perigo.

Acoca chamou seu ajudante de ordens.

– Pois não, coronel?

– Escolha vinte homens entre seus melhores atiradores. Providencie para que estejam armados com automáticas. Partiremos para Salamanca dentro de 15 minutos.

– Claro, senhor.

Não haveria escapatória para Miró. O coronel já planejava o ataque em sua mente. A estalagem seria completamente cercada, os homens avançariam depressa, sem qualquer barulho. *Um ataque de surpresa antes que o carniceiro possa assassinar mais algum dos meus homens. Mataremos todos enquanto dormem.*

O AJUDANTE DE ORDENS VOLTOU 15 minutos depois.

– Estamos prontos para partir, coronel.

O SARGENTO SANTIAGO não perdeu tempo em chegar à estalagem. Mesmo sem a advertência do coronel, não tinha a menor intenção de atacar os terroristas. Mas agora, em obediência às ordens de Acoca, permaneceu nas sombras, a vinte metros da estalagem, num ponto em que tinha uma boa vista da porta da frente. Fazia frio, mas a ideia da recompensa mantinha Santiago aquecido. Especulou se as duas mulheres lá dentro eram bonitas e se estariam na cama junto com os homens. De uma coisa Santiago tinha certeza: dentro de poucas horas todos estariam mortos.

O CAMINHÃO DO EXÉRCITO atravessou a cidade sem alarde e seguiu para a estalagem. O coronel Acoca acendeu uma lanterna e estudou o mapa.

– Pare aqui – disse ele, a um quilômetro e meio da estalagem. – Seguiremos a pé o restante do caminho. Mantenham-se em silêncio.

Santiago não percebeu a aproximação até que uma voz em seu ouvido sobressaltou-o com uma pergunta:

– Quem é você?

Ele virou-se e descobriu-se diante do coronel Ramón Acoca. *Por Deus,* pensou Santiago, *ele tem uma aparência assustadora!*

– Sou o sargento Santiago, senhor.

– Alguém saiu da estalagem?

– Não, senhor. Estão todos lá dentro, provavelmente em sono profundo a esta altura.

O coronel virou-se para seu ajudante de ordens.

– Quero que a metade dos homens cerque a estalagem. Se alguém tentar escapar, eles devem atirar para matar. Os outros irão comigo. Os fugitivos estão em dois quartos nos fundos, no segundo andar. Vamos embora.

Santiago observou o coronel e seus homens entrarem pela porta da frente da estalagem, em silêncio. Especulou se haveria tiroteio. E se houvesse, pensou no perigo de o tio poder morrer no fogo cruzado. Seria uma pena. Mas, por outro lado, não haveria mais ninguém com quem partilhar o dinheiro da recompensa.

Quando o coronel Acoca e seus homens chegaram ao alto da escada, ele sussurrou:

– Não corram riscos. Abram fogo assim que os virem.

– Gostaria que eu fosse na sua frente, coronel? – perguntou o ajudante de ordens

– Não. – Acoca queria ter o prazer de matar Jaime Miró pessoalmente.

Ao final do corredor estavam os dois quartos em que Miró e seus terroristas dormiam.

Acoca fez sinal em silêncio para que alguns homens cobrissem uma porta e seis ficassem na outra.

– Agora! – gritou.

Era o momento pelo qual tanto ansiava. Ao seu sinal, os homens chutaram as portas ao mesmo tempo e entraram correndo nos quartos, as armas levantadas. Pararam no meio dos quartos vazios, olhando para as camas desarrumadas.

– Espalhem-se! – berrou Acoca. – Depressa! Lá em baixo!

Os soldados revistaram todos os quartos, arrombando portas, acordando hóspedes aturdidos. Jaime Miró e os outros não estavam em parte alguma.

O coronel desceu furioso para uma confrontação com o recepcionista. Não havia ninguém no saguão.

– Alô! – ele gritou. – Alô!

Não houve resposta. O covarde estava se escondendo.

Um dos soldados olhava para o chão, por trás da recepção.

– Coronel...

Acoca foi para o seu lado e olhou para o chão. O corpo amarrado e amordaçado do recepcionista estava ali, encostado na parede. Com um cartaz pendurado no pescoço. Dizia:

FAVOR NÃO INCOMODAR.

24

Rubio Arzano observou, horrorizado, enquanto Lucia desaparecia sob as águas turbulentas e era arrastada pela correnteza. Numa fração de segundo, ele virou-se e saiu desesperado pela margem do rio, pulando sobre pequenos troncos e moitas. Na primeira curva do rio vislumbrou o corpo de Lucia se aproximando. Mergulhou e nadou freneticamente para alcançá-la, lutando contra a forte correnteza. Era quase impossível. Sentiu que estava sendo puxado. Lucia se encontrava a apenas três metros dele, mas pareciam quilômetros. Ele fez um último e heroico esforço, conseguiu segurar-lhe o braço, os dedos quase escorregando. Segurou-a firme, enquanto começava a voltar para a segurança da margem.

Quando por fim atingiu a margem, Rubio puxou Lucia para a relva e deitou, tentando recuperar o fôlego. Ela estava inconsciente e sem respirar. Rubio virou-a de barriga para baixo e começou a massagear-lhe os pulmões. Um minuto passou, depois dois; quando já se desesperava, um jato de água saiu-lhe pela boca e Lucia gemeu. Rubio murmurou uma prece de graças.

Ele manteve a pressão, mais gentil agora, até as batidas do coração de Lucia se tornarem firmes. Quando ela começou a tremer de frio, Rubio correu para algumas árvores e pegou um punhado de folhas. Levou-as para junto de Lucia, usando-as para enxugar-lhe o corpo. Ele também estava todo molhado e com frio, as roupas encharcadas, mas não prestou a menor atenção a isso. Ficara em pânico, com medo de que irmã Lucia morresse. Agora, enquanto esfregava gentilmente o corpo nu com as folhas secas, pensamentos indignos afloraram-lhe à mente.

Ela tem o corpo de uma deusa. Perdoe-me, Senhor, ela Lhe pertence, e não devo acalentar esses pensamentos horríveis...

Lucia foi gradativamente despertada pela massagem suave em seu corpo. Estava na praia, a língua de Ivo deslocava-se por seu corpo. *Ah, está bom,* pensou. *Continue. Não pare, meu querido.* Sentiu-se excitada antes mesmo de abrir os olhos.

Ao cair no rio, o último pensamento de Lucia fora o de que ia morrer. Mas continuava viva e se descobriu a fitar o homem que a salvara. Sem querer pensar, Lucia estendeu as mãos e puxou Rubio. Havia uma expressão de surpresa chocada no rosto dele.

– Irmã... – protestou ele. – Não podemos...

– Quieto! – Os lábios de Lucia encontraram-se com os de Rubio, impetuosos, sôfregos, exigentes, sua língua explorava-lhe o interior da boca. Era demais para Rubio.

– Depressa! – sussurrou Lucia. – Depressa! – Observou Rubio tirar nervosamente as roupas molhadas. *Ele merece uma recompensa,* pensou Lucia. *E eu também.* Ao tornar a se aproximar, hesitante, Rubio murmurou:

– Irmã, não deveríamos...

Lucia não estava com disposição para conversa. Sentiu o corpo de Rubio se unir ao seu e entregou-se às gloriosas sensações que a dominaram. A sensação foi potencializada por causa de seu quase encontro com a morte.

Rubio era um amante surpreendentemente bom, ao mesmo tempo gentil e impetuoso. Possuía uma vulnerabilidade que surpreendeu Lucia. E havia uma expressão de tanta ternura em seus olhos que ela sentiu um súbito aperto na garganta.

Espero que esse camponês não se apaixone por mim. Ele está ansioso demais em me agradar. Quando foi a última vez em que um homem se empenhou tanto em me agradar? E Lucia pensou no pai. Especulou se ele teria gostado de Rubio Arzano. E depois indagou por que especulava se o pai teria gostado de Rubio Arzano. *Devo estar louca. Este homem é um camponês. Sou Lucia Carmine, a filha de Angelo Carmine.*

A vida de Rubio não tem nada a ver com a minha. Fomos reunidos apenas por um estúpido acidente do destino.

Rubio a abraçava e murmurava:

– Lucia, minha Lucia...

E o brilho em seus olhos dizia a Lucia tudo o que ele sentia. *Ele é tão terno*, pensou ela. E depois: O *que há comigo? Por que estou pensando nele assim? Estou fugindo da polícia e...* Lembrou-se de repente da cruz de ouro e ofegou. *Oh, Deus! Como pude esquecer, mesmo que por um momento apenas?* Sentou-se no mesmo instante.

– Rubio, deixei um... um embrulho na margem do rio, lá atrás. Poderia trazê-lo para mim, por favor? E minhas roupas também?

– Claro. Voltarei num instante.

Lucia ficou sentada, à espera, frenética pela possibilidade de ter acontecido alguma coisa à cruz. E se tivesse desaparecido? E se alguém passara e a levara?

Foi com um enorme sentimento de alívio que viu Rubio voltar com a cruz embrulhada debaixo do braço. *Não devo deixar que fique longe da minha vista outra vez.*

– Obrigada – disse para Rubio.

Rubio entregou-lhe as roupas. Lucia fitou-o e disse, insinuante:

– Não vou precisar disso ainda ..

O SOL EM SUA PELE NUA fazia Lucia sentir-se indolente e quente, e estar nos braços de Rubio era um conforto maravilhoso. Era como se tivessem encontrado um oásis pacífico. Os perigos de que fugiam pareciam estar a anos-luz de distância.

– Fale-me a respeito de sua fazenda – pediu Lucia.

O rosto de Rubio se iluminou e havia orgulho em sua voz.

– Era uma fazenda pequena, nos arredores de uma aldeia perto de Bilbao. Pertencia à minha família há gerações.

– O que aconteceu?

A expressão de Rubio tornou-se sombria.

– Porque sou basco, o governo de Madri puniu-me com impostos extras. Recusei-me a pagar, e confiscaram a fazenda. Foi nessa ocasião que conheci Jaime Miró. Uni-me a ele para lutar contra o governo pelo que é justo. Tenho mãe e duas irmãs, um dia vamos recuperar nossa fazenda e tornarei a administrá-la.

Lucia pensou no pai e dois irmãos, trancafiados na prisão para sempre.

– É muito ligado à sua família?

Rubio sorriu, efusivamente.

– Claro. A família é nosso primeiro amor, não acha?

É, sim, pensou Lucia. *Mas jamais tornarei a ver a minha.*

– Fale-me a respeito de sua família, Lucia. Antes de entrar no convento, eram muito unidos?

A conversa enveredava por um rumo perigoso. O *que posso lhe dizer? Meu pai é um mafioso. Ele e meus dois irmãos estão na prisão por homicídio.*

– Éramos, sim... muito unidos

– O que seu pai faz?

– Ele... ele é um homem de negócios.

– Tem irmãos e irmãs?

– Dois irmãos. Trabalham para papai.

– Por que foi para o convento, Lucia?

Porque a polícia me procura por ter assassinado dois homens Preciso acabar com esta conversa, pensou Lucia. Em voz alta, ela disse:

– Eu precisava escapar.

Está bem perto da verdade.

– Sentiu que o mundo era... era demais para você?

– Mais ou menos isso.

– Não tenho o direito de dizer isso, Lucia, mas estou apaixonado por você.

– Rubio...

– Quero casar com você. Em toda a minha vida, nunca disse isso a outra mulher. – Havia algo comovente e sério nele.

Rubio não sabe jogar, pensou Lucia. *Preciso tomar cuidado para não magoá-lo. Mas a perspectiva da filha de Angelo Carmine se tornar esposa de um camponês é demais!* Ela quase soltou uma risada.

Rubio interpretou de maneira errada o sorriso no rosto de Lucia.

– Não viverei escondido para sempre. O governo terá de fazer a paz com a gente. Voltarei então para a minha fazenda. *Querida...* quero passar o resto da vida fazendo você feliz. Teremos muitos filhos, e as meninas crescerão para serem como você...

Não posso deixá-lo continuar assim, decidiu Lucia. *Preciso detê-lo agora.* Mas, por algum motivo, não foi capaz. Ficou escutando Rubio descrever imagens românticas da vida que levariam juntos, descobriu-se quase desejando que pudesse acontecer. Estava cansada de fugir. Seria maravilhoso encontrar um refúgio em que pudesse permanecer sã e salva, protegida por alguém que a amasse... *Devo estar perdendo o juízo.*

– Não falemos mais sobre isso agora – murmurou Lucia. – Devemos partir.

Os DOIS VIAJARAM PARA O NORDESTE, seguindo pela margem sinuosa do rio Duero, com seus campos ondulados e árvores exuberantes. Pararam na pitoresca aldeia de Villalba de Duero para comprar pão, queijo e vinho, e fizeram um piquenique idílico numa campina relvada.

Lucia sentia-se contente ao lado de Rubio. Havia nele uma força tranquila que parecia lhe dar força também. *Ele não é para mim, mas tornará muito feliz alguma mulher afortunada,* pensou.

Depois que terminaram de comer, Rubio disse:

– A próxima cidade é Aranda de Duero. É bem grande. Seria melhor se a contornássemos, a fim de evitar o GOE e os soldados.

Era o momento da verdade, a hora de deixá-lo. Lucia estivera à espera de que se aproximassem de uma cidade maior. Rubio Arzano e sua fazenda eram um sonho, a fuga para a Suíça era a realidade. Lucia sabia o quanto o magoaria e não suportou fitá-lo nos olhos quando disse:

– Rubio... eu gostaria que fôssemos para a cidade.

Ele franziu o rosto.

– Pode ser perigoso, *querida*. Os soldados...

– Não estarão à nossa procura ali. – Ela pensou rapidamente. – Além do mais, eu... eu preciso de uma muda de roupa. Não posso continuar assim.

A perspectiva de entrar na cidade perturbava Rubio, mas ele se limitou a dizer:

– Se é isso o que você quer...

Ao longe, os muros e prédios de Aranda de Duero assomaram diante deles, como uma montanha construída pelo homem.

Rubio tentou mais uma vez.

– Lucia... tem certeza de que precisamos ir à cidade?

– Tenho, sim.

Os DOIS ATRAVESSARAM a comprida ponte que levava à via principal, a avenida Castilla. Passaram por uma usina de açúcar, igrejas e lojas de aves, o ar impregnado com uma variedade de cheiros. Lojas e prédios de apartamentos margeavam a avenida. Andavam devagar, cautelosos para não chamar atenção. Aliviada, Lucia avistou finalmente o que procurava... uma placa que dizia CASA DE EMPEÑOS – uma loja de penhores. Ela continuou calada.

Chegaram à praça, com suas lojas, mercados e bares, passaram pela Taverna Cueva, com um balcão comprido e mesas de madeira. Havia uma vitrola automática lá dentro, salames e fieiras de alho pendendo do teto em vigas.

Lucia percebeu a oportunidade.

– Estou com sede, Rubio. Podemos entrar?

– Claro.

Rubio pegou-a pelo braço e entraram no bar.

Havia alguns homens no balcão. Lucia e Rubio foram para uma mesa no canto.

– O que vai querer, *querida?*

– Peça um copo de vinho para mim, por favor. Voltarei num instante. Tem uma coisa que preciso fazer. – Levantou-se e saiu para a rua, deixando Rubio a observá-la, perplexo.

Lá fora, Lucia voltou apressada até a Casa de Empeños, apertando com força a cruz embrulhada. No outro lado da rua avistou uma placa preta com letras brancas que dizia POLÍCIA. Fitou-a por um momento, o coração quase parando, depois virou-se e entrou na loja de penhores.

Um homem enrugado, com uma cabeça enorme, estava atrás do balcão.

– *Buenos días, señorita.*

– *Buenos días, señor.* Tenho uma coisa que gostaria de vender. – Estava tão nervosa que precisou comprimir os joelhos com toda força, a fim de evitar que tremessem.

– *Sí?*

Lucia desembrulhou a cruz de ouro e estendeu-a.

– Estaria... estaria interessado em comprar isto?

O homem pegou a cruz, e Lucia percebeu o brilho em seus olhos.

– Posso perguntar onde adquiriu isto?

– Foi deixada por um tio que acaba de morrer. – A garganta estava tão seca que Lucia mal conseguia falar.

O homem apalpou a cruz, virando-a lentamente.

– Quanto está pedindo?

O sonho se transformava em realidade.

– Quero 250 mil pesetas.

Ele franziu o rosto e balançou a cabeça.

– Não. Vale apenas 100 mil pesetas.

– Prefiro vender meu corpo primeiro.

– Talvez eu pudesse chegar a 150 mil pesetas.

– Prefiro derretê-la e deixar o ouro escorrer pelas ruas.

– Duzentas mil pesetas. É a minha última oferta. – Lucia tirou-lhe a cruz de ouro.

– Está me roubando vergonhosamente, mas vou aceitar. – Percebeu a animação no rosto do homem.

– *Bueno, señorita.* – Estendeu as mãos para a cruz. Lucia puxou-a.

– Há uma condição.

– Que condição, *señorita?*

– Meu passaporte foi roubado. Preciso de um novo para poder deixar o país e visitar minha tia doente.

Ele a estudava agora, cauteloso. Balançou a cabeça.

– Entendo...

– Se puder me ajudar a resolver o problema, a cruz é sua.

Ele suspirou.

– Não é fácil arrumar passaportes, *señorita.* As autoridades são muito rigorosas.

Lucia fitava-o em silêncio.

– Não sei como poderia ajudá-la.

– De qualquer forma, obrigada, *señor.* – Encaminhou-se para a porta. O homem deixou-a chegar lá antes de dizer:

– *Momentito.*

Lucia parou.

– Acabo de me lembrar de uma coisa. Tenho um primo que às vezes se envolve em questões delicadas desse tipo. É um primo *distante,* espero que compreenda.

– Claro que compreendo.

– Eu poderia falar com ele. Quando vai precisar desse passaporte?

– Hoje.

A cabeça enorme balançou para cima e para baixo lentamente.

– E se eu conseguir, temos um negócio fechado?

– Quando eu receber o passaporte.

– Combinado. Volte depois das 20 horas, e meu primo estará aqui. Ele providenciará a fotografia necessária e porá em seu passaporte.

Lucia podia sentir o coração disparar.

– Obrigada, *señor.*

– Não gostaria de deixar a cruz aqui, como medida de segurança?

– Estará segura comigo.

– Às 20 horas então. *Hasta luego.*

Ela deixou a loja. Lá fora, evitou com todo cuidado a delegacia de polícia e se encaminhou para a *taberna,* onde Rubio a esperava. Começou a andar mais devagar. Finalmente conseguira o que queria. Com o dinheiro da cruz, poderia alcançar a Suíça e a liberdade. Deveria estar feliz, mas, em vez disso, sentia-se estranhamente deprimida.

O que há de errado comigo? Estou a caminho. Rubio me esquecerá em breve. Encontrará outra.

Recordou a expressão nos olhos de Rubio quando lhe dissera: *Quero casar com você. Nunca disse isso a outra mulher em toda a minha vida.*

Dane-se ele!, pensou. *Ora, ele não é problema meu.*

Diante da taberna, Lucia parou e respirou fundo; forçou então um sorriso e entrou para se juntar a Rubio.

25

Os meios de comunicação estavam alvoroçados. As manchetes se sucediam. Houvera o ataque ao convento, a prisão das freiras por abrigar terroristas, a fuga de quatro freiras, o fuzilamento de cinco soldados por uma das freiras, antes de ela ser alvejada e morta. As agências de notícias internacionais estavam excitadas.

Repórteres do mundo inteiro chegaram a Madri, e o primeiro-ministro Leopoldo Martínez, num esforço para atenuar a crise, concordara em conceder uma entrevista coletiva. Quase cinquenta repórteres do mundo todo se reuniram em seu gabinete. Os coronéis Ramón Acoca e Fal Sostelo estavam ao seu lado. O primeiro-ministro vira a manchete do *Times* de Londres naquela tarde: TERRORISTAS E FREIRAS ESCAPAM DO EXÉRCITO E DA POLÍCIA DA ESPANHA.

Um repórter do *Paris Match* perguntou:

– Senhor primeiro-ministro, tem alguma ideia do paradeiro das freiras neste momento?

– O coronel Acoca está no comando da operação de busca – respondeu o primeiro-ministro Martínez. – Deixarei que ele responda.

– Temos motivos para acreditar que se encontram em poder dos terroristas bascos – falou Acoca. – Também lamento informar que há indícios de que as freiras estão colaborando com os terroristas.

Os repórteres escreviam febrilmente.

– O que tem a dizer sobre a morte de irmã Teresa e dos soldados?

– Temos informações de que irmã Teresa trabalhava com Jaime Miró. Sob o pretexto de nos ajudar a encontrar Miró, ela entrou num acampamento do Exército e fuzilou cinco soldados antes que fosse possível detê-la. Posso assegurar que o Exército e o GOE estão fazendo todos os esforços para levar os criminosos à justiça.

– E as freiras que foram presas e trazidas para Madri?

– Estão sendo interrogadas – respondeu Acoca.

O primeiro-ministro queria encerrar a entrevista o mais depressa possível. Tinha dificuldade para manter o controle. O fracasso em localizar as freiras ou capturar os terroristas fazia com que seu governo – e ele próprio – parecesse inepto e tolo, permitindo que a imprensa tirasse o máximo de proveito da situaçao.

– Pode nos dizer alguma coisa sobre os antecedentes das quatro freiras que escaparam, primeiro-ministro? – perguntou um repórter de *Oggi*.

– Sinto muito, mas não posso fornecer novas informações. Repito, senhoras e senhores, o governo está fazendo tudo ao seu alcance para encontrar as freiras.

– Primeiro-ministro, há rumores sobre a brutalidade do ataque ao convento em Ávila. Poderia fazer algum comentário a respeito?

Era uma questão delicada para Martínez, por ser verdade. O coronel Acoca ultrapassara em muito a sua autoridade. Mas cuidaria dele mais tarde. Aquele era um momento para demonstrar união. Virou-se para o coronel e disse suavemente:

– O coronel Acoca pode responder a isso.

– Também já ouvi esses rumores infundados – retrucou Acoca. – Os fatos são simples. Recebemos informações confiáveis de que o terrorista Jaime Miró e uma dezena de seus homens escondiam-se no convento Cisterciense e que estavam fortemente armados. Quando chegamos ao convento, no entanto, eles já haviam fugido.

– Coronel, soubemos que alguns dos seus homens molestaram...

– Isso é uma acusação afrontosa!

– Obrigado, senhoras e senhores – interveio o primeiro-ministro Martínez. – Serão informados de todo e qualquer acontecimento novo.

Depois que os repórteres se retiraram, o primeiro-ministro virou-se para os coronéis Acoca e Sostelo.

– Eles estão fazendo com que pareçamos selvagens aos olhos do mundo.

Acoca não tinha o menor interesse pela opinião do primeiro-ministro. O que o preocupava era um telefonema que recebera no meio da noite.

– Coronel Acoca?

Era uma voz que conhecia muito bem. Despertara imediatamente.

– Pois não, senhor.

– Estamos desapontados com você. Esperávamos resultados mais rápidos.

– Estou chegando perto, senhor. – Ele descobrira que suava profusamente. – Peço-lhe um pouco mais de paciência. Não vou desapontá-lo. – Prendera a respiração, à espera pela resposta.

– Seu tempo está se esgotando.

A ligação fora cortada.

O coronel Acoca também desligara e continuara sentado, frustrado. *Onde está o miserável do Miró?*

26

Vou matá-la, pensou Ricardo Mellado. *Poderia estrangulá-la com minhas próprias mãos, jogá-la do alto da montanha ou simplesmente fuzilá-la. Não, acho que estrangulá-la me daria mais prazer.*

Irmã Graciela era o ser humano mais exasperante que já conhecera. Era insuportável. No começo, quando Jaime Miró o incumbira de escoltá-la, Ricardo Mellado ficara satisfeito. Era uma freira, é verdade, mas também era a beldade mais deslumbrante que já contemplara. Estava decidido a conhecê-la melhor, descobrir por que tomara a decisão de trancafiar toda aquela beleza excepcional por trás dos muros do convento pelo resto de sua vida. Sob a saia e blusa que ela usava, Ricardo Mellado podia discernir as curvas espetaculares de uma mulher. *Será uma viagem muito interessante,* concluíra.

Mas as coisas haviam enveredado por um rumo totalmente inesperado. Irmã Graciela recusava-se a lhe falar. Não dissera uma única palavra desde o início da viagem, e o que mais desconcertava Ricardo era o fato de que ela não parecia zangada, assustada ou transtornada. De jeito nenhum. Apenas se retirara para alguma parte remota de si mesma e dava a impressão de total desinteresse por ele e tudo o que acontecia ao seu redor. Viajaram num bom ritmo, andando por estradas secundárias, quentes e poeirentas, passando por trigais, ondulando dourados ao sol, plantações de cevada, aveia e vinhedos. Contornavam as pequenas aldeias pelo caminho, Berroccule e Aldeavieja, passaram por campos de girassóis, os rostos amarelos acompanhando o sol.

Ao cruzarem o rio Moros, Ricardo perguntou:

– Gostaria de descansar um pouco, irmã?

Silêncio.

Aproximaram-se de Segóvia, antes de seguirem para o nordeste, na direção das montanhas de picos nevados das Guadarrama. Ricardo continuava a tentar puxar conversa, polidamente, mas era completamente inútil.

– Chegaremos a Segóvia em breve, irmã.

Não houve qualquer reação.

O *que fiz para ofendê-la?*

– Está com fome, irmã?

Nada.

Era como se ele não estivesse ali. Nunca se sentira tão frustrado em toda a sua vida. *Talvez a mulher seja retardada,* pensou. *Essa deve ser a resposta. Deus lhe concedeu uma beleza sublime e depois amaldiçoou-a com uma mente fraca.* Mas ele não acreditava nisso.

Ao chegar aos arredores de Segóvia, Ricardo notou que a cidade estava repleta de gente, o que significava que a Guarda Civil se manteria mais alerta do que nunca. Ao se aproximarem da *plaza* del Conde de Cheste, ele viu soldados patrulhando na direção dos dois. E sussurrou:

– Segure minha mão, irmã. Devemos dar a impressão de que somos um casal de namorados em passeio.

Ela ignorou-o.

Meu Deus!, pensou Ricardo. *Talvez ela seja surda-muda.*

Inclinou-se e pegou-lhe a mão, ficou aturdido com a súbita e vigorosa resistência de irmã Graciela. Ela puxou a mão como se tivesse sido picada.

Os guardas estavam cada vez mais perto. Ricardo tornou a se inclinar para Graciela e disse, em voz alta:

– Não deve ficar zangada. Minha irmã pensa da mesma maneira. Ontem à noite, depois do jantar e de pôr as crianças na cama, ela disse que seria muito melhor se os homens não sentassem separados, fumando charutos fedorentos e contando histórias, esquecidos das mulheres. Aposto...

Os guardas passaram. Ricardo virou-se para fitar Graciela, que se mantinha impassível. Mentalmente, Ricardo começou a praguejar contra Jaime, desejando que ele o tivesse incumbido de alguma das outras freiras. Aquela era feita de pedra, não havia nenhum cinzel bastante duro para penetrar naquele exterior frio.

Com toda a modéstia, Ricardo Mellado sabia que era atraente para as mulheres. Muitas já tinham lhe dito isso. Sua pele era clara, ele era alto e de boa compleição, nariz aristocrata, o rosto inteligente, dentes brancos e perfeitos. Vinha de uma das mais proeminentes famílias bascas. O pai era um banqueiro no País Basco ao norte e providenciara para que Ricardo recebesse a melhor educação. Cursara a Universidade de Salamanca, e o pai aguardava ansioso que o filho se juntasse a ele no comando da empresa da família.

Ao sair da faculdade e voltar para casa, Ricardo foi trabalhar no banco, submisso, mas pouco tempo depois começou a se envolver com os problemas de seu povo. Passou a comparecer a reuniões, comícios e protestos contra o governo, e não demorou muito a se tornar um dos líderes do ETA. O pai, ao saber das atividades do filho, convocou-o à sua vasta sala, revestida de madeira, para um sermão.

– Sou um basco também, Ricardo, mas também sou um banqueiro. Não podemos estragar tudo ao fomentar uma revolução no país em que ganhamos a vida.

– Ninguém pretende derrubar o governo, pai. Tudo o que queremos é liberdade. A opressão do governo aos bascos e catalães é intolerável.

O velho Mellado recostou-se na cadeira e estudou o filho.

– Meu bom amigo, o prefeito, enviou-me um aviso discreto ontem. Sugeriu que seria melhor para você não comparecer mais a comícios. Acho que deve concentrar suas energias nos negócios bancários.

– Pai...

– Quero que me escute, Ricardo. Quando eu era jovem, também tinha sangue quente. Mas há outros meios de esfriá-lo. Você está noivo de uma jovem maravilhosa. Espero que tenham muitos filhos. – Acenou com a mão pela sala. – E você tem muita coisa a esperar de seu futuro.

– Mas será que não percebe...?

– Percebo mais claramente do que você, filho. Seu futuro sogro também está infeliz com suas atividades. Eu não gostaria que acontecesse alguma coisa que impedisse o casamento. Estou sendo claro?

– Está sim, pai.

No sábado seguinte Ricardo Mellado foi preso ao liderar uma manifestação basca num auditório em Barcelona. Recusou-se a permitir que o pai pagasse a fiança, a menos que também pagasse as fianças dos outros manifestantes detidos. O pai não concordou. A carreira de Ricardo foi encerrada, assim como o noivado. Isso acontecera cinco anos antes. Cinco anos de perigo e fugas por um triz. Cinco anos repletos com a emoção da luta por uma causa em que acreditava fervorosamente. Agora estava em fuga, escapando da polícia, escoltando uma freira retardada e muda através da Espanha.

– Vamos por aqui – disse à irmã Graciela, cauteloso para não tocar em seu braço.

Deixaram a rua principal e entraram na Calle de San Valentín. Na esquina havia uma loja que vendia instrumentos musicais.

– Tenho uma ideia – disse Ricardo. – Espere aqui, irmã. Voltarei num instante. – Entrou na loja e encaminhou-se para um jovem vendedor, parado atrás do balcão.

– *Buenos días*. Posso ajudá-lo?

– Pode, sim. Gostaria de comprar duas guitarras.

– O jovem sorriu.

– Está com sorte. Acabamos de receber algumas Ramírez. São as melhores.

– Talvez alguma coisa inferior. Minha amiga e eu somos apenas amadores.

– Como quiser, *señor*. O que acha dessas? – O vendedor foi para uma seção da loja em que havia uma dezena de guitarras expostas. – Posso vender-lhe duas Konos por 5 mil pesetas cada uma.

– Acho que não. – Ricardo escolheu duas guitarras baratas. – Estas servem muito bem.

Minutos depois, Ricardo voltou à rua, carregando as duas guitarras, com uma remota esperança de que irmã Graciela tivesse desaparecido, mas ela continuava pacientemente parada ali, à sua espera. Ricardo abriu a correia de uma guitarra e estendeu para ela.

– Tome aqui, irmã. Pendure no ombro.

Ela fitou-o aturdida.

– Não precisa tocar – explicou Ricardo. – É apenas um disfarce. – Empurrou a guitarra e Graciela pegou-a, relutante.

Os dois caminharam pelas ruas sinuosas de Segóvia, passando sob o enorme viaduto construído pelos romanos séculos antes.

Ricardo resolveu tentar outra vez.

– Está vendo este viaduto, irmã? Não há cimento entre as pedras. Segundo contam, foi construído pelo demônio há dois mil anos, pedra sobre pedra, sem nada para mantê-las juntas além da magia do demônio. – Fitou-a, à espera de alguma reação.

Nada.

Ela que se dane, pensou Ricardo Mellado. *Eu desisto.*

Os soldados da Guarda Civil estavam por toda parte. Sempre que passavam por eles, Ricardo fingia estar empenhado numa conversa interessante com Graciela, cauteloso para evitar qualquer contato físico.

O número de policiais e soldados parecia estar aumentando, mas Ricardo sentia-se relativamente seguro. Estariam à procura de uma freira de hábito e um grupo de homens de Jaime Miró; não teriam motivos para desconfiar de um jovem casal de turistas carregando guitarras.

Ricardo estava com fome e tinha certeza de que o mesmo acontecia com irmã Graciela, embora ela nada dissesse. Passaram por um pequeno café.

– Vamos parar aqui e comer alguma coisa, irmã. – Ela parou e fitou-o.

Ricardo suspirou.

– Está bem. Como preferir.

Entrou no pequeno café. Um momento depois, Graciela seguiu-o.

– O que vai querer, irmã? – perguntou Ricardo após se sentarem.

Não houve resposta. Ela era irritante. Ricardo então pediu à garçonete:

– Dois *gazpachos* e duas porções de *chorizos*.

Quando a sopa e as linguiças foram servidas, Graciela comeu o que foi posto à sua frente. Ricardo notou que ela comia automaticamente, sem desfrutar, como se cumprisse algum dever. Os homens sentados às outras mesas observavam-na, e Ricardo não podia culpá-los. *Seria preciso um Goya para captar sua beleza,* pensou ele.

Apesar do comportamento mal-humorado de Graciela, Ricardo sentia um aperto na garganta cada vez que a contemplava e se censurava por ser um tolo romântico. Ela era um enigma, sepultada por trás de alguma muralha impenetrável. Ricardo Mellado conhecera dezenas de belas mulheres, mas nenhuma jamais o afetara daquela maneira. Havia algo quase místico em sua beleza. A ironia era que ele não tinha absolutamente a menor ideia do que havia por trás daquela fachada espetacular. Não sabia se ela era inteligente ou estúpida. Interessante ou chata? Fria ou ardente? *Espero que ela seja estúpida, chata e fria,* pensou Ricardo, *ou eu não suportaria perdê-la. Como se algum dia pudesse tê-la. Ela pertence a Deus.* Ele desviou os olhos, com receio de que Graciela pudesse perceber seus sentimentos.

Quando chegou a hora de partirem, Ricardo pagou a conta e os dois se levantaram. Durante a viagem, ele notara que irmã Graciela hesitava um pouco. *Terei de providenciar alguma espécie de transporte,* pensou ele. *Ainda temos um longo caminho a percorrer.*

Começaram a descer a rua e na outra extremidade da cidade, no Manzanares el Real, encontraram uma caravana de ciganos. Havia quatro carroças pitorescamente decoradas, puxadas por cavalos. As mulheres e crianças, vestindo trajes ciganos, viajavam nas traseiras das carroças.

– Espere aqui, irmã. Vou tentar arrumar uma carona para nós – avisou Ricardo.

Aproximou-se do condutor da primeira carroça, um corpulento cigano com traje típico completo, inclusive brincos.

– *Buenas tardes, señor.* Eu consideraria uma grande gentileza se pudesse oferecer uma carona para mim e minha noiva.

O cigano olhou para Graciela.

– É possível. Para onde vão?

– Para as montanhas Guadarrama.

– Posso levá-los até Cerezo de Abajo.

– Seria ótimo. Fico agradecido. – Ricardo apertou a mão do cigano, passando-lhe algum dinheiro.

– Embarquem na última carroça.

– *Gracias.*

Ricardo voltou para o lugar em que Graciela esperava, e falou:

– Os ciganos vão nos levar até Cerezo de Abajo. Viajaremos na última carroça.

Por um instante, ele teve certeza de que Graciela ia recusar.

Ela hesitou, depois encaminhou-se para a carroça.

Havia meia dúzia de ciganas dentro da carroça e elas abriram espaço para Ricardo e Graciela. Ao subirem, Ricardo começou a ajudar a irmã, mas, ao tocar-lhe o braço, ela puxou-o bruscamente, com uma violência que o pegou de surpresa. *Está bem, você que se dane.* Ele vislumbrou a perna nua de Graciela quando ela subiu na carroça, e não pôde deixar de pensar: *Ela tem as mais lindas pernas que já vi.*

Procuraram se acomodar da melhor forma possível no chão duro de madeira, e a longa jornada começou. Graciela sentava num canto, os olhos fechados e os lábios se mexendo em oração. Ricardo não conseguia desviar os olhos dela.

À MEDIDA QUE O DIA AVANÇAVA, o sol tornava-se uma fornalha ardente, castigando-os, implacável, crestando a terra, o céu de um azul profundo, sem qualquer nuvem. De vez em quando, com as carroças atravessando as planícies, enormes aves as sobrevoavam. *Buitre leonado,* pensou Ricardo. O abutre-leão.

Ao final da tarde, a caravana cigana parou e o líder aproximou-se da carroça da retaguarda.

– Este é o ponto máximo a que podemos levá-los. Estamos indo para Vinuela.

Direção errada.

– Está ótimo – disse Ricardo. – Obrigado.

Ele começou a estender a mão para ajudar Graciela a se levantar, mas logo mudou de ideia. Virou-se para o líder dos ciganos.

– Consideraria uma gentileza se vendesse alguma comida para nós.

O chefe virou-se para uma das mulheres e disse alguma coisa numa língua estrangeira. Logo depois dois pacotes de comida foram entregues a Ricardo.

– *Muchas gracias.* – Tirou algum dinheiro.

O líder dos ciganos fitou-o em silêncio por um momento.

– Você e a irmã já pagaram pela comida.

Você e a irmã. Então ele sabia. Contudo, Ricardo não experimentou a sensação de perigo. Os ciganos eram tão oprimidos pelo governo quanto os bascos e catalães.

– *Vayan con Dios.*

Ricardo ficou parado, observando a caravana se afastar e então virou-se para Graciela. Ela observava-o, em silêncio, impassível.

– Não terá de aturar minha companhia por muito mais tempo – assegurou Ricardo. – Dentro de dois dias estaremos em Logroño. Você se encontrará com suas amigas ali e partirão para o convento em Mendavia.

Não houve reação. Era como se ele falasse para um muro de pedra. *Estou falando com um muro de pedra.*

Desceram para um vale aprazível, com muitas macieiras, pereiras e figueiras. Ali perto passava o rio Duratón, cheio de gordas trutas. No passado, Ricardo pescara ali muitas vezes. Seria um lugar ideal para ficar e descansar, mas ainda havia um longo caminho a percorrer.

Ele virou-se para estudar as montanhas Guadarrama, que se estendiam à frente. Ricardo conhecia a região muito bem. Havia várias trilhas para atravessar a cadeia de montanhas. Cabras selvagens, cabritos monteses e lobos rondavam os caminhos. Ricardo escolheria o caminho mais curto se estivesse viajando sozinho, mas com irmã Graciela ao seu lado, ele optou pelo mais seguro.

– É melhor começarmos logo – disse Ricardo. – Temos uma longa subida pela frente.

Não tinha a menor intenção de perder o encontro com os outros em Logroño A irmã silenciosa que se tornasse problema de outra pessoa.

Irmã Graciela estava parada, à espera de que Ricardo indicasse o caminho. Ele virou-se e começou a subir. Não demorou muito para que Graciela escorregasse em algumas pedras soltas na íngreme trilha e Ricardo instintivamente estendeu a mão para ajudá-la. Ela empurrou-lhe a mão bruscamente e recuperou o equilíbrio. *Como quiser,* pensou ele, furioso. *Pode quebrar o pescoço.*

Continuaram a subir, encaminhando-se para o majestoso pico lá em cima. A trilha foi se tornando cada vez mais íngreme e estreita, o ar frio era mais rarefeito. Seguiam para leste, passando por uma floresta de pinheiros. À frente deles ficava uma aldeia que tinha um refúgio para esquiadores e alpinistas.

Ricardo sabia que encontrariam ali comida quente, calor e descanso. Era tentador. *Mas muito perigoso,* concluiu. Seria um lugar perfeito para Acoca montar uma armadilha. Virou-se para irmã Graciela.

– Vamos contornar a aldeia. Pode andar mais um pouco, antes de pararmos para descansar?

Ela fitou-o e, como resposta, virou-se e recomeçou a andar.

A grosseria desnecessária ofendeu-o, e ele pensou: *Ainda bem que me livrarei dela em Logroño. Por que, em nome de Deus, tenho sentimentos contraditórios em relação a isso?*

Os dois contornaram a aldeia, caminhando pela beira da floresta, e logo se encontravam outra vez na trilha, subindo cada vez mais. A respiração se tornava mais difícil, e o caminho, ainda mais íngreme. Ao contornarem uma curva, depararam com um ninho de águia vazio. Deram uma volta para evitar outra aldeia na montanha, silenciosa e pacífica ao sol da tarde, e descansaram nos arredores, parando num regato onde beberam água gelada.

Ao anoitecer, alcançaram uma área acidentada famosa por suas cavernas. A partir daquele ponto, a trilha começava a descer.

Daqui por diante será mais fácil, pensou Ricardo. *O pior já passou.*

Ele ouviu um zumbido distante lá em cima. Levantou os olhos, à procura. Um avião militar apareceu de repente sobre o topo da montanha, voando na direção do lugar em que se encontravam.

– Abaixe-se! – gritou – Abaixe-se!

Graciela continuou a andar. O avião fez uma volta e começou a voar mais baixo.

– Abaixe-se! – berrou Ricardo de novo.

Pulou sobre Graciela e derrubou-a no chão, seu corpo por cima. Sem qualquer aviso, Graciela pôs-se a gritar histericamente, lutando com ele. Chutava-o na virilha, arranhava-lhe o rosto, tentava arrancar-lhe os olhos. O mais espantoso, no entanto, era o que ela dizia. Gritava uma sucessão de obscenidades que deixaram Ricardo chocado, uma torrente verbal de palavrões que o atordoou. Não podia acreditar que tais palavras saíam daquela boca linda e inocente.

Tentou segurar as mãos de Graciela, a fim de se proteger das unhas que o arranhavam. Graciela parecia uma gata selvagem por baixo dele.

– Pare com isso! – gritou Ricardo. – Não vou machucá-la. É um avião militar de reconhecimento. Eles podem ter nos visto. Precisamos sair daqui.

Procurou imobilizá-la, até que a resistência frenética finalmente cessou. Sons estranhos e estrangulados vinham de Graciela, e Ricardo compreendeu que ela soluçava. Apesar de toda a sua experiência com as mulheres, estava completamente aturdido. Encontrava-se por cima de uma freira histérica que tinha o vocabulário de um motorista de caminhão e não sabia o que fazer em seguida. Procurou tornar a voz o mais calma e razoável possível.

– Irmã, precisamos encontrar um lugar para nos escondermos e depressa. O avião pode ter comunicado a nossa presença aqui e dentro de poucas horas poderá haver soldados por toda parte. Se quer chegar ao convento, deve se levantar e me acompanhar. – Esperou um pouco, depois saiu de cima de Graciela e, com todo cuidado, sentou-se ao seu lado, enquanto os soluços se desvaneciam.

Graciela acabou se sentando. O rosto estava sujo de terra, os cabelos desgrenhados, os olhos vermelhos de chorar, mas mesmo assim sua beleza deixou Ricardo angustiado.

– Desculpe tê-la assustado – murmurou. – Parece que não sei me comportar direito com você. Prometo que me esforçarei para ter mais cuidado.

Ela fitou-o, os olhos pretos luminosos marejados de lágrimas. Ricardo não tinha a menor ideia do que ela pensava naquele momento. Ele suspirou e levantou-se. Graciela acompanhou-o.

– Há dezenas de cavernas por aqui – disse Ricardo. Vamos nos esconder em uma delas durante a noite. Continuaremos a viagem ao amanhecer. – Seu rosto estava esfolado e sangrando onde ela o arranhara. Apesar do que acontecera, Graciela parecia indefesa, com uma fragilidade que o comovia, que o fazia querer dizer alguma coisa para tranquilizá-la. Mas agora era ele quem permanecia em silêncio. Não podia pensar em nada para dizer.

As cavernas haviam sido escavadas por milênios de ventos, inundações e terremotos, possuíam uma variedade infinita. Algumas não passavam de simples depressões na rocha, outras eram túneis intermináveis, jamais explorados pelo homem.

A um quilômetro e meio do lugar em que avistaram o avião, Ricardo encontrou uma caverna que parecia segura. A baixa entrada estava quase oculta pelas moitas.

– Espere aqui, irmã. – Passou pela entrada e dirigiu-se para o interior da caverna. Estava escuro lá dentro, apenas uma tênue claridade penetrava pela abertura. Não havia como descobrir a extensão da caverna, mas isso não importava, pois não havia razão para explorá-la.

Voltou para junto de Graciela.

– Parece um lugar seguro – comentou Ricardo após sair da caverna. – Espere lá dentro, por favor. Vou pegar alguns galhos para cobrir a entrada. Voltarei em poucos minutos.

Observou-a entrar em silêncio na caverna e especulou se ainda a encontraria ali quando voltasse. Percebeu que queria desesperadamente que ela estivesse.

Dentro da caverna, Graciela observou-o se afastar e então sentou-se no chão frio, em desespero.

Não posso mais aguentar, pensou ela. *Onde você está, Jesus? Por favor, liberte-me deste inferno.*

E era mesmo um inferno. Desde o início Graciela lutava contra a atração que sentia por Ricardo. Pensou no mouro. *Sinto medo de mim mesma. Quero este homem, mas não devo.*

Por isso, ela erguera uma barreira de silêncio entre os dois, o silêncio com que vivera no convento. Mas agora, sem a disciplina do convento, sem as orações, sem a muleta da rotina rígida, Graciela descobria-se incapaz de banir suas trevas íntimas. Passara anos combatendo os impulsos satânicos de seu corpo, tentando impedir que voltassem os sons lembrados, os gemidos e suspiros que vinham da cama da mãe.

O mouro olhava para o seu corpo nu.

Você é apenas uma criança. Vista-se e saia daqui...

Sou uma mulher!

Passara muitos anos tentando esquecer a sensação do mouro dentro dela, tentando expulsar da mente o ritmo dos corpos se mexendo juntos, saciando-a, proporcionando o sentimento de estar finalmente viva.

A mãe gritando: *Sua sem-vergonha!*

E o médico dizendo: *Nosso cirurgião-chefe decidiu cuidar de você pessoalmente. Disse que era bonita demais para ficar com cicatrizes.*

Todos os anos de orações haviam sido para se expurgar do sentimento de culpa. E haviam fracassado.

O passado voltara abruptamente na primeira vez em que olhara para Ricardo. Ele era bonito, bom, gentil. Quando era pequena, Graciela sonhara com alguém como Ricardo. E quando ele estava próximo, quando a tocava, seu corpo se inflamava no mesmo instante e experimentava uma profunda vergonha. *Sou a esposa de Cristo, e meus pensamentos constituem uma traição a Deus. Pertenço a Você, Jesus. Por favor, ajude-me agora. Purifique minha mente dos pensamentos impuros.*

Graciela tentara desesperadamente manter o muro de silêncio entre os dois, um muro pelo qual ninguém podia penetrar, à exceção de Deus, um muro para manter o demônio afastado. Mas queria mesmo manter o demônio afastado? Quando Ricardo pulara em cima dela e a empurrara para o chão, era o mouro fazendo amor com ela e o frade tentando estuprá-la, e, em seu pânico incontrolável, fora contra eles que ela lutara. *Não,* admitiu para si mesma, *isso não é verdade.* Era contra o seu desejo mais profundo que lutara. Estava dividida entre o espírito e os anseios da carne. *Não devo ceder. Preciso voltar ao convento. Ele estará aqui a qualquer momento. O que devo fazer?*

Graciela ouviu um miado baixo no fundo da caverna e virou-se. Havia quatro olhos verdes fitando-a no escuro, avançando em sua direção. O coração de Graciela disparou.

Dois filhotes de lobo aproximaram-se, em passos macios, almofadados. Ela sorriu e estendeu a mão em direção a eles. Houve um súbito sussurro na entrada da caverna. *Ricardo está de volta,* pensou.

No momento seguinte uma enorme loba cinzenta voava em sua garganta.

27

Lucia Carmine parou diante da taberna em Aranda de Duero e respirou fundo. Através da janela, podia ver Rubio Arzano sentado lá dentro, à sua espera.

Não devo deixar que ele desconfie, pensou Lucia. *Às oito horas terei um novo passaporte e estarei a caminho da Suíça.*

Ela forçou um sorriso e entrou na taberna. Rubio sorriu aliviado ao vê-la, e a expressão em seus olhos, ao se levantar, provocou uma pontada de angústia em Lucia.

– Eu estava muito preocupado, querida. Passou tanto tempo fora que tive medo de que alguma coisa terrível lhe tivesse acontecido.

Lucia pôs a mão sobre a dele.

– Está tudo bem.

Apenas comprei minha passagem para a liberdade. Estarei fora do país amanhã.

Rubio sentou-se, fitando-a nos olhos, segurando-lhe a mão. O sentimento de amor que irradiava era tão intenso que Lucia sentiu-se apreensiva. *Será que ele não percebe que nunca poderia dar certo? Não, ele não compreende. Porque não tenho coragem de lhe contar. Não está apaixonado por mim. Está apaixonado pela mulher que pensa que eu sou. E ficará muito melhor livre de mim.*

Ela virou-se e correu os olhos pelo ambiente. Estava cheio de moradores locais. A maioria parecia observar os dois estranhos.

Um dos jovens começou a cantar e outros o acompanharam.

Um homem aproximou-se da mesa a que Lucia e Rubio se sentavam.

– Não está cantando, *señor*. Junte-se a nós.

Rubio balançou a cabeça.

– Não.

– Qual é o problema, *amigo*?

– É a canção. – Rubio viu a expressão de perplexidade de Lucia e explicou: – É uma das antigas canções de louvor a Franco.

Outros homens começaram a se agrupar em torno da mesa. Era evidente que haviam bebido muito.

– Foi contra Franco, *señor*?

Lucia viu os punhos de Rubio se contraírem. *Oh, Deus, não agora! Ele não pode começar qualquer coisa que atraia atenção.* Ela murmurou, em tom de advertência:

– Rubio...

E, graças a Deus, ele compreendeu. Olhou para os homens e disse, jovialmente:

– Não tenho nada contra Franco. Apenas não conheço a letra.

– Ahn... Nesse caso, vamos todos cantarolar juntos.

Eles ficaram em silêncio, à espera que Rubio recusasse.

Ele olhou para Lucia.

– *Bueno.*

Os homens recomeçaram a cantar, e Rubio cantarolou em voz alta. Lucia podia sentir sua tensão, enquanto fazia um esforço para manter o controle. *Ele está fazendo isso por mim.*

Quando a canção terminou, um homem deu um tapinha nas costas de Rubio.

– Nada mal, velho, nada mal...

Rubio permaneceu em silêncio, ansioso para que eles se afastassem.

Um dos homens viu o embrulho no colo de Lucia.

– O que está escondendo aí, *querida?*

Seu companheiro acrescentou:

– Aposto que ela tem uma coisa muito melhor por baixo da saia.

Os homens riram.

– Por que não abaixa as calcinhas e nos mostra o que tem lá?

Rubio levantou-se de um pulo e agarrou um dos homens pela garganta. Esmurrou-o com tanta força que o homem voou através do bar e quebrou uma mesa:

– Não! – gritou Lucia. – Não faça isso!

Mas era tarde demais. Em pouco tempo, a confusão espalhou-se pela taberna, com todo mundo aderindo ansiosamente à briga e homens bêbados engalfinhando-se no chão. Uma garrafa de vinho espatifou o espelho por trás do balcão. Cadeiras e mesas foram derrubadas, enquanto homens voavam de um lado para outro, aos gritos. Rubio derrubou dois homens, um terceiro avançou e acertou-o na barriga. Ele soltou um grunhido de dor.

– Rubio! – gritou Lucia. – Vamos sair daqui!

Ele acenou com a cabeça, as mãos comprimindo a barriga. Esgueiraram-se pela confusão e saíram para a rua.

– Precisamos escapar – murmurou Lucia.

Você terá seu passaporte esta noite. Volte depois de oito horas. Precisava encontrar um lugar para se esconder até lá. *Ele que se dane! Por que não podia se controlar?*

Os dois desceram pela *calle* Santa María, e os ruídos da briga na taberna foram diminuindo gradativamente. Dois quarteirões adiante chegaram a uma grande igreja, a Santa Maria. Lucia subiu os degraus, abriu a porta e espreitou lá dentro. Estava deserta.

– Ficaremos sãos e salvos aqui – disse ela. Entraram na semiescuridão da igreja, Rubio ainda comprimia a barriga.

– Podemos descansar um pouco.

– Está bem.

Rubio retirou a mão da barriga e o sangue esguichou. Lucia ficou desesperada.

– Santo Deus! O que aconteceu?

– Uma faca – balbuciou Rubio. – Ele usou uma faca. – Rubio arriou para o chão.

Lucia ajoelhou-se ao seu lado, em pânico.

– Não se mexa. – Tirou a saia e comprimiu-a contra a barriga de Rubio, tentando estancar a hemorragia.

O rosto de Rubio estava branco.

– Não deveria ter brigado com eles, seu idiota – disse Lucia, furiosa.

A voz dele era um sussurro engrolado:

– Não podia permitir que falassem de você daquela maneira.

Não podia permitir que falassem de você daquela maneira.

Lucia sentiu-se comovida como nunca sentira-se antes.

Ficou imóvel, olhando para ele e pensando: *Quantas vezes esse homem já arriscou a vida por mim?*

– Não deixarei que morra – disse ela, com veemência Levantou-se abruptamente. – Voltarei num instante.

Encontrou água e toalhas no quarto onde o padre trocava de roupas, nos fundos da igreja. Lavou o ferimento de Rubio. O rosto dele estava quente, o corpo encharcado de suor. Lucia pôs toalhas frias em sua testa. Os olhos de Rubio estavam fechados, parecia adormecido. Ela aninhou sua cabeça nos braços e pôs-se a lhe falar. Não importava o que dizia. Falava para mantê-lo vivo, obrigá-lo a se segurar no tênue fio da existência. Falou incessantemente, com medo de parar por um segundo sequer.

– Vamos trabalhar juntos em sua fazenda, Rubio. Quero conhecer sua mãe e irmãs. Acha que elas vão gostar de mim? Quero muito que elas gostem. E sou muito trabalhadeira, *caro*. Vai ver só. Nunca trabalhei numa fazenda, mas aprenderei. Faremos com que seja a melhor fazenda de toda a Espanha.

Lucia passou a tarde falando, banhando seu corpo febril, trocando o curativo. A hemorragia quase cessara.

– Está vendo, *caro?* Já começa a melhorar. Eu não disse? Nós dois teremos uma vida maravilhosa juntos, Rubio. Mas, por favor, não morra. Por favor!

Percebeu que estava chorando.

LUCIA OBSERVOU AS SOMBRAS da tarde pintarem as paredes da igreja através dos vitrais e se desvanecerem lentamente. O pôr do sol escureceu o céu e finalmente a escuridão era total. Ela trocou de novo o curativo de Rubio e nesse instante, tão perto que lhe provocou um sobressalto, o sino da igreja começou a repicar. Ela prendeu a respiração e contou as badaladas. Uma... três... cinco... sete... oito. Oito horas. Estava chamando-a, dizendo que era hora de voltar a tempo de escapar daquele pesadelo e salvar-se.

Ajoelhou-se ao lado de Rubio e sentiu sua testa. Ele ardia em febre. O corpo estava encharcado de suor e a respiração era difícil e irregular. Não podia ver qualquer sinal de hemorragia, mas isso talvez significasse que ele sangrava internamente. *Mas que diabo! Trate de se salvar, Lucia!*

– Rubio... querido...

Ele abriu os olhos, apenas meio consciente.

– Preciso sair por um momento.

Rubio apertou-lhe a mão.

– Por favor...

– Está tudo bem – sussurrou Lucia. – Voltarei logo. Levantou-se e lançou-lhe um último olhar. *Não posso ajudá-lo,* pensou.

Pegou a cruz de ouro, virou-se e deixou a igreja rapidamente, os olhos cheios de lágrimas. Começou a andar depressa, encaminhando-se para a loja de penhores. O homem e seu primo estariam ali, à sua espera, com o passaporte para a liberdade. *Pela manhã, quando começarem as missas, encontrarão Rubio e o levarão a um médico. Vão tratá-lo, e ele ficará bom. Só que não sobreviverá a esta noite,* pensou. *Mas isso não é problema meu.*

A Casa de Empeños ficava logo à frente. Estava apenas uns poucos minutos atrasada. Podia ver as luzes acesas no interior da loja. Os homens a esperavam.

Começou a andar mais depressa, depois desatou a correr. Atravessou a rua e passou pela porta aberta.

Dentro da delegacia, um guarda uniformizado estava sentado atrás de uma escrivaninha. Levantou os olhos quando Lucia entrou.

– Preciso de você! – gritou ela. – Um homem foi apunhalado! Pode estar morrendo!

O guarda não fez perguntas. Pegou um telefone e falou rapidamente. Depois de desligar, comunicou a Lucia:

– Alguém virá lhe falar.

Dois detetives apareceram quase que no mesmo instante.

– Alguém foi apunhalado, *señorita?*

– Isso mesmo. Acompanhem-me, por favor. Depressa! – Vamos pegar o médico no caminho – disse um dos detetives. – E depois poderá nos levar a seu amigo.

Pegaram o médico em sua casa, e Lucia conduziu o grupo à igreja. O médico foi até o corpo imóvel no chão e ajoelhou-se ao lado. Levantou o rosto um momento depois.

– Ainda está vivo, mas corre perigo. Chamarei uma ambulância.

Lucia ajoelhou-se e murmurou em silêncio: *Obrigada, Deus. Fiz tudo o que pude. Agora deixe-me escapar, sã e salva, e nunca mais tornarei a incomodá-lo.*

Um dos detetives observara Lucia por todo o caminho até a igreja. Ela lhe parecia familiar. E de repente ele compreendeu por quê. Tinha uma semelhança extraordinária com o retrato na Vermelha, a circular de prioridade da Interpol.

O detetive sussurrou alguma coisa a seu companheiro e os dois se viraram para estudá-la. Então aproximaram-se de Lucia.

– Com licença, *señorita.* Poderia fazer a gentileza de nos acompanhar de volta à delegacia? Gostaríamos de lhe fazer algumas perguntas.

28

Ricardo Mellado encontrava-se a uma curta distância da caverna na montanha quando avistou subitamente uma enorme loba cinzenta encaminhando-se para a entrada. Ficou paralisado por um único instante, depois saiu correndo, como nunca correra em toda a sua vida. Disparou para a entrada da caverna.

– Irmã!

Na semiescuridão, divisou a forma enorme e cinzenta saltar para cima de Graciela. Instintivamente, pegou a pistola e atirou. A loba soltou um uivo de dor e virou-se para Ricardo. Ele sentiu as presas do animal ferido lhe rasgando as roupas, sentiu seu bafo fétido. A loba era mais forte do que esperava, pesada e musculosa. Ricardo tentou se desvencilhar, mas era impossível.

Sentiu que começava a perder os sentidos. Percebeu vagamente que Graciela se aproximava e gritou:

– Fuja!

Viu então a mão de Graciela levantar-se por cima de sua cabeça. No momento em que começava a descer, percebeu que segurava uma pedra enorme e pensou: *Ela vai me matar.*

Um instante depois a pedra passou por ele e esmagou o crânio da loba. Houve um último e selvagem estertor, depois o animal ficou imóvel no chão. Ricardo encontrava-se todo encolhido, lutando para respirar.

Graciela ajoelhou-se ao seu lado.

– Você está bem? – Sua voz tremia de preocupação. Ele conseguiu balançar a cabeça. Ouviu um som de lamúria por trás e virou-se para deparar com os filhotes encolhidos num canto. Continuou deitado por mais algum tempo, para recuperar as forças. Finalmente se levantou, com alguma dificuldade.

Saíram cambaleando para o ar puro da montanha, abalados. Ricardo parou, respirando fundo, enchendo os pulmões, até a cabeça desanuviar. O choque físico e emocional do contato próximo com a morte exercera um efeito profundo sobre os dois.

– Vamos sair logo daqui. Talvez já estejam à nossa procura.

Graciela estremeceu à lembrança do perigo que ainda corriam.

Os dois seguiram pela trilha íngreme na montanha durante uma hora. Chegaram a um pequeno córrego, e Ricardo disse:

– Vamos parar aqui.

Sem ataduras nem antissépticos, limparam os arranhões da melhor forma possível, lavando com a água limpa e fria. O braço de Ricardo estava tão rígido que sentia dificuldade para movê-lo. Para sua surpresa, Graciela disse:

– Deixe que cuido de tudo.

Ficou ainda mais surpreso pela gentileza com que ela lavou os ferimentos.

De repente, sem qualquer aviso, Graciela começou a tremer violentamente, no efeito posterior do choque.

– Está tudo bem – murmurou Ricardo. – Já passou.

Ela não conseguia parar de tremer.

Ricardo abraçou-a e disse suavemente:

– Calma, calma... A loba está morta. Não há mais nada a temer.

Apertava-a e podia sentir as coxas se comprimindo contra seu corpo, os lábios macios se encontraram com os seus, Graciela abraçava-o também, sussurrando coisas que Ricardo não pôde compreender.

Era como se sempre tivesse conhecido Graciela. E, no entanto, nada sabia a seu respeito. *Mas ela é um milagre de Deus,* pensou Ricardo.

Graciela também pensava em Deus. *Obrigada, Deus, por esta alegria. Obrigada por finalmente me deixar sentir o que é o amor.*

Experimentava emoções para as quais não tinha palavras, além de qualquer coisa que jamais imaginara.

Ricardo observava-a, e sua beleza ainda o deslumbrava. *Ela me pertence agora,* pensou. *Não precisa voltar para um convento. Casaremos e teremos lindos filhos... filhos saudáveis.*

– Eu amo você – murmurou ele. – Nunca mais a deixarei partir, Graciela.

– Ricardo...

– Quero casar com você, querida. Quer casar comigo?

– Quero... quero, sim! – respondeu Graciela, sem pensar.

E ela se viu outra vez em seus braços e pensou: *Era isto o que eu queria e pensava que nunca teria.*

– Viveremos por algum tempo na França, onde estaremos seguros. Esta luta acabará em breve, e voltaremos à Espanha – dizia Ricardo.

Graciela sabia que iria para qualquer lugar com aquele homem e, se houvesse perigo, haveria de querer partilhá-lo ao seu lado.

Conversaram sobre muitas coisas. Ricardo contou como se envolvera com Jaime Miró, do noivado desfeito e a insatisfação do pai. Mas, depois, quando esperou que Graciela falasse de seu passado, ela se manteve em silêncio.

Graciela fitou-o e pensou: *Não posso contar. Ele vai me odiar.*

– Abrace-me! – suplicou ela.

Dormiram e acordaram ao amanhecer para contemplar o sol escalar o topo da montanha, banhando as encostas com um suave clarão vermelho.

– Estaremos mais seguros escondidos por aqui hoje – comentou Ricardo. – Começaremos a viajar assim que escurecer.

Comeram os alimentos dados pelos ciganos e planejaram o futuro.

– Há oportunidades maravilhosas aqui na Espanha – falou Ricardo. – Ou haverá quando tivermos paz. Tenho muitas ideias. Abriremos nosso próprio negócio. Compraremos uma bonita casa e criaremos lindos filhos.

– E lindas filhas.

– E lindas filhas. – Ele sorriu. – Nunca pensei que pudesse me sentir tão feliz.

– Nem eu, Ricardo.

– Estaremos em Logroño dentro de dois dias e nos encontraremos com os outros. – Segurou-lhe a mão. – E contaremos que você não voltará ao convento.

– Não sei se vão compreender – riu Graciela. – Mas não me importo. Deus compreende. Eu adorava a vida no convento, mas... – Inclinou-se e beijou-o.

– Preciso compensá-la por muita coisa.

Ela ficou perplexa.

– Não estou entendendo.

– Todos os anos em que você esteve no convento, excluída do mundo. Diga-me uma coisa, querida... incomoda-a ter perdido tantos anos?

Como podia fazê-lo entender?

– Ricardo... não perdi coisa alguma. Acha mesmo que perdi tanta coisa?

Ele pensou a respeito, sem saber por onde começar. Concluiu que coisas que julgava da maior importância não teriam o menor significado para as freiras em seu isolamento. Guerras, como a guerra árabe-israelense? Assassinatos de líderes políticos, como o do presidente americano John Kennedy e de seu irmão, Robert Kennedy? E de Martin Luther King Jr., o grande líder do movimento da não violência pela igualdade negra? O Muro de Berlim? Fomes? Inundações? Terremotos? Greves e manifestações de protesto contra a desumanidade do homem com seu semelhante?

Afinal, quão profundamente qualquer dessas coisas afetaria a vida pessoal de Graciela? Ou a vida da maioria das pessoas no mundo?

– De certa forma, você não perdeu muita coisa. Mas, por outro lado, perdeu. Algo importante tem acontecido. A vida. Enquanto se manteve apartada durante todos esses anos, crianças nasceram e cresceram, namorados casaram, pessoas sofreram e foram felizes, outras morreram e todos nós aqui fora fomos uma parte disso, uma parte do ato de viver.

– E você acha que eu nunca fui? – As palavras saíram espontâneas, antes que Graciela pudesse impedi-las. – Já fui parte dessa vida de que está falando, e era como viver no inferno. Minha mãe era uma prostituta, e todas as noites eu tinha um tio diferente. Aos 14 anos, entreguei meu corpo a um homem, porque me sentia atraída por ele e sentia ciúme de minha mãe e do que ela fazia.

As palavras saíam agora numa torrente impetuosa.

– Eu também me tornaria uma prostituta se ficasse ali, para ser parte dessa vida que você considera tão preciosa. Não, não creio que eu tenha fugido de alguma coisa. Corri para alguma coisa. Encontrei um mundo seguro, que é sereno e bom.

Ricardo fitava-a horrorizado.

– Eu... eu sinto muito. Não tive a intenção...

Graciela soluçava agora, e ele abraçou-a.

– Calma, calma... Está tudo bem. Já acabou. Você era uma criança. Eu a amo.

Foi como se Ricardo tivesse lhe concedido a absolvição. Falara sobre as coisas horríveis que fizera no passado e ainda assim ele a perdoava. E, maravilha das maravilhas, ainda a amava.

Ele a abraçou com ternura.

– Há um poema de Federico García Lorca:

> A noite não deseja vir,
> a fim de que você não possa vir
> e eu não possa ir...
>
> Mas você virá,
> com sua língua queimada pela chuva salgada.
>
> O dia não deseja vir,
> a fim de que você não possa vir
> e eu não possa ir...
>
> Mas você virá
> através dos turvos sumidouros da escuridão.
> Nem a noite nem o dia desejam vir,
> a fim de que eu possa morrer por você
> e por mim.

Subitamente, Graciela pensou nos soldados que os perseguiam, e imaginou se ela e seu amado Ricardo sobreviveriam por tempo suficiente para terem um futuro juntos.

29

Faltava um elo, uma pista para o passado, Alan Tucker estava determinado a encontrá-lo. Não havia qualquer referência no jornal a uma criança abandonada, mas deveria ser muito fácil descobrir a data em que fora levada para o orfanato. Se a data coincidisse com o desastre de avião, Ellen Scott teria de oferecer algumas explicações bem interessantes. *Ela não pode ter sido tão estúpida assim,* pensou Alan Tucker. *Assumir o risco de simular que a herdeira Scott morrera e deixá-la na porta de uma casa de fazenda. Perigoso. Muito perigoso. Por outro lado, a recompensa era tentadora: a Scott Industries. Isso mesmo, ela pode muito bem ter dado o golpe. Se é um segredo que enterrou, continua bem vivo e vai lhe custar caro.*

Tucker sabia que precisava ser cauteloso. Não tinha ilusões sobre a pessoa com quem lidava. Estava se confrontando com o poder implacável. Sabia que precisaria dispor de todas as provas antes de fazer seu movimento.

Sua primeira providência foi outra visita ao padre Berrendo.

– Padre... eu gostaria de conversar com o camponês e a esposa em cuja casa Patricia... Megan foi abandonada.

O velho sacerdote sorriu.

– Eles morreram há muitos anos.

Droga! Mas devia haver outros caminhos para explorar.

– Não disse que a criança foi levada para o hospital com pneumonia?

Isso mesmo.

Haveria registros ali.

– Que hospital era?

– Foi destruído por um incêndio em 1961. Construíram outro em seu lugar. – Ele percebeu a expressão consternada de Tucker. – Deve lembrar, *señor,* que a informação que procura já tem 28 anos. Muitas coisas mudaram.

Nada vai me deter, pensou Tucker. *Não quando estou tão perto. Deve haver um arquivo sobre ela em algum lugar.*

Ainda lhe restava um lugar para investigar: o orfanato.

Tucker preparava relatórios diários para Ellen Scott.

– Mantenha-me informada de cada acontecimento. Quero ser avisada no momento em que a menina for encontrada.

E Alan Tucker especulava sobre a urgência em sua voz.

Ela parece estar com muita pressa, por causa de uma coisa que aconteceu há tantos anos. Por quê? Mas isso pode esperar. Primeiro, preciso obter a prova que procuro.

Alan Tucker foi visitar o orfanato naquela manhã. Correu os olhos pela desolada sala comunitária, onde algumas crianças brincavam, fazendo barulho e falando sem parar, e pensou: *Então este é o lugar em que a herdeira da dinastia Scott foi criada, enquanto aquela sacana em Nova York ficava com todo o dinheiro e poder. Pois ela agora vai partilhar um pouco comigo. Isso mesmo, formaremos uma grande dupla. Ellen Scott e eu.*

Uma moça aproximou-se e perguntou:

– Em que posso ajudá-lo, *señor?*

Ele sorriu. *Pode me ajudar a ganhar um bilhão de dólares.*

– Eu gostaria de falar com a pessoa encarregada.

– É a *Señora* Angeles.

– Ela está?

– *Sí, señor.* Eu o levarei à sua sala.

Ele seguiu a mulher pelo corredor principal até uma pequena sala nos fundos do prédio.

– Entre, por favor.

Ele entrou no escritório. A mulher sentada à mesa estava na faixa dos 80 anos. Outrora fora grande, mas o corpo encolhera, e por isso dava a impressão de que a armação pertencia a outra pessoa. Os cabelos eram grisalhos e ralos, mas os olhos se mantinham brilhantes e claros.

– Bom dia, *señor*. Em que posso ajudá-lo? Veio adotar uma de nossas lindas crianças? Temos muitas para escolher.

– Não, *señora*. Vim perguntar sobre uma criança que foi deixada aqui há muitos anos.

Mercedes Angeles franziu o rosto.

– Não estou entendendo.

– Uma menina foi trazida para cá... – fingiu consultar um pedaço de papel. – ...em outubro de 1948.

– Isso foi há muito tempo. Ela não estaria mais aqui. Temos um regulamento, *señor*, que aos 15 anos...

– Sei que ela não está mais aqui, *señora*. O que desejo saber é a data exata em que foi trazida para cá.

– Lamento, *señor*, mas não poderei ajudá-lo.

Tucker sentiu um aperto no coração.

– Muitas crianças são trazidas para cá. A menos que saiba seu nome...

Patricia Scott, ele pensou. Mas disse em voz alta:

– Megan... o nome dela é Megan.

O rosto de Mercedes Angeles iluminou-se.

– Ninguém poderia esquecer aquela criança. Era um diabrete, e todos a adoravam. Sabia que um dia ela...

Alan Tucker não tinha tempo para histórias. O instinto dizia-lhe que se encontrava agora na iminência de obter uma parte da fortuna Scott. E aquela velha tagarela era a chave para isso. *Devo ser paciente com ela.*

– *Señora* Angeles... não tenho muito tempo. Tem essa data em seus arquivos?

– Claro, *señor.* O Estado exige que mantenhamos registros bastante acurados.

Tucker animou-se. *Eu deveria ter trazido uma máquina para fotografar o arquivo. Mas não importa. Tirarei uma fotocópia.*

– Posso ver esse arquivo, *señora?*

– Acho que não. Nossos arquivos são confidenciais e...

– Claro que compreendo e respeito sua hesitação – disse Tucker, suavemente. – Falou que gostava da pequena Megan e tenho certeza de que haveria de querer fazer tudo o que pudesse para ajudá-la. Pois é por isso que estou aqui. Tenho boas notícias para ela.

– E para isso precisa da data em que foi trazida para cá?

– Preciso ter a prova de que se trata mesmo da pessoa que penso que é. O pai morreu e deixou-lhe uma pequena herança, quero fazer com que ela a receba.

A mulher acenou com a cabeça, sabiamente.

– Entendo.

Tucker tirou um maço de notas do bolso.

– E para demonstrar meu agradecimento pelo incômodo que estou causando, gostaria de contribuir com 100 dólares para o orfanato.

Ela olhava para o maço de notas, com uma expressão indecisa.

Tucker tirou outra nota.

– Duzentos.

A velha franziu o rosto.

– Está bem. Quinhentos.

Mercedes Angeles ficou radiante.

– É muita generosidade sua, *señor.* Vou buscar o arquivo.

Consegui!, pensou ele, exultante. *Santo Deus, consegui! Ela roubou a Scott Industries. E, se não fosse por mim, teria escapado impune.*

Quando a confrontasse com aquela prova, Ellen Scott não teria como negar. O desastre de avião ocorrera a 1º de outubro. Megan passara dez dias no hospital. Portanto, chegara ao orfanato por volta de 11 de outubro. Mercedes Angeles voltou à sala, trazendo uma pasta de arquivo.

– Encontrei! – anunciou, orgulhosa.

Alan Tucker teve de fazer um esforço para não arrancar a pasta de suas mãos.

– Posso dar uma olhada? – perguntou, polidamente.

– Claro. Foi muito generoso. – A velha tornou a franzir a testa. – Espero que não mencione o fato a ninguém. Eu não deveria fazer isso.

– Será nosso segredo, *señora*.

Ela entregou-lhe a pasta.

Tucker respirou fundo e abriu-a. Em cima estava escrito: "Megan. Menina. Pais desconhecidos." E depois a data. Mas havia um equívoco.

– Diz aqui que Megan foi trazida para o orfanato a 14 de junho de 1948.

– *Sí, señor.*

– Mas é impossível! – Ele estava quase gritando. *O desastre de avião aconteceu a 1.º de outubro, quatro meses depois.*

Havia uma expressão aturdida no rosto de Mercedes.

– Impossível, *señor?* Não estou entendendo.

– Quem... quem cuida desses registros?

– Eu mesma. Quando uma criança é deixada aqui, anoto a data e todas as informações que posso obter.

O sonho de Tucker desmoronava.

– Não poderia ter cometido algum erro? Sobre a data... não poderia ser 10 ou 11 de outubro?

Mercedes Angeles protestou indignada:

– *Señor,* sei muito bem a diferença entre 14 de junho e 11 de outubro.

Estava acabado. Ele construíra um sonho sobre uma base muito frágil. Então Patricia Scott morrera de fato no desastre Era uma coincidência que Ellen Scott estivesse à procura de uma menina que nascera mais ou menos na mesma ocasião.

Alan Tucker levantou-se pesadamente e murmurou:

– Obrigado, *señora*.

– *De nada, señor.* – Observou-o se retirar. Era um homem muito simpático. E generoso. Os 500 dólares comprariam muitas coisas para o orfanato. E também o cheque de 100 mil dólares enviado pela gentil dama que telefonara de Nova York. *Onze de outubro foi sem dúvida um dia de sorte para o nosso orfanato. Obrigada, Senhor.*

ALAN TUCKER ESTAVA apresentando seu relatório diário.

– Ainda não há notícias concretas, Sra. Scott. Há rumores de que eles estão indo para o norte. Até onde pude descobrir, a garota continua viva.

O tom de sua voz mudou por completo, pensou Ellen Scott. *A ameaça desapareceu. O que significa que ele esteve no orfanato. Voltou a ser um empregado. Depois que ele encontrar Patricia, isso também vai mudar.*

– Volte a se comunicar amanhã.

– Pois não, Sra. Scott.

30

— Preserva-me, ó Deus, pois em Vós encontro refúgio. Eu Vos amo, ó Senhor, minha força. O Senhor é minha rocha e minha fortaleza e meu libertador...

Irmã Megan levantou os olhos para deparar com Felix Carpio a observá-la, com uma expressão preocupada.

Ela está mesmo assustada, pensou Felix.

Desde que haviam iniciado a jornada que ele percebera a profunda ansiedade de irmã Megan. *Nada mais natural. Ela passou só Deus sabe quantos anos trancafiada num convento, e agora é lançada subitamente num mundo estranho e aterrador. Teremos de ser muito gentis com a pobre coitada.*

Irmã Megan estava realmente assustada. Rezava com afinco desde que deixara o convento.

Perdoai-me, Senhor, pois adoro a emoção do que está acontecendo e sei que é uma iniquidade da minha parte.

Por mais que irmã Megan rezasse, no entanto, não podia deixar de pensar que era a aventura mais espantosa que já tivera. No orfanato planejara muitas vezes fugas ousadas, mas era apenas brincadeira de criança. Aquilo era real. Estava nas mãos de terroristas e eram perseguidos pela polícia e pelo Exército. Em vez de estar apavorada por isso, irmã Megan sentia-se estranhamente exultante.

DEPOIS DE VIAJAREM a noite inteira, pararam ao amanhecer. Megan e Amparo Jirón ficaram de vigia, enquanto Jaime Miró e Felix Carpio debruçavam-se sobre um mapa.

– São 6,5 quilômetros para Medina del Campo – disse Jaime. – Vamos evitá-la. Há uma guarnição permanente do Exército ali. Seguiremos para nordeste, na direção de Valladolid. Deveremos chegar lá no início da tarde.

Muito fácil, pensou irmã Megan, feliz.

Fora uma noite longa e extenuante, sem descanso, mas Megan sentia-se muito bem. Jaime estava deliberadamente exigindo o máximo do grupo, mas Megan compreendia por que ele fazia isso. Estava testando-a, a espera que sofresse um colapso. *Pois ele terá uma surpresa e tanto,* pensou.

Na verdade, Jaime Miró estava intrigado com a irmã Megan. Seu comportamento não era exatamente o que ele esperaria de uma freira. Encontrava-se a muitos quilômetros do convento, viajando por um território estranho, perseguida, mas mesmo assim parecia gostar da situação. *Que tipo de freira é ela?*, especulava Jaime Miró.

Amparo Jirón estava menos impressionada. *Terei o maior prazer em me livrar dela,* pensava. Ficava sempre junto de Jaime, e deixava a freira caminhar ao lado de Felix.

Os campos eram desertos e belos, acariciados pela suave fragrância da brisa de verão. Passaram por aldeias antigas, algumas abandonadas, avistaram um castelo antigo, deserto, no topo de uma colina.

Amparo parecia a Megan como um animal selvagem... deslizando sem esforço pelas colinas e vales, dando a impressão de que jamais se cansava.

Quando, horas depois, Valladolid finalmente surgiu ao longe, Jaime parou e virou-se para Felix.

– Está tudo acertado?

– Está.

Megan especulou sobre o que teria sido acertado, e não demorou a descobrir.

– Tomás tem instruções para fazer contato conosco na praça de touros.

– A que horas o banco fecha?

– Cinco. Haverá tempo suficiente.

Jaime acenou com a cabeça.

– E hoje deve haver muito dinheiro da folha de pagamento.

Santo Deus, eles vão assaltar um banco!, pensou Megan.

– E o carro? – perguntou Amparo.

– Isso não é problema – garantiu Jaime.

Eles vão também roubar um carro, pensou Megan. Era mais aventura do que ela desejava. *Deus não vai gostar disso.*

QUANDO O GRUPO CHEGOU aos arredores de Valladolid, Jaime advertiu:

– Fiquem no meio da multidão. Hoje é dia de tourada, e haverá milhares de pessoas nas ruas. Não vamos nos separar.

Jaime Miró estava certo sobre a multidão. Megan nunca vira tanta gente. As ruas estavam repletas de pedestres, automóveis e motocicletas, pois a tourada atraía não apenas turistas, mas também moradores das cidades próximas. Até mesmo as crianças na rua brincavam de tourada.

Megan sentia-se fascinada pela multidão, o barulho e confusão ao seu redor. Observava os rostos das pessoas que passavam e especulava como seriam suas vidas. *Muito em breve voltarei ao convento, onde nunca mais terei permissão de olhar para o rosto de ninguém. Devo aproveitar ao máximo, enquanto posso.*

As calçadas achavam-se repletas de vendedores ambulantes, oferecendo bijuterias, crucifixos e medalhas religiosas, por toda parte havia o cheiro penetrante de frituras.

Megan percebeu de repente que sentia muita fome.

– Jaime, estamos todos com fome. Vamos experimentar alguns desses bolinhos fritos – sugeriu Felix.

Felix comprou quatro bolinhos e deu um a Megan.

– Experimente, irmã. Vai gostar.

Estava delicioso. Por tantos anos, a comida não devia ser desfrutada, mas apenas sustentar o corpo para a glória do Senhor. *Isto é para mim,* pensou Megan, irreverente.

– É por aqui – indicou Jaime.

Eles seguiram a multidão, passando pelo parque no centro da cidade, até a *plaza* Poinente, que levava à *plaza de toros*. O interior era uma enorme estrutura de adobe, na altura de três andares. Havia quatro bilheterias na entrada. As placas na esquerda diziam SOL e na direita SOMBRA. Havia centenas de pessoas paradas nas filas, à espera para comprar os ingressos.

– Esperem aqui – ordenou Jaime.

Encaminhou-se para o lugar onde alguns cambistas vendiam ingressos.

Megan virou-se para Felix.

– Vamos assistir a uma tourada?

– Isso mesmo, irmã, mas não se preocupe. Vai descobrir que é emocionante.

Preocupar? Megan estava animada com a perspectiva. Uma de suas fantasias no orfanato fora a de que o pai havia sido um grande toureiro. Megan lera todos os livros sobre touradas que conseguira encontrar.

– As melhores touradas são realizadas em Madri e Barcelona – explicou Felix. – A tourada aqui será com *novilleros,* em vez de profissionais. São amadores. Ainda não receberam a *alternativa.*

Megan sabia que *alternativa* era o prêmio conferido apenas aos grandes matadores.

– Os que veremos hoje lutam em trajes alugados, contra touros com perigosos chifres limados, que os profissionais se recusam a enfrentar.

– Por que eles fazem isso?

Felix deu de ombros.

– *Hambre hace más daño que las cuernas.* A fome é mais dolorosa que as chifradas.

Jaime voltou com quatro ingressos.

– Tudo acertado. Vamos entrar.

Megan sentia um excitamento crescente.

Ao se aproximarem da entrada, passaram por um cartaz colado na parede. Megan parou e olhou.

– Vejam!

Havia um retrato de Jaime Miró e, embaixo:

PROCURADO POR HOMICÍDIO
JAIME MIRÓ
500 MIL PESETAS DE RECOMPENSA
POR SUA CAPTURA, VIVO OU MORTO.

E, subitamente, isso fez com que Megan lembrasse com quem viajava, o terrorista que tinha sua vida nas mãos.

Jaime estudava a fotografia. Atrevidamente, tirou o chapéu e os óculos escuros e encarou seu retrato.

– Até que é parecido. – Arrancou o cartaz da parede, dobrou-o e guardou-o no bolso.

– De que adianta? – falou Amparo. – Eles devem ter espalhado centenas de cartazes.

Jaime sorriu.

– Este em particular vai nos proporcionar uma fortuna, *querida*.

Ele colocou de novo o chapéu e os óculos.

Um estranho comentário, pensou Megan. Não podia deixar de admirar a serenidade de Jaime. Havia um ar de sólida competência em Jaime Miró que ela achava tranquilizador.

Os *soldados nunca o apanharão,* pensou.

– Vamos entrar logo.

Havia 12 espaçosas entradas para o estádio. As portas vermelhas de ferro estavam abertas, todas numeradas. Lá dentro, *puestos* vendiam Coca-Cola e cerveja, ao lado de pequenos banheiros. Cada seção e cada assento nas arquibancadas eram numerados. As fileiras de bancos de pedra formavam um círculo completo, e no meio ficava a enorme arena, coberta de areia. Havia cartazes comerciais por toda parte: BANCO CENTRAL... BOUTIQUE CALZADOS... SCHWEPPES... RADIO POPULAR...

Jaime comprara ingressos para o lado da sombra e, ao se sentarem nos bancos de pedra, Megan olhou ao redor, admirada. Não era absolutamente como ela imaginara. Quando pequena, vira românticas fotografias coloridas da praça de touros em Madri, imensa e ornamentada. Aquela arena era improvisada. Os espectadores lotavam rapidamente as arquibancadas.

Soou um clarim. A tourada começou.

Megan inclinou-se para a frente, os olhos arregalados. Um enorme touro entrou na arena e um matador saiu de detrás de uma pequena barreira de madeira ao lado, e começou a provocar o animal.

– Os picadores virão em seguida – comentou Megan, na maior animação.

Jaime Miró fitou-a, surpreso. Estava preocupado com a possibilidade de a tourada deixá-la angustiada, o que atrairia atenções para o grupo. Em vez disso, porém, ela parecia estar se divertindo. *Estranho.*

Um picador aproximou-se do touro, montado num cavalo coberto por uma grossa manta. O touro baixou a cabeça e atacou o cavalo. No momento em que cravou os chifres na manta, o picador enfiou uma bandarilha de 2,50 metros no dorso do touro. Megan observava, fascinada.

– Ele está fazendo isso para enfraquecer os músculos no pescoço do touro – explicou, recordando os livros tão amados que lera há tantos anos.

Felix Carpio piscou, surpreso.

– É isso mesmo, irmã.

Megan continuou a observar, enquanto as bandarilhas coloridas eram cravadas nas espáduas do touro.

Agora era a vez do matador. Ele avançou pela arena, segurando no lado uma capa vermelha, com uma espada oculta. O touro virou-se e desfechou o ataque.

Megan estava mais animada do que nunca.

– Ele fará os *pases* agora – comentou ela. – Primeiro o *pase verónica,* depois o *media-verónica* e por último o *rebolera.*

Jaime não podia conter sua curiosidade por mais tempo.

– Irmã... onde aprendeu tudo isso?

Sem pensar, Megan respondeu:

– Meu pai era um toureiro... Olhem!

A ação era tão rápida, Megan mal conseguia acompanhá-la. O touro enfurecido continuava a atacar o matador. A cada vez que se aproximava, o matador desviava a capa vermelha para o lado e o touro a seguia.

Megan ficou preocupada.

– O que acontece se o toureiro for ferido?

Jaime deu de ombros.

– Numa cidade como esta, o barbeiro o levará para o estábulo e o costurará ali mesmo.

O touro tornou a atacar, e dessa vez o matador pulou da sua frente. O público vaiou.

Felix Carpio desculpou-se:

– Lamento que não seja uma luta melhor, irmã. Deveria assistir às grandes. Já vi Manolete, El Cordobés e Ordóñez. Eles transformam a tourada num espetáculo inesquecível.

– Li sobre eles – comentou Megan.

– Ouviu alguma vez a história maravilhosa sobre Manolete? – perguntou Felix.

– Que história?

– Houve um tempo, segundo a história, em que Manolete era apenas mais um toureiro, nem melhor nem pior do que uma centena de outros. Estava noivo de uma linda moça, mas um dia um touro chifrou-o na virilha, e o médico que cuidou de Manolete explicou que ele ficaria estéril. Manolete amava tanto a noiva que não contou nada, com medo de que ela não quisesse mais casar. Poucos meses depois do casamento, ela anunciou orgulhosa que estava grávida. Claro que Manolete sabia que não era seu filho e abandonou-a. A moça desolada cometeu suicídio. Manolete reagiu como um louco. Não tinha mais vontade de continuar a viver, por isso entrava na arena e fazia coisas que nenhum matador jamais fizera antes. Arriscava a vida constantemente à espera de ser morto; tornou-se assim o maior matador do mundo. Dois anos depois tornou a se apaixonar e casou com outra moça. Poucos meses depois do casamento, ela anunciou orgulhosa que estava grávida. E foi então que Manolete descobriu que o médico errara.

– Que coisa horrível... – murmurou Megan.

Jaime soltou uma risada.

– É uma história interessante, só não sei se tem algum fundo de verdade.

– Eu gostaria de pensar que sim – disse Felix.

Amparo escutava em silêncio, o rosto impassível. Observara com ressentimento o crescente interesse de Jaime pela freira. *Era melhor a irmã tomar muito cuidado.*

VENDEDORES AMBULANTES DE avental subiam e desciam pelas passagens, anunciando suas mercadorias. Um deles aproximou-se da fileira em que Jaime e os outros sentavam.

– *Empanadas!* – gritou. – *Empanadas calientes!* Jaime levantou a mão.

– *Aquí!*

O vendedor jogou habilmente um pacote embrulhado nas mãos de Jaime. Ele entregou dez pesetas ao homem a seu lado, para serem passadas adiante, até o vendedor. Megan observou Jaime colocar a *empanada* no colo e abri-la com todo cuidado. Havia um pedaço de papel lá dentro. Ele leu-o e releu-o, Megan observou-o cerrar os dentes. Jaime guardou o papel no bolso e disse bruscamente:

– Vamos embora. Um de cada vez. – Virou-se para Amparo. – Você primeiro. O encontro será no portão.

Sem dizer nada, Amparo levantou-se e seguiu para o corredor. Jaime acenou com a cabeça para Felix, que também se levantou e seguiu Amparo.

– O que está acontecendo? – perguntou Megan. – Algum problema?

– Estamos de partida para Logroño. – Ele levantou-se. – Fique olhando para mim, irmã. Se eu não for detido, siga para o portão.

Megan observou, tensa, enquanto Jaime saía para a passagem e se encaminhava para o portão. Ninguém parecia estar prestando atenção a ele. Assim que Jaime desapareceu, Megan levantou e começou a se retirar. Houve um clamor da multidão, e ela virou a cabeça para olhar a arena. Um jovem matador estava caído no chão, sendo escornado pelo touro selvagem.

O sangue espalhava-se pela areia. Megan fechou os olhos e ofereceu uma prece silenciosa: *Oh, abençoado Jesus, tenha misericórdia desse homem. Ele não morrerá, haverá de viver. O Senhor puniu-o severamente, mas não o entregou à morte. Amém.* Ela abriu os olhos, virou-se e afastou-se apressada.

Jaime, Amparo e Felix esperavam-na na entrada.

– Vamos logo – disse Jaime.

Começaram a andar.

– Qual é o problema? – perguntou Felix a Jaime.

– Os soldados fuzilaram Tomás – respondeu Jaime, muito tenso. – Ele está morto. E a polícia está com Rubio. Ele foi esfaqueado numa briga de bar.

Megan fez o sinal da cruz.

– O que aconteceu com irmã Teresa e irmã Lucia? – perguntou, ansiosa.

– Não sei sobre irmã Teresa. Irmã Lucia também foi detida pela polícia. – Jaime virou-se para os outros. – Temos de nos apressar. – Consultou o relógio. – O banco deve estar cheio.

– Jaime, talvez seja melhor esperar – sugeriu Felix. – Será perigoso apenas nós dois assaltarmos o banco.

Megan escutou o que ele estava dizendo e pensou: *Isso não vai detê-lo.* E acertou.

Os três se encaminharam para o vasto estacionamento por trás da praça de touros. Quando Megan alcançou-os, Felix examinava um sedã Seat azul.

– Este deve servir – comentou ele.

Felix mexeu na fechadura por um momento, abriu a porta e enfiou a cabeça para dentro. Um momento depois o motor pegou.

– Entrem – disse Jaime.

Megan ficou parada, indecisa.

– Estão roubando um carro?

– Pelo amor de Deus! – sibilou Amparo. – Pare de se comportar como uma freira e entre logo!

Os dois homens sentaram no banco da frente, com Jaime ao volante. Amparo entrou atrás.

– Você vem ou não? – indagou Jaime.

Megan respirou fundo e entrou no carro, ao lado de Amparo. Partiram. Ela fechou os olhos. *Querido Senhor, para onde estás me levando?*

– Se isso a faz sentir-se melhor, irmã – disse Jaime –, não estamos roubando este carro. Apenas o confiscamos, em nome do exército basco.

Megan começou a dizer alguma coisa, mas se conteve. Nada que argumentasse iria fazê-lo mudar de ideia. Ficou em silêncio, enquanto Jaime dirigia para o centro da cidade.

Ele vai assaltar um banco, e aos olhos de Deus sou igualmente culpada, pensou Megan. Fez o sinal da cruz e, em silêncio, começou a rezar.

O Banco de Bilbao fica no andar térreo de um prédio de apartamentos de nove andares, na *calle* de Cervantes, junto da *plaza* de Circular.

Quando o carro parou na frente do prédio, Jaime disse a Felix:

– Mantenha o motor ligado. Se surgir algum problema, saia daqui e vá se encontrar com os outros em Logroño.

Felix ficou aturdido.

– Mas do que está falando? Não pretende entrar aí *sozinho,* não é mesmo? Não pode. O risco é grande demais, Jaime. Seria muito perigoso.

Jaime deu um tapinha em seu ombro.

Se saem machucados, então saem machucados – disse ele com um sorriso estampado.

Jaime saiu do carro e os outros observaram-no encaminhar-se para uma loja de artigos de couro. Poucos minutos depois ele reapareceu com uma pasta de executivo. Acenou com a cabeça para o grupo no carro e entrou no banco.

Megan mal conseguia respirar. Começou a rezar:

Oração é um chamado.
Oração é uma escuta.
Oração é uma morada.
Oração é uma presença.
Oração é uma lamparina acesa
com Jesus.

Estou calma e cheia de paz.
Ela não estava nem calma nem cheia de paz.

JAIME MIRÓ CRUZOU as duas portas que levavam ao saguão de mármore do banco. Logo depois da entrada, ele notou uma câmera de segurança, no alto da parede. Lançou-lhe um olhar casual e depois examinou o local. Por trás dos balcões, uma escada levava ao segundo andar, onde funcionários trabalhavam em suas mesas. Estava quase na hora de fechar, e o banco encontrava-se repleto de clientes ansiosos para sair logo dali. Havia filas na frente dos três caixas, e Jaime constatou que diversos clientes carregavam pacotes. Entrou numa fila e esperou pacientemente que chegasse sua vez. Ao se postar diante do guichê, sorriu amavelmente para o caixa e disse:

– *Buenas tardes.*

– *Buenas tardes, señor.* O que deseja?

Jaime inclinou-se para o guichê, tirou do bolso o cartaz dobrado. Entregou ao caixa.

– Quer dar uma olhada nisso, por favor?

O caixa sorriu.

– Pois não, *señor.*

Ele desdobrou o cartaz, viu o que era, seus olhos se arregalaram. Fitou Jaime, o pânico estampado nos olhos.

– Não acha que está bem parecido? – murmurou Jaime. – Como está dito aí, já matei muitas pessoas. Portanto, mais uma não fará a menor diferença para mim. Estou sendo claro?

– Es... está sim, *señor.* Tenho família. Eu lhe suplico...

– Respeito famílias, e por isso vou lhe dizer o que quero que faça para poupar o pai de seus filhos. – Jaime empurrou a pasta de executivo para o caixa. – Quero que encha isso para mim. E depressa, discretamente. Se acredita sinceramente que dinheiro é mais importante do que sua vida, então vá em frente, acione o alarme.

O caixa sacudiu a cabeça.

– Não, não, não... – Ele começou a tirar dinheiro da gaveta e meter na pasta. As mãos tremiam. Quando a pasta ficou cheia, o caixa balbuciou:

– Aí está, *señor.* Prometo que não vou acionar o alarme.

– É uma atitude muito sensata – disse Jaime. – E vou explicar por quê, *amigo.* – Virou-se e apontou para uma mulher de meia-idade, quase no final da fila, segurando um embrulho de papel pardo. – Está vendo aquela mulher? É do nosso grupo. Há uma bomba naquele pacote. Se o alarme soar, ela acionará a bomba no mesmo instante.

O caixa ficou ainda mais pálido.

– Não, por favor!

– É melhor esperar dez minutos, depois que ela for embora, antes de fazer qualquer coisa – advertiu Jaime.

– Pela vida dos meus filhos – sussurrou o caixa. – *Buenas tardes.*

Jaime pegou a pasta de executivo e encaminhou-se para a porta. Sentiu que os olhos do caixa o acompanhavam. Parou ao lado da mulher com o pacote e disse:

– Devo cumprimentá-la. Está usando um vestido muito bonito.

A mulher corou.

– Oh... obrigada, *señor... gracias.*

– *De nada.*

Jaime virou-se e acenou com a cabeça para o caixa, depois saiu do banco. Levaria pelo menos 15 minutos até a mulher terminar o que tinha de fazer e ir embora. A essa altura, ele e os outros já estariam longe.

No momento em que Jaime saiu do banco e aproximou-se do carro, Megan quase desfaleceu de alívio.

Felix Carpio sorriu.

– O filho da puta conseguiu escapar. – Ele olhou para Megan. – Desculpe, irmã.

Megan nunca se sentira tão contente por ver alguém em toda a sua vida. *Ele conseguiu,* pensou. *E sozinho. Espere só até eu contar às irmãs* o *que aconteceu.* E depois se lembrou. Nunca poderia contar a ninguém. Quando voltasse ao convento, haveria apenas o silêncio, pelo resto da sua vida. E experimentou um estranho sentimento.

– Vamos embora, *amigo* – disse Jaime a Felix. – Pode deixar que eu dirijo. – Jogou a pasta no banco traseiro. – Correu tudo bem? – perguntou Amparo.

Jaime riu.

– Não poderia ter sido melhor. Devo lembrar de agradecer ao coronel Acoca por seu cartão de visitas.

O carro desceu a rua. Na primeira esquina, na *calle* de Tudela, Jaime virou à esquerda. Um guarda postou-se na frente do carro e levantou a mão, fazendo sinal para que parasse. Jaime pisou no freio. O coração de Megan começou a bater forte.

O guarda aproximou-se do carro. Jaime perguntou calmamente:

– Qual é o problema, seu guarda?

– O problema, *señor,* é que está dirigindo na contramão, numa rua de mão única. A menos que possa provar que é legalmente cego, está numa situação difícil. – Ele apontou para uma placa na esquina. – A placa está bem visível. Espera-se que os motoristas respeitem as placas de sinalização. É para isso que são colocadas.

– Mil perdões – disse Jaime. – Meus amigos e eu estávamos numa discussão tão séria que nem percebi a placa.

O guarda apoiou-se na janela do motorista. Estudava Jaime, com uma expressão de perplexidade.

– Gostaria que me mostrasse seus documentos, por favor.

– Pois não. – Jaime estendeu a mão para o revólver que estava por baixo do paletó Felix estava pronto para entrar em ação. Megan prendeu a respiração. Jaime fingiu vasculhar os bolsos. – Sei que estão em algum lugar.

Nesse momento, no outro lado da praça, soou um grito alto. O guarda virou-se. Um homem na esquina batia numa mulher, acertando-a com os punhos na cabeça e ombros.

– Socorro! – gritou a mulher. – Socorro! Ele está me matando!

O guarda hesitou apenas por um instante.

– Esperem aqui – ordenou.

O guarda correu na direção do homem e da mulher. Jaime engrenou o carro e pisou no acelerador. O carro disparou pela rua de mão única, dispersando os carros que vinham em sentido contrário, sob o barulho de buzinas furiosas. Chegaram à esquina, e Jaime fez a curva, seguindo para a ponte de saída da cidade, pela avenida Sanchez de Arjona.

Megan olhou para Jaime e fez o sinal da cruz. Tinha dificuldade para respirar.

– Você... você mataria o guarda, se aquele homem não agredisse a mulher?

Jaime não se deu ao trabalho de responder.

– A mulher não estava sendo agredida, irmã – explicou Felix. – Os dois eram dos nossos. Não estamos sozinhos. Temos muitos amigos.

A expressão de Jaime era sombria.

– Teremos de nos livrar deste carro.

Estavam deixando os arredores de Valladolid. Jaime entrou na estrada para Burgos, no caminho para Logroño. Tomou cuidado para não ultrapassar o limite de velocidade.

– Deixaremos o carro logo após passarmos por Burgos – avisou.

Não posso acreditar que isso esteja acontecendo comigo, pensou Megan. *Escapei do convento, estou fugindo do Exército, viajando num carro roubado, com terroristas que acabam de assaltar um banco. Senhor, o que mais me reservas?*

31

O coronel Ramón Acoca e meia dúzia de membros do GOE encontravam-se no meio de uma reunião de estratégia. Estudavam um grande mapa da região. O coronel disse:

– É evidente que Miró segue para o norte, a caminho do País Basco.

– O que pode ser Burgos, Vitoria, Logroño, Pamplona ou San Sebastián.

San Sebastián, pensou Acoca. *Mas preciso pegá-lo antes que chegue lá.*

Podia ouvir a voz ao telefone: *Seu tempo está se esgotando.*

Não podia se permitir o fracasso.

ELES ATRAVESSAVAM AS COLINAS ondulantes que anunciavam o acesso a Burgos. Jaime, ao volante, mantinha-se em silêncio. Só depois de um longo tempo é que falou:

– Felix, quando chegarmos a San Sebastián quero tomar providências para tirar Rubio das mãos da polícia. Felix balançou a cabeça.

– Será um prazer. Isso os levará à loucura.

– E o que me diz de irmã Lucia? – indagou Megan.

– O que tem ela?

– Não disse que ela havia sido capturada também?

– Acontece que sua irmã Lucia é uma criminosa procurada pela polícia por homicídio – respondeu Jaime, irônico.

A notícia abalou Megan. Lembrou como Lucia assumira o comando e persuadira-as a se esconderem nas colinas. Gostava de irmã Lucia. Ela disse, obstinada:

– Já que vai salvar Rubio, deveria salvar os dois.

Mas que diabo de freira é essa?, especulou Jaime. Mas ela estava certa. Tirar Rubio e Lucia debaixo do nariz da polícia seria uma propaganda sensacional e daria manchetes.

Amparo mergulhara num silêncio mal-humorado.

Subitamente, ao longe, na estrada, surgiram três caminhões do Exército repletos de soldados.

– É melhor sairmos desta estrada – decidiu Jaime. No cruzamento seguinte ele pegou a rodovia e seguiu para leste.

– Santo Domingo de la Calzada fica logo à frente. Há ali um velho castelo abandonado, onde poderemos passar a noite.

Já de longe podiam avistar os contornos a distância, no alto de uma colina. Jaime pegou uma estrada secundária, evitando a cidade. O castelo foi se tornando cada vez maior, à medida que se aproximavam. Havia um lago não muito longe dali.

Jaime parou o carro.

– Saiam todos, por favor.

Depois que todos saltaram, Jaime apontou o carro para o lago, pela encosta abaixo, pisou no acelerador, soltou o freio de mão e pulou pela porta. Ficaram observando o carro desaparecer na água.

Megan já ia perguntar como chegariam a Logroño, mas se conteve. *Uma pergunta tola. Ele roubará outro carro, é claro.*

O grupo virou-se para examinar o castelo abandonado. Um enorme muro de pedra cercava-o, e havia torres em ruínas em cada canto.

– Nos tempos antigos – disse Felix a Megan – os príncipes usavam esses castelos como prisões para seus inimigos.

E Jaime é um inimigo do Estado, se for apanhado, não haverá prisão para ele, apenas a morte, pensou Megan. *E ele não tem medo.* Recordou as palavras de Jaime: *Tenho fé naquilo por que estou lutando. Tenho fé em meus homens e em minhas armas.*

Subiram os degraus de pedra que levavam ao portão da frente, que era de ferro. Estava tão enferrujado que conseguiram empurrá-lo e se espremeram pela abertura para um pátio calçado com pedra.

O interior do castelo pareceu enorme a Megan. Havia passagens estreitas e cômodos por toda parte, e aberturas viradas para fora, pelas quais os defensores do castelo podiam repelir os atacantes.

Degraus de pedra levavam ao segundo andar, onde havia outro *claustro,* um pátio interno. Os degraus estreitavam-se ao subirem para o terceiro e quarto andares. O castelo estava deserto.

– Bem, pelo menos há muitos cômodos para se dormir aqui – comentou Jaime. – Felix e eu vamos procurar comida. Escolham seus quartos.

Os dois homens começaram a descer. Amparo virou-se para Megan.

– Vamos, irmã.

Elas desceram pelo corredor, e todos os cômodos pareciam iguais para Megan. Eram cubículos de pedra vazios, frios e austeros, alguns maiores do que outros.

Amparo escolheu o maior.

– Jaime e eu dormiremos aqui. – Olhou para Megan e acrescentou, insinuante: – Não gostaria de dormir com Felix?

Megan não comentou nada.

– Ou talvez prefira dormir com Jaime. – Amparo deu um passo na direção de Megan. – Não fique com ideias, irmã. Ele é homem demais para você.

– Não precisa se preocupar. Não estou interessada. – Mesmo enquanto falava, Megan especulou se Jaime Miró seria mesmo homem demais para ela.

Quando Jaime e Felix voltaram ao castelo, uma hora depois, Jaime trazia dois coelhos, Felix carregava lenha e trancou a porta da frente. Megan observou os homens acenderem uma fogueira na enorme lareira.

Jaime limpou e assou os coelhos num espeto.

– Lamentamos não poder oferecer um autêntico banquete às damas – disse Felix –, mas comeremos bem em Logroño. Até lá... divirtam-se.

Depois que terminaram a frugal refeição, Jaime disse:

– Vamos dormir. Quero partir cedo pela manhã. Amparo disse a Jaime:

– Venha, *querido*. Já escolhi nosso quarto.

– *Bueno*. Vamos.

Megan observou-os subirem, de mãos dadas.

Felix fitou-a.

– Já escolheu seu quarto, irmã?

– Já, sim, obrigada.

– Então vamos deitar.

Megan e Felix subiram a escada juntos.

– Boa noite – disse Megan.

Felix entregou-lhe um saco de dormir.

– Boa noite, irmã.

Megan queria interrogar Felix sobre Jaime, mas hesitou. Jaime podia pensar que ela queria bisbilhotar e por algum motivo inexplicável Megan queria que ele tivesse a melhor opinião a seu respeito. *Isso é mesmo muito estranho,* pensou Megan. *Ele é um terrorista, um assassino, um assaltante de banco e não sei o que mais, e me preocupo se ele pensa bem a meu respeito.*

Mesmo enquanto pensava nisso, porém, Megan sabia que havia outro aspecto. *Ele é um combatente da liberdade. Assalta bancos para financiar sua causa. Arrisca a vida por aquilo em que acredita. É um homem corajoso.*

Ao passar pelo quarto deles, ela ouviu risos de Jaime e Amparo. Entrou no quarto pequeno em que dormiria, ajoelhou-se no chão frio de pedra.

– Santo Deus, perdoai-me por...

Perdoai-me pelo quê? O que fiz? Pela primeira vez na vida, Megan foi incapaz de rezar. Deus estaria escutando?

Entrou no saco de dormir que Felix lhe entregara, mas o sono estava tão distante quanto as estrelas frias que podia avistar pelas estreitas janelas.

O *que estou fazendo aqui?*, perguntou-se Megan. Os pensamentos voltaram ao convento... ao orfanato. E antes do orfanato? *Por que fui deixada lá? Não acredito realmente que meu pai tenha sido um grande guerreiro ou um toureiro. Mas não seria maravilhoso saber quem ele foi?*

Já estava quase amanhecendo quando Megan resvalou para o sono.

NA PRISÃO, EM ARANDA de Duero, Lucia Carmine era uma celebridade.

– Você é peixe graúdo em nosso aquário – disse-lhe um guarda. – O governo italiano está enviando alguém para escoltá-la na viagem de volta. Eu gostaria de escoltá-la para minha casa, *puta bonita*. Qual foi a coisa terrível que você fez?

– Cortei os colhões de um homem por me chamar de *puta bonita*. Como está meu amigo?

– Vai sobreviver.

Lucia fez uma prece silenciosa de agradecimento. Correu os olhos pelas paredes de pedra de sua cinzenta cela lúgubre e pensou: *Como vou sair daqui?*

32

A notícia do assalto ao banco passou pelos canais competentes da polícia e apenas duas horas depois do acontecimento é que um tenente da polícia fez contato com o coronel Acoca.

Uma hora depois, Acoca chegava a Valladolid, furioso com a demora.

– Por que não fui informado imediatamente?

– Lamento muito, coronel, mas não pensamos que...

– Vocês o tinham nas mãos e deixaram que escapasse!

– Não foi nossa...

– Mande o caixa do banco entrar.

O caixa estava se sentindo muito importante.

– Foi em meu guichê que ele apareceu. Percebi logo que era um assassino, pela expressão em seus olhos. Ele...

– Não tem a menor dúvida de que o homem que o assaltou era Jaime Miró?

– Absolutamente nenhuma. Até me mostrou um cartaz com a cabeça dele a prêmio. Era...

– Ele entrou no banco sozinho?

– Entrou. Apontou para uma mulher na fila e disse que pertencia à quadrilha, mas reconheci-a logo depois que Miró saiu. É uma secretária cliente nossa e...

O coronel Acoca interrompeu-o, impaciente:

– Quando Miró partiu, viu a direção em que ele seguiu?

– Saiu pela porta da frente.

A entrevista com o guarda de trânsito não foi mais proveitosa.

– Havia quatro pessoas no carro, coronel. Jaime Miró e outro homem, e duas mulheres no banco traseiro.

– Em que direção eles seguiram?

O guarda hesitou.

– Eles podem ter seguido por qualquer direção, senhor, depois que saíram daquela rua de mão única. – Seu rosto se iluminou. – Mas posso descrever o carro.

O coronel Acoca balançou a cabeça, irritado.

– Não precisa se incomodar.

Ela sonhava e podia ouvir as vozes de uma multidão, as pessoas chegavam para queimá-la na fogueira por assaltar um banco. *Não foi por mim. Foi pela causa.* As vozes se tornaram mais altas.

Megan abriu os olhos e sentou, olhando para as estranhas paredes do castelo. O som de vozes era real. Vinha de fora.

Megan levantou-se e correu para a estreita janela. Lá embaixo, na frente do castelo, havia um acampamento de soldados. Megan foi dominada por um pânico súbito. *Eles nos apanharam. Preciso encontrar Jaime.*

Correu para o quarto onde Jaime e Amparo dormiam e olhou. Estava vazio. Desceu a escada correndo para o salão no andar principal. Jaime e Amparo encontravam-se parados perto da porta da frente, que estava trancada, aos sussurros.

Felix correu para os dois.

– Verifiquei os fundos. Não há outra saída.

– E as janelas dos fundos?

– Muito pequenas. A única saída é pela porta da frente.

Onde estão os soldados, pensou Megan. *Estamos encurralados.*

– É muito azar nosso que eles tenham escolhido este lugar para acampar – disse Jaime.

– O que vamos fazer? – sussurrou Amparo.

– Não há nada que possamos fazer. Temos de ficar aqui até eles partirem. Se...

E nesse instante soou uma batida forte na porta da frente. Uma voz autoritária gritou:

– Abram essa porta!

Jaime e Felix trocaram um olhar rápido e sem dizerem nada sacaram as armas. A voz tornou a gritar:

– Sabemos que há alguém aí dentro! Abra logo! Jaime disse a Amparo e Megan:

– Saiam da frente.

É inútil, pensou Megan, enquanto Amparo se afastava para trás de Jaime e Felix. *Deve haver uns vinte soldados armados lá fora. Não temos a menor chance.*

Antes que os outros pudessem detê-la, Megan encaminhou-se rapidamente para a porta da frente e abriu-a.

– Graças a Deus que vocês apareceram! – exclamou ela. – Precisam me ajudar!

33

O oficial do Exército olhou aturdido para Megan.

– Quem é você? O que está fazendo aqui? Sou o capitão Rodrigues e estamos à procura...

– Chegou bem a tempo, capitão. – Megan segurou-o pelo braço. – Meus dois filhos pequenos estão com tifo e preciso levá-los a um médico. Precisa entrar e me ajudar.

– Tifo?

– Isso mesmo. – Megan puxava-o pelo braço. – É terrível. Estão ardendo em febre. Cobertos de pústulas, muito doentes. Chame seus homens e me ajude a levá-los para...

– Deve estar louca, *señora!* É uma doença altamente contagiosa!

– Não importa. Eles precisam de sua ajuda. Podem estar morrendo. – Ela continuava a puxá-lo.

– Largue-me!

– Não pode me deixar! O que vou fazer?

– Torne a entrar e fique aí até podermos avisar à polícia para mandar uma ambulância ou um médico.

– Mas...

– É uma ordem, *señora.* Entre logo. – O capitão gritou: – Sargento, vamos sair daqui!

Megan fechou a porta, encostou-se nela, esgotada. Jaime fitava-a num espanto total.

– Por Deus, foi sensacional! Onde aprendeu a mentir assim?

Megan virou-se para ele e suspirou.

– Quando eu estava no orfanato, tínhamos de aprender a nos defender. Só espero que Deus me perdoe.

– Eu gostaria de ter visto a cara daquele capitão. – Jaime soltou uma risada. – Tifo! Santo Deus! – Ele viu a expressão de Megan. – Peço que me desculpe, irmã.

Lá fora, os soldados levantavam acampamento e partiam apressados. Depois que foram embora, Jaime disse:

– A polícia estará aqui em breve – disse Jaime ao perceber que tinham ido embora. – De qualquer forma, temos um encontro em Logroño.

Quinze minutos depois da partida dos soldados, Jaime anunciou:

– Acho que podemos ir embora agora. – Virou-se para Felix. – Veja o que consegue arrumar na cidade. De preferência um sedã.

Felix sorriu.

– Não há problema.

Meia hora depois eles estavam num velho sedã cinza, seguindo para o leste.

Para surpresa de Megan, ela sentava ao lado de Jaime. Felix e Amparo viajavam no banco traseiro.

Jaime olhou para Megan, sorrindo.

– Tifo! – exclamou, soltando outra risada.

Megan sorriu.

– Ele parecia ansioso em escapar, não é mesmo?

– Esteve num orfanato, irmã?

– Estive.

– Onde?

– Em Ávila.

– Não parece espanhola.

– Já me disseram.

– Deve ter sido um inferno para você ficar no orfanato.

Megan ficou surpresa com a súbita preocupação.

– Poderia ter sido, mas não foi.

Eu não deixaria que fosse, pensou ela.

– Tem alguma ideia de quem foram seus pais?

Megan recordou suas fantasias.

– Claro. Meu pai era um bravo inglês que guiava uma ambulância para os Legalistas na guerra civil espanhola. Minha mãe foi morta na luta, e me deixaram na porta de uma casa de fazenda. – Ela deu de ombros. – Ou meu pai foi um príncipe estrangeiro que teve um romance com uma camponesa e me abandonou para evitar um escândalo.

Jaime lançou-lhe um olhar, sem dizer nada.

– Eu... – Megan parou abruptamente. – Não sei quem foram os meus pais.

Seguiram em silêncio por algum tempo.

– Por quantos anos esteve atrás dos muros do convento?

– Cerca de 15 anos.

Jaime ficou atônito.

– Meu Deus! – Ele se apressou em acrescentar: – Perdoe, irmã. Mas é como falar com alguém de outro planeta. Não tem a menor ideia do que aconteceu no mundo nos últimos 15 anos?

– Tenho certeza de que qualquer coisa que mudou foi apenas temporária. Tornará a mudar.

– Ainda quer voltar para um convento?

A pergunta apanhou Megan de surpresa.

– Claro.

– *Por quê?* – Jaime fez um amplo gesto. – Afinal... Há muita coisa que deve perder por trás dos muros. Aqui temos música e poesia. A Espanha deu ao mundo Cervantes e Picasso, Lorca, Pizarro, de Soto, Cortes. Este é um país mágico.

Havia uma surpreendente brandura naquele homem, um fogo suave. Inesperadamente, Jaime acrescentou:

– Desculpe ter querido abandoná-la antes, irmã. Não era nada pessoal. Tive as piores experiências com a sua Igreja.

– É difícil de acreditar.

– Mas pode acreditar. – A voz de Jaime era amargurada. Em sua imaginação, podia ver os prédios, estátuas e ruas de Guernica explodindo numa chuva de morte. Ainda podia ouvir os estrondos das bombas, misturando-se com os gritos das vítimas desamparadas. O único santuário era a igreja.

Os padres trancaram a igreja. Não nos deixaram entrar.

E a saraivada de balas que assassinara seu pai, mãe e irmãs. *Não, não foram as balas,* pensou Jaime. *Foi a Igreja.*

– Sua Igreja apoiou Franco e permitiu que coisas indescritíveis fossem feitas com inocentes civis.

– Tenho certeza de que a Igreja protestou – disse Megan.

– Isso não ocorreu. Só após as freiras estarem sendo estupradas pelos falangistas, os padres assassinados e as igrejas incendiadas é que o papa finalmente rompeu com Franco. Mas isso não ressuscitou meu pai, mãe e irmãs.

A veemência em sua voz era assustadora.

– Lamento, mas isso aconteceu há muito tempo. A guerra já acabou.

– Não. Para nós, ainda não acabou. O governo não nos permite hastear a bandeira basca, celebrar nossos feriados nacionais ou falar a nossa própria língua. Não, irmã. Continuaremos a lutar até conquistar a independência. Ainda sofremos opressão. Há meio milhão de bascos na Espanha e mais 150 mil na França. Queremos a independência... mas seu Deus está ocupado demais para nos ajudar.

Megan respondeu muito séria:

– Deus não pode tomar partido, pois Ele está em todos nós. Somos todos uma parte de Deus e quando tentamos destruí-lo, estamos destruindo nós mesmos.

Para surpresa de Megan, Jaime sorriu.

– Somos muito parecidos, você e eu, irmã.

– É mesmo?

– Podemos acreditar em coisas diferentes, mas acreditamos com fervor. A maioria das pessoas passa pela vida sem se importar profundamente com qualquer coisa. Você devota sua vida a Deus; eu devoto a vida à minha causa. Nós nos importamos.

Megan pensou: *Eu me importo bastante? E se me importo, por que estou gostando da companhia desse homem? Eu deveria estar pensando apenas em voltar para o convento.* Havia uma força em Jaime Miró que era como um ímã. *Ele é como Manolete? Arriscando a vida, desafiando os maiores perigos, porque não tem nada a perder?*

– O que eles farão se os soldados o capturarem? – perguntou Megan.

– Vão me executar. – Falou com tanta indiferença que por um momento Megan pensou ter entendido mal.

– Não tem medo?

– Claro que tenho. Todos temos medo. Nenhum de nós quer morrer, irmã. Encontraremos seu Deus muito em breve. Não queremos apressar esse momento.

– Fez coisas horríveis?

– Isso depende do seu ponto de vista. A diferença entre um patriota e um rebelde depende de quem está no poder no momento. O governo nos chama de terroristas. Nós nos chamamos de guerreiros da liberdade. De acordo com Jean Jacques Rousseau, liberdade é a capacidade de escolher os próprios grilhões. Eu quero essa liberdade. – Estudou-a por um instante. – Mas você não precisa se preocupar com essas coisas, não é mesmo? Depois que voltar ao convento, não estará mais interessada no mundo exterior.

Seria verdade? Tornar a sair para o mundo virara-lhe a vida pelo avesso. Renunciara à sua liberdade? Havia muita coisa que queria saber, tanto que precisava aprender. Sentia-se como um pintor com uma tela em branco, pronta para começar a desenhar uma vida nova. *Se eu voltar para um convento,* pensou, *estarei outra vez excluída da vida.* E mesmo enquanto pensava, Megan ficou consternada pela palavra *se. Quando eu voltar,* ela se apressou em corrigir. *Claro que voltarei. Não tenho nenhum outro lugar para onde ir.*

ACAMPARAM NO BOSQUE naquela noite.

– Estamos a cerca de 5 quilômetros de Logroño, mas só podemos nos encontrar com os outros daqui a dois dias. Será mais seguro para nós nos mantermos em movimento até lá. Assim, amanhã iremos em direção a Vitoria. No dia seguinte iremos a Logroño, e apenas algumas horas depois, irmã, você estará no convento em Mendavia.

Para sempre.

– Você ficará bem? – perguntou Megan.

– Está preocupada com minha alma, irmã, ou com meu corpo?

Megan ficou corada.

– Nada me acontecerá. Cruzarei a fronteira e passarei algum tempo na França.

– Rezarei por você – murmurou Megan.

– Obrigado – respondeu, solenemente. – Pensarei em você rezando por mim e isso me fará sentir mais seguro. E agora trate de dormir um pouco.

Ao se virar para deitar, Megan percebeu Amparo observando-a do outro lado da clareira. Havia uma expressão de ódio intenso no seu rosto.

Ninguém vai tirar meu homem. Ninguém.

34

Na manhã seguinte, ainda cedo, eles chegaram aos arredores de Nanclares, uma pequena aldeia a oeste de Vitoria. Pararam num posto de gasolina com uma oficina ao lado, onde um mecânico trabalhava num carro.

– *Buenos días* – disse o mecânico. – Qual é o problema?

– Se eu soubesse, consertaria pessoalmente e cobraria por isso – respondeu Jaime. – Este carro é tão inútil quanto uma mula. Gagueja como uma velha e não tem nenhuma força.

– Parece até minha mulher – sorriu o mecânico. – Pode ser o carburador, *señor.*

Jaime deu de ombros.

– Não entendo nada de carros. Tudo o que sei é que tenho um encontro muito importante em Madri amanhã. Pode consertar até esta tarde?

– Tenho dois serviços na frente do seu, *señor,* mas... – Deixou a frase inacabada pairando no ar.

– Terei o maior prazer em pagar o dobro.

O rosto do mecânico iluminou-se.

– Duas horas da tarde está bom?

– Está ótimo. Vamos comer alguma coisa e estaremos aqui às duas. – Jaime virou-se para os outros, que escutavam a conversa aturdidos. – Estamos com sorte. Este homem vai consertar o carro. Vamos comer.

Eles saíram do carro e seguiram Jaime pela rua.

– Duas horas – lembrou o mecânico.

– Duas horas.

Quando já estavam longe, Felix disse:

– O que vai fazer? Não há nada de errado com o carro.

Exceto que a esta altura a polícia está procurando-o, pensou Megan. *Mas procurarão na estrada, não numa oficina. É uma maneira esperta de se livrar do carro.*

– Às duas horas já estaremos longe daqui, não é mesmo? – disse ela.

Jaime fitou-a e sorriu.

– Preciso dar um telefonema. Esperem aqui.

Amparo pegou o braço de Jaime.

– Irei com você.

Megan e Felix observaram os dois se afastarem. Felix olhou para Megan e comentou:

– Você e Jaime estão se dando muito bem, hein?

– Estamos. – Subitamente sentiu-se inibida.

– Ele não é um homem fácil de se conhecer. Mas é muito honrado e corajoso. E se preocupa com os outros. Não há ninguém como ele. Já lhe contei como Jaime salvou minha vida, irmã?

– Não. Eu gostaria de ouvir a história.

– Há poucos meses o governo executou seis combatentes da liberdade. Em vingança, Jaime resolveu explodir a represa em Puente la Reina, ao sul de Pamplona. A cidade por baixo era o quartel-general do Exército. Avançamos à noite, mas alguém avisou ao GOE, e os homens de Acoca pegaram três dos nossos. Fomos condenados à morte. Seria preciso um exército para invadir a prisão, mas Jaime encontrou um jeito. Soltou os touros em Pamplona e na confusão conseguiu libertar dois. O terceiro havia sido espancado até a morte pelos homens de Acoca. É verdade, irmã, Jaime Miró é muito especial.

Quando Jaime e Amparo voltaram, Felix perguntou:

– O que está acontecendo?

– Alguns virão nos buscar. Teremos uma carona até Vitoria.

Meia hora depois um caminhão apareceu, a traseira coberta por lona.

– Sejam bem-vindos – disse o motorista, jovialmente.

– Podem subir.

– Obrigado, *amigo.*

– É um prazer ajudá-lo, *señor.* Ainda bem que telefonou. Os malditos soldados estão por toda parte como pulgas. Não é seguro ficarem expostos.

Eles embarcaram na traseira do caminhão, que seguiu para nordeste.

– Onde ficarão? – indagou o motorista.

– Com amigos – respondeu Jaime.

E Megan pensou: *Ele não confia em ninguém. Nem mesmo em alguém que o está ajudando. Mas como poderia? Sua vida corre perigo.* Refletiu como deveria ser terrível para Jaime viver sob aquela sombra, fugindo da polícia e do Exército. E tudo porque acreditava tanto num ideal que estava disposto a morrer por ele. O que ele dissera? *A diferença entre um patriota e um rebelde depende de quem está no poder no momento.*

A VIAGEM FOI BASTANTE agradável. A tênue cobertura de lona parecia oferecer segurança, e Megan percebeu quanta tensão sentira nos campos abertos, sabendo que todos estavam sendo caçados. *E Jaime vive sob essa tensão constantemente. Como ele é forte!*

Ela e Jaime conversaram com tanto entrosamento que até pareciam velhos amigos. Amparo Jirón escutava sem dizer nada, o rosto impassível.

– Quando eu era pequeno – disse Jaime a Megan –, queria ser um astrônomo.

Megan ficou curiosa.

– O que o fez...?

– Vi meu pai, mãe e irmãs serem fuzilados, amigos assassinados, não podia suportar o que acontecia aqui, neste mundo sangrento. As estrelas eram uma fuga. Estavam a milhões de anos-luz de distância, e eu sonhava em visitá-las um dia, escapar deste planeta horrível.

Megan não disse nada.

– Mas não há escapatória, não é mesmo? Ao final, todos temos de encarar nossas responsabilidades. Por isso, voltei à terra. Pensava que uma única pessoa não poderia fazer qualquer diferença. Mas sei agora que isso não é verdade. Jesus fez uma diferença, assim como Maomé e Gandhi e Einstein e Churchill. – Ele sorriu, irônico. – Não me entenda mal, irmã. Não estou me comparando a nenhum deles. Mas, à minha pequena maneira, faço o que posso. Acho que devemos todos fazer o que podemos.

Megan especulou se aquelas palavras não visavam ter um significado especial para ela.

– Quando apaguei as estrelas dos olhos, passei a estudar para ser engenheiro. Aprendi a construir prédios. Agora eu os destruo. E a ironia é que alguns dos prédios que explodi são os que construí.

Chegaram a Vitoria ao anoitecer.

– Para onde devo levá-los? – perguntou o motorista do caminhão.

– Pode nos deixar aqui na esquina, *amigo*.

O motorista assentiu.

– Certo. Continuem a boa luta.

Jaime ajudou Megan a descer do caminhão. Amparo observou, os olhos em chamas. Não admitia que seu homem tocasse em outra mulher. *Ela é uma puta,* pensou Amparo. *E Jaime está com tesão pela sacana da freira. Mas isso não vai durar. Ele descobrirá em breve que o leite dela é muito ralo. Precisa de uma mulher de verdade.*

O grupo seguiu por ruas secundárias, atento a qualquer sinal de perigo. Vinte minutos depois chegaram a uma casa de pedra de um andar, numa rua estreita, protegida por uma cerca alta.

– É aqui – disse Jaime. – Passaremos a noite e partiremos amanhã, assim que escurecer.

Abriram o portão na cerca e se encaminharam para a porta. Jaime levou apenas um momento para abrir a fechadura e todos entraram na casa.

– De quem é esta casa? – perguntou Megan.

– Faz perguntas demais – disse-lhe Amparo. – Devia apenas se sentir grata porque a mantivemos viva.

Jaime fitou Amparo por um momento.

– Ela já provou seu direito a fazer perguntas. – Virou-se para Megan. – Pertence a um amigo. Você está agora no País Basco. Daqui por diante a viagem será mais fácil. Haverá camaradas por toda parte, observando e protegendo-nos. Estará no convento depois de amanhã.

Megan sentiu um pequeno calafrio que era quase de pesar. *O que há comigo? Claro que quero voltar. Perdoe-me, Senhor. Pedi que me levasse para sua segurança, e me atendeu.*

– Estou faminto – anunciou Felix. – Vamos dar uma olhada na cozinha.

Estava bem abastecida. Jaime disse:

– Ele nos deixou bastante comida. Farei um jantar maravilhoso. – Ele sorriu para Megan. – Não acha que merecemos?

– Não sabia que os homens cozinhavam – comentou Megan.

Felix riu.

– Os homens bascos orgulham-se de seu talento na cozinha. Prepare-se para um banquete. Vai ver só.

Jaime recebeu os ingredientes solicitados, e os outros ficaram observando-o preparar um *piperade* de pimentões verdes assados, fatias de cebola branca, tomates, ovos e presunto, tudo misturado.

Quando começou a cozinhar, Megan comentou:

– Tem um cheiro delicioso.

– E isso é apenas para abrir o apetite. Vou fazer um prato basco famoso para você – *pollo al chilindrón.*

Ele não disse "para nós", notou Amparo. *Disse "para você". Para a sacana.*

Jaime cortou pedaços de galinha, salpicou sal e pimenta-do-reino por cima, tostou em óleo quente, enquanto cozinhava cebolas, alho e tomates numa panela separada.

– Vamos deixar em fogo brando por meia hora.

Felix encontrara uma garrafa de vinho tinto. Distribuiu os copos.

– O vinho tinto de La Rioja. Vai gostar. – Estendeu um copo para Megan. – Irmã?

A última vez que Megan provara vinho fora na comunhão.

– Obrigada. – Lentamente, ela levou o copo aos lábios e tomou um gole. Era delicioso. Tomou outro gole e pôde sentir um calor espalhar-se pelo corpo. A sensação era maravilhosa. *Devo desfrutar tudo isso enquanto posso*, pensou. *Acabará em breve.*

Durante o jantar, Jaime parecia bastante preocupado.

– O que o deixa perturbado assim, amigo? – indagou Felix.

Jaime hesitou.

– Temos um traidor no movimento.

Houve um silêncio chocado.

– O que... o que o leva a pensar assim? – perguntou Felix.

– Acoca. Ele está sempre muito perto de nós.

Felix deu de ombros.

– Ele é a raposa, e nós somos os coelhos.

– É algo mais.

– Como assim? – perguntou Amparo.

– Quando íamos explodir a represa em Puente la Reina, Acoca foi avisado. – Ele olhou para Felix. – Preparou uma armadilha, pegou você, Ricardo e Zamora. Se eu não me atrasasse, teria me capturado também. E pense também no que aconteceu na estalagem.

– Você ouviu o recepcionista telefonando para a polícia – lembrou Amparo.

Jaime balançou a cabeça.

– É verdade... porque tive o pressentimento de que havia alguma coisa errada.

A expressão de Amparo era sombria.

– Quem você acha que é?

Jaime balançou a cabeça.

– Não tenho certeza. Alguém que sabe de todos os nossos planos.

– Então vamos mudar os planos – sugeriu Amparo.

Encontraremos os outros em Logroño e não iremos a Mendavia.

Jaime olhou para Megan.

– Não podemos fazer isso. Precisamos levar as irmãs ao convento.

Megan fitou-o e pensou: *Ele já fez demais por mim. Não devo submetê-lo a um perigo maior do que já enfrenta.*

– Jaime, eu posso...

Mas ele sabia o que ela pretendia dizer.

– Não se preocupe, Megan. Todos chegaremos lá sãos e salvos.

Ele mudou, pensou Amparo. *No começo, não queria nada com nenhuma delas. Agora, está disposto a arriscar a vida por ela. E a chama de Megan. Não é mais irmã.*

– Há pelo menos 15 pessoas que estão a par dos nossos planos – acrescentou Jaime.

– Temos de descobrir quem é o traidor – insistiu Amparo.

– Como faríamos isso? – indagou Felix, dobrando nervosamente as pontas da toalha da mesa.

– Paco está em Madri, verificando algumas coisas para mim – informou Jaime. – Combinei que ele telefonaria para cá.

Fitou Felix por um momento, depois desviou os olhos. Não dissera que apenas meia dúzia de pessoas conheciam os percursos exatos que os três grupos seguiriam. Era verdade que Felix Carpio fora aprisionado por Acoca. Era também verdade que isso proporcionaria um álibi perfeito para Felix. No momento propício, podia-se planejar sua fuga. *Só que eu o tirei de lá antes,* pensou Jaime. *Paco está investigando-o. Espero que me ligue logo.*

Amparo levantou-se e olhou para Megan.

– Ajude-me com a louça.

As duas começaram a tirar a mesa, e os homens foram para a sala de estar.

– A freira... ela está aguentando muito bem – comentou Felix.

– Tem razão.

– Gosta dela, não é mesmo?

Jaime descobriu que tinha dificuldade para fitar Felix.

– Gosto, sim. – *E você a trairia, junto com todos nós.*

– E você e Amparo?

– Somos iguais. Ela acredita na causa tanto quanto eu. Toda a sua família foi exterminada pelos falangistas de Franco. – Jaime levantou-se e espreguiçou-se. – Está na hora de deitar.

– Acho que não conseguirei dormir esta noite. Tem certeza de que há um espião entre nós?

Jaime fitou-o.

– Tenho.

QUANDO JAIME DESCEU para o desjejum, pela manhã, Megan não o reconheceu. O rosto fora escurecido, ele usava uma peruca e bigode postiço e vestia roupas andrajosas. Parecia dez anos mais velho.

– Bom dia – disse ele.

E a voz que saiu daquele corpo deixou Megan aturdida.

– Onde você...?

– Uso esta casa de vez em quando. Mantenho aqui um estoque de coisas de que preciso.

Apesar do tom despreocupado de sua voz, isso forneceu a Megan uma percepção do tipo de vida que levava. De quantas outras casas e disfarces ele precisava para se manter vivo? Quantas fugas por um triz de que ela nada sabia? Megan recordou os homens brutais que haviam atacado o convento e pensou: *Se pegarem Jaime, não terão misericórdia. Eu gostaria de saber como protegê-lo.*

A mente de Megan foi povoada por pensamentos que ela não tinha o direito de acalentar.

Amparo preparou o café da manhã: bacalhau, leite de cabra, queijo, chocolate quente e grosso e churros.

– Quanto tempo ficaremos aqui? – perguntou Felix enquanto comiam.

Jaime respondeu calmamente:

– Partiremos assim que escurecer. – Mas não tinha a menor intenção de permitir que Felix usasse essa informação. – Tenho algumas coisas para fazer – acrescentou Jaime. Precisarei de sua ajuda.

– Certo.

Jaime chamou Amparo lá fora.

– Quando Paco ligar, avise a ele que voltarei em breve. Anote o recado.

Ela assentiu.

– Tome cuidado.

– Não se preocupe. – Ele virou-se para Megan. – É seu último dia. Amanhã estará no convento. Deve estar ansiosa em chegar.

Ela fitou-o em silêncio por um longo momento.

– É verdade. – *Não ansiosa*, pensou Megan. *Aflita. E gostaria de não me sentir assim. Vou me afastar de tudo isso, mas pelo resto da vida ficarei especulando sobre o que aconteceu com Jaime, Felix e os outros.*

Ela observou Jaime e Felix partirem. Sentiu uma tensão entre os dois que não podia compreender.

Amparo a estudava, e Megan lembrou-se de suas palavras: *Jaime é homem demais para você.* Amparo disse bruscamente:

– Arrume as camas. Eu faço o almoço.

– Está bem.

Megan foi para os quartos. Amparo ficou parada ali por um momento, observando-a, depois entrou na cozinha.

Durante a hora seguinte Megan trabalhou, concentrando-se ativamente em varrer, tirar o pó e polir, tentando não pensar, tentando manter a mente afastada do que a incomodava.

Preciso tirá-lo da cabeça, pensou.

Era impossível. Ele era como uma força da natureza, arrastando tudo em seu caminho.

Megan poliu com mais vigor.

QUANDO JAIME E FELIX VOLTARAM, Amparo esperava-os na porta. Felix estava pálido.

– Não estou me sentindo muito bem. Acho que vou deitar um pouco.

Ele desapareceu num quarto.

– Paco ligou – anunciou Amparo, muito agitada.

– O que ele disse?

– Tem informações para você, mas não quis falar pelo telefone. Está enviando alguém para encontrá-lo. A pessoa estará na praça ao meio-dia.

Jaime franziu a testa, pensativo.

– Ele não disse quem é?

– Não. Falou apenas que era urgente.

– Droga. Eu... Ora, não importa. Muito bem, irei ao encontro. Quero que fique de olho em Felix.

Amparo ficou perplexa.

– Não com...

– Não quero que ele use o telefone.

Um brilho de compreensão surgiu no rosto de Amparo.

– Acha que Felix é...?

– Por favor. Faça apenas o que estou pedindo. – Jaime olhou para o relógio. – Quase meio-dia. Partirei agora. Estarei de volta dentro de uma hora. Tome cuidado, *querida*.

– Não se preocupe.

Megan ouviu as vozes.

Não quero que ele use o telefone.

Acha que Felix é...?

Por favor. Faça apenas o que estou pedindo.

Então Felix é o traidor, pensou Megan. Ela o vira entrar no quarto e fechar a porta. Ouviu Jaime sair.

Megan entrou na sala de estar. Amparo virou-se.

– Já acabou?

– Ainda não, mas... – Queria perguntar para onde Jaime fora, o que fariam com Felix, o que aconteceria em seguida, mas não sentia a menor vontade de discutir o assunto com aquela mulher. *Esperarei até a volta de Jaime.*

– Pois então acabe – disse Amparo.

Megan voltou para o quarto. Pensou em Felix. Ele parecera muito amigo e afetuoso. Fizera-lhe muitas perguntas, mas agora esse ato de aparente cordialidade assumia um significado diferente. O barbudo procurava informações para transmitir ao coronel Acoca. As vidas de todos corriam perigo.

Amparo pode precisar de ajuda, pensou Megan. Encaminhou-se para a sala de estar, mas parou abruptamente. Uma voz estava dizendo:

– Jaime acaba de sair. Estará sozinho num banco, na praça principal. Seus homens não devem ter dificuldades para pegá-lo.

Megan ficou imóvel, congelada.

Ele está a pé, por isso deve levar uns 15 minutos para chegar lá.

Megan escutava com crescente horror.

– Lembre-se do nosso acordo, coronel – disse Amparo ao telefone. – Prometeu não matá-lo.

Megan recuou para o corredor. Sua mente estava em turbilhão. Então Amparo era a traidora. E enviara Jaime para uma armadilha.

Recuando sem fazer barulho a fim de que Amparo não a ouvisse, Megan virou-se e saiu correndo pela porta dos fundos. Não tinha a menor ideia de como ajudaria Jaime. Sabia apenas que precisava fazer alguma coisa. Passou pelo portao e começou a descer a rua, andando tão depressa quanto podia sem atrair atenção, seguindo para o centro da cidade.

Por favor, Deus, permita-me chegar a tempo, rezou Megan.

O PERCURSO ATÉ A PRAÇA central era aprazível, as ruas secundárias ensombreadas por enormes árvores, mas Jaime se mantinha alheio ao cenário. Pensava em Felix. Fora como um irmão para ele, dera-lhe sua total confiança. O que o transformara num traidor, disposto a pôr em risco as vidas de todos? Talvez o mensageiro de Paco tivesse a resposta. *Por que Paco não podia falar pelo telefone?*, especulou Jaime.

Ele aproximou-se da praça. No meio havia um chafariz e árvores frondosas, com bancos espalhados ao redor. Crianças brincavam. Dois velhos jogavam *boule.* Alguns homens estavam sentados em bancos, aproveitando o sol, lendo, cochilando ou alimentando os pombos. Jaime atravessou a rua, caminhou devagar e sentou-se num banco. Olhou para seu relógio no momento em que o relógio da torre começava a bater o meio-dia. *O emissário de Paco deve estar chegando.*

Pelo canto dos olhos, Jaime avistou um carro da polícia parar no outro lado da praça. Olhou na outra direção. Um segundo carro da polícia chegou. Guardas saíram, encaminhando-se para o parque. Seu coração começou a bater mais depressa. Era uma armadilha. Mas quem a promovera? Teria sido Paco, que enviara o recado, ou Amparo, que o transmitira? Ela o mandara para o parque. Mas por quê? Por quê?

Não havia tempo para se preocupar com isso agora. Tinha de escapar. Mas Jaime sabia que os guardas atirariam no momento em que tentasse correr. Podia tentar um blefe, mas os guardas sabiam que ele estava ali.

Pense em alguma coisa! Depressa!

A UM QUARTEIRÃO DALI, Megan seguia apressada para o parque. Ao vê-lo, avaliou a situação num olhar. Avistou Jaime sentado num banco e os guardas se aproximando pelos dois lados.

A mente de Megan disparou. Não havia como Jaime escapar.

Ela estava passando por uma mercearia. À sua frente, bloqueando a passagem, uma mãe empurrava um carrinho de bebê. A mulher parou, encostou o carrinho na parede da mercearia e entrou para fazer uma compra. Sem um momento de hesitação, Megan pegou o carrinho de bebê e atravessou a rua, entrando no parque.

Os policiais passavam agora pelos bancos, interrogando os homens ali sentados. Megan passou por um guarda e aproximou-se de Jaime, empurrando o carrinho de bebê. E gritou:

– *Madre de Dios!* Aí está você, Manuel! Estive à sua procura por toda parte! Já não aguento mais! Prometeu que pintaria a casa esta manhã e vem sentar no parque como algum milionário! Mamãe tinha razão! Você é um vagabundo que não presta para nada! Eu nunca deveria ter casado com você!

Jaime levou menos de uma fração de segundo para reagir. Levantou-se.

– Sua mãe é mesmo uma especialista em vagabundos. Casou com um. Se ela...

– Quem é você para falar? Se não fosse por mamãe, nosso filho passaria fome. Você nunca leva pão para casa...

Os guardas pararam, acompanhando a discussão.

– Se fosse minha mulher – murmurou um deles –, eu a mandaria de volta para a mãe.

– Estou cansado de suas reclamações, mulher! – berrou Jaime. – Já avisei antes! Quando chegarmos em casa vai aprender uma lição!

– Bom para ele – comentou um dos guardas.

Jaime e Megan começaram a deixar o parque, discutindo furiosamente, empurrando o carrinho de bebê. Os guardas tornaram a concentrar sua atenção nos homens sentados nos bancos.

– Seus documentos, por favor?

– Qual é o problema, seu guarda?

– Não é da sua conta. Apenas mostre os documentos.

Por todo o parque, homens pegavam as carteiras e tiravam documentos para provar quem eram. No meio da confusão, um bebê começou a chorar. Um dos guardas olhou. O carrinho de bebê fora abandonado na esquina. O casal brigando desaparecera.

MEIA HORA DEPOIS, Megan entrou pela porta da frente da casa. Amparo andava nervosamente de um lado para outro.

– Onde você esteve, Megan? Não deveria ter deixado a casa sem me avisar.

– Precisei sair para cuidar de um problema.

– Que problema? – indagou Amparo, desconfiada. – Não conhece ninguém aqui. Se você...

Jaime entrou, e o sangue esvaiu-se do rosto de Amparo. Mas ela rapidamente recuperou o controle.

– O que... o que aconteceu? Não foi ao parque?

– Por quê, Amparo? – murmurou Jaime.

Ela fitou-o nos olhos e compreendeu que estava tudo acabado.

– O que a fez mudar?

Ela balançou a cabeça.

– Eu não mudei. Você é que mudou. Perdi todas as pessoas que eu amava nessa guerra estúpida em que você luta. Estou cansada de tanto derramamento de sangue. É capaz de suportar ouvir a verdade a seu respeito, Jaime? É tão ruim quanto o governo que combate. Pior, porque eles estão dispostos a fazer a paz, e você não. Pensa que está ajudando nosso país? Pois está destruindo-o. Assalta bancos, explode carros e assassina pessoas inocentes, acha que é um herói. Eu o amava e acreditava em você, mas... – A voz tremeu. – O derramamento de sangue precisa acabar.

Jaime adiantou-se, os olhos como gelo.

– Eu deveria matá-la.

– Não! – balbuciou Megan. – Por favor! Não pode fazer isso!

Felix entrara na sala e escutara a conversa.

– Meu Deus! Então é ela! O que vamos fazer com essa miserável?

– Teremos de levá-la e ficar de olho nela – respondeu Jaime. Ele pegou Amparo pelos ombros e disse suavemente: – Se tentar mais alguma coisa, juro que morrerá. – Empurrou-a para longe, virou-se para Megan e Felix. – Vamos sair daqui antes que os amigos dela apareçam.

35

— Teve Miró em suas mãos e deixou-o escapar?

– Coronel... com todo respeito... meus homens...

– Seus homens são uns idiotas. E se intitulam policiais? São uma vergonha para seus uniformes!

O chefe de polícia ficou imóvel, encolhendo-se sob o desdém implacável do coronel Acoca. Não havia mais nada que ele pudesse fazer, pois o coronel era bastante poderoso para obter sua cabeça. Acoca ainda não acabara com ele.

– Eu o considero pessoalmente responsável. Providenciarei para que seja afastado do cargo.

– Coronel...

– Saia! Você me deixa enojado.

O coronel Acoca fervilhava de frustração. Não houvera tempo suficiente para ele chegar a Vitoria e pegar Jaime Miró. Tivera de confiar a missão à polícia local, e eles haviam estragado tudo. Só Deus sabia para onde Miró seguira agora.

O coronel Acoca aproximou-se do mapa aberto sobre uma mesa. *Eles estão indo para o País Basco, é claro. Pode ser Burgos, Logroño, Bilbao ou San Sebastián. Vou me concentrar no nordeste. Terão de aparecer em algum lugar.*

O coronel recordou a conversa com o primeiro-ministro naquela manhã.

– Seu tempo está se esgotando, coronel. Leu os jornais desta manhã? A imprensa mundial está fazendo com que pareçamos palhaços. Miró e essas freiras nos converteram em alvo de risos.

– Primeiro-ministro, tem a minha garantia...

– O rei Juan Carlos ordenou-me que criasse uma comissão de inquérito oficial para investigar toda a questão. Não posso protelar por mais tempo.

– Adie o inquérito só por mais uns poucos dias. Pegarei Miró e as freiras até lá.

Houve uma pausa.

– Quarenta e oito horas.

Não era o primeiro-ministro que o coronel Acoca tinha medo de desapontar. Nem o rei. Era a OPUS MUNDO. Quando fora convocado à sala de um dos mais eminentes industriais da Espanha, as ordens que recebera eram expressas: "Jaime Miró está criando um clima prejudicial à nossa organização. Detenha-o. Será bem recompensado."

E o coronel Acoca conhecia a parte da conversa que não ocorrera: *Fracasse e será punido.* Agora, sua carreira estava em perigo. E tudo porque alguns policiais idiotas haviam deixado Miró escapar debaixo de seus narizes. Jaime Miró podia se esconder em qualquer parte. Mas as freiras... Uma onda de excitação invadiu o coronel Acoca. As freiras! Elas eram a chave de tudo. Jaime Miró podia se esconder em qualquer lugar, mas as irmãs só poderiam encontrar santuário em outro convento. E quase certamente seria um convento da mesma ordem.

O coronel Acoca virou-se para estudar o mapa outra vez. E lá estava: Mendavia. Havia um convento da Ordem Cisterciense em Mendavia. *É para lá que estão indo,* pensou Acoca, triunfante. *E eu também.*

Só que chegarei lá primeiro, e ficarei à espera deles.

A JORNADA CHEGAVA ao fim para Ricardo e Graciela.

Os últimos dias haviam sido os mais felizes que Ricardo já conhecera. Estava sendo caçado pelo Exército e pela polícia, a captura significava a morte certa, mas nada disso parecia importar. Era como se ele e Graciela tivessem construído uma ilha no tempo, um paraíso em que nada podia alcançá-los. Transformaram a viagem desesperada numa aventura maravilhosa que partilhavam.

Conversavam sem parar, as palavras eram tentáculos que os uniam ainda mais. Falaram do passado, presente e futuro. Particularmente do futuro.

– Casaremos na igreja – disse Ricardo. – Você será a mais linda noiva do mundo...

E Graciela podia visualizar a cena, ficava emocionada.

– E viveremos na casa mais bonita...

E ela pensou: *Nunca tive uma casa minha, um quarto meu.*

Tivera apenas a casa pequena que partilhara com a mãe e todos os tios, depois a cela no convento, vivendo com as irmãs.

– E teremos filhos encantadores...

E eu lhes darei todas as coisas que nunca tive. Eles serão muito amados.

E o coração de Graciela exultava.

Mas havia uma coisa que a perturbava. Ricardo era um soldado, lutando por uma causa em que acreditava fervorosamente. Poderia se contentar em viver na França, retirando-se da batalha? Ela sabia que precisava discutir o assunto com ele.

– Ricardo... quanto tempo mais você acha que esta revolução vai durar?

Já durou por tempo demais, pensou Ricardo. O governo apresentara propostas de paz, mas o ETA fizera pior do que rejeitar. Respondera às propostas com uma sucessão de ataques terroristas. Ricardo tentara discutir o problema com Jaime.

– Eles estão dispostos a fazer um acordo, Jaime. Não deveríamos conversar?

– As propostas não passam de um truque... eles querem nos destruir. Estão nos forçando a continuar a lutar.

E porque Ricardo amava Jaime e acreditava nele, continuara a apoiá-lo. Mas as dúvidas não desapareceram. Enquanto aumentava o derramamento de sangue, o mesmo acontecia com sua incerteza. E agora Graciela queria saber: *Quanto tempo mais você acha que esta revolução vai durar?*

– Não sei – respondeu Ricardo. – Eu gostaria que já tivesse acabado. Mas posso lhe dizer uma coisa, minha querida: nada jamais poderá se interpor entre nós... nem mesmo uma guerra. Nunca haverá palavras suficientes para lhe dizer o quanto a amo.

E os dois continuaram a sonhar.

Viajavam durante a noite, atravessando verdes campos férteis, passando por El Burgo e Soria. Ao amanhecer, do alto de uma colina, avistaram Logroño ao longe. À esquerda da estrada havia um bosque de pinheiros, e mais além uma floresta de cabos de eletricidade. Graciela e Ricardo desceram a estrada sinuosa até os arredores da cidade fervilhante.

– Onde vamos nos encontrar com os outros? – perguntou Graciela.

Ricardo apontou para um cartaz num prédio por que passavam. Dizia:

CIRQUE JAPON!
O MAIS SENSACIONAL
CIRCO DO MUNDO! RECÉM-CHEGADO DO JAPÃO
ESTREIA DIA 24 DE JULHO – CURTA TEMPORADA
AVENIDA CLUB DEPORTIVO.

– Aí. Vamos nos encontrar no circo esta tarde.

EM OUTRA PARTE da cidade, Megan, Jaime, Amparo e Felix também olhavam para um cartaz do circo. Havia um sentimento de enorme tensão no grupo. Amparo nunca ficava longe das vistas dos outros. Desde o incidente em Vitoria que os homens a tratavam como um pária, ignorando-a na maior parte do tempo e falando-lhe apenas quando necessário. Jaime consultou seu relógio.

– O espetáculo do circo deve estar começando. Vamos embora.

NO QUARTEL-GENERAL DA POLÍCIA em Logroño, o coronel Ramón Acoca estava dando os retoques finais em seu plano.

– Os homens estão postados em volta do convento?

– Estão, sim, coronel. Está tudo pronto.

– Ótimo.

O coronel Acoca estava expansivo. A armadilha era infalível, e dessa vez não haveria policiais desastrados para estragar-lhe os planos. Comandaria pessoalmente a operação. A OPUS MUNDO se orgulharia dele. Repassou os detalhes com seus oficiais.

– As freiras estão viajando com Miró e seus homens. É importante que peguemos todos *antes* de entrarem no convento. Ficaremos à espera nos bosques ao redor. Não façam qualquer movimento até eu dar o sinal para atacar.

– Quais são as nossas ordens se Jaime Miró resistir?

– Torço para que ele tente resistir – disse suavemente o gigante de cicatriz.

Um ordenança entrou na sala.

– Com licença, coronel. Há um americano aqui que deseja lhe falar.

– Não tenho tempo agora.

– Está bem, senhor. – O ordenança hesitou. – Ele diz que é sobre uma das freiras.

– É mesmo? Falou que ele é americano?

– Isso mesmo, coronel.

– Mande-o entrar.

Um momento depois Alan Tucker entrou na sala.

– Desculpe incomodá-lo, coronel. Sou Alan Tucker. Espero que possa me ajudar.

– De que maneira, Sr. Tucker?

– Fui informado que está à procura de uma das freiras do convento Cisterciense... uma certa irmã Megan.

O coronel recostou-se na cadeira, estudando o americano.

– E por que isso o interessa?

– Também estou à procura dela. E é muito importante que eu a encontre.

Interessante, pensou o coronel Acoca. *Por que é tão importante que esse americano encontre uma freira?*

– Não tem ideia de onde ela se encontra?

– Não. Os jornais...

A maldita imprensa outra vez.

– Talvez pudesse me explicar por que está à procura da freira.

– Lamento, mas não posso discutir esse assunto.

– Então também lamento, mas não poderei ajudá-lo.

– Coronel... poderia me avisar se a encontrasse?

Acoca sorriu.

– Você saberá.

O PAÍS INTEIRO ACOMPANHAVA a fuga das freiras. A imprensa noticiara a quase captura de Jaime Miró e uma delas em Vitoria.

Então eles estão seguindo para o norte, pensou Alan Tucker. *A melhor possibilidade que eles têm de sair do país é provavelmente San Sebastián. Preciso encontrá-la.* Podia sentir que sua situação com Ellen Scott era difícil. *Cuidei muito mal do problema,* pensou ele. *Mas poderei compensar se levar Megan.*

Ele telefonou para Ellen Scott.

O CIRQUE JAPON ESTAVA instalado numa enorme tenda num bairro nos arredores de Logroño. Dez minutos antes do início do espetáculo, as arquibancadas já estavam lotadas. Megan, Jaime, Amparo e Felix desceram pelo corredor apinhado até os lugares reservados. Havia dois lugares vazios ao lado de Jaime. Ele deu uma olhada e disse:

– Alguma coisa está errada. Ricardo e irmã Graciela já deveriam ter chegado. – Ele virou-se para Amparo. – Você...?

– Não. Juro que não. Nada sei sobre isso.

As luzes diminuíram, e o espetáculo começou. A multidão gritou e eles olharam para o picadeiro. Um ciclista circulava pelo picadeiro e, enquanto ele pedalava, um acrobata pulou em seus ombros. Depois, um a um, um enxame de outros acrobatas também pulou, segurando-se na frente, atrás e nos lados da bicicleta até que ela ficou completamente invisível. A plateia aplaudiu.

Um urso treinado foi o número seguinte, depois um equilibrista na corda bamba. Todos estavam adorando o espetáculo, mas Jaime e os outros sentiam-se muito tensos para prestarem atenção. O tempo se esgotava.

– Esperaremos mais 15 minutos – decidiu Jaime. – Se não tiverem aparecido até lá...

Uma voz disse:

– Com licença... esses lugares estão ocupados?

Jaime levantou os olhos, viu Ricardo e Graciela e sorriu.

– Não. Sentem, por favor. – Num sussurro aliviado, ele acrescentou. – Estou muito contente por vê-los.

Ricardo acenou com a cabeça para Megan, Amparo e Felix. Olhou ao redor.

– Onde estão os outros?

– Não tem lido os jornais?

– Jornais? Não. Estivemos nas montanhas.

– Tenho más notícias – disse Jaime. – Rubio está num hospital penitenciário.

– Como...? – Ricardo ficou aturdido.

– Foi esfaqueado numa briga de bar. A polícia prendeu-o.

– *Mierda!* – Ricardo ficou em silêncio por um momento, depois suspirou. – Teremos de tirá-lo de lá, não é mesmo?

– É esse o meu plano – concordou Jaime.

– Onde está irmã Lucia? – perguntou Graciela. – E irmã Teresa?

– Irmã Lucia foi presa – respondeu Megan. – Ela era... era procurada por homicídio. Irmã Teresa morreu.

Graciela fez o sinal da cruz.

– Oh, meu Deus!

No picadeiro, um palhaço andava na corda bamba, com um *poodle* debaixo de cada braço e dois gatos siameses nos enormes bolsos. Os cães tentavam morder os gatos, e a corda balançava violentamente, o palhaço fingia fazer o maior esforço para manter o equilíbrio. Todos vibraram. Era difícil ouvir alguma coisa com tanto barulho. Megan e Graciela tinham muita coisa para contar uma à outra. Quase que simultaneamente, elas começaram a falar na linguagem de sinais do convento. Os dois homens olharam, espantados.

Ricardo e eu vamos nos casar...

Isso é maravilhoso...

O que aconteceu com você?

Megan começou a responder, mas logo compreendeu que não havia sinais para transmitir as coisas que queria dizer. Teria de esperar.

– Vamos embora – disse Jaime. – Há um furgão à espera lá fora para nos levar a Mendavia. Deixaremos as irmãs no convento e seguiremos viagem.

Eles começaram a subir pela passagem, Jaime segurando o braço de Amparo.

Quando chegaram ao estacionamento, Ricardo anunciou:

– Jaime, Graciela e eu vamos nos casar.

Um sorriso iluminou o rosto de Jaime.

– Isso é maravilhoso! Parabéns! – Ele virou-se para Graciela. – Não poderia escolher um homem melhor.

Megan abraçou Graciela.

– Fico muito feliz por vocês dois. – E ela pensou: *Foi fácil para ela tomar a decisão de deixar o convento? Estou pensando em Graciela? Ou em mim mesma?*

O CORONEL ACOCA ACABAVA de receber uma informação excitada de um ajudante.

– Eles foram vistos no circo há menos de uma hora. Quando chegamos com os reforços, já haviam ido embora. Partiram num furgão azul e branco. O senhor estava certo, coronel. Eles seguiram na direção de Mendavia.

Então finalmente está acabado, pensou Acoca. A caçada fora emocionante, e devia admitir que Jaime Miró fora um inimigo à altura. *A OPUS MUNDO terá agora planos ainda maiores para mim.*

ATRAVÉS DE UM POTENTE binóculo, Acoca observou o furgão azul e branco aparecer no alto de uma colina e se encaminhar para o convento lá embaixo. Soldados fortemente armados escondiam-se entre as árvores, nos dois lados da estrada e em volta do convento. Não havia a menor possibilidade de alguém escapar.

Enquanto o furgão se aproximava da entrada do convento e parava, o coronel Acoca gritou pelo rádio:

– Agora! Fechem o cerco!

A manobra foi executada com perfeição. Dois pelotões de soldados, empunhando armas automáticas, assumiram as posições, bloqueando a estrada e cercando o furgão. Acoca permaneceu imóvel por um momento, observando a cena, saboreando seu momento de glória. Depois, lentamente, aproximou-se do furgão, com a pistola na mão.

– Vocês estão cercados! – gritou. – Não têm a menor chance! Saiam com as mãos levantadas! Um de cada vez! Se tentarem resistir, todos morrerão!

Houve um longo momento de silêncio, e depois a porta do furgão foi aberta, bem devagar, três homens e três mulheres saíram, trêmulos, as mãos levantadas acima da cabeça.

Eram estranhos.

36

No alto de uma colina, por cima do convento, Jaime e os outros observaram Acoca e seus homens se aproximarem do furgão. Viram os passageiros apavorados saltarem, as mãos levantadas.

Jaime quase que podia ouvir o diálogo:

Quem são vocês?

Trabalhamos num hotel perto de Logroño.

O que estão fazendo aqui?

Um homem nos deu 5 mil pesetas para entregar este furgão no convento.

Quem é o homem?

Não sei. Nunca o tinha visto antes.

É este aqui no retrato?

É sim. É ele.

– Vamos sair daqui – disse Jaime.

Eles estavam numa caminhonete branca, de volta para Logroño. Megan olhava admirada para Jaime.

– Como soube?

– Que o coronel Acoca estaria à nossa espera no convento? Ele me disse.

– *Como assim?*

– A raposa precisa pensar como o caçador, Megan. Coloquei-me no lugar de Acoca. Onde ele aprontaria uma armadilha para mim? Ele fez exatamente o que eu faria.

– E se ele não aparecesse?

– Então seria seguro você entrar no convento.

– O que faremos agora? – perguntou Felix.

Era o que todos queriam saber.

– A Espanha não é segura para qualquer um de nós por algum tempo – disse Jaime. – Seguiremos para San Sebastián, e de lá iremos para a França. – Ele olhou para Megan.

– Há conventos Cistercienses na França.

Era mais do que Amparo podia suportar.

– Por que não se entrega? Se continuar assim, haverá mais sangue derramado, mais vidas perdidas...

– Você perdeu o direito de falar – interrompeu-a Jaime, bruscamente. – Deve apenas se sentir grata por continuar viva. – Ele virou-se para Megan. – Há dez passagens nos Pireneus que levam de San Sebastián à França. Será o nosso caminho.

– É muito perigoso – protestou Felix. – Acoca estará à nossa procura em San Sebastián. Esperará que cruzemos a fronteira para a França.

– Se é tão perigoso assim... – começou Graciela. – Não precisa se preocupar – garantiu Jaime. – San Sebastián é território basco.

A caminhonete aproximava-se outra vez dos arredores de Logroño.

– Todas as estradas para San Sebastián estarão vigiadas – advertiu Felix. – Como planeja nos levar até lá?

Jaime já decidira a questão.

– Iremos de trem.

– Os soldados revistarão os trens – objetou Ricardo.

Jaime lançou um olhar pensativo para Amparo.

– Acho que não. Nossa amiga aqui vai nos ajudar. Sabe como entrar em contato com o coronel Acoca?

Ela hesitou.

– Sei.

– Ótimo. Vai ligar para ele.

Pararam numa cabine telefônica na estrada. Jaime entrou com Amparo na cabine e fechou a porta. Empunhava uma pistola.

– Sabe o que dizer?

– Sei.

Observou-a discar um número. Quando atenderam, ela disse:

– Aqui é Amparo Jirón. O coronel Acoca está à espera da minha ligação... Obrigada. – Ela olhou para Jaime. – Estão transferindo a ligação. – A arma se comprimia contra suas costelas. – Precisa mesmo...?

– Limite-se a fazer o que estou mandando.

A voz de Jaime era fria. Um momento depois ele ouviu a voz de Acoca ao telefone.

– Onde você está?

A arma se comprimiu contra Amparo com mais força ainda.

– Eu... eu... estamos deixando Logroño.

– Sabe para onde nossos amigos vão?

– Sei.

O rosto de Jaime estava bem próximo do dela, os olhos duros.

– Eles decidiram inverter o rumo para despistá-lo. Estão a caminho de Barcelona. Ele está guiando um Seat branco. Seguirá pela estrada principal.

Jaime acenou com a cabeça para ela.

– Eu... eu... tenho de desligar agora.

Jaime desligou.

– Muito bem. Vamos embora. Nós lhe daremos meia hora para tirar seus homens daqui.

MEIA HORA DEPOIS eles estavam na estação ferroviária.

Havia três tipos de trens de Logroño para San Sebastián: o TALGO era o trem de luxo; o trem de segunda classe era o TER; e o pior e mais barato, desconfortável e sujo, era erroneamente chamado de expresso – parava em cada estação, por menor que fosse, de Logroño a San Sebastián.

– Pegaremos o expresso – anunciou Jaime. – A esta altura, os homens de Acoca estão empenhados em parar cada Seat branco na estrada para Barcelona. Compraremos as passagens separadamente e nos encontraremos no último vagão. – Virou-se para Amparo. – Você vai primeiro. Estarei logo atrás.

Ela sabia o motivo, odiou-o por isso. Se o coronel Acoca tivesse montado uma armadilha, ela seria a isca. Muito bem, era Amparo Jirón. Não vacilaria.

Ela entrou na estação, enquanto Jaime e os outros observavam. Não havia soldados.

Todos estão na estrada para Barcelona, pensou Jaime, ironicamente. *Aquilo vai virar um hospício. Um em cada dois carros é um Seat branco.*

Um a um, eles compraram as passagens e se encaminharam para o trem. Embarcaram sem incidentes. Jaime sentou ao lado de Megan. Amparo sentou na frente, ao lado de Felix. Ricardo e Graciela sentaram juntos no outro lado do corredor.

Jaime disse a Megan:

– Chegaremos a San Sebastián em três horas. Passaremos a noite ali, e no início da manhã cruzaremos a fronteira para a França.

– E depois que chegarmos à França? – Ela pensava no que aconteceria a Jaime.

– Não se preocupe – respondeu ele. – Há um convento Cisterciense a poucas horas da fronteira. – Jaime hesitou. – Se ainda é isso o que você quer.

Portanto, ele compreendia suas dúvidas. *É isso o que eu quero?* Encaminhava-se para algo mais do que uma fronteira a dividir dois países. Aquela fronteira dividiria sua vida antiga da vida futura... que seria... o quê? Sentira-se ansiosa em voltar para um convento, mas agora se descobria dominada pelas dúvidas. Esquecera como o mundo além dos muros podia ser emocionante. *Nunca me senti tão viva.* Olhou para Jaime e admitiu para si mesma: *E Jaime Miró é uma parte disso.*

Jaime percebeu seu olhar e fitou-a. Megan pensou: *Ele sabe disso.*

O expresso parava em cada povoado e aldeia ao longo dos trilhos. O trem estava repleto de camponeses e suas esposas, mercadores e vendedores, em cada parada havia o embarque e desembarque de ruidosos passageiros.

O expresso avançou bem devagar, lutando com os íngremes aclives.

Quando o trem finalmente parou na estação em San Sebastián, Jaime disse a Megan:

– O perigo acabou. Esta é nossa cidade. Providenciei para que um carro nos esperasse.

Um grande sedã aguardava na frente da estação. O motorista, usando uma *chapella*, a boina enorme, de aba larga, dos bascos, saudou Jaime com um abraço apertado. O grupo entrou no carro.

Megan notou que Jaime permanecia perto de Amparo, pronto para agarrá-la, se ela tentasse fazer alguma coisa. *O que ele fará com Amparo?*, especulou Megan.

– Estávamos preocupados com você, Jaime – disse o motorista. – Segundo a imprensa, o coronel Acoca está comandando uma grande caçada à sua procura.

Jaime riu.

– Que ele continue a caçar, Gil. Desceram pela avenida Sancho el Savio, na direção da praia. Era um dia de verão, sem nuvens, as ruas estavam cheias de casais passeando, interessados apenas no prazer. A enseada estava repleta de iates e embarcações menores. As montanhas distantes formavam um pitoresco pano de fundo para a cidade. Tudo parecia muito pacífico.

– Onde ficaremos? – perguntou Jaime ao motorista.

– O Hotel Niza. Largo Cortez está à espera.

– Será bom rever o velho pirata.

O NIZA ERA UM HOTEL de classe média, na *plaza* Juan de Olezabal, sempre movimentada, perto da *calle* de San Martín. Era um prédio branco, com janelas marrons e um enorme letreiro azul no alto. Os fundos do hotel davam para a praia.

O carro parou na frente do hotel, o grupo saltou e seguiu Jaime para o saguão.

Largo Cortez, o proprietário do hotel, correu para cumprimentá-los. Era um homem grandalhão. Tinha apenas um braço, em decorrência de uma façanha ousada, e movia-se meio desajeitado, como se lhe faltasse equilíbrio.

– Sejam bem-vindos! – exclamou, radiante. – Estou esperando-os há uma semana.

Jaime deu de ombros.

– Houve alguns imprevistos, amigo.

Largo Cortez sorriu.

– Li a respeito. Os jornais não falam de outra coisa.

Virou-se para fitar Megan e Graciela.

– Todos estão torcendo por vocês, irmãs. Os quartos já estão reservados.

– Passaremos a noite aqui – disse Jaime. – Partiremos pela manhã bem cedo e cruzaremos para a França. Quero um bom guia, que conheça todas as passagens... Cabrera Infante ou José Cebrián.

– Darei um jeito – assegurou o dono do hotel. – Vocês serão seis?

Jaime olhou para Amparo.

– Cinco.

Amparo desviou os olhos.

– Sugiro que nenhum de vocês se registre – acrescentou Cortez, sorrindo. – O que a polícia não sabe não fará mal. Por que não me deixam agora levá-los a seus quartos, onde poderão descansar um pouco? E, depois, teremos um magnífico jantar.

– Amparo e eu vamos ao bar tomar um drinque – disse Jaime. – Subiremos depois.

Largo Cortez balançou a cabeça.

– Como quiser, Jaime.

Megan observava Jaime, aturdida. Imaginava o que ele planejava fazer com Amparo. *Será que pretendia... a sangue-frio...?* Não podia suportar nem sequer pensar a respeito.

Amparo especulava também, mas era orgulhosa demais para perguntar.

Jaime levou-a para o bar, na outra extremidade do saguão, e sentaram-se a uma mesa no canto. Quando o garçom se aproximou, Jaime disse:

– Um copo de vinho, por favor.

– Um só?

– Isso mesmo.

Amparo observou Jaime tirar um pequeno pacote do bolso e abri-lo. Continha um pó fino.

– Jaime... – Havia desespero na voz de Amparo. – Por favor, escute-me! Tente compreender por que agi assim. Você está destruindo o país. Sua causa é perdida. Precisa parar com essa insanidade.

O garçom voltou e pôs o copo de vinho na mesa. Depois que ele se afastou, Jaime despejou o pó no copo e mexeu. Empurrou-o para a frente de Amparo.

– Beba.

– Não!

– Não são muitas as pessoas que têm o privilégio de escolher a maneira como morrem – comentou Jaime, suavemente. – Assim, será rápido e sem dor. Se eu entregá-la ao meu pessoal, não posso prometer nada.

– Jaime... houve um tempo em que o amei. Tem de acreditar em mim. Por favor...

– Beba.

A voz era implacável. Amparo fitou-o em silêncio por um longo momento, depois pegou o copo.

– Beberei à sua morte.

Observou-a levar o copo aos lábios e beber o vinho de um só gole. Amparo estremeceu.

– O que acontece agora?

– Eu a ajudarei a subir. E a porei na cama. Você dormirá.

Os olhos de Amparo se encheram de lágrimas.

– Você é um tolo – sussurrou ela. – Jaime... estou morrendo e lhe digo que o amava tanto...

As palavras começavam a sair engroladas. Jaime levantou-se e ajudou-a a ficar de pé. Estava trôpega. O bar parecia balançar.

– Jaime...

Levou-a para o saguão, amparando-a. Largo Cortez esperava com uma chave.

– Eu a levarei para seu quarto – disse Jaime. – Cuide para que ela não seja incomodada.

– Certo.

Megan observava enquanto Jaime quase que carregava Amparo pela escada.

EM SEU QUARTO, MEGAN pensava como era estranho se encontrar num hotel de veraneio. San Sebastián estava repleta de pessoas em férias, casais em lua de mel, amantes se divertindo em uma centena de outros quartos de hotel. E, subitamente,

Megan desejou que Jaime estivesse ali, em seu quarto, especulou como seria se fizessem amor. Todos os sentimentos que reprimira por tanto tempo afloraram em sua mente, como uma torrente impetuosa de emoções.

Mas o que Jaime fizera com Amparo? Seria possível... não, ele nunca poderia fazer isso. Ou poderia? Eu o quero, pensou.

Oh, Deus, o que está acontecendo comigo? O que posso fazer?

RICARDO ASSOVIAVA ENQUANTO se vestia. Sentia-se maravilhoso. *Sou o homem mais afortunado do mundo,* pensou. *Casaremos na França. Há uma linda igreja logo depois da fronteira, em Bayonne. Amanhã...*

EM SEU QUARTO, GRACIELA tomava um banho, deleitando-se com a água quente e pensando em Ricardo. Sorriu para si mesma e refletiu: *Vou fazê-lo muito feliz. Obrigada, Deus.*

FELIX CARPIO PENSAVA em Jaime e Megan. *Um cego pode ver a eletricidade entre os dois,* pensou. *Vai trazer azar. As freiras pertencem a Deus. Já é bastante ruim que Ricardo tenha afastado irmã Graciela de sua vocação. Mas Jaime sempre fora afoito. O que faria com aquela?*

OS CINCO REUNIRAM-SE para o jantar no restaurante do hotel. Ninguém mencionou Amparo. Olhando para Jaime, Megan sentiu-se subitamente embaraçada, como se ele pudesse ler seus pensamentos.

É melhor não fazer perguntas, decidiu ela. *Sei que ele nunca faria qualquer coisa brutal.*

Descobriram que Largo Cortez não exagerara sobre o jantar. A refeição começou com *gazpacho* – a sopa fria e grossa, feita com tomates, pepinos e pão encharcado na água –, seguida por uma salada de folhas e um enorme prato de *paella*

– arroz, camarão, galinha e legumes num molho delicioso – e encerrada com um saboroso pudim. Era a primeira refeição quente que Ricardo e Graciela faziam em muito tempo.

Megan levantou-se ao terminar de comer.

– Preciso me deitar.

– Espere um pouco – disse Jaime. – Quero falar com você. – Levou-a para um canto deserto do saguão. – Sobre amanhã...

– O que tem? – Sabia o que Jaime ia perguntar. O que não sabia era o que *ela* responderia. *Eu mudei,* refletiu Megan. *Tinha certeza absoluta sobre a minha vida antes. Acreditava ter tudo o que queria.*

– Não quer realmente voltar para um convento, não é mesmo? – indagou Jaime.

Será que eu quero?

Ele esperava uma resposta.

Preciso ser sincera com ele, pensou Megan. Fitou-o nos olhos e disse:

– Não sei o que quero, Jaime. Estou muito confusa.

Ele sorriu. Hesitou por um instante, escolhendo as palavras com todo cuidado:

– Megan... esta luta acabará em breve. Conseguiremos o nosso objetivo, porque o povo está do nosso lado. Não posso lhe pedir para partilhar o perigo comigo agora, mas eu gostaria que esperasse por mim. Tenho uma tia que mora na França. Estará segura com ela.

Megan fitou-o em silêncio por um longo tempo, antes de dizer:

– Jaime... me dê algum tempo para pensar a respeito.

– Então não está dizendo não?

– Não estou dizendo não – respondeu ela suavemente.

NINGUÉM DO GRUPO dormiu naquela noite. Tinham muito em que pensar, vários conflitos a resolver.

Megan permaneceu acordada, reconstituindo o passado. Os anos no orfanato e o santuário no convento... Então a súbita expulsão para um mundo a que renunciara para sempre. Jaime Miró arriscava a vida lutando por aquilo em que acreditava. *E em que eu acredito?*, perguntou-se Megan. *Como quero passar o resto da minha vida?*

Uma vez fizera uma opção. Agora, era obrigada a optar de novo. Precisaria decidir-se até a manhã seguinte.

Graciela também pensava no convento. *Foram anos muito felizes e tranquilos. Sentirei falta?*

Jaime pensava em Megan. *Ela não deve voltar. Quero-a ao meu lado. Qual será sua resposta?*

Ricardo estava agitado demais para dormir, absorto nos planos para o futuro. A igreja em Bayonne...

Felix especulava sobre como se livrar do corpo de Amparo. *É melhor deixar que Largo Cortez cuide disso.*

Na manhã seguinte, bem cedo, o grupo reuniu-se no saguão, Jaime aproximou-se de Megan.

– Bom dia.

– Bom dia.

– Pensou em nossa conversa?

Ela não pensara em outra coisa durante a noite inteira.

– Pensei sim, Jaime.

Ele fitou-a nos olhos, tentando encontrar a resposta.

– Vai esperar por mim?

– Jaime...

Nesse momento, Largo Cortez encaminhou-se para eles, apressado. Estava acompanhado por um homem de aparência sofrida, de cerca de 50 anos.

– Lamento, mas não haverá tempo para o café da manhã – disse Cortez. – Devem partir logo. Este é José Cebrián, o guia. Ele os levará através das montanhas para a França. É o melhor guia de San Sebastián.

– Prazer em conhecê-lo, José – disse Jaime. – Qual é o seu plano?

– Faremos a primeira parte do percurso a pé – respondeu José Cebrián. – Já providenciei para que carros nos esperem no outro lado da fronteira. Devemos nos apressar. Vamos embora agora, por favor.

O grupo saiu para a rua, invadida pelos raios do sol da manhã.

– Boa viagem – desejou Largo Cortez na entrada do hotel.

– Obrigado por tudo – respondeu Jaime. – E voltaremos, amigo. Mais cedo do que imagina.

– Seguiremos por aqui – ordenou José Cebrián.

O grupo começou a se virar na direção da praça. E nesse momento soldados e agentes do GOE surgiram de repente nos dois lados da rua, fechando-a. Havia pelo menos uma dezena, todos fortemente armados. Os coronéis Acoca e Sostelo comandavam o grupo.

Jaime olhou rapidamente para a praia, à procura de um caminho de fuga. Mais uma dezena de soldados aproximava-se vindo daquela direção. Não havia escapatória. Teriam de lutar. Instintivamente, Jaime estendeu a mão para a arma.

O coronel Acoca gritou:

– Nem pense nisso, Miró, ou fuzilaremos todos vocês aqui mesmo.

A mente de Jaime estava em turbilhão, à procura de uma saída. Como Acoca soubera onde encontrá-lo? Jaime virou-se e avistou Amparo parada na porta, com uma expressão de profundo pesar.

– Mas que merda! – exclamou Felix. – Pensei que você...

– Dei a ela um sonífero forte o suficiente para mantê-la desacordada até cruzarmos a fronteira.

– A sacana!

O coronel Acoca aproximou-se de Jaime.

– Está acabado. – Ele virou-se para um dos seus homens. – Pode desarmá-los.

Felix e Ricardo olhavam para Jaime, à espera de uma orientação. Relutante, ele entregou a arma. Felix e Ricardo seguiram o exemplo.

– O que vai fazer conosco? – perguntou Jaime.

Várias pessoas haviam parado para assistir à cena. O coronel Acoca respondeu em tom ríspido:

– Levarei você e sua quadrilha de assassinos para Madri. Concederemos a todos um julgamento militar justo e depois os enforcaremos. Se dependesse de mim, eu o enforcaria aqui mesmo.

– Deixe as irmãs partirem – pediu Jaime. – Elas não têm nada a ver com isso.

– Elas são cúmplices; tão culpadas quanto vocês.

O coronel Acoca voltou-se e fez um sinal. Os soldados gesticularam para que a crescente multidão de pedestres se afastasse, a fim de dar passagem aos três caminhões militares.

– Você e seus assassinos irão no caminhão do meio – informou o coronel a Jaime. – Meus homens estarão na frente e na retaguarda. Se algum de vocês fizer um movimento em falso, eles têm ordens para matar todos. Está me entendendo?

Jaime assentiu.

O coronel Acoca cuspiu-lhe no rosto.

– Ótimo. E agora entrem no caminhão.

Houve um murmúrio irado da multidão agora grande.

Amparo observava impassível da porta do hotel, enquanto Jaime, Megan, Graciela, Ricardo e Felix subiam no caminhão, cercado por soldados empunhando armas automáticas. O coronel Sostelo foi até o motorista do primeiro caminhão.

– Seguiremos direto para Madri. Nada de paradas pelo caminho.

– Está bem, coronel.

Àquela altura, muitas pessoas agrupavam-se nas duas extremidades da rua, assistindo ao que estava acontecendo.

O coronel Acoca começou a subir no primeiro caminhão. Gritou para os que estavam no caminho:

– Saiam da frente!

Mais pessoas chegavam das ruas transversais.

– Afastem-se! – gritou de novo Acoca. – Saiam da passagem!

E as pessoas continuavam a chegar, os homens usando as enormes *chapellas* bascas. Era como se respondessem a algum sinal invisível. *Jaime Miró está em perigo.* As pessoas vinham de lojas e casas. Donas de casa largavam os seus serviços e saíam para a rua. Comerciantes prestes a abrirem suas lojas eram informados do acontecimento e corriam para a rua do hotel. E mais pessoas chegavam. Artistas, encanadores e doutores, mecânicos, vendedores e estudantes, muitos carregando espingardas e rifles, machados e foices. Eram bascos, e aquela era sua pátria. Começou com poucos, logo havia uma centena e em poucos minutos cresceu para mais de mil, lotando as calçadas e ruas, cercando os caminhões militares. Mantinham um silêncio ameaçador.

O coronel Acoca observava a enorme multidão em desespero. Gritou:

– Saiam todos da frente ou começaremos a atirar!

Jaime advertiu, do caminhão do meio:

– Eu não o aconselharia a fazer isso. Essas pessoas o odeiam pelo que está tentando fazer. Uma palavra minha e o liquidarão junto com seus homens. Há uma coisa que esqueceu, coronel. San Sebastián é uma cidade basca. É a minha cidade. – Ele virou-se para seu grupo. – Vamos sair daqui. – Jaime ajudou Megan a descer, e os outros os seguiram.

O coronel Acoca ficou olhando, impotente, o rosto contraído em fúria. A multidão aguardava, hostil e silenciosa.

Jaime encaminhou-se para o coronel.

– Pegue seus caminhoes e volte para Madri.

Acoca olhou ao redor, contemplando a multidão, que continuava a aumentar.

– Eu... não vai escapar impune, Miró.

– Já escapei. E agora saia daqui. – Ele cuspiu no rosto de Acoca.

O coronel fitou-o em silêncio por um longo momento, com uma expressão de ódio assassino. *Não pode acabar assim,* pensou, desesperado. *Eu estava tão perto... Era o xeque-mate.* Mas Acoca sabia que, para ele, era pior do que a derrota. Era uma sentença de morte. A OPUS MUNDO estaria à sua espera em Madri. Olhou para a multidão ao redor. Não tinha opção. Virou-se para o motorista e disse, a voz sufocada de fúria:

– Vamos embora.

A multidão recuou, observando os soldados embarcarem nos caminhões. Um momento depois os veículos começaram a se afastar descendo a rua, e a multidão aclamou delirante. Começou com uma aclamação por Jaime Miró e foi se tornando mais e mais alta, e logo estavam aclamando por sua liberdade e a luta contra a tirania, a vitória iminente, as ruas ressoando com o barulho da celebração.

Dois adolescentes gritaram até ficarem roucos. Um virou-se para o outro.

– Vamos nos juntar ao ETA.

Um casal idoso abraçou-se, e a mulher murmurou·

– Talvez agora devolvam a nossa fazenda.

Um velho estava parado sozinho no meio da multidão, observando em silêncio, enquanto os caminhões partiam. E comentou:

– Eles voltarão um dia.

Jaime pegou a mão de Megan e disse:

– Já acabou. Estamos livres. Atravessaremos a fronteira dentro de uma hora. Eu a levarei para a casa de minha tia. Ela fitou-o nos olhos.

– Jaime...

Um homem abriu caminho pela multidão e aproximou-se de Megan.

– Com licença – disse, ofegante. – Você é a irmã Megan?

Ela virou-se para ele.

– Sou, sim.

Ele soltou um suspiro de alívio.

– Levei muito tempo para encontrá-la. Meu nome é Alan Tucker. Posso lhe falar por um momento?

– Claro.

– A sós.

– Desculpe, mas estou de partida para...

– Por favor. É muito importante. Vim de Nova York para encontrá-la.

Megan ficou ainda mais perplexa.

– Para me encontrar? Não compreendo. Por quê...?

– Explicarei tudo, se me conceder um momento.

O estranho pegou-a pelo braço e conduziu-a pela rua, falando depressa. Megan olhou para trás uma vez, para o lugar em que Jaime Miró continuava parado, à sua espera.

A conversa de Megan com Alan Tucker virou seu mundo pelo avesso.

– A mulher que represento gostaria de conhecê-la.

– Não estou entendendo. Que mulher? O que ela quer comigo?

Eu gostaria de saber essa resposta, pensou Alan Tucker.

– Não estou autorizado a falar sobre isso. Ela a espera em Nova York.

Não fazia sentido. *Deve haver algum equívoco.*

– Tem certeza de que encontrou a pessoa certa... irmã Megan?

– Tenho, sim. Só que seu nome não é Megan... é Patricia.

E, num relance súbito e vertiginoso, Megan soube de tudo.

Depois de tantos anos, sua fantasia estava prestes a se consumar. Finalmente descobriria quem era. A mera perspectiva era emocionante... e aterradora.

– Quando... quando terei de partir? – Sua garganta estava de repente tão seca que ela mal conseguia falar.

Quero que descubra onde ela está e a traga para mim o mais depressa possível.

– Imediatamente. Providenciarei seu passaporte.

Ela virou-se e avistou Jaime parado na frente do hotel, à sua espera.

– Dê-me um minuto, por favor. – Megan voltou para Jaime atordoada, com a sensação de que vivia um sonho.

– Você está bem? – perguntou Jaime. – Aquele homem a está incomodando?

– Não. Ele é... não.

Ele pegou-lhe a mão.

– Quero que venha comigo. Pertencemos um ao outro, Megan.

Seu nome não é Megan... é Patricia.

Ela fitou o rosto bonito e forte de Jaime e pensou: *Também quero ficar junto de você. Mas teremos de esperar. Primeiro, preciso descobrir quem eu sou.*

– Jaime... quero ir com você. Mas há uma coisa que tenho de fazer primeiro.

Ele estudou-a, com uma expressão transtornada.

– Vai embora?

– Por algum tempo. Mas voltarei.

Jaime permaneceu em silêncio, a contemplá-la, por um longo momento, depois balançou a cabeça lentamente.

– Está certo. Pode fazer contato comigo por intermédio de Largo Cortez.

– Voltarei para você. Prometo.

Megan tinha toda a intenção de voltar. Mas isso foi antes de se encontrar com Ellen Scott.

37

— *Deus Israel conjugat vos; et ipse sit vobiscum, qui, misertus est duobus unicis... plenius benedicere te...* O Deus de Israel vos une e está convosco... e agora, Senhor, faça com que eles Vos abençoem ainda mais. Abençoados sejam todos os que amam o Senhor, que andem por Seus caminhos. Glória...

Ricardo desviou os olhos do padre e contemplou Graciela, de pé ao seu lado. *Eu tinha razão. Ela é a noiva mais linda do mundo.*

Graciela mantinha-se imóvel, escutando as palavras do padre ecoarem pela vasta igreja abobadada. Havia uma profunda sensação de paz naquele lugar. Parecia a Graciela que estava lotada com todos os fantasmas do passado, todos as milhares de pessoas que por ali haviam passado, geração após geração, em busca de perdão, realização e alegria. Lembrava-a muito do convento. *Sinto como se tivesse voltado para casa,* pensou Graciela. *Ao lugar a que pertenço.*

– *Exaudi nos, omnipotens et misericors Deus; ut, quod nostro ministratur officio, tua benedictione potius impleatur Per Dominum...* Escutai-nos, Todo-Poderoso e misericordioso Deus, para que tudo o que seja feito por nosso ministério possa se realizar abundante com Vossa bênção...

Ele me abençoou, mais do que mereço. Que eu seja digna d'Ele.

– *In te speravi, Domine: dixi: Tu es Deus meus: in manibus tuis tempora mea...* Em Vós, ó Senhor, tenho esperado; eu disse: Vós sois meu Deus; meus tempos estão em Vossas mãos...

Meus tempos estão em Vossas mãos. Prestei um juramento solene de devotar o resto de minha vida a Ele.

– *Suscipe, quaesumus, Domine, pro sacra connubii lege munus oblatum...* Recebei, nós Vos suplicamos, ó Senhor, a oferenda que Vos fazemos, em nome da santa união do matrimônio...

As palavras pareciam reverberar na cabeça de Graciela. Tinha a sensação de que o tempo parara.

– *Deus qui potestate virtutis tuae de nihilo cunceta fecisti...* Ó Deus que com Seu poder e força fez todas as coisas do nada... Ó Deus, que saudastes o matrimônio para prenunciar a união de Cristo com a Igreja... olhai em vossa misericórdia para esta donzela que se une em matrimônio e Vos suplica proteção e força...

Mas como Ele pode ter misericórdia comigo quando O estou traindo?

Graciela descobriu-se de repente com dificuldade para respirar. As paredes pareciam comprimi-la.

– *Nihil in ea ex actibus suis ille auctor praevaricationis usurpet...* Concedei que o autor do pecado não lance sobre ela seu mal...

Foi nesse instante que Graciela soube. E sentiu como se um pesado fardo fosse removido. Foi inundada por uma alegria intensa.

O padre continuava:

– Que ela possa ganhar a paz do reino dos céus. Vos pedimos para abençoar este casamento e...

– Já sou casada – declarou Graciela, em voz alta.

Houve um momento de silêncio chocado. Ricardo e o padre fitavam-na, aturdidos. O rosto de Ricardo estava pálido.

– Graciela, o quê?

Ela pegou-lhe o braço e murmurou gentilmente:

– Sinto muito, Ricardo.

– Eu... eu não entendo. Deixou de me amar?

Ela balançou a cabeça.

– Eu o amo mais do que minha vida. Mas minha vida não me pertence mais. Entreguei-a a Deus há muito tempo.

– Não! Não posso permitir que sacrifique sua...

– Ricardo, querido... Não é um sacrifício. É uma bênção. Encontrei no convento a primeira paz que conheci. Você é uma parte do mundo a que renunciei... a melhor parte. Mas renunciei. Devo voltar ao meu mundo.

O padre ouvia imóvel, em silêncio.

– Por favor, perdoe-me pelo sofrimento que estou lhe causando, mas não posso voltar atrás em meus votos. Estaria traindo tudo em que acredito. Sei disso agora. Nunca poderia fazê-lo feliz, porque eu nunca poderia ser feliz. Compreenda, por favor.

Ricardo fitava-a aturdido, abalado, não foi capaz de dizer coisa alguma. Era como se algo nele tivesse morrido.

Graciela contemplou seu rosto abatido, e o coração se angustiou por ele. Beijou-o no rosto e murmurou:

– Eu amo você. – Seus olhos se encheram de lágrimas. – Rezarei por você. Rezarei por nós dois.

38

Ao fim de uma tarde de sexta-feira, uma ambulância militar parou na entrada de emergência do hospital em Aranda de Duero. Um atendente, acompanhado por dois guardas uniformizados, passou pelas portas de vaivém e aproximou-se do supervisor, por trás de uma mesa.

– Temos uma ordem aqui para buscar um tal de Rubio Arzano – disse um dos guardas, estendendo um documento.

O supervisor examinou o documento e franziu o rosto.

– Acho que não tenho autoridade para liberar o paciente. O administrador é que deve resolver.

– Está certo. Vá chamá-lo.

O supervisor hesitou.

– Há um problema. Ele estará ausente pelo fim de semana.

– Não é problema nosso. Tenho uma ordem de entrega, assinada pelo coronel Acoca. Quer ligar para ele e comunicar que não vai cumpri-la?

– Claro que não – apressou-se o supervisor em dizer. – Isso não será necessário. Mandarei aprontarem o prisioneiro.

A MENOS DE um quilômetro de distância, na frente da cadeia da cidade, dois detetives saíram de um carro da polícia e entraram no prédio. Aproximaram-se do sargento de plantão. Um dos detetives mostrou sua identificação.

– Vimos buscar Lucia Carmine.

O sargento fitou os dois detetives.

– Ninguém me disse nada a respeito.

Um dos detetives suspirou.

– A droga da burocracia. A mão esquerda nunca diz o que a direita está fazendo.

– Deixem-me ver a ordem de transferência.

O detetive entregou-a.

– Assinada pelo coronel Acoca, hein?

– Isso mesmo.

– Para onde vão levá-la?

– Madri. O coronel quer interrogá-la pessoalmente.

– É mesmo? Bom, acho melhor eu confirmar com ele.

– Não há necessidade – protestou um dos detetives.

– Temos ordens para manter uma vigilância rigorosa sobre essa mulher. O governo italiano está fazendo tudo para conseguir sua extradição. Se o coronel Acoca a quer, terá de me dizer pessoalmente.

– Está perdendo seu tempo e...

– Tenho muito tempo, amigo. O que não tenho é outro rabo se perder o meu. – Pegou o telefone e disse: – Ligue-me com o coronel Acoca, em Madri.

– Meu Deus! – exclamou um dos detetives. – Minha mulher vai me matar se eu chegar atrasado para o jantar outra vez. Além do mais, o coronel provavelmente não está e...

O telefone na mesa tocou. O sargento atendeu

– O gabinete do coronel está na linha.

O sargento lançou um olhar triunfante para os detetives.

– Aqui é o sargento da delegacia de polícia em Aranda de Duero. É importante que eu fale com o coronel Acoca. Um dos detetives olhou para seu relógio, impaciente.

– *Mierda!* Tenho coisas melhores a fazer do que ficar por aqui e...

– Alô? Coronel Acoca?

A voz trovejou pelo telefone:

– Sou eu mesmo. O que é?

– Tenho dois detetives aqui, coronel, querendo que eu entregue uma prisioneira sob a sua custódia.

– Lucia Carmine?

– Isso mesmo, senhor.

– Eles apresentaram uma ordem assinada por mim?

– Apresentaram, senhor. Eles...

Então por que está me incomodando? Entregue-a!

– Mas pensei...

– Não pense! Cumpra as ordens!

A ligação foi cortada. O sargento engoliu em seco.

– Ele... ahn...

– Ele tem um pavio curto, não é mesmo? – comentou um dos detetives, sorrindo.

O sargento levantou-se, tentando conservar a dignidade.

– Vou mandar trazerem a prisioneira.

Na viela por trás da delegacia, um menino observava um homem num poste telefônico desligar um grampo e descer.

– O que está fazendo? – perguntou o menino.

O homem passou a mão pelos cabelos do menino, desmanchando-os.

– Ajudando um amigo, *muchacho*, ajudando um amigo...

Três horas depois, numa isolada casa de fazenda, ao norte, Lucia Carmine e Rubio Arzano se reencontraram.

Acoca foi despertado às 3 horas da madrugada pelo toque do telefone. Uma voz familiar lhe disse:

– O comitê gostaria de encontrá-lo.

– Pois não, senhor. Quando?

– Agora, coronel. Uma limusine irá buscá-lo dentro de uma hora. Esteja pronto, por favor.

Ele desligou e ficou sentado na beira da cama. Acendeu um cigarro e deixou que a fumaça lhe penetrasse pelos pulmões.

Uma limusine irá buscá-lo dentro de uma hora. Esteja pronto, por favor.

Ele estaria pronto.

Foi para o banheiro e examinou sua imagem no espelho.

Contemplava os olhos de um homem derrotado.

Eu estava tão perto, pensou, amargurado. *Tão perto...*

O coronel Acoca começou a fazer a barba, com todo cuidado. Depois de terminar, tomou um demorado banho de chuveiro, escolheu as roupas que usaria.

Exatamente uma hora depois, ele saiu pela porta da frente e deu uma olhada na casa que sabia que nunca mais tornaria a ver. Não haveria nenhuma reunião, é claro. Os homens não tinham mais nada a discutir com ele.

Uma limusine preta e comprida esperava na frente da casa. Uma porta foi aberta quando ele se aproximou. Havia dois homens na frente e dois atrás.

– Entre, coronel.

Ele respirou fundo e entrou no carro, que no mesmo instante partiu pela noite escura.

É como um sonho, pensou Lucia. *Estou olhando pela janela para os Alpes suíços. Cheguei realmente.*

Jaime Miró providenciara um guia para que ela chegasse sã e salva a Zurique. E lá chegara tarde da noite.

Pela manhã irei ao Banco Leu.

O pensamento deixou-a nervosa. E se alguma coisa saísse errada? E se o dinheiro não estivesse mais lá? E se...?

Enquanto a primeira claridade do novo dia avançava pelas montanhas, Lucia ainda estava acordada.

No início da manhã, ela deixou o Baur au Lac Hotel e aguardou na frente do banco pelo início do expediente. Um homem de meia-idade, de aparência gentil, abriu a porta.

– Entre, por favor. Está esperando há muito tempo?

Apenas uns poucos meses, pensou Lucia.

– Não.

Os dois entraram.

– Em que podemos servi-la?

Podem me tornar rica.

– Meu pai tem uma conta aqui. Pediu-me que viesse e... assumisse a conta.

– É uma conta numerada?

– É, sim.

– Pode me fornecer o número, por favor?

– B2A149207.

Ele balançou a cabeça.

– Um momento, por favor.

Lucia observou-o desaparecer num cofre nos fundos do banco. Os clientes começavam a entrar. *Tem de estar lá,* pensou Lucia. *Nada deve sair...*

O homem retornava. Ela nada podia perceber por sua expressão.

– Esta conta... disse que estava em nome de seu pai?

Lucia sentiu um aperto no coração.

– Isso mesmo. Angelo Carmine.

Ele estudou-a por um instante.

A conta tem dois nomes.

Isso significava que ela não poderia movimentá-la?

– O quê... – Ela mal conseguia falar. – ...qual é o outro nome?

– Lucia Carmine.

E naquele instante ela possuiu o mundo.

Na conta estavam depositados pouco mais de 13 milhões de dólares.

– O que deseja que façamos? – perguntou o homem. – Pode transferir para uma de suas filiais no Brasil? No Rio?

– Claro. Mandaremos a documentação para a senhorita esta tarde.

Era simples assim.

A parada seguinte de Lucia foi numa agência de viagens, perto do hotel. Havia um cartaz grande na vitrine, anunciando o Brasil.

É um presságio, pensou Lucia, feliz. Ela entrou.

– Em que posso servi-la?

– Gostaria de comprar duas passagens para o Brasil. *Não há leis de extradição lá.*

Mal podia esperar para contar tudo a Rubio. Ele estava em Biarritz, aguardando seu telefonema. Viajariam Juntos para o Brasil.

– Poderemos viver em paz lá pelo resto de nossas vidas – dissera-lhe Lucia.

Agora, tudo estava finalmente acertado. Depois de tantas aventuras e perigos... a prisão de seu pai e irmãos, a vingança contra Benito Patas e o juiz Buscetta... a polícia à sua procura, e a fuga para o convento... os homens de Acoca e o falso frade... Jaime Miró, Teresa e a cruz de ouro... E Rubio Arzano. Acima de tudo, o querido Rubio. Quantas vezes Rubio arriscara a vida por ela? Salvara-a dos soldados no bosque... das águas impetuosas nas corredeiras... dos homens no bar em Aranda de Duero. O simples ato de pensar em Rubio deixava-a enternecida.

Voltou ao seu quarto no hotel, pegou o telefone e aguardou que a telefonista atendesse.

Haverá alguma coisa para ele fazer no Rio. Mas o quê?

O que ele pode fazer? Provavelmente vai querer comprar uma fazenda em algum lugar do Brasil. E o que eu faria então?

– Número, por favor – falou a telefonista.

Lucia ficou olhando em silêncio para os picos nevados dos Alpes. *Temos duas vidas diferentes, Rubio e eu. Sou a filha de Angelo Carmine.*

– Número, por favor?

Ele é um camponês. Adorava a vida numa fazenda. Como eu poderia separá-lo disso? A telefonista começava a ficar impaciente.

– Em que posso ajudá-la? O que deseja?

– Nada. Nada, obrigada – respondeu Lucia lentamente. Ela desligou.

No início da manhã seguinte, embarcou num voo da Swissair para o Rio.

Sozinha.

39

A reunião teria lugar na luxuosa sala de estar da casa de Ellen Scott. Ela andava de um lado para outro, ansiosa pela chegada de Alan Tucker com a menina. Não. Não uma menina. Uma mulher. Uma freira. Como ela seria? O que a vida lhe fizera? O *que eu fiz com ela?*

O mordomo entrou na sala.

– Seus visitantes chegaram, madame.

Ela respirou fundo.

– Mande-os entrar.

Um momento depois, Megan e Alan Tucker estavam na sala.

ELA É LINDA, pensou Ellen.

Tucker sorriu.

– Sra. Scott, esta é Megan.

Ellen fitou-o e disse suavemente:

– Não vou mais precisar de você.

Suas palavras tinham uma finalidade inequívoca. O sorriso de Tucker desapareceu.

– Adeus, Tucker.

Ele continuou parado ali por um momento, indeciso, depois balançou a cabeça e se retirou. Não podia reprimir a impressão de que perdera alguma coisa. E importante. *Muito tarde,* pensou. *Tarde demais.*

Ellen Scott estudava Megan.

– Sente-se, por favor.

Megan se sentou, e Ellen Scott também, as duas ficaram se examinando.

Ela parece com a mãe, pensou Ellen. *Cresceu para se tornar uma linda mulher.* E Ellen recordou a noite terrível do acidente, a tempestade e o avião em chamas...

Você disse que ela estava morta... Podemos dar um jeito... O piloto disse que estávamos perto de Ávila. Deve haver muitos turistas por lá. Não há motivo para alguém relacionar a criança com o desastre de avião... Vamos deixá-la numa linda casa de fazenda nos arredores da cidade. Alguém a adotará e ela crescerá para levar uma vida maravilhosa aqui... Você tem de optar, Milo. Pode ter a mim ou pode passar o resto de sua vida trabalhando para a filha de seu irmão.

E agora o passado estava ali, confrontando-a. Por onde começar?

– Sou Ellen Scott, presidente da Scott Industries. Já ouviu falar?

– Não.

Claro que ela não poderia conhecer, Ellen censurou-se. Seria mais difícil do que ela previra. Inventara uma história sobre uma velha amiga da família que morrera, e uma promessa de tomar conta de sua filha – mas no momento em que olhara pela primeira vez para Megan, Ellen compreendera que não daria certo. Não tinha escolha. Devia torcer para que Patricia... Megan... não destruísse tudo. Refletiu sobre o que fizera com a mulher sentada à sua frente, e seus olhos se encheram de lágrimas. *Mas é tarde demais para lágrimas. É hora de corrigir tudo. É hora de contar a verdade.* Inclinou-se e pegou a mão de Megan.

– Tenho uma história para lhe contar – disse, calma.

ISSO ACONTECERA TRÊS ANOS antes. Durante o primeiro ano, até ficar doente demais para continuar, Ellen Scott mantivera Megan sob sua proteção. Megan fora trabalhar na Scott Industries, e sua aptidão e inteligência encantaram a velha senhora, dando-lhe uma aparência mais nova e reforçando-lhe a vontade de viver.

– Terá de trabalhar com afinco – avisara Ellen. – Aprenderá, como eu tive de aprender. No começo será difícil, mas no final se tornará a sua vida.

E fora o que ocorrera.

Megan trabalhava em horas que nenhum de seus empregados podia conceber.

– Você tem de chegar ao escritório às 4 horas da manhã e trabalhar o dia inteiro. Será capaz?

Megan sorria e pensava: *Se eu dormisse até 4 horas da manhã no convento, irmã Betina me repreenderia.*

ELLEN SCOTT MORRERA, mas Megan continuara a aprender, observando a companhia crescer. *Sua* companhia. Ellen a adotara.

– Assim não teremos de explicar por que você é uma Scott – dissera ela.

Mas havia um tom de orgulho em sua voz.

É irônico, pensara Megan. *Todos aqueles anos no orfanato, e ninguém quis me adotar. Agora, sou adotada por minha própria família. Deus tem um maravilhoso senso de humor.*

40

Um novo homem estava ao volante do carro de fuga, e isso deixava Jaime Miró nervoso.

– Não confio nele – explicou Jaime a Felix. – E se ele for embora e nos deixar?

– Relaxe. Ele é o cunhado do meu primo. Fará tudo certo. Há muito que suplica por uma oportunidade de sair conosco.

– Tenho um terrível pressentimento – insistiu Jaime.

Eles haviam chegado a Sevilha no início daquela tarde e examinado meia dúzia de bancos, antes de escolherem o alvo. Era um banco numa rua transversal, pequeno, não havia muito movimento, perto de uma fábrica que efetuava seus depósitos ali. Tudo parecia perfeito. Exceto pelo homem no carro de fuga.

– Ele é tudo o que o preocupa? – perguntou Felix.

– Não.

– O que mais?

Era difícil responder.

– Digamos que é uma premonição.

Jaime falou jovialmente, escarnecendo de si mesmo. Felix levou a sério.

– Quer que eu suspenda a operação?

– Porque estou hoje com os nervos de uma velha lavadeira? Nada disso, amigo. Tudo correrá tão suave quanto seda.

E, no começo, fora o que acontecera.

Havia poucos clientes no banco, e Felix mantivera-os imobilizados com uma arma automática, enquanto Jaime esvaziava as gavetas dos caixas. Suave como seda.

Quando os dois saíam, encaminhando-se para o carro de fuga, Jaime gritou:

– Lembrem-se, amigos, que o dinheiro é para uma boa causa.

Foi na rua que tudo começou a desmoronar. Havia guardas por toda parte. O motorista do carro de fuga estava ajoelhado na calçada, a pistola de um guarda encostada em sua cabeça.

No momento em que Jaime e Felix apareceram, um detetive ordenou:

– Larguem as armas!

Jaime hesitou por uma fração de segundo. E depois levantou a arma.

41

O 727 adaptado voava a 35 mil pés de altitude, sobre o Grand Canyon. Fora um dia longo e árduo. *E ainda não acabou,* pensou Megan.

Ela seguia para a Califórnia, a fim de assinar os contratos que dariam à Scott Industries 400 mil hectares de terras florestais, ao norte de San Francisco. Megan discutira muito o negócio e saíra levando vantagem

A culpa é deles, pensou Megan. *Não deveriam tentar me enganar. Aposto que sou a primeira guarda-livros de um convento Cisterciense que eles já enfrentaram.*

Soltou uma risada.

A aeromoça aproximou-se.

– Deseja alguma coisa, Srta. Scott?

Ela viu uma pilha de jornais e revistas numa prateleira.

Andara tão ocupada com a transação que não tivera tempo de ler coisa alguma.

– Deixe-me ver o *The New York Times,* por favor.

A notícia estava na primeira página, e saltou a seus olhos.

Havia uma fotografia de Jaime Miró. E abaixo a notícia: "Jaime Miró, líder do ETA, o radical movimento separatista basco na Espanha, foi ferido e preso pela polícia durante um assalto a banco, ontem à tarde, em Sevilha. Felix Carpio, outro acusado de terrorismo, foi morto no assalto. As autoridades procuravam Miró desde..."

Megan leu o resto da matéria e ficou imóvel por um longo tempo, recordando o passado. Era como um sonho distante, fotografado através de uma cortina de gaze, enevoado e irreal.

Esta luta acabará em breve. Conseguiremos o que queremos porque o povo está do nosso lado... Gostaria que você esperasse por mim...

Há muito tempo ela lera sobre uma civilização em que se acreditava que, quando se salvava a vida de uma pessoa, passava-se a ser responsável por ela. Pois ela salvara Jaime duas vezes... uma no castelo e outra no parque. *Não posso deixar que o matem agora.* Estendeu a mão para o telefone ao lado da poltrona e disse ao piloto:

– Mude a rota. Retornaremos a Nova York.

Uma limusine esperava por ela no aeroporto La Guardia. Quando ela chegou ao escritório, às 2 horas da madrugada, Lawrence Gray Jr. estava à sua espera. O pai dele fora o melhor advogado da companhia por muitos anos, e se aposentara. O filho era inteligente e ambicioso. Sem qualquer preâmbulo, Megan disse:

– Jaime Miró. O que sabe a seu respeito?

A resposta foi imediata:

– É um terrorista basco, líder do ETA. Creio que acabei de ler a notícia de que foi capturado há um ou dois dias.

– Certo. O governo terá de submetê-lo a julgamento. Quero alguém lá. Quem é o melhor advogado criminal do país?

– Eu diria que é Curtis Hayman.

– Não. Ele é fino demais. Precisamos de alguém implacável. – Megan pensou por um instante. – Chame Mike Rosen.

– Ele já está ocupado pelos próximos cem anos, Megan.

– Desocupe-o. Quero-o em Madri para o julgamento.

Gray franziu o rosto.

– Não podemos nos envolver num julgamento público na Espanha.

– Claro que podemos. *Amicus curiae.* Somos amigos do réu.

Ele estudou-a por um momento.

– Importa-se se eu lhe fizer uma pergunta pessoal?

– Claro que me importo. Faça o que estou dizendo.

– Farei o melhor que puder.

– Larry...

– O que é?

– Quero mais que o melhor nesse caso. – A voz de Megan era dura como aço.

Vinte minutos depois, Lawrence Gray Jr. voltou à sala de Megan.

– Mike Rosen está ao telefone. Acho que o acordamos. Ele quer falar com você.

Megan pegou o telefone.

– Sr. Rosen? É um prazer lhe falar. Nunca nos encontramos pessoalmente, mas tenho a impressão de que vamos nos tornar grandes amigos. Muitas pessoas processam a Scott Industries para tentar nos arrancar alguma coisa, e tenho procurado por alguém para assumir nosso departamento jurídico. Seu nome sempre aflora. Claro que estou disposta a lhe pagar muito bem...

– Srta. Scott...

– Pois não?

– Não me importo de pegar um trabalho que é uma fria, mas você está me jogando uma geada.

– Não entendi.

– Pois então permita-me usar o jargão legal. Sem rodeios. São 2 horas da madrugada. Ninguém contrata ninguém às 2 horas da madrugada.

– Sr. Rosen...

– Mike. Vamos ser grandes amigos, está lembrada? Mas amigos devem confiar um no outro. Larry me disse que você quer que eu vá à Espanha e tente salvar um terrorista basco que está em poder da polícia.

Ela já ia dizer "Ele não é um terrorista", mas se conteve.

– É isso mesmo.

– Qual é o seu problema? Ele está processando a Scott Industries porque sua arma emperrou?

– Ele...

– Sinto muito. Não posso ajudá-la. Estou com a agenda tão cheia que desisti de ir ao banheiro há seis meses. Posso recomendar alguns advogados...

Não, pensou Megan. *Jaime Miró precisa de você.* E ela foi subitamente dominada por um senso de desespero. A Espanha era outro mundo, outro tempo. Quando falou, a voz era cansada:

– Não importa. É um assunto pessoal. Desculpe tê-lo incomodado.

– Ei, é para isso que servem os amigos! Uma questão pessoal é diferente, Megan. Para dizer a verdade, estou ansioso em saber por que a presidente da Scott Industries se interessa em salvar um terrorista espanhol. Está livre para o almoço amanhã?

Megan não permitiria que nada a atrapalhasse.

– Estou.

– Le Cirque, às 13 horas?

Megan sentiu-se mais animada.

– Combinado.

– Faça a reserva. Mas devo alertá-la para uma coisa.

– O que é?

– Tenho uma mulher muito bisbilhoteira.

Os dois se encontraram no Le Cirque. Depois que Sirio deixou-os à mesa, Mike Rosen disse:

– Você é mais bonita do que nas fotografias. Aposto que todo mundo lhe diz isso.

Ele era bem baixo e vestia-se de maneira descuidada. Mas não havia nada de descuidado em sua mente.

– Despertou minha curiosidade – declarou Mike Rosen. – Qual é o seu interesse por Jaime Miró?

Havia muito para dizer˙ Coisa demais para contar. Megan limitou-se a responder:

– Ele é um amigo. Não quero que morra.

Rosen inclinou-se para a frente.

– Examinei os arquivos de jornal sobre ele esta manhã. Se o governo de Don Juan Carlos executar Miró apenas uma vez, ele estará levando vantagem. Eles ficarão roucos só de ler as acusações contra seu amigo. – Ele percebeu a expressão de Megan. – Desculpe, mas preciso ser franco. Miró tem andado muito ocupado. Assalta bancos, explode carros, assassina pessoas...

– Ele não é um assassino, mas um patriota. Está lutando por seus direitos.

– Está bem, está bem. Ele é meu herói também. O que deseja que eu faça?

– Salve-o.

– Megan, somos tão bons amigos que vou lhe dizer a verdade absoluta. O próprio Jesus Cristo não poderia salvá-lo. Está à procura de um milagre que...

– Acredito em milagres. Vai me ajudar?

Ele estudou-a por um momento.

– Para que servem os amigos? Já experimentou o patê? Ouvi dizer que eles o fazem *kosher*.

O FAX DE MADRI DIZIA: "Falei com alguns dos maiores advogados europeus. Todos se recusam a defender Miró. Tentei ser admitido no julgamento, como *amicus curiae*. O tribunal não me aceitou. Gostaria de poder realizar o milagre para você, amiga, mas Deus ainda não se levantou. Estou voltando. Você me deve um almoço. Mike."

O JULGAMENTO ESTAVA marcado para começar dia 17 de setembro.

– Cancele todos os meus compromissos – ordenou Megan a um assistente. – Tenho alguns negócios a tratar em Madri.

– Quanto tempo vai demorar?

– Não sei.

ELA PLANEJOU SUA ESTRATÉGIA no avião, enquanto sobrevoava o Atlântico. *Deve haver uma maneira*, pensou Megan. *Tenho dinheiro e poder. O primeiro-ministro é a chave. Preciso entrar em contato com ele antes do início do julgamento. Depois disso, será tarde demais.*

MEGAN TEVE UMA reunião com o primeiro-ministro Leopoldo Martínez 24 horas depois de chegar a Madri. Ele convidou-a para almoçar no Palácio Moncloa.

– Agradeço por me receber tão prontamente – disse Megan. – Sei que é um homem ocupado.

Ele levantou a mão num gesto de protesto.

– Minha cara Srta. Scott, quando a presidente de uma organização tão importante quanto a Scott Industries voa para meu país querendo me falar, só posso me sentir honrado. Por favor, diga-me em que posso ajudá-la.

– Para ser franca, vim até aqui para ajudá-lo. Ocorreu-me que temos algumas fábricas na Espanha, mas não estamos aproveitando todo o potencial que seu país tem a oferecer.

Martínez escutava agora com toda atenção, os olhos brilhando.

– É mesmo?

– A Scott Industries está pensando em instalar uma enorme fábrica de material eletrônico. Deve empregar entre mil e 1.500 pessoas. Se for bem-sucedida, como esperamos, abriremos fábricas subsidiárias.

– E ainda não decidiu em que país deseja instalar essa fábrica?

– Isso mesmo. Pessoalmente, sou a favor da Espanha. Mas, para ser franca, Excelência, alguns dos meus executivos não estão satisfeitos com a situação dos direitos civis aqui.

– É mesmo?

– É, sim. Acham que as pessoas que protestam contra as políticas do Estado são tratadas com muito rigor.

– Está pensando em alguém em particular?

– Para dizer a verdade, estou, sim. Jaime Miró.

Ele fitou-a em silêncio por um momento.

– Entendo. E se formos clementes com Jaime Miró, teríamos a fábrica de material eletrônico e...

– E muito mais – assegurou Megan. – Nossas fábricas elevarão o padrão de vida em todas as comunidades em que se instalarem.

O primeiro-ministro franziu o rosto.

– Receio que haja um pequeno problema.

– Qual? Podemos negociar tudo.

– Trata-se de algo que não pode ser negociado, Srta. Scott. A honra da Espanha não está à venda. Não pode nos subornar, comprar ou ameaçar.

– Pode ter certeza de que não estou...

– Chega aqui com suas esmolas e espera que ignoremos nossos tribunais para agradá-la? Pense bem, Srta. Scott. Não precisamos de suas fábricas.

Piorei a situação, pensou Megan.

O JULGAMENTO DUROU SEIS SEMANAS, num tribunal sob forte guarda, fechado ao público.

Megan permaneceu em Madri, acompanhando todos os dias as notícias do julgamento. Mike Rosen telefonava-lhe de vez em quando.

– Sei pelo que está passando, amiga. Acho que deveria voltar para casa.

– Não posso, Mike.

Ela tentou se encontrar com Jaime.

As visitas estavam terminantemente proibidas.

No último dia do julgamento, Megan postou-se diante do tribunal, perdida na multidão. Repórteres saíram correndo do prédio, e Megan deteve um deles.

– O que aconteceu?

– Ele foi considerado culpado de todas as acusações. E condenado à morte pelo garrote.

42

No dia marcado para a execução de Jaime Miró, às 5 horas da manhã uma multidão começou a se concentrar diante da prisão central em Madri. A guarda civil ergueu barricadas para manter as pessoas no outro lado da ampla rua, longe da entrada principal da prisão. Soldados e tanques bloqueavam os portões do presídio.

Lá dentro, no gabinete do diretor Gomez de la Fuente, ocorria uma reunião extraordinária. Ali estavam o primeiro-ministro Leopoldo Martínez, Alonzo Sebastián, o novo comandante do GOE, e os dois assistentes do diretor, Juanito Molinas e Pedro Anango.

O diretor De la Fuente era um homem corpulento, de meia-idade, expressão taciturna, que devotara sua vida a disciplinar os criminosos que o governo entregara a seus cuidados. Molinas e Arrango, seus inflexíveis assistentes, trabalhavam com ele havia vinte anos.

O primeiro-ministro Martínez estava falando:

– Eu gostaria de saber que providências foram adotadas para evitar que haja problemas na execução de Miró.

O diretor De la Fuente respondeu:

– Estamos preparados para todas as emergências possíveis, Excelência. Como constatou ao chegar, foi colocada uma companhia inteira de soldados armados em volta da prisão. Seria preciso um Exército para se entrar aqui.

– E dentro da prisão?

– As precauções são ainda mais rigorosas. Jaime Miró encontra-se numa cela de segurança máxima no segundo andar. Os outros prisioneiros do andar foram temporariamente transferidos. Dois guardas estão postados na frente da cela de Miró, e há mais dois em cada extremidade do corredor. Ordenei que todos os presos permaneçam em suas celas até o término da execução.

– A que horas será?

– Ao meio-dia, Excelência. Adiei o almoço para às 13 horas. Isso nos dará tempo suficiente para tirar o corpo de Miró daqui.

– Que planos fez para a disposição do corpo?

– Estou seguindo sua sugestão, Excelência. O sepultamento na Espanha poderia causar dificuldades ao governo, se os bascos convertessem a sepultura numa espécie de santuário. Entramos em contato com a tia dele na França. Ela vive numa pequena aldeia, nos arredores de Bayonne. Concordou em enterrá-lo lá.

O primeiro-ministro levantou-se.

– Excelente. – Ele suspirou. – Ainda acho que um enforcamento em praça pública seria mais apropriado.

– É possível, Excelência. Mas, nesse caso, eu não poderia mais ser responsável pelo controle da multidão lá fora.

– Acho que você tem razão. Não há sentido em atiçar a multidão mais do que o necessário. O garrote é mais doloroso e mais lento. E se algum homem merece o garrote, é Jaime Miró.

– Com licença, Excelência – disse o diretor De la Fuente –, mas fui informado de que uma comissão de juízes está reunida para considerar um último apelo dos advogados de Miró. Se for aceito, o que devo...

O primeiro-ministro interrompeu-o:

– Não será aceito. A execução será realizada de acordo com o previsto.

A reunião estava encerrada.

Às 7h30, o caminhão da padaria parou na frente dos portões da prisão.

– Entrega.

Um dos guardas da prisão examinou o motorista.

– Você não é novo?

– Sou, sim.

– Onde está Julio?

– Está doente, de cama.

– Por que não vai para junto dele, amigo?

– Como?

– Não há entregas esta manhã. Volte à tarde.

– Mas todas as manhãs...

– Nada entra, e apenas uma coisa vai sair. E agora dê marcha à ré, faça a volta e saia depressa daqui, antes que meus companheiros fiquem nervosos.

O motorista olhou para os soldados que o fitavam fixamente.

– Claro.

Eles observaram o caminhão fazer a volta e desaparecer pela rua. O comandante da guarda comunicou o incidente ao diretor. A história foi investigada e descobriu-se que o entregador regular estava no hospital, vítima de um atropelamento, tendo o responsável fugido.

Às 8 horas, um carro-bomba explodiu no outro lado da rua, em frente à prisão, ferindo meia dúzia de pessoas. Em circunstâncias normais, os guardas deixariam seus postos para investigar e ajudar os feridos. Mas tinham ordens rigorosas. Permaneceram em seus postos, e a guarda civil foi chamada para cuidar da situação.

O incidente foi imediatamente comunicado ao diretor De la Fuente, que comentou:

– Eles estão ficando desesperados. Dispostos a qualquer coisa.

Às 9h15, um helicóptero sobrevoou a área da prisão. Pintadas nos lados estavam as palavras *La Prensa,* o maior jornal da Espanha.

Dois canhões antiaéreos haviam sido instalados no telhado da prisão. O tenente no comando acenou uma bandeira de sinalização, avisando para o aparelho se afastar. O helicóptero continuou a sobrevoar o local. O tenente pegou um telefone de campanha.

– Diretor, temos um helicóptero sobrevoando a prisão.

– Alguma identificação?

– Diz *La Prensa,* mas parece ser recém-pintado.

– Dê um tiro de advertência. Se o helicóptero não se afastar, pode derrubá-lo.

– Está certo, senhor. – O tenente acenou com a cabeça para seu artilheiro. – Dispare um tiro próximo.

O disparo explodiu a 5 metros do helicóptero. Eles puderam ver o rosto espantado do piloto. O artilheiro tornou a carregar. O helicóptero subiu e desapareceu no céu de Madri.

O que virá em seguida?, especulou o tenente.

ÀS 11 HORAS, MEGAN SCOTT apresentou-se na sala de recepção da prisão. Estava abatida e pálida.

– Quero falar com o diretor De la Fuente.

– Tem um encontro marcado?

– Não, mas...

– Lamento muito, mas o diretor não receberá ninguém esta manhã. Se telefonar esta tarde...

– Avise a ele que é Megan Scott.

O homem examinou-a mais atentamente. *Então esta é a rica americana que está tentando libertar Jaime Miró. Eu não me importaria se ela trabalhasse em mim por algumas noites.*

– Está bem. Vou avisá-lo que está aqui.

Cinco minutos depois, Megan estava sentada na sala do diretor De la Fuente. Alguns dirigentes da prisão também estavam presentes.

– Em que posso ajudá-la, Srta. Scott?

– Eu gostaria de ver Jaime Miró.

O diretor suspirou.

– Lamento, mas não é possível.

– Mas estou...

– Srta. Scott, todos sabemos quem é. Se pudéssemos atendê-la, garanto que teríamos o maior prazer – disse com um sorriso. – Nós, espanhóis, somos muito compreensivos. E também somos sentimentais, de vez em quando não hesitamos em ignorar determinados regulamentos. – O sorriso desapareceu. – Mas não hoje, Srta. Scott. De jeito nenhum. Este é um dia muito especial. Levamos anos para capturar o homem que deseja ver. Por isso, hoje é o dia em que todos os regulamentos estão em vigor. Agora, só quem pode ver Jaime Miró é seu Deus... se é que ele tem algum.

Megan estava desesperada.

– Eu não poderia... vê-lo apenas por um instante?

Um dos membros da diretoria da prisão, comovido pela angústia de Megan, sentiu-se tentado a interferir. Mas se conteve.

– Sinto muito, mas não é possível – respondeu o diretor De la Fuente.

– Poderia mandar um recado para ele?

A voz de Megan era trêmula.

– Mandaria um recado para um morto. – O diretor olhou para o relógio. – Ele tem menos de uma hora para viver.

– Mas ele está apelando da sentença. Uma comissão de juízes não está se reunindo para...

– O apelo foi rejeitado. Recebi o comunicado há 15 minutos. A execução vai acontecer. E agora, se me dá licença...

Ele levantou-se, e os outros seguiram seu exemplo.

Megan olhou ao redor, deparando com rostos frios. Estremeceu.

– Que Deus tenha misericórdia de todos vocês – murmurou ela.

Eles ficaram observando, em silêncio, enquanto Megan deixava a sala.

Dez minutos antes do meio-dia a porta da cela de Jaime Miró foi aberta. O diretor Gomez De la Fuente, acompanhado por seus dois assistentes, Molinas e Arrango, e pelo Dr. Miguel Anunción, entraram na cela. Quatro guardas armados mantinham-se de prontidão no corredor.

– Está na hora – disse o diretor.

Jaime levantou-se. Estava algemado, os pés acorrentados.

– Torci para que se atrasasse. - Ele exibia um ar de dignidade que o diretor De la Fuente não podia deixar de admirar.

Em outro tempo, em outras circunstâncias, poderíamos ser amigos, pensou.

Jaime saiu para o corredor deserto, os movimentos desajeitados, por causa das correntes nos pés. Foi escoltado pelos guardas, Molinas e Arrango.

– O garrote? – perguntou ele.

O diretor acenou com a cabeça.

– O garrote.

Terrivelmente doloroso, desumano, ainda bem que a execução ocorreria numa sala fechada, longe dos olhos do público e da imprensa, pensou o diretor.

O grupo avançou pelo corredor. Podiam ouvir o brado da multidão na rua lá fora:

– Jaime... Jaime... Jaime...

Era uma explosão de mil vozes, tornando-se cada vez mais alta.

– Estão chamando por você – disse Pedro Arrango.

– Nada disso. Estão chamando a si mesmos. Chamando a liberdade. Amanhã eles terão outro nome. Eu posso morrer... mas sempre haverá outro nome.

Eles passaram por duas portas de segurança e chegaram a uma pequena câmara na extremidade do corredor, com uma porta de ferro verde. Um padre com uma batina preta surgiu de uma curva do corredor.

– Graças a Deus que cheguei a tempo. Vim dar os últimos sacramentos ao condenado.

Quando ele se encaminhou para Miró, dois guardas bloquearam-lhe a passagem.

– Lamento, padre – disse o diretor De la Fuente –, mas ninguém chega perto dele.

Mas eu sou...

– Se quer dar os últimos sacramentos, terá de fazê-lo através de portas fechadas. E agora saia da frente, por favor.

Um guarda abriu a porta verde. Parado lá dentro, ao lado de uma cadeira presa no chão, com grossas tiras saindo dos braços, estava um homem enorme, usando uma meia máscara. O garrote estava em suas mãos.

O diretor acenou com a cabeça para Molinas, Arrango e o médico, que entraram na sala atrás de Jaime. Os guardas ficaram no lado de fora. A porta verde foi fechada e trancada.

Lá dentro, os assistentes Molinas e Arrango levaram Jaime para a cadeira. Tiraram-lhe as algemas, amarraram-no na cadeira com as tiras de couro, enquanto o Dr. Anunción e o diretor De la Fuente observavam. Através da porta fechada, mal podiam ouvir o murmúrio do padre. De la Fuente olhou para Jaime e deu de ombros.

– Não tem importância. Deus compreenderá o que ele está dizendo.

O gigante com o garrote postou-se atrás de Jaime. O diretor Gomez de la Fuente perguntou:

– Quer um pano para cobrir o rosto?

– Não.

O diretor olhou para o gigante e acenou com a cabeça. O homem levantou o garrote e estendeu-o para a frente.

Os guardas que estavam junto da porta podiam ouvir os gritos da multidão na rua.

– Querem saber de uma coisa? – resmungou um dos guardas. Eu gostaria de estar lá fora com eles.

Cinco minutos depois, a porta verde foi aberta.

– Tragam o saco para o corpo – disse o Dr. Anunción.

De acordo com as instruções, o corpo de Jaime Miró saiu por uma porta nos fundos da prisão. O saco foi jogado na traseira de um furgão sem qualquer identificação. Mas no momento em que o veículo deixou a área da prisão, a multidão na rua adiantou-se, como se atraída por algum ímã místico.

– Jaime... Jaime...

Mas os gritos eram mais suaves agora. Homens e mulheres choravam, seu filhos olhavam espantados, sem entenderem o que se passava. O furgão passou pela multidão e finalmente alcançou a estrada.

– Meu Deus! – murmurou o motorista. – Foi fantástico. O cara devia ter alguma coisa.

– É verdade. E milhares de pessoas sabiam disso!

Às duas horas daquela tarde, o diretor Gomez de la Fuente e seus dois assistentes, Juanito Molinas e Pedro Arrango, entraram no gabinete do primeiro-ministro.

– Quero dar-lhes meus parabéns – disse o primeiro-ministro. – A execução foi perfeita.

– Senhor primeiro-ministro, não estamos aqui para receber os parabéns – disse o diretor. – Viemos apresentar nossos pedidos de demissão.

Martínez ficou espantado.

– Eu... eu não compreendo. O que...

– É uma questão de humanidade, Excelência. Acabamos de ver um homem morrer. Talvez ele merecesse morrer. Mas não daquele jeito. Foi... bárbaro. Não quero mais fazer parte disso ou de qualquer outra coisa parecida, e meus colegas pensam da mesma maneira.

– Talvez devessem pensar mais um pouco no assunto. Suas pensões...

– Temos de viver com nossas consciências. – O diretor De la Fuente entregou três cartas ao primeiro-ministro. Aqui estão nossas renúncias.

Tarde da noite, o furgão cruzou a fronteira com a França e seguiu para a aldeia de Bidache, perto de Bayonne. Parou diante de uma casa de fazenda imaculada.

– É aqui. Vamos nos livrar do corpo antes que comece a feder.

A porta da casa foi aberta por uma mulher de 50 e poucos anos.

– Vocês o trouxeram?

– Trouxemos, senhora. Onde gostaria que o deixássemos?

– Na sala de visitas, por favor.

– Pois não, senhora. Eu... ahn... não esperaria muito tempo para enterrá-lo. Entende o que estou querendo dizer?

Ela observou os dois homens carregarem o saco com o corpo para o interior da casa e largarem no chão da sala.

– Obrigada.

– De nada.

Ela ficou parada, observando o furgão se afastar. Outra mulher veio dos fundos da casa e correu para o saco. Abriu-o rapidamente.

Jaime Miró estava encolhido lá dentro, sorrindo.

– Aquele garrote podia ter me deixado com torcicolo.

– Vinho branco ou tinto? – perguntou Megan.

43

No Aeroporto Barajas em Madri, o ex-diretor Gomez de la Fuente, seus antigos assistentes, Molinas e Arrango, o Dr. Anunción e o gigante que vestira a máscara estavam no salão de espera para viajar.

– Ainda acho que estão cometendo um erro ao não irem comigo para Costa Rica – disse De la Fuente. – Com cinco milhões de dólares poderiam comprar toda a porra do país.

Molinas sacudiu a cabeça.

– Arrango e eu vamos para a Suíça. Estou cansado do sol. Vamos comprar algumas dezenas de bonequinhas de neve.

– Eu também – disse o gigante.

Eles se viraram para Miguel Anunción.

– O que vai fazer, doutor?

– Vou para Bangladesh.

– O quê?

– Isso mesmo. Usarei o dinheiro para abrir um hospital ali. Pensei muito a respeito, antes de aceitar a oferta de Megan Scott. Cheguei à conclusão de que se pudesse salvar uma porção de vidas inocentes por deixar um terrorista viver, então seria uma boa troca. Além do mais, devo lhes dizer, eu gostava de Jaime Miró.

44

Fora uma estação das melhores na região rural da França, proporcionando aos fazendeiros colheitas abundantes. *Eu gostaria que todos os anos pudessem ser tão maravilhosos como este,* pensou Rubio Arzano. *Fora um bom ano sob mais de um aspecto.*

Primeiro, seu casamento, depois, há um ano, o nascimento dos gêmeos. *Quem jamais sonhou que um homem pudesse ser tão feliz?*

Estava começando a chover. Rubio fez a volta com o trator e seguiu para o celeiro. Pensou nos gêmeos. O menino seria grande e robusto. Mas a menina... Ela seria impossível. *Vai dar muito trabalho a seu homem,* pensou Rubio, sorrindo. *Saiu à mãe.*

Ele deixou o trator no celeiro e foi para casa, sentindo a chuva fria no rosto. Abriu a porta e entrou.

– Chegou bem na hora – disse Lucia. – O jantar está pronto.

A REVERENDA MADRE BETINA despertou com a premonição de que alguma coisa maravilhosa estava prestes a acontecer.

Mas é claro que muitas coisas boas já aconteceram, pensou ela.

O convento Cisterciense fora reaberto há bastante tempo, sob a proteção do rei Don Juan Carlos. Irmã Graciela e as freiras levadas para Madri estavam de volta ao convento, sãs e salvas, refugiando-se mais uma vez na abençoada solidão e no silêncio.

Pouco depois do desjejum, a reverenda madre entrou em sua sala e parou abruptamente, aturdida. Em sua mesa, faiscando com um brilho ofuscante, estava a cruz de ouro.

Foi considerado um milagre.

Posfácio

Em 1978, Madri tentou comprar a paz, oferecendo aos bascos uma autonomia limitada, permitindo-lhes que tivessem sua bandeira, sua língua e um departamento de polícia basco. O ETA respondeu com o assassinato de Constantin Ortin Gil, o governador militar de Madri, e depois de Luis Carrero Blanco, o homem escolhido por Franco para seu sucessor.

Num período de três anos, terroristas do ETA mataram mais de seiscentas pessoas.

Não faz muitos anos, o ETA contava com a simpatia dos dois milhões e meio de bascos, mas o terrorismo continuado minou o apoio. Em Bilbao, o próprio coração do País Basco, cem mil pessoas saíram às ruas para uma manifestação *contra* o ETA. O povo espanhol sente que chegou o momento para a paz, o momento para curar as feridas.

A OPUS MUNDO está mais poderosa do que nunca, mas poucas pessoas se mostram dispostas a discutir o assunto.

Quanto aos conventos Cistercienses da Estrita Observância, há hoje 54 espalhados pelo mundo, sete deles na Espanha.

O antigo ritual de eterno silêncio e isolamento permanece inalterado.

fim

Li sacudiu a cabeça.

– Não. Isso era uma cobertura. O SDI não foi criado para combater os russos. Seu propósito específico é derrubar os OVNIs. É a única possibilidade de detê-los.

Robert permaneceu num silêncio atordoado, tentando absorver o que Li Po dizia, enquanto os estrondos das trovoadas se tornavam mais altos.

– Está querendo dizer que os governos estão por trás...?

– Digamos que há conluios dentro de cada governo. A Operação Juízo Final está sendo dirigida em termos particulares. Compreende agora?

– Santo Deus! Quer dizer que os governos não sabem que... – ele levantou os olhos para o amigo. – Como sabe de tudo isso, Li?

– É muito simples, Robert. Sou a conexão chinesa.

Havia uma Beretta na mão de Li. Robert olhou aturdido para a arma.

– Li!

Li apertou o gatilho, e o estampido do tiro misturou-se com o súbito e ensurdecedor estrondo de uma trovoada e o clarão de um relâmpago entrando pela janela.

48

As primeiras gotas da água pura da chuva despertaram-na. Estava deitada num banco de parque, exausta demais para se mexer. Durante os dois últimos dias, sentira que sua energia vital se esvaía. *Vou morrer aqui, neste planeta.* E ela mergulhou no que julgava ser seu último sono. E depois a chuva chegou. A chuva abençoada. Mal podia acreditar. Levantou a cabeça para o céu, sentiu as gotas frias escorrerem pelo rosto. A chuva foi se tornando mais e mais forte. Líquido puro e fresco. Ela se levantou, ergueu as mãos bem alto, deixando a água cair por seu corpo, proporcionando-lhe novas forças, levando-a de volta à vida. Deixou que a água da chuva enchesse seu corpo, absorvendo-a em sua própria essência, até sentir o cansaço desaparecer. Tornava-se cada vez mais forte e finalmente pensou: *Estou pronta. Posso pensar com toda lucidez. Sei quem pode me ajudar a encontrar o caminho de volta.* Ela pegou o pequeno transmissor, fechou os olhos, começou a se concentrar.

49

Foi o relâmpago que salvou a vida de Robert. No instante em que Li Po começava a puxar o gatilho, o súbito clarão além da janela distraiu-o por uma fração de segundo. Robert se moveu e a bala acertou-o no ombro direito, em vez do peito.

Quando Li virou a arma para disparar de novo, Robert desferiu um chute de lado, arrancando a Beretta da mão dele. Li adiantou-se e deu um soco com toda força no ombro ferido de Robert. A dor era terrível. O paletó de Robert ficou encharcado de sangue. Ele acertou um golpe com o cotovelo para a frente. Li soltou um grunhido de dor. Reagiu com uma mortífera cutilada *shuto* contra o pescoço, mas Robert se esquivou. Os dois se puseram a circular, de frente um para o outro, a respiração ofegante, à procura de uma abertura. Era uma luta silenciosa, num ritual mortal mais antigo do que o tempo, e ambos sabiam que só um sairia vivo do combate. Robert perdia as forças pouco a pouco. A dor no ombro se tornava mais e mais intensa, ele podia ver seu sangue pingando no chão.

O tempo era aliado de Li Po. *Preciso acabar com isso o mais depressa possível,* pensou Robert. Ele atacou com um chute frontal. Em vez de se esquivar, Li absorveu todo o impacto, só para chegar perto o bastante para acertar seu cotovelo no ombro de Robert, que cambaleou. Li atacou com um giro e um chute desferido para trás, fazendo Robert tropeçar. E Li partiu para um ataque implacável, golpeando várias vezes o ombro de Robert, empurrando-o através da sala. Robert estava fraco demais para deter a saraivada de golpes terríveis. Seus olhos começaram a ficar turvos. Ele caiu contra Li, agarrando-o, e os dois foram ao chão, quebrando uma mesinha de vidro. Robert ficou estendido no chão, impotente, incapaz de fazer qualquer movimento. *Acabou,* pensou Robert. *Eles venceram.*

Ele permaneceu caído, meio inconsciente, esperando que Li o liquidasse. Nada aconteceu. Devagar, com dores atrozes, Robert levantou a cabeça. Li estava estendido no chão, ao seu lado, os olhos arregalados fixos no teto. Um enorme caco de vidro se projetava de seu peito, como uma adaga transparente.

Robert fez um grande esforço para sentar. Estava muito fraco por causa da perda de sangue. Seu ombro era um oceano de dor. *Preciso encontrar um médico,* pensou ele. *Havia um nome... alguém que a agência usava em Paris... alguém no Hospital Americano. Hilsinger. Era isso mesmo. Leon Hilsinger.*

O Dr. Hilsinger já ia deixar seu consultório, ao final do expediente, quando o telefone tocou. A enfermeira já fora embora, por isso ele atendeu. A voz no outro lado da linha estava engrolada.

– Dr. Hilsinger?

– Pois não?

– Aqui é Robert Bellamy... Preciso de sua ajuda. Fui gravemente ferido. Pode me ajudar?

– Claro. Onde você está?

– Não importa. Eu o encontrarei no Hospital Americano dentro de meia hora.

– Certo. Vá direto para a sala de emergência.

– Doutor, não mencione meu chamado para ninguém.

– Tem minha palavra.

A linha ficou muda. O Dr. Hilsinger discou um número.

– Acabo de receber uma ligação do comandante Bellamy. Devo me encontrar com ele no Hospital Americano daqui a meia hora.

– Obrigado, doutor.

O Dr. Hilsinger desligou. Ouviu a porta de sua sala ser aberta e olhou. Robert Bellamy se encontrava parado ali, com uma arma na mão.

– Pensando bem, doutor – disse Robert –, achei que seria melhor se me tratasse aqui.

O médico tentou esconder sua surpresa.

– Você... deveria estar no hospital.

– Ficaria perto demais do necrotério. Pode cuidar de mim aqui mesmo... e depressa.

Era difícil falar. O Dr. Hilsinger ainda fez menção de protestar, mas mudou de ideia.

– Está certo. Como quiser. É melhor eu lhe dar um anestésico. Vai...

– Nem pense nisso. Nada de truques. – Robert segurava a arma com a mão esquerda. – Se eu não sair daqui vivo, você também não sairá. Alguma pergunta?

Ele sentia que estava prestes a perder os sentidos. O médico engoliu em seco.

– Não.

– Então comece a trabalhar...

O Dr. Hilsinger levou Robert para a sala de exame ao lado, cheia de equipamentos médicos. Devagar, com todo cuidado, Robert tirou o paletó. Sempre segurando a arma, sentou na mesa de exame. O Dr. Hilsinger tinha um bisturi na mão. O dedo de Robert no gatilho se contraiu.

– Relaxe – murmurou o Dr. Hilsinger, bastante nervoso.

– Só vou cortar sua camisa.

O ferimento estava em carne viva, o sangue ainda escorria.

– A bala continua aí dentro – disse o médico. – Não vai suportar a dor se eu não lhe der...

– Não! – Ele não se deixaria drogar. – Trate apenas de tirar a bala.

– Como quiser.

Robert observou o médico ir até uma unidade de esterilização e pegar um fórceps. Ajeitou-se na beira da mesa, lutando contra a vertigem, que ameaçava engolfá-lo. Fechou os olhos por um momento, e o Dr. Hilsinger veio se postar na sua frente, empunhando o fórceps.

– Agora.

Ele empurrou o fórceps pelo ferimento. Robert soltou um berro de dor. Clarões intensos espoucaram diante de seus olhos.

E começou a perder a consciência.

– Já saiu – anunciou o Dr. Hilsinger.

Robert permaneceu em silêncio por um momento, tremendo todo, respirando fundo, fazendo um esforço para recuperar o controle. O médico observava-o atentamente.

– Você está bem?

Robert ainda demorou um instante para recuperar o uso da voz.

– Estou... E agora faça o curativo.

O Dr. Hilsinger despejou água oxigenada no ferimento, e Robert quase desmaiou outra vez. Rangeu os dentes. *Aguente firme. Já estamos quase terminando.* E, felizmente, o pior passou. O médico pôs uma atadura no ombro de Robert.

– Passe meu paletó – disse Robert.

O Dr. Hilsinger fitou-o nos olhos.

– Não pode sair agora. Nem mesmo consegue andar.

– Pegue meu paletó.

A voz era tão fraca que ele mal conseguia falar. Observou o médico atravessar a sala para buscar o paletó, e a impressão era de que havia dois homens ali.

– Perdeu muito sangue – advertiu o Dr. Hilsinger. – Seria perigoso sair daqui.

É ainda mais perigoso ficar aqui, pensou Robert. Com o maior cuidado, ele vestiu o paletó, tentou ficar de pé. As pernas começaram a vergar. Teve de se segurar na beira da mesa.

– Não vai conseguir – insistiu o médico.

Robert levantou os olhos para o vulto indistinto à sua frente.

– Vou, sim.

Mas ele sabia que o Dr. Hilsinger tornaria a usar o telefone no instante em que se retirasse. Seus olhos focalizaram o rolo de adesivo cirúrgico que o Dr. Hilsinger usara.

– Sente na cadeira.

A voz estava engrolada.

– Por quê? O que pretende...?

Robert levantou a arma.

– Sente-se.

O Dr. Hilsinger sentou. Robert pegou o rolo de fita. Era difícil, porque ele só podia usar uma das mãos. Soltou a ponta do adesivo, começou a desenrolá-lo. Aproximou-se do médico.

– Fique quieto e não sairá machucado.

Prendeu a extremidade do esparadrapo no braço da cadeira, passou a enrolá-lo em torno das mãos do médico.

– Isso não é necessário – protestou o Dr. Hilsinger. – Eu não vou...

– Cale-se.

Robert continuou a prender o médico na cadeira. O esforço provocava pontadas de dor intensa. Ele olhou para o médico e murmurou:

– Não vou desmaiar.

E desmaiou.

ESTAVA FLUTUANDO NO espaço, à deriva, sem peso, no meio de nuvens brancas, em paz. *Acorde.* Ele não queria acordar. Queria que aquela sensação maravilhosa continuasse para sempre. *Acorde.* Algo duro comprimia-se contra seu flanco. Algo no bolso do paletó. Com os olhos ainda fechados, Robert estendeu a mão e o pegou. Era o cristal. Ele resvalou de volta à inconsciência.

Robert. Era uma voz de mulher, suave, tranquilizante. Ele se encontrava numa adorável campina verde, o ar se achava impregnado de música, havia luzes intensas no céu. Uma mulher se aproximava. Era alta e bela, o rosto oval e gentil, uma pele quase translúcida. Usava um vestido branco como a neve. A voz era gentil.

"Ninguém vai mais machucá-lo, Robert. Venha para mim. Estou aqui à sua espera."

Lentamente, Robert abriu os olhos. Continuou estendido no chão por um longo momento, depois sentou, dominado por uma súbita agitação. Sabia agora quem era a décima primeira testemunha e onde encontrá-la.

50

Dia 23
Paris, França

Ele telefonou para o almirante Whittaker do consultório do médico.

– Almirante? Sou eu, Robert.

– Robert! O que está acontecendo? Eles me disseram...

– Isso não importa agora. Preciso de sua ajuda, almirante. Já ouviu falar no nome Janus?

O almirante Whittaker disse lentamente:

– Janus? Não. Nunca ouvi falar nele.

– Pois descobri que ele dirige uma espécie de organização secreta que andou matando pessoas inocentes, e agora tenta me matar também. Precisamos detê-lo.

– Como posso ajudar?

– Preciso falar com o presidente dos Estados Unidos. Pode arrumar o encontro?

Houve um momento de silêncio.

– Tenho certeza de que posso.

– Há mais. O general Hilliard está envolvido.

– O quê? Como?

– E há outros. A maioria dos Serviços Secretos da Europa também participa da conspiração. Não posso explicar mais nada agora. Mas quero que fale com Hilliard. Diga a ele que descobri uma décima primeira testemunha.

– Não estou entendendo. Uma décima primeira testemunha do quê?

– Desculpe, almirante, mas não posso lhe contar. Hilliard saberá. Quero que ele se encontre comigo na Suíça.

– Suíça?

– Diga a ele que sou o único que sabe onde se encontra essa décima primeira testemunha. Se ele fizer um só movimento em falso, o negócio está cancelado. Mande que ele vá ao Dolder Grand, em Zurique. Haverá um bilhete à sua espera na recepção. Avise também que quero Janus na Suíça... em pessoa.

– Tem certeza de que sabe o que está fazendo, Robert?

– Não, senhor, não tenho. Mas esta é a minha única chance. Quero que diga a ele que minhas condições não são negociáveis. Primeiro, quero um salvo-conduto para a Suíça. Segundo, quero que o general Hilliard e Janus se encontrem comigo lá. Terceiro, depois disso, quero uma reunião com o presidente dos Estados Unidos.

– Farei tudo o que puder, Robert. Como poderei entrar em contato com você?

– Ligarei de novo. Quanto tempo vai precisar para providenciar tudo?

– Dê-me uma hora.

– Certo.

– E Robert...

Ele podia perceber a angústia na voz do velho.

– O que é, senhor?

– Tome cuidado.

– Não se preocupe, senhor. Sou um sobrevivente. Lembra-se?

UMA HORA DEPOIS, Robert estava falando outra vez com o almirante Whittaker.

– Tudo acertado, Robert. O general Hilliard ficou abalado com a notícia de outra testemunha. Deu-me sua palavra que você não será molestado. Suas condições foram aceitas. Ele voará para Zurique e estará na cidade amanhã de manhã.

– E Janus?

– Janus seguirá no mesmo avião.

Robert experimentou uma sensação de alívio.

– Obrigado, almirante. E o presidente?

– Falei com ele pessoalmente. Seus assessores marcarão a reunião assim que você estiver pronto.

Graças a Deus!

– O general Hilliard providenciou um avião para levá-lo...

– De jeito nenhum! – Ele não deixaria que o atraíssem para um avião. – Estou em Paris. Quero um carro e eu mesmo dirigirei. O carro deve ser deixado na frente do hotel Littré, em Montparnasse, dentro de meia hora.

– Pode deixar que o providenciarei.

– Almirante...

– O que é, Robert?

Era difícil manter a voz firme.

– Obrigado.

Ele foi andando pela *rue* Littré, devagar, por causa da dor. Aproximou-se do hotel com a maior cautela. Bem na frente do prédio estava estacionado um sedã preto. Não havia ninguém lá dentro. No outro lado da rua havia um carro da polícia, com um guarda uniformizado ao volante. Na calçada, dois policiais à paisana observaram Robert se aproximar. *Serviço Secreto francês.*

Robert descobriu que tinha dificuldade para respirar. O coração batia forte. Estaria caindo numa armadilha? Seu único seguro era a décima primeira testemunha. Hilliard acreditara nele? E isso seria suficiente?

Ele encaminhou-se para o Mercedes, esperando que os homens fizessem algum movimento. Eles permaneceram onde estavam, observando-o, em silêncio.

Robert foi para o lado do motorista do sedã e deu uma espiada lá dentro. As chaves estavam na ignição. Podia sentir os olhos dos homens vigiando-o atentamente, enquanto abria a porta e sentava ao volante. Ficou imóvel ali por um momento, olhando para a ignição. *Se o general Hilliard tivesse traído o almirante Whittaker, aquele era o momento em que tudo acabaria numa violenta explosão.*

É agora! Robert respirou fundo, estendeu a mão esquerda, e girou a chave na ignição. O motor pegou. Os agentes secretos apenas observaram-no partir. Quando Robert se aproximou do cruzamento, um carro da polícia surgiu na sua frente. Por um momento, ele pensou que seria detido. Em vez disso, o carro da polícia acendeu a luz vermelha, e todo o tráfego pareceu sair da frente. *Eles estão me proporcionando a porra de uma escolta!*

ROBERT OUVIU O BARULHO de um helicóptero. Levantou os olhos. No lado do helicóptero pôde avistar as insígnias da polícia federal francesa. O general Hilliard fazia tudo o que era possível para que ele chegasse são e salvo à Suíça. *E depois que eu lhe mostrar a última testemunha,* pensou Robert, *ele pensa que poderá me matar. Mas uma grande surpresa aguarda o general.*

ROBERT ALCANÇOU A FRONTEIRA suíça às 16 horas. Ali, o carro da polícia francesa ficou para trás, e um carro da polícia suíça assumiu a escolta. Pela primeira vez desde que tudo começara, Robert passou a relaxar um pouco. *Graças a Deus que o almirante Whittaker tinha amigos nos altos escalões.* Com o presidente dos Estados Unidos aguardando uma reunião com Robert, o general Hilliard não ousaria lhe fazer qualquer coisa. Sua mente concentrou-se na mulher de branco, e, nesse instante, ele ouviu sua voz. O som reverberou pelo carro.

"Depressa, Robert. Estamos todos à sua espera."

Todos? Há mais de uma? Descobrirei em breve, pensou Robert.

EM ZURIQUE, ROBERT parou no hotel Dolder Grand e escreveu um bilhete para o general.

– O general Hilliard perguntará por mim – disse Robert ao recepcionista. – Por favor, entregue-lhe este bilhete.

– Pois não, senhor.

Saindo do hotel, ele foi até o carro da polícia que o escoltara. Inclinou-se para o motorista.

– Daqui por diante, irei sozinho.

O motorista hesitou.

– Está bem, comandante.

Robert voltou a seu carro, partiu na direção de Uetendorf e do local em que o OVNI caíra. Enquanto dirigia, pensou em todas as tragédias que haviam ocorrido por causa disso, em todas as vidas que haviam sido ceifadas. *Hans Beckerman e padre Patrini; Leslie Mothershed e William Mann; Daniel Wayne e Otto*

Schmidt; Laslo Bushfekete e Fritz Mandel; Olga Romanchanko e Kevin Parker. Mortos. Todos mortos.

Quero ver a cara de Janus, pensou Robert, *e olhar em seus olhos.*

As aldeias pareciam passar em disparada pelo carro, e a beleza imaculada dos Alpes era uma contradição a todo o derramamento de sangue e terror que haviam começado ali. Robert aproximou-se de Thun e sentiu que a adrenalina fluía com uma intensidade crescente. À sua frente estava o campo em que ele e Beckerman encontraram o balão meteorológico, onde se iniciara o pesadelo. Robert parou o carro no acostamento e o desligou. Fez uma prece silenciosa. Saltou e atravessou a estrada, foi avançando pelo campo.

Mil recordações afloraram em sua mente. O telefonema às 4 horas da madrugada: *"Deve se apresentar ao general Hilliard, na Agência de Segurança Nacional, em Fort Meade, às 6 horas desta manhã. Mensagem entendida, comandante?"*

Como ele sabia tão pouco na ocasião! Recordou as palavras do general Hilliard: *"Deve encontrar essas testemunhas. Todas elas."* E a busca o levara de Zurique a Berna, Londres, Munique, Roma e Orvieto; de Waco a Fort Smith; de Kiev a Washington e Budapeste. Mas finalmente a trilha sangrenta chegava ao fim, ali, onde tudo começara.

Ela o esperava, como Robert tinha certeza que aconteceria, e parecia exatamente como surgira em seu sonho. Avançaram um para o outro, ela parecia flutuar, com um sorriso radiante.

"Obrigada por ter vindo, Robert."

Ele a ouvira falar, ou apenas ouvia seus pensamentos? Como se falava com uma alienígena?

– Eu tinha de vir – disse ele, simplesmente.

A cena parecia totalmente irreal. *Estou parado aqui, falando com alguém de outro mundo! Deveria estar apavorado, mas nunca me senti tão em paz em toda a minha vida.*

– Mas tenho de avisá-la – acrescentou. – Estão vindo para cá alguns homens que querem lhe fazer mal. Seria melhor que você partisse antes da chegada deles.

"Não posso partir."

E Robert compreendeu. Enfiou a mão esquerda no bolso e tirou o pequeno pedaço de metal que continha o cristal. O rosto da mulher se iluminou.

"Obrigada, Robert."

Ele entregou e a observou ajustá-lo na peça que tinha em sua mão.

– O que acontece agora? – perguntou Robert.

"Agora posso me comunicar com meus amigos. Eles virão me buscar."

Haveria algo de sinistro nessa frase? Robert recordou as palavras do general Hilliard: *"Disseram que voltariam para dominar o planeta e nos converter em escravos."* E se o general Hilliard estivesse certo? E se os alienígenas pretendessem conquistar a Terra? Quem poderia detê-los? Robert olhou para o relógio. Estava quase na hora do general Hilliard e Janus chegarem. No instante mesmo em que pensou isso, Robert ouviu o ruído de um enorme helicóptero Huey se aproximando, do norte.

"Seus amigos chegaram."

Amigos. Eram seus inimigos mortais, e ele estava decidido a denunciá-los como assassinos, a destruí-los.

A relva e as flores no campo balançaram violentamente, enquanto o helicóptero descia para o pouso.

Ele estava prestes a se encontrar cara a cara com Janus. O pensamento fez aflorar uma raiva assassina. A porta do helicóptero se abriu.

E Susan saltou.

51

Na nave-mãe, flutuando muito acima da Terra, havia grande alegria. Todas as luzes no painel faiscavam verdes.

"Nós a encontramos!"

"Devemos nos apressar."

A imensa nave começou a seguir a toda velocidade para o planeta lá embaixo.

52

Por um único instante, o tempo ficou parado, e depois se desintegrou em mil pedaços. Robert ficou olhando, atordoado, enquanto Susan descia do helicóptero. Ela parou ali, por um segundo, e depois se encaminhou para Robert, mas Monte Banks, que desembarcou logo atrás, segurou-a.

– Fuja, Robert! Fuja! Eles vão matá-lo!

Robert deu um passo em sua direção, e nesse momento o general Hilliard e o coronel Frank Johnson saltaram do helicóptero. O general Hilliard disse:

– Estou aqui, comandante. Cumpri minha parte do acordo. – Ele aproximou-se de Robert e da mulher de branco. Presumo que esta é a décima primeira testemunha. A alienígena desaparecida. Tenho certeza de que a acharemos muito interessante. Portanto, finalmente acabou.

– Ainda não. Você disse que traria Janus.

– Ah, sim. Janus insistiu em vir para vê-lo.

Robert olhou para o helicóptero. O almirante Whittaker estava parado à porta.

– Pediu para falar comigo, Robert?

Robert fitou-o, incrédulo, havia uma película vermelha diante de seus olhos. Era como se o mundo tivesse desmoronado.

– Não! Por quê...? Em nome de Deus, por quê?

O almirante avançou em sua direção.

– Você não compreende, não é mesmo? Jamais compreendeu. Preocupa-se com umas poucas vidas insignificantes. Nós estamos preocupados em salvar nosso mundo. Este planeta nos pertence, para fazermos o que quisermos.

Ele virou-se para olhar a mulher de branco.

– Se vocês, criaturas, querem guerra, então a terão. E nós venceremos! – O almirante tornou a se virar para Robert. – Você me traiu. Era meu filho. Deixei que tomasse o lugar de Edward. Dei-lhe uma oportunidade de servir a seu país. E como me retribuiu? Veio ganindo para mim, suplicando que eu o deixasse ficar em casa, para fazer companhia à sua esposa. – A voz estava impregnada de desprezo. – Nenhum filho meu jamais faria isso. Eu deveria ter percebido como seus valores eram distorcidos.

Robert sentia-se paralisado, chocado demais para falar.

– Rompi seu casamento, porque tinha fé em você, mas...

– Rompeu meu...?

– Lembra quando a CIA o mandou atrás do Raposa? Fui eu quem arrumou tudo. Esperava que isso o fizesse recuperar o bom-senso. Você fracassou porque não havia nenhum Raposa. Pensei que o tinha endireitado, que passara a ser um dos nossos. E de repente você me disse que ia largar a agência. Foi quando compreendi que não era um patriota, que precisava ser eliminado, destruído. Mas primeiro devia nos ajudar em nossa missão.

– Sua *missão?* Matar aquelas pessoas inocentes? Está louco!

– Precisavam ser mortas para impedir que espalhassem o pânico. Agora estamos prontos para os alienígenas. Só precisávamos de mais algum tempo, e você nos deu.

A mulher de branco ficara escutando, sem dizer nada, mas seus pensamentos se infiltraram nas mentes dos que se encontravam no campo.

"Viemos aqui para evitar que vocês destruam seu planeta. Somos todos parte de um só universo. Olhem para cima."

Todos olharam para o céu. Havia lá em cima uma enorme nuvem branca, que mudou diante de seus olhos. Era uma visão da calota polar, que começou a se derreter enquanto a observavam, a água despejando-se pelos rios e oceanos do mundo, inundando Londres e Los Angeles, Nova York e Tóquio, as cidades costeiras de todo o planeta, numa superposição de imagens vertiginosa. A visão mudou para uma paisagem desolada de terras agrícolas, as colheitas queimadas até as cinzas por um sol ardente e implacável, cadáveres de animais por toda parte. A cena tornou a mudar, e eles viram distúrbios na China, a fome na Índia, e uma devastadora guerra nuclear, e finalmente pessoas vivendo em cavernas. A visão sumiu lentamente. Houve um momento de silêncio assustador.

"É esse o futuro de vocês, se continuarem como estão."

O almirante Whittaker foi o primeiro a se recuperar.

– Hipnose coletiva – disse ele, bruscamente. – Tenho certeza de que pode nos mostrar outros truques interessantes.

Ele avançou para a alienígena.

– Vou levá-la para Washington. Temos informações para arrancar de você. – O almirante olhou para Robert. – Está liquidado.

Ele virou-se para Frank Johnson e ordenou:

– Cuide dele.

O coronel Johnson tirou a pistola do coldre. Susan desvencilhou-se de Monte e correu para Robert.

– Não! – gritou ela.

– Mate-o! – disse o almirante Whittaker.

O coronel Johnson apontou a arma para o almirante.

– Almirante, considere-se preso.

O almirante Whittaker fitou-o aturdido.

– O que... o que está dizendo? Eu mandei matá-lo. Você é um dos nossos.

– Está enganado. Nunca fui. Infiltrei-me em sua organização há muito tempo. Procurava o comandante Bellamy para salvá-lo, não para matá-lo. – Ele olhou para Robert. – Lamento não ter conseguido alcançá-lo antes.

O rosto do almirante Whittaker estava branco.

– Então você será destruído também. Ninguém pode se interpor em nosso caminho. Nossa organização...

– Não tem mais nenhuma organização. Neste momento, todos os membros estão sendo presos. Acabou, almirante.

Por cima deles, o céu parecia vibrar de luz e som. A imensa nave-mãe descia na direção deles, luzes verdes faiscando em seu interior. Todos observaram o pouso, intimidados. Uma espaçonave menor surgiu, depois outra, mais outra e mais outra, até que o céu parecia ocupado por elas. Houve um tremendo estrondo no ar, transformado em música gloriosa, ressoando pelas montanhas. A porta da nave-mãe se abriu e um alienígena apareceu. A mulher de branco virou-se para Robert.

"Estou partindo agora."

Ela se aproximou do almirante Whittaker, do general Hilliard e de Monte Banks.

"Vocês irão comigo."

O almirante Whittaker recuou.

– Não! Não irei de jeito nenhum!

"Irá, sim. Não vamos lhe fazer mal."

Ela estendeu a mão. Por um instante, nada aconteceu. Depois, enquanto os outros observavam, os três homens se encaminharam, lentos e atordoados, para a espaçonave. O almirante Whittaker ainda gritou:

– Não!

E continuava a gritar quando os três desapareceram no interior da espaçonave. A mulher de branco virou-se para os outros.

"Eles nada sofrerão. Têm muito o que aprender. Depois que aprenderem, serão trazidos de volta."

Susan abraçava Robert.

"Diga às pessoas que devem parar de matar o planeta, Robert. Faça com que compreendam."

– Sou apenas um homem.

"Há milhares como você. Todos os dias seus números aumentam. Um dia haverá milhões, e todos devem falar com uma só voz forte. Fará isso?"

– Tentarei. Juro que tentarei.

"Estamos partindo agora. Mas continuaremos a observá-los. E voltaremos."

A mulher de branco virou-se e entrou na nave-mãe. As luzes internas se tornaram ainda mais intensas, até que pareciam iluminar todo o céu. E de repente a nave-mãe decolou, seguida pelas naves menores, até que todas desapareceram.

"Diga às pessoas para não matarem o planeta." Certo, pensou Robert. *Sei agora o que vou fazer pelo restante de minha vida.*

Ele olhou para Susan e sorriu.

O Princípio

Nota do autor

Na pesquisa para este romance, li numerosos livros, artigos de revistas e jornais citando astronautas que supostamente tiveram experiências com extraterrestres: o coronel Frank Borman, da *Gemini* 7, teria tirado fotos de um OVNI que supostamente seguira sua cápsula. Neil Armstrong, na *Apollo 11*, avistou duas espaçonaves não identificadas quando pousou na Lua. Buzz Aldrin fotografou espaçonaves não identificadas na Lua. O coronel L. Gordon Cooper encontrou um enorme OVNI num voo do Projeto Mercury, sobre Perth, Austrália, e gravou vozes falando uma língua que mais tarde se constatou não ser nenhuma das línguas conhecidas da Terra.

Conversei com esses homens, e também com outros astronautas, e todos me asseguraram que as histórias eram apócrifas, em vez de apocalípticas, que não tiveram experiências de qualquer tipo com OVNIs. Poucos dias depois de minha conversa pelo telefone com o coronel Gordon Cooper, ele tornou a me ligar. Respondi à sua chamada, mas ele se tornou subitamente inacessível. Um ano depois, consegui obter uma carta escrita por ele, datada de 9 de novembro de 1978, discorrendo sobre os OVNIs.

Telefonei outra vez para o coronel Cooper, a fim de indagar se a carta era autêntica. Desta vez, ele foi mais franco. Confirmou que era de fato autêntica, e que testemunhara pessoalmente, em suas viagens pelo espaço, vários voos de OVNIs. Também mencionou que outros astronautas tiveram experiências similares, mas foram advertidos a não comentá-las.

Já li dezenas de livros que provam de maneira conclusiva que os discos voadores existem. Já li dezenas de livros que provam de maneira conclusiva que os discos voadores *não* existem. Já assisti vídeos supostamente de discos voadores, já conversei com terapeutas nos Estados Unidos e no exterior especialistas em hipnotizar pessoas que alegam terem sido levadas à bordo de OVNIs. Os terapeutas informam que cuidaram de centenas de casos em que os detalhes das experiências das vítimas são surpreendentemente similares, inclusive marcas idênticas e inexplicáveis em seus corpos.

Um general da Força Aérea no comando do Projeto Blue Book – um grupo formado pelo governo dos Estados Unidos para investigar discos voadores – assegurou-me que nunca houve qualquer prova concreta de discos voadores ou alienígenas.

Contudo, no prefácio ao extraordinário livro de Timothy Good, *Above Top Secret: The Worldwide UFO Cover-Up*, Lorde Hill-Norton, almirante de esquadra e chefe do Estado-Maior da defesa britânico de 1971 a 1973, escreve:

> As provas de que há objetos que foram vistos em nossa atmosfera, ou mesmo em terra firme, que não podem ser explicados como objetos fabricados pelo homem, ou como qualquer força ou efeito físico conhecidos por nossos cientistas, parecem-me ser inegáveis. (...) Uma grande quantidade de contatos visuais desse tipo são garantidos por pessoas com uma credibilidade que parece ser incontestável. É espantoso que tantos observadores treinados, como policiais, pilotos comerciais e militares...

Em 1933, o 4º Corpo Aéreo sueco iniciou a investigação sobre uma misteriosa aeronave sem qualquer identificação que sobrevoava a Escandinávia. No dia 30 de abril de 1934, o general Erik Reuterswaerd emitiu a seguinte declaração à imprensa:

> As comparações desses relatos demonstram que não pode haver qualquer dúvida a respeito do tráfego aéreo ilegal sobre nossas áreas militares secretas. Há muitos relatos de pessoas confiáveis que descrevem a observação próxima da enigmática aeronave. Em todos os casos, há uma constatação comum: nenhuma insígnia ou marca de identificação é visível nas máquinas. (...) A questão é a seguinte: Quem ou o que são, e por que têm invadido o nosso espaço aéreo?

Em 1947, o professor Paul Santorini, um eminente cientista grego, foi convidado a investigar os mísseis que sobrevoavam a Grécia. Sua pesquisa, no entanto, foi reduzida: "Logo determinamos que não eram mísseis. Mas antes que pudéssemos fazer mais alguma coisa, o Exército, depois de conferenciar com autoridades estrangeiras, ordenou que a investigação fosse suspensa. *Cientistas estrangeiros voaram à Grécia para conversas secretas comigo.*" (Grifo meu.)

O professor confirmou que "um manto internacional de sigilo" encobria a questão dos OVNIs, porque as autoridades, entre outros motivos, relutavam em admitir a existência de uma força contra a qual não havia "nenhuma possibilidade de defesa".

De 1947 a 1952, o ATIC (Air Technical Intelligence Center – Centro de Informações Técnicas Aéreas) recebeu cerca de 1.500 relatórios oficiais sobre esses contatos visuais. Desses, a Força Aérea considera que 20 por cento são inexplicáveis.

O marechal do ar Lorde Dowding, comandante do Comando de Caças da RAF durante a Batalha da Inglaterra, em 1940, escreveu:

> Mais de dez mil contatos visuais foram comunicados, a maioria dos quais não pode ser esclarecida por qualquer "explicação científica". Foram rastreados em telas de radar... e as velocidades observadas foram de até 15 mil quilômetros por hora. (...) *Estou convencido de que esses objetos existem e que não são fabricados por qualquer nação da Terra.* Por isso, não posso ver alternativa à teoria de que vêm de uma fonte extraterrestre. (Grifo meu.)

NA DÉCADA DE 1970, em Elmwood, Winsconsin, nos Estados Unidos, a cidade inteira assistiu a discos voadores se deslocando pelo céu, durante vários dias.

O general Lionel Max Chassin, que foi comandante da Força Aérea francesa e serviu como coordenador da defesa aérea das forças aliadas da OTAN na Europa Central, escreveu:

> O fato de que coisas estranhas têm sido avistadas é agora indubitável. (...) O número de pessoas instruídas, inteligentes e ponderadas, em plena posse de suas faculdades mentais, que "viu alguma coisa" e descreveu o contato aumenta a cada dia.

HÁ TAMBÉM O famoso Incidente Roswell, em 1947. Segundo relatos de testemunhas, ao anoitecer do dia 2 de julho, um objeto brilhante, em forma de disco, foi avistado sobre Roswell, Novo México. No dia seguinte, destroços amplamente dispersos foram encontrados pelo gerente de um rancho local e seus dois filhos. As autoridades foram alertadas, e um comunicado oficial foi divulgado, confirmando que haviam sido recuperados os destroços de um disco voador.

Um segundo comunicado à imprensa foi distribuído logo em seguida, informando que os destroços não passavam dos restos de um balão meteorológico, que foram exibidos numa entrevista coletiva. Enquanto isso, os verdadeiros destroços foram enviados para Wright Field. Os corpos foram descritos por uma testemunha como

> parecendo humanos, mas não eram humanos. As cabeças eram redondas, os olhos pequenos, e não tinham cabelos. Os olhos eram bastante separados. Eram pequenos por nossos padrões e as cabeças maiores em proporção aos corpos. As roupas pareciam inteiriças, de cor cinza. Davam a impressão de serem todos homens e havia vários. Os militares assumiram o controle da situação, e fomos advertidos a deixar a área e não falar com ninguém sobre o que havíamos visto.

Segundo um documento obtido de uma fonte da comunidade de informações em 1984, um comitê secreto, com o codinome Majestic 12, ou MJ-12, foi criado pelo presidente Truman, em 1947, para investigar os OVNIs e relatar suas descobertas diretamente ao presidente. O documento, datado de 18 de novembro de 1952 e classificado como ultrassecreto, teria sido preparado pelo almirante Hillenkoetter para o presidente americano eleito, Dwight Eisenhower, e inclui a espantosa declaração de que quatro corpos de alienígenas foram encontrados a três quilômetros do local do acidente em Roswell.

Cinco anos depois de sua criação, o comitê escreveu um memorando para o presidente eleito Eisenhower sobre o projeto OVNI e a necessidade de sigilo:

> As implicações para a segurança nacional são de permanente importância, visto que os motivos e intenções finais desses visitantes permanecem completamente desconhecidos. É por esses motivos, como também pelas considerações tecnológicas internacionais óbvias e pela suprema necessidade de evitar um pânico público a qualquer custo, que o Grupo Majestic 12 formula a opinião unânime de que se deve manter o mais absoluto sigilo, sem interrupção na nova administração.

A EXPLICAÇÃO OFICIAL de contestação é a de que a autenticidade do documento é duvidosa.

A AGÊNCIA DE Segurança Nacional estaria retendo mais de uma centena de documentos relacionados com os OVNIs; a CIA, cerca de 50; e a DIA, 6.

O major Donald Keyhoe, um ex-assessor de Charles Lindbergh, acusou publicamente o governo dos Estados Unidos de negar a existência dos OVNIs, a fim de evitar o pânico público.

Em agosto de 1948, quando uma Avaliação de Situação ultrassecreta do ATIC apresentou a opinião de que os OVNIs eram visitantes interplanetários, o general Vandenberg, chefe do Estado-Maior da Força Aérea na ocasião, ordenou que o documento fosse queimado.

HÁ UMA CONSPIRAÇÃO internacional de governos para esconder a verdade do público?

No breve período de seis anos, 23 cientistas ingleses, que trabalhavam em projetos do tipo Guerra nas Estrelas, morreram em circunstâncias estranhas. Todos haviam trabalhado em áreas diferentes da guerra eletrônica, que inclui a pesquisa de OVNIs. Aqui está uma lista dos mortos, e as datas e circunstâncias de suas mortes:

1. 1982. Professor Keith Bowden: morto em acidente de automóvel.
2. Julho de 1982. Jack Wolfenden: morto em acidente de planador.
3. Novembro de 1982. Ernest Brockway: suicídio.
4. 1983. Stephen Drinkwater: suicídio por asfixia.
5. Abril de 1983. Tenente-coronel Anthony Godley: desaparecido, declarado morto.
6. Abril de 1984. George Franks: suicídio por enforcamento.
7. 1985. Stephen Oke: suicídio por enforcamento.
8. Novembro de 1985. Jonathan Wash: suicídio pulando do alto de um prédio.

9. 1986. Dr. John Brittan: suicídio por envenenamento com monóxido de carbono.
10. Outubro de 1986. Arshad Sharif: suicídio pondo uma corda em volta de seu pescoço, amarrando a outra ponta a uma árvore, e depois dando a partida em seu carro a toda velocidade. Ocorreu em Bristol, a 160 quilômetros de sua casa, em Londres.
11. Outubro de 1986. Vimal Dajibhai: suicídio pulando de uma ponte em Bristol, a 160 quilômetros de sua casa, em Londres.
12. Janeiro de 1987. Avtar Singh-Gida: desaparecido, declarado morto.
13. Fevereiro de 1987. Peter Peapell: suicídio e arrastado para baixo do carro na garagem.
14. Março de 1987. David Sands: suicídio lançando o carro em alta velocidade contra um café.
15. Abril de 1987. Mark Wisner: morte por autoasfixia.
16. 10 de abril de 1987. Stuart Gooding: morto em Chipre.
17. 10 de abril de 1987. David Geenhalgh: caiu de uma ponte.
18. Abril de 1987. Shani Warren: suicídio por afogamento.
19. Maio de 1987. Michael Baker: morto em acidente de automóvel.
20. Maio de 1988. Trevor Knight: suicídio.
21. Agosto de 1988. Alistair Beckham: suicídio por autoeletrocussão.
22. Agosto de 1988. Brigadeiro Peter Ferry: suicídio por autoeletrocussão.
23. Data desconhecida. Victor Moore: suicídio.

Coincidências?

Nas últimas três décadas, houve pelo menos setenta mil relatos de objetos misteriosos no céu, e incontáveis contatos visuais, que não foram registrados.

Os relatos sobre OVNIs vêm de dezenas de países do mundo inteiro. Na Espanha, os OVNIs são chamados de *objetos foladores no identificados;* na Alemanha, *fliegende Untertassen;* Na França, *soucoupes volantes;* na antiga Tchecoslováquia, *letajici talire.*

O eminente astrônomo Carl Sagan calculou que só a nossa Galáxia, a Via Láctea, pode conter cerca de 250 bilhões de estrelas. Cerca de um milhão delas, ele acredita, podem ter planetas capazes de sustentar alguma forma de civilização.

O GOVERNO AMERICANO NEGA a existência de qualquer inteligência extraterrestre, mas no Dia de Colombo, em 1992, na Califórnia e Porto Rico, a NASA havia programado ativar radiotelescópios equipados com receptores especiais e computadores capazes de analisar dezenas de milhões de canais de rádio ao mesmo tempo, em busca de sinais de vida inteligente no universo.

A NASA deu o nome de missão MOP, para Microwave Observing Project, Projeto de Observação de Micro-ondas, mas os astrônomos chamam de SETI, para Search Extraterrestrial Intelligence (Busca de Inteligência Extraterrestre).

Perguntei a dois ex-presidentes dos Estados Unidos se têm qualquer conhecimento de OVNIs ou alienígenas, e suas respostas foram negativas. Mas teriam me falado se tivessem tais informações? Tendo em vista o manto de sigilo que envolve o assunto, creio que não.

Os discos voadores realmente existem? Estamos sendo visitados por alienígenas de outro planeta? Com a nova tecnologia sondando mais e mais o universo, procurando por sinais de vida inteligente no espaço, talvez tenhamos a resposta muito mais cedo do que esperamos.

Há muitas pessoas trabalhando na exploração espacial, em astronomia e em cosmologia que não se contentam em esperar por essa resposta, e fazem as próprias predições. Jill Tartar, astrofísica e cientista do projeto SETI, no Centro de Pesquisas Ames, em Ames, Iowa, é uma delas:

> Há quatrocentos bilhões de estrelas na galáxia. Somos feitos de poeira de estrela, uma matéria bastante comum. Num universo repleto de poeira de estrela, é difícil acreditar que sejamos as únicas criaturas que podem existir.

9 de novembro de 1978

Embaixador Griffith
Missão de Granada na Organização das Nações Unidas
866 Second Avenue
Suíte 502
Nova York, Nova York 10017

Prezado Embaixador Griffith:

Quero transmitir minhas opiniões sobre nossos visitantes extraterrestres, popularmente conhecidos como "OVNIs", e sugerir o que se pode fazer para tratar com eles.

Creio que esses veículos extraterrestres e suas tripulações estão visitando este planeta de outros planetas, que obviamente são um pouco mais avançados tecnicamente do que somos aqui na Terra. Acho que precisamos ter um programa coordenado de alto nível para coletar e analisar cientificamente os dados de toda a Terra referentes a qualquer tipo de contato e determinar a melhor maneira de lidar com esses visitantes, de uma maneira amistosa. Talvez primeiro tenhamos de demonstrar a eles que aprendemos a resolver nossos problemas por meios pacíficos, em vez da guerra, antes de sermos aceitos como membros plenamente qualificados da comunidade universal. Essa aceitação traria tremendas possibilidades de progresso para o nosso mundo, em todas as áreas. Sendo assim, parece-me que a ONU tem um interesse indiscutível de cuidar desse assunto da maneira apropriada e rápida.

Devo ressaltar que não sou um experiente pesquisador profissional de OVNIs. Ainda não tive o privilégio de voar num OVNI, nem de conhecer a tripulação de algum. Acho que tenho alguma qualificação para discuti-los, já que estive nas margens das vastas áreas em que eles viajam. Também tive a oportunidade, em 1951, durante dois dias, de observar muitos voos deles, de diferentes tamanhos, voando em formação de combate, em geral de leste para oeste, sobre a Europa. Estavam numa altitude superior à que podíamos alcançar com nossos caças a jato naquela época.

Também gostaria de ressaltar que a maioria dos astronautas reluta até em discutir os OVNIs por causa do grande número de pessoas que indiscriminadamente venderam falsas histórias e documentos forjados, abusando de seus nomes e reputações sem a menor hesitação. Os poucos astronautas que continuaram a ter uma participação na área dos OVNIs sempre atuaram com a maior cautela. Há vários de nós que acreditam nos OVNIs, e que já tiveram a oportunidade de avistar um OVNI no solo, ou de um avião.

Se a ONU concordar em prosseguir nesse projeto, emprestando-lhe sua credibilidade, talvez mais pessoas qualificadas concordem em se apresentar para prestar ajuda e informações.

Aguardo ansioso a oportunidade de encontrá-lo pessoalmente em breve.

Cordialmente,

L. Gordon Cooper
Coronel USAF (Reformado)
Astronauta

LCC:jm

fim

SIDNEY SHELDON

JUÍZO FINAL

LIVRO VIRA-VIRA 2

Tradução de

A. B. PINHEIRO DE LEMOS

10ª edição

EDIÇÕES

BestBolso

RIO DE JANEIRO – 2018

CIP-BRASIL. CATALOGAÇÃO NA FONTE
SINDICATO NACIONAL DOS EDITORES DE LIVROS, RJ

Sheldon, Sidney, 1917-2007
S548j Juízo final – Livro vira-vira 2/ Sidney Sheldon; tradução de A. B. Pinheiro
10ª ed. de Lemos. – 10ª edição – Rio de Janeiro: BestBolso, 2018.

Tradução de: The Doomsday Conspiracy
Obras publicadas juntas em sentido contrário
Com: As areias do tempo / Sidney Sheldon; tradução de A. B. Pinheiro de Lemos.
ISBN 978-85-7799-574-5

1. Romance norte-americano. I. Lemos, A. B. Pinheiro de (Alfredo Barcellos Pinheiro de), 1938-2008. II. Título. III. Título: As areias do tempo.

CDD: 813
10-4955 CDU: 821.111(73)-3

Juízo final, de autoria de Sidney Sheldon.
Título número 203 das Edições BestBolso.
Décima edição vira-vira impressa em agosto de 2018.
Texto revisado conforme o Acordo Ortográfico da Língua Portuguesa.

Título original norte-americano:
THE DOOMSDAY CONSPIRACY

www.edicoesbestbolso.com.br

Impresso no Brasil

ISBN 978-85-7799-574-5

EDIÇÕES BESTBOLSO

Juízo final

O escritor norte-americano Sidney Sheldon (1917-2007) era um adolescente pobre na Chicago dos anos 1930 quando decidiu participar de um programa de calouros que acabou conduzindo-o a Hollywood, onde passou a revisar roteiros. Depois de prestar serviço militar durante a Segunda Guerra Mundial, Sheldon começou a escrever musicais para a Broadway e roteiros cinematográficos. O sucesso das peças possibilitou o acesso aos estúdios de cinema e o aproximou de astros como Frank Sinatra, Marilyn Monroe e Cary Grant. Na TV, os seriados *Nancy*, *Casal 20* e *Jeannie é um gênio* levaram a sua assinatura. Em 1969, Sidney Sheldon publicou seu primeiro romance, *A outra face*, e a partir de então seu nome se tornou sinônimo de best-seller. Foi o único escritor que recebeu três dos mais cobiçados prêmios da indústria cultural norte-americana: o Oscar, do cinema, o Tony, do teatro, e o Edgar Allan Poe, da literatura de suspense.

Este livro é para Jerry Davis

Desejo expressar meus agradecimentos a James J. Hurtak, Ph.D., e sua esposa Desirée, por colocarem à minha disposição seus valiosos conhecimentos técnicos.

Que você possa viver em tempos interessantes.

Antiga praga chinesa

Prólogo

Uetendorf, Suíça
Domingo, 14 de outubro, 15 horas

As testemunhas à beira do campo olhavam num silêncio horrorizado, atordoadas demais para falarem. A cena à frente era grotesca, um pesadelo. Cada testemunha teve uma reação diferente. Uma desmaiou. Outra vomitou. Uma mulher tremia de forma incontrolável. Alguém pensou: *Vou ter um infarto!* O idoso sacerdote apertou as contas do rosário e fez o sinal da cruz. *Ajude-me, Pai. Ajude a todos nós. Proteja-nos desse mal encarnado. Finalmente vimos a face de Satã. É o fim do mundo. O Dia do Juízo Final chegou.*

Armagedon está aqui... Armagedon... Armagedon...

Livro I
O caçador

Domingo, 14 de outubro, 21 horas

MENSAGEM URGENTE
ULTRASSECRETA
ASN PARA VICE-DIRETOR
ASSUNTO: OPERAÇÃO JUÍZO FINAL
MENSAGEM: ATIVAR
NOTIFICAR NORAD, CIRVIS, GEPAN, DIS, GHG, VSAF, INS.
FIM DA MENSAGEM

Domingo, 14 de outubro, 21h15

MENSAGEM URGENTE
ULTRASSECRETA
ASN PARA VICE-DIRETOR –
SERVIÇO SECRETO NAVAL 17º DISTRITO
ASSUNTO: COMANDANTE ROBERT BELLAMY
PROVIDENCIAR TRANSFERÊNCIA TEMPORÁRIA DESTA AGÊNCIA,
EM VIGOR IMEDIATAMENTE.
PRESUME-SE SUA CONCORDÂNCIA COM O ASSUNTO ACIMA.
FIM DA MENSAGEM

1

Dia 1
Segunda-feira, 15 de outubro

Ele voltara à enfermaria lotada na base de Cu Chi, no Vietnã, e Susan, adorável no uniforme branco de enfermeira, se inclinou sobre sua cama, sussurrando:

– Acorde, marujo. Você não quer morrer.

Ao ouvir a magia da voz dela, ele quase esqueceu a dor. Ela murmurava alguma coisa em seu ouvido, mas uma campainha alta ressoava, e ele não conseguia entender direito as palavras. Estendeu as mãos, a fim de puxá-la para mais perto, mas agarrou apenas o ar.

Foi o som do telefone que despertou Robert Bellamy por completo. Ele abriu os olhos, relutante, sem querer renunciar o sonho. O telefone na mesinha de cabeceira era insistente. Ele olhou para o relógio. Quatro horas da madrugada. Tirou o fone do gancho, irritado pela interrupção do sono.

– Sabe que horas são?

– Comandante Bellamy?

Uma voz de homem, grave.

– Isso mesmo!

– Tenho uma mensagem para lhe transmitir, comandante. Deve se apresentar ao general Hilliard, na Agência de Segurança Nacional, em Fort Meade, às 6 horas desta manhã. Mensagem entendida, comandante?

– Sim.

E, ao mesmo tempo, não. O comandante Robert Bellamy repôs o fone no gancho, lentamente, perplexo. O que a ASN podia querer com ele? Servia no ONI, o Serviço Secreto naval. E o que podia ser tão urgente para convocarem uma reunião às 6 horas da manhã? Ele tornou a recostar a cabeça no travesseiro, fechou os olhos, tentando retornar ao sonho. Fora tão real... Claro que sabia o que o desencadeara. Susan telefonara na noite anterior.

– Robert...

O som da voz dela provocou a mesma sensação de sempre. Ele respirou fundo, tremendo.

– Olá, Susan.

– Você está bem, Robert?

– Muito bem. Ótimo. Como vai Monte de Grana?

– Não comece, por favor.

– Ok. Como vai Monte Banks?

Robert não era capaz de dizer "seu marido". *Ele* era o marido dela.

– Muito bem. Só queria avisá-lo que vamos nos ausentar por algum tempo. Não queria que você se preocupasse.

Aquilo era típico de Susan. Ele fez um esforço para manter a voz firme.

– Para onde vão desta vez?

– Iremos para o Brasil.

No 727 particular do ricaço.

– Monte tem alguns negócios lá – acrescentou Susan.

– É mesmo? Pensei que ele era o dono do país.

– Pare com isso, Robert. Por favor.

– Desculpe.

Houve uma pausa.

– Eu gostaria que você estivesse mais bem-humorado.

– Estaria se você voltasse para mim.

– Quero que encontre uma mulher maravilhosa e seja feliz.

– Já encontrei uma mulher maravilhosa, Susan. – O aperto na garganta tornava difícil falar. – E sabe o que aconteceu? Eu a perdi.

– Se insistir nisso, nunca mais ligarei para você. – Ele foi dominado por uma sensação de pânico repentina.

– Não diga isso, por favor. – Susan era sua salvação. Não podia suportar a perspectiva de nunca mais falar com ela. Tentou parecer descontraído. – Vou sair e encontrar uma loura sensual e transar até não poder mais.

– Quero que encontre alguém.

– Prometo que encontrarei.

– Estou preocupada com você, querido.

– Não precisa ficar. Estou muito bem.

Ele quase engasgou com a mentira. Se ao menos Susan soubesse a verdade... Mas não podia discutir o problema com ninguém. Muito menos com ela. Não suportaria a compaixão dela.

– Telefonarei do Brasil.

Houve um silêncio prolongado. Não podiam se despedir um do outro porque havia muita coisa a dizer, coisas demais que era melhor não dizer, que não podiam ser ditas.

– Tenho de desligar agora, Robert.

– Susan...

– O que é?

– Eu amo você, meu bem. Sempre amarei.

– Sei disso. E eu também amo você, Robert.

E essa era a amarga ironia de toda a história. Eles ainda se amavam muito.

Vocês dois têm o casamento perfeito, todos os amigos costumavam dizer. O que saíra errado?

O COMANDANTE ROBERT BELLAMY saiu da cama e atravessou descalço a sala de estar silenciosa. Tudo naquele local remetia à ausência de Susan. Havia dezenas de fotografias do casal em toda parte, momentos congelados no tempo. Os dois pescando nas terras altas da Escócia, parados na frente de uma estátua de Buda, à margem de um klong tailandês, passeando numa charrete sob a chuva pelos jardins Borghese, em Roma.

E em cada fotografia estavam sorrindo e se abraçando, duas pessoas perdidamente apaixonadas.

Ele foi para a cozinha e fez um café. O relógio marcava 4h15. Robert hesitou por um momento, depois discou um número. O telefone tocou seis vezes antes que ele ouvisse a voz do almirante Whittaker, no outro lado da linha.

– Alô?

– Almirante...

– Quem está falando?

– Sou eu, Robert. Lamento profundamente acordá-lo, senhor. Acabei de receber um estranho telefonema da Agência de Segurança Nacional.

– A ASN? O que eles queriam?

– Não sei. Recebi a ordem de me apresentar ao general Hilliard, às 6 horas da manhã.

Houve um momento de silêncio.

– Talvez esteja sendo transferido para lá.

– Não é possível, senhor. Não faz sentido.

– É óbvio que se trata de algo urgente, Robert. Por que não me liga depois da reunião?

– Farei isso, senhor. Obrigado.

A ligação foi cortada. *Eu não deveria ter incomodado o velho,* pensou Robert. O almirante se afastara do cargo de diretor do Serviço Secreto naval dois anos antes. *Fora forçado* a se afastar, era a expressão mais apropriada. O rumor era de que a Marinha, como um osso jogado para um cachorro, o instalara-o numa pequena sala em algum lugar, com a incumbência de contar as cracas nos navios retirados do serviço ativo e mantidos em reserva, ou qualquer merda parecida. O almirante não teria a menor noção das atividades atuais do Serviço Secreto. Mas ele era o mentor de Robert. Era mais íntimo que qualquer outra pessoa no mundo, à exceção, é claro, de Susan. E Robert precisava falar com alguém. Com Susan ausente, ele tinha a impressão de que vivia em outra dimensão. Fantasiava que em algum lugar ele e Susan ainda formavam um casal feliz, sempre rindo, despreocupados, apaixonados. *Ou talvez não,* pensou Robert, cansado. *Talvez eu apenas não saiba quando devo renunciar.*

O café estava pronto. Tinha um gosto amargo. Ele especulou se não seria café brasileiro.

Levou a xícara para o banheiro e estudou sua imagem no espelho. Contemplava um homem de 40 e poucos anos, alto e esguio, em boas condições físicas, um rosto rude, queixo saliente, olhos escuros, inteligentes e penetrantes. Havia uma cicatriz longa e profunda no peito, lembrança do desastre de avião. Mas isso era passado. Era Susan. E agora era o presente. Sem Susan. Ele fez a barba, tomou um banho de chuveiro, deu uma olhada nas roupas no armário. O *que devo usar, o uniforme da Marinha ou um terno civil? E quem se importa com isso?* Ele acabou escolhendo um terno cinza-escuro, uma camisa branca, e uma gravata cinza de seda. Sabia muito pouco sobre a Agência de Segurança Nacional, exceto que o Palácio dos Enigmas, como era apelidado, suplantava todas as outras agências de informações americanas e era a mais secreta de todas. O *que querem comigo? Descobrirei em breve.*

2

A Agência de Segurança Nacional fica discretamente escondida em 82 acres de terreno irregular, em Fort Meade, Maryland, ocupando dois prédios que, juntos, têm o dobro do tamanho do complexo da CIA em Langley, na Virgínia. A agência, criada para oferecer apoio técnico na proteção das comunicações dos Estados Unidos e obter dados de informações eletrônicas no mundo inteiro, emprega milhares de pessoas. Suas operações geram tantas informações, que mais de 40 toneladas de documentos são destruídas todos os dias.

Ainda estava escuro quando o comandante Robert Bellamy chegou ao primeiro portão. Ele parou junto à cerca de arame farpado eletrificada. Havia uma guarita ali, com dois guardas armados. Um deles permaneceu lá dentro, vigiando, enquanto o outro se aproximava do carro.

– O que deseja?

– Sou o comandante Bellamy. Vim falar com o general Hilliard.

– Posso ver sua identificação, comandante?

Robert Bellamy tirou a carteira do bolso e mostrou o cartão de identificação do 17º Distrito do Serviço Secreto Naval. O guarda examinou-o com toda atenção, antes de devolvê-lo.

– Obrigado, comandante.

Ele acenou com a cabeça para o guarda na guarita, e o portão foi aberto. O guarda pegou o telefone e avisou:

– O comandante Bellamy está a caminho.

Um minuto depois, Robert Bellamy parou diante de um portão eletrificado, fechado. Um guarda armado aproximou-se do carro.

– Comandante Bellamy?

– Isso mesmo.

– Posso ver sua identificação, por favor?

Robert já ia protestar, mas pensou: *Ora, que se dane. O espetáculo é deles.* Ele tornou a tirar a carteira do bolso e mostrou a identificação ao guarda.

– Obrigado, comandante.

O guarda fez algum sinal invisível, e o portão foi aberto. Ao seguir em frente, Robert Bellamy avistou uma terceira cerca eletrificada à sua frente. *Santo Deus,* pensou ele, *estou na Terra de Oz!*

Outro guarda uniformizado aproximou-se do carro. Quando Robert Bellamy já estendia a mão para a carteira, o guarda olhou para a placa do carro e disse:

– Por favor, comandante, siga direto para o prédio da administração, em frente. Haverá alguém para recebê-lo.

– Obrigado.

O portão foi aberto, Robert seguiu pelo caminho, na direção de um enorme prédio branco. Um homem à paisana esperava do lado de fora, tremendo ao ar frio de outubro.

– Pode deixar seu carro aqui mesmo, comandante – disse ele. – Cuidaremos dele.

Robert Bellamy deixou as chaves no carro e saiu. O homem que o cumprimentou parecia estar na casa dos 30 anos, alto, magro e pálido. Dava a impressão de que há anos não via a luz do sol.

– Sou Harrison Keller. Vou levá-lo ao general Hilliard.

Entraram num saguão enorme, de teto alto. Outro homem à paisana estava sentado por trás de uma mesa.

– Comandante Bellamy...

Robert Bellamy virou-se. Ouviu o estalido de uma câmera.

– Obrigado, senhor.

Robert Bellamy virou-se para Keller.

– Mas o que...?

– Só vai demorar um minuto – assegurou Harrison Keller. Sessenta segundos depois, Robert Bellamy recebeu um crachá azul e branco, com sua fotografia.

– Por favor, comandante, use isso durante todo o tempo que permanecer no prédio.

– Certo.

Começaram a avançar por um corredor comprido e branco. Robert Bellamy notou que havia câmeras de segurança instaladas a intervalos de 6 metros, nos dois lados do corredor.

– Qual é o tamanho deste prédio?

– Quase 200 mil metros quadrados.

– *O quê?*

– É isso mesmo. Este corredor é o mais longo do mundo... Tem 300 metros. Somos completamente autossuficientes aqui. Temos um shopping center, restaurante, agência dos correios, oito lanchonetes, um hospital completo, incluindo um centro cirúrgico, consultório dentário, uma agência do banco estadual Laurel, uma lavanderia, uma sapataria, uma barbearia, e mais algumas coisas.

É um lar longe do lar, pensou Robert, achando estranhamente depressivo.

Passaram por uma enorme área aberta, ocupada por um grande número de computadores. Robert parou, espantado.

– Não é impressionante? E esta é apenas uma de nossas salas de computadores. O complexo contém máquinas decodificadoras e computadores no valor de 3 bilhões de dólares.

– Quantas pessoas trabalham aqui?

– Cerca de 16 mil.

Então para que precisam de mim?, especulou Robert Bellamy.

Ele foi conduzido a um elevador particular, que Keller acionou com uma chave. Subiram um andar, percorreram outro longo corredor, até alcançarem um conjunto de salas.

– É aqui, comandante.

Entraram numa sala de recepção grande, com quatro mesas de secretárias. Duas delas já estavam ocupadas. Harrison Keller acenou com a cabeça para uma das secretárias, que apertou um botão, abrindo uma porta interna, com um estalido.

– Entrem, por favor, senhores. O general está esperando.

– Vamos – disse Harrison Keller.

Robert Bellamy seguiu-o para a sala interna. Era ampla, o teto e as paredes à prova de som, mobiliada com conforto, com muitas fotografias e objetos. Era evidente que o homem por trás da mesa passava muito tempo ali.

O general Mark Hilliard, vice-diretor da ASN, parecia ter 50 e poucos anos, muito alto, o rosto firme, olhos frios, uma postura empertigada. Vestia um terno cinza, camisa branca, gravata cinza. *Calculei certo,* pensou Robert. Harrison Keller fez a apresentação:

– General Hilliard, este é o comandante Bellamy.

– Obrigado por ter vindo, comandante.

Como se fosse um convite para o chá da tarde.

Os dois homens trocaram um aperto de mãos.

– Sente-se. Aposto que gostaria de tomar um café.

O homem lê pensamentos.

– Sim, senhor.

– Harrison?

– Não, obrigado.

Ele foi sentar numa cadeira ao canto. Uma campainha foi apertada, a porta se abriu, e um oriental com o jaleco do rancho entrou na sala, trazendo uma bandeja com café e biscoitos. Robert notou que ele não usava um crachá de identificação. *Lamentável.* O café foi servido. O aroma era maravilhoso.

– Como prefere o seu? – perguntou o general Hilliard.

– Puro, por favor.

O café estava mesmo delicioso. Os dois homens estavam sentados de frente um para o outro, em cadeiras macias de couro. – O diretor pediu que eu conversasse com você.

O diretor. Uma figura lendária nos círculos da espionagem. Um manipulador brilhante e implacável, a quem se creditava dezenas de golpes audaciosos, no mundo inteiro. Um homem raramente visto em público, sobre o qual se sussurrava em particular.

– Há quanto tempo está no Serviço Secreto do 17º Distrito Naval, comandante? – perguntou o general Hilliard. Robert foi franco na resposta:

– Quinze anos.

Seria capaz de apostar um mês de soldo como o general era capaz de informá-lo sobre o dia exato em que ingressara no ONI.

– Antes disso, creio que comandou uma esquadrilha aeronaval no Vietnã.

– Isso mesmo, senhor. – Foi derrubado. Não esperavam que pudesse sobreviver. O *médico estava dizendo: "Esqueça-o. Ele não vai se recuperar."* E ele quisera morrer. A dor era insuportável. Até que de repente Susan se inclinou sobre sua cama.

"Abra os olhos, marujo. Você não quer morrer." Ele forçara os olhos a se abrirem e, através do nevoeiro de dor, descobrira-se a contemplar a mulher mais linda que já vira. Ela tinha um rosto oval meigo, cabelos pretos abundantes, olhos castanhos faiscantes, e um sorriso que parecia uma bênção. Ele tentara falar, mas o esforço era demais.

O general Hilliard estava dizendo alguma coisa. Robert Bellamy trouxe a mente de volta ao presente.

– Temos um problema, comandante. Precisamos de sua ajuda.

– Pois não, senhor.

O general levantou-se, começou a andar de um lado para outro.

– O que vou lhe contar é extremamente delicado. Ultrassecreto.

– Sim, senhor.

– Ontem, um balão meteorológico da OTAN caiu nos Alpes suíços. Havia alguns artefatos militares experimentais no balão que são altamente secretos.

Robert descobriu-se a especular para onde aquela conversa o levaria.

– O governo suíço removeu esses artefatos do balão, mas parece que houve, infelizmente, algumas testemunhas do incidente. É de importância vital que nenhuma delas fale com quem quer que seja sobre o que viu. Qualquer comentário poderia proporcionar informações valiosas a determinados países. Está me entendendo?

– Acho que sim, senhor. Quer que eu fale com as testemunhas, advertindo-as a não comentarem o que viram.

– Não exatamente, comandante.

– Então não...

– Quero que simplesmente localize essas testemunhas. Outros conversarão com elas sobre a necessidade de silêncio.

– Entendo. Todas as testemunhas estão na Suíça?

O general Hilliard parou na frente de Robert.

– É esse o nosso problema, comandante. Não temos a menor ideia do lugar em que se encontram. Ou de quem são. Robert pensou que perdera alguma coisa.

– Como assim?

– A única informação de que dispomos é que as testemunhas se encontravam num ônibus de turismo. Por acaso passavam pelo local quando o balão meteorológico caiu, perto de uma aldeia chamada...

Ele virou-se para Harrison Keller.

– Uetendorf.

O general tornou a se virar para Robert.

– Os passageiros saltaram do ônibus por alguns minutos para olhar os destroços, depois seguiram viagem. Concluída a excursão, os passageiros dispersaram-se.

Robert indagou, falando bem devagar:

– General Hilliard, está querendo dizer que não há registro de quem são essas pessoas ou para onde foram?

– Correto.

– E quer que eu as descubra?

– Exatamente. Foi muito bem recomendado. Estou informado de que fala meia dúzia de línguas com fluência e tem os melhores antecedentes como agente de campo. O diretor providenciou a sua transferência temporária para a ASN.

Incrível!

– Posso presumir que trabalharei em cooperação com o governo suíço?

– Não. Terá de trabalhar sozinho.

– Sozinho? Mas...

– Não devemos envolver ninguém nesta missão. Não tenho palavras suficientes para ressaltar a importância do que havia no balão, comandante. O tempo é essencial. Quero que me apresente um relatório de progresso todos os dias.

O general escreveu um número num cartão e o entregou a Robert.

– Posso falar comigo por esse número, de dia ou à noite. Há um avião esperando para levá-lo a Zurique. Será escoltado até seu apartamento para pegar o que precisar para a viagem e depois será conduzido ao aeroporto.

Robert sentiu-se tentado a perguntar "Alguém vai alimentar meu peixinho dourado enquanto estou ausente?", mas teve o pressentimento de que a resposta seria "Você não tem nenhum peixinho dourado".

– Em seu trabalho com o ONI, comandante, por acaso adquiriu contatos com a comunidade de informações no exterior?

– Sim, senhor. Tenho alguns amigos que poderiam ser úteis...

– Não está autorizado a entrar em contato com nenhum deles. As testemunhas que vai procurar com certeza são de várias nacionalidades. – O general virou-se para Keller. – Harrison...

Keller foi até um arquivo no canto e o abriu. Tirou um envelope pardo grande, entregou-o a Robert.

– Há 50 mil dólares aqui, em diferentes moedas europeias, e mais 20 mil em dólares americanos. Também encontrará vários jogos de documentos de identidade falsos, que poderão ser úteis.

O general Hilliard estendeu um cartão de plástico grosso, de um preto lustroso com uma faixa branca.

– Aqui está um cartão de crédito que...

– Duvido que eu vá precisar, general. O dinheiro será suficiente, e ainda tenho o cartão de crédito do ONI.

– Pegue-o.

– Está bem. – Robert examinou o cartão. Era de um banco de que nunca ouvira falar. No fundo do cartão, havia um número de telefone. – Não tem nenhum nome aqui.

– É o equivalente a um cheque em branco. Não exige identificação. Basta pedir que liguem para o telefone no cartão quando efetuar um pagamento. É muito importante que o tenha com você em todas as ocasiões.

– Certo.

– E mais uma coisa, comandante...

– Pois não, senhor?

– Precisa encontrar as testemunhas. Todas, sem exceção. Comunicarei ao diretor que já iniciou a missão.

A reunião estava encerrada.

HARRISON KELLER ACOMPANHOU Robert à sala externa. Um fuzileiro uniformizado estava sentado ali. Levantou-se quando os dois homens entraram.

– Este é o capitão Dougherty. Ele o levará ao aeroporto. Boa sorte.

– Obrigado.

Os dois homens trocaram um aperto de mãos. Keller virou-se e voltou à sala do general Hilliard.

– Está pronto, comandante? – perguntou o capitão Dougherty.

– Estou.

Mas pronto para o quê? Ele já cuidara de missões difíceis no passado, mas nunca de algo tão absurdo assim. Esperavam que localizasse uma quantidade desconhecida de testemunhas desconhecidas de países desconhecidos. *Quais são as chances contra isso?*, especulou Robert. *Estou me sentindo como a Rainha Branca no País das Maravilhas. "Por que às vezes acredito em até seis coisas impossíveis antes do desjejum?" Pois o que aconteceu aqui equivaleu a todas as seis.*

– Tenho ordens de levá-lo direto a seu apartamento e depois à base Andrews, da Força Aérea – informou o capitão Dougherty. – Há um avião esperando para...

Robert sacudiu a cabeça.

– Tenho de passar primeiro no meu escritório.

Dougherty hesitou.

– Está certo. Vou acompanhá-lo e ficarei à sua espera.

Era como se não confiassem nele, como se não quisessem perdê-lo de vista. Só porque sabia que um balão meteorológico caíra? Não fazia sentido. Robert entregou seu crachá na recepção e deixou o prédio. Seu carro desaparecera. Em vez dele, uma limusine o aguardava. – Cuidaremos de seu carro, comandante – informou o capitão Dougherty. – Usaremos esta limusine agora.

Aquilo tudo era arbitrário e desconcertante.

– Está certo.

Partiram para o escritório do Serviço Secreto naval. O sol pálido do amanhecer logo desapareceu por trás de nuvens de chuva. Seria um dia horrível. *Sob mais de um aspecto,* pensou Robert.

3

Ottawa, Canadá, meia-noite

Seu codinome era Janus. Falava para 12 homens, numa sala fortemente guardada de um complexo militar.

– Como todos já foram informados, a Operação Juízo Final foi acionada. Há diversas testemunhas que devem ser encontradas o mais depressa possível, com absoluta discrição. Não podemos tentar localizá-las pelos canais regulares de segurança por causa do perigo de um vazamento.

– Quem estamos usando? – quis saber o russo. *Enorme. Estourado.*

– Seu nome é comandante Robert Bellamy.

– Como foi selecionado? – perguntou o alemão. *Aristocrata. Implacável.*

– O comandante foi escolhido depois de meticulosa busca nos arquivos da CIA, FBI e outras agências de segurança.

– Posso perguntar, por favor, quais são as suas qualificações? – perguntou o japonês. *Polido. Astucioso.*

– O comandante Bellamy é um experiente agente de campo, fala seis línguas fluentemente e possui uma ficha exemplar. Já demonstrou muitas vezes que é um homem bastante engenhoso.

– Ele está a par da urgência da missão? – inquiriu o inglês. *Esnobe. Perigoso.*

– Está, sim. Tudo indica que ele será capaz de localizar todas as testemunhas bem depressa.

– Ele sabe qual é o propósito da missão? – questionou o francês. *Propenso a discussões. Obstinado.*

– Não.

– E o que acontecerá depois que ele as encontrar? – indagou o chinês. *Esperto. Paciente.*

– Será devidamente recompensado.

4

O quartel-general do ONI, o Serviço Secreto naval, ocupa todo o quinto andar do vasto Pentágono, um enclave no meio do maior prédio de escritórios do mundo, com 28 quilômetros de corredores e 29 mil funcionários, entre civis e militares.

O interior do ONI reflete as tradições navais. As escrivaninhas e arquivos são pintadas de verde-oliva, da época da Segunda Guerra Mundial, ou de cinza-couraçado, da época do Vietnã. As paredes e os tetos são pintados de amarelo-claro ou bege. No começo, Robert ficara desolado com a decoração espartana, mas há muito que já se acostumara.

Agora, ao entrar no prédio e se aproximar da mesa da recepção, o guarda lhe disse:

– Bom dia, comandante. Posso ver seu crachá?

Robert trabalhava ali há sete anos, mas o ritual nunca mudava. Obediente, ele mostrou o crachá.

– Obrigado, comandante.

A caminho de sua sala, Robert pensou no capitão Dougherty, esperando-o no estacionamento, na entrada à beira do rio. Aguardando para escoltá-lo ao avião que o levaria à Suíça, onde iniciaria uma caçada impossível.

Quando chegou à sua sala, Robert encontrou ali sua secretária, Barbara.

– Bom dia, comandante. O vice-diretor pediu que fosse à sala dele.

– Ele pode esperar. Ligue-me para o almirante Whittaker, por favor.

– Pois não, senhor.

Um minuto depois, Robert estava falando com o almirante.

– Devo presumir que sua reunião já acabou, Robert?

– Há poucos minutos.

– Como foi?

– Foi... interessante. Está livre para me fazer companhia no café da manhã, almirante?

Robert tentou manter a voz casual. Não houve qualquer hesitação.

– Claro. Vamos nos encontrar aí?

– Isso mesmo. Deixarei um crachá de visitante à sua espera na entrada.

– Combinado. Chegarei em uma hora.

Robert repôs o fone no gancho e pensou: *É irônico que eu tenha de deixar um crachá de visitante para o almirante. Há poucos anos ele mandava em tudo aqui, o chefe do Serviço Secreto naval. Como ele deve se sentir?*

Robert tocou a campainha do interfone para falar com a secretária.

– Pois não, comandante?

– Estou esperando o almirante Whittaker. Providencie um crachá para ele.

– Cuidarei disso imediatamente.

Estava na hora de se apresentar ao vice-diretor. Dustin Escroto Thornton.

5

Dustin "Dusty" Thornton, vice-diretor do Serviço Secreto naval, conquistara sua fama como um dos maiores atletas que já saíra de Annapolis. Thornton devia sua atual posição a uma partida de futebol americano. Uma partida entre o Exército e a Marinha, para ser mais preciso. Thornton, um homem enorme, atuara como zagueiro, em seu último ano em Annapolis, na partida mais importante da Marinha naquele ano. No início do quarto tempo, com o time do Exército vencendo por 13 a 0, dois *touchdowns* e uma conversão à frente, o destino interferira e mudara a vida de Dustin Thornton. Ele interceptara um passe do time do Exército, girara e arremetera a fim de marcar um *touchdown,* o lance em que a bola é jogada ao solo através da linha do gol adversário. O time da Marinha perdera o ponto extra, mas logo em seguida marcara um ponto de campo. Reiniciado o jogo, o ataque do Exército fora detido. O placar era Exército 13, Marinha 9, o tempo se aproximava do fim.

A partida recomeçara, a bola fora passada para Thornton, que caiu sob uma pilha de uniformes do Exército. Levara muito tempo para se levantar. Um médico entrara correndo no campo. Thornton acenara para que ele se retirasse, irritado.

Faltando apenas alguns segundos para o jogo terminar, foram dados os sinais para um passe lateral. Thornton pegou a bola na própria linha de 10 jardas. Não houvera como detê-lo. Avançara pela oposição como um tanque, derrubando todos os que se colocaram em seu caminho. A dois segundos do final da partida, Thornton cruzara a linha do gol para o *touchdown* vitorioso. Era a primeira vitória da Marinha contra o Exército em quatro anos. Isso, por si só, teria pouco efeito na vida de Thornton. O que tornara o evento significativo fora o fato de que, no camarote reservado às autoridades, estavam sentados Willard Stone e sua filha, Eleanor. Enquanto os espectadores se punham de pé, aclamando freneticamente o herói da Marinha, Eleanor virou-se para o pai e disse:

– Quero conhecê-lo.

Eleanor Stone era uma mulher de grandes apetites. Tinha o rosto feio, mas um corpo sensual e uma libido insaciável. Observando Dustin Thornton arremeter selvagemente pelo campo, ela fantasiara como ele seria na cama. Se sua virilidade fosse tão potente quanto o restante do corpo... Eleanor não se desapontaria.

Seis meses depois, Eleanor e Dustin Thornton se casaram. Dustin Thornton passara a trabalhar com o sogro, ingressando num mundo arcano, que jamais sonhara que existia.

Willard Stone, o novo sogro de Thornton, era um homem misterioso. Um bilionário com poderosas ligações políticas e um passado envolto em segredo, era um personagem furtivo que mandava e desmandava em capitais do mundo inteiro. Tinha 60 e tantos anos, um homem meticuloso, cada movimento seu era preciso e metódico. Tinha feições marcantes e olhos que não deixavam transparecer coisa alguma. Willard Stone achava que não devia desperdiçar palavras nem emoções e era implacável para conseguir o que queria.

Os rumores a seu respeito eram fascinantes. Dizia-se que assassinara um concorrente na Malásia e que tivera um tórrido caso de amor com a esposa favorita de um emir. Dizia-se também que apoiara uma revolução vitoriosa na Nigéria. O governo já o indiciara meia dúzia de vezes, mas as ações judiciais sempre eram misteriosamente arquivadas. Havia histórias de subornos, senadores comprados, segredos industriais roubados, e testemunhas que desapareciam. Stone era conselheiro de presidentes e reis. Era poderoso. Entre suas muitas propriedades, havia um sítio grande e isolado, nas montanhas do Colorado, onde cientistas, capitães da indústria e líderes mundiais se reuniam todos os anos, em seminários. Guardas armados mantinham a distância os visitantes indesejáveis.

Willard Stone não apenas aprovara o casamento da filha, mas também o encorajara. Seu novo genro era inteligente, ambicioso e, o mais importante, maleável.

Doze anos depois do casamento, Stone providenciara para que Dustin fosse nomeado embaixador na Coreia do Sul. Anos depois, o presidente dos Estados Unidos designara-o para embaixador na ONU. Quando o almirante Ralph Whittaker fora subitamente afastado do cargo de diretor em exercício do ONI, Thornton ficara em seu lugar.

E nesse dia Willard Stone chamara o genro para uma conversa.

– Isto é apenas o começo – prometera Stone. – Tenho grandes planos para você, Dustin.

E ele passara a descrever seus planos.

Dois anos antes, Robert tivera seu primeiro encontro com o novo diretor em exercício.

– Sente-se, comandante. – Não havia qualquer cordialidade na voz de Dustin Thornton. – Vejo na sua ficha que é uma espécie de operador independente.

O que ele está querendo insinuar com isso?, especulara Robert. E decidira permanecer de boca fechada. Thornton fitara-o nos olhos, antes de acrescentar:

– Não sei como o almirante Whittaker dirigia este serviço quando estava no comando, mas daqui por diante faremos tudo de acordo com as normas. Espero que minhas ordens sejam cumpridas ao pé da letra. Estou sendo bem claro?

Santo Deus, pensara Robert, *o que vamos ter aqui?*

– Estou sendo bem claro, comandante?

– Está, sim. Espera que suas ordens sejam cumpridas ao pé da letra.

E ele se perguntara se Thornton esperava que batesse continência.

– Isso é tudo.

Mas não era tudo.

Um mês depois, Robert fora enviado à Alemanha Oriental para buscar um cientista que queria desertar. Era uma missão perigosa, porque a Stasi, a polícia secreta alemã oriental, tomara conhecimento da possível deserção e vigiava atentamente o cientista. Apesar disso, Robert conseguira levar o homem são e salvo pela fronteira, até uma casa segura. Providenciava a ida do cientista para Washington quando recebera um telefonema de Dustin Thornton, informando que a situação mudara e que deveria suspender a missão.

– Não podemos largá-lo aqui – protestara Robert. – Eles o matariam.

– É problema dele – respondera Thornton. – Suas ordens são para voltar imediatamente.

Vá se foder!, pensara Robert. *Não vou abandonar o pobre coitado.* Ele ligara para um amigo no MI6, o Serviço Secreto britânico, e explicara a situação.

– Se ele voltar para a Alemanha Oriental, será liquidado. Não quer tomar conta dele?

– Verei o que se pode fazer, companheiro. Traga-o para mim.

E o cientista recebera asilo na Inglaterra.

Dustin Thornton jamais perdoara Robert por desobedecer às suas instruções. Daquele momento em diante, houvera uma hostilidade manifesta entre os dois. Thornton discutira o incidente com o sogro.

– Operadores independentes como Bellamy são perigosos – advertira Willard Stone. – Constituem um risco de segurança. Homens assim são dispensáveis. Lembre-se disso.

E Thornton se lembrara.

Agora, seguindo pelo corredor a caminho da sala de Dustin Thornton, Robert não podia deixar de pensar na diferença entre Thornton e Whittaker. Num trabalho como o seu, a confiança era indispensável. E ele não confiava em Dustin Thornton. Thornton estava sentado atrás de sua mesa quando Robert entrou na sala.

– Queria falar comigo?

– Queria, sim. Sente-se, comandante.

– Fui informado de sua transferência temporária para a Agência de Segurança Nacional. Quando voltar, tenho uma...

– Não voltarei. Esta é minha última missão.

– O quê?

– Estou largando o serviço.

Mais tarde, pensando a respeito, Robert não teve certeza de que reação exatamente esperava. Talvez alguma cena. Dustin Thornton poderia demonstrar surpresa, argumentar, ficar irritado ou aliviado. Em vez disso, limitou-se a acenar com a cabeça e murmurar:

– Então é isso.

Ao voltar à sua sala, Robert disse à secretária:

– Vou me ausentar por algum tempo. Partirei dentro de uma hora.

– Há algum lugar em que poderei encontrá-lo?

Robert lembrou as ordens do general Hilliard.

– Não.

– Há algumas reuniões que...

– Cancele-as.

Ele olhou para o relógio. Estava na hora de receber o almirante Whittaker.

Foram tomar café no pátio central do Pentágono, no Café Ponto Zero, assim chamado porque se pensava que o Pentágono seria o primeiro alvo de um ataque com bombas nucleares contra os Estados Unidos. Robert reservara uma mesa num canto, onde teriam alguma privacidade. O almirante

Whittaker foi pontual. Ao observá-lo se aproximar da mesa, Robert teve a impressão de que o almirante parecia mais velho e menor, como se a semirreforma o tivesse de alguma forma envelhecido e encolhido. Ainda era um homem de aparência impressionante, com as feições fortes, nariz aquilino, malares salientes, cabelos prateados. Robert servira sob o comando do almirante no Vietnã, mais tarde no ONI, e sentia muita admiração por ele. *Mais do que uma admiração profissional,* Robert admitiu para si mesmo. O almirante Whittaker era seu pai substituto. O almirante sentou-se.

– Bom dia, Robert. Foi mesmo transferido para a ASN? – Robert acenou com a cabeça.

– Temporariamente.

A garçonete chegou e os dois estudaram o cardápio.

– Eu tinha até esquecido como a comida daqui é horrível – comentou o almirante, sorrindo.

Ele correu os olhos ao redor, o rosto refletindo uma nostalgia silenciosa. *Ele gostaria de voltar para cá,* pensou Robert. *Amém.* Fizeram o pedido. Depois que a garçonete se afastou, Robert disse:

– Almirante, o general Hilliard me designou uma missão urgente, uma viagem de 5 mil quilômetros, a fim de localizar algumas testemunhas da queda de um balão meteorológico. Acho isso muito estranho. E há algo que parece ainda mais estranho. "O tempo é essencial", disse o general, mas recebi a ordem de não recorrer, em busca de ajuda, a qualquer dos meus contatos no exterior.

O almirante Whittaker ficou perplexo.

– Imagino que o general deve ter seus motivos.

– Não posso imaginar quais sejam.

O almirante estudou Robert. O comandante Bellamy servira sob seu comando no Vietnã, fora o melhor piloto do esquadrão. O filho do almirante, Edward, era o bombardeiro de Robert. Naquele dia terrível em que o avião fora derrubado,

Edward morrera. Robert escapara por um triz. O almirante fora visitá-lo no hospital.

– Ele não vai sobreviver – asseguraram os médicos. Robert, estendido no leito, dominado por uma dor agonizante, balbuciara:

– Sinto muito por Edward... sinto muito...

O almirante Whittaker apertara a mão dele.

– Sei que você fez tudo o que podia. E agora tem de se recuperar. Vai ficar bom.

Ele queria desesperadamente que Robert vivesse. Na mente do almirante, Robert era seu filho, o que tomaria o lugar de Edward.

E Robert sobrevivera

– Robert...

– Pois não, almirante?

– Espero que sua missão na Suíça seja bem-sucedida.

– Eu também. Será a última.

– Está mesmo decidido a sair?

O almirante era o único a quem Robert podia confidenciar.

– Já aguentei demais.

– Thornton?

– Não é apenas ele. Sou eu também. Estou cansado de interferir nas vidas de outras pessoas.

Estou cansado das mentiras e trapaças, das promessas violadas, que foram feitas sem a menor intenção de serem cumpridas. Estou cansado de manipular pessoas e ser manipulado. Estou cansado dos jogos, perigos e traições. Custa-me tudo a que já dei importância na vida.

– Tem alguma ideia do que vai fazer depois?

– Tentarei encontrar algo útil para fazer com minha vida, algo positivo.

– E se não quiserem deixá-lo?

– Eles não têm opção, não é?

6

A limusine aguardava no estacionamento junto à entrada pelo rio.

– Está pronto, comandante? – perguntou o capitão Dougherty.

Tão pronto quanto jamais estarei, pensou Robert.

– Estou, sim.

O capitão Dougherty acompanhou Robert a seu apartamento, para que ele pudesse fazer as malas. Robert não tinha a menor ideia de quantos dias passaria na viagem. *Quanto tempo demora uma missão impossível?* Ele pegou roupas suficientes para uma semana e, no último instante, pôs uma fotografia emoldurada de Susan na mala. Contemplou-a por um longo momento, especulando se ela estaria se divertindo no Brasil. E pensou: *Espero que não. Torço para que ela esteja passando pelas piores coisas.* E no instante seguinte sentiu-se envergonhado de tal pensamento.

O avião aguardava quando a limusine chegou à base Andrews da Força Aérea. Era um jato C20A. O capitão Dougherty estendeu a mão.

– Boa sorte, comandante.

– Obrigado.

Vou mesmo precisar. Robert subiu os degraus para a cabine. A tripulação se encontrava a postos, concluindo a verificação que antecedia a decolagem. Havia um piloto, um copiloto, um navegador e um comissário de bordo, todos em uniformes da força aérea. Robert conhecia o avião. Era carregado de equipamentos eletrônicos. No lado de fora, perto da cauda, havia uma antena de alta frequência, que parecia uma enorme vara de pescar. Dentro da cabine, havia nas paredes 12 telefones vermelhos e um branco, a linha que não era segura. As transmissões de rádio eram em código, e o radar se achava sintonizado numa frequência militar. A cor no interior era o azul da Força Aérea, e a cabine estava equipada com poltronas confortáveis. Robert descobriu que era o único passageiro. O piloto cumprimentou-o.

– Bem-vindo a bordo, comandante. Gostaria que afivelasse o cinto de segurança, pois já temos autorização para a decolagem.

Robert prendeu o cinto de segurança e se recostou na poltrona, enquanto o avião taxiava pela pista. Um minuto depois, sentiu a pressão familiar da gravidade, enquanto o jato alçava voo. Não pilotava um avião desde o desastre, quando o informaram que nunca mais poderia pilotar. *Muito mais do que pilotar!*, pensou Robert. *Disseram que eu não sobreviveria. Foi um milagre... Não. Foi Susan...*

Vietnã. Ele fora enviado para lá com o posto de capitã de corveta, estacionado no porta-aviões *Ranger* como oficial tático, responsável pelo treinamento de pilotos de caça e o planejamento da estratégia de ataque. Comandara uma esquadrilha de bombardeiros Intruder A-6A, e quase não havia tempo de folga das pressões da batalha. Uma de suas poucas licenças fora em Bangkok, durante uma semana, e nunca perdera tempo em dormir. A cidade era uma espécie de parque de diversões para homens. Conhecera uma refinada jovem tailandesa em sua primeira hora na cidade, ela permanecera ao seu lado durante todo o tempo e lhe ensinara algumas frases em tai. Ele achara a língua suave e doce.

> Bom dia. *Arun sawasdi.*
> De onde você é? *Khun na chak nai?*
> Para onde vai agora? *Khun kamrant chain pai?*

Ela ensinara outras frases também, mas sem explicar o que significavam; e ria quando ele as dizia.

Quando Robert voltara ao *Ranger*, Bangkok parecia um sonho distante. A guerra era a realidade, e era um horror. Alguém lhe mostrara um dos folhetos que os fuzileiros lançavam sobre o Vietnã do Norte.

Caros cidadãos,

Os fuzileiros dos Estados Unidos estão lutando ao lado das forças sul-vietnamitas em Duc Pho, a fim de proporcionarem ao povo vietnamita uma oportunidade de levar uma vida livre e feliz, sem medo da fome e sofrimento. Mas muitos vietnamitas pagaram com suas vidas, e suas casas foram destruídas, porque ajudaram os vietcongues.

Os povoados de Hai Mon, Hai Tan, Sa Bih, Ta Binh, e vários outros foram destruídos por causa disso. Não hesitaremos em destruir todo e qualquer povoado que ajudar os vietcongues, que são impotentes para conter o poderio combinado dos aliados. A escolha é de vocês. Se recusarem permissão para que os vietcongues usem suas aldeias e povoados como campo de batalha, suas casas e suas vidas estarão salvas.

Estamos salvando os pobres coitados, sem dúvida, pensava Robert, deprimido. *E ao mesmo tempo estamos destruindo seu país.*

O porta-aviões *Ranger* era equipado com a tecnologia mais moderna. Era a base de 16 aviões, 40 oficiais e 350 praças. Os planos de voo eram distribuídos três ou quatro horas antes do primeiro lançamento do dia.

Na seção de planejamento de voo do centro de informações do navio, as últimas informações e fotos de reconhecimento eram entregues aos bombardeiros, que planejavam então os padrões de voo.

– Mas que beleza nos deram esta manhã! – comentara Edward Whittaker, o bombardeiro de Robert.

Edward Whittaker parecia uma versão mais jovem do pai, mas tinha uma personalidade completamente diferente. Enquanto o almirante era uma figura formidável, distinto e austero, Edward era simples, efusivo e afável. Conquistara o seu lugar como "apenas um dos homens". Os companheiros perdoavam-no por ser o filho do comandante. Era o melhor bombardeiro da esquadrilha e havia se tornado grande amigo de Robert.

– Para onde vamos? – indagara Robert.

– Por nossos pecados, vamos para Pacote Seis.

Era a mais perigosa de todas as missões. Significava voar para o norte, até Hanói, Haiphong e o delta do rio Vermelho, onde o fogo antiaéreo era o mais intenso. Não tinham permissão para bombardear alvos estratégicos se houvesse civis nas proximidades; e os norte-vietnamitas, que não eram estúpidos, imediatamente postaram civis em torno de todas as suas instalações militares. Houvera muitos protestos entre os militares aliados, mas o presidente Lyndon Johnson, são e salvo em Washington, dava as ordens.

Os 12 anos em que soldados dos Estados Unidos lutavam no Vietnã constituíam o período mais longo em que o país ficara em guerra. Robert Bellamy entrara na guerra no fim de 1972, quando a Marinha enfrentava grandes problemas. Suas esquadrilhas de F-4 estavam sendo destruídas. Apesar de seus aviões serem superiores aos MiGs russos, a Marinha estava perdendo um F-4 para cada dois MiGs derrubados. Era uma proporção inadmissível.

Robert fora chamado ao quartel-general do almirante Ralph Whittaker.

– Mandou me chamar, almirante?

– Tem a reputação de ser um piloto competente, comandante. Preciso de sua ajuda.

– Pois não, senhor.

– Estamos sendo assassinados pelo inimigo. Mandei fazer uma análise meticulosa. Não há nada de errado com nossos aviões... O problema é o treinamento dos homens que os tripulam. Está me entendendo?

– Sim, senhor.

– Quero que pegue um grupo e o submeta a um novo treinamento de manobras e uso de armamentos...

O NOVO GRUPO foi chamado de Top Gun, e não demorou muito para que a proporção deixasse de ser 2 para 1 e se tornasse de 12 para 1. Ou seja, a cada dois F-4 perdidos, 24 MiGs eram derrubados. A missão consumira oito semanas de treinamento intensivo. O comandante Bellamy finalmente retornara a seu navio. O almirante Whittaker ali estava para cumprimentá-lo.

– Fez um excelente trabalho, comandante.

– Obrigado, almirante.

– Agora, vamos voltar ao trabalho.

– Estou pronto, senhor.

Robert voara 34 missões do *Ranger* sem incidentes. Sua 35ª missão era o Pacote Seis.

PASSARAM POR HANÓI e seguiam para noroeste, na direção de Phu Tho e Yen Bai. O fogo antiaéreo era cada vez mais intenso. Edward Whittaker sentava à direita de Robert, olhando para a tela do radar, escutando os tons sinistros dos radares de busca inimigos varrendo o céu.

Diretamente à frente, o céu parecia o espetáculo de fogos de artifício do 4 de Julho, com a fumaça branca dos canhões leves lá embaixo, as explosões em cinza-escuro das granadas de 100 milímetros, e as balas rastreadoras coloridas das metralhadoras pesadas.

– Estamos nos aproximando do alvo – informara Robert. Sua voz, pelos fones, parecia estranhamente distante.

– Ok.

O Intruder A-6A voava a 450 nós, e nessa velocidade, mesmo com o arrasto e o peso da carga de bombas, tinha um desempenho extraordinário, deslocando-se depressa demais para ser rastreado pelo inimigo.

Robert estendera a mão e acionara o controle mestre de armamento. As 12 bombas de 250 quilos estavam agora prontas para serem lançadas. Ele seguia direto para o alvo. Uma voz surgira no rádio:

– Romeu... você tem um espantalho no seu encalço.

Robert virara-se para olhar. Um MiG se aproximava, da direção do sol. Robert efetuara uma manobra de inclinação lateral e iniciara um mergulho íngreme. O MiG permanecera em seu encalço. Lançara um míssil. Robert verificara o painel de instrumentos. O míssil se aproximava rapidamente. Trezentos metros de distância... 200... 150...

– Mas que merda! – berrara Edward. – O que estamos esperando?

Robert aguardara até o último segundo, depois lançara uma chuva de aparas de metal, ao mesmo tempo que iniciava uma subida íngreme; o míssil seguiria as aparas, explodindo inofensivamente no solo.

– Obrigado, Deus – murmurara Edward. – E a você também, companheiro.

Robert continuara a subir, indo se postar por trás do MiG. O piloto inimigo ainda tentara manobras evasivas, mas já era tarde demais. Robert lançara um míssil Sidewinder, observara o alcançar a cauda do MiG e explodir. Um instante depois, o céu estava coalhado de fragmentos de metal. Uma voz dissera pelo interfone:

– Bom trabalho, Romeu.

O avião se encontrava sobre o alvo agora.

– Lá vamos nós! – gritara Edward.

Ele apertara o botão vermelho que lançava as bombas, observara-as caindo para o alvo. Missão cumprida. Robert iniciara a viagem de volta ao porta-aviões.

E fora nesse instante que eles haviam sentido o impacto. O bombardeiro veloz e ágil se tornara subitamente lerdo.

– Fomos atingidos! – anunciara Edward.

As luzes vermelhas de alerta de incêndio estavam piscando. O avião sacudia-se de maneira irregular, fora de controle. Uma voz soara pelo rádio:

– Romeu, aqui é Tigre. Quer que lhe demos cobertura?

Robert tomara a decisão numa fração de segundo.

– Não precisa. Prossigam para seus alvos. Tentarei voltar à base.

O avião perdera velocidade num grau considerável, era cada vez mais difícil comandá-lo.

– Mais depressa – murmurara Edward, muito nervoso – ou vamos chegar atrasados para o almoço.

Robert olhara para o altímetro. A agulha baixava rapidamente. Ele ativara seu microfone do rádio.

– Romeu para a base. Fomos atingidos.

– Base para Romeu. Qual a extensão dos danos?

– Não tenho certeza. Acho que posso levá-lo para casa.

– Espere um instante. – A voz retornara um momento depois. – Seu sinal é "Charlie chegando".

Isso significava que estavam autorizados a pousar no porta-aviões imediatamente.

– Entendido.

– Boa sorte.

O avião começara a entrar em rolamento. Robert esforçara-se para corrigi-lo, ao mesmo tempo em que tentava ganhar altitude.

– Vamos, meu bem, você pode conseguir. – O rosto de Robert estava tenso. Perdiam altitude muito depressa. – Qual é nosso ETA?

Edward verificara em seu painel.

– Sete minutos.

– Vou oferecer aquele almoço quente.

Robert conduzia o avião com toda a habilidade, usando o manete e o leme para tentar mantê-lo num curso reto. A altitude ainda baixava de maneira alarmante. Até que finalmente Robert avistara, à sua frente, as águas azuis faiscantes do golfo de Tonkin.

– Estamos em casa, companheiro – murmurara Robert.

– Só mais alguns quilômetros.

– Maravilhoso! Nunca duvidei...

E fora nesse instante que dois MiGs, vindos do nada, atacaram o avião, com um barulho ensurdecedor. As balas começaram a acertar a fuselagem.

– Eddie! Salte!

Robert se virara para olhar. Edward arriara contra o cinto de segurança, o lado direito do corpo dilacerado, o sangue espalhando-se pela carlinga.

– Não!

Era um grito. Um segundo depois, Robert sentira um golpe súbito e torturante no peito. O uniforme de voo ficara imediatamente encharcado de sangue. O avião começara a descer em espiral. Ele sentira que estava perdendo a consciência. Com suas últimas forças, soltara o cinto de segurança. Ainda se virara para um último olhar a Edward, balbuciando:

– Sinto muito.

Apagara então, e mais tarde não se lembrara como fora ejetado do avião e caíra de paraquedas no mar lá embaixo. Um chamado de Mayday fora transmitido, e um helicóptero Sikorsky SH-3A Sea King, do *Yorktown,* circulava pela área, esperando para recolhê-lo. A distância, a tripulação avistara juncos chineses se aproximando depressa, para o golpe de misericórdia; só que chegaram tarde demais.

Ao levarem Robert para o helicóptero, um paramédico olhara para seu corpo dilacerado e comentara:

– Santo Deus, ele nem conseguirá chegar ao hospital!

Aplicaram-lhe uma injeção de morfina, puseram bandagens de pressão em seu peito e transportaram-no para o 12º Hospital de Evacuação, na base de Cu Chio.

O "12º Evac", que servia às bases de Cu Chi, Tay Ninh e Dau Tieng, tinha quatrocentos leitos, em doze enfermarias, instaladas em galpões de metal, dispostos no formato de U, ligados por passagens cobertas. O hospital dispunha de duas unidades de tratamento intensivo, uma para casos de cirurgia, a outra de queimaduras, e cada unidade estava com excesso de lotação. Ao entrar, Robert deixara uma trilha de sangue no chão do hospital.

Um cirurgião assoberbado de trabalho removera as bandagens do peito de Robert, efetuara um exame rápido e dissera, cansado:

– Ele não vai sobreviver. Podem levá-lo para a enfermaria.

Robert, perdendo e recuperando os sentidos a todo instante, ouvira a voz do médico de uma enorme distância. *Então é isso,* pensara ele. *Que maneira horrível de morrer.*

– Não quer morrer, não é mesmo, marujo? Abra os olhos. Vamos.

Ele abrira os olhos e vira uma imagem borrada de um uniforme branco e um rosto de mulher. Ela dissera mais alguma coisa, mas Robert não conseguira entender as palavras. Havia muito barulho na enfermaria, povoada por uma cacofonia de gritos e gemidos dos pacientes, médicos berrando ordens, enfermeiras correndo frenéticas de um lado para outro, cuidando dos corpos dilacerados.

A lembrança de Robert das 48 horas seguintes era a de um nevoeiro de dor e delírio. Só mais tarde é que ele soubera que a enfermeira, Susan Ward, persuadira um médico a operá-lo e doara o próprio sangue para uma transfusão. Lutando para mantê-lo vivo, colocaram, ao mesmo tempo, três tubos intravenosos no corpo devastado de Robert. Concluída a operação, o cirurgião no comando deixara escapar um suspiro.

– Desperdiçamos o nosso tempo. Ele não tem mais que dez por cento de chance de sobreviver.

Mas o médico não conhecia Robert Bellamy. E não conhecia Susan Ward. Robert tinha a impressão de que sempre que abria os olhos, Susan se encontrava ali, segurando sua mão, afagando sua testa, cuidando dele, querendo que ele vivesse. Durante a maior parte do tempo, Robert permanecera em delírio. Susan sentava a seu lado na enfermaria escura, ao longo das noites solitárias, escutando suas divagações.

– ...O DOD está errado, não se pode seguir em perpendicular para o alvo, ou a gente acaba caindo no rio... Diga a eles para calcularem os mergulhos alguns graus além do curso do alvo... Diga a eles...

E Susan murmurava, suavemente:

– Eu direi.

O corpo de Robert ficava encharcado de suor. Ela o limpava com uma esponja.

– ...Você tem de remover todos os cinco pinos de segurança, caso contrário o assento não será ejetado... Verifique-os...

– Está certo. Volte a dormir agora.

– ...As argolas do ejetor múltiplo estão com defeito... Só Deus sabe onde as bombas caíram...

Durante a metade do tempo, Susan Ward não conseguia entender o que seu paciente dizia.

Susan Ward era chefe das enfermeiras da sala de cirurgia. Nascera numa pequena cidade de Idaho, crescera junto com o menino da casa ao lado, Frank Prescott, o filho do prefeito. Todos na cidade presumiam que os dois acabariam se casando.

Susan tinha um irmão mais jovem, Michael, a quem ela adorava. Ao completar 18 anos, ele ingressara no Exército e fora mandado para o Vietnã. Susan escrevia-lhe todos os dias. Três meses depois, a família de Susan recebera um telegrama; ela sabia o que continha antes mesmo que fosse aberto. Ao saber da notícia, Frank Prescott viera correndo.

– Lamento profundamente, Susan. Eu gostava muito de Michael. – E depois ele cometera o erro de dizer: – Vamos nos casar logo

Susan fitara-o nos olhos e tomara uma decisão.

– Não. Tenho de fazer algo importante com minha vida.

– Pelo amor de Deus! O que pode ser mais importante que casar comigo?

A resposta era o Vietnã.

Susan Ward entrara na escola de enfermagem.

Estava no Vietnã há 11 meses, trabalhando sem parar, quando o comandante Robert Bellamy chegara ao hospital numa maca, condenado a morte. A triagem era uma prática comum nos hospitais de emergência. Os médicos examinavam dois ou três pacientes e faziam julgamentos sumários sobre qual tentariam salvar. Por razões que nunca ficaram muito claras para ela, Susan dera uma olhada no corpo dilacerado de Robert Bellamy e concluíra que não podia deixá-lo morrer. Era seu irmão que ela tentava salvar? Ou seria outra coisa? Ela andava exausta, com excesso de trabalho, mas em vez de descansar nos momentos de folga, passava todo o tempo cuidando de Bellamy.

Susan dera uma olhada na ficha do paciente. Piloto e instrutor, um ás da Marinha, ganhara a Cruz Naval. Nascera em Harvey, Illinois, uma pequena cidade industrial, ao sul de Chicago. Ingressara na Marinha depois de concluir os dois anos do colegial, fizera o curso em Pensacola. Era solteiro.

Todos os dias, enquanto Robert Bellamy se recuperava, caminhando na frágil linha entre a vida e a morte, Susan lhe sussurrava:

– Vamos, marujo. Estou à sua espera.

Uma noite, seis dias depois de entrar no hospital, quando divagava em delírio, Robert sentara na cama subitamente, contemplara Susan e dissera, a voz firme e clara:

– Não é um sonho. Você é real.

Susan sentira seu coração disparar.

– Isso mesmo, sou real.

– Pensei que estava sonhando. Pensei que fora para o paraíso, e Deus me entregara a seus cuidados.

Ela fitara Robert nos olhos, muito séria.

– Eu seria capaz de matá-lo, se você morresse.

Ele correra os olhos pela enfermaria lotada.

– Onde... onde estou?

– No 12º Hospital de Evacuação, em Cu Chio.

– Há quanto tempo estou aqui?

– Seis dias.

– Eddie... ele...

– Sinto muito.

– Tenho de dizer ao almirante.

Susan pegara a mão de Robert e dissera, gentilmente:

– Ele sabe. Já esteve aqui para visitá-lo.

Os olhos de Robert encheram-se de lágrimas.

– Odeio esta maldita guerra. Não tenho palavras para expressar o quanto a odeio.

Daquele momento em diante, a recuperação de Robert espantara os médicos. Todos os sinais vitais estabilizaram.

– Vamos tirá-lo daqui muito em breve – comunicaram a Susan.

E ela sentira uma pontada de angústia.

ROBERT JAMAIS TIVERA certeza de quando exatamente se apaixonara por Susan Ward. Talvez tivesse sido no momento em que ela lhe fazia curativos, ouviram bombas caindo, e Susan murmurara:

– Estão tocando a nossa canção.

Ou talvez tenha sido no momento em que comunicaram a ele que já se encontrava em condições de ser transferido para o Hospital Walter Reed, em Washington, a fim de concluir sua convalescença, e Susan declarara:

– Acha mesmo que ficarei aqui, deixando que outra enfermeira cuide de você? De jeito nenhum! Falarei com todo mundo para poder acompanhá-lo!

Casaram-se duas semanas depois. Robert levara um ano para se recuperar por completo. Susan atendia a todas as suas necessidades, dia e noite. Ele jamais conhecera alguém assim, nem sonhara que pudesse amar uma mulher com tanta intensidade. Amava sua compaixão e sensibilidade, sua paixão e vitalidade. Amava sua beleza e senso de humor. No primeiro aniversário de casamento, ele dissera:

– Você é a pessoa mais linda, mais maravilhosa e mais desprendida do mundo. Não há ninguém neste mundo com seu amor, espírito e inteligência.

E Susan o abraçara com força, sussurrando, em sua voz anasalada de corista:

– Você também é assim, tenho certeza.

Partilhavam mais do que amor. Apreciavam sinceramente e respeitavam um ao outro. Todos os amigos os invejavam, e com bons motivos. Sempre que se falava de um casamento perfeito, o exemplo invariável apresentado era o de Robert e Susan. Eram compatíveis sob todos os aspectos, almas irmãs que se completavam. Susan era a mulher mais sensual que Robert já conhecera, e eram capazes de inflamar um ao outro com um toque, uma palavra. Uma noite, quando tinham o compromisso de ir a um jantar formal, Robert se atrasara. Estava no chuveiro quando Susan entrara no banheiro, já maquiada, usando um adorável vestido longo, sem alças.

– Puxa, como você está maravilhosa! – exclamara Robert. – É uma pena que não tenhamos mais tempo.

– Ora, não se preocupe com isso – murmurara Susan.

E no instante seguinte ela tirara as roupas, entrara debaixo do chuveiro, com Robert.

Não foram ao jantar.

Susan sentia as necessidades de Robert quase antes mesmo de conhecê-las, e providenciava para que fossem satisfeitas. E Robert se mostrava igualmente atencioso com ela. Susan encontrava bilhetinhos de amor na penteadeira, ou em seus sapatos, quando ia calçá-los. Flores e pequenos presentes lhe eram entregues sob qualquer pretexto, no Dia da Marmota, no aniversário de nascimento do presidente Polk, no dia em que se comemorava a expedição de Lewis e Clark.

E o riso que partilhavam, o riso maravilhoso...

A VOZ DO piloto soou pelo interfone:

– Pousaremos em Zurique dentro de dez minutos, comandante.

Os pensamentos de Robert Bellamy voltaram ao presente, à sua missão. Em 15 anos no Serviço Secreto naval, ele estivera envolvido em dezenas de operações desafiadoras, mas aquela prometia ser a mais bizarra de todas. Viajava para a Suíça com a incumbência de descobrir os passageiros de um ônibus lotado, testemunhas anônimas que haviam desaparecido em pleno ar. *É como procurar uma agulha num palheiro. E nem mesmo sei onde fica o palheiro. Onde se encontra Sherlock Holmes quando preciso dele?*

– PODE PRENDER o cinto de segurança, por favor?

O C20A voava sobre florestas escuras, e um momento depois deslizou sobre a pista delimitada pelas luzes de pouso do aeroporto internacional de Zurique. O avião taxiou para o lado leste do aeroporto, encaminhou-se para o pequeno prédio da General Aviation, longe do terminal principal. Ainda havia poças na pista de uma tempestade anterior, mas agora o céu noturno estava claro.

– Um tempo maluco – comentou o piloto. – Fez sol aqui no domingo, choveu durante todo o dia de hoje, e agora o céu limpou. Não se precisa de um relógio aqui, mas apenas de um barômetro. Quer que eu lhe providencie um carro, comandante?

– Não, obrigado.

Daquele momento em diante, ele estava sozinho, só devia contar consigo mesmo. Robert ficou observando até que o avião taxiou para longe, depois embarcou num micro-ônibus para o hotel do aeroporto, onde caiu num sono sem sonhos.

7

Dia 2
8 horas

Na manhã seguinte, Robert aproximou-se do recepcionista por trás do balcão da Europcar.

– *Guten Tag.*

Era um lembrete de que ele se encontrava na parte da Suíça que falava alemão.

– *Guten Tag.* Tem um carro disponível?

– Temos, sim, senhor. Por quanto tempo vai precisar?

Boa pergunta. Uma hora? Um mês? Talvez um ou dois anos?

– Não tenho certeza.

– Pretende devolver o carro neste aeroporto?

– Possivelmente.

O recepcionista lançou-lhe um olhar estranho.

– Muito bem. Pode preencher estes formulários, por favor?

Robert pagou o aluguel do carro com o cartão de crédito preto especial que o general Hilliard lhe dera. O recepcionista examinou-o, perplexo, depois murmurou:

– Com licença.

Ele desapareceu numa sala por trás do balcão. Ao voltar, Robert perguntou:

– Algum problema?

– Não, senhor. Absolutamente nenhum.

O carro era um Opel Omega cinza. Robert pegou a estrada do aeroporto e seguiu para o centro de Zurique. Gostava da Suíça. Era um dos países mais bonitos do mundo. Esquiara ali anos antes. Em épocas mais recentes, efetuara missões no país, como oficial de ligação com a Abteilung Espionagem, o serviço de segurança suíço. Durante a Segunda Guerra Mundial, a agência fora organizada em três departamentos, D, P e I, cobrindo respectivamente a Alemanha, França e Itália. Agora, seu propósito principal relacionava-se com a descoberta de operações conduzidas dentro dos vários organismos da ONU instalados em Genebra. Robert tinha vários amigos na Abteilung, mas lembrou-se das palavras do general Hilliard: "Não deve entrar em contato com nenhum deles."

A viagem para a cidade demorou 25 minutos. Robert pegou a saída para o centro chamada Dübendorf, e seguiu para o Dolder Grand hotel. Era exatamente como o recordava: um enorme *château* suíço de madeira, imponente, cercado por jardins, com uma vista para o lago Zurique. Ele estacionou o carro e entrou no saguão. A recepção ficava à esquerda.

– *Guten Tag.*

– *Guten Tag. Haben Sie ein Zimmer für eine Nacht?*

– *Ja. Wie möchten Sie bezahlen?*

– *Mit Kredilkarte.*

Usou o cartão de crédito entregue pelo general Hilliard. Robert pediu um mapa da Suíça e foi conduzido a um quarto confortável, na ala nova do hotel. Tinha uma pequena varanda, que dava para o lago. Robert saiu para a varanda, respirando o ar frio do outono, pensando na missão que tinha pela frente.

Não tinha coisa alguma em que se basear. Absolutamente nada. Todos os fatores da equação daquela missão eram completamente desconhecidos. O número de passageiros. Seus nomes e paradeiros. *"Todas as testemunhas estão na Suíça?" "Esse é o nosso problema. Não temos a menor ideia de onde estão, ou quem são."* A única informação de que ele dispunha era o lugar e a data: Uetendorf, domingo, 14 de outubro.

Precisava de um suporte, algo em que pudesse se apoiar.

Se bem lembrava, os ônibus turísticos partiam apenas de duas grandes cidades: Zurique e Genebra. Robert abriu uma gaveta na mesa e retirou o volumoso *Telefonbuch. Eu deveria procurar em M, de milagre,* pensou ele. Havia mais de meia dúzia de companhias de excursões turísticas relacionadas: Sunshine Tours, Swisstour, Tour Service, Touralpino, Tourisma Reisen...

Teria de verificar todas. Ele anotou os endereços das empresas, seguiu de carro para o escritório da mais próxima.

Havia dois funcionários por trás do balcão, atendendo aos turistas. Assim que um deles ficou livre, Robert disse:

– Com licença. Minha esposa participou de uma de suas excursões no domingo passado e esqueceu a bolsa no ônibus. Acho que ficou animada por ter visto o balão meteorológico que caiu perto de Uetendorf.

O funcionário franziu o rosto.

– *Est tut mir vielleid.* Deve estar enganado. Nossas excursões nem chegam perto de Uetendorf.

– Desculpe.

Primeiro ponto.

A escala seguinte prometia ser mais proveitosa.

– Suas excursões passam por Uetendorf?

– Claro. – O homem sorriu. – Nossas excursões vão a todos os cantos da Suíça. São as mais espetaculares. Temos uma excursão para Zermalt, muito especial. Há também a Excursão das Geleiras. A Grande Excursão Circular parte dentro de 15 minutos...

– Teve uma excursão no domingo que parou para observar aquele balão meteorológico que caiu? Sei que minha esposa se atrasou na volta ao hotel e...

O funcionário por trás do balcão protestou, indignado:

– Temos o maior orgulho do fato de que nossas excursões *nunca* atrasam. Não fazemos paradas imprevistas.

– Quer dizer que um de seus ônibus não parou para observar aquele balão meteorológico?

– Claro que não!

– Obrigado.

Segundo ponto.

O TERCEIRO ESCRITÓRIO visitado por Robert ficava na Bahnhofplatz, a placa na porta indicava Sunshine Tours. Robert aproximou-se do balcão.

– Boa tarde. Eu queria perguntar sobre um de seus ônibus de excursão. Soube que um balão meteorológico caiu perto de Uetendorf, e seu motorista parou durante meia hora, a fim de que os passageiros pudessem dar uma olhada.

– Não, não! Ele só parou por 15 minutos. Temos regras rigorosas.

Bingo!

– Posso lhe perguntar qual é o seu interesse nisso?

Robert tirou do bolso um dos documentos de identificação que recebera.

– Sou repórter e estou preparando uma reportagem para a revista *Travel and Leisure* sobre a eficiência dos ônibus na Suíça, em comparação com outros países. Será que eu poderia entrevistar o motorista?

– Seria de fato uma matéria muito interessante. Nós, suíços, nos orgulhamos de nossa eficiência.

– E esse orgulho é bem merecido – garantiu Robert.

– O nome de nossa empresa seria mencionado?

– Com destaque.

O recepcionista sorriu.

– Então não vejo mal algum.

– Eu poderia falar com ele agora?

– Hoje é seu dia de folga.

Ele escreveu um nome num pedaço de papel. Robert Bellamy leu-o de cabeça para baixo. *Hans Beckerman.* O recepcionista acrescentou um endereço.

– Ele mora em Kappel. É uma pequena aldeia a cerca de 40 quilômetros de Zurique. Deve encontrá-lo em casa agora.

Robert Bellamy pegou o papel.

– Muito obrigado. Por falar nisso, só para termos todos os fatos da história, tem um registro de quantas passagens vendeu para essa excursão em particular?

– Claro. Mantemos registros de todas as nossas excursões. Espere um instante. – Ele pegou um livro embaixo do balcão e virou algumas páginas. – Ah, aqui está, domingo, Hans Beckerman. Havia sete passageiros. Ele guiou o Iveco naquele dia, o ônibus pequeno.

Sete passageiros desconhecidos e o motorista. Robert resolveu disparar um tiro no escuro.

– Por acaso tem os nomes desses passageiros?

– Senhor, as pessoas vêm da rua, compram a passagem, entram na excursão. Não pedimos uma identificação.

Maravilhoso.

– Obrigado, mais uma vez.

Robert encaminhou-se para a porta. O recepcionista acrescentou:

– Espero que nos mande uma cópia da reportagem.

– Claro.

A PRIMEIRA PEÇA do quebra-cabeças era o ônibus da excursão. Robert foi à Talstrasse, de onde os ônibus partiam, como se pensasse que poderia encontrar ali alguma pista oculta. O ônibus Iveco era marrom e prateado, bastante pequeno para percorrer as íngremes estradas alpinas, com assentos para 14 passageiros. *Quem são os sete, e como desapareceram?* Robert voltou a seu carro. Estudou o mapa, fez as marcações. Saiu da cidade pela Lavesneralle, entrou na Albis, no começo dos Alpes, a caminho da aldeia de Kappel. Seguiu para o sul, passando pelas colinas baixas que cercavam Zurique, começou a subir para a magnífica cordilheira que eram os Alpes. Passou por Adliswil, Langnau e Hausen, por povoados anônimos, com chalés e paisagens de cartão-postal. Chegou a Kappel quase uma hora depois. A pequena aldeia consistia em um restaurante, uma igreja, uma agência dos correios, e uma dezena ou pouco mais de casas, espalhadas pelas colinas. Robert estacionou o carro e entrou no restaurante. Uma garçonete limpava uma mesa, perto da porta.

– *Entschuldigen Sie bitte, Fraulein. Welche Richtung ist das Haus von Herr Beckerman?*

– *Ja.* – Ela apontou pela estrada. – *An der Kirche rechts.* – *Danke.*

Robert virou à direita ao chegar à igreja, seguiu até uma modesta casa de pedra, com dois andares, e telhado de cerâmica. Saiu do carro e foi até a porta. Não viu nenhuma campainha e bateu. Uma mulher corpulenta, com a insinuação de um bigode, abriu a porta.

– *Ja?*

– Desculpe incomodá-la. O Sr. Beckerman está?

Ela fitou-o com uma expressão desconfiada.

– O que quer com ele?

Robert ofereceu-lhe um sorriso cativante.

– Deve ser a Sra. Beckerman. – Ele tirou do bolso a carteira de identificação de repórter. – Estou fazendo uma reportagem para uma revista sobre os motoristas de ônibus suíços. Seu marido foi recomendado à minha revista como um dos que possuem os melhores registros de segurança no país.

A mulher se animou no mesmo instante e declarou, orgulhosa:

– Meu Hans é um excelente motorista.

– É o que todos me disseram, Sra. Beckerman. Eu gostaria de entrevistá-lo.

– Uma entrevista com meu Hans para uma revista? – Ela estava atordoada. – Mas isso é emocionante! Entre, por favor!

Ela levou Robert a uma sala de estar pequena, mas impecável.

– Espere aqui, *bitte.* Vou chamar Hans.

A casa tinha um teto baixo, as vigas à mostra, chão de madeira escura, móveis simples de madeira. Havia uma pequena lareira de pedra, cortinas de renda nas janelas.

Robert ficou parado ali, pensando. Aquela era não apenas a sua melhor pista, mas também a única. *"As pessoas vêm da rua, compram a passagem, entram na excursão. Não pedimos identificação..."* *Não há lugar para ir daqui,* pensou Robert, sombriamente. *Se isso não der certo, sempre posso publicar um anúncio: Os sete passageiros do ônibus de excursão que viram um balão meteorológico cair no domingo devem se reunir em meu quarto de hotel, ao meio-dia de amanhã. Será servido um lanche.*

Um homem magro e calvo apareceu. A pele era pálida, e ostentava um enorme bigode preto que destoava enormemente do restante de sua aparência.

– Boa tarde, *Herr*...

– Smith. Boa tarde. – A voz de Robert era animada. – Não imagina como eu estava ansioso em conhecê-lo, Sr. Beckerman.

– Minha esposa me disse que está escrevendo uma matéria sobre os motoristas.

Ele falava com um carregado sotaque alemão. Robert sorriu, insinuante.

– Isso mesmo. Minha revista está interessada em sua maravilhosa folha corrida...

– *Scheissdreck!* – interrompeu Beckerman, bruscamente. – Está interessado mesmo é na coisa que caiu na tarde de ontem, não é?

Robert conseguiu parecer desconcertado.

– Para ser franco, estou muito interessado em conversar sobre isso também.

– Então, por que não disse logo? Sente-se.

– Obrigado.

Robert sentou no sofá. Beckerman disse:

– Lamento não poder lhe oferecer um drinque, mas não temos mais *schnapps* em casa. – Ele bateu com a mão na barriga. – Úlcera. Os médicos não podem nem sequer me dar remédios para aliviar a dor. Sou alérgico a todos.

Ele sentou-se na frente de Robert, acrescentando:

– Mas não veio até aqui para falar sobre a minha saúde, não é? O que deseja saber?

– Quero falar sobre os passageiros que estavam em seu ônibus no domingo, quando parou perto de Uetendorf, no local da queda do balão meteorológico.

Hans Beckerman fitou-o espantado.

– Balão meteorológico? Que balão meteorológico? Mas do que está falando?

– O balão que...

– Está se referindo à espaçonave.

Foi a vez de Robert ficar espantado.

– E*spaçonave?*

– Sim, o disco voador.

Robert levou um momento para absorver as palavras. Sentiu um calafrio.

– Está me dizendo que viu um disco voador?

– Sim. Com corpos lá dentro.

"Ontem, um balão meteorológico da OTAN caiu nos Alpes suíços. Havia alguns artefatos militares experimentais no balão que são altamente secretos."

Robert tentou parecer calmo.

– Sr. Beckerman, tem certeza de que o que viu era mesmo um disco voador?

– Claro. O que chamam de OVNI.

– E havia pessoas mortas lá dentro?

– Pessoas, não. *Criaturas.* É difícil descrevê-las. – Ele estremeceu ligeiramente. – Eram muito pequenas, com olhos enormes e esquisitos. Vestiam trajes de uma cor prateada metálica. Foi bastante assustador.

A mente de Robert era um turbilhão.

– Seus passageiros também viram isso?

– Oh, *ja.* Todos viram. Fiquei parado ali durante cerca de 15 minutos. Eles queriam que eu ficasse por mais tempo, mas a companhia é muito rigorosa com os horários.

Robert sabia que a pergunta era inútil, antes mesmo de formulá-la:

– Sr. Beckerman, por acaso sabe os nomes de seus passageiros?

– Senhor, apenas dirijo um ônibus. Os passageiros compram uma passagem em Zurique, e iniciamos uma excursão para sudoeste, até Interlaken, e depois para noroeste, até Berna. Eles podem desembarcar em Berna, ou voltar a Zurique. Ninguém me dá seu nome.

Robert insistiu, desesperado:

– Não há a menor possibilidade de poder identificar nenhum deles?

O motorista do ônibus pensou por um momento.

– Bom, posso lhe dizer que não havia crianças naquela excursão. Apenas homens.

– Só homens?

Beckerman pensou mais um pouco.

– Não. Isso não é o certo. Havia uma mulher também. *Sensacional. Isso reduz bastante as possibilidades,* pensou Robert. *Próxima pergunta: Por que aceitei essa missão?*

– O que está dizendo, Sr. Beckerman, é que um grupo de turistas embarcou em seu ônibus, em Zurique, e depois, quando a excursão terminou, simplesmente se dispersou?

– Isso mesmo, Sr. Smith.

Então não havia sequer um palheiro.

– Lembra de *qualquer coisa* sobre os passageiros? Algo que disseram ou fizeram?

Beckerman sacudiu a cabeça.

– Senhor, ficamos tão acostumados que nem prestamos mais qualquer atenção aos passageiros. A menos que eles causem algum problema. Como aquele alemão.

Robert ficou imóvel e perguntou baixinho:

– Que alemão?

– *Affenarsch!* Todos os outros passageiros ficaram agitados ao verem o OVNI e aquelas criaturas mortas no interior, mas o velho se queixou que tínhamos de nos apressar para chegar a Berna, porque precisava preparar uma palestra que faria na universidade pela manhã.

Um começo.

– Lembra mais alguma coisa a respeito dele?

– Não.

– Absolutamente nada?

– Ele usava um sobretudo preto.

Ótimo.

– Sr. Beckerman, quero lhe pedir um favor. Importa-se de ir comigo até Uetendorf?

– É meu dia de folga. Estou ocupado...

– Terei o maior prazer em lhe pagar pelo serviço.

– Quanto?

– Duzentos marcos.

– Eu não...

– Aumentarei para 400 marcos.

Beckerman pensou por um momento.

– Por que não? É um belo dia para um passeio, *nicht?*

Seguiram para o sul, passando por Luzern e as pitorescas aldeias de Immensee e Meggen. A paisagem era de uma beleza deslumbrante, mas Robert tinha outras coisas na cabeça.

Passaram por Engelberg, com seu antigo mosteiro beneditino, e Brünig, o passo que levava a Interlaken. Passaram por Leissigen e Faulensee, com seu adorável lago azul, pontilhado por barcos de velas brancas.

– Ainda está muito longe? – perguntou Robert.

– Já estamos chegando – assegurou Hans Beckerman.

Viajavam há quase uma hora quando chegaram a Spiez. Hans Beckerman informou:

– Não está longe agora. Fica logo depois de Thun.

Robert sentiu o coração começar a bater mais depressa. Estava prestes a testemunhar algo muito além da imaginação, visitantes alienígenas das estrelas. Passaram pela pequena aldeia de Thun, e poucos minutos depois, ao se aproximarem de um agrupamento de árvores, no outro lado da estrada, Hans Beckerman apontou e disse:

– Ali!

Robert experimentava um crescente excitamento.

– Certo. Vamos dar uma olhada.

Um caminhão se aproximava em grande velocidade. Depois que passou, Robert e Hans Beckerman atravessaram a estrada. Robert seguiu o motorista de ônibus por um pequeno aclive para o meio das árvores.

A estrada se encontrava agora completamente fora de vista. Ao entrarem numa clareira, Beckerman anunciou:

– É bem ali.

No chão, à frente deles, havia os restos dilacerados de um balão meteorológico.

8

Estou ficando velho demais para essas coisas, pensou Robert, cansado. *Já começava realmente a acreditar no conto de fadas do disco voador.*

Hans Beckerman olhava aturdido para o objeto no chão, com uma expressão confusa.

– *Verfalschen!* Não foi isso o que vimos!

Robert suspirou.

– Não foi.

Beckerman sacudiu a cabeça.

– Estava aqui ontem.

– Seus homenzinhos verdes provavelmente saíram voando nele.

Beckerman era teimoso.

– Não, não. Ambos estavam *tot*... mortos.

Tot... mortos. É um bom sumário para minha missão. Minha única pista é um velho maluco que vê espaçonaves.

Robert aproximou-se do balão para examiná-lo mais atentamente. Era um envelope de alumínio enorme, com cerca de 4 metros de diâmetro, as beiras serreadas, que rasgaram ao bater no solo. Todos os instrumento haviam sido removidos, como o general Hilliard lhe dissera. *"Não tenho palavras suficientes para ressaltar a importância do que havia no balão."*

Robert circulou o balão murcho, os sapatos guinchando na relva molhada, procurando por qualquer coisa que pudesse constituir uma pista, por menor que fosse. Nada. Era idêntico a dezenas de outros balões meteorológicos que ele já vira ao longo dos anos. O velho ainda não desistira, com uma típica obstinação germânica.

– Essas coisas alienígenas... Fizeram com que parecesse assim. Podem fazer isso, já deve saber.

Não há mais nada a se fazer aqui, concluiu Robert. Suas meias haviam ficado encharcadas, da passagem pela relva molhada. Ele começou a se afastar, depois hesitou, um pensamento lhe ocorrendo. Voltou ao balão.

– Levante um canto disso, está bem?

Beckerman fitou-o, surpreso.

– Deseja que eu levante?

– *Bitte.*

Beckerman deu de ombros. Pegou um canto do material muito leve e levantou, enquanto Robert suspendia outro canto. Robert ergueu o pedaço de alumínio por cima da cabeça, avançou por baixo, na direção do centro do balão. Os pés afundavam na relva.

– Está molhado aqui embaixo! – gritou ele.

– Claro. – O *Dummkopj* ficou por dizer. – Choveu durante todo o dia de ontem. O solo inteiro ficou molhado.

Robert saiu de debaixo do balão.

– Deveria estar seco.

"Um tempo maluco", comentara o piloto. "Fez sol aqui no domingo." O *dia em que o balão caíra. "Choveu durante todo o dia de hoje, e agora o céu limpou. Não se precisa de um relógio aqui, mas apenas de um barômetro."*

– E daí?

– Como estava o tempo quando vocês viram o OVNI?

Beckerman pensou por um momento.

– Era uma tarde de sol.

– De sol?

– *Ja*. De sol.

– Mas choveu durante todo o dia de ontem?

Beckerman estava perplexo.

– E daí?

– Se o balão estivesse aqui durante toda a noite, o solo por baixo ficaria seco... ou úmido, no máximo.

Mas se encontra encharcado, como o restante desta área.

Beckerman fitava-o fixamente.

– Não entendo. O que isso significa?

– Pode significar que alguém pôs este balão aqui ontem depois que a chuva começou, e levou o que você viu.

Ou haveria alguma outra explicação mais racional, em que ele não pensara?

– Quem poderia fazer uma coisa tão absurda?

Não é tão absurda assim, pensou Robert. O governo suíço pode ter feito isso, para enganar visitantes curiosos. O primeiro estratagema de uma operação para encobrir algo é a desinformação. Robert circulou pela relva molhada, examinando o terreno, censurando a si mesmo por ser um idiota tão crédulo. Hans Beckerman observava-o com crescente desconfiança.

– Qual é mesmo a revista para a qual trabalha?

– *Travel and Leisure*.

Hans Beckerman se animou.

– Ah, então creio que vai querer uma fotografia minha, como o outro cara.

Robert sentiu um calafrio.

– Que outro cara?

– O fotógrafo que tirou fotos de todos nós junto aos destroços. Ele disse que nos mandaria cópias. E alguns passageiros também estavam com câmeras.

– Espere um instante – disse Robert, lentamente. – Está querendo dizer que alguém tirou uma fotografia dos passageiros bem aqui, na frente do OVNI?

– Exatamente.

– E ele prometeu mandar uma cópia para cada um?

– Isso mesmo.

– Então ele deve ter anotado os nomes e endereços.

– Claro. De outra maneira, como poderia saber para onde mandar as fotos?

Robert estava imóvel, dominado por um sentimento de euforia. *Um golpe de sorte, Robert, seu filho da puta afortunado!*

Uma missão impossível tornava-se de repente muito fácil. Ele não mais procurava por sete passageiros desconhecidos. Só precisava descobrir o fotógrafo.

– Por que não o mencionou antes, Sr. Beckerman?

– Perguntou sobre os passageiros.

– E ele não era um passageiro?

Hans Beckerman sacudiu a cabeça.

– *Nein*. – Ele apontou. – Seu carro estava enguiçado no outro lado da estrada. Um caminhão-reboque começava a suspendê-lo. Houve o estrondo, ele atravessou correndo a estrada para ver o que estava acontecendo. Ao descobrir o que era, o cara voltou correndo para seu carro, a fim de buscar suas câmeras. E depois pediu a todos nós para posarmos na frente do disco voador.

– Esse fotógrafo disse o nome?

– Não.

– Lembra alguma coisa sobre ele?

Hans Beckerman concentrou-se.

– Ele era estrangeiro. Americano ou inglês.

– Disse que um caminhão-reboque se preparava para levar o carro dele?

– Isso mesmo.

– Lembra em que direção o caminhão seguiu?

– Foi para o norte. Calculei que rebocaria o carro até Berna. Thun fica mais perto, mas todas as suas oficinas estão fechadas aos domingos.

Robert sorriu.

– Obrigado. Ajudou-me muito.

Não vai se esquecer de me mandar a reportagem quando sair?

– Claro que não. Aqui está seu dinheiro, e mais cem marcos por ter sido tão útil. E agora vou levá-lo de volta para casa.

Encaminharam-se para o carro. Beckerman abriu a porta, parou, virou-se para Robert.

– Foi muito generoso.

Ele tirou do bolso um pequeno pedaço de metal, retangular, do tamanho de um isqueiro, contendo um pequeno cristal branco.

– O que é isto?

– Encontrei no chão, no domingo, antes de voltarmos ao ônibus.

Robert examinou o estranho objeto. Era tão leve quanto papel, da cor de areia. Uma beirada áspera num lado indicava que podia ter sido parte de outra peça. *Parte do equipamento que estava num balão meteorológico. Ou parte de um OVNI?*

– Talvez lhe dê sorte – acrescentou Beckerman, enquanto guardava na carteira as notas que Robert lhe entregara. – Sem dúvida trouxe para mim.

Ele sorriu satisfeito e entrou no carro.

ESTAVA NA HORA de fazer a si mesmo a pergunta objetiva: *Acredito realmente em OVNIs?* Já lera muitas histórias delirantes nos jornais sobre pessoas que alegavam ter entrado em espaçonaves, passando pelas experiências mais esquisitas, e sempre atribuíra tais relatos a gente que queria publicidade, ou devia ser entregue aos cuidados de um bom psiquiatra. Nos últimos anos, porém, houvera relatos que não podiam ser descartados com tanta facilidade. Relatos de OVNIs avistados por astronautas, pilotos da força aérea e policiais, pessoas com credibilidade, que detestavam a publicidade. Além disso, houvera o relato perturbador do acidente com um OVNI em

Roswell, Novo México, quando se teria encontrado corpos de alienígenas. O governo, ao que se dizia, abafara o caso, removendo todas as provas. Durante a Segunda Guerra Mundial, pilotos haviam informado terem avistado estranhos objetos, a que chamavam de caças Foo, objetos não identificados que passavam zunindo, para desaparecerem em seguida. Havia histórias de cidades visitadas por objetos inexplicáveis, que haviam chegado a toda velocidade pelo céu. *E se houver de fato alienígenas em OVNIs, procedentes de outra galáxia?*, especulou Robert. *Como isso afetaria nosso mundo? Traria a paz? A guerra?* *O fim da civilização como a conhecemos?* Ele se descobriu quase a torcer para que Hans Beckerman fosse um lunático desvairado, e para que a coisa que caíra ali fosse mesmo um balão meteorológico. Teria de encontrar outra testemunha, para confirmar a história de Becker ou refutá-la. À primeira vista, a história parecia inacreditável; mas havia algo que o incomodava. *Se fosse apenas um balão meteorológico que caiu aqui, mesmo que contivesse equipamentos especiais, por que fui convocado a uma reunião na Agência de Segurança Nacional às 6 horas da manhã e informado de que era urgente que todas as testemunhas fossem encontradas, o mais depressa possível? Seria uma cobertura? E se fosse... por quê?*

9

Mais tarde, naquele mesmo dia, houve um encontro com a imprensa em Genebra, nas austeras dependências do ministério do interior suíço. Havia mais de cinquenta repórteres na sala, e muitos outros que transbordavam para o corredor. Havia representantes da televisão, rádio e imprensa de mais de uma dúzia de países, muitos munidos de microfones e câmeras. Todos pareciam falar ao mesmo tempo.

– Recebemos informações de que não foi um balão meteorológico...

– É verdade que foi um disco voador?

– Há rumores de que foram encontrados corpos de alienígenas na nave...

– Algum dos alienígenas estava vivo?

– O governo está tentando esconder a verdade do povo?

O secretário de imprensa alteou a voz para recuperar o controle.

– Senhoras e senhores, houve um simples mal-entendido. Estamos sempre recebendo avisos. As pessoas veem satélites, estrelas cadentes... Não é sintomático que todos os relatos sobre OVNIs sejam feitos de forma anônima? Talvez essa pessoa acreditasse sinceramente que era um OVNI, mas na verdade foi mesmo um balão meteorológico que caiu. Já providenciamos o transporte de todos até o local. Se quiserem me acompanhar, por favor...

Quinze minutos depois, dois ônibus cheios de repórteres e câmeras de televisão estavam a caminho de Uetendorf, a fim de observar o que restava da queda de um balão meteorológico. Quando chegaram, pararam na relva molhada, contemplando o envelope metálico todo arrebentado. O secretário de imprensa disse:

– Este é o misterioso disco voador. Foi lançado ao céu de nossa base aérea em Vevey. Ao nosso conhecimento, senhoras e senhores, não existem objetos voadores não identificados que nosso governo não possa explicar de modo satisfatório. Também de nosso conhecimento, não existem extraterrestres visitando o nosso planeta. A política inabalável de nosso governo é comunicar imediatamente ao público se encontrarmos alguma prova em contrário. Se não há mais perguntas...

10

O hangar 17, na base da Força Aérea em Langley, Virgínia, estava envolto pela mais rígida e absoluta segurança. No lado de fora, quatro fuzileiros armados guardavam o perímetro do prédio; lá dentro, oficiais superiores do Exército mantinham turnos de vigia alternados, de oito horas para cada um, vigiando uma sala lacrada, no interior do hangar. Nenhum dos oficiais sabia o que estava guardando. Além dos cientistas e médicos que trabalhavam ali, apenas três visitantes tiveram permissão para entrar na câmara.

O quarto visitante acabara de chegar. Foi recebido pelo general Paxton, o oficial no comando da segurança.

– Seja bem-vindo ao nosso zoológico.

– Há muito tempo que aguardava por essa oportunidade.

– Não ficará desapontado. Por aqui, por favor.

Do lado de fora da câmara lacrada havia uma prateleira com quatro trajes brancos, esterilizados, que cobriam inteiramente o corpo.

– Pode vestir um desses trajes, por favor? – pediu o general.

– Pois não.

Janus vestiu o traje por cima do terno. Apenas o rosto era visível, através da máscara de vidro. Ele calçou as chinelas brancas enormes por cima dos sapatos, e o general conduziu-o até a entrada da câmara secreta. O fuzileiro de guarda deu um passo para o lado, e o general abriu a porta.

– Pode entrar.

Janus entrou na câmara e olhou ao redor. No centro da sala estava a espaçonave. Sobre as mesas brancas de necrópsia, no outro, estavam os corpos dos dois alienígenas. Um patologista efetuava uma necrópsia num deles.

O general Paxton orientou a atenção do visitante para a espaçonave.

– Temos aqui o que acreditamos ser uma nave de reconhecimento – explicou o general Paxton. – Temos certeza de que possui alguma forma de comunicação com a nave-mãe.

Os dois homens se adiantaram para examinar a espaçonave. Tinha cerca de 10 metros de diâmetro. O interior tinha o formato de uma pérola, com um teto expansível, e continha três divãs, que pareciam poltronas reclináveis. As paredes eram cobertas por painéis, com discos de metal que vibravam.

– Há muita coisa aqui que ainda não conseguimos entender – admitiu o general Paxton. – Mas o que já descobrimos é espantoso. – Ele apontou para um conjunto de equipamentos, em pequenos painéis. – Há um sistema óptico integrado de campo de visão amplo, o que parece ser um sistema de exame de funções vitais, um sistema de comunicação com capacidade de sintetizar a voz, e um sistema de navegação que, para ser franco, está nos deixando perplexos. Achamos que funciona na base de alguma pulsação eletromagnética.

– Alguma arma a bordo? – perguntou Janus.

O general Paxton abriu os braços, num gesto de derrota.

– Não temos certeza. Há muitas coisas que ainda nem começamos a entender.

– Qual é a fonte de energia?

– Nosso melhor palpite é de que usa hidrogênio monoatômico num circuito fechado, a fim de que o seu refugo, água, possa ser continuamente reciclado em hidrogênio para energia. Com toda essa energia perpétua, pode percorrer o espaço interplanetário. Talvez se passem anos antes que decifremos todos os segredos aqui. E há mais uma coisa que é desconcertante. Os corpos dos dois alienígenas estavam presos nos divãs. Mas as depressões no terceiro divã indicam que também se achava ocupado.

– Está querendo dizer que um deles pode ter desaparecido?

– É o que parece.

Janus ficou imóvel por um instante, o rosto franzido.

– Vamos dar uma olhada em nossos invasores.

Os dois homens se encaminharam para as mesas em que se encontravam os alienígenas. Janus parou, contemplando as estranhas figuras. Era incrível que coisas tão diferentes da humanidade pudessem existir como seres conscientes. A testa dos alienígenas era maior do que ele esperava. As criaturas eram completamente calvas, sem pestanas nem pálpebras. Os olhos pareciam bolas de pingue-pongue. O médico que efetuava a necrópsia levantou os olhos à aproximação dos dois homens, comentando:

– É fascinante. A mão de um dos alienígenas foi cortada. Não há sinal de sangue, mas encontramos o que parecem ser veias, contendo um líquido verde. A maior parte foi drenada.

– Um líquido verde? – murmurou Janus.

– Isso mesmo. – O médico hesitou. – Acreditamos que essas criaturas são uma forma de vida vegetal.

– Um vegetal pensante? Fala sério?

– Observe isto.

O médico pegou um regador e despejou um pouco de água no braço do alienígena sem a mão. E de repente, na extremidade do braço, uma matéria verde escorreu e lentamente começou a se transformar numa mão. Os dois homens ficaram chocados.

– Santo Deus! Essas coisas estão mortas ou não?

– É uma pergunta interessante. Essas duas figuras não estão vivas, no sentido humano, mas também não se ajustam à nossa definição de morte. Eu diria que se encontram em hibernação.

Janus ainda olhava fixamente para a mão recém-formada.

– Muitas plantas demonstram várias formas de inteligência.

– Inteligência?

– Isso mesmo. Há plantas que se disfarçam, se protegem. Neste momento, estamos realizando algumas experiências espantosas com a vida vegetal.

– Eu gostaria de assistir a essas experiências – disse Janus.

– Claro. Terei o maior prazer em providenciar.

O ENORME LABORATÓRIO-ESTUFA ficava num complexo de prédios do governo, a cerca de 50 quilômetros de Washington, D.C. Na parede estava pendurada uma inscrição que dizia:

Os bordos e samambaias ainda não foram corrompidos, mas quando adquirirem a consciência, sem a menor dúvida, também vão maldizer e blasfemar.

– Ralph Waldo Emerson

Nature, 1836

O PROFESSOR RACHMAN, que estava no comando do complexo, era um autêntico gnomo sábio, transbordando de entusiasmo por sua profissão.

– Charles Darwin foi o primeiro a perceber a capacidade de pensar das plantas. Luther Burbank seguiu-o, conseguindo se comunicar com as plantas.

– Acha mesmo que isso é possível?

– Sabemos que é. George Washington Carver comunicava-se com as plantas, que lhe deram centenas de novos produtos. Carver disse: "Quando toco numa flor, estou tocando no Infinito. As flores já existiam muito antes de haver seres humanos neste mundo e continuarão a existir por milhões de anos depois. Através da flor, falo com o Infinito..."

Janus correu os olhos pela vasta estufa em que se encontravam. Estava cheia de plantas e flores exóticas, com as cores do arco-íris. A mistura de perfumes era inebriante.

– Tudo aqui está vivo – acrescentou o professor Rachman. – Estas plantas podem sentir amor, ódio, dor, excitamento... exatamente como os animais. Sir Jagadis Chandra Bose provou que reagem a um tom de voz.

– Como se pode provar algo assim? – indagou Janus.

– Terei o maior prazer em demonstrar.

Rachman foi até uma mesa coberta por plantas. Ao lado da mesa havia um polígrafo. Ele pegou um dos eletrodos, prendeu-o numa planta. A agulha no mostrador do polígrafo estava imóvel.

– Observe agora – disse Rachman.

Ele inclinou-se para a planta e sussurrou:

– Acho você muito bonita. É mais bonita do que todas as outras plantas aqui...

Janus viu a agulha se deslocar ligeiramente. E, de repente, o professor Rachman gritou para a planta:

– Você é horrível! E vai morrer! Está me entendendo? Vai morrer!

A agulha começou a tremer, depois subiu abruptamente.

– Santo Deus! – murmurou Janus. – Não posso acreditar!

– O que está vendo aqui – explicou Rachman – é o equivalente aos gritos de um ser humano. Diversas revistas nacionais já publicaram artigos sobre essas experiências. Uma das mais interessantes foi conduzida por seis estudantes. Um deles, sem que os outros soubessem, foi escolhido para entrar numa sala em que havia duas plantas, uma das quais ligada a um polígrafo. Ele destruiu completamente a outra planta. Mais tarde, um a um, os estudantes entraram na sala. À entrada dos inocentes, o polígrafo nada registrou. Mas no momento em que o culpado apareceu, a agulha do polígrafo disparou.

– É inacreditável!

– Mas verdadeiro. Também descobrimos que as plantas reagem a tipos diferentes de música.

– Tipos *diferentes*?

– Isso mesmo. Realizaram uma experiência no Temple Buell College, em Denver, em que flores saudáveis foram colocadas em três caixas de vidro separadas. O chamado *acid rock* foi tocado em uma das caixas, uma suave música indiana de cítara na outra, e na terceira caixa não houve qualquer música. Uma equipe da CBS registrou a experiência, usando a fotografia automática a intervalos. Ao final de duas semanas, as flores expostas ao *acid rock* haviam morrido, o grupo sem música se desenvolvia normalmente, e as que tinham ouvido a música de cítara se tornaram lindas, as flores e caules se projetando para a fonte do som. Walter Cronkite mostrou a experiência em seu programa. Se quiser conferir, foi no dia 26 de outubro de 1970.

– Está querendo dizer que as plantas possuem inteligência?

– Elas respiram, comem, se reproduzem. Podem sentir dor e utilizar defesas contra seus inimigos. Por exemplo, certas plantas usam terpeno para envenenar o solo ao seu redor, e desestimular as concorrentes. Outras plantas exsudam alcaloides para torná-las intragáveis aos insetos. Provamos que as plantas se comunicam entre si por meio de feromônios.

– Já ouvi falar disso – comentou Janus.

– Algumas plantas são carnívoras. A dioneia, por exemplo. Certas orquídeas parecem e cheiram como as abelhas fêmeas a fim de enganar os machos. Outras se assemelham às vespas fêmeas, a fim de atrair os machos a visitá-las e recolher o pólen. Outro tipo de orquídea possui um aroma como o de carne podre, a fim de atrair as moscas varejeiras das proximidades.

Janus escutava tudo atentamente.

– Há uma espécie de orquídea que tem um lábio superior móvel, o qual se fecha quando uma abelha pousa, aprisionando-a A única saída é através de uma passagem estreita no fundo. Ao voar por ali, em busca da liberdade, a abelha fica coberta por uma camada de pólen. Há cinco mil plantas florescentes no nordeste americano, e cada espécie possui características próprias. Não pode haver a menor dúvida a respeito. Já se provou incontáveis vezes que as plantas vivas possuem inteligência.

Janus estava pensando: *E o alienígena desaparecido se encontra à solta em algum lugar.*

11

Dia 3
Berna, Suíça
Quarta-feira, 17 de outubro

Berna era uma das cidades prediletas de Robert. Era uma cidade elegante, com fascinantes monumentos e lindos prédios antigos de pedra, datando do século XVIII. Era a capital da Suíça, uma de suas cidades mais prósperas, e Robert especulou se o fato dos bondes serem verdes tinha alguma relação com a cor do dinheiro. Ele descobrira que os bernenses eram mais descontraídos do que os cidadãos de *outras* partes da Suíça. Deslocavam-se com mais determinação, falavam mais devagar e eram em geral mais tranquilos. Ele trabalhara em Berna em diversas ocasiões, no passado, com o Serviço Secreto suíço, cujo quartel-general ficava na Waisenhausplatz. Tinha amigos ali que poderiam ser úteis, mas suas instruções eram claras. Desconcertantes, mas claras.

Ele precisou dar 15 telefonemas para localizar a oficina que rebocara o carro do fotógrafo. Era pequena, na Fribourgstrasse, e o mecânico, Fritz Mandel, era também o proprietário. Mandel parecia ter 40 e tantos anos, um rosto esquelético, com buracos de acne, um corpo magro, e uma enorme barriga de cerveja. Trabalhava no poço de lubrificação quando Robert entrou.

– Boa tarde – disse Robert.

Mandel levantou os olhos.

– *Guten Tag.* Em que posso ajudá-lo?

– Estou interessado no carro que rebocou no domingo.

– Espere um minuto até eu terminar aqui.

Dez minutos depois, Mandel saiu do poço, limpou as mãos sujas de óleo numa estopa.

– Foi você quem telefonou esta manhã. Houve alguma queixa por aquele trabalho de reboque? Não sou responsável por...

– Não há nenhuma queixa – Robert apressou-se em tranquilizá-lo. – Absolutamente nenhuma. Estou realizando uma pesquisa e estou interessado no motorista do carro.

– Vamos ao escritório.

Os dois entraram no pequeno recinto, e Mandel abriu um arquivo.

– Domingo passado, não é?

– Isso mesmo.

Mandel tirou um cartão.

– *Ja.* Este foi o *Arschficker* que tirou nossa fotografia na frente daquele OVNI.

Robert sentiu as palmas das mãos subitamente suadas.

– Você viu o OVNI?

– *Ja.* E quase *brachte aus.*

– Pode descrevê-lo?

Mandel estremeceu.

– A coisa... parecia viva.

– Como assim?

– Havia... uma certa luz ao redor. E não parava de mudar de cor. Parecia azul... depois verde... não sei direito. É difícil descrever. E havia aquelas pequenas criaturas lá dentro. Não eram humanas, mas...

Ele parou de falar.

– Quantas?

– Duas.

– Estavam vivas?

– Pareciam mortas para mim. – Ele enxugou o suor da testa. – Fico contente por você acreditar em mim. Tentei contar a meus amigos, mas riram de mim. Até minha mulher pensou que eu andara bebendo. Mas sei o que vi.

– Sobre o carro que rebocou...

– *Ja.* O Renault. Tinha um vazamento de óleo, e os mancais queimaram. O reboque custou 125 francos. Cobro o dobro aos domingos.

– O motorista pagou em cheque ou cartão de crédito?

– Não aceito cheques, nem cartões de crédito. Ele pagou em dinheiro.

– Francos suíços?

– Libras.

– Tem certeza?

– Absoluta. Lembro que tive de consultar a tabela de câmbio.

– Sr. Mandel, por acaso tem um registro da placa do carro?

– Claro. – Mandel olhou para o cartão. – Era um carro alugado. Da Avis. Ele alugou em Genebra.

– Importa-se de me dar o número da placa?

– Por que não? – Ele anotou o número num pedaço de papel e o entregou a Robert. – Mas, afinal, o que está acontecendo? É aquele negócio do OVNI?

– Não – respondeu Robert, em sua voz mais sincera. Ele tirou a carteira do bolso, pegou um cartão de identificação. – Sou do IAC, o International Auto Club. Minha companhia está realizando uma pesquisa sobre caminhões de reboque.

– Ahn...

Robert saiu da oficina, pensando, atordoado: *Tudo indica que temos uma porra de um OVNI, com dois alienígenas mortos em nossas mãos.* Então por que o general Hilliard lhe mentira, quando sabia que Robert acabaria descobrindo que fora um disco voador que caíra?

Só podia haver uma explicação, e Robert sentiu um súbito calafrio.

12

A enorme nave-mãe flutuava sem fazer qualquer barulho pelo espaço escuro, aparentemente imóvel, deslocando-se a uma velocidade de 35 mil quilômetros horários, em sincronia exata com a órbita da Terra. Os seis alienígenas a bordo estudavam a tela óptica do campo de visão tridimensional, que cobria toda uma parede da espaçonave. No monitor, enquanto o planeta Terra girava, eles observavam as projeções holográficas do que se estendia lá embaixo, ao mesmo tempo em que um espectrógrafo eletrônico analisava os componentes das imagens que apareciam. A atmosfera das massas terrestres que sobrevoavam estavam bastante poluídas. Imensas fábricas sujavam o ar com gases densos, negros e venenosos, enquanto os refugos não-biodegradáveis eram despejados em aterros e nos mares.

Os alienígenas contemplaram os oceanos, outrora puros e azuis, agora pretos de óleo e marrons de sujeira. O coral da Grande Barreira se tornava esbranquiçado, os peixes morriam aos bilhões. Onde as árvores haviam sido derrubadas, na floresta tropical amazônica, havia uma cratera, vasta e árida. Os instrumentos na espaçonave indicavam que a temperatura da Terra se elevara desde sua última exploração ali, três anos antes. Podiam observar guerras sendo travadas no planeta lá embaixo, lançando novos venenos na atmosfera.

Os alienígenas comunicavam-se por telepatia.

Nada mudou entre os terráqueos.

Eles não aprenderam nada.

Teremos de ensiná-los.

Já tentou entrar em contato com os outros?

Já, sim. Alguma coisa está errada. Não há resposta.

Deve continuar a tentar. Temos de encontrar a nave.

Na Terra, milhares de metros abaixo da órbita da espaçonave, Robert deu um telefonema seguro para o general Hilliard. Ele atendeu quase que no mesmo instante.

– Boa tarde, comandante. Tem alguma coisa a comunicar?

Tenho, sim. Eu gostaria de comunicar que você é um filho da puta mentiroso.

– Sobre aquele balão meteorológico, general... parece que se transformou num OVNI.

Robert esperou.

– Sei disso. Havia importantes razões de segurança para que eu não lhe contasse tudo antes.

Conversa de burocrata. Houve um silêncio breve, rompido pelo general Hilliard:

– Vou lhe revelar algo absolutamente confidencial, comandante. Nosso governo teve um encontro com os extraterrestres há três anos. Eles pousaram em uma de nossas bases aéreas da OTAN. E conseguimos nos comunicar.

Robert sentiu que seu coração disparava.

– E o que eles disseram?

– Que tencionavam nos destruir.

O choque foi terrível.

– *Nos destruir?*

– Exatamente. Disseram que voltariam para dominar o planeta e nos converter em escravos, e que não havia nada que pudéssemos fazer para impedi-los. Ainda não. Mas estamos desenvolvendo meios para detê-los. Por isso é indispensável que evitemos um pânico público, a fim de ganharmos tempo. Creio que pode compreender agora por que é tão importante que as testemunhas sejam advertidas a não discutir o que viram. Se vazar a notícia sobre os Identes, como nos referimos a eles, seria um desastre mundial.

– Não acha que seria melhor preparar as pessoas e...

– Comandante, em 1938, um jovem ator chamado Orson Welles irradiou uma peça radiofônica intitulada "Guerra dos

Mundos", sobre alienígenas invadindo a Terra. Em poucos minutos, houve pânico em cidades por todos os Estados Unidos. Uma população histérica tentou fugir de invasores imaginários. As linhas telefônicas ficaram congestionadas, as estradas obstruídas. Pessoas foram mortas. Houve um caos total. Não, precisamos nos preparar para os alienígenas, antes de divulgarmos a notícia para o público. Queremos que você descubra essas testemunhas, para proteção delas, a fim de podermos manter a situação sob controle.

Robert descobriu que estava suando.

– Eu... eu compreendo.

– Ótimo. Pelo que estou percebendo, já conversou com uma das testemunhas, não é?

– Encontrei duas.

– Seus nomes?

– Hans Beckerman... era o motorista do ônibus da excursão. Mora em Kappel...

– E a segunda testemunha?

– Fritz Mandel. Possui uma oficina em Berna. Foi o mecânico que rebocou o carro de uma terceira testemunha.

– O nome dessa terceira testemunha?

– Ainda não sei. Estou trabalhando nisso agora. Gostaria que eu conversasse com as testemunhas para não falarem com ninguém sobre essa história do OVNI?

– Negativo. Sua missão é apenas localizar as testemunhas. Depois disso, deixaremos que seus respectivos governos resolvam o problema com elas. Já descobriu quantas testemunhas houve?

– Sim. Sete passageiros, mais o motorista do ônibus, o mecânico e um motorista de passagem.

– Deve localizar todas, as dez testemunhas que viram o incidente. Entendido?

– Entendido, general.

Robert desligou, a mente em turbilhão. Os OVNIs eram reais. Os alienígenas eram inimigos. Um pensamento assustador.

E, de repente, a sensação inquietante que Robert já experimentara antes voltou com toda força. O general Hilliard incumbira-o daquela missão, mas eles não lhe haviam contado tudo. O que mais estariam escondendo?

A LOCADORA DE carros Avis fica na rue de Lausanne, 44, no centro de Genebra. Robert entrou no escritório e se aproximou de uma mulher, sentada atrás de uma mesa.

– Em que posso servi-lo?

Robert pôs na mesa o pedaço de papel em que estava anotada a placa do Renault.

– Alugaram este carro na semana passada. Quero saber o nome da pessoa que o alugou.

Seu tom de voz era irado. A recepcionista se encolheu.

– Lamento, mas não estamos autorizados a dar esse tipo de informação.

– O que é uma pena, porque neste caso terei de processar sua companhia, pedindo uma grande indenização.

– Não estou entendendo. Qual é o problema?

– Vou lhe explicar qual é o problema, madame. No domingo passado, esse carro bateu no meu na estrada e causou muitos danos. Consegui anotar a placa, mas o homem fugiu antes que eu conseguisse detê-lo.

– Ahn... – A mulher estudou o rosto de Robert por um momento. – Com licença, por favor.

Ela desapareceu numa sala nos fundos. Ao voltar, alguns minutos depois, trazia uma ficha na mão.

– Segundo os nossos registros, houve um problema com o motor do carro, mas não temos informação de qualquer acidente.

– Pois estou informando agora. E considero sua companhia responsável pelo que aconteceu. Terão de pagar o conserto de meu carro. É um Porsche novinho, e vai custar uma fortuna...

– Lamento muito, senhor, mas não podemos assumir qualquer responsabilidade, já que o acidente não foi comunicado.

– Quero ser justo – disse Robert, num tom mais comedido. – Não quero atribuir a responsabilidade à sua companhia. Tudo o que quero é que o homem pague os danos que causou a meu carro. E ele fugiu do local do acidente. Posso até chamar a polícia. Se me der o nome e endereço, posso falar direto com ele, resolveremos a questão, deixando sua companhia de fora. Não acha que é bastante justo?

A recepcionista ficou imóvel, pensando na decisão que tinha de tomar.

– Está certo. Preferimos assim. – Ela olhou para a ficha.

– O nome do homem é Leslie Mothershed.

– E o endereço?

– Grove Road, 213, Whitechapel, Londres.

– TEM CERTEZA que nossa companhia não será envolvida em qualquer litígio judicial?

– Tem a minha palavra – assegurou Robert. – É uma questão particular entre mim e Leslie Mothershed.

O comandante Robert Bellamy partiu no voo seguinte da Swissair para Londres.

ELE ESTAVA SENTADO no escuro, sozinho, concentrado, repassando meticulosamente cada fase do plano, certificando-se de que não havia falhas, que nada poderia sair errado. Seus pensamentos foram interrompidos pelo zumbido suave do telefone.

– Janus falando.

– Aqui é o general Hilliard, Janus.

– Pode falar.

– O comandante Bellamy localizou as duas primeiras testemunhas.

– Ótimo. Cuide disso imediatamente.

– Certo, senhor.

– Onde se encontra o comandante agora?

– A caminho de Londres. Deve ter a terceira testemunha confirmada muito em breve.

– Comunicarei os progressos dele ao comitê. Continue a me manter informado. A condição desta operação deve permanecer Nova Vermelha.

– Compreendo, senhor. Gostaria de sugerir...

O telefone estava mudo.

MENSAGEM URGENTE
ULTRASSECRETA
ASN PARA VICE-DIRETOR BUNDESANWALTSCHAFT
ASSUNTO: OPERAÇÃO JUÍZO FINAL
1. HANS BECKERMAN – KAPPEL
2. FRITZ MANDEL – BERNA
FIM DA MENSAGEM

13

À meia-noite, numa pequena casa de fazenda, a 25 quilômetros de Uetendorf, a família Lagenfeld foi perturbada por uma sucessão de estranhos acontecimentos. O filho mais velho foi despertado por uma luz amarela tremeluzente, brilhando através da janela de seu quarto. Quando se levantou para investigar, a luz já desaparecera.

No quintal, Tozzi, o pastor-alemão, começou a latir furiosamente, acordando o velho Lagenfeld. Com a maior relutância, ele saiu da cama, a fim de aquietar o animal. Ao deixar a casa, ouviu o barulho de uma ovelha apavorada, chocando-se contra seu cercado, na tentativa de fugir. Ao passar pelo cocho, que a chuva recente deixara cheio até a borda, Lagenfeld notou que estava completamente seco.

Tozzi veio correndo para o seu lado, ganindo. Lagenfeld afagou a cabeça do cachorro, distraído.

– Está tudo bem, Tozzi, está tudo bem...

E nesse momento todas as luzes da casa apagaram. Lagenfeld tornou a entrar, a fim de ligar para a companhia de eletricidade, e descobriu que o telefone ficara mudo.

Se as luzes ficassem acesas por mais um momento, ele poderia ver uma mulher de estranha beleza sair de seu quintal e se afastar pelo campo.

14

O Bundesanwaltschaft – Genebra
13 horas

O ministro, sentado no quartel-general do Serviço Secreto suíço, observou o vice-diretor terminar de ler a mensagem. Ele pôs a mensagem numa pasta com o carimbo de Ultrassecreto, guardou-a na gaveta da escrivaninha e a trancou.

– Hans Beckerman *und* Fritz Mandel.

– *Ja.*

– Não tem problema, *Herr* Ministro. Pode deixar que cuidarei de tudo.

– *Gut.*

– *Wann?*

– *Sofort.* Imediatamente.

Na manhã seguinte, a caminho do trabalho, Hans Beckerman sentia a úlcera incomodando-o de novo. *Eu deveria ter exigido que aquele repórter me pagasse pela coisa que encontrei no chão. Todas essas revistas são muito ricas. Provavel-*

mente poderia ter conseguido algumas centenas de marcos. E poderia então procurar um médico decente, para dar um jeito na minha úlcera.

Ele passava pelo lago Turler quando avistou, à sua frente, à beira da estrada, uma mulher acenando, tentando pegar uma carona. Beckerman diminuiu a velocidade para observá-la melhor. Era jovem e atraente. Hans parou no acostamento. A mulher aproximou-se do carro.

– *Guten Tag* – disse Beckerman. – Posso ajudá-la? De perto, ela era ainda mais bonita.

– *Danke.* – Ela tinha um sotaque suíço. – Briguei com meu namorado, e ele me largou aqui, no meio do nada.

– É uma coisa horrível para se fazer.

– Importa-se de me dar uma carona até Zurique?

– Claro que não. Entre.

A mulher abriu a porta e se sentou ao seu lado.

– É muita gentileza sua. Meu nome é Karen.

– Hans.

Ele deu a partida no carro.

– Não sei o que faria se você não tivesse aparecido, Hans.

– Ora, tenho certeza que qualquer um daria carona a uma mulher bonita como você.

Ela chegou mais perto de Beckerman.

– Mas aposto que não seria tão bonito quanto você. Ele lançou um olhar para a mulher.

– *Ja?*

– Acho que você é muito bonito.

Hans sorriu.

– Deve dizer isso à minha esposa.

– Ah, você é casado... – Ela parecia desapontada. – Por que todos os homens maravilhosos são casados? E você parece inteligente também.

Ele se empertigou todo.

– Para ser sincera, lamento ter me envolvido com meu namorado. – Karen mudou de posição no banco, a saia subiu pelas coxas. Ele fez um esforço para não olhar. – Gosto de homens mais velhos, já maduros, Hans. Acho que são mais sensuais do que os jovens.

Ela aconchegou-se contra Beckerman, antes de sussurrar:

– Gosta de sexo, Hans?

Ele limpou a garganta.

– Se eu gosto? Ora, deve compreender... sou um homem...

– Claro que compreendo. – Ela acariciou a coxa de Beckerman. – Posso lhe dizer uma coisa? A briga com meu namorado me deixou cheia de tesão. Gostaria que eu fizesse amor com você?

Ele não podia acreditar em sua sorte. A mulher era linda e, pelo que podia ver, possuía um corpo sensacional. Beckerman engoliu em seco.

– Eu gostaria muito, mas estou a caminho do trabalho e...

– Só levaria alguns minutos. – Ela sorriu. – Há uma estrada secundária à frente que passa por um bosque. Por que não vamos até lá?

Beckerman sentia um excitamento crescente. *Sicher. Espere até eu contar a história ao pessoal do escritório! Não vão acreditar!*

– Claro. Por que não?

Hans entrou na estradinha de terra que entrava por um bosque, onde não poderiam ser vistos pelos carros que passavam pela autoestrada. A mulher passou a mão pela coxa de Beckerman, lentamente.

– *Mein Gott,* como você tem pernas fortes!

– Era corredor quando era mais jovem – gabou-se Beckerman.

– Vamos tirar sua calça.

Ela abriu o cinto, ajudou-o a baixar a calça. Hans já estava intumescido.

– *Ach! Ein grosser!*

Ela começou a acariciá-lo. Hans balbuciou:

– *Leck mich doch am Schwanz.*

– Gosta de ser beijado aí?

– *Ja.*

A esposa nunca fizera isso com ele.

– *Gut.* Basta relaxar agora.

Beckerman suspirou e fechou os olhos. As mãos macias da mulher o acariciavam. Ele sentiu a súbita picada de uma agulha em sua coxa e arregalou os olhos.

– *Wie...?*

O corpo se contraiu, os olhos ficaram esbugalhados. Estava sufocando, incapaz de respirar. A mulher observava, enquanto Hans caía sobre o volante. Ela saiu do carro, deu a volta, empurrou o corpo de Beckerman para o outro banco, depois se sentou ao volante, voltou pela estradinha de terra para a autoestrada. Foi parar o carro à beira de um precipício, esperou até que não houvesse qualquer outro veículo à vista, depois abriu a porta, pisou no acelerador e saltou para fora. Observou o carro rolar pela encosta. Cinco minutos depois, uma limusine preta parou ao seu lado.

– *Irgendwelche Problem?*

– *Keins.*

Fritz Mandel estava em seu escritório, preparando-se para fechar a oficina, quando dois homens apareceram.

– Desculpem, mas estou fechando – disse ele. – Não posso...

Um dos homens interrompeu-o:

– Nosso carro enguiçou na estrada. *Kaputt!* Precisamos de um reboque.

– Minha mulher está me esperando. Vamos receber visitas esta noite. Posso lhe dar o nome de outro...

– Pagaremos 200 dólares. Estamos com pressa.

– Duzentos dólares?

– Isso mesmo. E nosso carro não está bom. Gostaríamos que fizesse uma revisão nele. O que provavelmente custaria mais 200 ou 300 dólares.

Mandel começou a se interessar.

– *Ja?*

– É um Rolls – explicou um dos homens. – Vamos ver o tipo de equipamento que tem aqui.

Eles entraram na oficina, pararam à beira do poço de lubrificação.

– Seu equipamento é muito bom.

– É mesmo – declarou Mandel, orgulhoso. – O melhor.

O estranho tirou uma carteira do bolso.

– Posso lhe dar algum dinheiro adiantado.

Ele pegou algumas notas, entregou-as a Mandel. Foi nesse instante que a carteira escapuliu de suas mãos e caiu no poço.

– *Verflucht!*

– Não se preocupe – disse Mandel. – Vou pegá-la.

Ele desceu para o poço. Um dos homens foi até o botão de controle que acionava o elevador hidráulico e o apertou. O elevador começou a descer. Mandel levantou os olhos.

– *Tomem cuidado!* O *que estão fazendo?*

Ele tentou subir pelo lado do poço. No momento em que seus dedos alcançaram a beira, o segundo homem pisou-os com toda força. Mandel caiu de volta no poço, gritando. O pesado elevador hidráulico descia, inexorável.

– Deixem-me sair daqui! – gritou ele. – *Hilfe!*

O elevador acertou-o no ombro, passou a empurrá-lo para o chão de cimento. Alguns minutos mais tarde, depois que os gritos terríveis cessaram, um dos homens apertou o botão que levantava o elevador. Seu companheiro desceu para o poço, pegou a carteira, tomando todo cuidado para não manchar as roupas de sangue. Os dois voltaram ao carro e partiram pela noite sossegada.

MENSAGEM URGENTE
ULTRASSECRETA
ABTEILUNG ESPIONAGEM PARA VICE-DIRETOR ASN
ASSUNTO: OPERAÇÃO JUÍZO FINAL
1. HANS BECKERMAN – ARQUIVADO
2. FRITZ MANDEL – ARQUIVADO
FIM DA MENSAGEM

Ottawa, Canadá
Meia-noite

Janus falava ao grupo dos 12.

– O progresso realizado é satisfatório. Duas das testemunhas já foram silenciadas. O comandante Bellamy está na pista de uma terceira.

– Já houve alguma abertura com a SDI?

O italiano. *Impetuoso. Volátil.*

– Ainda não, mas estamos confiantes de que a tecnologia de Guerra nas Estrelas será lançada e estará em operação muito em breve.

– Devemos fazer tudo o que for possível para apressá-la. Se for uma questão de dinheiro...

O saudita. *Enigmático. Retraído.*

– Não. Só precisamos fazer mais alguns testes.

– Quando será o próximo teste?

O australiano. *Exuberante. Esperto.*

– Dentro de uma semana. Voltaremos a nos reunir aqui em 48 horas.

15

Dia 4
Londres
Quinta-feira, 18 de outubro

O modelo de Leslie Mothershed era Robin Leach. Um espectador ávido de *Estilos de vida dos ricos e famosos*. Mothershed estudava com toda atenção a maneira como os convidados de Robin Leach andavam, falavam e se vestiam, porque sabia que um dia apareceria no programa. Desde que era garotinho, sentia que estava destinado a ser *alguém*, a se tornar rico e famoso.

– Você é muito especial – costumava lhe dizer a mãe. – Meu filho será conhecido no mundo inteiro.

O menino dormia com essa afirmação ressoando em seus ouvidos, até que passou a acreditar. À medida que foi crescendo, Mothershed tornou-se consciente de que tinha um problema: não tinha a menor ideia de *como* se tornaria rico e famoso. Durante algum tempo, ele aventou a possibilidade de se tornar artista de cinema, mas era extremamente tímido. Também pensou em se tornar um astro do futebol, mas não era um atleta. Pensou ainda em virar um cientista famoso, um grande advogado, cobrando honorários espetaculares. Suas notas na escola, infelizmente, eram medíocres, e ele acabou deixando os estudos sem estar mais próximo da fama. A vida não era justa. Fisicamente, ele era pouco atraente, magro, a pele pálida, com uma aparência doentia, e baixo, tendo apenas um 1,65 metro. Consolava-se com o fato de que muitos homens famosos eram baixos: Dudley Moore, Dustin Hoffman, Peter Falk...

A única profissão que realmente interessava Leslie Mothershed era a fotografia. Fotografar era incrivelmente simples. Qualquer pessoa podia fazê-lo. Bastava apertar um botão. A mãe lhe comprara uma câmera ao completar 6 anos e sempre fora muito exagerada nos elogios das fotografias que ele tirava. Ao entrar na adolescência, Mothershed estava absolutamente convencido de que era um fotógrafo brilhante. Dizia a si mesmo que era tão bom quanto Ansel Adams, Richard Avedon ou Margaret Bourke-White. Com um empréstimo da mãe, Leslie Mothershed abrira o próprio estúdio, em seu apartamento em Whitechapel.

– Comece pequeno – a mãe lhe dissera –, mas pense grande.

Era exatamente o que Leslie Mothershed fizera. Começara bem pequeno e pensara muito grande, mas infelizmente não possuía o menor talento para a fotografia. Fotografava desfiles, animais e flores, mandava as fotos, confiante, para jornais e revistas, mas eram sempre devolvidas. Mothershed consolava-se com o pensamento de todos os gênios que haviam sido rejeitados antes que sua competência fosse reconhecida. E de repente, da maneira mais inesperada possível, sua grande oportunidade surgira. O primo da mãe, que trabalhava para a editora britânica HarperCollins, confidenciara a Mothershed que estavam pensando em fazer um livro de paisagens da Suíça.

– Ainda não escolheram o fotógrafo, Leslie. Se você partir agora para a Suíça e voltar com algumas fotos sensacionais, o livro pode ser seu.

Leslie Mothershed apressou-se em arrumar seu equipamento e partiu para a Suíça. Sabia – tinha certeza absoluta – de que essa era a oportunidade pela qual tanto esperava. Finalmente os idiotas teriam de reconhecer seu talento. Ele alugou um carro em Genebra e saiu a percorrer o país, tirando fotografias de chalés suíços, quedas-d'água, picos nevados. Fotografou o nascer e o pôr do sol, camponeses trabalhando nos campos. E de repente, no meio de tudo isso, o destino interferira e mudara sua vida. Ele seguia para Berna quando o carro enguiçara. Parara no acostamento, furioso. *Por que eu?*, lamentara Mothershed. *Por que essas coisas sempre acontecem comigo?* Ele ficara sentado ali, com raiva, pensando no precioso tempo perdido e como seria caro o reboque do carro. Quinze quilômetros atrás ficava a aldeia de Thun. *Chamarei um reboque de lá,* pensara Mothershed. *Não deve custar tão caro.* Ele fizera sinal para um caminhão de gasolina que passava.

– Preciso de um reboque – explicara Mothershed. – Pode parar em alguma oficina em Thun e pedir que venham me buscar?

O motorista do caminhão balançara a cabeça.

– É domingo, *mister.* A oficina aberta mais próxima fica em Berna.

– Berna? Fica a 50 quilômetros daqui. Vai me custar uma fortuna.

O motorista sorrira.

– *Ja.* Ali eles cobram pelo trabalho no domingo.

Ele engrenara o caminhão.

– Espere! – Fora difícil dizer as palavras. – Eu... eu pagarei por um reboque de Berna.

– *Gut.* Pedirei que mandem alguém.

Leslie Mothershed sentara no carro enguiçado, praguejando. *Isto era tudo do que eu precisava,* pensara, amargurado. Já gastara dinheiro demais com filmes e agora teria de pagar a algum ladrão miserável para rebocá-lo até uma oficina. O reboque demorara quase duas horas intermináveis para chegar. Enquanto o mecânico prendia o cabo em seu carro, houvera um clarão intenso no outro lado da estrada, seguido por uma tremenda explosão. Mothershed virara a cabeça para ver o que parecia ser um objeto brilhante, caindo do céu. O único outro veículo na estrada, naquele momento, era um ônibus de excursão, que parara num refúgio um pouco atrás de seu carro. Os passageiros do ônibus se encaminhavam apressados para o local do desastre. Mothershed hesitara, dividido entre a curiosidade e o desejo de sair logo dali. Acabara seguindo os passageiros do ônibus através da estrada. E ficara paralisado ao alcançar o local do acidente. *Santo Deus!,* pensara ele. *É irreal!*

Ele olhava para um disco voador. Leslie Mothershed já ouvira falar em discos voadores, lera muito a respeito, mas jamais acreditara que existiam de fato. Mas era o que contemplava agora, assustado com o espetáculo fantástico. A fuselagem fora dilacerada, e ele avistara dois corpos lá dentro, pequenos, com crânios enormes, olhos fundos, sem orelhas, quase sem queixo. Pareciam usar alguma espécie de traje metálico prateado.

O grupo do ônibus de excursão estava parado ao seu redor, num silêncio horrorizado. O homem a seu lado desmaiara. Outro se virara e vomitara. Um idoso sacerdote segurava as contas do rosário e murmurava palavras incoerentes.

– Santo Deus! – exclamara alguém. – É um disco voador!

E fora nesse instante que Mothershed tivera sua inspiração. Um milagre caíra em seu colo. Ele, Leslie Mothershed, encontrava-se no local, com suas câmeras, para fotografar a história do século! Não haveria uma única revista ou jornal do mundo que rejeitaria as fotografias que ele estava prestes a tirar. Um livro sobre paisagens da Suíça? Ele quase rira da ideia. Estava prestes a chocar o mundo inteiro. Todos os programas de entrevistas da televisão suplicariam sua presença, mas ele compareceria primeiro ao programa de Robin Leach. Venderia suas fotografias ao *London Times, Sun, Mail, Mirror* – a todos os jornais ingleses, assim como a jornais e revistas estrangeiros, como *Le Figaro, Paris-Match, Oggi* e *Der Tag.* Sem falar em *Time* e *USA Today.* A imprensa de toda parte suplicaria por suas fotografias. Japão, América do Sul, Rússia, China... não haveria fim. O coração de Mothershed palpitara de exaltação. *Cada um terá de me pagar individualmente. Começarei com 100 mil libras por fotografia, talvez 200 mil. E as venderei muitas e muitas vezes.* Ele se pusera a somar febrilmente o dinheiro que ganharia.

E Leslie Mothershed ficara tão ocupado em calcular sua fortuna que quase se esquecera de tirar as fotografias.

– Oh, Deus! Com licença!

Ele falara sem se dirigir a ninguém em particular, voltara correndo pela estrada para buscar o equipamento fotográfico. O mecânico terminara de içar a frente do carro enguiçado, pronto para rebocá-lo.

– O que está acontecendo por lá? – perguntara ele.

Mothershed estava ocupado em arrumar o equipamento.

– Vá verificar pessoalmente.

Os dois homens atravessaram a estrada. Mothershed abrira caminho pelo círculo de turistas.

– Com licença, com licença...

Ele ajustara o foco da câmera e começara a fotografar o OVNI e seus estranhos passageiros. Tirara fotos em preto e branco e em cores. A cada clique, Mothershed pensava: *Um milhão de libras... outro milhão de libras... outro milhão de libras.*

O sacerdote fizera o sinal da cruz, murmurando:

– É a face de Satã.

Satã coisa nenhuma!, pensara Mothershed, exultante. *É a face do dinheiro. Estas serão as primeiras fotografias a provarem que* os *discos voadores realmente existem.* E de repente lhe ocorrera um terrível pensamento: *E se as revistas pensarem que estas fotografias são falsas? Já houve muitas fotografias forjadas de OVNIs.* Sua euforia desaparecera. *E se não acreditarem em mim?* Fora nesse momento que Leslie Mothershed tivera sua segunda inspiração.

Havia nove testemunhas ao seu redor. Sem o saberem, aquelas pessoas proporcionariam autenticidade à sua descoberta. Mothershed virara-se para o grupo, dizendo:

– Senhoras e senhores, se quiserem tirar uma fotografia, todos alinhados, terei o maior prazer em enviar depois uma cópia para cada um, de graça.

Houvera exclamações excitadas. Em poucos momentos, os passageiros do ônibus de excursão, à exceção do padre, postaram-se ao lado dos destroços do OVNI. Ele relutara, alegando:

– Não posso. Isso é coisa de Satã

Mothershed precisava do padre. Ele seria a mais convincente de todas as testemunhas.

– É justamente essa a questão – insistira Mothershed, persuasivo. – Será que não percebe? Este será seu testemunho sobre a existência de espíritos do mal.

Ao final, o padre se deixara convencer.

– Espalhem-se um pouco – ordenara Mothershed –, para podermos ver o disco voador.

As testemunhas mudaram de posição.

– Assim está bom. Excelente. E agora fiquem quietos.

Ele tirara mais meia dúzia de fotos, depois pegara um lápis e um papel.

– Se escreverem seus nomes e endereços, providenciarei para que cada um receba uma cópia.

Ele não tinha a menor intenção de mandar qualquer cópia. Queria apenas testemunhas que confirmassem a história. *Deixarei que os jornais* e *revistas* os *procurem!*

E, de repente, ele notara que várias pessoas no grupo estavam com câmeras. Não podia permitir mais nenhuma fotografia além das suas! Só podia haver fotos que tivessem o crédito de Leslie Mothershed.

– Com licença – ele dissera ao grupo. – Se aqueles que estão com câmeras quiserem entregá-las a mim, poderei fazer algumas fotos com o equipamento de vocês.

As câmeras foram logo entregues a Leslie Mothershed. Quando ele se ajoelhara para bater a primeira foto, ninguém notara que abrira o compartimento do filme com o polegar, deixando-o assim por um momento. *Pronto, um pouquinho da claridade intensa deste sol fará bem às suas fotografias. É uma pena, meus amigos, mas só os profissionais têm permissão para registrar momentos históricos.*

Dez minutos depois, Mothershed já tinha todos os nomes e endereços. Lançara um último olhar para o disco voador e pensara, exultante: *Mamãe tinha razão. Serei mesmo rico e famoso.*

Ele mal podia esperar o momento de voltar à Inglaterra para revelar suas preciosas fotografias.

– Mas o que está acontecendo, afinal?

As delegacias de polícia na área de Uetendorf foram inundadas de telefonemas durante toda a noite.

– Alguém está rondando minha casa...

– Há luzes estranhas lá fora...

– Meus animais estão enlouquecendo. Deve haver lobos por perto...

– Alguém esvaziou meu cocho...

E o mais inexplicável de todos os telefonemas:

– Chefe, é melhor mandar uma porção de reboques para a estrada principal imediatamente. É um pesadelo. Todo o tráfego parou.

– Como? Por quê?

– Ninguém sabe Os motores dos carros simplesmente pararam de repente.

16

Quanto tempo esta missão vai durar?, especulou Robert, enquanto afivelava o cinto de segurança, no avião da Swissair. Enquanto o avião corria pela pista, relaxou e fechou os olhos. *Terá sido mesmo há apenas uns poucos anos que embarquei neste mesmo voo para Londres, em companhia de Susan? Não. Foi há mais de uma vida atrás.*

O AVIÃO POUSOU em Heathrow às 18h29, no horário previsto. Robert saiu do labirinto do aeroporto e pegou um táxi para a vasta cidade. Passou por uma centena de pontos de referência familiares, podia ouvir a voz de Susan a comentá-los, animada.

Naqueles dias áureos, não tinha a menor importância o lugar em que se encontravam. Bastava que estivessem juntos. Levavam a própria felicidade, a atração especial de um pelo outro. Aquele era o casamento que teria um final feliz.

Quase.

Seus problemas haviam começado de uma maneira bastante inocente, com um telefonema internacional do almirante Whittaker, quando Robert e Susan se encontravam na Tailândia. Há seis meses que Robert dera baixa da Marinha e não falara com o almirante durante todo esse tempo. A ligação, alcançando-os no hotel Oriental, em Bangkok, fora uma surpresa.

– Robert? Almirante Whittaker.

– Almirante! Que prazer ouvir sua voz!

– Não foi fácil localizá-lo. O que anda fazendo?

– Nada demais. Apenas levando uma vida tranquila. Tendo uma longa lua de mel.

– E como vai Susan? É Susan, não é?

– É, sim. Ela vai bem, obrigado.

– Quando voltará a Washington?

– Como disse?

– Ainda não foi anunciado, mas fui designado para o novo cargo de diretor-executivo do Serviço Secreto do 17º Distrito Naval. Gostaria que embarcasse comigo.

Robert ficara confuso.

– Serviço Secreto naval? Ora, almirante, não sei nada a respeito...

– Pode aprender. Estaria prestando um importante serviço a seu país, Robert. Virá discutir o assunto comigo?

– Bem...

– Ótimo. Espero-o em meu gabinete na segunda-feira, às 9 horas da manhã. E dê minhas lembranças a Susan.

Robert relatara a conversa a Susan.

– Serviço Secreto naval? Parece emocionante.

– Talvez – respondera Robert, ainda desconfiado. – Não tenho a menor ideia do que pode envolver.

– Então deve descobrir.

Ele a estudara por um momento.

– Quer que eu aceite, não é?

Susan o abraçara.

– Quero que faça o que quiser fazer. Acho que está pronto para voltar ao trabalho. Notei que nas últimas semanas tem se mostrado bastante irrequieto.

– Pois eu acho que você está tentando se livrar de mim – zombara Robert. – A lua de mel acabou.

Susan encostara os lábios nos dele.

– Nunca. Já lhe disse alguma vez como sou louca por você, marujo? Deixe-me mostrar...

Pensando a respeito mais tarde – tarde demais –, Robert concluíra que esse fora o início do fim do casamento. O convite parecia maravilhoso na ocasião, e ele voltara a Washington para conversar com o almirante Whittaker.

– Este trabalho exige inteligência, coragem e iniciativa, Robert. Você tem todas as três. Nosso país tornou-se o alvo de cada pequeno ditador que pode financiar um grupo terrorista ou construir uma fábrica de armas químicas. Alguns desses países já estão neste momento trabalhando no desenvolvimento de bombas atômicas, a fim de poder nos chantagear. Meu trabalho é criar uma rede de informações para descobrir o que exatamente eles andam fazendo e tentar contê-los. Quero que você me ajude.

Ao final, Robert aceitara o trabalho no Serviço Secreto naval. Para sua surpresa, descobrira que gostava e até possuía alguma aptidão para as funções. Susan encontrara um lindo apartamento em Rosslyn, Virgínia, não muito longe do lugar em que Robert trabalhava, e se ocupara em decorá-lo. Robert fora enviado para a Fazenda, o centro de treinamento da CIA para agentes secretos.

LOCALIZADA NUMA ÁREA fortemente guardada na região rural da Virgínia, a Fazenda ocupa uma área de 50 quilômetros quadrados, a maior parte coberta por uma floresta de pinheiros, com os prédios centrais numa clareira de 3 acres, a 3 quilômetros do portão principal. Estradas de terra atravessam a floresta, com barricadas móveis e cartazes de "Proibida a Entrada". Num pequeno aeroporto, aviões não identificados decolam e pousam várias vezes por dia. A Fazenda apresenta um cenário enganadoramente bucólico, com árvores frondosas, cervos correndo pelos campos, e pequenos prédios dispersos de forma inocente pela extensa área. Dentro do perímetro, no entanto, existe um mundo diferente.

Robert esperara fazer o treinamento junto com outros oficiais da Marinha, mas para sua surpresa o grupo era formado por uma mistura de recrutas da CIA, fuzileiros e pessoal do Exército, Marinha e Força Aérea. Cada estudante recebia um número e era alojado num quarto típico de dormitório, em um dos vários prédios espartanos de alvenaria, com dois andares. No alojamento dos oficiais solteiros, em que Robert ficara, cada homem tinha o próprio quarto e partilhava um banheiro com outro. O refeitório era no outro lado do caminho, quase em frente a seu alojamento.

No dia em que se apresentara ali, Robert fora escoltado a um auditório, com trinta outros recém-chegados. Um coronel negro, alto e forte, com o uniforme da Força Aérea, falara ao grupo. Parecia ter 50 e poucos anos e dava a impressão de uma inteligência ágil e fria. Falava de forma clara e incisiva, sem desperdiçar palavras.

– Sou o coronel Frank Johnson. Quero lhes dar as boas-vindas. Durante sua permanência aqui, usarão apenas seus primeiros nomes. Deste momento em diante, suas vidas serão um livro fechado. Todos já juraram sigilo. Aconselho a levarem esse juramento a sério, muito a sério. *Nunca* devem discutir seu trabalho com ninguém... nem esposa, família ou amigos. Foram selecionados porque possuem qualificações especiais. Terão um longo e árduo trabalho pela frente para desenvolver essas qualificações, e nem todos conseguirão chegar ao fim. Serão envolvidos em assuntos de que nunca ouviram falar antes. Não tenho palavras para ressaltar o suficiente a importância do trabalho que realizarão quando saírem daqui. Tornou-se moda em certos círculos liberais atacar nossos serviços secretos, quer seja a CIA, Exército, Marinha ou Aeronáutica. Mas posso lhes assegurar, senhores, que sem pessoas dedicadas como vocês, este país estaria metido num inferno de problemas. Caberá a vocês ajudar para impedir isso. Aqueles que conseguirem concluir o treinamento vão se tornar oficiais controladores. Em termos mais simples, um controlador é um espião. Ele trabalha em segredo.

O coronel fizera uma pausa, correndo os olhos pela audiência.

– Enquanto estiverem aqui, receberão o melhor treinamento do mundo. Serão treinados em vigilância e contravigilância. Terão cursos de comunicação por rádio, codificação, armamentos e leitura de mapas. Farão um curso de relações pessoais. Aprenderão como desenvolver um relacionamento, como descobrir as motivações de um indivíduo, como fazer com que seu alvo fique à vontade.

Os recrutas absorviam atentamente cada palavra.

– Aprenderão a localizar e recrutar um agente. Serão treinados nas providências para tornar seguro um ponto de encontro. Aprenderão tudo sobre os pontos de entrega de correspondência, como se comunicar discretamente com seus contatos. Se forem bem-sucedidos, cumprirão suas missões sem serem notados nem descobertos.

Robert pudera sentir o excitamento que impregnava a atmosfera.

– Alguns de vocês atuarão sob cobertura oficial. Pode ser diplomática ou militar. Outros atuarão sob cobertura extraoficial, como cidadãos particulares... executivos, arqueólogos ou escritores... qualquer profissao que lhes proporcione acesso a lugares e tipos de pessoas que podem ter as informações que procuramos. E agora vou entregá-los aos cuidados dos instrutores. Boa sorte.

ROBERT SENTIRA-SE FASCINADO pelo treinamento. Os instrutores eram homens que haviam trabalhado no campo, profissionais experientes. Robert absorvera com a maior facilidade as informações técnicas. Além dos cursos mencionados pelo coronel Johnson, houvera um curso intensivo de línguas, e outro de códigos secretos.

O coronel Johnson era um enigma para Robert. Os rumores a seu respeito eram de que tinha fortes ligações na Casa Branca e se encontrava envolvido em atividades secretas de alto nível. Ele desaparecia da Fazenda por dias a fio e retornava tão abruptamente quanto partira.

UM AGENTE CHAMADO Ron estava dando uma aula.

– Há seis fases no processo operacional clandestino. A primeira fase é o reconhecimento. Quando você sabe qual é a informação de que precisa, seu primeiro desafio é identificar e localizar os indivíduos que têm acesso a essa informação. A segunda fase é a avaliação. Depois de reconhecer o alvo, é preciso decidir se ele possui realmente a informação de que você precisa, e se pode ser suscetível ao recrutamento. O que o motiva? Ele é feliz em seu trabalho? Tem algum ressentimento contra o chefe? Está assoberbado por problemas financeiros? Se o alvo é acessível, e há uma motivação que pode ser explorada, passa-se para a fase três.

"A fase três é o desenvolvimento. Cria-se um relacionamento com o alvo. Dá-se um jeito de se esbarrar nele como se fosse por acaso, tantas vezes quanto possível, aprofunda se o contato. A fase seguinte é o recrutamento. Quando se acha que ele está pronto, passa-se a trabalhá-lo psicologicamente. Usa-se todas as armas psicológicas que se puder obter... vingança contra o chefe, dinheiro, a emoção da aventura. Se um controlador trabalhou bem, o alvo geralmente diz sim.

"A etapa seguinte é como manipulá-lo. É preciso proteger não apenas você mesmo, mas também o agente. Deve-se marcar reuniões secretas, treiná-lo no uso do microfilme e também, quando for o caso, da comunicação por rádio. Deve-se ensinar ainda ao agente como perceber qualquer vigilância, o que responder se for interrogado, e assim por diante.

"A última fase é o desligamento. Depois de algum tempo, talvez o seu agente seja transferido para um trabalho diferente, não tenha mais acesso às informações, ou talvez não precisemos mais das informações a que ele tem acesso. Seja como for, o relacionamento está encerrado, mas é importante concluí-lo de tal maneira que o recrutado não sinta que foi usado, e passe a querer vingança...

O CORONEL JOHNSON estava certo. Nem todos conseguiram chegar ao final do treinamento. Rostos familiares desapareciam constantemente. Ninguém sabia por quê. E ninguém perguntava.

Um dia, quando o grupo se preparava para ir a Richmond, num exercício de vigilância, o instrutor de Robert dissera:

– Vamos descobrir se você é mesmo bom, Robert. Vou mandar alguém segui-lo. Quero que o despiste. Acha que pode conseguir?

– Creio que sim, senhor.

– Boa sorte.

ROBERT PEGARA O ônibus para Richmond e começara a circular pelas ruas. Cinco minutos depois, já identificara os homens que o seguiam. Eram dois. Um deles estava a pé, o outro de carro. Robert tentara se esquivar em restaurantes e lojas, saindo apressado pelas portas dos fundos, mas não conseguira despistá-los. Também eram bem treinados. Finalmente, estava quase na hora de retornar à Fazenda, e Robert ainda não fora capaz de se desvencilhar de seus seguidores. Vigiavam-no com a maior atenção. Robert entrara numa loja de departamentos, os dois homens ocuparam posições em que podiam vigiar as entradas e saídas. Robert subira na escada rolante para o departamento de roupas masculinas. Trinta minutos depois, ao descer, usava um terno diferente, sobretudo e chapéu, conversava com uma mulher e carregava um bebê no colo. Passara pelos vigilantes sem ser reconhecido.

Fora o único naquele dia que conseguira se esquivar da vigilância.

O JARGÃO ENSINADO na Fazenda era uma linguagem bem específica.

– Provavelmente não usarão todos esses termos – dissera o instrutor –, mas é melhor conhecê-los. Há dois tipos diferentes de agentes: um "agente de influência" e um "agente provocador". O agente de influência tenta mudar a opinião no país em que opera. Um agente provocador é enviado para atiçar problemas e criar o caos. "Alavanca biográfica" é o código da CIA para chantagem. Há também os "trabalhos da bolsa negra", que podem variar de suborno a arrombamento. Watergate foi um trabalho de bolsa negra.

Ele olhara ao redor, para se certificar de que toda a turma prestava atenção. Eles estavam fascinados.

– De vez em quando, alguns de vocês podem precisar de um "sapateiro"... é um homem que falsifica passaportes.

Robert se perguntara se algum dia teria de recorrer aos serviços de um sapateiro.

– A expressão "rebaixamento máximo" é das mais terríveis. Significa alguém ser eliminado por assassinato. Também podemos dizer "arquivar". Se ouvirem alguém falar sobre a Firma, é o apelido que usamos para nos referirmos ao Serviço Secreto britânico. Se pedirem a vocês para "fumigar" um escritório, não devem procurar por cupins, mas sim por artefatos de escuta.

As expressões misteriosas fascinavam Robert.

– "Damas" é um eufemismo para as mulheres enviadas para comprometer a oposição. Um "mito" é a biografia forjada de um espião, para lhe proporcionar cobertura. "Virar particular" significar deixar o serviço.

O instrutor tornara a correr os olhos pela turma.

– Algum de vocês sabe o que é um "domador de leão"?

Ele esperara por uma resposta. Silêncio.

– Quando um agente é dispensado, às vezes fica transtornado e ameaça revelar o que sabe. Um domador de leão é despachado para aquietá-lo. Tenho certeza que nenhum de vocês jamais precisará enfrentar algum.

Isso provocara risos nervosos.

– Há também o termo "sarampo". Se um alvo morre de sarampo, isso significa que foi assassinado com tanta eficiência que a morte pareceu ser acidental ou decorrente de causas naturais. Um método de induzir o sarampo é usar o "Tabun". Trata-se de um composto líquido incolor ou num tom marrom, que causa a paralisia nervosa, quando absorvido pela pele. Se alguém lhe oferece uma "caixa de música", trata-se de um radiotransmissor. O operador do transmissor é chamado de músico. No futuro, alguns de vocês estarão operando "nus". Não se apressem em tirar as roupas; significa simplesmente que estarão sozinhos, sem qualquer ajuda.

O instrutor fizera uma pausa.

– Há mais uma coisa sobre a qual eu gostaria de falar hoje. A coincidência. Em nosso trabalho, não existe esse animal. Geralmente representa perigo. Se deparar várias vezes com a mesma pessoa, ou se a todo instante avistar o mesmo automóvel, quan do estiver em ação, trate de se proteger. Provavelmente se encontra metido numa encrenca. Creio que é o suficiente por hoje, senhores. Recomeçaremos amanhã, do ponto em que paramos.

De vez em quando o coronel Johnson chamava Robert a seu gabinete para "uma conversa amigável", como ele dizia. Eram conversas enganadoramente informais e descontraídas, mas Robert podia sentir que havia uma sondagem por trás.

– Soube que é feliz no casamento, Robert.

– Isso mesmo.

Passaram a meia hora seguinte falando sobre casamento, fidelidade e confiança. Em outra ocasião:

– O almirante Whittaker o considera como um filho, Robert. Sabia disso?

– Sabia.

A dor pela morte de Edward era algo que jamais desapareceria. E conversaram sobre lealdade, dever e morte.

– Já enfrentou a morte mais de uma vez, Robert. Tem medo de morrer?

– Não.

Mas morrer por um bom motivo, pensara Robert. *Não uma morte sem sentido.*

As reuniões eram frustrantes para Robert, porque eram como olhar para um espelho de fundo falso. O coronel Johnson podia vê-lo claramente, mas permanecia invisível, um enigma envolto pelo sigilo.

O curso durara 16 semanas, e durante esse tempo nenhum dos homens tivera permissão para se comunicar com o mundo exterior. Robert sentira uma saudade desesperadora de Susan. Fora o período mais longo em que haviam ficado separados. Ao final dos quatro meses, o coronel Johnson chamara Robert a seu gabinete.

– Esta é a nossa despedida. Fez um excelente trabalho aqui, comandante. Creio que vai descobrir que seu futuro será muito interessante.

– Obrigado, senhor. Espero que sim.

– Boa sorte.

O coronel Johnson ficara observando Robert se retirar. Continuara sentado ali por cinco minutos, imóvel, depois tomara uma decisão. Fora até a porta e a trancara. Depois, pegara o telefone e fizera uma ligação.

Susan o aguardava. Abrira a porta do apartamento num robe transparente, que nada ocultava. Jogara-se nos braços de Robert, apertando-o com toda força.

– Oi, marujo. Quer se divertir um pouco?

– Já estou me divertindo só de abraçá-la – respondera Robert, na maior felicidade.

– Santo Deus, como senti saudade! – Susan recuara e acrescentara, com toda veemência: – Se algum dia acontecesse alguma coisa com você, acho que eu morreria.

– Nada jamais vai acontecer comigo.

– Promete?

– Prometo.

Ela o estudara por um momento, preocupada.

– Você parece cansado.

– Foi um curso muito intenso – admitira Robert. Era uma rotina fora da realidade. Com todos os textos e manuais para estudar, além das aulas práticas, nenhum dos recrutas jamais conseguira dormir por mais que umas poucas horas por noite. Não houvera muitos protestos por um motivo bem simples: todos estavam conscientes de que aprendiam ali como poderiam um dia salvar suas vidas.

– Sei exatamente do que você precisa – anunciara Susan.

Robert sorrira e estendera as mãos para a Susan.

– Espere um pouco. Dê-me cinco minutos. E pode se despir.

Robert observara-a se retirar e pensara: *Como um homem pode ser tão afortunado?* Ele começara a se despir. Susan voltara alguns minutos depois, murmurando:

– Hum... Gosto de você nu.

Robert ouvira a voz do instrutor: *"Alguns de vocês vão operar nus. Significa simplesmente que estarão sozinhos, sem qualquer ajuda." Em que me meti? Em que meti Susan?*

Ela o levara para o banheiro. A banheira estava cheia, a água quente e perfumada, as luzes apagadas, havia quatro velas acesas na pia.

– Bem-vindo ao lar, querido.

Ela tirara o robe e entrara na banheira. Robert a acompanhara.

– Susan...

– Não fale. Recoste-se em mim.

Ele sentira as mãos de Susan acariciando suas costas e ombros, sentira as curvas suaves do corpo da mulher se comprimindo contra o dele e esquecera como se sentia cansado. Fizeram amor na água quente. Depois de se enxugarem, Susan dissera:

– Já chega de brincadeiras. Agora, vamos ao que é sério. – E fizeram amor outra vez. Mais tarde, um pouco antes de adormecer com Susan em seus braços, Robert pensara: *Será sempre assim. Por toda a eternidade.*

17

Na manhã da segunda-feira seguinte, Robert se apresentara no Pentágono, para seu primeiro dia de trabalho no Serviço Secreto naval. O almirante Whittaker recebera-o calorosamente:

– Seja bem-vindo, Robert. Parece que você deixou o coronel Johnson bastante impressionado.

Robert sorrira.

– Ele também impressiona qualquer um.

Enquanto tomavam café, o almirante perguntara:

– Está pronto para começar a trabalhar?

– Ansioso.

– Ótimo. Temos um problema na Rodésia...

Trabalhar no Serviço Secreto naval era ainda mais emocionante do que Robert imaginara. Cada missão era diferente, e incumbiam Robert das que eram consideradas as mais delicadas. Ele trouxera um desertor que revelara uma operação de tráfico de drogas de Noriega no Panamá, denunciara um agente trabalhando para Marcos no consulado americano em Manila, e ajudara a instalar um posto de escuta secreto no Marrocos. Só uma coisa o perturbava: os longos períodos em que ficava longe de Susan. Detestava se ausentar e sentia muita saudade dela. Tinha o trabalho para ocupá-lo, mas Susan não dispunha de nada. A carga de trabalho de Robert era cada vez maior. Ele passava cada vez menos tempo em casa, e fora então que o problema com Susan se tornara sério.

Sempre que Robert voltava para casa, ele e Susan corriam famintos para os braços um do outro, faziam um amor ardente. Mas essas ocasiões passaram a ser mais e mais distanciadas. Parecia a Susan que tão logo Robert voltava de uma missão, já era enviado em outra.

Para agravar a situação, Robert não podia discutir seu trabalho com ela. Susan não tinha a menor ideia dos lugares para onde ele ia, ou o que fazia. Sabia apenas que Robert estava envolvido em algo perigoso e sentia pavor de um dia ele partir e nunca mais voltar. Não ousava lhe fazer perguntas. Experimentava a sensação de ser uma estranha, completamente excluída de uma parte importante da vida do marido. Da vida dos dois. *Não posso continuar assim,* decidira Susan.

Quando Robert retornara de uma missão de quatro semanas na América Central, Susan lhe dissera:

– Robert, acho melhor termos uma conversa.

– Qual é o problema? – indagara Robert, embora já soubesse qual era.

– Estou apavorada. Estamos nos afastando cada vez mais um do outro, e não quero perdê-lo. Não poderia suportar.

– Susan...

– Espere um pouco. Deixe-me acabar. Sabe quanto tempo passamos juntos nos últimos quatro meses? Menos de duas semanas. Sempre que você volta para casa, tenho a impressão de que é um visitante, não meu marido.

Ele abraçara Susan, apertara-a com força.

– Sabe o quanto amo você, Susan.

Ela encostara a cabeça em seu ombro.

– Por favor, não deixe que nada aconteça conosco.

– Não deixarei – prometera Robert. – Terei uma conversa com o almirante Whittaker.

– Quando?

Imediatamente.

– O ALMIRANTE VAI recebê-lo agora, comandante.

– Obrigado.

O almirante Whittaker estava sentado atrás de sua mesa, assinando alguns documentos. Levantara os olhos quando Robert entrara, sorrindo.

– Seja bem-vindo de volta ao lar, Robert, e meus parabéns. Fez um excelente trabalho em El Salvador.

– Obrigado, senhor.

Sente-se. Aceita um café?

– Não, obrigado, almirante.

– Queria falar comigo? Minha secretária disse que era urgente. Em que posso ajudá-lo?

Era difícil começar.

– É um assunto pessoal, senhor. Estou casado há menos de dois anos e...

Fez uma excelente escolha, Robert. Susan é uma moça maravilhosa.

– Concordo plenamente, senhor. O problema é que estou ausente durante a maior parte do tempo, e ela se sente infeliz com isso. – Uma pausa e Robert se apressara em acrescentar: – E tem todo o direito de se sentir assim. Não é uma situação normal.

O almirante Whittaker recostara-se em sua cadeira e comentara, pensativo

– Claro que o seu trabalho não é uma situação normal. Às vezes exige sacrifícios.

– Sei disso – murmurara Robert, obstinado. – Acontece que não estou disposto a sacrificar meu casamento. Significa muito para mim.

O almirante estudara-o, pensativo.

– Entendo. O que você deseja?

– Esperava que pudesse me arrumar algumas missões em que não ficasse longe de casa por tanto tempo. Afinal, esta é uma operação grande, deve haver uma centena de coisas que eu poderia fazer mais perto de casa.

– Mais perto de casa...

– Isso mesmo.

– Não resta a menor dúvida de que você merece isso – respondera o almirante, falando bem devagar. – Não vejo por que não se pode providenciar algo assim.

Robert sorrira, aliviado.

– É muita gentileza sua, almirante. Eu ficaria profundamente grato.

– Creio que podemos dar um jeito. Diga a Susan que o problema está resolvido.

Robert se levantara, radiante.

– Não sei nem como agradecer.

O almirante acenara com a mão, dispensando-o.

– É uma peça muito valiosa para eu deixar que algo lhe aconteça, Robert. E agora volte para sua esposa.

Susan ficara feliz quando Robert lhe dera a notícia. Abraçara-o, exclamando:

– Oh, querido, isso é maravilhoso!

– Pedirei a ele duas semanas de licença para podermos viajar. Será uma segunda lua de mel.

– Até já esqueci como é uma lua de mel – murmurara Susan. – Mostre-me.

E Robert mostrara.

O almirante Whittaker mandara chamar Robert na manhã seguinte.

– Queria apenas informá-lo de que já estou tomando algumas providências sobre o assunto que discutimos ontem.

– Obrigado, almirante. – Agora era o momento para pedir a licença. – Senhor...

O almirante não o deixara continuar.

– Aconteceu algo, Robert.

O almirante Whittaker pusera-se a andar de um lado para outro. Havia um tom de profunda preocupação em sua voz quando voltou a falar:

– Acabo de ser informado que a CIA foi infiltrada. Parece que tem ocorrido um vazamento incessante de informações ultrassecretas. Tudo o que sabem é que seu codinome é Raposa. Ele se encontra na Argentina neste momento. Precisam de alguém de fora da agência para cuidar da operação. O diretor da CIA pediu você. Gostariam que localizasse o homem e o trouxesse de volta. Respondi que a decisão é sua. Quer aceitar a missão?

Robert hesitara.

– Receio que terei de passá-la adiante, senhor.

– Respeito sua decisão, Robert. Esteve viajando constantemente e nunca rejeitou uma missão. Sei que não tem sido fácil para seu casamento.

– Gostaria de aceitar o trabalho, senhor. Mas acontece...

– Não precisa dizer nada, Robert. Minha opinião sobre seu trabalho e dedicação sempre permanecerá a mesma. Apenas gostaria de lhe pedir um favor.

– Pode pedir, almirante.

– O vice-diretor da CIA pediu para se reunir com você, independente de sua decisão, como uma cortesia. Não se importa, não é?

– Claro que não, senhor.

No dia seguinte, Robert fora a Langley para a reunião com o vice-diretor.

– Sente-se, comandante – dissera o vice-diretor, quando Robert entrara na sala enorme. – Já ouvi falar muito a seu respeito. E só coisas boas, é claro.

– Obrigado, senhor.

O vice-diretor era um homem de 60 e poucos anos, magro, cabelos brancos lisos e um pequeno bigode, que subia e descia enquanto ele sugava o cachimbo. Um graduado da Universidade de Yale que ingressara no OSS durante a Segunda Guerra Mundial, e depois se transferira para a CIA, por ocasião de sua criação, logo depois do conflito. Subira pela hierarquia até sua atual posição, numa das maiores e mais poderosas agências de informações do mundo.

– Quero que saiba, comandante, que respeito sua decisão.

Bellamy acenara com a cabeça.

– Há um fato, no entanto, que precisa ser levado ao seu conhecimento.

– Qual, senhor?

– O presidente está pessoalmente envolvido na operação para desmascarar Raposa.

– Não sabia disso, senhor.

– Ele considera... como eu também... que é uma das missões mais importantes que esta agência já teve desde sua criação. Conheço sua situação doméstica e tenho certeza de que o presidente também compreende as dificuldades. Afinal, ele é um homem devotado à família. Mas o fato de você não aceitar esta missão poderia lançar... Como posso dizer? ...uma nuvem sobre o ONI e o almirante Whittaker.

– O almirante nada teve a ver com a minha decisão, senhor.

– Eu compreendo, comandante, mas será que o presidente também vai compreender?

A lua de mel terá de ser adiada, pensara Robert.

Ao dar a notícia a Susan, Robert dissera, gentilmente:

– Esta é a minha última missão no exterior. Depois disso, passarei tanto tempo em casa que vai acabar enjoando de mim.

Ela sorrira.

– Não há todo esse tempo no mundo. Ficaremos juntos para sempre.

A perseguição a Raposa fora a missão mais frustrante que Robert já realizara. Encontrara sua pista na Argentina, mas perdera a presa por um dia. A trilha o levara a Tóquio, China e Malásia. Havia muitas pistas que o conduziam ao caminho percorrido por Raposa, mas não eram suficientes para uma captura.

Os dias se transformaram em semanas, as semanas em meses, e Robert estava sempre no encalço de Raposa. Ligava para Susan quase todos os dias. No começo, dizia:

– Estarei em casa dentro de poucos dias, querida.

Depois:

– Talvez eu esteja aí na próxima semana.

E finalmente:

– Não sei quando poderei voltar.

Robert acabara desistindo. Passara dois meses e meio na pista de Raposa, sem o menor sucesso.

Susan parecia mudada quando ele chegara em casa. Um pouco mais fria.

– Desculpe, querida – dissera Robert. – Não podia imaginar que levaria tanto tempo. Acontece apenas...

– Eles nunca o deixarão sair, não é, Robert?

– Como? Ah, sim, claro que deixarão.

Ela sacudira a cabeça.

– Não creio. Aceitei um emprego no Memorial Hospital, em Washington.

Ele ficara desolado.

– Como assim?

– Voltarei a ser enfermeira. Não posso passar o tempo todo sentada aqui, esperando que você volte para casa, especulando onde está, o que anda fazendo, se está vivo ou morto.

– Susan, eu...

– Está tudo bem, meu amor. Pelo menos farei algo útil enquanto você viaja. Tornará a espera mais fácil.

E Robert não tivera o que responder.

Comunicara seu fracasso ao almirante Whittaker, que se mostrara compreensivo.

– Foi culpa minha ter deixado que você aceitasse a missão. Daqui por diante, deixaremos que a CIA resolva os próprios problemas. Desculpe, Robert.

Robert contara que Susan aceitara um emprego como enfermeira.

– Provavelmente é uma boa ideia – comentara o almirante, pensativo. – Vai aliviar a pressão sobre seu casamento. Se aceitar algumas missões no exterior de vez em quando, tenho certeza que não terá tanta importância.

De vez em quando se tornara quase constantemente. Fora então que o casamento começara a se desintegrar realmente.

Susan trabalhava no Memorial Hospital, em Washington, como enfermeira do centro cirúrgico. Sempre que Robert estava em casa, ela tentava tirar folga para passar mais tempo em sua companhia, mas estava cada vez mais absorvida em seu trabalho.

– Estou adorando, querido. Sinto que faço algo útil.

Ela falava sobre seus pacientes, e Robert lembrava todo o desvelo que demonstrara com ele, como cuidara dele, como fizera-o voltar à vida. Sentia-se satisfeito por ela estar realizando um trabalho importante e que amava, mas a verdade é que cada vez se viam menos. A distância emocional entre os dois se alargava. Havia agora um constrangimento que não existia antes. Eram como dois estranhos tentando desesperadamente manter uma conversa.

Ao voltar a Washington, depois de uma missão de seis semanas na Turquia, Robert levara Susan para jantar no Sans Souci. Ela comentara:

– Temos um novo paciente no hospital. Ele estava num grave desastre de avião, e os médicos acharam que não poderia resistir, mas darei um jeito para que sobreviva.

Seus olhos brilhavam enquanto falava. *Ela foi assim comigo,* pensara Robert. E especulara se Susan se inclinara sobre o novo paciente e dissera: "Fique bom. Estou à sua espera." Mas rejeitara o pensamento.

– Ele é muito simpático, Robert. Todas as enfermeiras são loucas por ele.

Todas as enfermeiras?, especulara Robert outra vez.

Havia uma pequena dúvida angustiante dentro dele, mas ele conseguira reprimi-la.

E pediram o jantar.

No sábado seguinte, Robert partira para Portugal. Ao retornar, três semanas depois, Susan recebera-o muito animada.

– Monte andou hoje pela primeira vez!

O beijo que ela dera em Robert fora superficial.

– Monte?

– Monte Banks. É o nome dele. Vai ficar bom. Os médicos não podiam acreditar, mas nós não desistimos.

Nós.

– Fale-me sobre ele.

– É um homem maravilhoso. Está sempre nos dando presentes. É muito rico. Pilota o próprio avião, sofreu um desastre terrível, e...

– Que espécie de presentes?

– Ora, sabe como é, pequenas coisas... bombons, flores, livros e discos. Tentou dar a todas nós relógios caros, mas é claro que tivemos de recusar.

– Claro...

– Ele tem um iate, cavalos de polo...

Fora nesse dia que Robert começara a chamá-lo de Monte de Grana.

Susan falava a seu respeito cada vez que voltava do hospital.

– Ele é realmente um amor, Robert.

Um amor é perigoso.

– E é muito atencioso. Sabe o que ele fez hoje? Mandou trazer almoço do Jóquei Clube para todas as enfermeiras do andar.

O homem é nojento. Robert se descobrira irritado.

– Esse seu maravilhoso paciente é casado?

– Não, querido. Por quê?

– Eu apenas queria saber.

Susan rira.

– Pelo amor de Deus, não está com ciúme, não é?

– De algum velho que está aprendendo a andar? Claro que não.

Uma ova que não estou! Mas ele não daria a Susan a satisfação de dizer que estava.

Quando Robert estava em casa, Susan procurava não falar do paciente; mas se ela não levantava o assunto, Robert o fazia.

– Como está o velho Monte de Grana?

– O nome dele não é Monte de Grana – protestava Susan. – É Monte Banks.

– Dá na mesma.

Era uma pena que o filho da puta não tivesse morrido no desastre de avião.

No dia seguinte era aniversário de Susan.

– Vamos comemorar – propusera Robert, no maior entusiasmo. – Sairemos para jantar em algum lugar, e depois...

– Tenho de trabalhar no hospital até as 20 horas.

– Não tem problema. Irei buscá-la no hospital.

– Ótimo. Monte está ansioso para conhecê-lo. Falei muito de você.

– Também estou ansioso para conhecer o velho.

Quando Robert chegara ao hospital, a recepcionista dissera:

– Boa noite, comandante. Susan está de plantão na enfermaria ortopédica, no terceiro andar, à sua espera.

Quando Robert saltara do elevador, Susan o aguardava ali, em seu melhor uniforme branco engomado. Ele sentira o coração disparar. Susan estava tão linda...

– Olá, beleza.

Susan sorrira, estranhamente constrangida.

– Olá, Robert. Deixarei o serviço em poucos minutos. Venha comigo. Vou apresentá-lo a Monte.

Mal posso esperar.

Ela o conduzira a um quarto particular enorme, cheio de livros, flores e cestos com frutas, e fizera a apresentação:

– Monte, este é meu marido, Robert.

Robert ficara imóvel, olhando aturdido para o homem no leito. Era apenas três ou quatro anos mais velho do que Robert, parecia com Paul Newman. Robert desprezara-o à primeira vista.

– Tenho o maior prazer em conhecê-lo, comandante. Susan andou me contando tudo a seu respeito.

É sobre isso que conversam quando ela está ao lado de sua cama, durante a noite?

– Ela se orgulha muito de você.

É isso aí, companheiro, pode me jogar algumas migalhas.

Susan olhava para Robert, torcendo para que ele fosse cortês. Ele bem que se esforçou.

– Soube que vai sair daqui em breve.

– Isso mesmo, graças principalmente à sua esposa. Ela fez um milagre.

"Acha mesmo que eu ficarei aqui, deixando que outra enfermeira cuide de você?"

– Posso imaginar. Essa é a sua especialidade.

Robert não fora capaz de disfarçar o tom de amargura em sua voz.

O JANTAR DE aniversário fora um fiasco. Susan só queria falar sobre seu paciente.

– Ele não lhe lembrou alguém, querido?

– Boris Karloff.

– Por que tinha de ser tão grosseiro com ele?

Robert respondera friamente:

– Achei que fui muito cortês. Apenas não gosto dele.

Susan ficara aturdida.

– Nem mesmo o conhece direito. O que não gosta nele?

Não gosto da maneira como ele olha para você. Não gosto da maneira como o nosso casamento está desmoronando. Não quero perdê-la.

– Desculpe. Acho que estou muito cansado.

Terminaram o jantar em silêncio.

Na manhã seguinte, quando Robert se preparava para ir ao escritório, Susan anunciara:

– Robert, tenho uma coisa a lhe dizer...

E fora como se ele tivesse levado um soco no estômago. Não podia suportar que ela convertesse em palavras o que estava acontecendo.

– Susan...

– Sabe que amo você. E sempre amarei. É o homem mais querido e mais maravilhoso que já conheci.

– Por favor...

– Deixe-me acabar. Isto é muito difícil para mim. Durante o último ano, passamos apenas alguns minutos juntos. Não temos mais um casamento. Estamos cada vez mais separados.

Cada palavra era como uma faca cravada em seu coração.

– Tem toda razão – dissera Robert, desesperado. – Mas vou mudar isso. Deixarei o serviço. Hoje mesmo. Agora. Iremos para algum outro lugar e...

Ela sacudira a cabeça.

– Não, Robert. Ambos sabemos que não daria certo. Você está fazendo o que quer fazer. Se parasse por minha causa, sempre guardaria um ressentimento. Não é culpa de ninguém. Apenas... aconteceu. Quero o divórcio.

Fora como se o mundo tivesse desmoronado em cima de Robert. Ele sentira de repente uma náusea terrível.

– Não pode estar falando sério, Susan. Encontraremos um jeito de...

– É tarde demais. Há muito tempo que venho pensando nisso. Enquanto você viajava, eu ficava sentada em casa sozinha, esperando a sua volta, pensando a respeito. Temos levado vidas separadas. Preciso mais do que isso. Preciso de algo que você não pode mais me dar.

Robert ainda tentara controlar suas emoções.

– Isso... isso tem algo a ver com Monte de Grana?

Susan hesitara.

– Monte pediu-me em casamento.

Ele sentira suas entranhas se dilacerarem

– E você vai aceitar?

– Vou.

Era uma espécie de pesadelo absurdo. *Isso não está acontecendo,* pensara Robert. *Não pode estar.* Seus olhos encheram-se de lágrimas. Susan o abraçara e apertara com força.

– Nunca mais sentirei por qualquer outro homem o que sinto por você. Amei você com todo meu coração e alma. Sempre o amarei. É o meu amigo mais querido. – Ela recuara, fitando-o nos olhos. – Mas isso não é suficiente. Pode me entender?

Robert só podia compreender que ela o deixava arrasado.

– Podemos tentar outra vez. Começaremos tudo de novo e...

– Sinto muito, Robert. – A voz de Susan era trêmula. – Sinto muito, mas está acabado.

Susan voara para Reno, enquanto o comandante Robert Bellamy tomava um porre que se prolongara por duas semanas.

OS VELHOS HÁBITOS não morrem fácil. Robert telefonara para um amigo no FBI. Al Traynor cruzara algumas vezes o seu caminho no passado, e Robert confiava nele.

– Tray, preciso de um favor.

– Um favor? Precisa é de um psiquiatra. Como pôde deixar Susan escapar?

A notícia provavelmente já se espalhara por toda a cidade.

– É uma longa e triste história.

– Lamento sinceramente, Robert. Ela era sensacional. Eu... ora, não importa. Em que posso ajudá-lo?

– Gostaria que verificasse alguém nos computadores para mim.

– Claro. Basta me dar o nome.

– Monte Banks. É apenas uma verificação de rotina.

– Certo. O que você quer saber?

– É bem provável que ele nem esteja em seus arquivos, Tray, mas se estiver... Veja se alguma vez ele foi multado por estacionar em local proibido, bater no cachorro ou avançar um sinal vermelho? O de sempre.

– Certo.

– E estou curioso para saber de onde ele tirou seu dinheiro. Gostaria de conhecer seus antecedentes.

– Apenas rotina, hein?

– E isso deve ficar entre nós, Tray. É uma questão pessoal, entende?

– Não tem problema. Ligarei para você pela manhã.

– Obrigado. Eu lhe devo um almoço.

– Jantar.

– Combinado.

Robert desligara, pensando: O *retrato de um homem se agarrando à última palha. O que estou esperando? Que ele seja Jack o Estripador, e Susan volte correndo para meus braços?*

DUSTIN THORNTON CHAMARA Robert no início da manhã seguinte.

– Em que está trabalhando, comandante?

Ele sabe muito bem em que estou trabalhando, pensara Robert.

– Estou concluindo o levantamento da ficha daquele diplomata de Cingapura e...

– O que parece não ocupar todo o seu tempo.

– Como assim?

– Caso tenha esquecido, comandante, o ONI não tem jurisdição para investigar cidadãos americanos.

A perplexidade de Robert era total.

– Mas o que...?

– Fui informado pelo FBI que você está tentando obter informações que não têm nada a ver com o trabalho desta agência.

Robert sentira um súbito ímpeto de raiva. Fora traído pelo filho da puta do Traynor. Era o que se podia esperar da amizade.

– Era uma questão pessoal. Eu...

– Os computadores do FBI não podem ser usados para sua conveniência pessoal, nem para ajudá-lo a incomodar cidadãos particulares. Estou sendo claro?

– Muito.

– Isso é tudo.

Robert voltara correndo à sua sala. Seus dedos tremiam ao discar 202-324-3000. A ligação fora atendida no mesmo instante:

– FBI.

– Al Traynor.

– Um momento, por favor.

Um minuto depois, uma voz de homem atendera:

– Em que posso ajudá-lo?

– Quero falar com Al Traynor.

– Lamento, mas o agente Traynor não trabalha mais aqui.

– Robert sentira um terrível choque.

– Como?

– O agente Traynor foi transferido.

– Transferido?

– Isso mesmo.

– Para onde?

– Boise. Mas não estará lá por algum tempo. Um longo tempo, infelizmente.

– Como assim?

– Ele foi atropelado por um motorista que fugiu, ontem à noite, quando fazia sua corrida no Rock Creek Park. Dá para acreditar? Algum idiota deve ter tomado um tremendo porre. Passou com o carro na pista de corrida. O corpo de Traynor foi jogado a mais de dez metros de distância. Talvez ele não sobreviva.

Robert desligara, a mente em turbilhão. O que estava acontecendo? Monte Banks, o típico americano de olhos azuis, estava sendo protegido. Do quê? Por quem? *Santo Deus,* pensara Robert, *em que Susan está se metendo?*

Ele fora visitá-la naquela mesma tarde.

Ela estava em seu novo apartamento, um lindo dúplex na Main Street. Robert especulara se era Monte de Grana quem pagava o apartamento. Há semanas que não se encontrava com Susan, e a simples visão dela o deixara atordoado.

– Peço perdão por me intrometer desse jeito, Susan. Sei que prometi não me envolver.

– Disse que era algo sério.

– E é mesmo.

Agora que estava ali, ele não sabia como começar. *Susan, vim aqui para salvá-la?* Ela riria na sua cara.

– O que aconteceu?

– É sobre Monte.

Ela franzira o rosto.

– O que há com Monte?

Essa era a parte mais difícil. Como podia contar a Susan o que ele próprio não sabia? Sabia apenas que havia algo terrivelmente errado. Monte Banks estava mesmo nos computadores do FBI, só que com um aviso: *Nenhuma informação pode ser fornecida sem a devida autorização.* E sua indagação fora comunicada ao ONI. *Por quê?*

– Acho que ele... ele não é o que parece ser.

– Não estou entendendo.

– Susan... de onde ele tira seu dinheiro?

Ela ficara surpresa com a pergunta.

– Monte tem uma empresa de importação e exportação muito bem-sucedida.

A cobertura mais antiga do mundo.

Ele deveria ter imaginado que não poderia lançar sua carga com uma teoria meio indefinida. Fora um idiota. Susan esperava por uma resposta, e ele não tinha nenhuma.

– Por que está perguntando?

– Eu... apenas queria me certificar de que ele é o homem certo para você – balbuciara Robert, confuso.

– Ora, Robert...

A voz de Susan estava impregnada de desapontamento.

– Acho que eu não deveria ter vindo. – *Tinha esse direito, companheiro.* – Desculpe.

Susan se adiantara para abraçá-lo, murmurando:

– Eu compreendo.

Mas ela não compreendia. Não compreendia que uma indagação inocente sobre Monte Banks fora interceptada, comunicada ao ONI, e que o homem que tentara obter a informação fora transferido para um posto remoto.

Havia outros meios de obter informações, e Robert os tentara, discretamente. Telefonara para um amigo que trabalhava na revista *Forbes*.

– Robert! Há quanto tempo não o vejo! Em que posso ajudá-lo?

Robert explicara.

– Monte Banks? É curioso que você o mencione. Achamos que ele deve ser incluído na lista dos quatrocentos mais ricos da *Forbes*, mas não conseguimos obter informações concretas a seu respeito. Pode nos dizer alguma coisa?

Um zero.

Robert fora à biblioteca pública e procurara Monte Banks no *Who's Who*, o catálogo telefônico dos ricos e bem nascidos. Ele não estava relacionado.

Fora à seção de microfilmes e procurara em edições antigas do jornal *Washington Post* na ocasião em que Monte Banks sofrera o desastre de avião. Havia uma notícia pequena sobre o acidente. Referia-se a Banks como empresário.

Tudo parecia bastante inocente. *Talvez eu esteja enganado,* pensara Robert. *Talvez Monte Banks seja um homem inocente. Nosso governo não o protegeria se ele fosse um espião, um criminoso, estivesse envolvido com o tráfico de drogas... A verdade é que ainda estou tentando reconquistar Susan.*

SER SOLTEIRO OUTRA VEZ significava a solidão, o vazio, uma sucessão de dias movimentados e noites insones. Uma maré de desespero o envolvia de repente, e ele desatava a chorar. Chorava por si mesmo e por Susan, chorava por tudo o que haviam perdido. A presença de Susan estava em toda parte. O apartamento fervilhava de lembranças dela. Robert era amaldiçoado pela recordação total e cada cômodo o atormentava, com memórias da voz de Susan, seu riso, seu amor. Lembrava as colinas e vales suaves de seu corpo, quando se estendia nua na cama, à sua espera, e a angústia que o dominava se tornava insuportável.

Seus amigos se mostravam preocupados.

– Não deve ficar sozinho, Robert.

E passaram a ter um grito de guerra:

– Quero apresentá-lo a uma garota sensacional!

Elas eram altas e bonitas, ou baixas e sensuais. Eram modelos e secretárias, executivas de publicidade, divorciadas e advogadas. Mas nenhuma delas era Susan. Robert nada tinha em comum com qualquer delas, e tentar manter uma conversa com estranhas, pelas quais não sentia o menor interesse, só servia para torná-lo ainda mais solitário. Robert não tinha o menor desejo de ir para a cama com qualquer uma delas. Preferia ficar sozinho. Preferia rever um filme, reescrever o roteiro. Olhando para trás, era fácil perceber seus erros, compreender como deveria ter sido a conversa com o almirante Whittaker.

A CIA foi infiltrada por um homem conhecido como Raposa. O vice-diretor pediu para você descobri-lo.

Não, almirante. Sinto muito, mas estou levando minha esposa para uma segunda lua de mel.

Ele queria reeditar sua vida, dar-lhe um final feliz. Tarde demais. A vida não oferecia uma segunda oportunidade. Estava sozinho.

Fazia as próprias compras, cozinhava as refeições e ia à lavanderia ali perto uma vez por semana, quando estava em casa.

Fora um período solitário e angustiado na vida de Robert. Mas o pior ainda estava para acontecer. Uma linda designer que ele conhecera em Washington telefonara várias vezes, convidando-o para jantar. Robert relutara, mas acabara aceitando.

Ela preparara um delicioso jantar à luz de velas para os dois.

– Você é uma excelente cozinheira – comentara Robert.

– Sou muito boa em tudo. – E não havia como se equivocar com a insinuação. Ela chegara mais perto, acrescentando: – Deixe-me provar.

Ela pusera as mãos nas coxas de Robert, passara a língua por seus lábios. *Já faz muito tempo,* pensara Robert. *Talvez tempo demais.*

Foram para a cama. Um desastre, para consternação de Robert. Pela primeira vez em sua vida, Robert se descobrira impotente. E sentira-se humilhado.

– Não se preocupe, querido – dissera a mulher. – Tudo vai acabar dando certo.

Só que ela se enganara.

Robert voltara para casa constrangido, com a sensação de que estava entrevado. Sabia que, de alguma forma absurda e distorcida, sentira que fazer amor com outra mulher era uma traição a Susan. *Quão estúpido posso me tornar?*

Ele tentara fazer amor de novo, algumas semanas depois, com uma atraente secretária do ONI. Ela se mostrara ardente na cama, acariciando seu corpo, tomando-o em sua boca quente. Mas não adiantara. Ele queria apenas Susan. Depois disso, deixara de tentar. Pensara em consultar um médico, mas se sentira constrangido demais. Conhecia a resposta para seu problema, nada tinha a ver com conselhos médicos. Despejara toda a sua energia no trabalho. Susan telefonava pelo menos uma vez por semana.

– Não se esqueça de pegar suas camisas na lavanderia – dizia ela.

Ou então:

– Mandarei uma faxineira para arrumar o apartamento. Deve estar uma bagunça.

Cada telefonema fazia com que a solidão de Robert se tornasse ainda mais intolerável.

Ela ligara na noite anterior a seu casamento.

– Robert, quero que saiba que vou me casar amanhã.

Ele sentira dificuldade para respirar.

– Susan...

– Amo Monte... mas também amo você. E continuarei a amá-lo até o dia em que morrer. Quero que você nunca se esqueça disso.

O que havia para dizer?

– Você está bem, Robert?

Claro. Estou muito bem. Só que sou eunuco fodido.

– Robert?

Ele não suportaria punir Susan com seus problemas.

– Estou ótimo. Mas poderia me fazer um favor, meu bem?

– Qualquer coisa que eu puder.

– Não... não deixe que ele a leve na lua de mel a qualquer dos lugares a que nós fomos.

Ele desligara e saíra para tomar outro porre.

Isso acontecera um ano antes. Era o passado. Ele fora forçado a enfrentar a realidade de que Susan pertencia agora a outro homem. Precisava viver o presente. Tinha um trabalho a realizar. Estava na hora de ter uma conversa com Leslie Mothershed, o homem que fotografara e anotara os nomes das testemunhas que Robert fora incumbido de descobrir, no que seria a sua última missão.

18

Leslie Mothershed se encontrava num estado além da euforia. No momento em que voltara a Londres, levando seu precioso filme, entrara apressado na pequena despensa que convertera em câmara escura, verificara se tinha ali tudo o que precisaria: tanque de processamento do filme, termômetro, pregadores de mola, quatro béqueres grandes, um cronômetro, revelador, as soluções químicas, o fixador. Apagou a luz e acendeu uma pequena lâmpada vermelha por cima de sua cabeça. As mãos tremiam quando abriu os cartuchos e removeu o filme. Respirou fundo várias vezes, a fim de se controlar. *Nada devia sair errado desta vez,* pensou ele. *Absolutamente nada. Isto é por você, mãe.*

Com todo cuidado, ele enrolou o filme nos carretéis. Pôs no tanque, enchendo com o revelador, o primeiro dos líquidos que usaria. Seria preciso uma temperatura constante de 20°C, assim como uma agitação periódica. Depois de 11 minutos, ele esvaziou o conteúdo e despejou o fixador.

Estava ficando nervoso outra vez, com pavor de cometer um erro. Despejou o fixador para a primeira lavagem, depois deixou o filme descansar numa bacia com água por dez minutos. Em seguida houve dois minutos de constante agitação num agente de limpeza, e mais 12 minutos na água. Trinta segundos numa solução especial garantiram que não haveria riscos ou falhas nos negativos. Ao final, com todo cuidado, ele removeu o filme, pendurou-o com os pregadores, usou um rolo de borracha para tirar as últimas gotas. Esperou impaciente que os negativos secassem.

Estava na hora de dar uma olhada. Prendendo a respiração, o coração disparado, Mothershed pegou a primeira tira de negativos, suspendendo contra a luz. *Perfeito! Absolutamente perfeito!*

Cada chapa era uma gema incomparável, uma foto que qualquer fotógrafo do mundo teria se orgulhado de tirar. Cada detalhe da estranha espaçonave estava bem delineado, inclusive os corpos das duas formas alienígenas lá dentro.

Duas coisas que não notara antes atraíram a atenção de Mothershed, que as examinou cuidadosamente. Onde a espaçonave se abrira, ele podia ver três divãs estreitos no interior... e, no entanto, havia apenas dois alienígenas. A outra coisa estranha era o fato de que uma das mãos dos alienígenas fora cortada. Não se via em parte alguma da fotografia. *Talvez a criatura tivesse apenas uma mão,* pensou Mothershed. *Por Deus, estas fotografias são obras-primas! Mamãe tinha razão. Sou mesmo um gênio.* Ele correu os olhos pelo pequeno cômodo e refletiu: *Na próxima vez em que revelar um filme, será num laboratório grande e bonito, em minha mansão em Eaton Square.*

Ele ficou parado ali, acariciando seu tesouro, como um avarento com seu ouro. Não haveria uma única revista ou jornal no mundo que não fosse capaz de matar para obter aquelas fotografias. Durante todos aqueles anos os filhos da puta haviam rejeitado suas fotografias com bilhetinhos insultuosos: "Obrigado por apresentar as fotos, que estamos agora devolvendo. Não atendem às nossas atuais necessidades." Ou então: "Obrigado por nos submeter as fotos. São muito parecidas com outras que já publicamos." Ou apenas: "Estamos devolvendo as fotografias que nos enviou."

Durante anos ele suplicara emprego aos idiotas, e agora teriam de rastejar à sua procura, pagariam caro pela rejeição anterior.

Mothershed não podia esperar. Tinha de começar imediatamente. Como a desgraçada da British Telecom cortara seu telefone, apenas porque se atrasara algumas semanas no último pagamento, ele saiu à procura de um telefone. Num súbito impulso, decidiu ir ao Langan's, o ponto de encontro de celebridades, e se presentear com um almoço bem merecido. O Langan's estava muito além de seus recursos, mas não poderia haver uma ocasião melhor para comemorar. Afinal, não estava prestes a se tornar rico e famoso?

UM *MAÎTRE* LEVOU MOTHERSHED a uma mesa num canto do restaurante. Em num reservado a não mais que 3 metros de distância, ele avistou dois rostos familiares. Compreendeu de repente quem eram e experimentou alguma emoção. Michael Caine e Roger Moore, em pessoa! Ele desejou que a mãe ainda estivesse viva para poder lhe contar. Ela adorava ler sobre artistas de cinema. Os dois riam e se divertiam, sem a menor preocupação no mundo, e Mothershed não podia deixar de observá-los. Seus olhares passavam além deles. *Filhos da puta presunçosos!*, pensou Leslie Mothershed, irritado. *Talvez esperem que eu me aproxime e peça seus autógrafos. Pois dentro de alguns dias eles é que pedirão o meu. Todos estarão ansiosos em me apresentar a seus amigos. "Leslie, quero que conheça Charlie e Di, e estes são Fergie e Andrew. Leslie, vocês sabem, é o cara que tirou aquelas fotos famosas do OVNI.”*

Ao terminar o almoço, Mothershed passou pelos dois artistas e subiu para a cabine telefônica. O serviço de informações lhe daria o número do *Sun*.

– Eu gostaria de falar com o editor de fotos.

Uma voz de homem atendeu um momento depois:

– Chapman.

– Quanto valeria para vocês ter fotos de um OVNI com os corpos de dois alienígenas no interior?

A voz no outro lado da linha respondeu:

– Se as fotos foram bastante boas, poderemos publicá-las como exemplo de um embuste hábil, e...

Mothershed interrompeu-o, irritado:

– Acontece que não é nenhum embuste. Tenho os nomes de nove testemunhas respeitáveis que poderão confirmar que é algo autêntico, inclusive um padre.

O tom do homem mudou.

– É mesmo? E onde essas fotos foram tiradas?

– Não importa. – Mothershed era esperto, não se deixaria persuadir a revelar qualquer informação. – Estão interessados?

– Se pode provar que as fotos são autênticas – respondeu o homem, cauteloso –, claro que estamos interessados... e muito.

Nem poderia ser de outro modo, pensou Mothershed, alegremente.

– Voltarei a procurá-lo.

Ele desligou. Os outros dois telefonemas foram igualmente satisfatórios. Mothershed teve de admitir para si mesmo que registrar os nomes e endereços das testemunhas fora um golpe de puro gênio. Não havia agora a menor possibilidade de que alguém pudesse acusá-lo de tentar cometer uma fraude. Aquelas fotos apareceriam nas primeiras páginas de todos os jornais e revistas importantes do mundo. *Com meu crédito: Fotos de Leslie Mothershed.*

Ao deixar o restaurante, Mothershed não foi capaz de resistir ao impulso de se aproximar do reservado em que os dois artistas de cinema sentavam.

– Com licença. Desculpe incomodá-los, mas poderiam me dar seus autógrafos?

Roger Moore e Michael Caine sorriram-lhe amavelmente. Escreveram seus nomes em pedaços de papel e entregaram ao fotógrafo.

– Obrigado.

Saindo do restaurante, Leslie Mothershed rasgou furioso os autógrafos e espalhou os pedacinhos de papel.

Eles que se fodam!, pensou Mothershed. *Sou muito mais importante!*

19

Robert pegou um táxi para Whitechapel. Passaram pela City, o distrito financeiro de Londres, seguindo para leste, até alcançarem a Whitechapel Road, a área que Jack o Estripador tornara infame um século antes. Ao longo da Whitechapel Road havia dezenas de barracas, vendendo de tudo, de roupas a legumes frescos e tapetes.

Enquanto o táxi se aproximava do endereço de Mothershed, o bairro foi se tornando mais e mais dilapidado. Os pichadores haviam rabiscado todos os prédios velhos, com a tinta descascando. Passaram pelo Weaver's Arms Pub. *Este deve ser o bar que Mothershed frequenta,* pensou Robert. Outra placa informava: Walter Bookmaker... *Mothershed provavelmente faz suas apostas nos cavalos aí.*

Finalmente chegou à Grover Road, 213A. Robert dispensou o táxi e estudou o prédio à sua frente. Era um prédio feio, de dois andares, que fora dividido em pequenos apartamentos.

Lá dentro estava o homem que tinha a lista completa das testemunhas que Robert fora incumbido de descobrir.

Leslie Mothershed estava na sala, pensando em sua sorte inesperada, quando a campainha da porta tocou. Ele levantou os olhos, surpreso, dominado por um medo súbito e inexplicável.

A campainha tocou de novo. Mothershed recolheu suas preciosas fotografias, levando-as às pressas para a câmara escura adaptada. Meteu-as por baixo de uma pilha de fotografias antigas, depois voltou à sala e foi abrir a porta do apartamento. Olhou para o estranho parado ali.

– O que deseja?

– Leslie Mothershed?

– Isso mesmo. Em que posso ajudá-lo?

– Posso entrar?

– Não sei. O que deseja?

Robert tirou do bolso uma identificação do Ministério da Defesa e a mostrou.

– Estou aqui em caráter oficial, Sr. Mothershed. Podemos conversar em seu apartamento ou no ministério.

Era um blefe, mas ele percebeu o medo repentino no rosto do fotógrafo. Leslie Mothershed engoliu em seco.

– Não sei o que pode querer comigo, mas... entre.

Robert entrou na sala miserável. Era insípida, sombria, jamais um lugar em que alguém viveria por opção.

– Pode me fazer a gentileza de explicar o que o trouxe aqui? – indagou Mothershed, com o tom apropriado de exasperação inocente.

– Estou aqui para interrogá-lo sobre algumas fotografias que tirou.

Ele sabia! Soubera desde o momento em que ouvira a campainha. Os *filhos da puta vão tentar me tirar essa fortuna! Mas não deixarei!*

– De que fotografias está falando?

– Das que tirou no local do acidente do OVNI – respondeu Robert, paciente.

Mothershed olhou fixamente para Robert por um momento, como se estivesse surpreso, depois forçou uma risada.

– Ah, *isso*! Eu bem que gostaria de poder entregá-las a você.

– Não tirou as fotos?

– Tentei.

– Como assim?

– Não saiu nada. – Mothershed teve uma tosse nervosa. – O filme velou. É a segunda vez que isso me acontece. – Ele balbuciava agora. – Até joguei fora os negativos. Não prestavam para nada. Foi um total desperdício de filme. E sabe como os filmes estão caros hoje em dia.

Ele é um péssimo mentiroso, pensou Robert. *E está à beira do pânico.* Robert disse, suavemente:

– É uma pena. Aquelas fotos seriam bastante úteis.

Ele nada disse sobre a lista de passageiros. Se Mothershed mentira sobre as fotos, também mentiria sobre a lista. Robert olhou ao redor. As fotografias e a lista deviam estar escondidas em algum lugar por ali. *Não deveria ser difícil encontrá-las.* O apartamento consistia em uma pequena sala, um quarto, um banheiro, e o que parecia ser um *closet*. Ele não tinha como obrigar o homem a entregar o material. Não possuía uma autoridade real. Mas queria as fotografias e a lista de testemunhas antes que o SIS aparecesse e as levasse. Precisava daquela lista.

– Tem razão. – Mothershed suspirou. – Aquelas fotografias valeriam uma fortuna.

– Fale-me sobre a espaçonave – pediu Robert.

Mothershed teve um tremor involuntário. A cena fantástica ficaria gravada em sua mente para sempre.

– Jamais esquecerei... A nave parecia... pulsar, como se estivesse viva. Havia algo maligno nela. E lá dentro estavam dois alienígenas mortos.

– Pode me dizer alguma coisa sobre os passageiros do ônibus?

Claro que posso, pensou Mothershed, exultante. *Tenho os nomes e endereços de todos.*

– Não, infelizmente não. – Mothershed continuou a falar, a fim de esconder seu nervosismo. – E não posso ajudá-lo com os passageiros porque eu não estava no ônibus. Eram todos estranhos.

– Entendo. Bom, obrigado por sua cooperação, Sr. Mothershed. Lamento que tenha perdido as fotos.

– Eu também.

Mothershed observou a porta fechar por trás do estranho e pensou, feliz: *Eu consegui! Fui mais esperto do que os filhos da puta!*

Lá fora, no corredor, Robert examinava a fechadura da porta. Uma Chubb. E modelo antigo ainda por cima. Só precisaria de uns poucos segundos para abri-la. Iniciaria a vigilância no meio da noite e esperaria que o fotógrafo deixasse o apartamento pela manhã. *Depois que eu me apoderar da lista de passageiros, o restante da missão será simples.*

Robert registrou-se num pequeno hotel, perto do apartamento de Mothershed. Telefonou para o general Hilliard.

– Tenho o nome da testemunha inglesa, general.

– Só um instante. Muito bem, pode falar, comandante.

– Leslie Mothershed. Ele mora em Whitechapel, na Grove Road, 213A.

– Excelente. Providenciarei para que as autoridades britânicas falem com ele.

Robert não mencionou a lista de passageiros nem as fotografias. Eram o seu trunfo.

O Reggie's, um restaurante especializado em peixe e batata frita, ficava num pequeno beco sem saída, junto da Brompton Road. Era pequeno, a freguesia constituída principalmente por escriturários e secretárias que trabalhavam nos arredores. As paredes eram cobertas por cartazes de futebol, e as partes à mostra não viam uma mão de tinta desde o conflito de Suez.

O telefone por trás do balcão tocou duas vezes, antes de ser atendido por um homem enorme, vestindo uma suéter de lã imunda. O homem parecia um típico habitante do East End de Londres, exceto pelo monóculo de aro de ouro, fixado sobre o olho esquerdo. O motivo para o monóculo era evidente para qualquer um que examinasse o homem mais atentamente: seu outro olho era feito de vidro, e de uma cor azul que geralmente se encontrava nos cartazes de viagens.

– Reggie falando.

– Aqui é o Bispo.

– Pois não, senhor – disse Reggie, baixando a voz para um sussurro.

– O nome de nosso cliente é Mothershed. Nome de batismo, Leslie. Reside na Grove Road, 213A. Precisamos que a encomenda seja despachada rapidamente. Entendido?

– Já está feito, senhor.

20

Leslie Mothershed estava perdido num devaneio feliz. Era entrevistado por representantes da imprensa internacional. Interrogavam-no sobre o enorme castelo que acabara de comprar na Escócia, o *château* ao sul da França, seu enorme iate. *"E é verdade que a rainha o convidou para ser o fotógrafo real oficial?" "É, sim. Eu disse a ela que daria a resposta mais tarde. E agora, senhoras e senhores, se me dão licença, já estou atrasado para o meu programa na BBC..."*

O devaneio foi interrompido pela campainha da porta. Ele olhou para o relógio. Onze horas. *Será que aquele homem voltou?* Mothershed foi até a porta e a abriu, cauteloso. Ali estava um homem mais baixo (foi a primeira coisa que ele notou), óculos de lentes grossas, rosto magro e pálido.

– Com licença – disse o homem, timidamente. – Peço desculpas por incomodá-lo a esta hora. Moro no final do quarteirão. A placa lá fora diz que é um fotógrafo.

– E daí?

– Tira fotos para passaportes?

Leslie Mothershed tira fotos para passaportes? O homem que está prestes a possuir o mundo? É como pedir a Michelangelo para pintar o banheiro.

– Não – respondeu ele, bruscamente, começando a fechar a porta.

– Juro que detesto incomodá-lo, mas estou numa situação terrível. Meu avião decola para Tóquio às 8 horas. Há poucos minutos, quando peguei o passaporte, descobri que a fotografia desprendera. Já a procurei por toda parte. Desapareceu mesmo. Não vão me deixar embarcar sem uma foto no passaporte.

O homenzinho estava quase em lágrimas.

– Sinto muito, mas não posso ajudá-lo – declarou Mothershed.

– Eu estaria disposto a lhe pagar 100 libras.

Cem libras? Para um homem com um castelo, um château *e um iate? É um insulto.* O homenzinho patético acrescentou:

– Posso até pagar mais. Duzentas ou 300 libras. Precisa compreender que tenho de embarcar naquele avião, ou perderei meu emprego.

Trezentas libras para tirar um retrato de passaporte? Sem incluir a revelação, levaria cerca de dez segundos. Mothershed começou a fazer cálculos. Isso representaria 1.800 libras por minuto. Ou seja, 10.800 libras por hora. Se trabalhasse oito horas por dia, seriam 94.000 libras por dia. Em uma semana, daria...

– Vai aceitar?

O ego de Mothershed entrou em conflito com a ganância, e a ganância venceu. *Sempre posso aproveitar uns trocados.*

– Entre – disse Mothershed. – Fique de pé junto daquela parede.

– Obrigado. Não sabe o que isso significa para mim.

Mothershed desejou ter uma câmera Polaroid. Tornaria tudo muito simples. Ele pegou a Vivitar e disse:

– Não se mexa.

Dez segundos depois estava acabado.

– Vai demorar um pouco para revelar – informou Mothershed. – Se quiser voltar...

– Se não se importa, esperarei aqui.

– Como quiser.

Mothershed levou a câmera para a câmara escura, desligou a luz, acendeu a lâmpada vermelha, removeu o filme da máquina. Teria de trabalhar depressa. De qualquer forma, os retratos de passaporte eram sempre horríveis. Quinze minutos depois, quando o filme se encontrava na bacia de revelação, Mothershed começou a sentir um cheiro de queimado. Ficou imóvel. Seria sua imaginação? Não. O cheiro era cada vez mais forte. Ele virou-se para abrir a porta. Parecia emperrada. Mothershed empurrou a porta com toda força. Não conseguiu abri-la.

– Ei! – gritou ele. – O que está acontecendo aí?

Não houve resposta.

– Olá? – Ele empurrou a porta com o ombro, mas parecia haver alguma coisa pesada no outro lado, mantendo-a fechada. – Ei, senhor?

Não houve resposta. O único som que ele podia ouvir era um crepitar alto. O cheiro se tornava cada vez mais sufocante. O apartamento estava em chamas. *Provavelmente foi por isso que ele saiu. Foi buscar ajuda.* Leslie Mothershed bateu com o ombro na porta, mas não conseguiu tirá-la do lugar.

– Socorro! – gritou ele. – Tirem-me daqui!

A fumaça começava a entrar por baixo da porta, e Mothershed podia sentir o calor das chamas que a lambiam. A respiração se tornava mais e mais difícil. Ele estava sufocando

Abriu o colarinho, ofegante. Os pulmões ardiam. Começava a perder os sentidos. Caiu de joelhos.

– Oh, Deus, por favor, não me deixe morrer agora, quando ia me tornar rico e famoso...

– Reggie falando.

– A encomenda foi despachada?

– Foi, sim, senhor. Um pouco cozida demais, mas entregue no prazo.

– Excelente!

Ao chegar à Grove Road, às 2 horas da madrugada, a fim de iniciar a vigilância, Robert deparou com um enorme engarrafamento. A rua estava cheia de veículos oficiais, caminhões dos bombeiros, ambulâncias, e três carros da polícia. Robert abriu caminho pela multidão de espectadores, encaminhando-se para o centro das atividades. O prédio inteiro fora engolfado pelo fogo. Ele pôde ver que o apartamento ocupado pelo fotógrafo, no primeiro andar, fora completamente destruído.

– Como isso aconteceu? – perguntou Robert a um bombeiro.

– Ainda não sabemos. Recue, por favor.

– Meu primo mora naquele apartamento. Ele está bem?

– Receio que não. – O tom era de compaixão. – Estão tirando-o do prédio neste momento.

Robert observou dois atendentes empurrarem uma maca com um corpo para uma ambulância.

– Eu estava hospedado com ele – disse Robert. – Deixei todas as minhas roupas lá dentro. Gostaria de entrar e...

O bombeiro sacudiu a cabeça.

– Não adiantaria, senhor. Nada sobrou do apartamento além de cinzas.

Nada sobrou além de cinzas. Nem as fotografias, nem a preciosa lista de passageiros, com seus nomes e endereços.

É o que se pode esperar da sorte inesperada, pensou Robert, amargurado.

Em Washington, três dias depois, Dustin Thornton almoçava com o sogro, na suntuosa sala de almoço particular do escritório de Willard Stone. Dustin Thornton estava nervoso. Sempre se sentia nervoso na presença do poderoso sogro. Willard Stone demonstrava bastante satisfação.

– Jantei com o presidente ontem. Ele me disse que está muito satisfeito com o seu trabalho, Dustin.

– Fico feliz em saber disso.

– Vem realizando um excelente trabalho. Tem ajudado a nos proteger contra as hordas.

– As hordas?

– Aqueles que tentam pôr este grande país de joelhos. Mas não é apenas contra o inimigo além das muralhas que devemos nos precaver. Temos de nos preocupar também com aqueles que fingem servir nosso país, que deixam de cumprir seu dever. Aqueles que não executam as ordens.

– Os independentes.

– Isso mesmo, Dustin. Os independentes. Eles devem ser punidos. Se...

Um homem entrou na sala.

– Com licença, Sr. Stone. Os cavalheiros chegaram. Estão à sua espera.

– Certo. – Stone virou-se para o genro. – Termine seu almoço, Dustin. Tenho de cuidar de um problema importante. Um dia talvez eu possa lhe contar tudo

21

As ruas de Zurique estavam cheias de criaturas de aparência fantástica, com contornos estranhos, gigantes disformes com corpos grotescos e olhos pequenos, a pele da cor de peixe cozido. Eram carnívoras, e ela detestava os cheiros fétidos que exalavam de seus corpos. Algumas das fêmeas usavam peles de animais, os restos de criaturas que haviam assassinado. Ela ainda se sentia atordoada pelo terrível acidente que tirara a essência vital de seus companheiros.

Encontrava-se na Terra há quatro ciclos do que aqueles seres de aparência estranha chamavam de *luna,* e ainda não comera durante todo esse tempo. Só conseguira tomar a água fresca de chuva no cocho do fazendeiro, e não tornara a chover desde a noite em que chegara. O restante da água na Terra era insuportável. Bem que entrara num centro de alimentação alienígena, mas não fora capaz de suportar o fedor. Tentara comer seus legumes e frutas crus, mas eram sem gosto, muito diferentes dos alimentos suculentos em seu planeta.

Era chamada a Graciosa, alta, imponente e bela, com olhos verdes luminosos. Adotara a aparência de uma terráquea depois que deixara o local do acidente e caminhara despercebida entre a multidão.

Estava sentada agora a uma mesa, numa cadeira desconfortável, construída para o corpo humano, e lia as mentes das criaturas ao seu redor. Dois seres sentavam a uma mesa ao lado. Um deles falou em voz alta:

– É a oportunidade de uma vida, Franz! Por 50 mil francos, você pode entrar no início. Tem 50 mil francos, não é?

Ela leu os pensamentos do homem. *Vamos, seu idiota, preciso da comissão.*

– Claro, mas não sei...

Terei de tomar emprestado de minha mulher.

– Alguma vez já lhe dei um mau conselho sobre investimentos?

Tome logo essa decisão!

– É muito dinheiro.

Ela nunca vai me dar tudo isso.

– Mas o que me diz do potencial? Há uma possibilidade de ganhar milhões

Diga sim!

Está certo. Eu entro.

Talvez eu possa vender algumas joias dela.

Ele está na minha mão!

– Garanto que nunca vai se arrepender, Franz.

Ele sempre pode arcar com o prejuízo.

A Graciosa não tinha a menor ideia do que significava a conversa.

No outro lado do restaurante, um homem e uma mulher estavam sentados a uma mesa. Conversavam em voz baixa. Ela projetou a mente para ouvi-los.

– Santo Deus! – disse o homem. – Como pôde engravidar?

Sua sacana estúpida!

– Como acha que engravidei?

Seu pau é o culpado!

Aqueles seres se reproduziam pela gravidez, procriando de forma desajeitada com os órgãos genitais, como seus animais nos campos.

– O que pretende fazer, Tina?

Tem de fazer um aborto! Hoje!

– O que espera que eu faça? Disse que ia contar tudo à sua esposa.

Seu filho da puta mentiroso!

– E vou mesmo contar, meu bem, mas esta é a pior ocasião.

Fui um louco ao me envolver com você. Deveria saber que só me causaria problemas.

– É uma péssima ocasião para mim também, Paul. Acho até que você não me ama.

Por favor, diga que me ama.

– Claro que eu a amo. Acontece apenas que minha esposa está passando por um período difícil neste momento.

Não tenho a menor intenção de perdê-la.

– Também estou passando por um período difícil. Será que não compreende? Vou ter um filho seu.

E é melhor casar comigo. As lágrimas escorriam dos olhos da mulher.

– Fique calma, meu bem. Tudo vai dar certo. Quero essa criança tanto quanto você.

Terei de persuadi-la a fazer um aborto.

Um macho sentava sozinho a uma mesa perto deles.

Eles me prometeram. Garantiram que a corrida estava combinada, que eu não poderia perder. Como um idiota, entreguei-lhes todo o meu dinheiro. Tenho de encontrar um meio de repô-lo antes que os auditores cheguem. Não poderia suportar se me colocarem na cadeia. Eu me mataria antes. Juro por Deus que me mataria.

Em outra mesa, um macho e uma fêmea estavam no meio de uma discussão.

– ...não é nada disso. Acontece apenas que tenho um lindo chalé nas montanhas e achei que seria ótimo para você passar o fim de semana ali e relaxar.

Passaremos muito tempo relaxando na minha cama, querida.

– Não sei, Claude... Nunca viajei com um homem antes.

Será que ele vai acreditar nisso?

– *Oui,* mas isso nada tem a ver com sexo. Apenas pensei no chalé porque você disse que precisava de um descanso. Pode pensar em mim como seu irmão.

E vamos experimentar um gostoso e antiquado incesto.

A Graciosa não sabia que as várias pessoas falavam em línguas diferentes, pois era capaz de filtrar todas por meio de sua percepção e compreender o que diziam.

Preciso encontrar uma maneira de entrar em contato com a nave-mãe, pensou ela.

Tirou da bolsa o pequeno transmissor prateado de controle manual. Era um sistema neurônico misto, a metade formada por material orgânico vivo, a outra metade constituída por um composto metálico de outra galáxia. O material orgânico era formado por milhares de células individuais, o que permitia que à medida que algumas morressem outras se multiplicassem, mantendo as conexões constantes. Infelizmente, o cristal de dilítio que ativava o transmissor se soltara e sumira. Ela já tentara se comunicar com a nave, mas o transmissor era inútil sem o cristal.

Ela tentou comer outra folha de alface, mas não conseguiu mais suportar o mau cheiro. Levantou e se encaminhou para a porta. A caixa chamou-a:

– Ei, dona, espere um instante! Não pagou a refeição!

– Desculpe. Não disponho do instrumento de troca de vocês.

– Pode dizer isso à polícia.

A Graciosa fitou a caixa nos olhos e a observou murchar. Virou-se e deixou o ponto de alimentação.

Preciso encontrar o cristal. Eles estão esperando por notícias minhas. Precisava se concentrar em focalizar os sentidos. Mas tudo parecia borrado e distorcido. Sem água, ela sabia, morreria em breve.

22

Dia 5
Berna, Suíça

Robert chegara a um beco sem saída. Não percebera o quanto contava com a obtenção da lista de nomes de Mothershed. *Tudo se desmanchou em fumaça,* pensou ele. *Literalmente.* A trilha desaparecera agora. *Eu deveria ter apanhado a lista quando estive no apartamento de Mothershed. Isso vai me ensinar... ensinar...* Mas é claro! Um pensamento que aflorara no fundo de sua mente entrou em foco de repente. Hans Beckerman dissera: "*Affernasch! Todos os outros passageiros ficaram agitados ao verem o OVNI e aquelas criaturas mortas no interior, mas o velho se queixou que tínhamos de nos apressar para chegar a Berna, porque precisava preparar uma palestra que faria na universidade pela manhã.*" Era um tiro no escuro, mas era tudo o que Robert tinha.

Ele alugou um carro no aeroporto de Berna e seguiu para a universidade. Deixou a Rathausgasse, a rua principal da cidade, e entrou na Länggassestrasse, onde ficava a Universidade de Berna. A universidade é formada por vários prédios, o principal é um enorme prédio de quatro andares, com duas alas e enormes gárgulas de pedra adornando o telhado. Em cada lado do pátio, na frente da entrada, há claraboias de vidro sobre salas de aula, e nos fundos da universidade existe um vasto estacionamento, à beira do rio Aare.

Robert subiu os degraus na frente do prédio da administração e entrou no saguão. A única informação obtida de Beckerman fora a de que o passageiro era alemão e preparava uma palestra que faria na segunda-feira.

Um estudante indicou-lhe onde ficava a secretaria. A mulher sentada por trás da mesa era uma figura formidável. Usava um terninho austero, óculos de aros pretos, os cabelos presos num coque. Levantou os olhos quando Robert entrou em sua sala.

– *Bitte?*

Robert tirou do bolso seu cartão de identificação.

– Interpol. Estou realizando uma investigação e agradeceria sua cooperação, senhorita...

– *Frau. Frau* Schreiber. Que tipo de investigação?

– Procuro um professor.

Ela franziu o rosto.

– O nome?

– Não sei.

– Não sabe o nome?

– Não. É um professor visitante. Fez uma palestra aqui há poucos dias. *Montag*.

– Muitos professores visitantes vêm aqui todos os dias para fazerem palestras. Qual é a disciplina dele? O que ele ensina? – O tom da mulher era de crescente impaciência. – Sobre que assunto ele fez a palestra?

– Não sei.

Ela deixou transparecer sua irritação.

– *Tut mir leid*. Não posso ajudá-lo. E estou ocupada demais para perguntas frívolas como essas...

A mulher começou a se virar.

– Não têm nada de frívolas. *Es ist sehr dringend*. – Robert inclinou-se para a frente e acrescentou em voz baixa: – Vou lhe revelar algo confidencial. O professor que estamos procurando se encontra envolvido numa rede de prostituição.

A boca de *Frau* Schreiber se contraiu numa expressão de surpresa.

– A Interpol está em sua pista há meses. A única informação a seu respeito de que dispomos é de que se trata de um alemão e fez uma palestra aqui no dia 15. – Robert se empertigou. – Se não quer ajudar, podemos conduzir uma investigação oficial na universidade. É claro que a publicidade...

– *Nein, nein!* A universidade não deve ser envolvida em qualquer coisa assim. – Ela parecia preocupada. – Diz que ele fez uma palestra aqui... em que dia?

– No dia 15, segunda-feira.

Frau Schreiber levantou-se e foi até um arquivo. Abriu-o e examinou alguns papéis. Tirou umas folhas de uma pasta.

– Aqui está. Três professores convidados fizeram palestras aqui no dia 15.

– O homem que procuro é alemão.

– Todos são alemães. – *Frau* Schreiber sacudiu os papéis em sua mão. – Uma palestra foi sobre economia, outra sobre química e a terceira sobre psicologia.

– Posso dar uma olhada?

Relutante, ela entregou os papéis a Robert.

Ele estudou-os. Cada um tinha um nome escrito, o endereço residencial e um telefone.

– Posso tirar uma cópia, se quiser.

– Não, obrigado. – Robert já memorizara os nomes e números. – Nenhum desses é o homem que procuro.

Frau Schreiber deixou escapar um suspiro de alívio.

– Graças a Deus! Prostituição! Nunca poderíamos nos envolver em algo assim!

– Desculpe incomodá-la por nada.

Robert saiu e procurou uma cabine telefônica na rua. A primeira ligação foi para Berlim.

– Professor Streubel?

– *Ja*.

– Aqui é da companhia de ônibus de excursão Sunshine. Esqueceu seus óculos em nosso ônibus no último domingo, quando excursionava conosco pela Suíça e...

– Não sei do que está falando.

O homem parecia irritado.

– Não estava na Suíça no dia 14, professor?

– Não. Só cheguei no dia 15, para fazer uma palestra na Universidade de Berna.

– E não andou em um de nossos ônibus de excursão?

– Não tenho tempo para essas bobagens. Sou um homem ocupado.

O professor desligou. A segunda ligação foi para Hamburgo.

– Professor Heinrich?

– Aqui é o professor Heinrich.

– Estou falando da companhia de ônibus de excursão Sunshine. Esteve na Suíça no dia 14 deste mês?

– Por que deseja saber?

– Porque encontramos uma pasta sua em um de nossos ônibus, professor, e...

– Está falando com a pessoa errada. Não andei em nenhum ônibus de excursão.

– Não fez uma excursão nossa para o Jungfrau?

– Acabei de dizer que não.

– Desculpe tê-lo incomodado.

A terceira ligação foi para Munique.

– Professor Otto Schmidt?

– Sou eu mesmo.

– Professor Schmidt, aqui é da companhia de ônibus de excursão Sunshine. Temos uns óculos que deixou em nosso ônibus há poucos dias e...

– Deve haver algum engano.

Robert sentiu um frio no coração. Errara o alvo. Nada lhe restava para continuar. A voz acrescentou:

– Estou com meus óculos aqui. Não os perdi.

Robert se reanimou.

– Tem certeza, professor? Esteve naquela viagem para Jungfrau no dia 14, ou não esteve?

– Estive, sim, já lhe disse, mas não perdi coisa alguma.

– Muito obrigado, professor.

Robert desligou. *Bingo!*

Robert discou outro número, e dois minutos depois estava falando com o general Hilliard.

– Tenho duas coisas a comunicar – disse Robert. – A primeira, sobre a testemunha em Londres de que falei.

– O que houve com ela?

– Morreu num incêndio ontem à noite.

– É mesmo? Lamentável!

– Também acho, senhor. Mas creio que localizei outra testemunha. Eu o avisarei assim que confirmar.

– Ficarei esperando, comandante.

O general Hilliard entrou em contato com Janus.

– O comandante Bellamy localizou outra testemunha

– Ótimo. O grupo está cada vez mais irrequieto. Todos se preocupam com a possibilidade da história vazar antes que o SDI se torne operacional.

– Terei mais informações em breve.

– Não quero informações. Quero resultados.

– Certo, Janus.

A Plattenstrasse, em Munique, é uma rua residencial tranquila, com prédios antigos e dilapidados, todos agrupados, como se em busca de proteção mútua. O número 5 era igual aos vizinhos. Dentro do saguão, havia uma fileira de caixas de correspondência. Uma pequena placa por baixo de uma delas dizia: "Professor Otto Schmidt." Robert apertou a campainha.

A porta do apartamento foi aberta por um homem alto e magro, com os cabelos brancos desgrenhados. Usava uma suéter desfiada e fumava um cachimbo. Robert especulou se ele criara a imagem de um arquétipo de professor universitário, ou se a imagem o criara.

– Professor Schmidt?

– Sou eu mesmo.

– Gostaria de lhe falar por um momento. Sou da...

– Já nos falamos. É o homem que me telefonou esta manhã. Sou um perito em reconhecer vozes. Entre.

– Obrigado.

Robert entrou numa sala apinhada de livros. Havia estantes nas paredes, do chão ao teto, com centenas de volumes. Também havia livros empilhados por toda parte: em mesas, no chão, em cadeiras. Os poucos móveis na sala pareciam ser secundários.

– Não é da companhia suíça de ônibus de excursão, não é mesmo?

– Bem, eu...

– É americano.

– É isso mesmo.

– E esta visita nada tem a ver com meus óculos perdidos que não foram perdidos.

– Ahn... não, senhor.

– Está interessado no OVNI que eu vi. Foi uma experiência muito desconcertante. Sempre acreditei que podiam existir, mas nunca pensei que veria um.

– Deve ter sido um choque terrível.

– Foi mesmo.

– Pode me dizer alguma coisa a respeito?

– Parecia... quase vivo. Havia uma espécie de luz tremeluzente ao redor. Azul. Não, talvez mais cinza. Não tenho certeza.

Robert lembrou a descrição de Mandel: *"Mudava de cor a todo instante. Parecia azul... depois verde."*

– Rompera-se e pude avistar dois corpos lá dentro. Pequenos... olhos enormes. Usavam um traje prateado.

– Pode me dizer alguma coisa sobre os outros passageiros?

– Os passageiros do ônibus?

– Isso mesmo.

O professor deu de ombros.

– Nada sei sobre eles. Eram todos estranhos. Eu me concentrava numa palestra que faria na manhã seguinte e não prestava muita atenção aos outros passageiros.

Robert esperou, observando-o.

– Se ajudar em alguma coisa, posso lhe dizer de que países eram alguns. Sou professor de química, mas meu passatempo é o estudo da fonética.

– Agradeceria qualquer coisa que possa lembrar.

– Havia um padre italiano, um húngaro, um americano com sotaque do Texas, um inglês, uma jovem russa...

– Russa?

– Exatamente. Mas ela não era de Moscou. Pelo sotaque, eu diria que era de Kiev, ou algum lugar nas proximidades. Robert tornou a esperar, mas houve apenas silêncio. – Não ouviu nenhum deles mencionar o nome, ou falar da profissão?

– Lamento, mas não sei mais nada. Já expliquei que me concentrava na palestra que faria no dia seguinte. O texano e o padre sentavam juntos. O texano não parava de falar. Era muito aborrecido. Não sei se o padre entendeu alguma coisa.

– O padre...

– Tinha um sotaque romano.

– Pode me dizer mais alguma coisa sobre qualquer deles?

O professor deu de ombros.

– Infelizmente, não. – Ele tirou outra baforada do cachimbo. – Lamento não poder ajudá-lo.

Robert teve uma ideia súbita.

– Disse que é químico?

– Isso mesmo.

– Gostaria que desse uma olhada numa coisa, professor. – Robert enfiou a mão no bolso e tirou o pedaço de metal que Beckerman lhe dera. – Pode me dizer o que é isto?

O professor Schmidt pegou o objeto, sua expressão mudou enquanto o examinava.

– Onde... onde encontrou isto?

– Lamento, mas não posso dizer. Sabe o que é?

– Parece ser parte de um artefato de transmissão.

– Tem certeza?

O professor revirou o objeto na mão.

– O cristal é dilítio, muito raro. Está vendo estes entalhes aqui? Sugerem que se encaixa numa unidade maior. O metal é... Por Deus, nunca vi nada parecido! – A voz estava impregnada de excitamento. – Pode me emprestar isto por alguns dias? Gostaria de efetuar alguns estudos espectrográficos.

– Lamento, mas não é possível.

– Mas...

– Sinto muito.

Robert recuperou o pedaço de metal. O professor tentou disfarçar seu desapontamento.

– Talvez possa trazê-lo de volta mais tarde. Por que não me dá seu cartão? Posso lhe telefonar se me lembrar de mais alguma coisa.

Robert tateou nos bolsos.

– Acho que não trouxe nenhum cartão.

O professor Schmidt murmurou:

– Era o que eu imaginava...

– O COMANDANTE BELLAMY está na linha.

O general Hilliard atendeu.

– Pois não, comandante?

– O nome da última testemunha é o professor Schmidt. Mora na Plattenstrasse, 5, em Munique.

– Obrigado, comandante. Comunicarei imediatamente às autoridades alemãs.

Robert já ia dizer "E receio que será a última testemunha que conseguirei descobrir", mas algo o conteve. Detestava admitir o fracasso. E, no entanto, a trilha sumira por completo. Um texano e um padre. O padre era de Roma. Ponto final. Assim como um milhão de outros padres. E não havia como identificá-lo. *Tenho uma opção,* pensou Robert. *Posso desistir e voltar a Washington, ou posso ir a Roma e fazer uma última tentativa...*

O BUNDESVERFASSUNGSSCHUTZAMT, o quartel-general do Serviço de Proteção da Constituição, fica no centro de Berlim, na Neumarkterstrasse. É um prédio grande e cinzento, sem qualquer característica marcante, sem nada para distingui-lo dos prédios ao redor. Lá dentro, no segundo andar, na sala de reuniões, o chefe do departamento, inspetor Otto Joachim, estudava uma mensagem. Leu-a duas vezes, depois estendeu a mão e pegou o telefone vermelho em cima da mesa.

Dia 6
Munique, Alemanha

Na manhã seguinte, ao se encaminhar para seu laboratório de química, Otto Schmidt pensava na conversa que tivera com o americano na noite anterior. De onde teria vindo aquele pedaço de metal? Era espantoso, além de qualquer coisa em sua experiência. E o americano o deixara perplexo. *Dissera que estava interessado nos passageiros do ônibus. Por quê? Por que todos foram testemunhas do disco voador? Serão advertidos a não falarem coisa alguma? Se era esse o caso, por que o americano não o advertira? Havia alguma coisa estranha acontecendo,* concluiu o professor. Ele entrou no laboratório, tirou o paletó e o pendurou. Pôs o avental para evitar que as roupas ficassem sujas, foi até a bancada em que vinha trabalhando há muitos meses, numa experiência química. *Se isto der certo,* pensou ele, *pode me valer um prêmio Nobel.* Ele levantou o béquer de água esterilizada e começou a derramar num recipiente com um líquido amarelo. *É estranho. Não me lembro de ser um amarelo tão brilhante.*

O estrondo da explosão foi tremendo. O laboratório se transformou numa fornalha gigantesca, fragmentos de vidro e carne humana salpicaram as paredes.

MENSAGEM URGENTE
ULTRASSECRETA
BFV PARA VICE-DIRETOR ASN
ASSUNTO: OPERAÇÃO JUIZO FINAL
4. OTTO SCHMIDT – ARQUIVADO
FIM DA MENSAGEM

Robert perdeu a notícia da morte do professor. Estava a bordo de um avião da Alitalia, a caminho de Roma.

23

Dustin Thornton estava se tornando irrequieto. Tinha o poder agora, e era como uma droga. Queria mais. O sogro, Willard Stone, sempre prometia que o introduziria num misterioso círculo secreto, mas até agora não cumprira a promessa.

Foi por puro acaso que Thornton descobriu que o sogro desaparecia todas as sextas-feiras. Thornton ligou para almoçar com ele.

– Lamento – disse a secretária particular de Willard Stone –, mas o Sr. Stone estará ausente o dia todo.

– É uma pena. Pode marcar um almoço então na próxima sexta-feira?

– Sinto muito, Sr. Thornton, mas o Sr. Stone também estará ausente na próxima sexta-feira.

Estranho. E se tornou ainda mais estranho quando Thornton telefonou duas semanas depois, e obteve a mesma resposta. *Para onde o velho vai toda sexta-feira?* Ele não era um golfista, ou homem que se dedicasse a qualquer hobby.

A resposta óbvia era uma mulher. A esposa de Willard Stone era uma socialite muito rica. Uma mulher autoritária, quase tão poderosa, à sua maneira, quanto o marido. Não era o tipo de mulher que toleraria uma relação extraconjugal do marido. *Se ele está tendo um caso,* pensou Thornton, *ficará sob meu controle.* Thornton sabia que precisava descobrir.

Com todos os recursos à sua disposição, Dustin Thornton poderia ter descoberto muito depressa o que o sogro andava fazendo. Só que Thornton não era nenhum tolo. Estava bem consciente que teria muitos problemas se desse um único passo em falso. Willard Stone não era o tipo de homem que admitisse qualquer interferência em sua vida. Thornton decidiu investigar o mistério pessoalmente.

Às 5 HORAS DA MANHÃ, na sexta-feira seguinte, Dustin Thornton estava arriado por trás do volante de um Ford Taurus anônimo, a meio quarteirão da mansão de Willard Stone. Era uma manhã fria e horrível, Thornton se perguntava a todo instante o que fazia ali. Era mais do que provável que houvesse alguma explicação perfeitamente razoável para o estranho comportamento de Stone. *Estou desperdiçando meu tempo,* pensou Thornton. Mas alguma coisa o mantinha ali.

Às 7 horas os portões foram abertos, e um carro saiu. Willard Stone estava ao volante. Em vez da limusine habitual, ele estava num pequeno furgão preto, geralmente usado pelos criados. Thornton foi dominado por um sentimento de exultação. Sabia que se encontrava na pista de algo importante. As pessoas viviam de acordo com seu padrão, e Stone naquele momento quebrava seu padrão. Só podia ser outra mulher.

Guiando com todo cuidado, permanecendo bem atrás do furgão, Thornton seguiu o sogro pelas ruas de Washington, até a estrada que levava para Arlington.

Terei de cuidar do assunto com o maior cuidado, pensou Thornton. *Não quero pressioná-lo demais. Obterei todas as informações que puder sobre sua amante e depois o confrontarei. Direi que meu único interesse é protegê-lo. Ele vai compreender. A última coisa que ele quer é um escândalo público.*

Dustin Thornton se achava tão absorvido em seus pensamentos que quase perdeu a curva que Willard Stone fizera. Estavam num bairro residencial exclusivo. O furgão preto desapareceu abruptamente por um caminho entre árvores.

Thornton parou o carro, tentando decidir o que era melhor. Deveria confrontar Willard Stone com sua infidelidade agora? Ou deveria esperar até que Stone se retirasse, e falar com a mulher primeiro? Ou seria melhor obter discretamente todas as informações de que precisava, e só depois conversar com o sogro? Ele resolveu fazer um reconhecimento de território.

Deixou o carro numa rua transversal, deu a volta para a viela nos fundos da casa de dois andares. Uma cerca de madei ra bloqueava a passagem para o quintal dos fundos, mas isso não era problema. Thornton abriu o pequeno portão na cerca e entrou. Deparou com um jardim, enorme, bonito, muito bem cuidado.

Avançou sem fazer barulho para a sombra das árvores à beira do gramado, ficou parado ali, olhando para a porta dos fundos, tentando decidir qual deveria ser seu próximo movimento. Precisava de provas do que estava acontecendo. Sem isso, o velho riria em sua cara. E o que quer que estivesse acontecendo lá dentro, naquele momento, poderia ser a chave para seu futuro. Ele tinha de descobrir.

Com todo cuidado, Thornton foi até a porta dos fundos, e experimentou a maçaneta. A porta não estava trancada. Ele entrou, descobrindo-se numa cozinha grande e antiquada. Não havia ninguém por ali. Thornton encaminhou-se para a porta de serviço, entreabriu-a. Avistou um enorme saguão. Na outra extremidade, havia uma porta fechada, que podia levar a uma biblioteca. Thornton foi andando para lá, em silêncio. Parou por um momento, escutando. Não havia sinal de vida na casa. O *velho provavelmente está lá em cima, no quarto.*

Thornton alcançou a porta fechada, abriu-a. E ficou imóvel, aturdido. Havia uma dúzia de homens sentados na sala, em torno de uma mesa grande.

– Entre, Dustin – disse Willard Stone. – Estávamos à sua espera.

24

Roma provou ser muito difícil para Robert, uma provação emocional que o deixou esgotado. Passara a lua de mel ali com Susan, as recordações eram angustiantes. Roma era Roberto, que dirigia o hotel Hassler para a mãe, e era parcialmente surdo, mas podia ler lábios em cinco línguas. Roma era os jardins de villa d'Este, em Tivoli, o restaurante Sibilla, e a alegria de Susan com os cem chafarizes criados pelo filho de Lucrécia Bórgia. Roma era Otello, ao pé da Escadaria Espanhola, o Vaticano, o Coliseu, o Forum, o Moisés de Michelangelo. Roma era partilhar um *tartufo* no Tre Scalini, o som do riso de Susan, e sua voz murmurando:

– Por favor, Robert, prometa que seremos sempre felizes assim.

O que estou fazendo aqui?, especulou Robert. *Não tenho a menor ideia de quem é o padre, nem mesmo se ele está em Roma. Está na hora de cair fora, voltar para casa, esquecer tudo isso.*

Mas alguma coisa em seu íntimo não o deixava partir. *Tentarei por um dia*, decidiu Robert. *Só mais um dia.*

O AEROPORTO LEONARDO DA VINCI estava lotado, e Robert tinha a impressão de que uma em cada duas pessoas era um padre. Procurava por um padre numa cidade que tinha... quantos? Cinquenta mil padres? Cem mil? No táxi, a caminho do hotel Hassler, ele notou multidões de padres de batina nas ruas. *É impossível*, pensou Robert. *Devo ter perdido* o *juízo.*

Ele foi recebido no saguão do hotel Hassler pelo gerente-assistente.

– Comandante Bellamy! Que prazer tornar a vê-lo!

– Obrigado, Pietro. Tem um quarto para mim por uma noite?

– Para o senhor... claro! Sempre!

Robert foi conduzido a um quarto que já ocupara antes.

– Se precisar de alguma coisa, comandante, por favor...

Preciso de um milagre, pensou Robert. Ele se sentou na cama, se recostou nos travesseiros, tentando clarear a mente.

Por que um padre de Roma viajaria até a Suíça? Havia diversas possibilidades. Podia ter ido de férias, ou talvez houvesse ali uma reunião de padres. Ele era o único padre no ônibus de excursão. O que isso significava? Nada. Exceto, talvez, que não viajava com um grupo. Portanto, podia ter sido uma viagem para visitar amigos ou a família. Ou talvez ele integrasse um grupo, só que os outros preferiram fazer coisas diferentes naquele dia. Os pensamentos de Robert davam voltas num círculo inútil.

De volta ao início. Como o padre chegou à Suíça? As possibilidades maiores são de que ele não tenha um carro. Alguém pode ter lhe dado uma carona, mas é mais provável que ele tenha viajado de avião, trem ou ônibus. Se estava de férias, não disporia de muito tempo. Portanto, vamos presumir que viajou de avião. Essa linha de raciocínio não levava a parte alguma. As empresas aéreas não registravam as ocupações de seus passageiros. O padre seria apenas mais um nome na lista de passageiros. Mas se fizesse parte de um grupo...

O VATICANO, A RESIDÊNCIA oficial do Papa, ergue-se imponente na colina Vaticano, na margem oeste do Tibre, na extremidade noroeste de Roma. O domo da basílica de São Pedro, projetada por Michelangelo, paira acima da vasta *piazza*, lotada dia e noite por turistas ansiosos de todas as fés.

A *piazza* é cercada por duas colunatas semicirculares, concluídas em 1667 por Bernini, com 284 colunas de mármore travertino, dispostas em quatro fileiras, encimadas por uma balaustrada em que se encontram 140 estátuas. Robert já visitara o lugar dezenas de vezes, mas a vista sempre o deixava emocionado.

O interior do Vaticano, é claro, era ainda mais espetacular. A Capela Sistina, o museu e a Sala Rotonda eram de uma beleza indescritível.

Mas naquele dia Robert não se encontrava ali para admirar o lugar.

Ele localizou o departamento de relações públicas do Vaticano na ala do prédio devotada aos assuntos seculares. O jovem por trás da escrivaninha foi polido.

– Em que posso ajudá-lo?

Robert mostrou um documento de identidade.

– Trabalho na revista *Time*. Estou escrevendo uma reportagem sobre alguns padres que compareceram a uma reunião na Suíça, há uma ou duas semanas. Gostaria de obter informações a respeito.

O jovem estudou-o em silêncio por um momento, depois franziu o rosto.

– Tivemos alguns padres numa reunião em Veneza no mês passado. Nenhum de nossos padres esteve na Suíça recentemente. Lamento, mas não posso ajudá-lo.

– É realmente muito importante – insistiu Robert, com uma expressão aflita. – Onde eu poderia obter essa informação?

– O grupo que está procurando... que ramo da Igreja eles representam?

– Como?

– Há muitas ordens católicas romanas. Há franciscanos, maristas, beneditinos, trapistas, jesuítas, dominicanos, e várias outras ordens. Sugiro que procure a ordem a que eles pertencem e pergunte ali.

Mas onde poderá ser "ali"?, especulou Robert.

– Tem alguma outra sugestão?

– Infelizmente, não.

Nem eu, pensou Robert. *Descobri o palheiro. Não posso encontrar a agulha.*

Ele deixou o Vaticano e vagueou pelas ruas de Roma, indiferente às pessoas ao redor, absorvido em seu problema. Na *piazza* del Popolo, sentou num café ao ar livre e pediu um Cinzano. Ficou na sua frente, intacto.

Por tudo o que sabia, o padre podia estar ainda na Suíça. *A que ordem ele pertence? Não sei. E só tenho a palavra do professor de que ele era romano.*

Robert tomou um gole do Cinzano.

Havia um avião que decolava para Washington no fim da tarde. *Embarcarei nele,* decidiu Robert. *Desisto.* O pensamento deixou-o mortificado. Mas estava na hora de ir embora.

– *Il conto, per favore.*

– *Si, signore.*

Robert correu os olhos pela *piazza.* No outro lado do café, passageiros embarcavam num ônibus. Havia dois padres na fila. Robert observou os passageiros pagarem e se deslocarem para o fundo do ônibus. Quando chegou a vez dos padres, eles sorriram para o trocador e foram ocupar seus lugares sem pagar a passagem.

– Sua conta, *signore* – disse o garçom.

Robert nem mesmo ouviu. Sua mente estava em disparada. Ali, no coração da Igreja Católica, os padres tinham certos privilégios. Era possível, apenas possível...

O escritório da Swissair fica no número 10 da via Po, a cinco minutos da via Veneto. Robert foi cumprimentado pelo homem por trás do balcão.

– Posso falar com o gerente, por favor?

– Sou o gerente. Em que posso servi-lo?

Robert exibiu um cartão de identificação.

– Michael Hudson, da Interpol.

– Em que posso ajudá-lo, Sr. Hudson?

– Algumas transportadoras internacionais estão se queixando de descontos ilegais na Europa... principalmente em Roma. De acordo com as convenções internacionais...

– Desculpe, Sr. Hudson, mas a Swissair não concede descontos. Todos pagam as tarifas integrais.

– Todos?

– Com exceção dos funcionários da companhia, é claro.

– Não há um desconto para padres?

– Não. Em nossa companhia, eles pagam a tarifa integral.

Em nossa companhia.

– Obrigado por seu tempo.

Robert se retirou. A próxima parada – e sua última esperança – foi na Alitalia.

– Descontos ilegais? – O gerente olhou perplexo para Robert. – Só concedemos descontos a nossos funcionários.

– Não dão descontos a padres?

O rosto do gerente se iluminou.

– Ah, isso... claro que sim. Mas não é ilegal. Temos um convênio com a Igreja Católica.

Robert sentiu-se animado.

– Quer dizer que se um padre quisesse voar de Roma para a Suíça, por exemplo, escolheria esta companhia?

– Claro. Seria mais barato para ele.

– A fim de atualizar nossos computadores, seria muito útil se pudesse me informar quantos padres voaram para a Suíça nas duas últimas semanas. Teria um registro disso, não é?

– Claro. Somos obrigados a mantê-los, por questões fiscais.

– Eu agradeceria se me prestasse essa informação.

– Deseja saber quantos padres voaram para a Suíça nas duas últimas semanas?

– Isso mesmo. Zurique ou Genebra.

– Espere um instante. Vou verificar em nosso computador.

O gerente voltou cinco minutos depois com um impresso de computador.

– Houve apenas um padre que voou pela Alitalia para a Suíça nas duas últimas semanas. – Ele consultou o impresso. – Ele partiu de Roma no dia 7, voando para Zurique. Pegou um voo de volta há dois dias.

Robert respirou fundo.

– E qual é seu nome?

– Padre Romero Patrini.

– E o endereço?

O gerente tornou a consultar o papel.

– Ele mora em Orvieto. Se precisar de mais alguma coisa...

O homem levantou os olhos. Robert não estava mais ali.

25

Dia 7
Orvieto, Itália

Ele parou o carro numa curva na rota S-71. Ali, podia ter uma vista espetacular da cidade, no outro lado do vale, no alto de um afloramento de rocha vulcânica. Era um antigo centro etrusco, com uma catedral famosa no mundo inteiro, meia dúzia de igrejas, e um padre que testemunhara um acidente com um OVNI.

A cidade não fora afetada pelo tempo, as ruas calçadas com pedras, prédios antigos e adoráveis, e um mercado ao ar livre, onde os camponeses podiam vender seus legumes frescos e galinhas.

Robert encontrou um lugar para estacionar na *piazza* del Duomo. Atravessou a praça até a catedral e entrou. O enorme interior estava deserto, exceto por um padre idoso, que naquele instante deixava o altar.

– Com licença, padre – disse Robert. – Estou procurando um padre desta cidade que esteve na Suíça na semana passada. Talvez possa...

O padre recuou, com uma expressão hostil.

– Não posso falar sobre isso.

Robert ficou surpreso.

– Não compreendo. Quero apenas descobrir...

– Ele não é desta igreja, mas sim da igreja de San Giovenale.

E o padre passou apressado por Robert. *Por que ele se mostra tão hostil?*

A igreja de San Giovenale ficava no Quartiere Vecchio, uma área pitoresca, com igrejas e torres medievais. Um jovem padre cuidava do jardim ao lado. Levantou os olhos quando Robert se aproximou.

– *Buon giorno, signore.*

– Bom dia. Estou procurando um padre que esteve na Suíça na semana passada. Ele...

– Sim. O pobre padre Patrini. Foi uma coisa terrível o que lhe aconteceu.

– Não compreendo. Que coisa terrível?

– Ver a carruagem do demônio. Foi mais do que ele pôde suportar. O pobre coitado sofreu um colapso nervoso.

– Lamento saber disso. Onde ele está agora? Eu gostaria de conversar com ele.

– Está no hospital, perto da *piazza* di San Patrizio, mas duvido que os médicos permitam que alguém o visite.

Robert ficou imóvel, preocupado. Um homem que sofrera um colapso nervoso não seria de muita ajuda.

– Entendo. Muito obrigado.

O hospital era um prédio simples, de um só andar, nos arredores da cidade. Robert parou o carro na frente e entrou no pequeno saguão. Havia uma enfermeira por trás de uma mesa de recepção.

– Bom dia – disse Robert. – Eu gostaria de falar com o padre Patrini.

– *Mi scusi, ma...* isso é impossível. Ele não pode falar com ninguém.

Robert estava determinado a não ser detido agora. Tinha de seguir a pista que o professor Schmidt lhe dera.

– Você não compreende – insistiu ele, suavemente. – O padre Patrini *pediu* para falar comigo. Vim a Orvieto a seu pedido.

– Ele *pediu* para lhe falar?

– Isso mesmo. Ele escreveu para mim e viajei até aqui só para vê-lo.

A enfermeira hesitou.

– Não sei o que dizer. Ele está muito doente. *Molto.*

– Tenho certeza de que melhoraria se me visse.

– O doutor não está aqui... – Ela tomou uma decisão. – Muito bem. Pode entrar no quarto dele, *signore,* mas só pode ficar por alguns minutos.

– Isso é tudo de que preciso.

– Por aqui, *per piacere.*

Eles seguiram por um corredor curto, com pequenos quartos nos lados. A enfermeira conduziu Robert a uma das portas.

– Só alguns minutos, *signore.*

– *Grazie.*

Robert entrou no quarto. O homem no leito parecia uma sombra pálida, estendido sobre lençóis brancos. Robert aproximou-se e murmurou:

– Padre...

O sacerdote virou-se para fitá-lo. Robert nunca vira tanta agonia nos olhos de um homem.

– Padre, meu nome é...

Ele segurou o braço de Robert, balbuciando:

– Ajude-me! Tem de me ajudar! Minha fé desapareceu. Passei a vida inteira pregando sobre Deus e o Espírito Santo, e agora sei que Deus não existe. Só há o demônio, e ele veio nos buscar...

– Padre, se quiser...

– Vi com meus próprios olhos. Eram dois, na carruagem do demônio, mas haverá mais, muito mais! Espere só para ver! Estamos todos condenados ao inferno!

– Padre... escute-me. Não era o demônio o que viu. Era um veículo espacial que...

O padre largou o braço de Robert e o fitou, com súbita lucidez.

– Quem é você? O que deseja?

– Sou um amigo. Vim aqui para saber algumas coisas sobre a viagem de ônibus que fez na Suíça.

– O ônibus... Eu gostaria de nunca ter chegado nem perto dele.

O padre se mostrava agitado de novo. Robert detestava a ideia de pressioná-lo, mas não tinha opção.

- Sentou ao lado de um homem naquele ônibus. Um texano. Teve uma longa conversa com ele, lembra?

– Uma conversa. O texano. Lembro, sim.

– Ele mencionou onde morava no Texas?

– Lembro dele. Era americano.

– Isso mesmo. Do Texas. Ele lhe contou onde morava?

– Contou, sim.

– Onde, padre? Onde ele morava?

– Texas. Ele falou do Texas.

Robert acenou com a cabeça, encorajador.

– É isso mesmo.

– Eu os vi com meus próprios olhos. Gostaria que Deus me tivesse cegado. Eu...

– Padre... o homem do Texas. Ele disse de onde era? Mencionou um nome?

– Texas, isso mesmo. Ponderosa.

Robert tentou de novo.

– Isso é na televisão. Aquele era um homem real. Sentou ao seu lado no...

O padre recomeçava a delirar.

– Eles estão chegando! Armagedon está aqui! A Bíblia mente! É o demônio que invadirá a Terra! – Ele berrava agora. – Olhem! Olhem! Posso vê-los!

A enfermeira entrou correndo no quarto. Olhou para Robert com uma expressão de desaprovação.

– Terá de se retirar, *signore.*

– Só preciso de mais um minuto...

– No, signore. Adesso!

Robert lançou um último olhar para o padre. Ele balbuciava incoerente. Robert virou-se para sair. Não havia mais nada que pudesse fazer ali. Apostara que o padre lhe daria uma pista para o texano e perdera.

Robert voltou ao carro e seguiu para Roma. Finalmente acabara. As únicas pistas que lhe restavam - se é que podiam ser chamadas de pistas - eram as referências a uma jovem russa, um texano e um húngaro. Mas não havia como investigá-las. Era frustrante chegar até aquele ponto, e ter de parar. Se ao menos o padre tivesse permanecido coerente pelo tempo suficiente para prestar a informação de que precisava... Estivera tão perto! O que fora mesmo que o padre dissera? *Ponderosa. O velho padre andara assistindo televisão demais e, em seu delírio, obviamente associara o Texas ao outrora popular seriado de televisão* Bonanza. Ponderosa, onde vivia a mítica família Cartwright. *Ponderosa.* Robert diminuiu a velocidade, levou o carro numa curva em U na estrada, acelerou para voltar a Orvieto.

Meia hora depois, Robert conversava com o *bartender*, numa pequena *trattoria* na *piazza* della Repubblica.

– Esta é uma linda cidade – comentou Robert. – Bastante tranquila.

– *Si, signore.* Estamos muito contentes aqui. Já tinha visitado a Itália antes?

– Passei parte de minha lua de mel em Roma.

"Você faz com que todos os meus sonhos se transformem em realidade, Robert. Eu queria conhecer Roma desde pequena."

– Ah, Roma. Muito grande. Muito barulhenta.

– Concordo.

– Levamos vidas simples aqui, mas somos felizes.

Robert comentou, casual:

– Notei antenas de televisão em muitos telhados por aqui.

– É verdade. Quanto a isso estamos bastante atualizados.

– Dá para perceber. Quantos canais de televisão a cidade pode captar?

– Apenas um.

E exibe muitos programas americanos?

– Não. É um canal do governo. Aqui só recebemos programas feitos na Itália.

Bingo!

– Obrigado.

ROBERT TELEFONOU PARA o almirante Whittaker. Uma secretária atendeu:

– Gabinete do almirante Whittaker.

Robert podia visualizar o gabinete. Só podia ser o tipo de cubículo anônimo que o governo mantinha para não-pessoas que não tinham mais qualquer utilidade.

– Eu poderia falar com o almirante, por favor? Aqui é o comandante Robert Bellamy.

– Um momento, comandante.

Robert se perguntou se alguém se daria ao trabalho de manter contato com o almirante, agora que a figura outrora poderosa pertencia à esquadra de reserva. Provavelmente não.

– Robert, é um prazer ouvi-lo. – A voz do velho parecia cansada. – Onde você está?

– Não posso dizer, senhor.

Houve uma pausa.

– Eu compreendo. Há alguma coisa em que eu possa ajudá-lo?

– Há, sim, senhor. É uma situação um pouco constrangedora, porque recebi a ordem de não me comunicar com ninguém. Mas preciso de uma ajuda. Será que poderia verificar uma coisa para mim?

– Posso tentar. O que gostaria de saber?

– Preciso saber se em algum lugar do Texas existe um rancho chamado Ponderosa.

– Como em *Bonanza?*

– Isso mesmo, senhor.

– Posso descobrir. Como voltarei a entrar em contato com você?

– Acho que será melhor eu lhe telefonar de novo, almirante.

– Está certo. Dê-me uma ou duas horas. E pode deixar que isto ficará entre nós dois.

– Obrigado.

Robert tinha a impressão de que o cansaço desaparecera da voz do velho. Finalmente haviam lhe pedido para fazer alguma coisa, mesmo sendo algo tão trivial quanto localizar um rancho.

Duas horas depois, Robert tornou a ligar para o almirante Whittaker.

– Eu estava esperando sua ligação, Robert. – Havia uma evidente satisfação na voz do almirante. – Tenho a informação que queria.

– E qual é?

Robert prendeu a respiração.

– Há mesmo um rancho Ponderosa no Texas. Fica nos arredores de Waco, e pertence a Dan Wayne.

Robert deixou escapar um profundo suspiro de alívio.

– Muito obrigado, almirante. Eu lhe devo um jantar quando voltar.

– Estarei aguardando ansioso, Robert.

A ligação seguinte de Robert foi para o general Hilliard.

– Localizei outra testemunha, na Itália. Padre Patrini.

– Um padre?

– Isso mesmo. Em Orvieto. Ele está no hospital, muito doente. Receio que as autoridades italianas não poderão se comunicar com ele.

– Passarei a informação. Obrigado, comandante.

Dois minutos depois, o general Hilliard falava ao telefone com Janus.

– Recebi mais informações do comandante Bellamy. A última testemunha é um padre. Padre Patrini, de Orvieto.

– Cuidarei disso.

MENSAGEM URGENTE
ULTRASSECRETA
ASN PARA DIRETOR SIFAR
ASSUNTO: OPERAÇÃO JUÍZO FINAL
5. PADRE PATRINI – ORVIETO
FIM DA MENSAGEM

O QUARTEL-GENERAL DO SIFAR é na via della Pineta, nos arredores meridionais de Roma, numa área cercada por propriedades rurais. Alguém de passagem só lançaria um segundo olhar para os prédios inocentes, de aparência industrial, ocupando dois quarteirões, por causa do muro alto que cercava o complexo, encimado com arame farpado, com cabines de segurança em cada canto. Oculta no conjunto militar, está uma das mais secretas agências de segurança do mundo, e uma das menos conhecidas. Há placas além do conjunto dizendo: *Vietate passare Oltre i Limiti.*

Dentro de uma sala espartana, no primeiro andar do prédio principal, o coronel Francesco Cesar estudava a mensagem urgente que acabara de receber. O coronel era um homem de 50 e poucos anos, corpo musculoso e rosto marcado. Leu a mensagem pela terceira vez.

Então a Operação Juízo Final está finalmente acontecendo. E una bella fregatura. *Ainda bem que nos preparamos para isso,* pensou Cesar. Ele tornou a olhar para a mensagem. Um padre.

JÁ ERA MAIS DE MEIA-NOITE quando a freira passou pelo posto das enfermeiras do plantão noturno no pequeno hospital de Orvieto.

– Acho que ela vai ver a *signora* Fillipi – comentou a enfermeira Tomasino.

– Ou então o velho Rigano. Os dois estão nas últimas.

A freira dobrou silenciosamente o canto do corredor e seguiu direto para o quarto do padre. Ele dormia, sereno, as mãos unidas sobre o peito, quase como se estivesse em oração. Uma faixa de luar entrava pelas venezianas, projetando um brilho dourado no rosto do padre.

A freira removeu uma pequena caixa de debaixo do hábito. Com todo cuidado, pegou um rosário de contas de vidro, ajeitou-o nas mãos do padre. Ajustando as contas, ela passou a ponta de uma conta no polegar do padre. Um filete de sangue apareceu no mesmo instante. A freira tirou um pequeno vidro da caixa, usou um conta-gotas para pingar três gotas no talho.

Levou apenas alguns minutos para que o veneno mortífero e de ação rápida surtisse efeito. A freira suspirou ao fazer o sinal da cruz sobre o morto. E depois se retirou, tão silenciosamente quanto chegara.

MENSAGEM URGENTE
UL TRASSECRETA
SIFAR PARA VICE-DIRETOR ASN
ASSUNTO: OPERAÇÃO JUÍZO FINAL
5. PADRE PATRINI – ORVIETO – ARQUIVADO
FIM DA MENSAGEM

26

Frank Johnson foi recrutado porque fora um Boina-Verde no Vietnã e era conhecido entre seus companheiros como Máquina Assassina. Ele gostava de matar. Era motivado e possuía uma inteligência excepcional.

– Ele é perfeito para nós – assegurou Janus. – Abordem-no com todo cuidado. Não quero perdê-lo.

A primeira reunião ocorreu num quartel do exército. Um capitão conversava com Frank Johnson.

– Não se preocupa com o nosso governo? – indagou o capitão. – É dirigido por um bando de maricas, que estão nos entregando aos estrangeiros. Este país precisa da energia nuclear, mas os filhos da puta dos políticos têm nos impedido de construir novas usinas. Dependemos da porra dos árabes para o petróleo, mas o governo permite que façamos novas perfurações no mar? De jeito nenhum. Estão mais preocupados com os peixes do que com a gente. Isso faz sentido para você?

– Entendo seu argumento – disse Frank Johnson.

– Eu sabia que entenderia, porque é inteligente. – Ele observou atentamente o rosto de Johnson, enquanto acrescentava: – Se o Congresso não faz porra nenhuma para salvar nosso país, então cabe a alguns de nós fazer o que é necessário.

Frank Johnson ficou perplexo.

– Alguns de *nós?*

– Isso mesmo. – *Já chega, por enquanto,* pensou o capitão. – Conversaremos sobre isso mais tarde.

A conversa seguinte foi mais específica.

– Há um grupo de patriotas, Frank, que está interessado em proteger nosso mundo. São homens de muita influência. Criaram um comitê, que pode ser obrigado a violar algumas regras para realizar seu trabalho, mas ao final valerá a pena. Está interessado?

Frank Johnson sorriu.

– Estou muito interessado.

Esse foi o início. A reunião seguinte ocorreu em Ottawa, Canadá, e Frank Johnson conheceu alguns dos membros do comitê. Representavam interesses poderosos de uma dezena de países.

– Somos bem organizados – explicou um membro a Frank Johnson. – Temos uma cadeia de comando rigorosa. Há divisões de propaganda, recrutamento, tática, ligação... e um esquadrão da morte. – Uma pausa e ele acrescentou: – Quase todos os serviços secretos do mundo participam.

– Está querendo dizer que os diretores...

– Não, não os diretores. Os vices. As pessoas que controlam os serviços, sabem o que está acontecendo, conhecem o perigo que nossos países correm.

As reuniões eram realizadas pelo mundo inteiro – Suíça, Marrocos, China – e Johnson comparecia a todas.

Seis meses se passaram antes que o coronel Johnson se encontrasse com Janus, que mandara chamá-lo.

– Tenho recebido excelentes informações a seu respeito, coronel.

Frank Johnson sorriu.

– Gosto do meu trabalho.

– Foi o que ouvi dizer. Encontra-se numa posição vantajosa para nos ajudar.

Frank Johnson ficou ainda mais empertigado na cadeira.

– Farei tudo o que puder.

– Ótimo. Na Fazenda, está encarregado de supervisionar o treinamento dos agentes secretos de vários serviços.

– Isso mesmo.

– E passar a conhecê-los e a suas capacidades muito bem.

– A fundo.

– Eu gostaria que recrutasse aqueles que considerar mais úteis à nossa organização. Só nos interessamos pelos melhores.

– É bem fácil. Não tem o menor problema. – O coronel Johnson hesitou. – Mas eu gostaria...

– O quê?

– Na verdade, eu gostaria de algo mais, algo maior. – Ele se inclinou para a frente. – Ouvi falar da Operação Juízo Final. É o meu caminho. Gostaria de participar, senhor.

Janus ficou em silêncio por um momento, estudando-o. Depois, acenou com a cabeça e disse:

– Muito bem, você está dentro.

Johnson sorriu.

– Obrigado. Não vai se arrepender.

O coronel Frank Johnson saiu muito feliz da reunião. Agora teria uma oportunidade de mostrar a eles o que era capaz de fazer.

27

Dia 8
Waco, Texas

Dan Wayne não estava tendo um bom dia. Na verdade, tinha um péssimo dia. Acabara de voltar do tribunal do condado de Waco, onde enfrentava um processo de falência. A esposa, que mantivera um caso com um jovem médico, estava se divorciando, empenhada em arrancar a metade de tudo o que ele possuía (e que podia ser a metade de nada, informara o advogado dela). E um de seus touros premiados teve de ser sacrificado. Dan Wayne sentia que o destino o castigava. Nada fizera para merecer tudo aquilo. Sempre fora bom marido e bom rancheiro. Sentado em seu escritório, ele pensava no futuro sombrio.

Era um homem orgulhoso. Conhecia todas as piadas sobre os texanos arrogantes e fanfarrões, mas acreditava sinceramente que tinha do que se gabar. Nascera em Waco, na rica região agrícola do vale do rio Brazos. Waco era uma cidade moderna, mas ainda conservava um certo clima do passado, quando vivia do gado, algodão, milho, estudantes e cultura. Wayne amava Waco com toda a força de seu coração e alma. Ao conhecer o padre italiano, na excursão de ônibus na Suíça, passara quase cinco horas falando de sua cidade natal. O padre lhe dissera que queria praticar seu inglês, mas na verdade, como podia perceber agora, ao recordar, Dan falara durante quase todo o tempo.

– Waco tem tudo – ele garantira ao padre. – Nosso clima é maravilhoso. Não deixamos que fique quente demais ou frio demais. Temos 23 escolas no distrito, e mais a Universidade Baylor. Temos quatro jornais, dez emissoras de rádio, e cinco emissoras de televisão. Temos uma Galeria da Fama dos Rangers do Texas que o deixaria impressionado. Falo sério, é a própria história que está ali. Se gosta de pescar, padre, o rio Brazos será uma experiência que nunca mais esquecerá. Temos também um rancho safári e um grande centro de arte. Waco é uma das cidades mais extraordinárias do mundo. Deve nos visitar um dia.

E o velho padre sorria e acenava com a cabeça, levando Wayne a especular o quanto ele de fato entendia o inglês.

O pai de Dan Wayne lhe deixara mil acres de pastagens, e o filho aumentara seu rebanho de duas mil para dez mil cabeças de gado. Havia também um touro premiado que valia uma fortuna. Mas agora os desgraçados estavam tentando lhe arrancar tudo. Não era culpa sua que o mercado de gado tivesse despencado, ou que tivesse se atrasado nos pagamentos da hipoteca. Os bancos se preparavam para o golpe de misericórdia, e sua única oportunidade de se salvar era encontrar alguém que comprasse o rancho, pagasse os credores e o deixasse com um pequeno lucro.

Wayne ouvira falar sobre um rico suíço que procurava um rancho no Texas e voara para Zurique a fim de encontrá-lo. Ao final, descobrira que fora um esforço inútil. A ideia que o idiota fazia de um rancho era um ou dois acres, com uma pequena horta. *Merda!*

Fora assim que Dan Wayne se encontrava por acaso no ônibus de excursão, quando aquela coisa extraordinária acontecera. Ele já lera sobre discos voadores, mas jamais acreditara que existissem de fato. Agora, por Deus, claro que acreditava. Assim que voltara para casa, ele ligara para o editor do jornal local.

– Johnny, vi um disco voador de verdade, com algumas pessoas de aparência esquisita mortas lá dentro.

– É mesmo? Tem alguma foto, Dan?

– Não. Tirei algumas, mas o filme velou.

– Não importa. Mandaremos um fotógrafo. É no seu rancho?

– Não. Para dizer a verdade, aconteceu na Suíça.

Houvera um momento de silêncio.

– Certo. Se encontrar algum em seu rancho, Dan, ligue-me de novo.

– Espere um instante! Vou receber uma cópia de um sujeito que tirou algumas fotos.

Mas John já desligara.

E isso fora tudo.

Wayne quase desejava que houvesse mesmo uma invasão de alienígenas. Talvez matassem os seus malditos credores. Ele ouviu o barulho de um carro subindo pelo caminho, levantou-se, foi até a janela. Parecia alguém do Leste. *Provavelmente outro credor.* Hoje em dia eles apareciam aos montões.

Dan Wayne abriu a porta da frente.

– Olá.

– Daniel Wayne?

– Meus amigos me chamam de Dan. O que deseja?

Dan Wayne não era absolutamente o que Robert esperava. Imaginara um estereótipo do texano corpulento. Dan Wayne era franzino, com uma aparência aristocrática, um comportamento quase tímido. A única coisa que denunciava sua herança era o sotaque.

– Poderia me dispensar alguns minutos de seu tempo?

– Isso é praticamente tudo o que me resta – disse Wayne. – Por falar nisso, você não é um credor, não é mesmo?

– Um credor? Não, não sou.

– Ótimo. Entre.

Os dois foram para a sala de estar. Era grande, confortavelmente mobiliada, ao estilo do Oeste americano.

– Tem uma bela casa – comentou Robert.

– Eu sei. Nasci nesta casa. Posso lhe oferecer alguma coisa? Talvez um drinque gelado?

– Não, obrigado.

– Sente-se.

Robert sentou num sofá de couro macio.

– Por que veio me procurar?

– Não esteve num ônibus de excursão na Suíça, na semana passada?

– Estive, sim. Minha ex-esposa mandou me seguir? Não trabalha para ela, não é?

– Não, senhor.

– Ahn... – Ele compreendeu subitamente. – Está interessado naquele OVNI. A coisa mais esquisita que já vi. Não parava de mudar de cor. E aqueles alienígenas! – Dan Wayne estremeceu. – Sempre sonho com isso.

– Sr. Wayne, pode me falar alguma coisa sobre os outros passageiros que estavam no ônibus?

– Desculpe, mas não posso ajudá-lo neste ponto. Eu viajava sozinho.

– Sei disso, mas não conversou com os outros passageiros?

– Para dizer a verdade, eu tinha muita coisa na cabeça. Não prestei muita atenção aos outros.

– Lembra alguma coisa sobre qualquer deles?

Dan Wayne ficou em silêncio por um momento.

– Havia um padre italiano. Conversei bastante com ele. Parecia muito simpático. Mas aquele disco voador deixou o homem abalado. Ele não parou mais de falar sobre o demônio.

– Falou com mais alguém?

Dan Wayne deu de ombros.

– Não... Ei, espere um instante! Conversei um pouco com um sujeito que possui um banco no Canadá. – Ele passou a língua pelos lábios. – Para ser franco, estou tendo um problema financeiro aqui no rancho. Parece que posso perdê-lo. Odeio os banqueiros. São todos uns sanguessugas. Seja como for, achei que aquele camarada poderia ser diferente. Quando descobri que era um banqueiro, conversei com ele sobre a possibilidade de obter um empréstimo para o rancho. Mas ele era igualzinho aos outros. Não podia se mostrar menos interessado.

– Disse que ele era do Canadá?

– Isso mesmo. Dort Smith, nos Territórios do Noroeste. Infelizmente, isso é tudo o que posso lhe dizer.

Robert fez um esforço para esconder seu excitamento.

– Obrigado, Sr. Wayne. Foi de grande valia.

Robert se levantou.

– Isso é tudo?

– É, sim.

– Não gostaria de ficar para o jantar?

– Não, obrigado. Tenho de seguir viagem. Boa sorte com o rancho.

– Obrigado.

Fort Smith, Canadá
Territórios do Noroeste

Robert esperou até que o general Hilliard entrasse na linha.

– Pois não, comandante?

– Encontrei outra testemunha. Dan Wayne. Ele possui o rancho Ponderosa, nos arredores de Waco, Texas.

– Ótimo. Mandarei o pessoal do nosso escritório no Texas conversar com ele.

MENSAGEM URGENTE
ULTRASSECRETA
ASN PARA VICE-DIRETOR CIA
ASSUNTO: OPERAÇÃO JUÍZO FINAL
6. DANIEL WAYNE – WACO
FIM DA MENSAGEM

EM LANGLEY, VIRGÍNIA, o vice-diretor da CIA estudou a mensagem, pensativo. *Número seis.* As coisas estavam indo muito bem. O comandante Bellamy realizava um trabalho extraordinário. A decisão de escolhê-lo fora das mais sensatas. Janus acertara em cheio. O homem sempre acertava. E tinha o poder para que seus desejos fossem executados. Tanto poder... O vice-diretor tornou a olhar para a mensagem. *Fazer com que pareça um acidente,* pensou ele. *Não deve ser difícil.* Ele apertou uma campainha.

OS DOIS HOMENS chegaram ao rancho num furgão azul escuro. Pararam no pátio e saltaram, olhando ao redor com todo cuidado. O primeiro pensamento de Dan Wayne foi o de que se encontravam ali para tomar posse do rancho. Abriu a porta para eles.

– Dan Wayne?

– Sou eu mesmo. Em que posso...?

Foi o máximo que ele conseguiu dizer.

O segundo homem postara-se por trás dele, e o acertou no crânio com toda força, usando um pequeno cassetete.

O maior dos dois homens pendurou o rancheiro inconsciente no ombro, carregou-o para o estábulo. Havia oito cavalos no estábulo. Os homens ignoraram-nos, seguiram até a última baia, onde estava um lindo garanhão preto. O homem maior disse:

– É este.

Ele largou o corpo de Wayne no chão. O outro homem pegou um aguilhão elétrico pendurado na parede, foi até a porta da baia, encostou o aguilhão no cavalo. O animal relinchou e empinou. O homem tornou a atingi-lo, no focinho. O garanhão corcoveava frenético agora, confinado no pequeno espaço, chocando-se contra as paredes da baia, os dentes à mostra, o branco dos olhos faiscando.

– Agora – disse o homem menor.

Seu companheiro levantou o corpo de Dan Wayne, jogou-o por cima da meia porta da baia. Ficaram assistindo a cena sangrenta por vários momentos, e depois, satisfeitos, viraram as costas e foram embora.

MENSAGEM URGENTE
ULTRASSECRETA
CIA PARA VICE-DIRETOR ASN
ASSUNTO: OPERAÇÃO JUÍZO FINAL
6. DANIEL WAYNE – WACO – ARQUIVADO
FIM DA MENSAGEM

28

Dia 9
Fort Smith, Canadá

Fort Smith, nos Territórios do Noroeste, é uma próspera cidadezinha de dois mil habitantes, quase todos agricultores e criadores de gado, com um punhado de comerciantes. O clima é terrível, com invernos longos e rigorosos, e a cidade é a prova viva da teoria de Darwin sobre a sobrevivência dos mais aptos.

William Mann era um dos mais aptos, um sobrevivente. Nascera em Michigan, mas com 30 e poucos anos passara por Fort Smith, uma viagem de pescaria, e concluíra que a comuni dade precisava de outro bom banco. Ele aproveitara a oportunidade. Havia apenas um outro banco ali, e William Mann precisou de menos de dois anos para afastar o concorrente. Mann dirigia seu banco como um banco deve ser dirigido. Seu deus era a matemática, e sempre dava um jeito para que os números o beneficiassem. Sua história predileta era a piada do homem que procurou um banqueiro, suplicando um empréstimo para que o filho pudesse fazer uma operação imediata, que lhe salvaria a vida. Como o candidato ao empréstimo não pudesse oferecer qualquer garantia, o banqueiro mandou que ele fosse embora.

– Eu irei – disse o homem –, mas quero que saiba que em toda a minha vida jamais conheci alguém de coração tão frio quanto você.

– Espere um instante – respondeu o banqueiro. – Vamos fazer uma aposta. Um dos meus olhos é de vidro. Se for capaz de descobrir qual deles, eu lhe darei o empréstimo.

O homem respondeu sem a menor hesitação:

– É o esquerdo.

O banqueiro ficou espantado.

– Ninguém sabia disso. Como descobriu?

– Foi muito fácil. Por um momento, tive a impressão de que havia um brilho de compaixão em seu olho esquerdo. Assim, eu sabia que só podia ser um olho de vidro.

Para William Mann, essa era a história de um bom homem de negócios. Não se conduzia um negócio na base da compaixão. Era preciso sempre verificar os lucros. Enquanto outros bancos no Canadá e Estados Unidos caíam como pinos de boliche, o banco de William Mann estava mais forte do que nunca. Sua filosofia era simples: Nada de empréstimos para iniciar um negócio. Nada de investimentos em títulos arriscados. Nada de empréstimos a vizinhos cujos filhos estivessem precisando desesperadamente de uma cirurgia.

Mann sentia um respeito que beirava a reverência pelo sistema bancário suíço. Os homens de Zurique eram os banqueiros dos banqueiros. Por isso, William Mann decidira um dia ir à Suíça para conversar com alguns banqueiros ali, a fim de descobrir se havia alguma coisa que estava perdendo, alguma maneira de espremer mais alguns centavos do dólar canadense. Fora recebido com toda gentileza, mas no final não aprendera nada de novo. Seus próprios métodos de administração bancária eram admiráveis, e os banqueiros suíços não hesitaram em lhe dizer isso.

No dia em que deveria retornar ao Canadá, Mann decidira se presentear com uma excursão pelos Alpes. Achara a excursão muito chata. As paisagens eram interessantes, mas não mais bonitas do que as que se podia ver nos arredores de Fort Smith. Um dos passageiros, um texano, se atrevera a tentar persuadi-lo a conceder um empréstimo a um rancho à beira da falência. Ele rira na cara do homem. A única coisa de algum interesse na excursão fora o acidente do suposto disco voador. Mann não acreditara na realidade daquilo por nem um instante sequer. Tinha certeza de que fora um espetáculo encenado pelo governo suíço para impressionar os turistas. Já estivera em Disneyworld, e vira coisas similares, que pareciam reais, mas eram falsas. *É o olho de vidro da Suíça,* pensara ele, sardônico.

William Mann sentira-se feliz ao voltar para casa.

Todos os minutos do dia do banqueiro eram meticulosamente programados. Por isso, quando sua secretária informou que um estranho desejava lhe falar, o primeiro instinto de Mann foi o de descartá-lo.

– O que ele quer?

– Diz que quer fazer uma entrevista. Está escrevendo uma reportagem sobre banqueiros.

O que tornava a questão muito diferente. A publicidade do tipo certo era sempre boa para os negócios. William Mann endireitou o paletó, alisou os cabelos e disse:

– Mande-o entrar.

O visitante era um americano. Vestia-se bem, o que indicava que trabalhava para uma das melhores revistas ou jornais.

– Sr. Mann?

– Isso mesmo.

– Meu nome é Robert Bellamy.

– Minha secretária disse que quer escrever uma matéria a meu respeito.

– Não exclusivamente a seu respeito, mas pode estar certo de que terá um lugar de destaque. Meu jornal...

– Que jornal?

– O *Wall Street Journal.*

Mas isso será maravilhoso!

– O *Journal* acha que a maioria dos banqueiros se mantém isolada do que acontece no restante do mundo. Raramente viajam, não vão a outros países. Mas a sua reputação é de ser um homem viajado, Sr. Mann.

– Acho que sou mesmo – respondeu Mann. – Para dizer a verdade, voltei de uma viagem à Suíça na semana passada.

– É mesmo? E gostou?

– Gostei muito. Reuni-me com diversos banqueiros. Discutimos a economia internacional.

Robert tirara um caderninho do bolso, estava tomando anotações.

– Encontrou tempo para se divertir?

– Não muito. Fiz apenas uma pequena excursão num desses ônibus de turismo. Nunca tinha visto os Alpes antes.

Robert escreveu outra anotação.

– Uma excursão. É justamente o tipo de coisa que estamos procurando – disse Robert, encorajador. – Imagino que conheceu uma porção de pessoas interessantes no ônibus.

– Interessantes? – Mann pensou no texano que tentara lhe arrancar um empréstimo. – Nem tanto.

– Nenhuma?

Mann fitou-o. Era evidente que o repórter esperava que ele falasse mais alguma coisa. *"Pode estar certo de que terá um lugar de destaque."*

– Havia uma jovem russa.

Robert fez uma anotação.

– Fale-me sobre ela.

– Começamos a conversar, expliquei a ela como a Rússia era atrasada, os problemas para os quais se encaminhavam, a menos que mudassem.

– Ela deve ter ficado muito impressionada – comentou Robert.

– E ficou mesmo. Parecia uma garota inteligente. Isto é, para uma russa. Afinal, eles vivem isolados demais.

– Ela mencionou o nome?

– Não... espere! Era Olga alguma coisa.

– Por acaso ela disse de onde era?

– Disse, sim. Ela trabalha na principal biblioteca de Kiev. Era sua primeira viagem ao exterior, creio que por causa da *glasnost.* Se quer saber minha opinião... – Ele fez uma pausa, para se certificar de que Robert anotava tudo. – Gorbatchov mandou a Rússia para o inferno num cesto. A Alemanha Oriental foi entregue a Bonn numa bandeja. Na frente política, Gorbatchov avançou depressa demais, e na econômica foi muito lento.

– Isso é fascinante! – murmurou Robert.

Ele passou mais meia hora com o banqueiro, escutando seus comentários sobre tudo, do Mercado Comum ao controle de armamentos. Não conseguiu obter mais informações sobre os outros passageiros.

Voltando ao hotel, Robert telefonou para o general Hilliard.

– Um momento, por favor, comandante Bellamy.

Ele ouviu uma série de estalidos, e depois o general Hilliard entrou na linha.

– Pois não, comandante?

– Descobri outro passageiro, general.

– O nome?

– William Mann. Ele possui um banco em Fort Smith, Canadá.

– Pedirei às autoridades canadenses que falem com ele imediatamente.

– Por falar nisso, ele me deu outra pista. Voarei para a Rússia esta noite. Preciso de um visto da Intourist.

– De onde está ligando?

– De Fort Smith.

– Passe pelo Visigoth hotel, em Estocolmo. Haverá um envelope à sua espera na recepção.

– Obrigado.

MENSAGEM URGENTE
ULTRASSECRETA
ASN PARA VICE-DIRETOR CGHQ
ASSUNTO: OPERAÇÃO JUÍZO FINAL
7. WILLIAM MANN – FORT SMITH
FIM DA MENSAGEM

NAQUELA NOITE, ÀS 23 horas, a campainha da porta de William Mann tocou. Ele não esperava ninguém e detestava visitas inesperadas. Sua empregada já fora embora, e a esposa dormia no quarto lá em cima. Irritado, Mann foi abrir a porta da frente. Dois homens vestindo ternos pretos estavam ali.

– William Mann?

– Isso mesmo.

Um dos homens exibiu um cartão de identificação.

– Somos do Banco do Canadá. Podemos entrar? – Mann franziu o rosto.

– Qual é o problema?

– Preferimos discutir lá dentro, se não se importa.

– Está bem.

Ele levou os homens para a sala de estar.

– Não esteve recentemente na Suíça?

A pergunta pegou-o de surpresa.

– Como? Estive, sim, mas o que isso...

– Enquanto viajava, foi feita uma auditoria em seus livros, Sr. Mann. Sabia que há um déficit em seu banco de um milhão de dólares?

William Mann olhou consternado para os dois homens.

– Mas do que estão falando? Verifico os livros pessoalmente todas as semanas. Nunca houve um único centavo faltando!

– Um milhão de dólares, Sr. Mann. Achamos que é o responsável pelo desvio.

O rosto de Mann estava ficando vermelho. Ele se viu gaguejando.

– Como... como se atrevem? Saiam daqui antes que eu chame a polícia!

– De nada lhe adiantaria. O que queremos é que se arrependa.

Ele estava agora totalmente confuso.

– Arrepender-me? Arrepender-me do quê? Vocês estão doidos!

– Não, senhor.

Um dos homens sacou um revólver.

– Sente-se, Sr. Mann.

Oh, Deus, estou sendo assaltado!

– Podem levar o que quiserem – balbuciou Mann. – Não há necessidade de violência e...

– Sente-se, por favor.

O segundo homem foi até o armário de bebidas. Estava trancado. Ele quebrou o vidro para abri-lo. Pegou um copo de água grande, encheu-o de uísque, levou para o lugar em que Mann sentava.

– Beba isto. Vai servir para relaxá-lo.

– Eu... nunca bebo depois do jantar. Meu médico...

O outro homem encostou o revólver na têmpora de William Mann.

– Beba logo, ou o copo ficará cheio dos seus miolos.

Mann compreendeu que se encontrava em poder de dois maníacos. Pegou o copo com a mão trêmula e tomou um gole.

– Tome tudo.

Ele tomou um gole maior.

– O que... o que vocês querem?

Mann alteou a voz, na esperança de que a esposa o ouvisse e descesse, mas era inútil. Sabia como ela tinha um sono pesado. Era evidente que aqueles homens se encontravam ali para assaltar a casa. *Por que então eles não pegam logo tudo e vão embora?*

Levem tudo o que quiserem – disse ele. – Não vou impedi-los.

– Termine de tomar o que está no copo.

– Isso não é necessário. Eu...

O homem desferiu-lhe um soco violento, por cima do ouvido. Mann ofegou com a dor.

– Beba tudo.

Ele engoliu o restante do uísque de um só gole, sentiu o líquido arder enquanto descia. Já começava a se sentir tonto.

– Meu cofre está lá em cima. – As palavras saíam engroladas. – Vou abri-lo para vocês.

Talvez isso acordasse a esposa, que chamaria a polícia.

– Não há pressa – disse o homem com o revólver. – Você tem bastante tempo para outro drinque.

O segundo homem voltou ao bar e tornou a encher o copo até a borda.

– Tome aqui.

– Não dá – protestou William Mann. – Não quero beber mais nada.

O copo foi empurrado em sua mão.

– Beba logo.

– Eu não...

Um soco o acertou no mesmo lugar, por cima do ouvido. Mann quase desmaiou com a dor.

– Beba.

Se é isso o que vocês querem, por que não? Quanto mais depressa este pesadelo acabar, melhor. Ele tomou um gole grande, engasgou.

– Se eu beber mais, acabarei vomitando.

O homem disse calmamente:

– Se vomitar, eu vou matá-lo.

Mann olhou para ele, e depois para seu parceiro. Parecia haver dois de cada um.

– O que vocês querem, afinal?

– Já lhe dissemos, Sr. Mann. Queremos que se arrependa.

William Mann balançou a cabeça, embriagado.

– Está bem, eu me arrependo.

O homem sorriu.

– Está vendo? Isso é tudo o que pedimos. Agora... – Ele pôs um papel na mão de Mann. – Só precisa escrever "Sinto muito. Perdoem-me".

William Mann levantou os olhos injetados.

– Isso é tudo?

– É, sim. E depois iremos embora.

Ele experimentou um súbito senso de exultação. *Então é esse o problema. Eles são fanáticos religiosos.* Assim que saíssem, ele telefonaria para a polícia e mandaria prendê-los. *E cuidarei para que os filhos da puta sejam enforcados.*

– Escreva, Sr. Mann.

Ele tinha dificuldade para focalizar.

– O que foi mesmo que disse que quer que eu escreva?

– Basta escrever "Sinto muito. Perdoem-me."

– Certo.

Não foi fácil segurar a caneta. Ele concentrou-se ao máximo, começou a escrever. "Sinto muito. Perdoem-me." O homem tirou o papel de sua mão, segurando-o pela borda.

– Está ótimo, Sr. Mann. Viu como foi fácil?

A sala começava a girar rapidamente.

– Tem razão. Obrigado. Já me arrependi. Agora vocês vão embora?

– Vejo que é canhoto.

– Como?

– É canhoto.

– Sou, sim.

– Tem havido muitos crimes por aqui ultimamente, Sr. Mann. Vamos lhe deixar esta arma para se defender.

Ele sentiu o revólver sendo posto em sua mão esquerda.

– Sabe usar um revólver?

– Não.

– É muito simples. Basta fazer isto...

Ele levantou o revólver para a têmpora de William Mann, puxou o dedo do banqueiro no gatilho. Houve um estampido abafado. O bilhete manchado de sangue caiu no chão.

– Isso é tudo – disse um dos homens. – Boa noite, Sr. Mann.

MENSAGEM URGENTE
ULTRASSECRETA
CGHQ PARA VICE-DIRETOR ASN
ASSUNTO: OPERAÇÃO JUÍZO FINAL
7. WILLIAM MANN – FORT SMITH – ARQUIVADO
FIM DA MENSAGEM

Dia 10
Fort Smith, Canadá

Na manhã seguinte, os auditores constataram o desaparecimento de um milhão de dólares do banco de Mann. A polícia registrou a morte de Mann como suicídio.

O dinheiro desaparecido nunca foi encontrado.

29

Dia 11
Bruxelas, 3 horas

O general Shipley, comandante do quartel-general da OTAN, foi despertado por seu ajudante de ordens.

– Desculpe acordá-lo, general, mas parece que temos uma situação crítica nas mãos.

O general Shipley sentou na cama, esfregando os olhos para afugentar o sono. Fora dormir tarde, recebendo um grupo de senadores visitantes dos Estados Unidos.

– Qual é o problema, Billy?

– Acabo de receber um aviso da torre de radar, senhor. Ou todo o nosso equipamento enlouqueceu, ou estamos recebendo estranhos visitantes.

O general Shipley saiu da cama.

Diga-lhes que estarei lá em cinco minutos.

A SALA DE RADAR ESTAVA cheia de praças e oficiais, reunidos em torno de telas iluminadas. Todos se viraram e assumiram posição de sentido quando o general entrou.

– À vontade. – Ele se encaminhou para o oficial no comando, capitão Miller.

– O que está acontecendo, Lewis?

O capitão Miller coçou a cabeça.

– Não consigo entender. Conhece algum avião que seja capaz de voar a 35 mil quilômetros por hora, parar numa fração de segundo e inverter o curso?

O general Shipley ficou aturdido.

– Do que está falando?

– Segundo nosso radar, é isso o que vem acontecendo há meia hora. A princípio, pensamos que fosse alguma espécie de artefato eletrônico sendo testado, mas conferimos com os russos, os britânicos e os franceses, e todos estão captando a mesma coisa em seus radares.

– Portanto, não pode ser alguma falha no equipamento – comentou o general Shipley, sombrio.

– Não, senhor, a menos que se queira presumir que todos os radares do mundo enlouqueceram ao mesmo tempo.

– Quantos sinais desses apareceram na tela?

– Mais de uma dúzia. Deslocam-se tão depressa que é difícil até acompanhá-los. Nós os captamos, mas eles tornam a desaparecer em seguida. Já eliminamos a possibilidade de condições atmosféricas, meteoros, balões meteorológicos, e qualquer tipo de máquinas voadoras conhecidas do homem. Pensei em despachar alguns aviões, mas esses objetos... o que quer que sejam... voam tão alto que nunca conseguiríamos chegar nem perto.

O general Shipley foi até uma das telas de radar.

– Há alguma coisa nas telas neste momento?

– Não, senhor. Desapareceram. – O técnico hesitou por um instante, mas acabou acrescentando: – Mas tenho o terrível pressentimento, general, de que voltarão em breve.

30

Ottawa, 5 horas

Quando Janus terminou de ler em voz alta o relatório do general Shipley, o italiano levantou-se e disse, muito agitado:

– Eles estão se preparando para nos invadir!

– Já nos invadiram – comentou o francês.

– Chegamos tarde demais! – exclamou o russo. – É uma catástrofe! Não há a menor possibilidade...

Janus interveio:

– Senhores, é uma catástrofe que podemos evitar.

– Como? – perguntou o inglês. – Conhece as exigências deles.

– E essas exigências são inadmissíveis – disse o brasileiro. – Não é da conta deles o que fazemos com as nossas árvores. O suposto efeito estufa não passa de lixo científico, totalmente sem provas.

– E o que nós vamos fazer? – questionou o alemão. – Se nos obrigarem a purificar o ar por cima de nossas cidades, teríamos de fechar as fábricas. Não sobraria nenhuma indústria.

– E nós teríamos de interromper a produção de carros. – complementou o japonês. – E o que aconteceria então com o mundo civilizado?

– Estamos todos na mesma situação. – afirmou o russo. – Se tivéssemos de parar com toda a poluição, como eles exigem, isso destruiria a economia internacional. Devemos ganhar mais tempo, até que Guerra na Estrelas esteja pronto para entrar em ação.

Janus disse, incisivo:

– Todos concordamos com isso. Nosso problema imediato é manter o povo calmo, evitar que o pânico se espalhe.

– Como está indo o comandante Bellamy? – indagou o canadense.

– Vem fazendo um excelente progresso. Deve terminar em um ou dois dias.

31

Kiev, União Soviética

Como a maioria de suas compatriotas, Olga Romanchanko se desencantara com a *perestroika*. No início, todas as mudanças prometidas que iriam ocorrer na Mãe Rússia pareciam emocionantes. Os ventos da liberdade sopravam pelas ruas, o ar estava impregnado de esperança. Havia promessas de carne e legumes frescos nas lojas, lindos vestidos e sapatos de couro legítimo, e uma centena de outras coisas maravilhosas. Mas agora, seis anos depois que tudo começara, a desilusão amarga assentara. Os bens de consumo se tornavam mais escassos do que nunca. Era impossível sobreviver sem o mercado negro. Havia uma escassez de praticamente tudo, os preços haviam disparado. As ruas principais ainda tinham incontáveis *rytvina* – enormes crateras. Havia manifestações de protesto nas ruas, o crime aumentava. A *perestroika* e a *glasnost* começavam a parecer tão vazias quanto as promessas dos políticos que as promoviam.

Olga trabalhara na biblioteca na praça Lenkomsomol, no centro de Kiev, durante sete anos. Tinha 32 anos e nunca viajara para fora da União Soviética. Era razoavelmente atraente, com algum excesso de peso, mas isso não era considerado uma desvantagem na Rússia. Já estivera noiva duas vezes, de homens que foram embora, abandonando-a: Dmitri, que partira para Leningrado; e Ivan, que se mudara para Moscou. Olga bem que tentara se transferir para Moscou com Ivan, mas sem uma *propiska,* uma permissão de residência em Moscou, isso não era possível.

Ao se aproximar o seu trigésimo terceiro aniversário, Olga decidira que conheceria algo do mundo exterior, antes que a Cortina de Ferro tornasse a se fechar ao seu redor. Procurara a chefe das bibliotecárias, que por acaso era sua tia.

– Eu gostaria de tirar minhas férias agora – dissera Olga.

– Quando quer partir?

– Na próxima semana.

– Divirta-se.

Fora simples assim. Nos tempos anteriores à *perestroika,* tirar férias significaria ir para o Mar Negro, Samarkand ou Tiblis, ou qualquer outro lugar dentro da União Soviética. Mas agora, se ela fosse bastante rápida, o mundo inteiro se abria à sua frente. Olga pegara um atlas e o examinara. O mundo lá fora era tão vasto! Havia a África e a Ásia, a América do Norte e a do Sul... Ela sentira medo de se arriscar tão longe. E se concentrara no mapa da Europa. *Suíça,* pensara Olga. *É para lá que eu irei.*

Jamais admitiria para nenhuma pessoa no mundo, mas o principal motivo para que a Suíça a atraísse era o fato de ter provado uma ocasião um chocolate suíço, e nunca mais o esquecera. Adorava chocolate. O chocolate russo – quando se conseguia obtê-lo – era sem açúcar e tinha um gosto horrível.

O gosto por chocolate haveria de lhe custar a vida.

A VIAGEM PELA AEROFLOT para Zurique fora um começo emocionante. Olga nunca voara antes. Pousara no aeroporto internacional de Zurique na maior expectativa. Havia algo no ar que era diferente. *Talvez fosse o cheiro da verdadeira liberdade,* pensara Olga. Seus recursos eram bastante limitados, e ela fizera uma reserva num hotel pequeno e barato, o Leonhare, no número 136 da Limmatquai. Olga fora se registrar na recepção.

– Esta é a primeira vez que visito a Suíça – dissera ela, num inglês precário. – Poderia me sugerir algumas coisas para fazer?

– Claro – respondera o recepcionista. – Há muita coisa para se fazer aqui. Talvez queira começar por uma excursão pela cidade. Providenciarei tudo.

– Obrigada.

Olga achara Zurique extraordinária. Ficara impressionada com as vistas e sons da cidade. As pessoas nas ruas vestiam roupas de luxo e andavam em automóveis suntuosos. Parecia a Olga que todos em Zurique deviam ser milionários. E as lojas! Ela percorrera a Bahnhofstrasse, a principal rua comercial de Zurique e ficara maravilhada com a incrível variedade de mercadorias nas vitrines. Havia vestidos, casacos, sapatos, lingerie, joias, louças, móveis, carros, livros, televisores e rádios, brinquedos e até pianos. Parecia não haver fim para as mercadorias à venda. E depois Olga descobrira a Sprüngli's, famosa por seus confeitos e chocolates. E que chocolates! Quatro enormes vitrines estavam repletas com uma exposição deslumbrante de chocolates. Havia caixas grandes de chocolates mistos, coelhinhos de chocolate, pães de chocolate, nozes com cobertura de chocolate. Havia bananas cobertas de chocolate, e pequenos bombons com licor. Era um banquete só olhar para as vitrines. Olga queria comprar tudo, mas ao saber dos preços se contentara com uma pequena caixa de bombons sortidos e uma barra grande de chocolate.

Durante a semana seguinte, Olga visitara os jardins Zurichhorn, o museu Rietberg, o Grossmünster, a igreja construída no século XI, e uma dezena de outras atrações turísticas maravilhosas. Finalmente, a viagem se aproximava do fim. O recepcionista do Leonhare lhe dissera:

– A companhia de ônibus de turismo Sunshine oferece uma excelente excursão pelos Alpes. Creio que gostaria de realizá-la, antes de ir embora.

– Obrigada – respondera Olga. – Farei isso.

Ao deixar o hotel, Olga passara primeiro pela Sprüngli's, mais uma vez, depois fora ao escritório da Sunshine, onde se inscrevera numa excursão. E fora de fato emocionante. As paisagens eram deslumbrantes, e no meio da excursão avistaram a explosão do que ela pensara ser um disco voador, mas o banqueiro canadense sentado ao seu lado explicara que era apenas um espetáculo encenado pelo governo suíço para os turistas, que não existia nenhum disco voador. Olga não ficara totalmente convencida. Ao voltar a Kiev, discutira o assunto com a tia.

– Claro que existem discos voadores – garantira a tia. – Voam sobre a Rússia durante todo o tempo. Deveria vender sua história a um jornal.

Olga pensara nessa possibilidade, mas ficara com medo de que rissem dela. O Partido Comunista não gostava que seus membros atraíssem publicidade, ainda mais do tipo que poderia sujeitá-los ao ridículo. Em tudo e por tudo, Olga chegara à conclusão de que, pondo de lado Dmitri e Ivan, aquelas férias haviam sido o ponto alto de sua vida. Seria difícil assentar no trabalho de novo.

A VIAGEM PELA ESTRADA recém construída, do aeroporto ao centro de Kiev, levou uma hora, no ônibus da Intourist. Era a primeira vez que Robert visitava Kiev, e ficou impressionado com as incontáveis construções ao longo da estrada, os enormes prédios de apartamentos que pareciam aflorar por toda parte. O ônibus parou na frente do hotel Dnieper, e as duas dezenas de passageiros desembarcaram. Robert olhou para o relógio. Oito horas da noite. A biblioteca já devia ter fechado. Teria de esperar até a manhã seguinte. Registrou-se no imenso hotel, onde fora feita uma reserva em seu nome, tomou um drinque no bar, foi para o restaurante austero, todo pintado de branco, para um jantar de caviar, pepino e tomate, acompanhado por um ensopado de batatas com pequenos pedaços de carne, coberto por uma massa saborosa, tudo acompanhado por vodca e água mineral.

O visto o esperava no hotel em Estocolmo, como o general Hilliard prometera. *Foi uma pequena amostra de cooperação internacional*, pensou Robert. *Mas para mim não haverá cooperação. "Nu" é o termo operacional.*

Depois do jantar, Robert fez algumas indagações na recepção, caminhou até a praça Lenkomsomol. Kiev era uma surpresa para ele. Uma das cidades mais antigas da Rússia, era bastante aprazível, com uma aparência europeia, à margem do rio Dnieper, com parques de muita vegetação e ruas arborizadas. Havia igrejas por toda parte, e eram exemplos espetaculares da arquitetura religiosa. Havia as igrejas de São Vladimir,

Santo André e Santa Sofia, a última concluída em 1037, toda branca, com um campanário azul, e o Mosteiro Pechersk, a estrutura mais alta da cidade. *Susan adoraria tudo isso,* pensou Robert. Ela nunca estivera na Rússia. Ele especulou se Susan já teria voltado do Brasil. Num súbito impulso, ao retornar a seu quarto no hotel, telefonou para ela. Para sua surpresa, a ligação foi efetuada quase que no mesmo instante.

– Alô?

Aquela voz gutural, tão sensual...

– Oi. Como foi o Brasil?

– Robert! Liguei para você várias vezes. Ninguém atendia.

– Não estou em casa.

– Ahn... – Ela era bastante bem treinada para não perguntar onde ele se encontrava. – Está passando bem?

Para um eunuco, estou numa forma maravilhosa.

– Claro. Muito bem. Como está... Monte?

– Ótimo. Partiremos para Gibraltar amanhã, Robert.

Na porra do iate de Monte de Grana, é claro. Como era mesmo o nome? Ah, sim, Halcyon.

– No iate?

– Isso mesmo. Pode ligar para mim ali. Lembra do número?

Robert lembrava. *WS 337.* O *que representavam as letras WS? Wonderful Susan, a maravilhosa Susan?... Why separate? Por que separar?... Wife stealer? Ladrão de esposa?*

– Robert?

– Claro que lembro. Whiskey Sugar 337.

– Vai me ligar? Apenas para me dizer que está bem.

– Certo. Sinto muita saudade de você, meu bem.

Um silêncio longo e angustiante. Robert esperou. O que imaginava que ela poderia dizer? *Venha me salvar desse homem encantador que parece com Paul Newman e me obriga a passear em seu iate de 250 pés, a viver em nossos miseráveis palácios em Monte Carlo, Marrocos, Paris, Londres, e só Deus sabia onde mais.* Como um idiota, ele se descobriu a sentir alguma esperança pelo que Susan poderia dizer.

– Também sinto saudade de você, Robert. Cuide-se.

E a ligação foi desfeita. Ele estava na Rússia, sozinho.

Dia 12
Kiev, União Soviética

No início da manhã seguinte, dez minutos depois da biblioteca abrir, Robert entrou no prédio enorme e escuro, aproximou-se da mesa da recepção.

– Bom dia disse ele.

A mulher por trás da mesa levantou os olhos.

– Bom dia. Em que posso ajudá-lo?

– Estou procurando uma mulher que creio que trabalha aqui, Olga...

– Olga? Claro. – A mulher apontou para outra sala. Vai encontrá-la ali.

– Obrigado.

Fora muito fácil. Robert entrou na outra sala, passando por grupos de estudantes, sentados solenemente em mesas compridas, estudando. *Preparando-se para que tipo de futuro?*, especulou Robert. Ele chegou a uma sala de leitura menor e entrou. Uma mulher estava ocupada arrumando livros.

– Com licença – disse Robert.

Ela virou-se.

– Pois não?

– Olga?

– Isso mesmo. O que deseja comigo?

Robert sorriu, insinuante.

– Estou escrevendo uma reportagem sobre a *perestroika,* e como afeta a vida do russo comum. Fez muita diferença em sua vida?

A mulher deu de ombros.

– Antes de Gorbatchov, tínhamos medo de abrir a boca. Agora podemos abrir a boca, mas não temos nada para meter dentro dela

Robert tentou outra tática.

– Mas deve haver algumas coisas que mudaram para melhor. Por exemplo, agora você pode viajar.

– Deve estar brincando. Com um marido e seis filhos, quem tem condições de viajar?

– Mesmo assim, foi à Suíça e...

– Suíça? Nunca estive na Suíça, em toda a minha vida.

– Nunca esteve na Suíça?

– É o que acabei de dizer. – Ela acenou com a cabeça para uma mulher de cabelos escuros, que recolhia livros em outra mesa. – Ela é a sortuda que foi à Suíça.

Robert lançou um olhar rápido.

– Como ela se chama?

– Olga, como eu.

Ele suspirou.

– Obrigado.

Um minuto depois, Robert estava falando com a segunda Olga.

– Com licença. Estou escrevendo uma reportagem de jornal sobre a *perestroika,* e o efeito que causou nas vidas dos russos.

Ela fitou-o, cautelosa.

– E o que deseja?

– Qual é o seu nome?

– Olga... Olga Romanchanko.

– Diga-me, Olga, a *perestroika* fez alguma diferença para você?

Seis anos antes, Olga Romanchanko teria medo de falar com um estrangeiro, mas agora era permitido.

– Não muito – respondeu ela, ainda cautelosa. – Tudo continua quase igual.

O estrangeiro era persistente.

– Não mudou absolutamente nada em sua vida?

Ela sacudiu a cabeça.

– Absolutamente nada. – E depois acrescentou, num rasgo de patriotismo: – É verdade que agora podemos viajar para o exterior.

Ele parecia interessado.

– E você viajou para fora do país?

– Viajei – respondeu Olga, orgulhosa. – Acabo de voltar da Suíça. É um lindo país.

– Concordo. Teve a oportunidade de conhecer alguém no país?

– Muitas pessoas. Andei de ônibus, excursionamos pelas montanhas mais altas, os Alpes.

Olga compreendeu subitamente que não deveria ter dito isso, porque o estrangeiro poderia querer interrogá-la sobre a espaçonave, e ela não queria falar a respeito. Só podia metê-la em encrenca.

– É mesmo? Fale-me sobre as pessoas no ônibus.

Aliviada, Olga disse:

– Eram muito cordiais. E se vestiam... – Ela gesticulou. – Muito ricas. Até conheci um homem da capital de seu país, Washington, D.C.

– No ônibus?

– Isso mesmo. Muito simpático. Ele até me deu seu cartão.

Robert sentiu o coração parar por uma fração de segundo.

– Ainda tem esse cartão?

– Não. Joguei fora. – Ela olhou ao redor. – É melhor não guardar essas coisas.

Droga! E depois Olga acrescentou:

– Lembro do seu nome. Parker, como a sua caneta americana. Kevin Parker. Muito importante na política. Ele diz aos senadores como devem votar.

Robert ficou aturdido.

– Foi isso o que ele lhe disse?

– Foi, sim. Leva os senadores em viagens e dá presentes, depois eles votam pelas coisas que seus clientes precisam. É assim que a democracia funciona na América.

Um lobista. Robert deixou Olga falar por mais 15 minutos, mas não conseguiu obter informações úteis sobre os outros passageiros.

Robert telefonou para o general Hilliard de seu quarto no hotel.

– Descobri a testemunha russa. Seu nome é Olga Romanchanko. Trabalha na principal biblioteca de Kiev.

– Pedirei às autoridades russas para conversarem com ela.

MENSAGEM URGENTE
ULTRASSECRETA
ASN PARA VICE-DIRETOR GRU
ASSUNTO: OPERAÇÃO JUÍZO FINAL
8. OLGA ROMANCHANKO – KIEV
FIM DA MENSAGEM

NAQUELA TARDE, ROBERT estava no jato Tupolev Tu-154, da Aeroflot, a caminho de Paris. Ao chegar à capital francesa, três horas e vinte e cinco minutos depois, transferiu-se para um voo da Air France, de partida para Washington, D.C.

Às 2 horas da madrugada, Olga Romanchanko ouviu o ranger de freios, quando um carro parou na frente do prédio de apartamentos em que morava, na rua Vertryk. As paredes eram tão finas que ela podia ouvir as vozes lá fora, na rua. Saiu da cama e foi olhar pela janela. Dois homens à paisana estavam saltando de um Chaika preto, do modelo usado pelas autoridades do governo. Encaminharam-se para a entrada de seu prédio. A visão dos homens provocou-lhe um calafrio. Ao longo dos anos, alguns de seus vizinhos haviam desaparecido, para nunca mais serem vistos. Alguns tinham sido mandados para os Gulags na Sibéria. Olga se perguntou a quem a polícia secreta estaria procurando desta vez. No momento mesmo em que pensava isso, houve uma batida na porta, deixando-a aturdida. *O que querem comigo?*, especulou ela. *Deve ser um engano.*

Quando ela abriu a porta, os dois homens estavam parados ali.

– Olga Romanchanko?

– Sou eu.

– Glavnoye Razvedyvatelnoye Upravleniye.

O temido GRU.

Os homens passaram por ela, entrando no apartamento.

– O que... o que vocês querem?

– Nós faremos as perguntas. Sou o Sargento Yuri Gromkov. Este é o Sargento Vladimir Zemsky.

Ela experimentou uma súbita sensação de terror.

– O que... qual é o problema? O que eu fiz?

Zemsky aproveitou a deixa:

– Ah, então você sabe que fez alguma coisa errada!

– Não, claro que não – balbuciou Olga. – Não sei por que estão aqui.

– Sente-se! – gritou Gromkov.

Olga sentou.

– Acaba de voltar de uma viagem à Suíça, *nyet?*

– Eu... sim... mas... obtive permissão da...

– Espionagem não é legal, Olga Romanchanko.

– Espionagem? – Ela estava horrorizada. – Não sei do que estão falando!

O homem maior olhava para seu corpo, e Olga compreendeu subitamente que usava apenas uma camisola fina.

– Vamos embora. Você irá conosco.

– Mas há um terrível engano! Sou apenas uma bibliotecária! Pergunte a qualquer um aqui...

Ele obrigou-a a se levantar.

– Vamos.

– Para onde estão me levando?

– Para o quartel-general. Querem interrogá-la.

Permitiram que ela vestisse um casaco por cima da camisola. Desceram a escada e entraram no Chaika. Olga pensou em todas as pessoas que já haviam viajado antes em carros como aquele e nunca mais voltaram, ficou atordoada de tanto medo.

O homem maior, Gromkov, estava ao volante. Olga sentava no banco traseiro, com Zemsky. Por algum motivo, ele lhe parecia menos assustador, mas ainda assim sentia-se apavorada pelo que eram aqueles homens, pelo que podia lhe acontecer.

– Por favor, acreditem em mim! – balbuciou Olga, frenética. – Nunca trairia meu...

– Cale-se! – ordenou Gromkov.

– Não há motivo para tratá-la com grosseria – protestou Vladimir Zemsky. – Para dizer a verdade, acredito nela.

Olga sentiu o coração disparar de esperança.

– Os tempos mudaram – continuou o camarada Zemsky. - O camarada Gorbatchov não gosta que pressionemos pessoas inocentes. Esses dias pertencem ao passado.

– E quem disse que ela é inocente? – resmungou Gromkov. – Talvez seja, talvez não. Eles descobrirão muito em breve, quando chegarmos ao quartel-general.

Olga ficou escutando os dois homens discutirem a seu respeito, como se ela não estivesse ali.

– Ora, Yuri, você sabe que no quartel-general ela vai confessar, quer seja culpada ou não – disse Zemsky.

– Não gosto disso.

– O que é uma pena. Não há nada que possamos fazer.

– Há, sim.

– O quê?

O homem sentado ao lado de Olga ficou em silêncio por um longo momento, antes de explicar:

– Por que simplesmente não a deixamos ir embora? Podemos dizer que ela não estava em casa. Vamos cozinhá-los por um ou dois dias, e eles acabarão esquecendo-a, porque têm muitas outras pessoas para interrogarem.

Olga tentou dizer alguma coisa, mas a garganta estava ressequida demais. Desejou desesperadamente que o homem ao seu lado ganhasse a discussão. Gromkov resmungou:

– Por que deveríamos arriscar nossos pescoços por ela? O que ganharíamos com isso? O que ela faria por nós?

Zemsky virou a cabeça e olhou para Olga, inquisitivo. Ela recuperou o uso da voz, balbuciando:

– Não tenho dinheiro.

– Quem precisa do seu dinheiro? Temos bastante dinheiro.

– Ela tem algo mais – sugeriu Gromkov.

Antes que Olga pudesse responder, Zemsky declarou:

– Ora, Yuri Ivanovitch, não pode esperar que ela faça isso.

– A decisão é dela. Pode ser boazinha para nós, ou ir para o quartel-general e ser espancada por uma ou duas semanas. Talvez até a ponham numa linda *shizo*.

Olga já ouvira falar sobre as *shizos*. Eram celas de 1,50 metro por 2,50 metros, sem aquecimento, a cama de tábuas, sem cobertas. *"Ser boazinha para nós."* O que isso significava?

– Depende dela.

Zemsky tornou a se virar para Olga.

– O que você prefere?

– Eu... eu não compreendo.

– O que meu parceiro está dizendo é que se for boazinha para nós, podemos ignorar as ordens. Dentro de pouco tempo, é bem provável que eles até se esqueçam de você.

– O que... o que eu teria de fazer?

Gromkov sorriu para ela, pelo espelho retrovisor.

– Basta nos dar alguns minutos de seu tempo. – Ele recordou algo que lera uma ocasião. – Basta deixar e pensar no czar.

O homem soltou uma risadinha. Olga compreendeu de repente o que eles queriam. Sacudiu a cabeça.

– Não. Eu não poderia fazer isso.

– Tudo bem. – Gromkov acelerou. – Eles vão se divertir com você no quartel-general.

– Espere!

Ela estava em pânico, sem saber o que fazer. Ouvira histórias de horror sobre o que acontecia com as pessoas que eram presas, e se tornavam *zeks*. Pensara que tudo isso acabara, mas podia perceber agora que se enganara. A *perestroika* ainda era apenas uma fantasia. Não lhe permitiriam ter um advogado ou falar com alguém. No passado, amigas suas haviam sido estupradas e assassinadas pelo GRU. Ela estava acuada. Se fosse para a prisão, poderiam mantê-la ali por semanas, espancando-a e a violentando, talvez pior. Com aqueles dois homens, pelo menos acabaria em poucos minutos, e depois eles a deixariam ir embora. Olga tomou uma decisão.

– Está bem – murmurou ela, angustiada. – Querem voltar a meu apartamento?

– Conheço um lugar melhor – disse Gromkov.

Ele fez a volta com o carro. Zemsky sussurrou:

– Lamento essa situação, mas ele está no comando. Não posso impedi-lo.

Olga não disse nada.

Passaram pelo teatro lírico Shevchenko, todo pintado de vermelho, seguiram para um parque enorme, cercado por árvores. Estava deserto àquela hora. Gromkov levou o carro entre as árvores, apagou os faróis, desligou o motor.

– Vamos sair – disse ele.

Os três saltaram do carro. Gromkov olhou para Olga.

– Você tem muita sorte. Vamos deixá-la escapar. Espero que saiba demonstrar seu reconhecimento.

Olga balançou a cabeça, apavorada demais para falar. Gromkov seguiu na frente para uma pequena clareira.

– Tire a roupa.

– Está frio – murmurou Olga. – Não podemos...?

Gromkov esbofeteou-a.

Faça o que estou mandando, antes que eu mude de ideia.

Olga hesitou por mais um instante, mas quando Gromkov levantou o braço, para agredi-la de novo, começou a desabotoar o casaco.

– Tire logo.

Ela deixou o casaco cair no chão.

– Agora, a camisola.

Lentamente, Olga levantou a camisola por cima da cabeça e a tirou, estremecendo no ar frio da noite, nua ao luar.

– Belo corpo – murmurou Gromkov, apertando seus mamilos.

– Por favor...

– Se fizer qualquer barulho, vamos levá-la para o quartel-general.

Ele empurrou-a para o chão.

Não vou pensar nisso. Fingirei que estou na Suíça, na excursão de ônibus, contemplando todas aquelas lindas paisagens.

Gromkov arriara a calça, estava abrindo as pernas de Olga.

Posso ver os Alpes cobertos de neve. Lá está um trenó descendo, com um rapaz e uma moça.

Ela sentiu-o pôr as mãos em seus quadris, penetrá-la com violência, machucando-a.

Há carros bonitos na estrada. Mais carros do que jamais vi em toda a minha vida. Na Suíça, todos têm um carro.

Ele arremetia com mais força agora, beliscava-a e soltava grunhidos animais.

Terei uma casinha nas montanhas. Como é mesmo que os suíços as chamam? Chalés. E comerei chocolate todos os dias. Caixas e mais caixas.

Gromkov estava se retirando agora, a respiração ofegante.

Levantou-se e se virou para Zemsky.

– É a sua vez.

Casarei e terei filhos, e vamos todos esquiar nos Alpes durante o inverno.

Zemsky abrira a calça e a estava montando.

Será uma vida maravilhosa. Nunca mais voltarei à Rússia. Nunca. Nunca. Nunca.

Ele estava dentro dela agora, machucando-a mais do que o outro homem, apertando suas nádegas, comprimindo seu corpo contra o chão frio, até que a dor era quase insuportável.

Vamos morar numa fazenda, onde haverá paz e sossego durante todo o tempo, e teremos um jardim com lindas flores.

Zemsky terminou, olhou para seu companheiro, sorriu e disse:

– Aposto que ela gostou.

E depois estendeu as mãos e torceu o pescoço de Olga.

No dia seguinte saiu uma pequena notícia no jornal local, sobre uma bibliotecária que fora violentada e estrangulada no parque. As autoridades alertavam que era perigoso para as mulheres irem ao parque sozinhas à noite.

MENSAGEM URGENTE
ULTRASSECRETA
VICE-DIRETOR GRU PARA VICE-DIRETOR ASN
ASSUNTO: OPERAÇÃO JUÍZO FINAL
8. OLGA ROMANCHANKO – KIEV – ARQUIVADA
FIM DA MENSAGEM

31

Willard Stone e Monte Banks eram inimigos naturais. Ambos eram predadores implacáveis, e a selva em que rondavam eram os desfiladeiros de concreto de Wall Street, com suas operações de tomada do controle acionário, vendas sob pressão e negociações com ações.

O primeiro conflito entre os dois ocorrera durante uma tentativa de tomada do controle acionário de uma enorme companhia de serviços públicos. Willard Stone dera o primeiro lance, sem prever qualquer dificuldade. Era tão poderoso e sua reputação tão assustadora que bem poucas pessoas ousavam desafiá-lo. Por isso, fora uma grande surpresa quando soubera que um jovem arrivista, chamado Monte Banks, estava contestando seu lance. Stone fora obrigado a aumentar sua oferta, e a disputa continuara. Ao final, Willard Stone adquirira o controle da companhia, mas por um preço muito maior do que esperava pagar.

Seis meses depois, ao tentar assumir o controle de uma grande firma eletrônica, Stone fora confrontado outra vez por Monte Banks. As ofertas foram aumentando, e desta vez Banks acabara vencendo.

Ao saber que Monte Banks tencionava competir com ele pelo controle de uma companhia de computadores, Willard Stone concluíra que estava na hora de conhecer seu concorrente. Os dois se encontraram em território neutro, a Paradise Island, nas Bahamas. Willard Stone mandara efetuar uma investigação completa dos antecedentes de seu concorrente, descobrindo que Monte Banks vinha de uma rica família do petróleo e conseguira de forma brilhante expandir sua herança para um vasto conglomerado internacional.

Os dois sentaram para almoçar: Willard Stone, velho e sábio; Monte Banks, jovem e ansioso. Willard Stone iniciou a conversa:

– Você está se tornando um pé no saco.

Monte Banks sorriu.

– Partindo de você, é um grande elogio.

– O que você quer? – perguntou Stone.

– O mesmo que você, possuir o mundo.

Willard Stone comentou, pensativo:

– É um mundo bastante grande.

– E o que isso significa?

– Há espaço suficiente para nós dois.

Foi nesse dia que se tornaram sócios. Cada um dirigia seus negócios separadamente, mas quando se tratava de novos projetos – madeira, petróleo, imóveis – entravam juntos nas transações, em vez de competirem um com o outro. Em diversas ocasiões, a Divisão Antitruste do Departamento de Justiça tentou impedir suas operações, mas as ligações de Willard Stone sempre prevaleciam. Monte Banks possuía companhias químicas responsáveis por uma poluição maciça de lagos e rios, mas, sempre que era indiciado, os processos acabavam sendo misteriosamente arquivados.

Os dois tinham um relacionamento simbiótico perfeito.

A Operação Juízo Final era algo natural para eles, e ambos se achavam totalmente envolvidos. Estavam prestes a fechar um contrato de compra de dez milhões de acres na exuberante floresta tropical amazônica. Seria um dos negócios mais lucrativos de todos os tempos.

Não podiam permitir que nada interferisse com a transação.

33

Dia 13
Washington, D.C.

O Senado dos Estados Unidos estava reunido em sessão plenária. O senador mais novo de Utah ocupava a tribuna.

– ...e o que está acontecendo com a nossa ecologia é uma desgraça nacional. Chegou o momento do Senado compreender que tem o dever de preservar a preciosa herança que nossos antepassados nos confiaram. Não apenas é nosso dever, mas também o privilégio, proteger a terra, o ar e os mares dos interesses escusos que os destroem, com um egoísmo inadmissível. E é o que estamos fazendo? Em sã consciência, podemos proclamar que fazemos o melhor possível? Ou permitimos que a voz da ganância nos influencie?

Kevin Parker, sentado na galeria dos visitantes, olhou para seu relógio, pela terceira vez em cinco minutos. E se perguntou por quanto tempo mais o discurso se prolongaria. Só estava sentado ali porque ia almoçar com o senador e precisava de um favor dele. Kevin Parker gostava de circular pelos corredores do poder, confraternizando com deputados e senadores, dispensando benefícios, em troca de favores políticos.

Fora criado na pobreza em Eugene, Oregon. O pai era um alcoólatra que possuía uma pequena serraria. Como um empresário inepto, ele transformara o que poderia ser um próspero negócio num desastre. Kevin tivera de trabalhar desde os 14 anos; e como sua mãe fugira com outro homem, anos antes, ele não tinha qualquer vida familiar. Poderia facilmente se tornar um vagabundo e terminar como o pai, mas sua graça salvadora fora o fato de ser excepcionalmente bonito e simpático. Era louro, com feições aristocráticas, que devia ter herdado de algum ancestral há muito esquecido. Uns poucos moradores prósperos da cidade se compadeceram do garoto, dando-lhe empregos e estímulo, empenhando-se em ajudá-lo. O homem mais rico da cidade, Jeb Goodspell, mostrava-se particularmente ansioso em ajudar Kevin, oferecendo-lhe um emprego em meio expediente numa de suas companhias. Solteirão, Goodspell convidava com frequência o jovem Parker a jantar em sua casa.

– Você pode ser alguém na vida – dizia Goodspell –, mas não conseguirá nada sem amigos.

– Sei disso, senhor. E sou profundamente grato por sua amizade. Trabalhar para o senhor está me salvando a vida.

– Eu poderia fazer muito mais por você.

Nessa ocasião, estavam sentados no sofá da sala de estar, depois do jantar. Goodspell passara a mão pelos ombros do rapaz, acrescentando:

– Mas muito mais mesmo. – Ele apertara o ombro de Kevin. – Sabia que tem um corpo lindo?

– Obrigado, senhor.

– Nunca se sente solitário?

Kevin sentia-se solitário durante todo o tempo.

– Claro que me sinto, senhor.

– Pois não precisa mais se sentir solitário. – Ele acariciara o braço do rapaz. – Eu também me sinto solitário. Você precisa de alguém para abraçá-lo e confortá-lo.

– Sim, senhor.

– Já andou com garotas?

– Namorei Sue Ellen por algum tempo.

– Foi para a cama com ela?

Kevin ficara vermelho.

– Não, senhor.

– Quantos anos você tem, Kevin?

– Dezesseis, senhor.

– É uma idade maravilhosa, a idade em que deve iniciar uma carreira. – Ele estudara o rapaz por um momento. – Aposto que você se daria muito bem na política.

– Política? Não sei nada a respeito, senhor.

– É por isso que você vai para a escola, para aprender as coisas. E eu vou ajudá-lo.

– Obrigado.

– Há muitas maneiras de agradecer às pessoas. – Goodspell passara a mão pela coxa do rapaz. – Muitas maneiras.

Ele fitara Kevin nos olhos.

– Sabe o que estou querendo dizer?

– Sei, sim, Jeb.

E esse fora o começo.

Depois que Kevin Parker se formara no ensino médio da Escola Churchill, Goodspell mandara-o para a Universidade do Oregon. O rapaz estudara ciência política, e Goodspell providenciara para que seu protegido conhecesse muitas pessoas. E todas ficaram impressionadas com o atraente jovem. Com suas ligações, Parker descobrira que era capaz de prestar favores a pessoas importantes e reunir interesses comuns. Tornar-se um lobista em Washington era um passo natural, e Parker era competente nesse trabalho.

Goodspell morrera dois anos antes, mas àquela altura Parker já adquirira um talento e um gosto pelo que seu mentor lhe ensinara. Gostava de pegar rapazes, e levá-los para hotéis remotos, onde não seria reconhecido. O senador de Utah finalmente concluía seu discurso:

– ...e lhes digo agora que devemos aprovar este projeto, se queremos salvar o que resta de nossa ecologia. Neste momento, eu gostaria de pedir uma votação nominal.

Graças a Deus, a sessão interminável estava quase acabando. Kevin Parker pensou na noite que chegava e começou a ter uma ereção. Na noite anterior, conhecera um rapaz no Danny's, na P Street Station, um conhecido bar de gays. Infelizmente, o rapaz estava com um companheiro. Mas haviam passado a noite inteira trocando olhares. Antes de ir embora, Parker escrevera um bilhete e deixara na mão do rapaz, discretamente. Dizia simplesmente: "Amanhã de noite." O jovem sorrira e acenara com a cabeça.

KEVIN PARKER ESTAVA se vestindo apressado para sair. Queria estar no bar quando o rapaz chegasse. Era um jovem muito atraente, e ele não queria que fosse apanhado por outro. A campainha da porta da frente tocou. *Droga!* Parker foi abrir a porta. Era um estranho.

– Kevin Parker?

– Isso mesmo.

– Meu nome é Bellamy. Gostaria de conversar com você por um momento.

Parker disse, impaciente:

– Terá de marcar uma reunião com minha secretária. Não falo de negócios depois do expediente.

– Não se trata exatamente de negócios, Sr. Parker. Diz respeito à sua viagem à Suíça, há duas semanas.

– Minha viagem à Suíça? Qual é o problema?

– Minha agência está interessada em algumas das pessoas que pode ter conhecido lá.

Kevin Parker estudou o homem com mais atenção. O que a CIA podia querer com ele? Eram bisbilhoteiros demais. *Será que deixei meu rabo de fora?* Não havia sentido em hostilizar o homem. Parker sorriu.

– Entre. Estou atrasado para um encontro, mas não disse que vai demorar só um momento?

– Isso mesmo, senhor. Pegou um ônibus de excursão em Zurique?

Então é esse o problema. Aquela história do disco voador. Fora a coisa mais estranha que ele já vira.

– Quer saber sobre o OVNI, não é? Pois devo lhe dizer que foi uma experiência das mais fantásticas.

– Imagino que sim. Mas, para ser franco, nós na agência não acreditamos em discos voadores. Estou aqui para descobrir o que pode me dizer sobre os outros passageiros do ônibus.

Parker ficou surpreso.

– Infelizmente, não posso ajudá-lo muito nesse ponto. Eram todos estrangeiros.

– Sei disso, Sr. Parker – murmurou Robert, paciente –, mas deve lembrar *alguma coisa* sobre eles.

Parker deu de ombros.

– Algumas coisas... Lembro que troquei algumas palavras com um inglês que tirou uma fotografia nossa.

Leslie Mothershed.

– Quem mais?

– Também conversei um pouco com uma jovem russa. Muito simpática. Acho que ela disse que era bibliotecária em algum lugar.

Olga Romanchanko.

– Excelente. Pode se lembrar de mais alguém?

– Não, acho que isso é tudo... havia mais dois homens com quem falei. Um deles era americano, um texano.

Dan Wayne.

– E o outro?

– Era um húngaro. Possuía um parque de diversões, ou circo, ou algo parecido, na Hungria. – Parker pensou por um instante. – Era um parque de diversões.

– Tem certeza, Sr. Parker?

– Absoluta. Ele me contou algumas histórias sobre o negócio de parque de diversões. E ficou na maior agitação ao ver o OVNI. Se pudesse, acho que ele o apresentaria em seu parque de diversões, como um espetáculo secundário. Devo admitir que foi uma visão impressionante. Eu gostaria de comunicar o incidente, mas não posso me misturar com todos os malucos que alegam ter visto discos voadores.

– Por acaso ele mencionou seu nome?

– Mencionou, sim, mas era um desses nomes estrangeiros impronunciáveis. Não há jeito de recordar.

– Lembra mais alguma coisa sobre ele?

– Só que tinha pressa em voltar a seu parque de diversões. – Parker olhou para o relógio. – Há mais alguma em que eu possa ajudá-lo? Estou um pouco atrasado.

– Não, não há mais nada. Muito obrigado, Sr. Parker. Foi bastante útil.

– O prazer foi meu. – Ele ofereceu um sorriso jovial a Robert. – Apareça em meu escritório. Teremos uma boa conversa.

– Farei isso.

Está quase acabando, pensou Robert. *Eles poderão agora pegar meu emprego e enfiar no rabo. Chegou o momento de juntar os fragmentos de minha vida e recomeçar tudo.*

ROBERT TELEFONOU PARA o general Hilliard.

– Estou quase terminando, general. Descobri Kevin Parker. Ele é um lobista em Washington, D.C. Partirei agora para identificar o último passageiro.

– Não imagina como estou satisfeito – disse o general Hilliard. – Tem feito um trabalho excelente, comandante. Torne a me procurar o mais depressa que puder.

– Pois não, senhor.

MENSAGEM URGENTE
ULTRASSECRETA
ASN PARA VICE-DIRETOR CIA
ASSUNTO: OPERAÇÃO JUÍZO FINAL
9. KEVIN PARKER – WASHINGTON, D.C.
FIM DA MENSAGEM

AO CHEGAR AO Danny's, Kevin Parker descobriu que estava mais lotado do que na noite anterior. Os homens mais velhos vestiam ternos conservadores, enquanto a maioria dos jovens usava calças Levi's, blazers e botinas. Havia uns poucos que pareciam deslocados, em trajes de couro preto, e Kevin achou que tais elementos eram repulsivos. O contato bruto era perigoso, e ele jamais aceitara esse tipo de comportamento bizarro. *Discrição,* esse sempre fora o seu lema. *Discrição.* O rapaz bonito ainda não chegara, mas Parker também não esperava encontrá-lo tão cedo. Ele só entraria em cena mais tarde, lindo e viçoso, quando os outros no bar já estariam cansados e suados. Kevin Parker foi até o balcão, pediu um drinque, correu os olhos ao redor. Havia televisores nas paredes, sintonizados na MTV. O Danny's era um bar de A e P – Apareça e Pose.

Os mais jovens assumiam poses para parecerem tão atraentes quanto possível, enquanto os mais velhos – os compradores – examinavam-nos várias vezes, até fazerem suas escolhas. Os bares de A e P eram os de mais classe. Nunca havia brigas neles, pois a maioria dos clientes tinha dentes facetados, e não podia correr o risco de perdê-los.

Kevin Parker notou que muitos dos frequentadores já haviam escolhido seus parceiros. Escutou as conversas familiares ao redor. Fascinava-o que as conversas fossem sempre as mesmas, quer ocorressem em bares de dança ou em clubes clandestinos, que mudavam de localização todas as semanas. Havia um jargão próprio que ele podia ouvir agora.

– Aquela bicha não é ninguém, mas se julga poderosa....

– Ele explodiu comigo sem nenhum motivo. Fica completamente transtornado. É tão sensível...

– Você é de cima ou de baixo?

– De cima, garota – estalando os dedos. – Gosto de dar as ordens.

– Ótimo. Gosto de obedecê-las...

– Ficou parado ali me criticando... meu peso, minha pele, minha atitude. Eu disse então: "Mary, está tudo acabado entre nós." Mas doeu. É por isso que estou aqui esta noite... para tentar esquecê-lo. Posso tomar outro drinque?

O rapaz entrou no bar à 1 hora da madrugada. Olhou ao redor, avistou Parker, aproximou-se. Era mais lindo do que Parker se lembrava.

– Boa noite.

– Boa noite. Desculpe o atraso.

– Não tem problema. Não me importei de esperar.

O jovem tirou um cigarro, esperou que o homem mais velho acendesse para ele.

– Estive pensando em você – disse Parker.

– É mesmo?

As pestanas do garoto eram incríveis.

– É, sim. Posso lhe pagar um drinque?

– Se isso o deixar feliz.

Parker sorriu.

– Está interessado em me fazer feliz?

O garoto fitou-o nos olhos e murmurou:

– Acho que sim.

– Vi o homem com quem você estava aqui na noite passada. Ele é errado para você.

– E você é certo para mim?

– Posso ser. Por que não descobrimos? Não gostaria de dar um passeio?

– Parece uma boa ideia.

Parker experimentou um arrepio de excitamento.

– Conheço um lugar aconchegante em que poderemos ficar a sós.

– Ótimo. Deixarei o drinque para depois.

Quando chegavam à saída, a porta foi aberta abruptamente, e dois jovens enormes entraram no bar. Pararam na frente do rapaz, bloqueando sua passagem.

– Ah, encontrei-o finalmente, seu filho da puta! Onde está o dinheiro que me deve?

O rapaz ficou aturdido.

– Não sei do que está falando. Nunca o vi...

– Não me venha com essa merda.

O homem agarrou-o pelo ombro, começou a arrastá-lo para a rua. Parker não saiu do lugar, furioso. Sentiu-se tentado a interferir, mas não podia se envolver em qualquer coisa que pudesse terminar em escândalo. Permaneceu onde estava, observando o rapaz desaparecer na noite. O segundo homem sorriu para Kevin Parker, com uma expressão de simpatia.

– Deveria escolher suas companhias com mais cuidado. Ele é uma bomba.

Parker olhou com mais atenção para seu interlocutor. Era louro e atraente, com feições quase perfeitas. Parker teve o pressentimento de que a noite podia não ser uma perda total, no final das contas.

– Talvez você tenha razão – murmurou ele.

– Nunca sabemos o que o destino nos reserva, não é mesmo? O homem fitava Parker nos olhos.

– Não, não sabemos. Meu nome é Tom. Como se chama?

– Paul.

– Por que não me deixa lhe pagar um drinque, Paul?

– Obrigado.

– Tem algum plano especial para esta noite?

– Vai depender de você.

– Não gostaria de passar a noite comigo?

– Parece divertido.

– De quanto dinheiro estamos falando?

– Gostei de você. Por isso, 200 dólares.

– Parece razoável.

– E é mesmo. Garanto que não vai se arrepender.

Meia hora depois, Paul levava Kevin Parker para um velho prédio de apartamentos, na Jefferson Street. Subiram pela escada para o terceiro andar, entraram num pequeno aposento.

Parker olhou ao redor.

– Não é grande coisa, hein? Um hotel teria sido melhor.

Paul sorriu.

– Podemos ter mais intimidade aqui. Além do mais, só precisamos da cama.

– Tem razão. Por que não se despe? Quero ver o que estou comprando.

– Claro.

Paul começou a se despir. Tinha um corpo espetacular. Parker observava-o, sentindo o velho ímpeto familiar se tornar cada vez mais intenso.

– Agora você é que tem de se despir – sussurrou Paul. – E depressa, pois quero você.

– Eu também quero você, Mary.

Parker começou a tirar as roupas.

– O que você gosta? – indagou Paul. – Lábios ou quadris?

– Vamos fazer um coquetel. Temos a noite inteira.

– Claro – respondeu Paul. – Vou ao banheiro. Volto já.

Parker deitou nu na cama, antecipando os prazeres requintados que estavam prestes a acontecer. Ouviu seu companheiro sair do banheiro e se aproximar da cama. Estendeu os braços.

– Venha para mim, Paul.

– Estou indo.

E Parker sentiu uma pontada de agonia quando uma faca foi cravada em seu peito. Arregalou os olhos no mesmo instante, balbuciando:

– Mas o que...?

Paul estava se vestindo.

– Não se preocupe com o dinheiro – disse ele. – É por conta da casa.

MENSAGEM URGENTE

ULTRASSECRETA

CIA PARA VICE-DIRETOR ASN

ASSUNTO: OPERAÇÃO JUÍZO FINAL

9. KEVIN PARKER – WASHINGTON, D.C. – ARQUIVADO

FIM DA MENSAGEM

Robert Bellamy perdeu o noticiário porque se encontrava num avião, a caminho da Hungria, em busca de um homem que possuía um parque de diversões.

34

Dia 14
Budapeste

O voo de Paris para Budapeste, pela empresa aérea Malév, levava duas horas e cinco minutos. Robert sabia muito pouco sobre a Hungria, exceto que durante a Segunda Guerra Mundial fora aliada do Eixo, e mais tarde se tornara satélite da União Soviética. Ele pegou o ônibus do aeroporto para o centro de Budapeste e ficou impressionado com o que viu. Os prédios eram antigos, na melhor arquitetura clássica. O prédio do Parlamento era uma vasta estrutura neogótica, dominando a cidade. Muito acima da cidade propriamente dita, na colina do Castelo, situava-se o Palácio Real. As ruas estavam repletas de carros e pessoas fazendo compras.

O ônibus parou na frente do hotel Duna Intercontinental. Robert entrou no saguão, foi até a recepção.

– Com licença – disse ele ao recepcionista. – Você fala inglês?

– *Igan*. Sim. Em que posso ajudá-lo?

– Um amigo meu esteve em Budapeste há poucos dias e me contou que visitou um maravilhoso parque de diversões. Já que tive de vir à cidade, pensei em dar uma olhada. Pode me informar onde fica?

O recepcionista franziu o rosto.

– Parque de diversões? – Ele pegou um papel e se pôs a estudá-lo. – Vamos ver... No momento, em Budapeste, temos ópera, várias produções teatrais, balé, excursões dia e noite pela cidade, excursões pelos campos... – ele levantou os olhos. Desculpe, mas não tem nenhum parque de diversões.

– Tem certeza?

O recepcionista estendeu a lista para Robert.

– Pode verificar pessoalmente.

Estava escrita em húngaro. Robert devolveu-a.

– Certo. Há mais alguém com quem eu possa conversar a respeito?

– O Ministério da Cultura talvez possa ajudá-lo.

Trinta minutos depois, Robert falava com um funcionário do Ministério da Cultura.

– Não há nenhum parque de diversões em Budapeste. Tem certeza que seu amigo viu um na Hungria?

– Tenho, sim.

– Mas ele não disse onde?

– Não, não disse.

– Sinto muito, mas não posso ajudá-lo. – O funcionário estava impaciente. – Se não há mais nada...

– Não. Obrigado. – Robert levantou-se. Hesitou por um instante. – Se eu quisesse trazer um circo ou um parque de diversões para a Hungria, teria de obter uma autorização?

– Claro.

– Onde?

– Na Administração de Licenças de Budapeste.

O PRÉDIO ERA LOCALIZADO em Buda, perto da muralha medieval da cidade. Robert esperou meia hora, antes de ser introduzido na sala de um funcionário formal e pomposo.

– Posso ajudá-lo?

Robert sorriu.

– Espero que possa. Detesto ocupar seu tempo com algo tão trivial, mas estou aqui com meu filho pequeno, e ele ouviu falar de um parque de diversões instalado em algum lugar da Hungria. Prometi que o levaria. E sabe como são as crianças quando metem uma ideia na cabeça.

O homem estava perplexo.

– E sobre o que queria me falar?

– Para ser franco, parece que ninguém sabe onde se pode encontrar um parque de diversões, e a Hungria é um país tão grande e bonito... Fui informado de que se alguém sabe tudo o que acontece na Hungria, é justamente o senhor.

O homem balançou a cabeça.

– É isso mesmo. Nada assim pode funcionar por aqui sem que este departamento emita uma licença.

Ele apertou uma campainha. A secretária entrou, houve um diálogo rápido, em húngaro. Ela saiu e voltou dez minutos depois com alguns papéis. Entregou-os ao chefe. Ele examinou e disse a Robert:

– Nos últimos três meses, concedemos duas licenças para parques de diversões. Um fechou no mês passado.

– E o outro?

– O outro se encontra no momento em Sopron, uma cidadezinha perto da fronteira alemã.

– Tem o nome do proprietário?

O funcionário tornou a consultar o papel.

– Bushfekete... Laslo Bushfekete.

Laslo Bushfekete estava tendo um dos melhores dias de sua vida. Poucas pessoas são bastante afortunadas para passarem a vida fazendo exatamente o que querem, e ele era uma delas. Com mais de 1,90 metro de altura e pesando 130 quilos, Bushfekete era um homem enorme. Usava um relógio de pulso cravejado de diamantes, anéis de diamantes, e uma imensa pulseira de ouro. Seu pai possuíra um pequeno parque de diversões. Ao morrer, o filho assumira o controle. Era a única vida que ele já conhecera.

Laslo Bushfekete tinha sonhos grandiosos. Tencionava expandir seu pequeno parque de diversões, transformando-o no maior e melhor da Europa. Queria ser conhecido como o P. T. Barnum dos parques de diversões. No momento, porém, só podia oferecer as atrações habituais: a Mulher Gorda e o Homem Tatuado, os Gêmeos Siameses e a Múmia de Mil Anos, "desenterrada das entranhas de túmulos do antigo Egito". Havia também o Engolidor de Espada e o Comedor de Fogo, além da pequena e atraente Encantadora de Serpentes, Marika. No fim, porém, tudo isso se somava para fazer apenas mais um parque de diversões itinerante.

Agora, da noite para o dia, tudo isso mudaria. O sonho de Laslo Bushfekete estava prestes a se converter em realidade.

Ele fora à Suíça para assistir à audição de um artista de fuga que muito ouvira falar. A *pièce de résistance* do número era o momento em que se vendava o artista, algemava-o, trancava-o num pequeno baú, que por sua vez era trancado num baú maior, que era baixado para um tanque cheio de água. Parecia fantástico pelo telefone, mas ao voar para a Suíça, a fim de assisti-lo, Bushfekete descobrira que havia um problema insuperável: o artista demorava trinta minutos para escapar. Nenhum público do mundo passaria meia hora olhando para um baú dentro de um tanque cheio de água.

Parecia que a viagem fora um desperdício de tempo. Laslo Bushfekete resolvera fazer uma excursão para ocupar o dia, até o momento de pegar seu avião. E aquele passeio mudara sua vida.

Como os demais passageiros do ônibus, Bushfekete vira a explosão e correra pelo campo para ajudar possíveis sobreviventes, no que todos pensavam ser um desastre de avião. Mas a visão com que ele se defrontara ali fora incrível. Não podia haver a menor dúvida de que se tratava de um disco voador, e em seu interior estavam dois corpos pequenos, de estranha aparência. Os outros passageiros ficaram parados ali, boquiabertos. Laslo Bushfekete dera a volta para descobrir como era a traseira do OVNI. E também ficara imóvel, aturdido. A cerca de três metros dos destroços, caída no chão, fora das vistas dos outros turistas, havia uma pequena mão, decepada, com seis dedos e dois polegares se opondo. Sem nem mesmo pensar, Bushfekete tirara o lenço do bolso, recolhera a mão e a guardara em sua bolsa. O coração disparara. Tinha em seu poder a mão de um genuíno extraterrestre! *Daqui por diante, você pode esquecer todas as suas mulheres gordas, homens tatuados, engolidores de espada e comedores de fogo,* pensara ele. *"Aproximem-se, senhoras e senhores, para a maior emoção de suas vidas. O que verão agora é algo que nenhum mortal jamais contemplou antes. É um dos objetos mais incríveis do universo. Não é um animal. Não é um vegetal. Não é um mineral. O que é então? É parte dos restos mortais de um extraterrestre... uma criatura do espaço exterior... Não é ficção científica, senhoras e senhores, é a coisa real... Por 500 florins, podem tirar uma fotografia..."*

E isso lembrou-o de uma coisa. Esperava que o fotógrafo que aparecera no local do acidente não esquecesse de mandar a fotografia que prometera. Seria ampliada e exibida ao lado da barraca. O toque de mestre. *A vida é um espetáculo, nada mais do que isso.*

Ele mal pudera aguardar o momento de retornar à Hungria, e começar a realizar seus sonhos grandiosos.

Ao chegar em casa e abrir o lenço, descobrira que a mão murchara. Mas depois que Bushfekete a limpara, a mão, espantosamente, recuperara a firmeza original.

Bushfekete escondera a mão com toda segurança e encomendara uma redoma de vidro imponente, com um umidificador especial adaptado. Depois de exibi-la em seu parque de diversões, planejava viajar com a mão por toda a Europa. Pelo mundo inteiro. Faria exposições em museus. Haveria apresentações particulares para cientistas; talvez até para chefes de Estado. E ele cobraria de todos. Não haveria fim para a fabulosa fortuna que o aguardava.

Não contara a ninguém sobre sua boa sorte, nem mesmo à namorada, Marika, a pequena e sensual dançarina que trabalhava com najas e víboras africanas, que figuravam entre os ofícios mais perigosos. É verdade que as bolsas venenosas haviam sido removidas, mas o público não sabia disso, porque Bushfekete também mantinha uma naja com o saco de veneno intacto. Ele exibia a cobra de graça para o público, que a observava matar ratos. Não era de surpreender que as pessoas se sentissem excitadas ao observarem a linda Marika deixar que suas serpentes de estimação deslizassem por seu corpo sensual, seminu. Duas ou três noites por semana, Marika ia à tenda de Laslo Bushfekete e rastejava por cima de seu corpo, usava a língua como se fosse uma das serpentes. Haviam feito amor na noite anterior, e Bushfekete ainda se sentia exausto da incrível ginástica de Marika. Suas reminiscências foram interrompidas por um visitante.

– Sr. Bushfekete?

– Falando com ele. Em que posso servi-lo?

– Soube que esteve na Suíça na semana passada.

Bushfekete tornou-se cauteloso no mesmo instante. *Será que alguém me viu pegar a mão?*

– O que... qual é o problema?

– Viajou num ônibus de excursão no último domingo?

Bushfekete ficou ainda mais cauteloso.

– Viajei.

Robert Bellamy relaxou. Finalmente acabara. Aquele homem era a última testemunha. Ele fora incumbido de uma missão impossível, e realizara um excelente trabalho. *Um trabalho bom demais, se me permito o elogio. "Não temos a menor ideia* de *onde estão. Ou quem são.* "E ele encontrara todos. Experimentava a sensação de que um tremendo fardo fora removido de seus ombros. Estava livre agora. Livre para voltar para casa e iniciar vida nova.

– O que há com a minha viagem, senhor?

– Não é importante – assegurou Robert Bellamy; e não era mesmo, não mais. – Estava interessado em seus companheiros de excursão, Sr. Bushfekete, mas creio que já disponho agora de todas as informações de que preciso. Por isso...

– Pois posso lhe falar tudo sobre eles – declarou Laslo Bushfekete. – Havia um padre italiano de Orvieto, Itália; um alemão... acho que era um professor de química de Munique; uma garota russa que trabalhava numa biblioteca em Kiev;

um rancheiro de Waco, Texas; um banqueiro canadense dos Territórios; e um lobista chamado Parker, de Washington, D.C.

Essa não!, pensou Robert. *Se eu o encontrasse em primeiro lugar, poderia ganhar muito tempo. O homem é espantoso. Recordou-se de todos eles.*

– Tem uma excelente memória – comentou Robert.

– É verdade. – Bushfekete sorriu. – Ah, sim, havia também aquela outra mulher.

– A russa.

– Não, não, a *outra* mulher. A alta e magra, vestida de branco.

Robert pensou por um momento. Nenhum dos outros mencionara uma segunda mulher.

– Acho que está enganado.

– Não estou, não. – Bushfekete era insistente. – Havia duas mulheres lá.

Robert efetuou uma contagem mental. Não era possível.

– Não podia haver.

Bushfekete reagiu como se tivesse sido insultado.

– Quando aquele fotógrafo bateu as fotos de todos nós na frente do OVNI, ela estava parada bem ao meu lado. Era muito bonita. – Ele fez uma pausa. – O mais curioso é que não me recordo de tê-la visto no ônibus. Provavelmente ela sentava lá atrás. Lembro que parecia bastante pálida. Fiquei um pouco preocupado com ela.

Robert franziu o rosto.

– Quando voltaram ao ônibus, ela os acompanhou?

– Agora que penso nisso, não me lembro de ver a mulher depois. Mas a verdade é que fiquei tão impressionado com aquele OVNI, que não prestei muita atenção.

Havia algo ali que não se ajustava. *Seria possível que houvesse 11 testemunhas, em vez de 10? Terei de verificar,* pensou Robert.

– Obrigado, Sr. Bushfekete.

– De nada.

– Boa sorte.

Bushfekete sorriu.

– Obrigado.

Ele não precisava de sorte. Não mais. Não com a mão de um genuíno alienígena em seu poder.

NAQUELA NOITE, ROBERT Bellamy apresentou seu relatório final ao general Hilliard.

– Tenho o nome dele. É Laslo Bushfekete. Possui um parque de diversões nos arredores de Sopron, Hungria.

– É a última testemunha?

Robert hesitou por um instante.

– É, sim, senhor.

Ele ia mencionar a outra passageira, mas decidiu esperar até conseguir confirmar a sua existência. Parecia improvável demais.

– Obrigado, comandante. Fez um ótimo trabalho.

MENSAGEM URGENTE
ULTRASSECRETA
ASN PARA VICE-DIRETOR HRQ
ASSUNTO: OPERAÇÃO JUÍZO FINAL
10. LASLO BUSHFEKETE – SOPRON
FIM DA MENSAGEM

ELES CHEGARAM DE madrugada, quando o parque de diversões estava fechado. Partiram 15 minutos depois, tão silenciosamente quanto chegaram.

Laslo Bushfekete sonhou que se encontrava de pé na entrada de uma enorme tenda branca, observando a vasta multidão entrar em fila na bilheteria, a fim de comprar os ingressos de 500 florins.

"É por aqui, senhoras e senhores, vejam a parte genuína do corpo de um alienígena do espaço. Não é um desenho, não é uma fotografia, é de fato a parte do corpo de um ET. Apenas 500

florins pela emoção de uma vida inteira, uma visão que jamais esquecerão."

E depois ele estava na cama com Marika, ambos nus, podia sentir os mamilos dela se comprimindo contra seu peito, a língua deslizando por seu corpo, ela se contorcia por cima dele, e teve uma ereção. Bushfekete estendeu os braços para agarrá-la, mas suas mãos se fecharam sobre outra coisa, fria e escorregadia, e ele despertou e abriu os olhos, soltando um grito... e foi nesse instante que a naja deu o bote.

Encontraram seu corpo pela manhã. A caixa da cobra venenosa estava vazia.

MENSAGEM URGENTE
ULTRASSECRETA
HRQ PARA VICE-DIRETOR ASN
ASSUNTO: OPERAÇÃO JUÍZO FINAL
10. LASLO BUSHFEKETE – SOPRON – ARQUIVADO
FIM DA MENSAGEM

O GENERAL HILLIARD fez uma ligação pelo telefone vermelho.

– Janus, acabei de receber o relatório final do comandante Bellamy. Ele descobriu a última das testemunhas. Já cuidamos de todas.

– Excelente. Informarei aos outros. Quero que prossiga imediatamente com o restante de nosso plano.

– Certo.

MENSAGEM URGENTE
ULTRASSECRETA
ASN PARA VICE-DIRETORES:
SIFAR, M16, GRU, CIA, COMSEC, DCI, CGHQ, BFV
ASSUNTO: OPERAÇÃO JUÍZO FINAL
11. COMANDANTE ROBERT BELLAMY – ARQUIVAR
FIM DA MENSAGEM

LIVRO II
O caçado

35

Dia 15

Robert Bellamy estava num dilema. *Poderia haver uma décima primeira testemunha? E se houvesse, por que nenhum dos outros a mencionara antes?* O funcionário que vendera as passagens do ônibus lhe dissera que eram apenas sete passageiros. Robert estava convencido de que o proprietário do parque de diversões húngaro se enganara. E seria fácil ignorar sua declaração, presumir que era inverídica, só que o treinamento de Robert não permitia isso. Fora muito bem disciplinado. Era preciso conferir a história de Bushfekete. *Como?* Robert refletiu por um momento. *Hans Beckerman. O motorista do ônibus deve saber.*

Ele fez uma ligação para a Sunshine. O escritório estava fechado. Não havia ninguém na lista telefônica em Kappel com o nome de Hans Beckerman. *Tenho de voltar à Suíça e esclarecer a questão,* decidiu Robert. *Não posso deixar nenhum fio solto.*

Já era tarde da noite quando Robert chegou a Zurique. O ar estava frio, havia lua cheia. Ele alugou um carro, seguiu pelo caminho agora familiar até a pequena aldeia de Kappel. Passou pela igreja e parou na frente da casa de Hans Beckerman, convencido de que se empenhava em uma busca sem sentido. A casa estava às escuras. Robert bateu à porta e esperou. Bateu de novo, tremendo ao ar frio da noite.

A Sra. Beckerman finalmente abriu a porta, usando um robe desbotado de flanela.

– *Bitte?*

– Sra. Beckerman, por acaso se lembra de mim? Sou o repórter que está escrevendo o artigo sobre Hans. Lamento incomodar a esta hora, mas é importante que eu fale com seu marido.

As palavras foram recebidas com silêncio.

– Sra. Beckerman?

– Hans está morto.

Robert sentiu um choque.

– O quê?

– Meu marido morreu.

– Eu... sinto muito. Como?

– Seu carro rolou pela encosta da montanha. – A voz estava impregnada de amargura. – A *Dummkopf Polizei* disse que aconteceu porque ele havia tomado drogas.

– Drogas?

"Úlcera. Os médicos não podem nem me dar remédios para aliviar a dor. Sou alérgico a todos."

– A polícia disse que foi um acidente?

– *Ja.*

– Fizeram uma necropsia?

– Sim e encontraram drogas. Não faz sentido.

Robert não sabia o que dizer.

– Lamento profundamente, Sra. Beckerman. Eu...

A porta foi fechada, Robert ficou sozinho na noite escura.

Uma testemunha desaparecera. Não... duas. Leslie Mothershed morrera num incêndio. Robert ficou parado ali, pensando, por um longo tempo. Duas testemunhas mortas. Ele podia ouvir a voz de seu instrutor na Fazenda: *"Há mais uma coisa sobre a qual eu gostaria de falar hoje. A coincidência. Em nosso trabalho, não existe esse animal. Geralmente representa perigo. Se deparar várias vezes com a mesma pessoa, ou se a todo instante avistar o mesmo automóvel, quando estiver em ação, trate de se proteger. Provavelmente se encontra metido numa encrenca."*

"Provavelmente se encontra metido numa encrenca." Robert foi dominado por emoções conflitantes. O que acon-

tecera *tinha* de ser coincidência, mas... *Preciso conferir a passageira misteriosa.*

Sua primeira ligação foi para Fort Smith, Canadá. Uma mulher com a voz transtornada atendeu.

– Alô?

– William Mann, por favor.

A voz disse, chorosa:

– Lamento, mas meu marido... não está mais conosco.

– Não estou entendendo.

– Ele cometeu suicídio.

Suicídio? Aquele banqueiro intransigente? Mas o que será que está acontecendo?, perguntou-se Robert. Era inconcebível o que ele estava pensando, e, no entanto... passou a fazer uma ligação depois de outra.

– Professor Schmidt, por favor.

– *Ach!* O professor morreu numa explosão em seu laboratório...

– Eu gostaria de falar com Dan Wayne.

– Pobre coitado... Seu garanhão escoiceou-o até a morte...

– Laslo Bushfekete, por favor.

– O parque de diversões está fechado. Laslo morreu...

– Fritz Mandel, por favor.

– Fritz morreu num estranho acidente...

Os alarmes soavam a todo volume agora.

– Olga Romanchanko.

– Pobre coitada. E era tão jovem...

– Estou ligando para saber como está o padre Patrini.

– O pobre coitado morreu enquanto dormia.

– Gostaria de falar com Kevin Parker.

– Kevin foi assassinado...

MORTAS. TODAS AS *testemunhas estavam mortas.* E fora ele quem as descobrira e identificara. Por que não percebera o que acontecia? Porque os filhos da puta haviam esperado que deixasse cada país antes de executar suas vítimas. Ele só se reportara ao general Hilliard. *"Não devemos envolver mais ninguém nesta missão... Quero que me apresente relatórios de progresso todos os dias."*

Haviam-no usado para chegar às testemunhas. O *que há por trás de tudo isso?* Otto Schmidt fora morto na Alemanha, Hans Beckerman e Fritz Mandel na Suíça, Olga Romanchanko na Rússia, Dan Wayne e Kevin Parker nos Estados Unidos, William Mann no Canadá, Leslie Mothershed na Inglaterra, padre Patrini na Itália, e Laslo Bushfekete na Hungria. Isso significava que as agências de segurança de vários países se encontravam empenhadas na maior operação de encobrimento da História. Alguém, num nível muito alto, decidira que todas as testemunhas do acidente do OVNI deviam morrer. *Mas quem? E por quê?*

É uma conspiração internacional e eu estou no meio dela.

PRIORIDADE: CAIR NA CLANDESTINIDADE. Era difícil para Robert acreditar que pretendiam matá-lo também. Era um deles. Mas até ter certeza, não podia correr nenhum risco. A primeira providência a tomar era obter um passaporte falso. O que o levava a Ricco, em Roma.

Robert embarcou no primeiro voo disponível e lutou para permanecer acordado. Não tinha percebido como estava exausto. A pressão dos últimos 15 dias, sem falar em todo o cansaço das viagens, deixara-o esgotado.

Pousou no aeroporto Leonardo da Vinci. Ao entrar no terminal, Susan foi a primeira pessoa com quem deparou. Robert parou, chocado. Ela estava de costas, e por um momento ele ainda pensou que podia estar enganado. Mas, depois, ouviu a voz dela:

– Obrigada, mas um carro virá me buscar.

Ele se adiantou.

– Susan...

Ela virou-se, aturdida.

– Robert! Mas... que coincidência! E que surpresa agradável!

– Pensei que estivesse em Gibraltar.

Susan sorriu, contrafeita.

– Seguíamos para lá, mas Monte tinha de resolver alguns problemas aqui primeiro. Partiremos esta noite. O que está fazendo em Roma?

Fugindo para salvar minha vida.

– Estou concluindo um trabalho.

É minha última missão, querida. Vou largar tudo. Poderemos ficar juntos daqui por diante, e nunca mais nada será capaz de nos separar. Deixe Monte e volte para mim. Mas Robert não podia dizer as palavras. Susan sentia-se feliz em sua nova vida. *Deixe-a em paz,* pensou ele. Ela o observava.

– Você parece cansado.

Ele sorriu.

– Andei correndo um pouco.

Fitaram-se nos olhos. A magia ainda persistia. O desejo ardente, as recordações, o riso, o afeto. Ela pegou a mão de Robert, murmurando:

– Oh, Robert, como eu gostaria que nós...

– Susan...

E nesse momento um homem corpulento, metido num uniforme de motorista, aproximou-se de Susan.

– O carro está pronto, Sra. Banks.

O encantamento foi rompido.

– Obrigada. – Ela virou-se para Robert. – Desculpe, mas tenho de ir agora. Por favor, trate de se cuidar.

– Claro.

Robert observou-a se afastar. Havia muitas coisas que queria dizer a Susan. *A vida tem um péssimo senso de oportunidade.* Fora maravilhoso rever Susan, mas o que o perturbava? Claro! *Coincidência. Outra coincidência.*

Ele pegou um táxi para o hotel Hassler.

– Seja bem-vindo, comandante.

– Obrigado.

– Mandarei alguém levar sua bagagem.

– Espere um instante.

Robert olhou para o relógio. Dez horas da noite. Sentiu-se tentado a subir e dormir um pouco, mas devia primeiro providenciar o passaporte.

– Não vou subir agora – acrescentou Robert. – Agradeceria se levassem minha bagagem para o quarto.

– Pois não, comandante.

No instante em que Robert se virou para sair, a porta do elevador se abriu e alguns americanos saíram, rindo e conversando. Era evidente que haviam tomado alguns drinques. Um deles, corpulento, com o rosto vermelho, acenou para Robert.

– Oi, companheiro... está se divertindo?

– Maravilhosamente – respondeu Robert.

Ele atravessou o saguão, saiu e foi até o ponto de táxi. Quando se preparava para embarcar, notou um Opel cinza estacionado no outro lado da rua. Sobressaía entre os carros enormes e luxuosos ao redor.

– Via Monte Grappa – disse Robert ao motorista do táxi.

Durante o percurso, ele olhou pela janela traseira. Nada do Opel cinza. *Estou ficando nervoso demais,* pensou Robert. Ao chegarem à via Monte Grappa, ele saltou na esquina. Ia pagar ao motorista quando avistou, pelo canto dos olhos, o Opel cinza, a meio quarteirão de distância, embora pudesse jurar que não fora seguido. Pagou a corrida e se pôs a andar, afastando-se do carro, em passos lentos, parando a todo instante para olhar as vitrines. No reflexo de uma delas, percebeu o Opel, andando devagar em sua esteira. Ao chegar à rua seguinte, Robert constatou que era de mão única. Entrou nela, seguindo no sentido contrário ao tráfego intenso. O Opel hesitou na esquina, depois acelerou para alcançar Robert na outra extremidade da rua. Robert inverteu seu curso, retornou à via Monte Grappa. O Opel sumira. Ele fez sinal para um táxi.

– Via Monticelli.

O PRÉDIO ERA VELHO e abandonado, uma relíquia de outros tempos. Robert já o visitara muitas vezes antes, em diversas missões. Ele desceu três degraus e bateu à porta. Alguém espiou pelo olho mágico, e um momento depois a porta foi escancarada.

– Roberto! – exclamou um homem, abraçando Robert. – Como tem passado, *mi amico*?

Ele era gordo, na faixa dos 60 anos, barba branca por fazer, sobrancelhas espessas, dentes amarelados, várias papadas. Depois que Robert entrou, o homem fechou e trancou a porta.

– Estou ótimo, Ricco.

Ricco não tinha um segundo nome. "*Para um homem como eu,*" *ele gostava de se gabar,* "*um único nome é suficiente. Como Garbo.*"

– Em que posso ajudá-lo hoje, meu amigo?

– Estou trabalhando num caso e tenho pressa. Pode me arrumar um passaporte?

Ricco sorriu.

– O papa é católico? – Ele foi até um armário no canto e o abriu. – De que país gostaria de ser?

Ele tirou do armário um punhado de passaportes, com capas em cores diferentes, começou a examiná-los.

– Temos um passaporte grego, turco, iugoslavo, inglês...

– Americano – disse Robert.

Ricco separou um passaporte de capa azul.

– Aqui está. O nome Arthur Butterfield lhe agrada?

– É perfeito.

– Se ficar de pé naquela parede, tirarei seu retrato num instante.

Robert foi até a parede. Ricco abriu uma gaveta e tirou uma câmera Polaroid. Um minuto depois, Robert olhava para seu retrato.

– Eu não estava sorrindo – comentou Robert.

Ricco fitou-o, perplexo.

– Como?

– Eu não estava sorrindo. Tire outro.

Ricco deu de ombros.

– Claro. Como quiser.

Robert sorriu enquanto o segundo retrato para o passaporte era tirado. Olhou-o e disse:

– Assim está melhor.

Casualmente, ele guardou a primeira fotografia no bolso.

– Agora vem a parte de alta tecnologia – anunciou Ricco.

Robert ficou observando Ricco se encaminhar para uma bancada de trabalho em que havia uma máquina de corte. Ele ajeitou a fotografia no passaporte.

Robert foi até uma mesa em que havia um amplo sortimento de canetas, tintas e outras parafernálias, meteu no bolso do paletó uma lâmina e um pequeno vidro de cola. Ricco estudava seu trabalho.

– Nada mal. – Ele entregou o passaporte a Robert. – Vai custar 5 mil dólares.

– E vale – comentou Robert, contando dez notas de 500 dólares.

– É sempre um prazer fazer negócios com seu pessoal. Sabe como me sinto em relação a você.

Robert sabia exatamente como ele se sentia. Ricco era um competente sapateiro, que trabalhava para meia dúzia de governos diferentes... e não era leal a nenhum. Ele guardou o passaporte no bolso do paletó.

– Boa sorte, Sr. Butterfield – disse Ricco, sorrindo.

– Obrigado.

No momento em que a porta se fechou por trás de Robert, Ricco estendeu a mão para o telefone. Uma informação sempre valia algum dinheiro para alguém.

Lá fora, a 20 metros do prédio, Robert tirou o novo passaporte do bolso e o largou numa lata de lixo. *A barragem de aparas de metal.* A técnica que ele usara como piloto para lançar trilhas falsas a serem perseguidas pelos mísseis inimigos. *Deixe que eles procurem por Arthur Butterfield.*

O Opel cinza estava estacionado a meio quarteirão de distância. Esperando. *Impossível.* Robert tinha certeza que o carro era o único em seu encalço. E tinha certeza também de que conseguira despistá-lo. Apesar disso, continuava a encontrá-lo. Só podiam ter alguma maneira de determinar constantemente a sua localização. E só havia uma resposta neste caso: estavam usando um transmissor de sinais. Preso em suas roupas? Não. Não haviam tido essa oportunidade. O capitão Dougherty permanecera com ele enquanto arrumava as malas, mas não poderia saber que roupas Robert levaria. Robert fez um inventário mental do que estava carregando – dinheiro, chaves, uma carteira, lenço, cartão de crédito. O *cartão de crédito! "Aqui está um cartão de crédito." "Duvido que eu vá precisar, general." "Pegue-o. É muito importante que o tenha com você em todas as ocasiões."*

O filho da puta traiçoeiro! Não era de admirar que tivessem conseguido encontrá-lo com tanta facilidade.

O Opel cinza não se encontrava mais à vista. Robert tirou o cartão do bolso e o examinou. Era um pouco mais grosso que um cartão de crédito comum. Apertando-o, ele pôde sentir uma camada interna. Deviam ter um controle remoto para ativar o cartão. *Ótimo,* pensou Robert. *Vamos manter os desgraçados bem ocupados.*

Havia diversos caminhões estacionados ao longo da rua, carregando e descarregando mercadorias. Robert começou a verificar as placas. Ao alcançar um caminhão vermelho, com placas da França, ele olhou ao redor, para se certificar de que não era observado, e jogou o cartão na traseira do veículo. Fez sinal para um táxi.

– Hassler, *per favore.*

No saguão, Robert foi falar com o gerente.

– Por favor, verifique se há algum voo que parte esta noite para Paris.

– Pois não, comandante. Tem preferência por alguma empresa aérea?

– Nenhuma. Só quero o primeiro voo.

– Terei o maior prazer em providenciar.

– Obrigado.

Robert encaminhou-se para a recepção.

– Minha chave, por favor. Quarto 314. Devo ir embora dentro de poucos minutos.

– Não tem problema, comandante Bellamy. – O recepcionista estendeu a mão para um escaninho, tirou a chave e um envelope. – Entregaram uma carta para o senhor.

O corpo de Robert se enrijeceu. O envelope estava lacrado e endereçado apenas ao "comandante Robert Bellamy". Ele tateou-o, procurando sentir qualquer plástico ou metal dentro. Abriu-o com o maior cuidado. O conteúdo era um cartão impresso de propaganda de um restaurante italiano. Bastante inocente... exceto, é claro, por seu nome no envelope.

– Por acaso lembra quem lhe deu isto?

– Desculpe, senhor – respondeu o recepcionista –, mas estivemos tão ocupados hoje...

Não era importante. Seria um homem sem rosto. Pegara o cartão em algum lugar, metera no envelope, permanecera junto da recepção, a fim de descobrir em que escaninho o envelope era guardado. Estaria esperando lá em cima agora, no quarto de Robert. Chegara o momento de ver a face do inimigo.

Robert ouviu vozes alteadas e se virou para avistar os mesmos americanos que já vira antes, entrando no saguão, rindo e cantando. Era evidente que haviam tomado ainda mais drinques. O homem corpulento disse:

– Ei, companheiro, perdeu uma grande festa!

A mente de Robert estava em disparada.

– Você gosta de festas?

– E como!

– Pois há uma festa sensacional lá em cima... com muita bebida, mulheres, qualquer coisa que quiser. Basta me seguirem, todos vocês!

– Esse é o espírito americano, companheiro. – O homem deu um tapa nas costas de Robert. – Ouviram isso, rapazes? Nosso amigo aqui está oferecendo uma festa!

Espremeram-se todos no elevador e subiram para o terceiro andar. O homem corpulento comentou:

– Esses italianos sem dúvida sabem como viver. Acho que eles inventaram as orgias, hein?

– Pois eu vou lhes mostrar uma orgia de verdade – prometeu Robert.

Eles o seguiram pelo corredor até seu quarto. Robert enfiou a chave na fechadura e se virou para o grupo.

– Estão todos prontos para se divertirem um pouco?

Houve um coro de "sins"...

Robert girou a chave, empurrou a porta e deu um passo para o lado. O quarto estava escuro. Ele acendeu a luz. Um homem alto e magro se encontrava parado no meio do quarto, começando a sacar uma Mauser equipada com silenciador. Olhou para o grupo com uma expressão espantada e rapidamente tornou a enfiar a arma no bolso.

– Ei, onde estão as bebidas? – indagou um dos americanos.

Robert apontou para o homem.

– Estão com ele. Podem pedir à vontade.

O grupo arremeteu para o homem.

– Onde estão as bebidas?

– Onde estão as mulheres?

– Vamos começar logo essa festa!

O homem magro ainda tentou alcançar Robert, mas o bando bloqueava sua passagem. Ele se limitou a observar, impotente, enquanto Robert se retirava, para descer pela escada, de dois em dois degraus. Lá embaixo, no saguão, ele se encaminhava apressado para a saída quando o gerente o chamou.

– Já fiz a sua reserva, comandante Bellamy. Está no voo 312 da Air France para Paris. Parte à 1 hora da madrugada.

– Obrigado.

Robert deixou o hotel, saindo para a pequena praça que levava à Escadaria Espanhola. Um táxi desembarcava um passageiro. Ele embarcou e disse ao motorista:

– Via Monte Grappa.

Já tinha sua resposta agora. Eles tencionavam mesmo matá-lo. *Mas vão descobrir que não será fácil.* Era a caça agora, em vez do caçador, mas contava com uma grande vantagem. Fora bem treinado. Conhecia todas as técnicas que eles usavam, suas forças e fraquezas, pretendia usar esse conhecimento para impedi-los. Primeiro, precisava encontrar uma maneira de despistá-los. Os homens em seu encalço haviam ouvido alguma história. Provavelmente lhes disseram que ele era procurado por tráfico de drogas, assassinato ou espionagem. E teriam sido advertidos: *Ele é perigoso. Não corram riscos. Atirem para matar.* Robert disse ao motorista:

– Roma Termini.

Estava sendo caçado, mas ainda não houvera tempo para distribuir sua fotografia. Até agora, era um homem sem rosto. O táxi parou no número 36 da via Giovanni Giolitti, e o motorista anunciou:

– Stazione Termini, *signore.*

– Vamos esperar aqui por um minuto.

Robert ficou sentado no táxi, observando a entrada da estação ferroviária. Parecia haver apenas a atividade usual. Tudo dava a impressão de estar normal. Táxis e limusines chegavam e partiam, desembarcando e recolhendo passageiros. Os carregadores levavam bagagens de um lado para outro. Um guarda se ocupava em ordenar que os carros deixassem a área de estacionamento restrito. Mas havia alguma coisa que o perturbava. E de repente ele compreendeu o que havia de errado na cena à sua frente. Bem na frente da estação, na área de estacionamento proibido, havia três sedãs parados, sem ninguém lá dentro. O guarda ignorava-os.

– Mudei de ideia – disse Robert ao motorista. – Vamos para a via Veneto 110-A.

Era o último lugar do mundo em que iriam procurá-lo.

A EMBAIXADA E O CONSULADO americanos ficavam num prédio de estuque rosa, na via Veneto, com um portão preto de ferro batido. A embaixada se encontrava fechada àquela hora, mas a divisão de passaportes do consulado funcionava 24 horas por dia, a fim de atender a emergências. No saguão, no primeiro andar, havia um fuzileiro sentado por trás de uma mesa. Ele levantou os olhos quando Robert se aproximou.

– O que deseja, senhor?

– Quero saber como posso conseguir um novo passaporte. Perdi o meu.

– É cidadão americano?

– Sou, sim.

O fuzileiro indicou uma sala na outra extremidade.

– Cuidarão de tudo ali, senhor. Última porta.

– Obrigado.

Havia meia dúzia de pessoas na sala, solicitando passaportes, comunicando a perda, obtendo renovações e vistos.

– Preciso de um visto para visitar a Albânia. Tenho parentes lá...

– Preciso que meu passaporte seja renovado esta noite. Tenho de pegar um avião...

– Não sei o que aconteceu. Devo ter esquecido em Milão...

– Tiraram o passaporte da minha bolsa...

Robert ficou parado num canto, escutando. Roubar passaportes era uma próspera indústria na Itália. Na frente da fila, um homem bem-vestido, de meia-idade, estava recebendo um passaporte americano.

– Aqui está seu novo passaporte, Sr. Cowan. Lamento que tenha passado por uma experiência tão terrível. Infelizmente, há muitos batedores de carteira em Roma.

– Cuidarei para que não me levem este também – declarou Cowan.

– É o melhor, senhor.

Robert observou Cowan guardar o passaporte no bolso do paletó e virar-se para ir embora. Avançou em sua direção. Ao passar por uma mulher, Robert esbarrou em Cowan, como se tivesse sido empurrado, quase derrubando-o.

– Lamento profundamente – desculpou-se Robert, inclinando-se para endireitar o paletó do homem.

– Não foi nada – respondeu Cowan.

Robert foi para o banheiro, com o passaporte do estranho em seu bolso. Certificou-se de que se estava sozinho lá dentro, entrou num dos reservados. Pegou a lâmina e o vidro de cola que roubara de Ricco. Com todo cuidado, levantou a cobertura de plástico e removeu a fotografia de Cowan. Inseriu o seu retrato que Ricco tirara. Passou cola na cobertura de plástico, fechou-a, examinou o trabalho. Perfeito. Era agora Henry Cowan. Cinco minutos depois estava na via Veneto, embarcando num táxi.

– Aeroporto Leonardo da Vinci.

Era meia-noite e meia quando Robert chegou ao aeroporto. Passou algum tempo parado do lado de fora, atento a qualquer coisa fora do usual. Aparentemente, tudo estava normal. Não havia carros da polícia, nem homens de aparência suspeita. Robert entrou no terminal e tornou a parar, junto da porta. Havia diversos balcões de empresas aéreas espalhados pelo vasto terminal. Parecia não haver ninguém à espreita, ou escondido por trás de colunas. Mesmo assim, ele permaneceu onde estava. Não podia explicar, nem para si mesmo, mas o fato é que as coisas pareciam normais *demais*.

Havia um balcão da Air France no outro lado do terminal. *"Está no voo 312 da Air France para Paris. Parte à 1 hora da madrugada.*" Robert passou pelo balcão, aproximou-se de uma mulher de uniforme por trás do balcão da Alitalia.

– Boa noite.

– Boa noite. Posso ajudá-lo, *signore?*

– Pode, sim. Poderia fazer o favor de pedir ao comandante Robert Bellamy para ir à cabine telefônica?

– Pois não.

Ela pegou o microfone. A poucos passos de distância, uma mulher gorda, de meia-idade, conferia algumas malas, numa discussão acalorada com um dos atendentes da empresa pela taxa de excesso de peso.

– Sinto muito, senhora, mas se deseja que todas estas malas sejam embarcadas, terá de pagar pelo excesso.

Robert chegou mais perto. Ouviu a voz da mulher no balcão da Alitalia pelo sistema de alto-falantes:

– Comandante Robert Bellamy, compareça por favor à cabine telefônica. Comandante Robert Bellamy, compareça por favor à cabine telefônica.

O comunicado ressoou pelo terminal. Um homem com uma mochila estava passando por Robert.

– Com licença – disse Robert.

O homem virou-se.

– Pois não?

– Minha esposa está me procurando no telefone, mas... – ele indicou as malas da mulher de meia-idade – não posso deixar a bagagem aqui.

Robert tirou uma nota de 10 dólares do bolso, estendeu-a para o homem e acrescentou:

– Poderia fazer o favor de ir até aquele telefone branco e avisar a ela que irei buscá-la no hotel dentro de uma hora? Eu ficaria profundamente agradecido.

O homem pegou a nota de 10 dólares.

– Claro.

Robert observou-o se encaminhar para a cabine telefônica e atender.

– Alô? Alô?

No instante seguinte, quatro homens enormes, todos vestidos de terno preto, surgiram do nada e cercaram o infeliz, espremendo-o contra a parede.

– Ei, mas o que é isso?

– Não vamos criar confusão – disse um dos homens.

– O que pensam que estão fazendo? Tirem as mãos de mim!

– Não reaja, comandante. Não vai adiantar...

– *Comandante?* Vocês pegaram o homem errado! Meu nome é Melvyn Davis, e sou de Omaha!

– Não tente nos enganar...

– Esperem um pouco! Caí numa armadilha! O homem que vocês procuram está ali!

Ele apontou para o lugar em que Robert o abordara.

Não havia ninguém lá.

Na frente do terminal, um ônibus do aeroporto estava prestes a partir. Robert embarcou, misturando-se com os outros passageiros. Sentou-se no banco de trás, pensando no que faria em seguida.

Sentia-se ansioso em falar com o almirante Whittaker, a fim de tentar obter respostas para o que estava acontecendo, descobrir quem era o responsável pelo assassinato de pessoas inocentes que haviam testemunhado algo que não deveriam ter visto. Seria o general Hilliard? Dustin Thornton? Ou o sogro de Thornton, Willard Stone, o homem misterioso? Será que ele estava envolvido de alguma forma? E Edward Sanderson, o diretor da ASN? Todos estariam trabalhando juntos? E a conspiração envolveria os mais altos escalões, incluindo até o presidente dos Estados Unidos? Robert precisava de respostas.

A viagem de ônibus para Roma levou uma hora. Quando o ônibus parou, na frente do hotel Eden, Robert desembarcou.

Preciso sair do país, pensou ele. Só havia um homem em Roma em quem podia confiar. O coronel Francesco Cesar, diretor do SIFAR, o Serviço Secreto italiano. Ele ajudaria Robert a escapar da Itália.

O CORONEL CESAR ESTAVA trabalhando até tarde. Havia mensagens urgentes sendo transmitidas entre as agências de segurança estrangeiras, e todas envolviam o comandante Robert Bellamy. O coronel Cesar já trabalhara com Robert no passado e gostava muito dele. Cesar suspirou ao olhar para a última mensagem na sua frente. *Arquivar.* Ele a lia quando a secretária entrou na sala.

– Ligação do comandante Bellamy.

O coronel Cesar levantou os olhos, surpreso.

– Bellamy? Em pessoa?

Ele esperou que a secretária se retirasse, antes de pegar o telefone.

– Robert?

– *Ciao,* Francesco. O que está acontecendo?

– Diga-me você, *amico.* Tenho recebido os mais diversos comunicados urgentes a seu respeito. O que você fez?

– É uma história comprida, e não tenho tempo para contá-la agora. O que você ouviu?

– Que você caiu fora, e está cantando como um canário.

– *O quê?*

– Fui informado que fez um acordo com os chineses e...

– Mas isso é ridículo!

– É mesmo? Por quê?

– Porque uma hora depois eles estariam ansiosos por mais informações.

– Pelo amor de Deus, Robert, isso não é motivo para piadas!

– Sei disso, Francesco. Mandei dez pessoas inocentes para a morte. E fui marcado para ser a décima primeira vítima.

– Onde você está?

– Em Roma. E parece que não consigo sair da porra da sua cidade.

– *Cacatura!* – Houve um momento de silêncio. – O que posso fazer para ajudá-lo?

– Providencie uma casa segura em que possamos conversar, e encontrarei uma maneira de escapar. Pode dar um jeito?

– Posso, sim, mas você tem de tomar muito cuidado. Irei buscá-lo pessoalmente.

Robert deixou escapar um profundo suspiro de alívio

– Obrigado, Francesco. Não pode imaginar como fico agradecido.

– Como dizem os americanos, fica me devendo uma. Onde vou encontrá-lo?

– No bar do Lido, em Trastevere.

– Espere aí mesmo. Irei buscá-lo dentro de uma hora exatamente.

– Obrigado, *amico.*

Robert desligou. Seria uma longa hora de espera.

Trinta minutos depois, dois carros pararam a dez metros do bar do Lido. Havia quatro homens em cada carro, e todos carregavam armas automáticas. O coronel Cesar saltou do primeiro carro.

– Vamos agir depressa. Não queremos que mais ninguém saia machucado. *Andate al dietro, subito.*

Metade dos homens deu a volta, silenciosamente, para cobrir os fundos do bar.

Robert Bellamy observava do telhado do prédio no outro lado da rua, enquanto Cesar e seus homens levantavam as armas e investiam contra o bar.

Muito bem, seus filhos da puta, pensou Robert, *vamos jogar como vocês querem.*

36

Dia 16
Roma, Itália

Robert ligou para o coronel Cesar de uma cabine telefônica na *piazza* del Duomo.

– O que aconteceu com a amizade? – perguntou ele.

– Não seja ingênuo, meu amigo. Estou sob ordens, assim como você. Posso lhe assegurar que não adianta fugir. Está em primeiro lugar nas listas dos mais procurados de todos os Serviços Secretos. Metade dos governos do mundo está à sua procura.

– Mas acredita que sou um traidor?

Cesar suspirou.

– Não importa em que eu acredito, Robert. Não é nada pessoal. Estou obedecendo ordens.

– Para me liquidar.

– Poderia tornar tudo mais fácil se quisesse se entregar.

– Obrigado, *paesano*. Se precisar de mais conselhos, ligarei para um consultório sentimental.

Robert bateu o telefone. Sabia o perigo que corria. Deviam ter agentes de segurança de meia dúzia de países em sua perseguição.

Tem de haver uma árvore, pensou Robert. A frase vinha da história de um caçador que relatava sua experiência num safári.

– Aquele leão enorme corria em minha direção, todos os meus carregadores de armas haviam fugido. Eu me encontrava desarmado, não tinha onde me esconder. Nem uma moita ou árvore à vista. E o leão vinha correndo, cada vez mais perto.

– Como escapou? – indagou um ouvinte.

– Corri para a árvore mais próxima e subi.

– Mas disse que não havia árvores.

– Você não entende. *Tem* de haver uma árvore!

E eu tenho de encontrá-la, pensou Robert. Ele correu os olhos pela praça. Estava quase deserta àquela hora. Decidiu que chegara o momento de conversar com o homem que desencadeara aquele pesadelo, o general Hilliard. Mas precisaria tomar muito cuidado. O moderno rastreamento eletrônico de telefone era quase instantâneo. Robert verificou que as duas cabines telefônicas ao lado se encontravam vazias. *Perfeito.* Ignorando o número particular que o general Hilliard lhe dera, discou para a mesa telefônica da ASN. Quando uma telefonista atendeu, Robert disse:

– General Hilliard, por favor.

Um momento depois, ouviu a voz de uma secretária:

– Gabinete do general Hilliard.

– Por favor, aguarde uma chamada do exterior – disse Robert.

Robert largou o fone e correu para a cabine ao lado. Discou rapidamente. Outra secretária atendeu:

– Gabinete do general Hilliard.

– Por favor, aguarde uma chamada do exterior.

Deixou o fone pendurado, entrou na terceira cabine, tornou a discar. Quando uma terceira secretária atendeu, Robert disse:

– Aqui é o comandante Bellamy. Quero falar com o general Hilliard.

Houve um arquejo de surpresa.

– Espere um momento, comandante. – A secretária tocou o interfone. – General, o comandante Bellamy está na linha 3.

O general Hilliard virou-se para Harrison Keller.

– Bellamy está na linha 3. Comece o rastreamento, depressa.

Harrison Keller foi até um telefone numa mesa no lado da sala, ligou para o centro de operações telefônicas. O oficial de plantão atendeu.

– COT. Adams.

– Quanto tempo leva para fazer o rastreamento de emergência de uma chamada recebida? – sussurrou Keller.

– Entre um e dois minutos.

– Comece agora. Ficarei esperando.

Ele olhou para o general e acenou com a cabeça. O general Hilliard pegou o telefone.

– Comandante... é mesmo você?

No centro de operações, Adams digitou um número num computador.

– Lá vamos nós! – murmurou ele.

– Achei que estava na hora de termos uma conversa, general.

– Fico contente que tenha ligado, comandante. Por que não vem até aqui para discutirmos a situação? Providenciarei um avião, e poderá estar aqui...

– Não, obrigado. Acidentes demais acontecem em aviões, general.

Na sala de comunicações, o sistema de rastreamento eletrônico fora ativado. A tela de computador se iluminou. *AX121-B... AX122-C... AX123-C...*

– O que está acontecendo? – sussurrou Keller ao telefone.

– O centro de operações em Nova Jersey está verificando os troncos da área de Washington, D.C., senhor. Aguarde um instante.

A tela ficou vazia. Um momento depois surgiram as palavras *Linha 3 Tronco Internacional.*

– A chamada vem de algum lugar da Europa. Estamos rastreando o país...

O general Hilliard dizia ao telefone:

– Creio que houve um mal-entendido, comandante Bellamy. Tenho uma sugestão...

Robert desligou. O general Hilliard olhou para Keller.

– Descobriu?

Harrison Keller perguntou a Adams pelo telefone:

– O que aconteceu?

– Nós o perdemos.

Robert entrou na segunda cabine e pegou o fone pendurado. A secretária do general Hilliard informou:

– O comandante Bellamy está chamando na linha 2. Os dois homens se entreolharam. O general Hilliard apertou o botão da linha 2.

– Comandante?

– *Eu* farei uma sugestão – disse Robert.

O general Hilliard pôs a mão sobre o bocal.

– Recomece o rastreamento. – Harrison Keller levantou o fone e disse a Adams:

– Ele está ligando de novo. Linha 2. Ande depressa.

– Certo.

– Minha sugestão, general, é que chame de volta todos os seus homens. *Agora*

– Creio que não está entendendo a situação, comandante. Podemos resolver este problema se...

– Eu lhe direi como podemos resolvê-lo. Há uma ordem para me arquivar. Quero que a cancele.

No centro de operações, a tela do computador transmitia uma nova mensagem: *AX155-C Subtronco A21 confirmado. Circuito 301 para Roma. Tronco Atlântico 1.*

– Já o pegamos – anunciou Adams pelo telefone. – Rastreamos o tronco até Roma.

– Obtenha o número e a localização – ordenou Keller.

Em Roma, Robert olhou para o relógio.

– Encarregou-me de uma missão. Eu a cumpri.

– E cumpriu muito bem, comandante. Aqui está...

A linha ficou muda. O general virou-se para Keller.

– Ele desligou de novo.

Keller perguntou ao telefone:

– Conseguiu?

– Não deu tempo, senhor.

Robert foi para a terceira cabine telefônica e pegou o fone.

A secretária do general Hilliard avisou pelo interfone:

– O comandante Bellamy está na linha 1, general.

O general berrou:

– Descubram o filho da puta! – Ele atendeu a ligação.

– Comandante?

– Quero que me escute, general, e com toda atenção. Assassinou pessoas inocentes. Se não chamar de volta seus homens, procurarei os meios de comunicação e contarei o que está acontecendo.

– Eu o aconselharia a não fazer isso, a menos que queira provocar um pânico mundial. Os alienígenas são genuínos, e somos indefesos contra eles. Estão se preparando para entrar em ação. Você não tem ideia do que aconteceria se a notícia vazasse.

– Nem você – respondeu Robert. – Não vou lhe dar alternativa. Suspenda o contrato contra mim. Se houver mais um atentado contra a minha vida, sairei em público.

– Certo – disse o general Hilliard. – Você ganhou. Suspenderei o contrato. Tenho uma ideia. Por que não podemos...

– Seu rastreamento deve estar quase completo agora – interrompeu-o Robert. – Tenha um bom dia, general.

A ligação foi desfeita.

– Conseguiu? – berrou Keller pelo telefone.

– Quase, senhor – disse Adams. – Ele estava ligando de uma área no centro de Roma. Trocou de telefone para nos atrasar

O general olhou para Keller.

– E então?

– Sinto muito, general. Tudo o que sabemos é que ele se encontra em algum lugar de Roma. Acredita em sua ameaça? Vamos cancelar o contrato?

– Não. Vamos eliminá-lo.

ROBERT REPASSOU SUAS OPÇÕES mais uma vez. Estariam vigiando os aeroportos, estações ferroviárias, terminais rodoviários e locadoras de automóveis. Não podia se registrar em nenhum hotel porque o SIFAR já deveria ter transmitido um alerta vermelho. Mas tinha de sair de Roma. Precisava de uma cobertura. Uma companheira. Não procurariam por um homem e uma mulher juntos. Era um começo.

Havia um táxi parado na esquina. Robert desmanchou os cabelos, afrouxou a gravata, cambaleou como se estivesse bêbado na direção do táxi.

– Ei, você aí!

O motorista fitou-o com uma expressão de repulsa. Robert tirou do bolso uma nota de 20 dólares e pôs na mão do homem.

– Ei, cara, estou a fim de uma trepada! Sabe o que isso significa? Entende alguma porra de inglês?

O motorista olhou para a nota.

– Quer uma mulher?

– É isso aí, cara. Quero uma mulher.

– *Andiamo* – disse o motorista.

Robert embarcou e o táxi partiu. Ele olhou para trás. Não estava sendo seguido. A adrenalina era bombeada com a maior intensidade. *"Metade dos governos do mundo está à sua procura."* E não haveria apelação. As ordens eram para assassiná-lo.

Vinte minutos depois chegaram a Tor di Ounto, a zona do meretrício de Roma, habitada por prostitutas e cafetões. Passaram pela Passeggiata Archeologica, e logo depois o motorista parou numa esquina, avisando:

– Encontrará uma mulher aqui.

– Obrigado, cara.

Robert pagou a quantia indicada no taxímetro, saiu cambaleando do carro, que partiu no instante seguinte, cantando pneus.

Robert olhou ao redor, avaliando o ambiente. Não havia polícia. Uns poucos carros e um punhado de pedestres. Havia mais de uma dezena de prostitutas circulando pela rua. No espírito de "vamos recolher os suspeitos", a polícia efetuara sua limpeza bimensal, para satisfazer as vozes da moral, retirando as prostitutas da cidade da via Veneto, onde tinham uma alta visibilidade, e transferindo para aquela área, onde não ofenderiam as matronas que tomavam chá no Doney's. Por esse motivo, a maioria das mulheres era atraente e bem-vestida. Havia uma em particular que atraiu a atenção de Robert.

Ela parecia ter 20 e poucos anos. Tinha cabelos compridos, escuros, usava uma elegante saia preta e blusa branca, sobre a qual vestia um casaco de pele de camelo. Robert calculou que ela devia trabalhar também como atriz ou modelo. A mulher o observava. Robert cambaleou em sua direção e balbuciou:

– Oi, meu bem. Você fala inglês?

– Falo.

– Ótimo. Então vamos ter uma festa.

Ela sorriu, indecisa. Os bêbados podiam criar problemas.

– Talvez seja melhor você ficar sóbrio primeiro.

A mulher tinha um suave sotaque italiano.

– Já estou bastante sóbrio.

– Vai lhe custar 100 dólares.

– Tudo bem, boneca.

Ela tomou uma súbita decisão.

– *Va bene.* Venha comigo. Há um hotel logo depois da esquina.

– Maravilhoso! Qual é o seu nome, meu bem?

– Pier.

– O meu é Henry. – Um carro da polícia apareceu a distância, aproximando-se. – Vamos sair daqui.

As outras mulheres lançaram olhares invejosos, enquanto Pier e seu cliente americano se afastavam.

O hotel não era nenhum Hassler, mas o garoto cheio de espinhas na recepção não pediu um passaporte. Na verdade, mal levantou os olhos ao entregar uma chave a Pier.

– Cinquenta mil liras.

Pier olhou para Robert. Ele tirou o dinheiro do bolso e entregou ao garoto.

O quarto tinha uma cama grande no canto, uma mesa pequena, duas cadeiras de madeira, e um espelho por cima da pia. Havia ganchos para pendurar as roupas atrás da porta.

– Deve me pagar adiantado.

– Não tem problema.

Robert contou 100 dólares.

– *Grazie.*

Pier começou a se despir. Robert foi até a janela. Puxou a beira da cortina e espiou. Tudo parecia normal. Esperava que àquela altura a polícia estivesse seguindo o caminhão vermelho de volta à França. Robert largou a cortina e se virou. Pier estava nua. Possuía um corpo surpreendentemente adorável. Seios firmes, quadris arredondados, cintura fina, pernas compridas e bem torneadas. Olhava para Robert.

– Não vai se despir, Henry? – Aquela era a parte difícil.

– Para dizer a verdade, acho que bebi demais. Não posso lhe oferecer qualquer ação.

Ela assumiu uma expressão cautelosa.

– Então por que...?

– Se eu ficar aqui e dormir para passar o porre, podemos fazer amor pela manhã.

Ela deu de ombros.

– Preciso trabalhar. Ficar aqui a noite toda me custaria muito dinheiro.

– Não se preocupe. Cuidarei disso. – Robert pegou várias notas de 100 dólares e a entregou à mulher. – Dá para cobrir?

Pier olhou o dinheiro, tomando uma decisão. Era tentador. Fazia frio lá fora, o movimento era pequeno. Por outro lado, havia algo estranho naquele homem. Em primeiro lugar, não parecia estar realmente de porre. Vestia-se bem e, com tanto dinheiro, teriam ido para um bom hotel. *E daí?*, pensou Pier. *Questo cazzo se ne frega?*

– Está bem, mas só tem uma cama para nós dois.

– É suficiente.

Pier ficou observando, enquanto Robert voltava à janela e tornava a puxar a cortina para espiar a rua lá fora.

– Está procurando alguma coisa?

– O hotel tem alguma saída pelos fundos?

Em que estou me metendo?, especulou Pier. Sua melhor amiga fora assassinada por se envolver com criminosos. Pier considerava-se sábia em relação aos homens, mas aquele a desconcertava. Não parecia um criminoso, mas ainda assim...

– Tem, sim.

Houve um súbito grito, e Robert virou-se rapidamente.

– *Dio! Dio! Sono venuta tre volte!*

Era uma voz de mulher, vindo do quarto ao lado, através da parede fina como papel.

– O que foi isso? – indagou ele, o coração disparado.

Pier sorriu.

– Ela está se divertindo. Disse que acaba de gozar pela terceira vez.

Robert ouviu o rangido das molas da cama.

– Não vem para a cama?

Pier estava parada ali, nua, sem o menor constrangimento, observando-o.

– Claro.

Robert sentou na cama.

– Não vai se despir?

– Não.

– Como preferir. – Pier subiu na cama, deitou ao lado de Robert. – Espero que você não ronque.

– Poderá me dizer pela manhã.

Robert não tinha a menor intenção de dormir. Queria vigiar a rua durante a noite, para ter certeza de que eles não viriam ao hotel. Acabariam investigando aqueles pequenos hotéis de terceira classe, mas levaria algum tempo para chegarem a esse ponto. Tinham muitos outros lugares em que procurar antes. Ele deitou, exausto, e fechou os olhos para descansar um pouco. E dormiu. Voltou para casa, à sua própria cama, sentiu o corpo quente de Susan ao lado do seu. *Ela está de volta*, pensou ele, feliz. *Veio para mim. Ah, meu amor, tenho sentido tanta saudade...*

Dia 17
Roma, Itália

Robert foi despertado pelo sol batendo em seu rosto. Sentou abruptamente, olhando ao redor por um instante em alarme, desorientado. Ao ver Pier, a memória retornou. Ele relaxou Pier se encontrava na frente do espelho, escovando os cabelos.

– *Buon giorno* – disse ela. – Você não ronca.

Robert olhou para o relógio. Nove horas. Desperdiçara horas preciosas.

– Quer fazer amor agora? Já está pago.

– Não precisa.

Pier, nua e provocante, aproximou-se da cama.

– Tem certeza?

Eu não poderia, mesmo que quisesse, menina.

– Tenho, sim.

– *Va bene.* – Ela começou a se vestir. – Quem é Susan?

A indagação pegou-o desprevenido.

– Susan? Por que pergunta?

– Você fala enquanto dorme.

Robert recordou o sonho. Susan voltara para ele. Talvez fosse um sinal.

– É uma amiga.

É minha esposa. Vai acabar se cansando de Monte de Grana e algum dia voltará para mim. Isto é, se eu ainda estiver vivo até lá.

Robert foi até a janela. Puxou a cortina e espiou. A rua estava agora repleta de pessoas a pé, comerciantes abriam suas lojas. Não havia qualquer sinal de perigo. Estava na hora de acionar seu plano. Ele virou-se para a mulher.

– Pier, gostaria de fazer uma pequena viagem comigo? – Ela fitou-o desconfiada.

– Uma viagem... para onde?

– Preciso ir a Veneza, a negócios, e detesto viajar sozinho. Gosta de Veneza?

– Gosto...

– Ótimo. Pagarei pelo seu tempo, e tiraremos umas pequenas férias juntos. – Ele olhou outra vez pela janela. – Conheço um hotel maravilhoso em Veneza. O Cipriani.

Anos antes, ele e Susan haviam se hospedado no Royal Danieli, mas Robert estivera lá depois e descobrira que o hotel entrara em decadência, as camas eram horríveis. A única coisa que restava da antiga classe era Luciano, na recepção.

– Vai lhe custar mil dólares por dia.

Pier estava disposta a se contentar com 500 dólares.

– Negócio fechado. – Robert contou 2 mil dólares. – Começaremos com isto.

Pier hesitou. Tinha a premonição de que havia algo errado. Mas o início do filme em que lhe haviam prometido um pequeno papel fora adiado, e ela precisava do dinheiro.

– Está certo.

– Vamos embora.

Lá embaixo, Pier observou-o esquadrinhar a rua com toda atenção, antes de sair para chamar um táxi. *Ele é um alvo para alguém,* pensou Pier. *É melhor eu cair fora.*

– Escute... não tenho certeza se quero ir para Veneza com você. Eu...

– Vamos nos divertir um bocado.

Havia uma joalheria no outro lado da rua. Robert pegou a mão de Pier.

– Vamos até lá. Comprarei uma coisa bem bonita para você.

– Mas...

Ele levou-a até a joalheria. O vendedor por trás do balcão disse:

– *Buon giorno, signore.* Posso ajudá-lo?

– Pode, sim. Estamos procurando algo adorável para a dama. – Ele virou-se para Pier. – Gosta de esmeraldas?

– Eu... gosto.

Robert perguntou ao vendedor:

– Tem uma pulseira de esmeraldas?

– *Sì, signore.* Tenho uma linda pulseira de esmeraldas.

Ele foi até um mostruário e voltou com uma pulseira. – Esta é a nossa melhor. Quinze mil dólares.

Robert olhou para Pier.

– Gosta?

Ela estava incapaz de falar. Acenou com a cabeça.

– Vamos levá-la.

Robert entregou seu cartão de crédito do ONI.

– Um momento, por favor. – O vendedor desapareceu na sala no fundo. Ao voltar, perguntou: – Quer que eu embrulhe, ou...?

– Não precisa. Minha amiga vai usá-la.

Robert pôs a pulseira no pulso de Pier. Ela ficou olhando, atordoada. Ele acrescentou:

– Não acha que ficará linda em Veneza?

Pier sorriu.

– E muito!

Quando saíram para a rua, Pier murmurou:

– Não sei como agradecer.

– Só quero que você se divirta – disse Robert. – Tem carro?

– Não. Tinha um carro velho, mas foi roubado.

– Mas ainda tem a carteira de motorista?

Ela ficou perplexa.

– Tenho, sim, mas de que adianta sem um carro?

– Já vai ver. Vamos sair daqui.

Robert fez sinal para um táxi.

– Via Po, por favor

Sentada no táxi, Pier estudou-o. Por que ele se mostrava tão ansioso por sua companhia? E nem mesmo a tocara. *Seria possível que...?*

– *Aqui!* – gritou Robert para o motorista.

Estavam a cem metros da locadora de carros Maggiore.

– Vamos saltar aqui – ele acrescentou para Pier. Pagou ao motorista e esperou que o táxi desaparecesse. Entregou um maço de notas a Pier.

– Quero que alugue um carro para nós. Peça um Fiat ou um Alfa Romeo. Diga que ficaremos com o carro por quatro ou cinco dias. Este dinheiro cobrirá o depósito. Alugue o carro em seu nome. Esperarei por você naquele bar do outro lado da rua.

A menos de oito quarteirões dali, dois detetives interrogavam o desventurado motorista de um caminhão vermelho com placas da França.

– *Vous me faites chier.* Não tenho a menor ideia de como essa porra desse cartão foi parar na traseira do meu caminhão. Deve ter sido algum italiano maluco que o jogou ali.

Os dois detetives trocaram um olhar, e um deles murmurou:

– Vou telefonar para avisar.

Francesco Cesar estava sentado à sua mesa, pensando no último desenvolvimento. Antes, a missão parecia muito simples.

"Não haverá qualquer dificuldade para encontrá-lo. Quando chegar o momento, vamos ativar o transmissor de sinais, que o levará direto a ele." Era óbvio que alguém subestimara o comandante Bellamy.

O coronel Frank Johnson estava sentado no gabinete do general Hilliard, o corpo enorme ocupando toda a cadeira.

– Temos metade dos agentes na Europa à sua procura – disse o general Hilliard. Até agora, não tiveram sorte.

– Será preciso mais do que sorte – comentou o coronel Johnson. – Bellamy é muito bom.

– Sabemos que ele está em Roma. O filho da puta acaba de nos debitar o custo de uma pulseira de 15 mil dólares. Mas ele se acha acuado. Não tem a menor possibilidade de deixar a Itália. Sabemos o nome que ele usa em seu passaporte... Arthur Butterfield.

O coronel Johnson sacudiu a cabeça.

– Se bem conheço Bellamy, vocês não têm a menor indicação do nome que ele está usando. A única coisa com que pode contar é que Bellamy não fará o que espera que ele faça. Estamos atrás de um homem que é tão bom quanto o melhor no ofício. Talvez até ainda melhor. Se houver algum lugar para fugir, Bellamy aproveitará. Se houver algum lugar para se esconder, ele se esconderá ali. Acho que nossa melhor possibilidade é atraí-lo para campo aberto, usar a fumaça para obrigá-lo a sair da toca. Neste momento, ele controla todos os movimentos. Precisamos lhe tirar a iniciativa.

– Ou seja, sair em público? Entregar à imprensa?

– Exatamente.

O general Hilliard contraiu os lábios.

– Seria muito arriscado. Não podemos nos expor.

– Nem será necessário. Divulgaremos um comunicado de que ele é procurado por tráfico de drogas. Assim, podemos atrair a Interpol e todos os departamentos de polícia da Europa sem nos expormos.

O general Hilliard pensou a respeito por um momento.

– Gosto da ideia.

– Ótimo. Vou para Roma – anunciou o coronel Johnson. – Assumirei pessoalmente o comando da caçada.

Ao voltar para sua sala, o coronel Frank Johnson estava pensativo. Empenhava-se num jogo perigoso, não restava a menor dúvida quanto a isso. Tinha de descobrir onde estava o comandante Bellamy.

37

Robert ficou escutando a campainha do telefone tocar várias vezes. Eram 6 horas em Washington. *Estou sempre acordando o velho,* pensou ele. O almirante atendeu ao sexto toque da campainha.

– Alô?

– Almirante, eu...

– Robert! O que...?

– Não diga nada. Seu telefone provavelmente está grampeado. Falarei depressa. Queria apenas lhe dizer para não acreditar em qualquer coisa que estão dizendo a meu respeito. Gostaria que tentasse descobrir o que está acontecendo. Posso precisar de sua ajuda mais tarde.

– Claro. Qualquer coisa que eu puder fazer, Robert.

– Sei disso.

– Ligarei depois para você.

Robert desligou. Não houvera tempo para um rastreamento. Ele viu um Fiat azul parar na frente do bar. Pier se achava ao volante.

– Chegue para o lado – disse Robert. – Eu dirijo.

Pier se afastou para que ele sentasse ao volante.

– Vamos seguir logo para Veneza? – perguntou ela.

– Tenho de ir a dois lugares primeiro.

Estava na hora de lançar mais uma barragem de despistamento Ele entrou na viale Rossini. Mais à frente, ficava a agência de viagens Rossini. Robert encostou no meio-fio.

– Voltarei num minuto.

Pier observou-o entrar na agência. *Eu poderia simplesmente ir embora,* pensou ela. *Ficaria com o dinheiro, e ele nunca me encontraria. Mas a porcaria do carro está alugado em meu nome. Cacchio!*

Dentro da agência, Robert aproximou-se da mulher por trás do balcão.

– Bom dia. Em que posso ajudá-lo?

– Sou o comandante Robert Bellamy. Preciso viajar e gostaria de fazer algumas reservas.

Ela sorriu.

– É para isso que estamos aqui, *signore*. Para onde planeja viajar?

– Gostaria de fazer uma reserva de passagem de avião para Pequim, primeira classe, só de ida.

A mulher anotou o pedido.

– E quando gostaria de partir?

– Nesta sexta-feira.

– Certo. – Ela digitou no computador. – Há um voo da Air China que sai de Roma às 19h40 da noite de sexta-feira.

– Está ótimo.

A mulher digitou novamente.

– Pronto. Sua reserva está confirmada. Vai pagar em dinheiro ou...?

– Ainda não acabei. Quero também reservar uma passagem de trem para Budapeste.

– Para quando, comandante?

– Para a próxima segunda-feira.

– Em que nome?

– O mesmo.

Ela fitou-o, estranhando.

– Vai voar para Pequim na sexta-feira e...

– Ainda não acabei – disse Robert, jovialmente. – Quero também uma passagem de avião só de ida para Miami, Flórida, no domingo.

A perplexidade da mulher era total agora.

– *Signore*, se isso é alguma espécie de...

Robert tirou do bolso o cartão de crédito do ONI e entregou à mulher.

– Debite as passagens neste cartão.

Ela estudou-o por um momento.

– Com licença.

A mulher foi para uma sala nos fundos. Voltou alguns minutos depois.

– Está tudo certo. Teremos o maior prazer em providenciar tudo o que nos pediu. Deseja que todas as reservas sejam feitas no mesmo nome?

– Isso mesmo. Comandante Robert Bellamy.

– Muito bem.

Robert observou, enquanto ela continuava a digitar. Um minuto depois, três passagens foram impressas.

– Ponha as passagens em envelopes separados – pediu Robert.

– Pois não. Gostaria que eu as mandasse para...?

– Levarei agora.

– *Sì signore.*

Robert assinou a fatura do cartão de crédito, a mulher entregou-lhe sua cópia.

– Aí está. Tenha uma boa viagem... viagens...

Robert sorriu.

– Obrigado.

Um minuto depois, ele sentava outra vez ao volante do carro.

– Para onde vamos agora? – indagou Pier.

– Ainda temos mais algumas paradas.

Pier observou-o esquadrinhar a rua com toda atenção, antes de partir.

– Quero que faça uma coisa por mim – disse Robert.

O momento chegou, pensou Pier. *Ele vai me pedir para fazer algo terrível.*

– O que é?

Haviam parado na frente do hotel Victoria. Robert entregou um dos envelopes a Pier.

– Quero que vá até a recepção e reserve uma suíte, em nome do comandante Robert Bellamy. Diga que é sua secretária e que ele chegará dentro de uma hora, mas quer subir até a suíte para aprová-la. Quando estiver lá, deixe este envelope na mesa da sala.

Ela fitou-o, surpresa.

– Isso é tudo?

– É, sim.

O homem não fazia o menor sentido.

– *Bene.*

Ela desejou saber o que o americano maluco andava fazendo. *E quem é o comandante Robert Bellamy?* Pier saltou do carro e entrou no saguão do hotel. Sentia-se um pouco nervosa. No exercício de sua profissão, já fora expulsa de alguns hotéis de primeira classe. Mas o recepcionista cumprimentou-a polidamente.

– Em que posso ajudá-la, *signora?*

– Sou a secretária do comandante Robert Bellamy. Gostaria de reservar uma suíte para ele. Deverá estar aqui dentro de uma hora.

O recepcionista consultou o quadro de reservas.

– Por acaso temos uma excelente suíte disponível.

– Posso vê-la, por favor?

– Claro. Mandarei alguém acompanhá-la.

Um assistente da gerência escoltou Pier até lá em cima. Entraram na sala de estar da suíte, e ela correu os olhos ao redor.

– É uma suíte satisfatória, *signora?*

Pier não tinha a menor ideia.

– Esta serve. – Ela tirou o envelope da bolsa, pôs numa mesinha de café. – Deixarei isto aqui para o comandante.

– *Bene.*

A curiosidade prevaleceu. Pier abriu o envelope. Lá dentro, havia uma passagem de avião para Pequim, só de ida, em nome de Robert Bellamy. Ela tornou a guardar a passagem no envelope, deixou-o em cima da mesa e desceu.

O Fiat azul estava estacionado na frente do hotel.

– Algum problema? – perguntou Robert.

– Nenhum.

– Temos apenas mais duas paradas e depois pegaremos a estrada – informou Robert, jovialmente.

A parada seguinte foi no hotel Valadier. Robert entregou outro envelope a Pier.

– Quero que reserve uma suíte aqui, em nome do comandante Robert Bellamy. Diga a eles que chegarei dentro de uma hora. E depois...

– Deixo o envelope lá em cima.

– Isso mesmo.

Desta vez Pier entrou no hotel com mais confiança. *Basta agir como uma dama,* pensou ela. *Você tem dignidade. Essa é a porra do segredo.*

Havia uma suíte disponível no hotel.

– Eu gostaria de dar uma olhada – declarou Pier.

– Pois não, *signora.*

Um assistente da gerência acompanhou-a.

– Esta é uma de nossas melhores suítes.

Era mesmo muito bonita. Pier disse, altiva:

– Acho que serve. O comandante é muito exigente.

Ela tirou o segundo envelope da bolsa, abriu-o, deu uma olhada. Continha uma passagem de trem para Budapeste, em nome do comandante Robert Bellamy. Pier ficou confusa. *Mas que jogo será esse?* Ela deixou o envelope na mesinha de cabeceira. Quando ela voltou ao carro, Robert perguntou:

– Como foi?

– Tudo bem.

– Vamos à última parada.

Agora foi o hotel Leonardo da Vinci. Robert entregou o terceiro envelope a Pier.

– Eu gostaria...

– Já sei.

Dentro do hotel, um recepcionista disse:

– Temos de fato uma excelente suíte, *signora.* Quando foi mesmo que disse que o comandante vai chegar?

– Daqui a uma hora. Eu gostaria de examinar a suíte, para verificar se é satisfatória.

– Pois não, *signora.*

A suíte era mais suntuosa do que as outras duas em que Pier estivera. O assistente da gerência mostrou-lhe o quarto enorme, com a cama de baldaquino no centro. *Que desperdício!,* pensou Pier. *Em uma noite, eu poderia ganhar uma fortuna aqui.* Ela tirou da bolsa o terceiro envelope e deu uma olhada. Continha uma passagem de avião para Miami, Flórida. Pier deixou o envelope na cama. O assistente da gerência conduziu-a de volta à sala de estar.

O homem ligou o aparelho de TV. Uma fotografia de Robert apareceu na tela. O locutor estava dizendo:

– ...e a Interpol acredita que ele se encontra no momento em Roma. É procurado para interrogatório numa operação internacional de tráfico de drogas. Aqui é Bernard Shaw, da CNN News.

O assistente da gerência desligou a televisão.

– Achou tudo satisfatório?

– Achei – murmurou Pier.

Um traficante de drogas!

– Aguardaremos ansiosos a chegada do comandante. Ao se encontrar com Robert no carro lá embaixo, Pier fitou-o com olhos diferentes.

– Agora podemos ir – declarou Robert, sorrindo.

NO HOTEL VICTORIA, UM HOMEM de terno escuro estudava o registro de hóspedes. Levantou os olhos para o recepcionista.

– A que horas o comandante Bellamy se registrou?

– Ele ainda não chegou. A secretária reservou a suíte. Disse que ele estaria aqui em uma hora.

O homem virou-se para seu companheiro.

– Mande vigiar o hotel. Peça reforços. Vou subir até a suíte. – Ele virou-se para o recepcionista. – Mande alguém abrir a porta para mim.

Três minutos depois, um assistente da gerência abria a porta da suíte. O homem de terno escuro entrou, cauteloso, o revólver na mão. A suíte estava vazia. Ele avistou o envelope na mesa e o pegou. Estava escrito na frente: "Comandante Robert Bellamy". Ele abriu o envelope. Um momento depois, ligou para o quartel-general do SIFAR.

Francesco Cesar se achava reunido com o coronel Frank Johnson. O coronel Johnson desembarcara no aeroporto Leonardo da Vinci duas horas antes, mas não demonstrava qualquer sinal de fadiga.

– Pelo que sabemos até agora – Cesar dizia –, Bellamy ainda se encontra em Roma. Recebemos mais de trinta informes sobre seu paradeiro.

– Algum foi confirmado?

– Nenhum.

O telefone tocou.

– É Luigi, coronel – disse a voz ao telefone. – Nós o encontramos. Estou em sua suíte no hotel Victoria. E tenho sua passagem de avião para Pequim. Ele planeja partir na sexta-feira.

A voz de Cesar ficou exaltada.

– Excelente! Fique aí. Chegaremos num instante. – Ele desligou e virou-se para o coronel Johnson. – Receio que tenha feito uma viagem por nada, coronel. Já o pegamos. Ele se registrou no hotel Victoria. Encontraram uma passagem de avião para Pequim, em seu nome, para sexta-feira.

O coronel Johnson indagou, suavemente:

– Bellamy se registrou no hotel com o próprio nome?

– Isso mesmo.

– E a passagem de avião também é em seu nome?

– É, sim. – O coronel Cesar levantou-se. – Vamos até lá.

O coronel Johnson sacudiu a cabeça.

– Não perca seu tempo.

– Como assim?

– Bellamy nunca...

O telefone tocou de novo. Cesar atendeu.

– Alô?

– Coronel? Aqui é Mario. Localizamos Bellamy. Ele está no hotel Valadier. Pegará um trem na segunda-feira para Budapeste. O que deseja que a gente faça?

– Voltarei a ligar para você. – Cesar olhou para o coronel Johnson. – Encontraram uma passagem de trem para Budapeste, no nome de Bellamy. Não compreendo o que...

O telefone tocou mais uma vez.

– Alô?

A voz de Cesar se tornara um pouco mais estridente.

– Bruno falando, coronel. Localizamos Bellamy. Ele se registrou no hotel Leonardo da Vinci. Planeja viajar no domingo para Miami. O que devo...?

– Volte para cá! – berrou Cesar. Ele bateu o telefone. – Mas qual é o jogo dele?

– Ele está dando um jeito para que você desperdice bastante mão de obra, não é mesmo? – comentou o coronel Johnson, num tom sombrio.

– O que faremos agora?

– Vamos encurralar o filho da puta.

Eles seguiam pela via Cassia, perto de Olgiata, para o norte, na direção de Veneza. A polícia cobriria todas as principais saídas da Itália, mas esperariam que ele fosse para oeste, na direção da França ou Suíça. *De Veneza,* pensou Robert, *posso pegar o hidrofólio para Trieste e seguir para a Áustria. E depois...* A voz de Pier interrompeu seus pensamentos:

– Estou com fome.

– Como?

– Não tomamos o café da manhã nem almoçamos.

– Desculpe. – Ele estava preocupado demais para pensar em comer. – Pararemos no primeiro restaurante.

Pier observou-o, enquanto ele dirigia. Sentia-se mais espantada do que nunca. Vivia num mundo de cafetões e ladrões... e traficantes de drogas. Aquele homem não era um criminoso.

Pararam na cidadezinha seguinte, na frente de uma pequena *trattoria*. Robert e Pier saltaram.

O restaurante estava lotado, barulhento com as conversas e o chocalhar da louça. Robert encontrou uma mesa encostada na parede e sentou de frente para a porta. Um garçom aproximou-se e entregou os cardápios.

Robert pensava: *Susan deve estar no iate a esta altura. Talvez esta seja a minha última chance de falar com ela.*

– Dê uma olhada no cardápio. – Robert levantou-se. – Voltarei num instante.

Pier observou-o se encaminhar para o telefone público perto da mesa. Ele pôs uma moeda na fenda.

– Eu gostaria de falar com a telefonista marítima em Gibraltar. Obrigado.

Para quem ele está ligando em Gibraltar?, especulou Pier. *Pretende fugir por lá?*

– Telefonista, quero fazer uma chamada a cobrar para o iate americano *Halcyon*, ao largo de Gibraltar. WS 337. Obrigado.

Uns poucos minutos passaram, enquanto as telefonistas falavam entre si, e sua ligação era aceita.

Robert ouviu a voz de Susan ao telefone.

– Susan...

– Robert! Você está bem?

– Estou, sim. Eu só queria lhe dizer...

– Sei o que quer me dizer. Já saiu em todas as emissoras de rádio e televisão. Por que a Interpol está à sua procura?

– É uma longa história.

– Não tenho pressa. Quero saber.

Ele hesitou.

– É um problema político, Susan. Tenho provas de algo que alguns governos estão querendo suprimir. É por isso que a Interpol me procura.

Pier escutava atentamente o lado da conversa de Robert.

– Como posso ajudar? – perguntou Susan.

– Não pode fazer nada, meu bem. Só liguei para ouvir sua voz mais uma vez, no caso de... se eu não conseguir escapar.

– Não diga isso. – Havia pânico na voz de Susan. – Pode me falar em que país se encontra?

– Itália.

Houve um breve silêncio

– Muito bem. Não estamos muito longe de você. Navegamos ao largo da costa de Gibraltar. Podemos apanhá-lo em qualquer lugar que indicar.

– Não, eu...

– Tem de aceitar, Robert. Provavelmente é a sua única chance de escapar.

– Não posso deixá-la fazer isso, Susan. Você correria perigo. – Monte entrara no salão a tempo de ouvir a última parte da conversa.

– Deixe-me falar com ele, Susan.

– Espere um instante, Robert. Monte quer falar com você.

– Susan, eu não...

A voz de Monte entrou na linha:

– Robert, sei que se encontra numa tremenda encrenca. – *A grande descoberta do ano.*

– Pode-se dizer assim.

– Gostaríamos de ajudá-lo. Eles não o procurariam num iate. Por que não nos deixa buscá-lo?

– Obrigado, Monte, mas a resposta é não.

– Acho que está cometendo um erro. Ficaria mais seguro aqui.

Por que ele se mostra tão ansioso em me ajudar?

– De qualquer forma, fico muito agradecido. Assumirei os riscos. Eu gostaria de falar de novo com Susan.

– Certo. – Monte entregou o telefone a Susan. – Fale com lá.

Ela voltou à linha.

– Por favor, Robert, deixe-nos ajudá-lo.

– Já me ajudou, Susan. – Ele teve de fazer uma pausa. – você é a melhor parte de minha vida. Só queria que soubesse que sempre a amarei. – Robert soltou uma risada. – Embora o *sempre* talvez não represente mais muito tempo.

– Vai me ligar de novo?

– Se eu puder.

– Prometa.

– Está bem, eu prometo.

Robert repôs o fone no gancho, lentamente. *Por que fiz isso com ela? Por que fiz isso comigo mesmo? Você é um idiota sentimental, Bellamy.* Ele voltou à mesa.

– Vamos comer, Pier.

Pediram a comida.

– Ouvi sua conversa. A polícia está à sua procura, não é?

Robert ficou tenso. *Descuidado. Ela podia criar problemas.*

– É apenas um mal-entendido. Eu...

– Não me trate como uma imbecil. Quero ajudá-lo.

Ele a observou, cauteloso.

– Por que haveria de me ajudar?

Pier inclinou-se para a frente.

– Porque tem sido generoso comigo. E eu odeio a polícia. Não sabe o que é ficar pelas ruas, perseguida pela polícia, tratada como lixo. Prendem-me por prostituição, mas me levam para os quartos dos fundos das delegacias, sou passada de mão em mão. São verdadeiros animais. Eu faria qualquer coisa para me vingar. Qualquer coisa mesmo. Posso ajudá-lo.

– Pier, não há nada que você...

– A polícia o pegaria com a maior facilidade em Veneza. Se ficar num hotel, eles o encontrarão. Se tentar embarcar num barco, eles o prenderão. Mas conheço um lugar em que você estaria seguro. Minha mãe e meu irmão vivem em Nápoles. Poderíamos ficar na casa deles. A polícia nunca o procuraria lá.

Robert permaneceu em silêncio por um momento, pensando a respeito. Fazia sentido o que Pier dissera. Uma casa particular seria mais segura do que qualquer outro lugar, e Nápoles era um porto grande. Seria mais fácil pegar um navio para sair de lá. Mas ele hesitou antes de responder. Não queria expor Pier a qualquer perigo.

– Se a polícia me descobrir, Pier, as ordens são para me matar. E você seria considerada cúmplice. Pode estar se metendo numa encrenca.

– É muito simples. – Pier sorriu. – Não deixaremos que a polícia o descubra.

Robert retribuiu o sorriso; e tomou sua decisão.

– Está certo. E agora vamos almoçar. Depois, seguiremos para Nápoles.

O CORONEL FRANK Johnson indagou:

– Seus homens não têm a menor ideia da direção que ele seguiu?

Francesco Cesar suspirou.

– Não no momento. Mas é apenas uma questão de tempo antes que...

– Não temos tempo. Já verificou o paradeiro da ex-esposa?

– Da ex-esposa? Não. E não vejo o que isso...

– Pois então não fez o seu trabalho direito – disse rispidamente o coronel Johnson. – Ela está casada com um homem chamado Monte Banks. Sugiro que os localize. E depressa.

38

Ela foi andando pelo largo bulevar, mal consciente do rumo que seguia. Quantos dias já haviam transcorrido desde o terrível acidente? Perdera a conta. Sentia-se tão cansada que era difícil se concentrar. Precisava desesperadamente de água; não a água poluída que os terráqueos bebiam, mas água de chuva, pura e fresca. Precisava de água para recuperar sua essência vital, adquirindo forças para encontrar o cristal. Estava morrendo.

Cambaleou e esbarrou num homem.

– Ei, tome mais cuidado! – O vendedor americano examinou mais atentamente a mulher e sorriu. – Oi. Imagine só esbarrar numa coisinha como você. *Que boneca!*

– Posso imaginar.

– De onde você é, meu bem?

– Do sétimo sol das Plêiades.

Ele riu.

– Gosto de uma garota com senso de humor. Para onde ia?

Ela sacudiu a cabeça.

– Não sei. Sou estranha aqui.

Puxa, acho que tem alguma coisa para mim aqui!

– Já jantou?

– Não. Não posso comer os seus alimentos.

É daquele tipo esquisito. Mas uma beleza.

– Onde está hospedada?

– Em lugar nenhum.

– Não tem um hotel?

– Um hotel? – Ela lembrou: *Caixas para estranhos viajantes.* – Não. Preciso encontrar um lugar para dormir. Estou muito cansada.

O sorriso do homem se alargou.

– O papai aqui pode cuidar disso. Por que não vamos para o meu quarto de hotel? Tenho uma cama grande e confortável ali. Não gostaria?

– Gostaria muito.

Ele não podia acreditar em sua sorte.

– Maravilhoso!

Ela mal conseguia manter os olhos abertos.

– Podemos ir para a cama agora?

Ele esfregou as mãos.

– Pode apostar que sim! Meu hotel fica logo depois da esquina.

O homem pegou a chave na recepção, subiram no elevador para seu andar. Ao entrarem na sala da suíte, ele perguntou:

– Não gostaria de tomar um drinque?

Vamos relaxá-la um pouco. Ela queria beber, desesperadamente, mas não os líquidos que os terráqueos tinham a oferecer.

– Não. Onde está a cama?

Ei, que garota quente!

– É por aqui, meu bem. – Ele levou-a para o quarto. – Tem certeza que não gostaria de tomar um drinque?

– Tenho certeza.

Ele lambeu os lábios.

– Então por que você não... ahn... tira as roupas?

Ela acenou com a cabeça. Era um costume terráqueo. Tirou o vestido que usava. Não tinha nada por baixo. Seu corpo era deslumbrante. O homem fitou-a, aturdido e feliz, murmurou:

– Esta é a minha noite de sorte, meu bem. A sua também.

Vou foder você como nunca foi fodida antes. Ele tirou as roupas tão depressa quanto podia, pulou na cama, ao lado dela.

– E agora vou lhe mostrar o que é ação, meu bem! – Ele olhou. – Oh, droga, esqueci a luz acesa!

Ele começou a se levantar.

– Não se preocupe – disse ela, sonolenta. – Eu apago para você.

E enquanto o americano observava, ela estendeu o braço, que foi se esticando e esticando, os dedos se transformaram em gavinhas verdes cheias de folhas, ao roçarem no interruptor de luz.

Ele estava sozinho no escuro com ela. E gritou.

39

Viajavam em alta velocidade pela Autostrada del Sole, que leva a Nápoles. Há meia hora que se mantinham em silêncio, cada um absorvido em seus pensamentos. Foi Pier quem rompeu o silêncio:

– Quanto tempo gostaria de ficar na casa de minha mãe?

– Três ou quatro dias, se não for problema.

– Não será.

Robert não tinha intenção de permanecer por mais de uma noite, duas no máximo. Mas não revelou seus planos. Assim que encontrasse um navio que fosse seguro, ele sairia da Itália.

– Estou ansiosa em rever minha família – comentou Pier.

– Tem só um irmão?

– Isso mesmo. Carlo. É mais novo do que eu.

– Fale-me de sua família, Pier.

Ela deu de ombros.

– Não há muito para contar. Meu pai trabalhou no cais do porto durante toda a vida. Um guindaste caiu em cima dele e o matou quando eu tinha 15 anos. Minha mãe era doente, tive de sustentá-la e a Carlo. Tinha um amigo nos estúdios de Cinecittà, e ele me arrumava pequenos papéis. Pagavam muito pouco, eu era obrigada a ir para a cama com o assistente do diretor. Concluí que poderia ganhar mais dinheiro nas ruas. Agora, faço um pouco das duas coisas.

Não havia autocompaixão em sua voz.

– Tem certeza de que sua mãe não vai protestar por você levar um estranho para casa, Pier?

– Tenho, sim. Somos muito ligadas. Mamãe ficará feliz em me ver. Você a ama muito?

Robert lançou um olhar para ela, aturdido.

– Sua mãe?

– A mulher com quem falou pelo telefone no restaurante... Susan.

– O que a faz pensar que eu a amo?

– O tom de sua voz. Quem é ela?

– Uma amiga.

– Ela tem muita sorte. Eu gostaria que alguém se importasse comigo assim. Robert Bellamy é o seu nome verdadeiro?

– É, sim.

– E é mesmo um comandante?

Isso era mais difícil de responder.

– Não tenho certeza, Pier. Já fui.

– Pode me contar por que a Interpol está atrás de você?

Robert respondeu com o maior cuidado:

– É melhor que eu não lhe diga coisa alguma. Já pode ter problemas suficientes só de estar comigo. Quanto menos souber, melhor.

– Está bem, Robert.

Ele pensou nas estranhas circunstâncias que haviam reunido os dois.

– Quero lhe fazer uma pergunta. Se soubesse que alienígenas estavam descendo para a Terra, em espaçonaves, você entraria em pânico?

Pier estudou-o por um momento.

– Fala sério?

– E muito.

Ela sacudiu a cabeça.

– Não. Acho que seria emocionante. Acredita que essas coisas existem?

– Há uma possibilidade – disse Robert, cauteloso.

O rosto de Pier se iluminou.

– É mesmo? E eles têm... são iguais aos homens?

Robert riu.

– Não sei.

– Isso tem alguma coisa a ver com o motivo pelo qual a polícia está atrás de você?

– Não. Nada a ver.

– Se eu lhe disser uma coisa, promete que não ficará zangado comigo?

– Prometo.

Quando ela voltou a falar, sua voz era tão baixa que Robert mal conseguiu ouvir:

– Acho que estou me apaixonando por você.

– Pier...

– Já sei. Estou sendo uma tola. Mas nunca disse isso a ninguém antes. Queria que soubesse.

– E me sinto lisonjeado, Pier.

– Não está rindo de mim?

– Não, não estou. – Robert olhou para o mostrador de gasolina. – É melhor pararmos num posto.

Alcançaram um posto 15 minutos depois.

– Vamos encher o tanque aqui – disse Robert.

– Certo. – Pier sorriu. – Posso ligar para casa e avisar a mamãe que estou levando um lindo estranho.

Robert parou ao lado da bomba e disse ao atendente:

– *Il pieno, per favore.*

– *Sì, signore.*

Pier inclinou-se e deu um beijo no rosto de Robert.

– Voltarei num instante.

Robert observou-a entrar no escritório e trocar uma nota por moedas para o telefone. *Ela é sem dúvida muito bonita,* pensou Robert. *E inteligente. Devo tomar cuidado para não magoá-la.*

Dentro do escritório, Pier estava discando. Virou-se, sorrindo e acenando para Robert. Quando a telefonista atendeu, Pier pediu:

– Ligue-me com a Interpol. *Subito.*

40

Desde o momento em que vira a notícia sobre Robert Bellamy, Pier compreendera que ia ficar rica. Se a Interpol, a força de polícia criminal internacional, estava à procura de Robert, deveria haver uma grande recompensa para quem o entregasse. E ela era a única que sabia onde ele se encontrava! A recompensa seria toda sua. Persuadi-lo a ir a Nápoles, onde poderia vigiá-lo, fora um golpe de gênio. Uma voz de homem disse ao telefone:

– Interpol. Em que posso ajudar?

O coração de Pier batia forte. Olhou pela janela para se certificar de que Robert continuava ao lado da bomba.

– Não estão procurando por um homem chamado comandante Robert Bellamy?

Houve um momento de silêncio.

– Quem está falando, por favor?

– O nome não importa. Estão procurando por ele ou não?

– Vou transferir sua ligação para outra pessoa. Quer esperar um momento na linha, por favor? – Ele virou-se para seu assistente. – Acione o rastreamento desta ligação. *Pronto.*

Trinta segundos depois, Pier estava falando com um superior.

– Pois não, *signora*. Posso ajudá-la?

Não, seu idiota, eu é que estou tentando ajudá-lo!

– Sei onde está o comandante Robert Bellamy. Vocês o procuram ou não?

– Claro que procuramos, *signora*. E sabe onde ele se encontra?

– Isso mesmo. Ele está comigo agora. Quanto vale para vocês?

– Está falando de uma recompensa?

– Claro que estou falando de uma recompensa!

Pier tornou a olhar pela janela. *Como eles podem ser tão burros?* O homem fez sinal para que seu assistente trabalhasse mais depressa.

– Ainda não fixamos um preço para ele, *signora*. Por isso...

– Pois estabeleçam um preço agora. Estou com pressa.

– Espera uma recompensa de quanto?

– Não sei. – Pier pensou por um momento. – Cinquenta mil dólares não seria um preço justo?

– Cinquenta mil dólares é muito dinheiro. Se me disser onde está, poderemos ir ao seu encontro e negociar um acordo que...

Ele deve pensar que sou uma imbecil.

– Não. Ou você concorda em pagar o que eu quero agora, ou... – Pier olhou pela janela, e viu Robert se aproximando do escritório. – Depressa! Sim ou não?

– Está bem, *signora*. Sim. Concordamos em pagar...

Robert passou pela porta. Pier disse ao telefone:

– Devemos chegar aí a tempo para o jantar, mamãe. Vai gostar dele. É muito simpático. Ótimo. Voltaremos a conversar quando eu chegar. *Ciao*.

Ela repôs o fone no gancho e se virou para Robert.

– Mamãe está ansiosa em conhecê-lo.

No quartel-general da Interpol, o alto funcionário perguntou:

– Conseguiram rastrear a ligação?

– Conseguimos. Foi feita de um posto de gasolina na Autostrada del Sole. Parece que eles estão seguindo para Nápoles.

O CORONEL FRANCESCO Cesar e o coronel Frank Johnson estudavam um mapa na parede, no gabinete de Cesar.

– Nápoles é uma cidade grande – comentou o coronel Cesar. – Há mil lugares ali em que ele poderia se esconder.

– E a mulher?

– Não temos a menor ideia de quem seja.

– Por que não descobrimos?

Cesar fitou-o, perplexo.

– Como?

– Se Bellamy precisava da companhia de uma mulher às pressas, como uma cobertura, o que faria?

– Provavelmente pegaria uma prostituta.

– Isso mesmo. Por onde começamos?

– Tor di Ounto.

ELES PASSARAM PELA Passeggiata Archeologica, observando as mulheres que ofereciam suas mercadorias nas calçadas. No carro, junto com o coronel Cesar e o coronel Johnson, seguia o capitão Bellini, o supervisor policial do distrito.

– Não vai ser fácil – garantiu Bellini. – Há uma grande concorrência entre elas, mas se tornam irmãs de sangue na hora de enfrentar a polícia. Não vão falar.

– Veremos – murmurou o coronel Johnson.

Bellini ordenou que o motorista encostasse no meio-fio. Os três homens saltaram do carro. As prostitutas observaram-nos, cautelosas. Bellini aproximou-se de uma mulher.

– Boa tarde, Maria. Como estão os negócios?

– Ficarão melhores depois que vocês forem embora.

– Não planejamos ficar. Procuramos um americano que pegou uma das garotas ontem à noite. Achamos que estão viajando juntos. Queremos saber quem ela é. Pode nos ajudar?

Ele mostrou uma fotografia de Robert. Várias outras prostitutas haviam se aproximado para escutar a conversa.

– Não posso ajudar – respondeu Maria –, mas conheço alguém que pode.

Bellini balançou a cabeça, com uma expressão de aprovação.

– Ótimo. Quem?

Maria apontou para uma loja no outro lado da rua. Um cartaz na vitrine dizia: Adivinha – Quiromante. "Madame Lucia pode ajudar você."

As mulheres desataram a rir. O capitão Bellini fitou-as.

– Gostam de brincadeiras, hein? Pois vamos fazer uma brincadeira que acho que vocês vão adorar. Estes dois cavalheiros estão ansiosos para descobrir o nome da garota que foi com o americano. Se nao souberem quem ela é, sugiro que falem com suas amigas, descubram quem a conhece e me telefonem quando souberem a resposta.

– Por que deveríamos? – indagou uma mulher, em tom de desafio.

– Vão descobrir.

Uma hora depois, as prostitutas de Roma descobriram-se sitiadas. Camburões percorreram a cidade, recolhendo todas as prostitutas que trabalhavam nas ruas e seus cafetões. Houve gritos de protesto.

– Não podem fazer isso... Pago proteção à polícia...

– Este é o meu ponto há cinco anos...

– Tenho dado a você e seus amigos de graça. Onde está sua gratidão?

– Para que eu lhe pago proteção?

No dia seguinte, as ruas se achavam virtualmente vazias de prostitutas, e as cadeias lotadas. Cesar e o coronel Johnson estavam sentados no gabinete do capitão Bellini.

– Vai ser difícil mantê-las na cadeia – advertiu Bellini. E posso também acrescentar que isso é péssimo para o turismo.

– Não se preocupe – disse o coronel Johnson. – Alguém vai falar. Basta manter a pressão.

O resultado veio ao final da tarde. A secretária do capitão Bellini informou:

– Há um certo Sr. Lorenzo aqui que deseja lhe falar.

– Mande-o entrar.

O Sr. Lorenzo vestia um terno caro e usava anéis de diamantes em três dedos. O Sr. Lorenzo era um cafetão.

– O que posso fazer por você? – perguntou Bellini.

Lorenzo sorriu.

– O importante é o que eu posso fazer por *vocês*, cavalheiros. Alguns de meus associados me informaram que estão procurando por uma jovem trabalhadora específica, que deixou a cidade com um americano. Como estamos sempre ansiosos em cooperar com as autoridades, achei que poderia lhes dar o nome da moça.

– Quem é ela? – indagou o coronel Johnson.

Lorenzo ignorou a pergunta.

– Naturalmente, tenho certeza de que gostariam de demonstrar seu reconhecimento com a libertação de meus associados e suas amigas.

– Não estamos interessados em nenhuma de suas putas – declarou o coronel Cesar. – Tudo o que queremos é o nome da garota.

– É uma notícia que me enche de satisfação, senhor. É sempre um prazer lidar com homens compreensivos. Sei que...

– O nome, Lorenzo.

– Claro, claro. O nome é Pier. Pier Valli. O americano passou a noite com ela no hotel L'Incrocio, e partiram na manhã seguinte. Ela não é uma das minhas garotas. Se me permitem dizer...

Bellini já estava ao telefone.

– Traga-me a ficha de Pier Valli. *Subito.*

– Espero que os cavalheiros demonstrem sua gratidão com...

Bellini fitou-o e acrescentou ao telefone:

– E pode cancelar a Operação Puttana.

Lorenzo ficou radiante.

– *Grazie.*

A FICHA DE PIER VALLI estava na mesa de Bellini cinco minutos depois.

– Ela caiu na vida quando tinha 15 anos. Foi presa uma dezena de vezes desde então e...

– De onde ela vem? – perguntou o coronel Johnson.

– Nápoles. – Os dois homens trocaram um olhar. – Tem mãe e irmão vivendo lá.

– Pode descobrir onde?

– Vou verificar.

– Pois então faça isso. *Agora.*

41

Estavam passando pelos subúrbios de Nápoles. Velhos prédios de apartamentos margeavam as ruas estreitas, com roupa lavada pendurada em quase todas as janelas, fazendo com que parecessem montanhas de concreto em que tremulavam bandeiras coloridas.

– Já esteve alguma vez em Nápoles? – perguntou Pier.

– Uma vez.

A voz de Robert era tensa. *Susan sentava ao seu lado, rindo. Ouvi dizer que Nápoles é uma cidade depravada. Podemos fazer coisas depravadas aqui, querido?*

Vamos inventar algumas coisas novas, prometeu Robert. Pier observava-o.

– Você está bem?

Robert trouxe a mente de volta ao presente.

– Estou, sim.

Passavam agora pela beira da enseada, onde ficava o Castel dell'Ovo, o velho castelo abandonado, perto da água. Ao chegarem à via Toledo, Pier disse, agitada:

– Vire aqui.

Aproximavam-se de Spaccanapoli, a parte antiga da cidade. Pier informou:

– É logo à frente. Vire à esquerda, na via Benedetto Croce.

Robert virou. O tráfego ali era mais intenso, o barulho das buzinas ensurdecedor. Ele esquecera como Nápoles podia ser barulhenta. Teve de diminuir a velocidade para não atropelar os pedestres e cachorros que corriam pela frente do carro, como se fossem abençoados por alguma espécie de imortalidade.

– Vire à direita aqui – orientou Pier –, para a *piazza* del Plebiscito.

O tráfego era ainda pior ali, a área mais decadente.

– Pare! – gritou Pier.

Robert encostou no meio-fio. Estavam na frente de uma série de lojas miseráveis. Robert olhou ao redor.

– É aqui que sua mãe mora?

– Não – respondeu Pier. – Claro que não.

Ela inclinou-se e apertou a buzina. Um momento depois, uma moça saiu de uma das lojas. Pier saltou do carro e correu para cumprimentá-la. Abraçaram-se.

– Você está maravilhosa! – exclamou a mulher. – Deve andar muito bem de vida!

– É verdade. – Pier estendeu o pulso. – Olhe só a minha pulseira nova!

– São esmeraldas verdadeiras?

– Claro!

A mulher gritou para alguém dentro da loja:

– Anna! Venha ver quem está aqui!

Robert observava a cena, incrédulo.

– Pier...

– Só um minuto, querido. Tenho de dar um alô para minhas amigas.

Em poucos minutos, meia dúzia de mulheres se agrupavam em torno de Pier, admirando sua pulseira, enquanto Robert permanecia sentado no carro, impotente, rangendo os dentes.

– Ele é louco por mim – anunciou Pier. Ela virou-se para Robert. – Não é, *caro?*

Robert sentia vontade de estrangulá-la, mas não havia nada que pudesse fazer.

– Sou sim. Podemos ir agora, Pier?

– Só mais um minuto.

– *Agora!*

– Oh, está bem. – Pier virou-se para as mulheres. – Devemos ir agora. Temos um encontro muito importante. *Ciao!*

– *Ciao!*

Pier tornou a sentar no carro, as mulheres ficaram paradas na calçada, observando-os se afastarem. Pier comentou, feliz:

– São todas velhas amigas.

– Isso é ótimo. Onde fica a casa de sua mãe?

– Ela não mora na cidade.

– O *quê?*

– Ela mora fora da cidade, num pequeno sítio, a meia hora daqui.

Era ao sul de Nápoles, uma velha casa de pedra, afastada da estrada.

– Aí está! – exclamou Pier. – Não é linda?

– É, sim.

Robert gostou do fato de a casa ser longe do centro da cidade. Não haveria motivos para que alguém viesse procurá-lo ali. *Pier tinha razão. É uma casa absolutamente segura.*

Subiram para a porta da frente. Antes que pudessem alcançá-la, a porta foi aberta e a mãe de Pier apareceu, sorrindo.

Era uma versão mais velha da filha, magra e grisalha, com o rosto vincado pela preocupação.

– Pier, *cara! Mi sei mancata!*

– Também senti saudade, mamãe. Este é o amigo que avisei pelo telefone que traria para casa.

A mãe não perdeu a pose.

– Ahn? *Si*, seja bem-vindo, senhor...

– Jones – respondeu Robert.

– Entre, entre.

Entraram na sala de estar. Era grande, confortável, aconchegante, atulhada de móveis.

Um rapaz de 20 e poucos anos entrou na sala. Era baixo e moreno, o rosto fino e mal-humorado, os olhos castanhos soturnos. Usava jeans e um blusão com o nome Diavoli Rossi costurado. O rosto se iluminou ao ver a irmã.

– Pier!

– Olá, Carlo.

Abraçaram-se.

– O que está fazendo aqui?

– Viemos passar alguns dias. – Ela virou-se para Robert. – Este é meu irmão, Carlo. Carlo, este é o Sr. Jones.

– Olá, Carlo.

Carlo estava avaliando Robert.

– Olá.

A mãe interveio:

– Arrumarei um lindo quarto para os pombinhos lá nos fundos.

– Se não se importa... isto é, se tiver um quarto extra, eu preferia ficar sozinho – disse Robert.

Houve uma pausa constrangida. Os três olhavam espantados para Robert. *Mamma* virou-se para Pier.

– *Omosessuale?*

Pier deu de ombros. *Não sei.* Mas ela tinha certeza de que ele *não* era um homossexual. *Mamma* olhou para Robert.

– Como quiser. – Ela tornou a abraçar Pier. – Não imagina como estou feliz em ver você. Vamos para a cozinha. Farei um café.

Na cozinha, *mamma* exclamou:

– *Benissimo!* Como o conheceu? Ele parece muito rico. E essa pulseira que você está usando... Deve ter custado uma fortuna. Esta noite farei um grande jantar. Convidarei todos os vizinhos, para que possam conhecer seu...

– Não, *mamma*, não deve fazer isso.

– Mas por que não espalhar a notícia de sua boa sorte, *cara?* Todos os nossos amigos ficarão tão satisfeitos...

– *Mamma*, o Sr. Jones quer apenas descansar por alguns dias. Sem festa. Sem vizinhos.

Mamma suspirou.

– Está bem. Como quiser.

Darei um jeito para que ele seja preso longe de casa, a fim de não perturbar mamãe.

Carlo também notara a pulseira.

– Aquela pulseira... são esmeraldas verdadeiras, não é? Comprou-a para minha irmã?

Havia alguma coisa na atitude do rapaz que não agradava a Robert.

– Pergunte a ela.

Pier e *mamma* vieram da cozinha. *Mamma* olhou para Robert.

– Tem certeza de que não quer dormir com Pier?

Robert ficou sem graça.

– Não, obrigado.

– Vou mostrar seu quarto – disse Pier.

Ela levou-o para um quarto grande e confortável, com uma cama de casal, nos fundos da casa.

– Tem medo do que *mamma* pode pensar se dormirmos juntos, Robert? Ela sabe o que eu faço.

– Não é isso. É que eu... – Não havia como ele pudesse explicar. – Sinto muito, mas...

A voz de Pier soou fria:

– Não importa.

Ela sentia-se irracionalmente ofendida. Era a segunda vez que ele a rejeitava. *Será uma lição bem merecida quando eu o entregar à policia,* pensou ela. E, no entanto, um sentimento de culpa a atormentava. Ele era muito simpático, mas... 50 mil dólares eram 50 mil dólares.

Mamma falou muito durante o jantar, mas Pier, Robert e Carlo se mantiveram em silêncio, preocupados.

Robert concentrava-se em definir seu plano de fuga. *Amanhã,* pensou ele, *irei às docas e encontrarei um navio para sair daqui.*

Pier pensava no telefonema que pretendia dar. *Ligarei da cidade, para que a polícia não possa localizar a casa.*

Carlo estudava o estrangeiro que a irmã trouxera para casa. *Ele deve ser uma presa fácil.*

Terminado o jantar, as duas mulheres foram para a cozinha. Robert ficou a sós com Carlo.

– Você é o primeiro homem que minha irmã já trouxe para casa – comentou Carlo. – Ela deve gostar muito de você.

– Eu gosto muito dela.

– É mesmo? E vai cuidar dela?

– Acho que sua irmã sabe cuidar de si mesma.

Carlo sorriu.

– Sei disso.

O estrangeiro sentado no outro lado da mesa estava bem-vestido, era obviamente rico. Por que ele ficava na casa, quando poderia se hospedar num hotel de luxo? Carlo só podia pensar num motivo para isso: o homem estava se escondendo. O que levantava uma questão interessante. Quando um homem rico se escondia, por qualquer motivo, sempre se podia ganhar algum dinheiro com a situação.

– De onde você é? – perguntou Carlo.

– De nenhum lugar em particular – respondeu Robert, jovialmente. – Viajo muito.

Carlo balançou a cabeça.

– Entendo...

Descobrirei com Pier quem ele é. Alguém provavelmente estará disposto a pagar um bom dinheiro por ele, Pier e eu poderemos dividir.

– Trabalha em quê? – perguntou Carlo.

– Estou aposentado.

Não seria difícil obrigar esse homem a falar, refletiu Carlo. Lucca, o líder dos Diavoli Rossi, poderia forçá-lo a abrir o bico num instante.

– Quanto tempo ficará conosco?

– É difícil prever.

A curiosidade do rapaz começava a dar nos nervos de Robert. Pier e a mãe voltaram da cozinha.

– Gostaria de tomar mais café? – perguntou *mamma*.

– Não, obrigado. Foi um jantar delicioso.

Mamma sorriu.

– Não foi nada. Amanhã farei um banquete para você.

– Ótimo. – A esta altura, ele já teria ido embora. Robert levantou-se. – Se não se importam, gostaria de ir me deitar agora, pois estou bastante cansado.

– Claro que não nos importamos – respondeu *mamma*. – Boa noite.

– Boa noite.

Todos ficaram olhando Robert se encaminhar para o quarto. Carlo sorriu.

– O homem acha que você não é bastante boa para dormir com ele, hein?

O comentário deixou Pier irritada, como era a intenção. Não se importaria se Robert fosse homossexual, mas o ouvira conversar com Susan, e sabia que a verdade era outra. *Mostrarei ao* stronzo.

Deitado na cama de casal, Robert ficou pensando em seu próximo movimento. Lançar uma pista falsa com o transmissor de sinais oculto no cartão de crédito devia ter lhe proporcionado algum tempo, mas não estava contando muito com isso. Provavelmente já deviam ter encontrado o caminhão vermelho. Os homens em seu encalço eram implacáveis e eficientes. *Os líderes de governos estariam mesmo envolvidos naquela maciça operação de cobertura?*, especulou Robert. Ou haveria uma organização dentro de uma organização, uma cabala na comunidade de informações, agindo ilegalmente, por conta própria? Quanto mais Robert pensava a respeito, mais viável parecia que os chefes de estado pudessem estar alheios ao que acontecia. E um pensamento ocorreu-lhe. Sempre lhe parecera estranho que o almirante Whittaker fosse subitamente removido do ONI e transferido para alguma Sibéria burocrática. Mas se alguém o *forçara* a sair, porque sabiam que ele nunca participaria de uma conspiração, então começava a fazer sentido. *Tenho de entrar em contato com o almirante,* pensou Robert. Ele era o único em quem podia confiar para descobrir a verdade do que estava acontecendo. *Amanhã,* pensou Robert. *Amanhã*. Ele fechou os olhos e dormiu.

O rangido da porta do quarto despertou-o. Sentou na cama, alerta no mesmo instante. Alguém se aproximava da cama. Robert se contraiu, pronto para entrar em ação. Farejou o perfume de Pier, sentiu quando ela se meteu na cama, ao seu lado.

– Pier, o que você...?

– Psiu. – Ela comprimiu-se contra Robert. Estava nua. – Eu me sentia muito sozinha.

Ela se aconchegou contra ele.

– Desculpe, Pier, mas... não posso fazer nada por você.

– Não? Então deixe que eu faça por você.

A voz era insinuante.

– Não adianta. Não pode fazer nada.

Robert experimentava uma profunda frustração. Queria poupar a ambos do constrangimento.

– Não gosta de mim, Robert? Acha que não tenho um corpo bonito?

– Claro que tem.

E era verdade. Robert podia sentir o calor daquele corpo se comprimindo contra o seu. Pier o acariciava, gentilmente, passando os dedos por seu peito, para cima e para baixo, descendo cada vez mais para a virilha. Ele precisava detê-la antes que o fiasco humilhante se repetisse.

– Pier, não posso fazer amor. Não fui capaz de fazer nada com uma mulher desde que... há muito tempo.

– Não precisa fazer nada, Robert. Só quero me divertir um pouco. Não gosta de ser acariciado?

Robert nada sentia. *Maldita Susan!* Ela levara mais do que a si própria ao deixá-lo, levara uma parte de sua virilidade. Pier deslizava por seu corpo agora.

– Vire-se, Robert.

– Não adianta, Pier. Eu...

Ela virou-o, e Robert ficou estendido ali, amaldiçoando Susan, amaldiçoando sua impotência. Podia sentir a língua de Pier se deslocando por suas costas, em círculos pequenos e delicados, cada vez mais para baixo. Os dedos dela roçavam gentilmente por sua pele.

– Pier...

– Psiu.

Ele sentia a língua em espiral, cada vez mais profunda, experimentou um princípio de excitamento. Começou a se mexer.

– Fique quieto.

A língua era macia e quente, Robert sentia os seios se comprimindo contra sua pele. Sua pulsação acelerou. *Sim!*, pensou ele. *Sim! Sim!* O pênis foi inchando, até ficar duro como pedra; e quando não podia suportar por mais tempo, agarrou Pier e a virou. Ela sentiu-o e murmurou:

– Puxa, como você está grande! Quero tudo isso dentro de mim!

E um momento depois Robert penetrou-a, e era como se tivesse renascido. Pier era hábil e ardente, Robert se deleitou na caverna escura de sua maciez aveludada. Fizeram amor três vezes naquela noite, antes de finalmente adormecerem.

Dia 18
Nápoles, Itália

Pela manhã, quando uma pálida claridade entrava pela janela, Robert acordou. Abraçou Pier e sussurrou:

– Obrigado.

Ela sorriu, maliciosa.

– Como se sente?

– Maravilhosamente bem.

E era verdade. Pier aconchegou-se contra ele.

– Você é um verdadeiro animal!

Robert sorriu.

– E você é ótima para o meu ego.

Pier sentou e perguntou, muito séria:

– Você não é um traficante de drogas, não é mesmo?

Era uma pergunta ingênua.

– Não.

– Mas a Interpol está à sua procura.

Era mais perto do alvo.

– Está, sim.

O rosto de Pier se iluminou de repente.

– Já sei! É um espião!

Ela ficou animada como uma criança. Robert não pôde deixar de rir.

– Sou?

E ele pensou: *Da boca das crianças...*

– Confesse – insistiu Pier. – É um espião, não é?

– Isso mesmo – declarou Robert, solene. – Sou um espião.

– Eu sabia! – Os olhos de Pier faiscavam. – Pode me contar alguns segredos?

– Que tipo de segredos?

– Segredos de espiões... códigos e coisas assim. Adoro ler romances de espionagem. Leio essas histórias sempre.

– É mesmo?

– É, sim. Mas são apenas histórias inventadas. Você conhece as coisas de verdade, não é? Como os sinais que os espiões usam. Tem permissão para me revelar algum?

Robert disse, muito sério:

– Não deveria, mas acho que um só não faria mal algum.

O que posso lhe dizer que ela acreditará?

– Há o velho truque da persiana da janela.

Pier estava com os olhos arregalados.

– O velho truque da persiana da janela?

– Isso mesmo. – Robert apontou para uma janela no quarto. – Se tudo se encontra sob controle, você deixa a persiana levantada. Mas se houver problemas, basta arriar uma persiana. É o sinal para alertar seu companheiro a não se aproximar.

– Mas é maravilhoso! – exclamou Pier, excitada. – Nunca li isso em nenhum livro!

– Nem vai ler. É um segredo.

– Não contarei a ninguém – prometeu Pier. – O que mais?

O que mais? Robert pensou por um momento.

– Há também o truque do telefone.

Pier aconchegou-se contra ele.

– Conte como é.

– Hum... digamos que outro espião da sua equipe telefona para saber se está tudo bem. Perguntará por Pier. Se estiver tudo bem, você dirá "É Pier quem está falando". Mas se houver algum problema, você diz "Discou o número errado".

– Isso é maravilhoso! – exclamou Pier.

Meus instrutores na Fazenda teriam um infarto se me ouvissem dizer essas bobagens.

– Pode me contar mais alguma coisa, Robert?

Ele riu.

– Acho que já revelei segredos suficientes por uma manhã.

– Está bem.

Pier roçou o corpo contra o dele.

– Não gostaria de tomar um banho de chuveiro, Robert?

– Adoraria.

Ensaboaram um ao outro sob a água quente. Quando Pier abriu as pernas de Robert e começou a ensaboá-lo ali, ele ficou duro outra vez.

E fizeram amor debaixo do chuveiro.

Enquanto Robert se vestia, Pier pôs um roupão e disse:

– Vou preparar nosso café da manhã.

Carlo esperava-a na sala de jantar.

– Fale-me de seu amigo, Pier.

– O que há com ele?

– Onde o conheceu?

– Em Roma.

– Ele deve ser muito rico para lhe comprar aquela pulseira de esmeraldas.

Pier deu de ombros.

– Ele gosta de mim.

– Sabe o que eu penso? Acho que seu amigo está fugindo de alguma coisa. Se contarmos à pessoa certa, poderemos ganhar uma grande recompensa.

Pier avançou para o irmão, os olhos ardendo em fúria.

– Não se meta nisso, Carlo!

– Então é verdade, ele está mesmo fugindo.

– Escute aqui, seu pequeno *piscialetto,* vou lhe avisar... cuide apenas da própria vida!

Ela não tinha a menor intenção de partilhar a recompensa com quem quer que fosse.

Carlo disse, em tom de censura:

– Ora, irmãzinha, está querendo tudo só para você.

– Não é isso. Você não entende, Carlo.

– Não?

– Está bem, direi a verdade. O Sr. Jones está fugindo da esposa. Ela contratou um detetive para encontrá-lo. E isso é tudo.

Carlo sorriu.

– Por que não me falou antes? Isso não tem nada demais. Vou esquecer o caso.

– Ainda bem.

E Carlo pensou: *Preciso descobrir quem ele é realmente.*

JANUS ESTAVA AO telefone.

– Já tem alguma noticia?

– Sabemos que o comandante Bellamy está em Nápoles.

– E há gente nossa lá?

– Há, sim. Estão à sua procura agora. Temos uma pista. Ele viajou com uma prostituta cuja família vive em Nápoles. Achamos que podem ter ido para lá. Estamos investigando.

– Mantenha-me informado.

EM NÁPOLES, O SERVIÇO municipal de habitação se empenhava em descobrir o endereço da mãe de Pier Valli.

Uma dezena de agentes de segurança e a força policial napolitana vasculhavam a cidade, à procura de Robert.

Carlo se ocupava em formular seus planos para Robert.

E Pier se preparava para fazer outra ligação para a Interpol.

42

O perigo no ar era quase palpável, e Robert experimentava a sensação de que bastava estender a mão para tocá-lo. O cais do porto era uma colmeia de atividade, com incontáveis cargueiros carregando e descarregando. Mas outro elemento fora acrescentado: Havia carros da polícia cruzando para um lado e para outro do cais, guardas uniformizados e detetives à paisana interrogando os estivadores e marinheiros. A caçada humana foi uma surpresa total para Robert. Era quase como se soubessem que ele se encontrava em Nápoles, pois seria impossível conduzirem uma busca tão intensa em todas as principais cidades da Itália. Ele nem mesmo se deu ao trabalho de sair do carro. Fez a volta e afastou-se do cais. O que ele julgara um plano fácil – embarcar num cargueiro seguindo para a França – tornara-se agora perigoso demais. De alguma forma, haviam conseguido descobrir que ele estava na cidade. Robert tornou a repassar suas opções. Viajar por qualquer distância de carro era muito arriscado. A esta altura, já haveria bloqueios nas estradas em torno da cidade. O porto era vigiado. O que significava que a estação ferroviária e o aeroporto também se achavam sob rigorosa vigilância. Robert pensou na oferta de Susan. *"Navegamos ao largo da costa de Gibraltar. Podemos apanhá-lo em qualquer lugar que indicar. Provavelmente é a sua única chance de escapar."* Ele relutava em envolver Susan no perigo que corria, mas não conseguia pensar em outra alternativa. Era a única maneira de escapar da armadilha em que se encontrava. Não o procurariam num iate particular. *Se eu puder encontrar uma maneira de alcançar o* Halcyon, pensou Robert, *eles poderiam me deixar perto da costa de Marselha, e eu chegaria em terra sozinho. Desse modo, eles não correriam qualquer perigo.*

Ele estacionou o carro na frente de uma pequena *trattoria*, e entrou para telefonar. A ligação para o *Halcyon* foi completada em cinco minutos.

– A Sra. Banks, por favor.

– Quem deseja falar?

Monte tem a porra de um mordomo para atender o *telefone no iate.*

– Basta dizer a ela que é um velho amigo.

Um minuto depois, ele ouviu a voz de Susan:

– Robert... é você?

– Em pessoa.

– Eles... não o prenderam, não é?

– Não, Susan. – Era difícil para ele fazer a pergunta. – Sua oferta ainda está de pé?

– Claro que sim. Quando...?

– Podem alcançar Nápoles ainda esta noite?

Susan hesitou.

– Não sei. Espere um instante. – Robert ouviu-a falar com alguém. Logo ela voltou à linha. – Monte diz que temos um problema com o motor, mas podemos chegar em Nápoles dentro de dois dias.

Droga! Cada dia que passava ali aumentava o risco de ser descoberto.

– Está bem.

– Como o encontraremos?

– Entrarei em contato com você.

– Por favor, Robert, tenha cuidado.

– Estou tentando. Juro que estou.

– Não vai deixar que lhe aconteça qualquer coisa ruim?

– Não, Susan, não deixarei que nada de ruim me aconteça. *Nem a você.*

No iate, Susan desligou, virou-se para o marido e sorriu.

– Ele virá para o iate.

UMA HORA DEPOIS, em Roma, Francesco Cesar entregou um telegrama ao coronel Frank Johnson. Era do *Halcyon,* e dizia:

BELLAMY EMBARCARÁ NO HALCYON.
MANTEREI VOCÊS INFORMADOS.

NÃO HAVIA ASSINATURA.

– Já tomei todas as providências para grampear as comunicações com o *Halcyon* – disse Cesar. – Assim que Bellamy embarcar, nós o pegaremos.

43

Quanto mais pensava a respeito, mais Carlo Valli se convencia de que poderia dar um grande golpe. A história de Pier, de que o americano fugia da esposa, era uma piada. O Sr. Jones fugia, sem a menor dúvida, mas da polícia. Provavelmente havia uma recompensa pelo homem. Talvez uma bem grande. O caso tinha de ser conduzido com o maior cuidado. Carlo decidiu discutir o problema com Mario Lucca, o líder dos Diavoli Rossi.

No início da manhã, Carlo montou em sua Vespa e seguiu para a via Sorcella, por trás da *piazza* Garibaldi. Parou na frente de um prédio caindo aos pedaços, apertou a campainha ao lado da caixa de correspondência com o nome "Lucca". Um minuto depois, uma voz gritou:

– Quem está aí?

– Carlo. Preciso falar com você, Mario.

– É melhor que seja algo muito bom para me incomodar a esta hora da manhã. Suba.

A campainha da porta tocou, Carlo entrou no prédio e subiu. Mario Lucca estava esperando na porta aberta, completamente nu. Carlo pôde ver que havia uma mulher na cama.

– *Che cosa?* Por que levantou tão cedo?

– Estou tão agitado que não consegui dormir, Mario. Acho que esbarrei em algo muito grande.

– É mesmo? Entre.

Carlo entrou no pequeno apartamento, sujo e desarrumado.

– Ontem à noite minha irmã levou um cara para casa.

– E daí? Pier é uma puta. Ela...

– Mas acontece que esse cara é rico. E está se escondendo.

– De quem ele está se escondendo?

– Não sei. Vou descobrir. Haverá uma recompensa.

– Por que não pergunta à sua irmã?

Carlo franziu o rosto.

– Pier quer ficar com tudo. Devia ver a pulseira que o cara comprou para ela... de esmeraldas.

– Uma pulseira, hein? Quanto vale?

– Eu direi a você mais tarde. Vou vendê-la esta manhã.

Lucca ficou imóvel por um momento, pensativo.

– Já sei o que vamos fazer. Por que não conversamos com o amiguinho de sua irmã? Podemos levá-lo para o clube esta manhã.

O clube era um armazém vazio no Quartiere Sanità, onde havia uma sala à prova de som. Carlo sorriu.

– *Bene.* Posso levá-lo até lá sem a menor dificuldade.

– Estaremos à espera. Teremos uma conversinha com ele. Torço para que tenha uma boa voz, pois vai cantar para a gente.

Ao voltar para casa, Carlo descobriu que o Sr. Jones não estava. Carlo entrou em pânico.

– Para onde o seu amigo foi? – ele perguntou a Pier.

– Dar uma volta pela cidade. Deve estar voltando. Por quê?

Carlo forçou um sorriso.

– Só curiosidade.

Ele esperou até que a mãe e a irmã fossem até a cozinha para fazer o almoço, depois entrou no quarto de Pier.

Encontrou a pulseira escondida no fundo da gaveta de lingerie da cômoda. Guardou-a no bolso e já estava saindo quando a mãe veio da cozinha.

– Carlo, não vai ficar para o almoço?

– Não, *mamma*. Tenho um encontro. Voltarei mais tarde.

Ele tornou a montar em sua Vespa e seguiu para o Quartiere Spagnolo. *Talvez a pulseira seja falsa,* pensou Carlo. *Pode ser de fantasia. Espero não bancar* o *idiota com Lucca.* Ele parou a Vespa na frente de uma pequena joalheria. O proprietário, Gambino, era um velho enrugado, com uma peruca preta desajustada e dentadura postiça. Levantou os olhos quando Carlo entrou.

– Bom dia, Carlo. Levantou cedo hoje.

– É isso aí.

– O que tem para mim hoje?

Carlo tirou a pulseira do bolso e pôs em cima do balcão.

– Isto.

Gambino pegou-a. Seus olhos se arregalaram assim que começou a examiná-la.

– Onde conseguiu isto?

– Uma tia rica morreu e deixou para mim. Tem valor?

– Talvez – respondeu Gambino, cauteloso.

– Não tente me sacanear.

Gambino pareceu ficar magoado.

– Alguma vez o enganei?

– Todas as vezes.

– Vocês, garotos, estão sempre com ideias erradas. Vou lhe dizer o que farei, Carlo. Não tenho certeza se posso cuidar desta pulseira. É muito valiosa.

O coração de Carlo disparou.

– É mesmo?

– Preciso verificar se posso descarregá-la com alguém. Ligarei para você esta noite.

– Está bem. – Carlo pegou a pulseira. – Ficarei com isto até você me dar notícias.

Carlo deixou a loja andando nas nuvens. Então ele estava certo! O otário era rico e também maluco. *A não ser que fosse doido, por que alguém daria uma pulseira tão cara a uma puta?*

Na loja, Gambino ficou observando Carlo se afastar. E pensou: *Em que esses idiotas se meteram?* Ele pegou em baixo do balcão uma circular que fora enviada a todas as lojas de penhores. Tinha uma descrição da pulseira que ele acabara de ver, mas no fundo, em vez do telefone habitual da polícia, havia um aviso especial: "Notifique o SIFAR imediatamente." Gambino teria ignorado uma circular comum da polícia, como já fizera centenas de vezes no passado, mas conhecia o bastante do SIFAR para saber que nunca se podia traí-los. Detestava perder o lucro que poderia obter com aquela pulseira, mas não pretendia enfiar seu pescoço no laço do carrasco. Relutante, ele pegou o telefone e discou o número indicado na circular.

44

Era a estação do medo, das sombras turbilhonantes e mortíferas. Anos antes, Robert fora enviado numa missão a Bornéu e se embrenhara pelo fundo da selva, no encalço de um traidor. Fora em outubro, durante a *musim takoot*, a tradicional temporada de caça de cabeças, quando os nativos da selva viviam sob o terror de *Balli Salang*, o espírito que caçava humanos por seu sangue. Era a temporada de assassinatos, e agora, para Robert, Nápoles se transformara de repente na selva de Bornéu. A morte pairava no ar. *Não se entregue gen-*

tilmente, pensou Robert. *Eles terão de me apanhar primeiro.* Como descobriram onde ele estava? *Pier.* Fora localizado por intermédio de Pier. *Tenho de voltar à casa e avisá-la,* pensou Robert. *Mas primeiro preciso encontrar uma maneira de sair daqui.*

Ele seguiu para os arredores da cidade, onde a autoestrada começava, na esperança de que pudesse estar livre, por algum milagre. Quinhentos metros antes de alcançar a entrada da autoestrada, ele avistou a barreira policial. Fez a volta e seguiu para o centro da cidade.

Dirigia devagar, concentrado, procurando pensar como seus perseguidores. Já deveriam ter bloqueado todas as saídas da Itália. Cada navio que deixasse o país seria revistado. E, subitamente, ocorreu-lhe um plano. Não teriam motivos para revistar navios que *não* saíssem da Itália. *É uma possibilidade,* concluiu Robert. Ele retornou ao porto.

A SINETA POR CIMA da porta da joalheria tocou, e Gambino levantou os olhos. Dois homens de terno escuro entraram. Não eram clientes.

– Em que posso servi-los?

– Sr. Gambino?

Ele exibiu a dentadura postiça.

– Sou eu.

– Telefonou para avisar sobre uma pulseira de esmeraldas.

SIFAR. Ele os esperava. Desta vez, porém, estava do lado dos anjos.

– Isso mesmo. Como patriota, achei que era meu dever...

– Corte a merda. Quem a trouxe?

– Um rapaz chamado Carlo.

– Ele deixou a pulseira?

– Não.

– Qual é o sobrenome de Carlo?

Gambino deu de ombros.

– Não sei. É um dos rapazes dos Diavoli Rossi, uma das gangues locais. É liderada por um rapaz chamado Lucca.

– Sabe onde podemos encontrar esse Lucca?

Gambino hesitou. Se Lucca descobrisse que ele falara, teria sua língua cortada. Mas se *não* contasse àqueles homens o que queriam saber, teria seu crânio arrebentado.

– Ele mora na via Sorcella, por trás da *piazza* Garibaldi.

– Obrigado, Sr. Gambino. Foi muito prestativo.

– Fico sempre feliz em cooperar com...

Os homens já haviam se retirado.

LUCCA SE ENCONTRAVA na cama com a namorada quando os dois homens arrombaram a porta do apartamento. Lucca saltou da cama.

– Mas que negócio é esse? Quem são vocês?

Um dos homens tirou uma identificação do bolso. *SIFAR!* Lucca engoliu em seco.

– Ei, não fiz nada de errado! Sou um cidadão respeitador das leis que...

– Sabemos disso, Lucca. Não estamos interessados em você. Procuramos um rapaz chamado Carlo.

Carlo! Então era isso! A porra daquela pulseira! Em que encrenca Carlo teria se metido? O SIFAR não mandava homens em busca de joias roubadas.

– E então... você o conhece ou não?

– Talvez conheça.

– Se não tem certeza, podemos refrescar sua memória no quartel-general.

– Esperem! Estou lembrando agora. Devem estar se referindo a Carlo Valli. O que há com ele?

– Queremos ter uma conversinha com Carlo. Onde ele mora?

Todos os membros dos Diavoli Rossi tinham de prestar um juramento de sangue de lealdade, um juramento de que morreriam antes de traírem um companheiro. Era o que fazia com que os Diavoli Rossi permanecessem unidos. Um por todos, todos por um.

– Prefere dar um passeio ao centro, Lucca?

– Para quê?

Lucca deu de ombros. E informou o endereço de Carlo.

Trinta minutos depois, Pier abriu a porta para deparar com dois estranhos.

– *Signorina* Valli?

Aquilo era encrenca na certa.

– Sou eu.

– Podemos entrar?

Ela sentiu vontade de dizer não, mas não se atreveu.

– Quem são vocês?

Um dos homens tirou a carteira do bolso e mostrou o cartão de identificação. SIFAR. Não eram aquelas as pessoas com quem negociara. Pier sentiu pânico pela perspectiva de perder sua recompensa.

– O que querem comigo?

– Gostaríamos de lhe fazer algumas perguntas.

– Podem fazer. Não tenho nada a esconder.

Graças a Deus que Robert saiu!, pensou Pier. *Ainda posso negociar.*

– Saiu de carro de Roma ontem, não é mesmo?

– Saí, sim. Isso é contra a lei? Ultrapassei o limite de velocidade?

O homem sorriu. O que em nada contribuiu para mudar sua expressão.

– Havia alguém com você?

Pier tornou-se ainda mais cautelosa.

– Havia.

– Quem era, *signorina?*

Ela deu de ombros.

– Um homem que apanhei na estrada. Ele queria uma carona para Nápoles.

O segundo homem perguntou:

– Ele está aqui com você agora?

– Não sei onde ele está. Deixei-o quando chegamos à cidade, e ele desapareceu.

– O nome de seu passageiro era Robert Bellamy?

Ela franziu a testa em concentração.

– Bellamy? Não sei. Acho que ele não me disse seu nome.

– Achamos que disse. Ele pegou você no Tor di Ounto, passaram a noite no hotel L'Incrocio, e na manhã seguinte ele lhe comprou uma pulseira de esmeraldas. Mandou-a a alguns hotéis, com passagens de avião e trem, você alugou um carro e veio para Nápoles, certo?

Eles sabem de tudo. Pier assentiu, o medo aflorando em seus olhos.

– Seu amigo vai voltar, ou deixou Nápoles?

Ela hesitou, procurando decidir qual era a melhor resposta. Se lhes dissesse que Robert deixara a cidade, não iriam mesmo acreditar. Esperariam na casa, e quando ele retornasse poderiam acusá-la de mentir para ajudá-lo, seria presa como cúmplice. Ela concluiu que a verdade era mais conveniente.

– Ele voltará.

– Logo?

– Não sei.

– Pois então ficaremos à vontade para esperar. Não se importa se dermos uma olhada por aí, não é?

Os homens haviam aberto seus paletós, mostrando as armas.

– Não.

Eles foram revistar a casa. *Mamma* veio da cozinha.

– Quem são esses homens?

– São amigos do Sr. Jones – respondeu Pier. – Vieram vê-lo.

Mamma ficou radiante.

– Um homem tão simpático! Não querem almoçar?

– Claro, *mamma* – respondeu um dos homens. – O que tem para comer?

A MENTE DE PIER estava em turbilhão. *Tenho de ligar de novo para a Interpol,* pensou ela. *Disseram que me pagariam 50 mil dólares.* Enquanto isso, precisava manter Robert longe da casa, até acertar tudo para entregá-lo. Mas como? E de repente ela lembrou a conversa naquela manhã. "Se *houver problemas, basta arriar a persiana para manter a pessoa a distância.*" Os dois homens estavam sentados à mesa de jantar, comendo uma tigela de *capellini.*

– Está muito claro aqui – murmurou Pier.

Ela se levantou, foi até a sala de estar, baixou a persiana. E voltou à mesa. *Espero que Robert se lembre do sinal de advertência.*

ROBERT VOLTAVA PARA A CASA, analisando seu plano de fuga. *Não é perfeito,* pensou ele, *mas pelo menos deve despistá-los pelo tempo suficiente para eu poder respirar.* Estava se aproximando da casa. Ao chegar perto, diminuiu a velocidade e olhou ao redor. Tudo parecia normal. Avisaria a Pier para sair dali e depois iria embora. Quando já ia parar na frente da casa, algo lhe pareceu estranho. Uma persiana estava abaixada, as outras levantadas. Provavelmente era uma coincidência, mas... Uma campainha de alarme soou. Pier teria levado a sério seu pequeno jogo? Aquilo representaria uma advertência? Robert pisou no acelerador e continuou em frente. Não podia correr qualquer risco, por mais remoto que fosse. Parou num bar 1,5 quilômetro adiante, entrou para telefonar.

Estavam todos sentados à mesa de jantar quando o telefone tocou. Os homens ficaram tensos. Um deles começou a se levantar.

– Bellamy telefonaria para cá?

Pier lançou-lhe um olhar desdenhoso.

– Claro que não. Por que deveria?

Ela se levantou e foi atender.

– Alô?

– Pier? Vi a persiana arriada e...

Bastava ela dizer que estava tudo bem, e Robert voltaria para a casa. Os homens o prenderiam, ela poderia exigir sua recompensa. Mas será que se limitariam a prendê-lo? Ela podia ouvir a voz de Robert dizendo: *"Se a polícia me encontrar, tem ordens para me matar."*

Os homens à mesa observavam-na. Havia muita coisa que ela poderia fazer com 50 mil dólares. Compraria lindas roupas, viajaria, teria um pequeno apartamento em Roma... E Robert estaria morto. Além do mais, ela odiava a polícia. Pier disse ao telefone:

– Discou o número errado.

Robert ouviu o estalo do telefone e ficou imóvel, atordoado. Pier acreditara em suas histórias e, com isso, provavelmente salvara sua vida. *Abençoada seja.*

Ele afastou-se da casa, voltando ao porto. Mas em vez de ir para a parte principal, que servia aos cargueiros e navios de passageiros deixando a Itália, foi para o outro lado, passando por Santa Lucia, até um pequeno píer, onde uma placa por cima de um quiosque dizia "Capri e Ischia". Robert estacionou o carro onde poderia ser facilmente avistado, foi até o bilheteiro.

– Quando parte o próximo hidrofólio para Ischia?

– Dentro de trinta minutos.

– E para Capri?

– Em cinco minutos.

– Dê-me uma passagem só de ida para Capri.

– *Sì, signore.*

– Que merda é essa de *"sì signore"*? – berrou Robert. – Por que vocês não falam inglês como todo mundo?

Os olhos do homem se arregalaram em choque.

– Vocês, carcamanos, são todos iguais! Estúpidos!

Robert estendeu algum dinheiro para o homem, pegou a passagem e se encaminhou para o hidrofólio.

Três minutos depois, estava a caminho da ilha de Capri. O barco começou devagar, avançando cautelosamente pelo canal. Ao chegar aos limites externos, arremeteu para a frente, elevando-se acima da água, como uma graciosa toninha. Havia a bordo uma porção de turistas, de diversos países, conversando felizes, em diferentes línguas. Ninguém prestava atenção a Robert. Ele foi para o pequeno bar em que serviam drinques. Disse ao *bartender:*

– Quero uma vodca com tônica.

– Pois não, senhor.

Ele ficou observando o *bartender* misturar o drinque.

– Aqui está, *signore.*

Robert pegou o copo e tomou um gole. Bateu com o copo em cima do balcão.

– Chama essa porcaria de um drinque? Tem um gosto pior do que mijo de cavalo! Qual é o problema com a porra dos italianos?

Pessoas ao redor se viraram para olhar. O *bartender* disse, muito tenso:

– Desculpe, *signore.* Usamos o melhor...

– Não me venha com essa merda!

Um inglês próximo protestou:

– Há mulheres aqui. Modere a linguagem.

– Não tenho que moderar porra nenhuma! – berrou Robert.

– Sabe quem eu sou? Pois fique sabendo que sou o comandante Robert Bellamy! E chamam isso de barco? Não passa de uma bosta flutuante!

Ele foi para a popa e se sentou. Podia sentir os olhos dos outros passageiros a observarem-no. Seu coração estava disparado, mas a farsa ainda não terminara.

Quando o hidrofólio atracou em Capri, Robert foi até a bilheteria na entrada do *funicolare.* Um homem idoso vendia as passagens.

– Uma passagem! – berrou ele. – E depressa! Não tenho o dia inteiro! Além do mais, você é muito velho para vender passagens. Deveria ficar em casa. Sua mulher provavelmente está trepando com todos os vizinhos.

O velho começou a se levantar, dominado pela raiva. Os transeuntes lançavam olhares furiosos para Robert. Ele pegou a passagem e embarcou no *funicolare* lotado, pensando: *Não esquecerão de mim.* Estava deixando uma trilha que seria impossível perder.

Assim que o *funicolare* parou, Robert abriu caminho aos empurrões pela multidão. Subiu a pé pela sinuosa via Vittorio Emanuele, até o hotel Quisisana.

– Preciso de um quarto – disse Robert ao recepcionista. – Lamento, mas estamos lotados. Há...

Robert entregou-lhe 60 mil liras.

– Qualquer quarto serve.

– Neste caso, acho que podemos acomodá-lo, *signore.* Quer preencher o registro, por favor?

Robert assinou seu nome: Comandante Robert Bellamy.

– Por quanto tempo pretende ficar conosco, comandante?

– Uma semana.

– Não tem problema. Pode me mostrar seu passaporte, por favor?

– Está na minha bagagem. Chegará aqui dentro de poucos minutos.

– Mandarei um funcionário levá-lo ao quarto.

– Não agora. Preciso sair por alguns minutos. Volto logo.

Robert atravessou o saguão e saiu para a rua. As lembranças o atingiam como uma lufada de ar frio. Caminhara por ali com Susan, explorando as pequenas ruas transversais, descendo pela via Ignazio Cerio e a via Li Campo. Fora uma época de magia. Visitaram a Grotta Azzurra, tomaram o café da manhã na *piazza* Umberto. Subiram pelo *funicolare* até Anacapri, foram montados em burros à *villa* Jovis, em que Tibério residira, nadaram nas águas de um verde-esmeralda da Marina Piccola. Fizeram compras na via Vittorio Emanuele, subiram nas cadeirinhas até o monte Solaro, os pés roçando nas folhas das videiras e copas das árvores. À direita, podiam contemplar as casas na encosta, descendo até o mar, flores amarelas cobrindo o solo, uma viagem de 11 minutos por uma terra de fantasia, de muito verde, casas brancas, o mar azul a distância. Lá no alto, tomaram café no Ristorante Barbarossa, depois foram à pequena igreja em Anacapri para agradecer a Deus por todas as suas bênçãos, e um pelo outro. Robert pensara na ocasião que a magia era Capri. Estava enganado. A magia era Susan, que saíra de cena.

Robert voltou à estação do *funicolare* na *piazza* Umberto e desceu, misturado discretamente com os outros passageiros. Quando o *funicolare* chegou lá embaixo, ele desembarcou, contornou com todo cuidado o bilheteiro. Foi até o quiosque no cais, e perguntou, num sotaque espanhol carregado:

– *A qué hora sale el barco a Ischia?*

– *Sale en treinta minutos.*

– *Gracias.*

Robert comprou uma passagem. Foi até um bar à beira da praia, sentou no fundo, tomando um uísque. Àquela altura, já haviam com certeza encontrado o carro, e a caçada se estreitaria. Ele desdobrou o mapa da Europa em sua mente. O mais lógico seria agora seguir para a Inglaterra e encontrar um jeito de voltar aos Estados Unidos. Não faria sentido retornar à França. *Portanto, será a França,* pensou Robert. Um porto movimentado para deixar a Itália. *Civitavecchia. Preciso chegar a Civitavecchia. O* Halcyon.

Ele pegou algumas moedas com o dono do bar e usou o telefone. A telefonista marítima levou dez minutos para completar a ligação. Susan entrou na linha quase que no mesmo instante.

– Nós aguardávamos ansiosos uma notícia sua.

Nós. Ele achou interessante.

– O motor está consertado – acrescentou Susan. – Podemos chegar a Nápoles no início da manhã. Onde devemos buscá-lo?

Era arriscado demais para o *Halcyon* vir até ali.

– Lembra do palíndromo? Estivemos lá na lua de mel.

– Lembro do quê?

– Fiz uma piada a respeito, porque me sentia exausto.

Houve um momento de silêncio no outro lado da linha, antes que Susan murmurasse:

– Lembro.

– O *Halcyon* pode me encontrar ali amanhã?

– Espere um instante.

Ele esperou. Susan voltou ao telefone.

– Podemos.

– Ótimo. – Robert hesitou. Pensou em todas as pessoas inocentes que já haviam morrido. – Estou lhe pedindo muito. Se algum dia descobrirem que me ajudou, pode correr um terrível perigo.

– Não se preocupe. Vamos encontrá-lo lá. Tome cuidado.

– Obrigado.

A ligação foi cortada. Susan virou-se para Monte Banks.

– Ele está vindo.

NO QUARTEL-GENERAL DO SIFAR, em Roma, escutaram a conversa na sala de comunicações. Havia quatro homens ali. O rádio-operador disse:

– Gravamos tudo, se quiser escutar de novo, senhor. O coronel Cesar lançou um olhar inquisitivo para o coronel Johnson.

– Quero ouvir, sim. Estou muito interessado naquela parte sobre o lugar em que vão se encontrar. Parece que ele disse Palíndromo. Existe algum lugar com esse nome na Itália?

O coronel Cesar sacudiu a cabeça.

– Nunca ouvi falar. Vamos verificar. – Ele virou-se para seu assessor. Procure no mapa. E continue a monitorar todas as transmissões do *Halcyon*.

– Certo, senhor.

Na casa da família Valli, em Nápoles, o telefone tocou.

Pier começou a se levantar para atender.

– Fique onde está – disse um dos homens. Ele foi até o telefone e atendeu. – Alô?

Escutou por um momento, depois desligou, virou-se para seu companheiro e informou:

– Bellamy pegou o hidrofólio para Capri. Vamos embora!

Pier observou os dois homens saírem apressados e pensou: *Seja como for, Deus nunca quis que eu tivesse tanto dinheiro. Espero que ele consiga escapar.*

Quando a barca para Ischia chegou, Robert misturou-se com a multidão que embarcava. Manteve-se isolado, evitando qualquer contato visual. Trinta minutos depois, quando a barca atracou em Ischia, ele desembarcou, encaminhou-se para a bilheteria no píer. Uma placa avisava que a barca para Sorrento partiria dentro de dez minutos.

– Uma passagem de ida e volta para Sorrento – pediu Robert.

Dez minutos depois, ele seguia para Sorrento, de volta ao território continental. *Com um pouco de sorte, a busca estará concentrada em Capri,* pensou ele. *Com um pouco de sorte.*

A feira livre em Sorrento estava lotada, camponeses da região vendiam frutas e legumes frescos, havia barracas de carne. A rua estava ocupada por vendedores ambulantes e compradores. Robert aproximou-se de um homem corpulento, com um avental manchado, carregando um caminhão.

– *Pardon, monsieur* – disse ele, com um sotaque francês perfeito. – Estou procurando um transporte para Civitavecchia. Por acaso vai para lá?

– Não. Vou para Salerno. – Ele apontou para um homem ali perto, carregando outro caminhão. – Giuseppe talvez possa ajudá-lo.

– *Merci.*

Robert foi até o outro caminhão.

– *Monsieur*, por acaso vai para Civitavecchia?

O homem respondeu em tom neutro:

– Talvez.

– Eu teria o maior prazer em pagar pelo transporte.

– Quanto?

Robert entregou 100 mil liras ao homem.

– Poderia comprar uma passagem de avião para Roma com esse dinheiro, não é?

Robert percebeu seu erro no mesmo instante. Olhou ao redor, aparentando nervosismo.

– A verdade é que tenho alguns credores vigiando o aeroporto. Prefiro ir de caminhão.

O homem balançou a cabeça.

– Posso entender. Muito bem, pode embarcar. Já estamos partindo.

Robert bocejou.

– Estou *très fatigué*. Como é mesmo que vocês dizem? Cansado? Será que se importaria se eu dormisse na traseira?

– Há muitos buracos na estrada, mas pode ir como preferir.

– *Merci.*

A traseira do caminhão estava cheia de caixotes e engradados vazios. Giuseppe observou Robert embarcar, depois levantou a porteira. Lá dentro, Robert escondeu-se por trás de alguns caixotes. Compreendeu subitamente como se sentia mesmo exausto. A perseguição começava a desgastá-lo. Há quanto tempo não dormia? Pensou em Pier, como ela o procurara durante a noite, fazendo-o sentir-se completo de novo, um homem outra vez. Esperava que Pier estivesse certa. E Robert dormiu.

Na cabine do caminhão, Giuseppe pensava em seu passageiro. Já se espalhara a notícia sobre um americano que as autoridades procuravam. Seu passageiro tinha um sotaque francês, mas parecia um americano, vestia-se como um americano. Valia a pena conferir. Poderia haver uma boa recompensa.

Uma hora depois, numa parada de caminhões, à beira da estrada, Giuseppe parou na frente de uma bomba de gasolina.

– Encha o tanque – disse ele

Giuseppe deu a volta para a traseira do caminhão, deu uma espiada no interior. O passageiro dormia.

Giuseppe entrou no restaurante e telefonou para a polícia local.

45

A LIGAÇÃO FOI transferida para o coronel Cesar.

– Tudo indica que é mesmo o nosso homem – disse ele a Giuseppe. – Preste atenção. Ele é perigoso, por isso quero que faça exatamente o que eu mandar. Está me entendendo?

– Sim, senhor.

– Onde você está neste momento?

– Num posto de serviço para caminhões da AGIP, a caminho de Civitavecchia.

– E ele está na traseira de seu caminhão?

– Isso mesmo, senhor.

A conversa estava deixando o motorista nervoso. *Talvez fosse melhor se eu cuidasse apenas de minha vida.*

– Não faça nada que possa deixá-lo desconfiado. Dê-me o número de sua placa e uma descrição do caminhão.

Giuseppe deu.

– Ótimo. Cuidaremos de tudo. E agora trate de seguir viagem.

O coronel Cesar virou-se para o coronel Johnson e acenou com a cabeça.

– Nós o pegamos. Montarei um bloqueio na estrada. Podemos chegar lá, de helicóptero, em trinta minutos.

– Pois então vamos embora.

Ao desligar, Giuseppe enxugou as palmas suadas na camisa e voltou ao caminhão. *Espero que não haja um tiroteio. Maria me mataria. Por outro lado, se a recompensa for bastante grande...* Ele subiu na cabine do caminhão e continuou a viagem para Civitavecchia.

Trinta e cinco minutos depois, Giuseppe ouviu o barulho de um helicóptero por cima do caminhão. Deu uma olhada. Tinha os registros da polícia. À sua frente, na estrada, ele avistou dois carros da polícia, atravessados na pista, formando uma barreira. Por trás dos carros, havia policiais com armas automáticas. O helicóptero pousou ao lado da estrada, Cesar e o coronel Frank Johnson desembarcaram.

Ao se aproximar da barreira, Giuseppe diminuiu a velocidade. Parou em seguida, desligou o caminhão e saltou, correndo para os policiais, enquanto gritava:

– Ele está lá atrás!

Cesar berrou:

– Fechem o cerco!

Os policiais convergiram para o caminhão, as armas prontas para entrar em ação.

– Não atirem! – ordenou o coronel Johnson. – Eu o pegarei!

Ele se encaminhou para a traseira do caminhão e disse:

– Pode sair, Robert. Está tudo acabado.

Não houve resposta.

– Robert, você tem cinco segundos.

Silêncio. Eles esperaram. Cesar virou-se para seus homens e acenou com a cabeça.

– Não! – berrou o coronel Johnson.

Mas já era tarde demais.

A polícia começou a disparar para a traseira do caminhão. O barulho do fogo automático era ensurdecedor. Lascas de caixotes voavam para todos os lados. Depois de dez segundos, o fogo cessou. O coronel Frank Johnson subiu na traseira do caminhão, afastou os caixotes e engradados. Depois, virou-se para Cesar.

– Ele não está aqui.

Dia 19
Civitavecchia, Itália

Civitavecchia é o antigo porto marítimo para Roma, guardada por um enorme forte, concluído por Michelangelo em 1537. O porto é um dos mais movimentados da Europa, atendendo a todo o tráfego marítimo de Roma e Sardenha. Era o início da manhã, mas o porto já fervilhava de atividade barulhenta. Robert passou pelos trilhos ferroviários e entrou numa pequena *trattoria*, impregnada de odores penetrantes de comida, pediu o café da manhã.

O *Halcyon* estaria à sua espera no lugar combinado, Elba. Ele sentia-se grato por Susan ter se lembrado. Em sua lua de mel, haviam permanecido no quarto de hotel ali, fazendo amor, por três dias e noites.

Susan indagara:

– Não quer sair para um banho de mar, querido?

Robert sacudira a cabeça.

– Não. Não posso me mexer. – E ele acrescentara o verso em inglês: – *"Able was I, ere I saw Elba."*

"Capaz eu era, antes de ver Elba." *Abençoada seja Susan, por ter se lembrado do palíndromo.*

Agora, ele só precisava encontrar um barco para levá-lo a Elba. Desceu pelas ruas que levavam ao porto. A atividade marítima ali era intensa, a enseada estava repleta de cargueiros, lanchas e iates. Havia um atracadouro para barcas. Os olhos de Robert se iluminaram ao vê-lo. *Seria o lugar mais seguro do mundo para se chegar a Elba.* Ele poderia se esconder no meio da multidão.

Ao se encaminhar para a estação das barcas, Robert notou um sedã escuro, sem qualquer identificação, estacionado a meio quarteirão de distância. Ele parou no mesmo instante. O carro tinha placas oficiais. Havia dois homens no interior, observando as docas. Robert virou-se e caminhou na outra direção.

Espalhados entre os trabalhadores e turistas, ele avistou policiais à paisana, tentando parecer discretos. Sobressaíam como faróis. O coração de Robert disparou. Como podiam ter descoberto sua presença ali? E depois ele compreendeu o que acontecera. *Essa não! Eu disse ao motorista do caminhão para onde ia! Que estupidez! Devia estar muito cansado.*

Adormecera no caminhão, mas a ausência de movimento o despertara. Levantara-se para olhar, vira Giuseppe entrar no posto para telefonar. Robert saltara, subira na traseira de outro caminhão, que seguia para o norte, na direção de Civitavecchia.

Ele próprio se metera numa armadilha. Procuravam-no ali. Não muito distante havia dezenas de barcos que poderiam lhe proporcionar a fuga. O que agora se tornara impossível.

Robert afastou-se do porto, seguiu para a cidade. Passou por um prédio em que havia um enorme cartaz colorido na parede, dizendo: "Venha para a Terra da Fantasia. Diversão Para Todos! Comida! Jogos! Passeios! Assista à Grande Corrida!" Ele parou, ficou olhando.

Encontrara o caminho para a fuga.

46

No parque de diversões, 8 quilômetros além da cidade, havia diversos balões, enormes e coloridos, espalhados pelo campo, parecendo arcos-íris redondos. Estavam presos a caminhões, enquanto equipes de terra se empenhavam em enchê-los com ar frio. Meia dúzia de carros de rastreamento aguardavam nas proximidades, prontos para seguirem os balões, dois homens em cada um, o motorista e o observador. Robert aproximou-se do homem que parecia estar no comando.

– Estão se preparando para a grande corrida, não é? – indagou Robert.

– Isso mesmo. Já andou num balão?

– Não.

Sobrevoavam o lago Como, e ele baixou o balão até quase encostarem na água.

– Vamos cair! – gritou Susan.

Ele sorriu.

– Não vamos, não.

O fundo do balão dançava sobre as ondas. Ele jogou fora um saco de areia, o balão tornou a subir. Susan riu, abraçou-o e disse...

O homem estava falando:

– Deveria experimentar algum dia. É um grande esporte.

– Deve ser. Para onde vai a corrida?

– Iugoslávia. Temos um bom vento de leste. Partiremos dentro de poucos minutos. É melhor voar no início da manhã, quando o vento é frio.

– É mesmo? – murmurou Robert, polidamente.

Ele teve um súbito lampejo de um dia de verão na Iugoslávia.

"Temos quatro pessoas para tirar daqui, comandante. Devemos esperar até que o ar se torne mais frio. Um balão que

pode levar quatro pessoas no ar de inverno, só consegue transportar duas pessoas no ar do verão."

Robert notou que as equipes já haviam quase terminado de encher os balões com ar e começavam a acender os enormes maçaricos de gás propano, apontando a chama para a abertura, a fim de esquentar o ar no interior. Os balões, deitados de lado, começaram a subir, até que os cestos ficaram de pé.

– Importa-se se eu der uma olhada? – indagou Robert.

– Claro que não. Basta apenas não atrapalhar ninguém.

– Certo.

Robert foi até um balão amarelo e vermelho, cheio de gás propano. A única coisa que o retinha no chão era uma corda amarrada a um caminhão.

O homem que trabalhava no balão afastara-se por um momento, para falar com alguém. Não havia nenhuma pessoa por perto.

Robert subiu no cesto do balão. O enorme envelope parecia preencher todo o céu por cima. Ele verificou as cordas e os equipamentos, o altímetro, as cartas, um pirômetro para controlar a temperatura do envelope, um indicador do índice de subida, o estojo de ferramentas. Tudo estava em ordem. Robert abriu o estojo de ferramentas e tirou uma faca. Cortou a corda de atracação, e um momento depois o balão começou a subir.

– Ei, o que está acontecendo? – berrou Robert. – Baixem esse negócio!

O homem com quem ele falara pouco antes olhava aturdido para o balão fugitivo.

– *Figlio d'una mignotta!* – gritou ele. – Não entre em pânico. Há um altímetro a bordo. Use o lastro e permaneça a 300 metros. Nós o encontraremos na Iugoslávia. Pode me ouvir?

– Estou ouvindo!

O balão subia mais e mais, levando-o para leste, para longe de Elba, que ficava a oeste. Mas Robert não estava preocupado. O vento mudava de direção em altitudes variáveis.

Nenhum dos outros balões decolara até agora. Ele avistou um dos carros de rastreamento partir para acompanhá-lo. Largou um pouco de lastro e observou o altímetro subir. Duzentos metros... 250... 330...

O vento começou a diminuir a 450 metros. O balão se encontrava quase estacionário agora. Robert largou mais lastro. Usou a técnica de escada, parando em diferentes altitudes para verificar a direção do vento.

A 600 metros, Robert sentiu que o vento começava a mudar. O balão balançou no ar turbulento por um momento, e depois, lentamente, começou a mudar de direção, seguindo para oeste.

A distância, lá embaixo, Robert podia avistar os outros balões subindo e seguindo para leste, na direção da Iugoslávia. Não havia qualquer outro som além do sussurro do vento. *"É tão sereno aqui, Robert... Parece até que estamos voando numa nuvem. Eu gostaria que pudéssemos ficar aqui em cima para sempre."* Susan o abraçara ternamente. *"Já fez amor num balão?", murmurara ela. "Pois vamos experimentar."*

E mais tarde: *"Aposto que somos as únicas pessoas do mundo que já fizeram amor num balão, querido."*

Robert estava agora sobre o mar Tirreno, seguindo para noroeste, na direção da costa da Toscana. Lá embaixo, uma fieira de ilhas estendia-se num círculo, ao largo da costa, sendo Elba a maior.

Napoleão esteve exilado aqui, pensou Robert, *e provavelmente escolheu Elba porque num dia claro podia avistar sua amada Córsega, onde nasceu. No exílio, o único pensamento de Napoleão era como escapar e retornar à França. O meu também. Só que Napoleão não tinha Susan e o* Halcyon *para salvá-lo.*

Ao longe o Monte Capanne surgiu de repente, elevando-se pelo céu por mais de mil metros. Robert puxou o cabo de segurança que abria a válvula no topo do balão, para permitir que o ar quente escapasse. O balão começou a descer. Lá embaixo, Robert podia contemplar a exuberância rosa e verde de Elba, o rosa que vinha dos afloramentos de granito e casas toscanas, e o verde das densas florestas. Praias brancas imaculadas estendiam-se pelas beiras da ilha.

Ele pousou o balão na base da montanha, longe da cidade, a fim de atrair o mínimo de atenção possível. Havia uma estrada não muito longe do lugar em que pousara, ele foi a pé até lá e ficou esperando que um carro passasse.

– Pode me dar uma carona até a cidade? – perguntou Robert.

– Claro. Entre.

O motorista parecia estar na casa dos 80 anos, com um rosto enrugado.

– Eu seria capaz de jurar que avistei um balão no céu ainda há pouco. Você também viu?

– Não.

– Visitando a ilha?

– Só de passagem. Estou a caminho de Roma.

O motorista balançou a cabeça.

– Já estive lá uma vez.

O restante da viagem foi em silêncio.

Quando chegaram a Portoferraio, a capital e única cidade de Elba, Robert saltou do carro.

– Tenha um bom dia – disse o motorista, em inglês.

Essa não!, pensou Robert. *Os californianos já passaram por aqui.*

Robert foi andando pela via Garibaldi, a rua principal, repleta de turistas, muitas famílias, e era como se o tempo tivesse parado. Nada mudara; *exceto que eu perdi Susan e metade dos governos do mundo estão tentando me assassinar. Afora isso,* pensou Robert, amargurado, *tudo continua como antes.*

Ele comprou um binóculo, foi até a beira do mar, onde sentou a uma mesa no restaurante Estrela do Mar, de onde tinha uma visão ampla da enseada. Não havia carros suspeitos, nem barcos da polícia ou guardas à vista. Ainda pensavam que ele se encontrava encurralado no território continental. Seria mais seguro para ele embarcar no *Halcyon*. Tudo o que tinha de fazer agora era esperar sua chegada.

Ele ficou sentado ali, tomando *procanico*, o delicado vinho branco local, atento à chegada do *Halcyon*. Repassou seu plano mais uma vez. O iate o deixaria perto da costa de Marselha, e ele seguiria para Paris, onde tinha um amigo, Li Po, que o ajudaria. O que era irônico. Podia ouvir a voz de Francesco Cesar dizendo: "*Soube que você fez um acordo com os chineses.*"

Sabia que Li Po o ajudaria por um motivo muito simples: uma ocasião Li salvara a sua vida, e assim, segundo a antiga tradição chinesa, tornara-se responsável pela vida de Robert. Era uma questão de *win yu* – uma questão de honra.

Li Po era do Guojia Anquanbu, o ministério da segurança do estado chinês, que lidava com espionagem. Anos antes, Robert fora descoberto quando tentava tirar um dissidente da China. Fora enviado para Qincheng, a prisão de segurança máxima, em Pequim. Li Po era um agente duplo que já trabalhara com Robert antes. Providenciara a fuga de Robert. Na fronteira chinesa, Robert dissera:

– Você deve cair fora disso enquanto ainda está vivo, Li. Sua sorte não vai durar para sempre.

Li Po sorrira.

– Tenho *ren*... a capacidade de resistir, de sobreviver.

Um ano depois, Li Po fora transferido para a embaixada chinesa em Paris.

Robert decidiu que estava na hora de fazer seu primeiro movimento. Deixou o restaurante e desceu até o cais. Havia uma porção de embarcações grandes e pequenas ancoradas em Portoferraio.

Robert aproximou-se de um homem que polia o casco de uma lancha. Era uma Donzi, com um motor de centro V-8, de 351 cavalos.

– Bela lancha – comentou Robert.

O homem acenou com a cabeça.

– *Merci.*

– Eu gostaria de saber se poderia alugá-la para um passeio pela enseada.

O homem parou o que estava fazendo e estudou Robert.

– É possível. Conhece lanchas?

– Conheço. Tenho uma Donzi em casa.

O homem balançou a cabeça em aprovação.

– De onde você é?

– Oregon.

– Vai lhe custar 400 francos por hora.

Robert sorriu.

– Certo.

– E um depósito, é claro.

– Não tem problema.

– A lancha está pronta. Gostaria de sair agora?

– Não. Tenho de fazer algumas coisas antes. Pensei em dar o passeio amanhã de manhã.

– A que horas?

– Eu o avisarei.

Robert entregou algum dinheiro ao homem.

– Aqui está um depósito parcial. Voltaremos a nos falar amanhã.

Ele concluíra que seria perigoso deixar o *Halcyon* entrar no porto. Havia formalidades. A capitania do porto emitia uma *autorizzazione* para cada iate e registrava sua estadia. Robert queria que o *Halcyon* se envolvesse o menos possível com ele e, por isso, pretendia encontrá-lo no mar.

NO ESCRITÓRIO DO MINISTÉRIO marítimo francês, o coronel Cesar e o coronel Johnson falavam com o operador de comunicações marítimas.

– Tem certeza de que não houve mais nenhuma comunicação com o *Halcyon?*

– Não, senhor, desde a última conversa que comuniquei.

– Continue escutando. – O coronel Cesar virou-se para o coronel Johnson, sorrindo. – Não se preocupe. Saberemos no momento em que o comandante Bellamy embarcar no *Halcyon*.

– Mas quero apanhá-lo antes que ele esteja a bordo.

O operador interveio na conversa:

– Coronel Cesar, não há nenhum Palíndromo relacionado no mapa da Itália. Mas creio que descobrimos do que se trata.

– E onde fica?

– Não é um lugar, senhor. É uma palavra.

– O *quê?*

– Isso mesmo, senhor. Palíndromo é uma palavra ou frase que pode ser lida da direita para a esquerda ou vice-versa, da mesma forma. Por exemplo, "orava o avaro". Passamos algumas palavras por nossos computadores.

O coronel Cesar e o coronel Johnson examinaram a lista de palavras. "Deed... bib... bob... dad... eve... gag... mom... non... Otto... pop... tot... toot..." Cesar levantou os olhos.

– Não ajuda grande coisa, hein?

– Concordo, senhor. É evidente que eles usavam alguma espécie de código. E um dos palíndromos mais famosos é de um verso em inglês, segundo o qual Napoleão teria dito: *"Able was I, ere I saw Elba."*

O coronel Cesar e o coronel Johnson se olharam.

– Elba! É lá que ele está!

Surgiu primeiro como uma pequena mancha no horizonte, logo foi aumentando, à primeira claridade do amanhecer. Através do binóculo, Robert observou se materializar o *Halcyon*. Não havia como se equivocar em relação ao iate. Não havia muitos assim nos mares.

Robert desceu apressado para a praia, onde combinara o aluguel da lancha.

– Bom dia.

O dono da lancha levantou os olhos.

– *Bonjour, monsieur*. Está pronto para o seu passeio?

Robert acenou com a cabeça.

– Estou, sim.

– Por quanto tempo vai querer?

– Não mais que uma ou duas horas.

Ele entregou ao homem o restante do depósito e desceu para a lancha.

– Cuide bem dela – recomendou o homem.

– Não se preocupe – respondeu Robert. – Cuidarei muito bem.

O dono soltou o cabo de atracação, e um momento depois a lancha corria para o mar, na direção do *Halcyon*. Robert levou dez minutos para alcançar o iate. Ao se aproximar, avistou Susan e Monte Banks no convés. Susan acenou para ele, que pôde perceber a ansiedade em seu rosto. Robert manobrou a lancha para ficar de lado para o iate, jogou um cabo para um marujo.

– Quer que icemos a lancha para bordo, senhor? – perguntou o marujo.

– Não. Pode deixá-la à deriva.

O dono da lancha logo a recuperaria, pensou Robert. Ele subiu pela escada para o impecável convés de teca. Uma ocasião Susan descrevera o *Halcyon* para Robert, que ficara impressionado. Visto pessoalmente, porém, o iate era ainda mais impressionante. Tinha 280 pés de comprimento, com um luxuoso camarote para o proprietário, oito suítes para convidados, e alojamentos para uma tripulação de 16 homens. Tinha ainda uma sala de estar, uma sala de jantar, um escritório, um salão de jogos, e uma piscina.

O *Halcyon* era impulsionado por dois motores a diesel Caterpillar D399, com 1.250 cavalos, e carregava seis pequenas lanchas para se ir a terra. A decoração do interior fora feita na Itália, por Luigi Surchio. Era um verdadeiro palácio flutuante.

– Fico contente que você tenha conseguido chegar – disse Susan.

E Robert teve a impressão de que ela se sentia constrangida, que havia algo errado. Ou seria apenas o seu nervosismo?

Susan estava absolutamente linda, mas por algum motivo ele se sentiu desapontado. O *que eu esperava? Que ela se mostrasse pálida e angustiada?* Ele virou-se para Monte.

– Quero que saiba o quanto me sinto grato por sua ajuda.

Monte deu de ombros.

– É um prazer ajudá-lo.

O homem era um santo.

– Qual é o seu plano?

– Eu gostaria de seguir na direção de Marselha. Pode me deixar ao largo da costa e...

Um homem num uniforme branco impecável aproximou-se. Tinha 50 e poucos anos, era corpulento, a barba aparada com perfeição.

– Este é o capitão Simpson. E este é...

Monte olhou para Robert, pedindo ajuda.

– Smith... Tom Smith.

– Vamos seguir para Marselha, capitão – disse Monte.

– Não vamos entrar em Elba?

– Não.

– Está bem.

O Capitão Simpson parecia surpreso. Robert esquadrinhou o horizonte. Tudo limpo.

– Acho melhor descermos – sugeriu Monte.

Depois que os três sentaram no salão, Monte perguntou:

– Não acha que nos deve uma explicação?

– Devo, sim, mas não vou dar. Quanto menos souberem sobre o que está acontecendo, melhor. Só posso lhes dizer que sou inocente. Estou envolvido numa situação política. Sei demais e estou sendo caçado. Se eles me descobrirem, vão me matar.

Susan e Monte trocaram olhares.

– Eles não têm motivos para me ligarem com o *Halcyon* – continuou Robert. – Pode estar certo, Monte, de que se houvesse algum outro meio de fuga, eu não teria incomodado vocês.

Robert pensou em todas as pessoas que haviam sido mortas porque ele as localizara. Não podia suportar que acontecesse alguma coisa com Susan. Tentou manter um tom descontraído quando acrescentou:

– Eu agradeceria, para o próprio bem de vocês, se nunca mencionassem que estive a bordo deste iate.

– Claro que não diremos a ninguém – garantiu Monte.

O iate fizera a volta lentamente, agora seguia para oeste.

– Se me dão licença, agora preciso falar com o capitão.

O JANTAR FOI UM MOMENTO de constrangimento. Havia estranhas correntes de tensão que Robert não entendia, uma tensão que era quase concreta. Seria por causa de sua presença? Ou haveria algo mais? Alguma coisa entre os dois? *Quanto mais cedo eu sair daqui, melhor,* pensou Robert.

ESTAVAM NO SALÃO, TOMANDO um drinque depois do jantar, quando o capitão Simpson entrou.

– Quando chegaremos a Marselha? – perguntou Robert.

– Se o tempo se mantiver bom, deveremos estar lá amanhã de tarde, Sr. Smith.

Havia alguma coisa no comportamento do capitão Simpson que irritava Robert. O capitão se mostrava ríspido, quase ao ponto da grosseria. *Mas ele deve ser bom,* pensou Robert, *ou Monte não o teria contratado. Susan merece este iate. Merece o melhor de tudo.*

Às 23 horas, Monte olhou para o relógio e disse a Susan:

– Acho melhor nos recolhermos, querida.

Susan olhou para Robert.

– Está bem.

Os três se levantaram. Monte acrescentou.

– Vai encontrar roupas limpas em seu camarote. Somos mais ou menos do mesmo tamanho.

– Obrigado.

– Boa noite, Robert.

– Boa noite, Susan.

Robert ficou parado, observando a mulher que amava ir para a cama com seu rival. *Rival? A quem estou querendo enganar? Ele é o vencedor. Eu sou o perdedor.*

O SONO ERA UMA SOMBRA esquiva, dançando logo além de seu alcance. Deitado na cama, Robert pensou que no outro lado da parede, a poucos metros de distância, estava a mulher que amava mais do que a qualquer outra pessoa no mundo. E pensou em Susan estendida na cama, nua – *ela nunca usou uma camisola* –, e sentiu que começava a ter uma ereção. *Monte estaria fazendo amor com ela naquele momento, ou Susan se encontrava sozinha?... E pensaria nele, recordando todos* os *momentos maravilhosos que haviam passado juntos? Provavelmente não. Mas muito em breve ele sairia da vida de Susan. E era bem provável que nunca mais tornasse a vê-la.*

Já estava amanhecendo quando ele fechou os olhos.

Na sala de comunicações, no SIFAR, o radar rastreava o *Halcyon.* O coronel Cesar virou-se para o coronel Johnson e disse:

– Foi uma pena que não pudéssemos interceptá-lo em Elba, mas agora vamos pegá-lo. Temos um cruzador à espera. Só esperamos um aviso do *Halcyon* para efetuar a abordagem.

Dia 21

No início da manhã, Robert estava no tombadilho, esquadrinhando o mar sereno. O capitão Simpson aproximou-se.

– Bom dia. Parece que o tempo vai se manter bom, Sr. Smith.

– Tem razão.

– Estaremos em Marselha às 15 horas. Ficaremos muito tempo ali?

– Não sei – respondeu Robert, jovialmente. – Veremos.

– Não tem problema, senhor.

Robert observou Simpson se afastar. *O que há com esse homem?*

Robert foi até a popa do iate e estudou o horizonte. Não podia avistar nada, mas... No passado, o instinto salvara sua vida mais de uma vez. Há muito que aprendera a confiar nele. Havia algo errado ali.

Fora de vista, além do horizonte, o cruzador *Stromboli,* da Marinha italiana, espreitava o *Halcyon.*

Quando apareceu para o café da manhã, Susan exibia um rosto pálido e contraído.

– Dormiu bem, querida? – perguntou Monte.

– Muito bem.

Então eles não partilhavam o mesmo camarote! Robert experimentou um sentimento de prazer irracional ao perceber isso. Ele e Susan sempre haviam dormido na mesma cama, ela sempre nua, o corpo sensual se aconchegando contra o dele. *Tenho de parar de pensar nisso!*

À FRENTE DO *HALCYON*, a boreste da proa, havia um barco de pesca de Marselha, transportando a colheita recente.

– Gostariam de comer peixe no almoço? – perguntou Susan.

Os dois homens acenaram com a cabeça.

– Seria ótimo.

Estavam quase emparelhando com o barco de pesca. O capitão Simpson passou por ali, e Robert perguntou:

– A que horas é nossa chegada prevista em Marselha?

– Estaremos lá dentro de duas horas, Sr. Smith. Marselha é um porto interessante. Já esteve lá alguma vez?

– É mesmo um porto interessante – murmurou Robert.

NA SALA DE COMUNICAÇÕES no SIFAR, os dois coronéis leram a mensagem que acabara de chegar do *Halcyon*. Dizia apenas: "Agora."

– Qual é a posição do *Halcyon?* – berrou o coronel Cesar.

– Estão a duas horas de Marselha, seguindo para o porto.

– Mande que o *Stromboli* o alcance e efetue imediatamente a abordagem.

Trinta minutos depois, o cruzador *Stromboli,* da Marinha italiana, aproximava-se do *Halcyon.* Susan e Monte se encontravam no tombadilho do iate, observando o navio de guerra se aproximar a toda velocidade. Uma voz saiu pelos alto-falantes do cruzador:

– Ó de bordo, *Halcyon.* Parem. Vamos abordá-los.

Susan e Monte trocaram um olhar. O capitão Simpson aproximou-se apressado.

– Sr. Banks...

– Eu ouvi. Faça o que eles estão mandando. Pare os motores.

– Está bem, senhor.

Um minuto depois, a vibração dos motores cessou, e o iate ficou parado no mar. Susan e o marido observaram quando marinheiros armados do cruzador italiano foram baixados numa lancha.

Dez minutos depois, uma dezena de marinheiros subia pela escada do *Halcyon*. O oficial no comando, um capitão de corveta, anunciou:

– Desculpe incomodá-lo, Sr. Banks, mas o governo italiano tem motivos para acreditar que está abrigando um fugitivo. Temos ordens para revistar seu iate.

Susan permaneceu onde estava, enquanto os marinheiros começavam a se espalhar, descendo para procurar nos camarotes.

– Não diga nada.

– Mas...

– Nem uma só palavra.

Ficaram parados no convés, em silêncio, enquanto a busca se desenvolvia. Trinta minutos depois, todos estavam reunidos outra vez no tombadilho.

– Não há nenhum sinal dele, comandante – comunicou um marujo.

– Tem certeza?

– Absoluta, senhor. Não há passageiros a bordo, e identificamos todos os tripulantes.

O comandante ficou imóvel por um momento, frustrado. Seus superiores haviam cometido um grave erro. Ele virou-se para Monte, Susan e o capitão Simpson, dizendo:

– Devo desculpas. Lamento profundamente a inconveniência que causei. Vamos embora agora.

Ele virou-se.

– Comandante...

– Pois não?

– O homem que procuram escapou num barco de pesca, há meia hora. Não deverão ter dificuldades para apanhá-lo.

CINCO MINUTOS DEPOIS, o *Stromboli* seguia a toda velocidade para Marselha. O capitão de corveta tinha todos os motivos para se sentir satisfeito consigo mesmo. Os governos do mundo estavam perseguindo o comandante Robert Bellamy, e fora ele quem o encontrara. *Pode haver uma boa promoção nessa missão,* pensou ele. Da ponte de comando, o oficial de navegação chamou:

– Comandante, pode vir até aqui, por favor?

Será que já tinham avistado o barco de pesca? O capitão de corveta subiu apressado para a ponte.

– Olhe só, senhor!

O comandante deu uma olhada e sentiu um frio no estômago. A distância, cobrindo o horizonte, podia avistar toda a frota pesqueira de Marselha, uma centena de barcos idênticos, voltando para o porto. Não havia a menor possibilidade de se identificar o barco em que viajava o comandante Bellamy.

47

Ele roubou um carro em Marselha. Era um Fiat 1800 Spider, conversível, estacionado numa escura rua transversal. Estava trancado, e não havia chave na ignição. O que não era problema. Olhando ao redor, para se certificar de que ninguém o observava, Robert rasgou a capota de lona, enfiando a mão pela abertura para destrancar a porta. Entrou no carro, enfiou as mãos por baixo do painel, puxou todos os fios da ignição. Segurou o fio vermelho grosso numa das mãos, enquanto com a outra encostou nele os demais fios, um a um, até encontrar o que acendia o painel. Ligou então esses dois fios e encostou os restantes nos dois, até que o motor começou a virar. Puxou o afogador e o motor pegou. Um momento depois, Robert estava a caminho de Paris.

Sua primeira prioridade era fazer contato com Li Po. Ao chegar aos subúrbios de Paris, parou numa cabine telefônica. Ligou para o apartamento de Li e ouviu a voz familiar na secretária eletrônica:

– *Zao, mes amis... Je regrette que je ne sois pas chez moi, mais il n'y a pas du danger que je réponde pas à votre coup de téléphone. Prenez garde que vous attendiez le signal de l'appareil.*

Uma pausa e depois a repetição:

– *Bom dia. Lamento não estar em casa, mas não há perigo de que eu não responda à sua ligação. Tome o cuidado de esperar pelo sinal do aparelho.*

Robert contou as palavras no código particular que eles usavam. As palavras-chaves eram: *Lamento... perigo... cuidado...*

O telefone estava grampeado. Li esperava sua ligação, e aquela era a sua maneira de alertar Robert. Precisava encontrá-lo o mais depressa possível. Ele usaria outro código que haviam empregado no passado.

Robert foi andando pela *rue* du Faubourg St. Honoré. Já passeara por aquela rua com Susan. Ela parara na frente de uma loja, fizera uma pose de modelo. *"Gostaria de me ver naquele vestido, Robert?" "Não, prefiro vê-la sem vestido.* "E visitaram o Louvre, Susan parara fascinada na frente da Mona Lisa, os olhos marejados de lágrimas...

Robert seguiu para a sede de *Le Matin*. No quarteirão do prédio, ele abordou um adolescente.

– Gostaria de ganhar 50 francos?

O menino fitou-o com um ar desconfiado.

– Para fazer o quê?

Robert escreveu alguma coisa num pedaço de papel e entregou ao menino, com uma nota de 50 francos.

– Basta levar isso ao balcão de anúncios classificados de *Le Matin*.

– *Bon, d'accord.*

Robert observou o menino entrar no prédio. O anúncio entraria a tempo para a edição da manhã seguinte. Dizia: "*Tilly. Papai muito doente. Precisa de você. Por favor, encontre-se com ele logo. Mamãe.*"

Não havia nada para fazer agora, a não ser esperar. Ele não se atrevia a ir para um hotel, porque todos estariam alertados. Paris era como uma bomba-relógio.

Robert embarcou num ônibus de excursão lotado e sentou-se nos bancos de trás, mantendo-se calado, sem querer chamar a atenção de ninguém. A excursão foi aos Jardins de Luxemburgo, ao Louvre, ao túmulo de Napoleão em Les Invalides, e a uma dezena de outros monumentos. E Robert sempre dava um jeito de sumir no meio da multidão.

Dia 22
Paris, França

Ele comprou um ingresso para o show da meia-noite no Moulin Rouge, como participante de outro grupo de excursão. O show começou às duas horas. Quando acabou, ocupou o restante da noite circulando por Montmartre, indo de bar em bar.

Os jornais matutinos não sairiam às ruas antes de cinco horas. Poucos minutos antes das cinco, Robert estava parado perto de uma banca de jornais, esperando. Um caminhão vermelho parou, um garoto jogou uma pilha de jornais na calçada. Robert pegou o primeiro. Procurou na seção de classificados. Seu anúncio estava ali. Agora, tinha de esperar.

Ao meio-dia, Robert entrou numa pequena tabacaria, onde havia dezenas de mensagens pessoais pregadas num quadro. Havia anúncios de pedido de ajuda, aluguel de apartamentos, estudantes procurando companheiros de quarto, bicicletas à venda. No meio do quadro, Robert encontrou a mensagem que procurava: *"Tilly ansiosa em ver você. Ligue para 50 41 26 45."*

Li Po atendeu ao primeiro toque da campainha.

– Robert?

– *Zao,* Li.

– O que está acontecendo?

– Eu esperava que você pudesse me dizer.

– Meu amigo, você está atraindo mais atenção do que o presidente da França. Os telegramas só falam em você. O que andou fazendo? Não, não me diga. O que quer que seja, está metido numa tremenda encrenca. Grampearam meus telefones, na embaixada chinesa e em casa, estão vigiando meu apartamento. E me fizeram uma porção de perguntas a seu respeito.

– Li, você tem alguma ideia do que tudo isso...?

– Não pelo telefone. Lembra onde fica o apartamento de Sung?

A namorada de Li.

– Claro.

– Eu o encontrarei lá dentro de meia hora.

– Obrigado.

Robert estava plenamente consciente do risco que Li Po assumia. Lembrou o que acontecera com Al Traynor, seu amigo no FBI. *Sou mesmo um cara que traz azar. Todas as pessoas de quem me aproximo acabam morrendo.*

O apartamento ficava na *rue* Bénouville, num bairro tranquilo de Paris. Quando Robert chegou ao prédio, o céu estava carregado de nuvens de chuva, podia-se ouvir o rumor distante de trovoadas. Ele atravessou o saguão e foi tocar a campainha do apartamento. Li Po abriu a porta no mesmo instante.

– Entre, Robert. Depressa.

Ele fechou e trancou a porta assim que Robert entrou. Li Po não mudara desde a última vez em que Robert o vira. Continuava alto, magro e de idade indefinida.

Os dois homens trocaram um aperto de mão.

– Li, sabe o que está acontecendo?

– Sente-se, Robert.

Robert sentou. Li estudou-o por um momento.

– Já ouviu falar na Operação Juízo Final?

Robert franziu o rosto.

– Não. Tem alguma coisa a ver com os OVNIs?

– Tem tudo a ver com os OVNIs. O mundo se defronta com o desastre, Robert.

Li Po pôs-se a andar de um lado a outro.

– Há alienígenas chegando à Terra para nos destruir. Pousaram aqui há três anos, reuniram-se com autoridades governamentais, exigiram que todas as potências industriais fechassem suas usinas nucleares e parassem de queimar combustível fóssil.

Robert ficou escutando em silêncio, perplexo.

– Exigiram a suspensão da produção de petróleo, compostos petroquímicos, borracha, plásticos. Isso acarretaria o fechamento de milhares de fábricas no mundo inteiro. As fábricas de automóveis e usinas siderúrgicas seriam paralisadas. A economia mundial sofreria um colapso.

– Por que eles...?

– Alegam que estamos poluindo o universo, destruindo a terra e os mares... Querem que suspendamos a fabricação de armas, que paremos de travar guerras.

– Li...

– Um grupo de homens poderosos, de 12 países, reuniu-se... os mais importantes industriais dos Estados Unidos, Japão, Rússia, China... Um homem com o codinome de Janus organizou os Serviços Secretos do mundo inteiro para cooperarem com a Operação Juízo Final, com a intenção de deter os alienígenas. – Ele virou-se para Robert. – Já ouviu falar do SDI?

– Guerra nas Estrelas. O sistema de satélites para derrubar os mísseis balísticos intercontinentais dos soviéticos.